KB137767

마르케스의
서재에서

우리가 독서에 대하여 생각했지만 미처 말하지 못한 것들

탕누어 지음 | 김태성 · 김영화 옮김

글항아리

머리말

이 책은 원래 일종의 선의에서 시작되었지만 결과는 성실성을 증명하는 것이 되고 말았다.

하지만 맨 처음에 가졌던 선의는 이 책 각 장의 제목에 그대로 남아 있다. 예컨대 '책을 읽고도 이해하지 못하면 어떻게 할까' '책을 읽을 시간이 없으면 어떻게 할까' 하는 것이다. 이러한 제목은 쥐라기의 공룡 화석과 같아서 틀림없이 존재했었다는 것을 확실히 증명할 수 있다.

이 책을 쓰게 된 의도는 원래 사람들에게 책 읽기를 권장하면서 그 과정에서 곧잘 부딪히는 어려운 문제들을 해결하는 데 실질적인 도움을 주는 것이었다. 아주 아름다운 생각이었다.

그러나 실제로 책을 써내려가면서 깨달은 놀라운 사실이 있다. 독서의 이 같은 일상적인 난제들은 그 자체로서는 해소하기 어렵지 않은 애매한 사유들에 불과할지 모르지만 독서를 관통하고 있는 거대하고 본질적인 곤경을 피할 수는 없다는 것이다. 이런 본질적인 곤경이 존재하지 않는 양 가장할 수 있을까? 우리를 믿는 선량한 사람들이 멍청하게 이러한 곤경에 다가갔다가 낭패를 당하는 것을 바라만 보고 있어야 할까? 실망스럽고 맥 빠지는 독서의 지옥을 선의로 덮어버리는 것이 옳은 일일까? 그런 다음 우리는 냉담한 자세로 한쪽에 서서 한 손가락으로는 그를 가리키고 다른 손가락으로는 자기 배를 어루만지면서 깔깔대며 웃을 수 있을까?

나는 그저 성실하게 똑바로 보고 묘사하며, 아울러 무력하게나마 자신의 유한한 사유와 유한한 임기응변의 방법을 '제공'('폭로'라고 하는 편이 더 정확할 것이다)할 수 있을 뿐이다. 그리고 '독서 이야기'라고 불리는 이 책을 '도대체 독서가 필요한 것인지 필요치 않은 것인지 스스로 자세하고 분명하게 생각하는 이야기'로 써낼 수 있을 뿐이다.

이런 상황에서 나는 최근 몇 년 동안 단속적으로 그리고 아주 선량한 마음에서 독서에 관한 글을 써내려갔다. 그리고 이 글들을 전부 흙과 먼지가 되게 하는 수밖에 없었다.(억지로나마 '책이 인간 유전자의 바다가 되어야 한다'는 제법 아름다운 구상만은 남겨두었다. 무척 아까웠기 때문이다.) 더 골치 아픈 것은 별도로 또 다른 생각의 길을 찾아야 한다는 점이었다. 심지어 이전과 완전히 다른 형식을 찾아야 했다. 알고 보니 그 흥미진진했던 길은 멀리 갈 수 있는 능력에 한계가 있었기 때문이다. 하는 수 없이 나는 또 다른 길을 개척해야 했고, 심지어 자신을 낯선 글쓰기의 형식 안에 몰아넣고 이런 방식을 통해 과거에는 불러낼 수 없었던 어떤 것을 불러낼 기회가 있는지 살펴봐야 했다. 인간의 사유 형태가 정말로 그들 자신이 말하는 빙산과 같다면, 우리에게는 스스로 전혀 알지 못하는 기억과 사유의 재료 그리고 능력이 잠재의식의 해수면 깊은 곳에 가라앉은 채 남아 있을 것이다.

나는 줄곧 어려움이 사람을 강대하게 하는 능력을 믿어왔다. 심지어 나는 인간 스스로 어려움을 찾아야 한다고 믿는다. 한동안 자신을 어떤 고립무원의 절망적 상황 속으로 내몰았던 기억도 있다.

이것이 바로 『미로 속의 장군El general en su laberinto』이 이 책에 대해 갖는 의미이자 이 책에서 담당하는 역할이다. 나는 모든 주제가 시작될 때마다 가브리엘 가르시아 마르케스의 아름다운(그러나 극도로 절제된) 글이 나를 이끌어가게 하려고 시도했다. 마르케스의 글이 때로는 줄처럼 손을 뻗어 보일 듯 말 듯 희미한 사유의 길을 가리켜주기도 했고, 때로는 무정하게 어느 먼 곳으로 달아나 반짝반짝 빛을 뿌리면서 내가 포위를 풀고 길을 찾아 자신과 합류하도록 유인하기도 했다. 때로는 아무것도 하지 않고 그저 우리에게 따스하고 선한 마음만 던져주었다. 하나의 '세계'를 제시해주었다. 수풀이 우거진 길 위에서 앞을 향해 나아가는 우리에게 카리브 해의 자유로운 해풍을 불어넣어주고 마그달레나 강이 가져다주는 죽음의 신선한 비린내와 콸콸 흘러가버린 시간을 계산하는 소리를 듣게 해주기도 했다.

왜 『미로 속의 장군』일까? 물론 임의로 이 책을 선택한 것은 아니다. 이 책은 대단히 좋은 책임에 틀림없다. 하지만 솔직히 말해서 이 책을 집을 때 지나치게 많은 것을 생각하진 않았다. 단지 이 책이 어떤 우연 혹은 인간의 생명 속에 끊임없이 이어지는 신기한 일들 가운데 하나가 될 수 있으면 그것으로 그만이었다. 지금 내가 생각하고 있는 것은, 『미로 속의 장군』이 아니라 체호프나 나보코프의 작품이었다면, 심지어 세르반테스의 『돈키호테』였다면 어땠을까, 어떤 다른 결과가 나타났을까 하는 것이다. 나는 대단히 훌륭한 또 다른 책으로 바꾼다 해도 이러한 글쓰기의 시도는 유지되었으리라 믿는다. 선택되지 않은 책은 실현되지 못해 애석하게도 드러나지 않은 또 다른 가능성을 감추고 있을 뿐이다. 그리고 이 순간 오랫동안 장거리 여행을 한 사람은 약간 지쳐 있다. 사유를 멈추고 잠시 쉬거나 졸고 싶다.

나는 직감적으로 '독서'라는 행위와 거리가 아주 가까운 양서, 예컨대 문학이론이나 논설 같은 책은 선택하지 않는다. 내가 직감적으로 희망하는 것은 소설이다. 내게는 어떤 공간이 필요하다는 것을 느낀다. 그리고 뭔가 구체적이고 독특한 것, 경험의 재료와 디테일이 필요하다는 것을 느낀다. 결국 나는 어느 정도 상상에 의지하고 호소하는 수밖에 없었다. 이를 통해 독서라는 행위의 근본적인 곤경에 대한 사유의 공백에 대항해야 했다. 그리고 상상은 실체의 세계 안에 살아 있었다.

가능하다면 이 책의 첫 독자가 나의 옛 동료인 미스 황슈루黃秀如였으면 좋겠다는 생각을 해본다. 그녀는 이 책의 편집자가 되었어야 했지만 우연으로 인해, 그리고 내 느린 글쓰기 속도 때문에 이 책은 그녀와 어깨를 스치고 지나가버렸다. 지금 그녀는 더 좋은 출판사로 자리를 옮겨 일하고 있다. 하지만 춘추시대의 계찰季札처럼 나는 줄곧 가슴속에 원초적인 약속을 품고 있다. 실현 가능성이 사라져버리긴 했지만 나는 여전히 그녀가 이 책을 가장 먼저 읽어주기를 기대한다. 그리고 조심스럽게 한마디 묻고 싶다.

"어때요? 출판해도 될 것 같아요?"

차례

0. 서書와 책冊

벤야민적인, 정리되지 않은 방

지금 '서書'와 '책冊'은 둘 다 명사로서 같은 물건을 가리킨다. 사유와 글쓰기, 편집, 인쇄, 제본 등 일련의 과정을 거쳐 완성된 이 물건을 300타이완달러(약 1만1000원) 정도의 가격으로 구매하여 합법적으로 소유할 수 있다. 물론 취득 방식은 구매에 한정되지 않는다. 증여받을 수도 있다. 책을 쓴 저자 본인에게서 선물로 받는다면 통상 표지 안쪽 부분에 사인과 함께 겸손하지만 꼭 진심으로 받아들일 필요는 없는 한두 마디 말이 첨부될 것이다. 윗사람이나 친구로부터 돈을 주고 구입한 책을 선물로 받는다면 대개 눈에 보이지 않는 기대와 요구가 더해져 책이 더욱 무거워지기도 한다. 마치 실천하지 않으면 안 될 의무처럼 이 책을 읽는 일에 좀더 확실한 의미와 지향이 갖춰진다. 또한 나처럼 출판이라는, 전망이 어두운 업종에 20년 넘게 몸담아온 사람에게는 책을 '얻고/소유하는' 또 다른 특수한 방식이 있다. 본질적으로는 일종의 특권(국세청에서도 완전히 무시할 만한 아주 사소한 특권)에 가까운 방식으로서 증여와 절도의 중간쯤 되는 형식이라 할 수 있다. 통상적으로 이것을 '받는다'라고 말한다. "그 새 책 받으셨어요?" "나중에 시간 날 때 우리 출판사에 오시면 받을 수 있어요."…… 이리하여 물 흐르듯 자연스럽게 천지가 용납하지 않는 또 다른 취득 방식이 생겨난다. 다름 아니라 정말로 훔치는 것이다. 이는 순전히 기술적인 방식으로, 그 역사는 서와 책의 역사만큼이나 길다. 또한 절도의 표적물이 책이다보니 점차 유사한 행위 가운데 가장 고귀하고 비난하기 어려운 행위가 되었다. 이것이 바로 책이 사람들의 마음을 움직이는 힘이다.

원래 '서書'의 의미는 글을 쓰는 것으로서 동사에 해당된다. 갑골문의 원형을 보면 손에 붓을 쥐고 먹물을 묻히는 생동적인 모습을 나타내고 있다. 앞서 말한 '사유와 글쓰기, 편집, 인쇄, 제본'을 거쳐 완성되는 일련의 제작과정을 농축하여 묘사한 것이라 할 수 있다. 이렇게 해서 생산된 물건이 '책冊'이다. 갑골문은 이것이 죽간임을 분명히 나타내고 있다. 죽간은 종이가 발명되기 전에 중국인들이 사용했던 독특한 기록 및 기억의 형식으로서, 일찍이 수많은 뛰어난 인물이 이를 통해 학습하고 지식을 취득했으며 이를 다시 가공하여 다른 사람들에게 전달했다. 예컨대 장자莊子는 북방의 큰 바다에 사는 거대한 물고기 곤鯤과 큰 바다의 하늘에 사는 거대한 새 붕鵬 사이의 변신 신화를 이야기했고, 동시에 영원히 특정한 형태를 갖지 않는 지혜의 유체流體적 본질과 용기에 담겨야만 일시적으로 외적 형태를 결정할 수 있다는 분류의 통견을 제시했다. 또한 지금도 보르헤스나 칼비노 같은 작가들이 놀라움을 금치 못하면서 칭송하고 전승하는 '장주莊周/나비'의 아름다운 우언을 이야기했다. 이리하여 불에 그슬린 간단하고 소박한 대나무 조각을 엮어서 만든 책冊에 담겨 있던 이야기들이 시공간을 가로질러 20세기의 아르헨티나와 이탈리아에까지 전해진다. 따라서 대나무는 지금은 길고 섬세하고 시원하며 연기처럼 푸르스름한 가장 원초적으로 아름다운 모습을 회복하긴 했지만, 지난

1000년 동안은 중국에서 가장 똑똑한 식물이자 지혜의 수호신으로서 지혜의 제조와 전파라는 중대한 일에 엄숙하게 참여해왔다고 할 수 있다.

재미있는 사실은 보편적인 제조과정에서 볼 때, '서書'가 '책冊'에 우선한다는 것이다. 제작된 '서'가 있어야만 읽을 수 있는 '책'이 존재 가능하다. 하지만 개별적인 일상의 실천 행위로 볼 때는 오히려 종종 '책'이 '서'에 우선한다고 할 수 있다. 우리는 '책'을 통해 배움을 탐하고 다른 사람들이 고생해서 갖게 된 사유의 성과를 얻는다. 그리고 이를 기초로 어떤 특수한 시점에 이르면 저수지에 가득한 물이 제방을 타고 흘러넘치듯이 붓을 들고 먹물을 찍어 중요하고도 특별한 내용을 써내려간다. 이처럼 '서'와 '책'의 기묘한 선후 관계는 렌즈를 멀리 당겨 바라보면 그 형상이 아주 뚜렷하게 나타난다. '서'와 '책'의 관계는 쇠사슬 구조를 하고 있어 한 사람의 '책'은 앞 시대 사람의 '서'를 계승한 것이고, 그 사람의 '서'는 또 그 후대 어떤 사람의 '책'으로 이어지는 고리가 된다. 이렇게 '서'와 '책'의 계승과 연결을 통해 과거와 현재, 미래가 하나로 관통되는 것이다.

여기서 오늘날 둘 다 명사화되어 서로 대체 가능한 동일 물건을 가리키는 호칭이 된 '서'와 '책'을 구분하여 병렬해보면 전설 속의 발터 벤야민의 서재 같은 또 다른 아름다운 그림을 상상해낼 수 있다. 해서의 '서' 자를 보면 여러 권의 책을 가로로 쌓아놓은 것 같지 않은가? 또한 '책' 자는 여러 권의 책을 옆으로 세워 진열해놓은 형상을 하고 있다. 서가에 가지런히 정리해놓은 책들 같다. 책은 임의로 아무렇게나 가로로 놓아둘 수도 있고 세로로 세워둘 수도 있다. 지금 읽고 있는 책을 손이 가는 대로 내려놓거나 던져놓은 것일 수도 있고,

먼저 사두었다가 일정한 시간이 지난 뒤에야 펼쳐서 읽기 시작한 책일 수도 있다. 다 읽고 사용한 뒤 깊이 잠든 책도 있을 것이다. 이처럼 독서는 일정치 않고 동태적이며 진행 중인 자유로운 양상으로 나타난다. 책을 통해 읽은 적은 있지만 직접 가볼 만한 인연은 없었던 벤야민 서재의 진실한 모습이 드러나는 것이다.

들판에서 방목한 소나 양 같은 책

발터 벤야민의 책('장서'라는 표현은 타당하지 않다)은 누구나 알고 있다. 거의 반평생 대단히 비참했던 경제 상황과는 달리 벤야민이 소장한 책들 가운데는 진귀하고 값나가는 판본이 적지 않았고 경매장에서 여러 사람이 손을 들고 호가를 경쟁할 만한 책도 많았다. 벤야민은 평생 책을 소중하게 여겼다. 거의 집착이라 할 수준이었다. 그는 또 인류의 모든 지식인 가운데 가장 훌륭한 지식인이었다.('그 가운데 한 명'이라는 표현을 써도 될까?) 하지만 일반적인 의미에서의 소장이 아니라 소나 양을 들판에 방목하듯이 여기저기 쌓아두거나 흩뜨려놓는 방식이었다. 이와 관련하여 벤야민은 게으름뱅이들이 좋아할 만한 철학을 제시했다. 그는 이런 방식이 바로 책을 해방시키는 것이라고 여겼다. 책들을 '유용함'이라는 시장 질서에서 분리해내 사람의 보살핌 속에 놓아둠으로써 책의 자유를 회복하고 책 자체의 풍부함과 원만함, 온전함을 회복하게 하는 것이다. 이로써 벤야민은 자본주의 시장이 인간의 노동력을 소외시키고 단순히 도구화하는 데 대한 마르크스의 유명한 호소를 계승했다. 단지 벤야민에게는 이 일이 이처럼

벤야민

시적이고 편안했을 뿐이다.

방을 정리하기 싫으면 그만이지 왜 이런 주장까지 펼치는 것일까? 하지만 이처럼 작은 주제를 확대하는 것도 대단히 중요할 때가 있다. 인류의 가장 감동적인 발견은 종종 작은 주제를 신경질적으로 확대하는 지점에서 이루어지곤 한다.

여기서 벤야민에 대해 아주 통속적이고 실물적인 해석을 시도하는 것도 나쁘지 않을 터이다. 『독서의 역사』를 쓴 캐나다 작가 알베르토 망구엘은 일찍이 이런 사례를 들었다.

"우리가 조너선 스위프트의 『걸리버 여행기』를 '소설류'에 넣는다면 이 책은 유머가 넘치는 모험소설로 간주될 것이고, '사회학'의 범주에 넣는다면 18세기 영국을 비판하고 파헤친 결과물이 될 것이다. 또한 이를 '아동문학'의 범주에 넣는다면 난쟁이와 거인 그리고 인간의 말을 할 줄 아는 말 한 마리가 전개하는 재미있는 우화가 될 것이고 '공상소설'로 분류하면 SF소설의 선구로 평가될 터이며 '여행서'로 분류하면 서양 여행문학의 모범 가운데 하나로 간주될 수 있을 것이다."

망구엘의 결론은(그 순간 그는 벤야민을 떠올린 것이 분명하다) 모든 분류는 분열적이고 배타적이라서 완정完整한 책과 완정한 독서활동에 대한 전횡이 되기 쉽고, 결과적으로 호기심 많은 독자들과 눈치 빠른 독자들을 책에서 멀어지게 한다는 것이다.

여기서 『걸리버 여행기』에 대해 좀더 다양한 분류 방식을 시도해 볼 수 있다. 조심성이 부족해 이 책을 '생물학'의 범주로 넣는다면, 우리는 무엇을 얻을 수 있을까? 저명한 생물학자이자 칼럼니스트인 스티븐 제이 굴드는 이 책이 완전히 헛된 망상을 기록했다고 말할 가능성이 대단히 크다. 생물의 크기는 결코 임의적인 것이 아니며 단순히 외형의 확대나 축소일 수 없기 때문이다. 외형의 크기 변화는 직접적으로 생물 내부 전체의 구조에 영향을 미쳐 전면적인 재조정을 야기할 뿐만 아니라 생명 자체와 주위 환경 및 생태에 아주 세밀하고 심각한 영향을 미치게 된다. 이와 관련하여 굴드는 일반인이 전부 쉽게 알아들을 수 있는 재미있는 허구의 실례를 들고 있다. 예컨대 체적의 증가 속도는 표면적과 단순한 길이의 증가 속도를 훨씬 능가한다.(체적은 3차원이고 표면적은 2차원이며 길이는 1차원이다.) 따라서 걸리버가 만난 거인은 완전히 다른 생물체임에 틀림없다. 그렇지 않다면 한번 툭 치면 쓰러질 정도로 연약할 수밖에 없을 것이다.

"우리는 절대로 지금의 키보다 두 배 이상 커질 수 없다. 그렇게 된다면 한 대 가볍게 걷어차이기만 해도 두개골이 깨지고 말 것이다. 그런 상황에서는 머리가 땅에 부딪혀 발생되는 운동에너지가 지금에 비해 16~32배로 커질 것이고, 우리의 두 발은 이미 여덟 배로 늘어난 체중을 지탱할 수 없기 때문이다."

그리고 걸리버가 만난 난쟁이들은 틀림없이 우리가 사는 곳과는 완전히 다른 세계, 다른 역학의 지배를 받는 이상한 세계에 사는 존재들일 것이다.

"개미만 한 사람도 옷을 입을 수는 있을 것이다. 하지만 표면 부착력 때문에 벗지는 못한다. 그리고 개미처럼 작은 사람들은 목욕할 때 몸을 물에 적시는 게 불가능할 것이다. 물의 표면장력이 물방울의 크기를 결정하는데, 개미만 한 사람에게는 물방울 하나가 큰 바윗덩어리로 느껴질 것이기 때문이다. 이 난쟁이가 마침내 몸을 적셨다고 해도 다시 수건으로 문질러 말리려면 또 한 차례 어려운 고비를 넘겨야 할 것이다. 몸이 수건에 달라붙어 떨어지지 않기 때문이다. 또한 물을 부을 수도 없고 불을 붙일 수도 없을 것이다.(불이 붙으려면 최소한 몇 밀리미터의 연소 가능한 재료가 필요하기 때문이다.) 혹시 금을 아주 얇게 가공한 금박으로 책을 만든다 해도 표면 부착력 때문에 단 한 페이지도 넘기지 못할 것이다."

이처럼 우스운 이야기는 '잘못된' 분류라고 할 수도 있고 분류의 파괴 또는 해방으로 이해할 수도 있다. 우리는 또 굴드처럼 다양하고 알찬 지식과 상상력, 두뇌를 가지고 있으면 아무리 황당하고 잘못된 분류라 해도 이를 진화사 혹은 생명의 신비함으로 연결시키거나 도약할 수 있고, 전혀 생각지 못했던 아름답고 풍요로운 사유의 세계로 나아갈 수 있다는 점도 알게 될 것이다. 이처럼 우리는 어떻게 하면 단조롭고 유일하며 정확하고 독단적인 분류법을 버리고, 심지어 빈틈없이 깔끔하게 잘 정리된 서재의 책들에게 그리고 우리 자신에게 해방을 가져다줄 수 있을까?

물론 벤야민의 이러한 논술이 훌륭한 주거와 청결한 생활 습관을 지닌 사람이라면 무조건 좋은 독자가 될 수 없다는 뜻은 아니다. 사실 소설가 주톈원朱天文(그녀는 아주 훌륭한 독자다)처럼 서재를 항상 질서 있고 깨끗하게 유지하는 사람도 벤야민의 말을 은유로 받아들일 것이다. 적어도 일정한 시간을 사이에 두고 서재의 분위기를 바꾸거나 육체노동으로 땀을 내고 싶은 사람이라면 책의 정렬 방식을 바꿈으로써 서로 오래 헤어져 있던 책들이 다시 만나고 붙어 있던 책들이 헤어지면서 또 다른 책의 풍경을 연출하는 것도 고려해 볼 수 있다. 이렇게 하면 독서에 대한 새로운 심리나 영감이 생겨날지도 모른다. 적어도 독서를 당연한 것으로 여기지 않고 지나치게 일찍 결론을 내리지도 않을 것이다.

어쨌든 내가 여기서 하고 싶은 것은 '독서 이야기'로서 오로지 독서에만 관심을 기울일 것이다. 다른 것은 나중에 '청소 이야기'를 할 때 다시 연구하거나 토론하기로 하자.

서재를 지키다

일반적으로 서재는 정리된 상태와 정리되지 않은 상태, 질서와 무작위의 혼란의 스펙트럼 사이에 존재한다. 서재도 인간의 본성과 마찬가지로 항상 질서를 갈망하면서도 동시에 질서를 견디지 못한다. 항상 불편해하면서 그것으로부터 벗어나거나 초월하려고 발버둥치는 것이다.

개인적인 경험으로 볼 때, 나는 이 스펙트럼에서 벤야민 쪽에 가까운 편이라 책을 그다지 열심히 정리하지 않는다.(서재를 정리한다고 말하기도 민망하다. 내 서재는 침실이기도 하고 집 안에서의 여러 활동이 이루어지는 공간이기도 하기 때문이다.) 새 책들이 들어오면 '잠시' 외형이나 기본적인 개념이 비슷한 기존 책들 사이에 배치된다. 좀더 신중할 때는 새로운 보금자리를 마련하기도 한다. 예컨대 같은 저자나 같은 출판사, 같은 분야나 영역, 같은 판본이나 장정 형식 등에 따라 구분되는 것이다. 집을 살 돈이 없어 임대하여 사는 사람들은 빈 공간 아무 곳에 책을 끼워둘 가능성도 있다. 벤야민식의 '구원'이나 방의 부분적인 청결함의 '파괴'는 이런 단계에서 곧장 자각되어 그 자태가 강경하게 전개되지는 않는다. 진정한 '구원/파괴' 작업은 이 책들이 진정으로 읽히기 시작하면서 아주 자연스럽고 치밀하게 그리고 저항할 수 없는 방식으로 전개된다. 위에서 아래로의 중앙집권식 분류 질서와는 대조적으로 독서활동은 게릴라식으로 전개된다. 독서가 정말로 대단한 것은 무질서하고 혼잡한 생활 그 자체에서 직접 발원하기 때문에 방 안의 전체적인 생태를 충분히 이해하고 그 안에 완전히 녹아들어 가능한 틈을 전부 이용한다는 점이다. 때문에 독서는 쉽게 관찰되지 않는 엄청난 침투력과 전복력을 지니게 된다. 일단 독서가 시작되면 아주 빨리 진행되고 항상 너무 늦었다는 느낌을 주기 때문에 책장에 질서정연하게 세워져 있던 많은 '책'이 꽃이 피었다가 져서 땅바닥에 떨어지듯이 우리가 손을 뻗어 닿았던 자리에 '서'가 되어 옆으로 눕혀지고, 그 양상이 너무나 자유분방하고 자연스러워 원래 그것들을 제재하던 사람들의 행보를 난처하게 만든다. 그리하여 겸허한 자세로 이 책들을 양분하여 찾기 쉬우면서도 편히 잠들 수 있는 공간을 물색해주게 된다.

적막한 산골에는 다른 인가가 없고, 꽃잎만 분분히 저절로 떨어지는 법이다澗戶寂無人, 紛紛自開落(당대 왕유王維의 시 「신이오新夷塢」의 한 구절). 자유에는 대가가 필요하다는 말은 맞는 말이다. 책을 지지하는 사람이든 그 맛을 모르고 억압하는 사람이든 둘 다 자유롭기는 마찬가지다.

솔직히 말하자면 나는 책을 분류하거나 정리하지 않는 벤야민 같은 유형을 선호한다. 하지만 개인적으로 책을 잘 읽으면서도 장기적으로 서가를 가지런하고 질서 있게 유지하며 마음과 정신이 항상 맑게 깨어 있고 안정된 사람들을 부러워하기도 한다. 맑게 깨어 있다고 말한 것은 이런 사람들은 책의 세계와 현실 세계 사이를 반복적으로

드나드는 것이 무척 자연스럽기 때문이고, 안정되었다고 말한 것은 이런 사람들은 질서정연하게 한 권의 책을 다 읽고 나서 그다음 책을 읽으면서도 매일 밤 잠자리에 들기 전에 아주 여유 있게 읽는 행위를 마치면서 책을 원래 있던 자리에 꽂아두기 때문이다. 나로서는 지속적으로 실천하기 어려운 일이다. 한편으로는 독서의 시간과 리듬이 생활 및 휴식의 리듬과 일치하지 않기 때문에 낮과 밤이 바뀌고 시계가 시간의 흐름과 질서를 분할에 맞추기 어렵다. 독서는 물이 흐르듯이 날과 달, 계절과 세월의 교체에 따라 들쭉날쭉 변화무쌍하면서도 출퇴근과 삼시 세끼 식사에 융화된다. 잠이 오지 않거나 어딘가 바삐 가야 한다면 읽던 책을 바닥에 내려두는 경우가 더 많을 것이다. 다른 한편으로는 독서 자체가 탐닉성과 도약성을 동시에 지니고 있기 때문에(항상 두 가지 상황이 동시에 나타난다) 어떤 책을 읽는 도중에 필요에 의해서든 열정 때문이든 또 다른 책을 꺼내들기 십상이다. 습관적으로 어떤 책을 읽다가 그 책으로 인해 다른 책을 펼치게 되어 여러 권의 책을 동시에 읽는 게 다반사다. 매일 심경의 미묘한 변화 때문에 읽고 있던 책을 다른 것으로 바꾸기도 할 테고, 글을 쓰다가 한 가지 의문이 생겨 한꺼번에 열 권 내지 스무 권의 책을 뒤적이는 일도 있을 것이다. 이처럼 독서의 상황과 유형은 한없이 다양하다. 한마디로 말해서 독서란 깨끗하게 마침표를 찍을 수 있는 행위가 아니다. 네모반듯한 고체의 책은 잘 정리하고 보관하기는 편하지만 일단 유동적인 독서의 상태로 전환되면 서가는 원래 모습을 유지하기 어려워진다.

분류나 질서라는 것이 도대체 자연의 억압인가 아니면 문화적인 것인가? 이는 오랫동안 찬반이 팽팽히 맞서온 쟁론의 주제였다. 오늘날에 이르러 우리는 대체로 '열차 두 대가 서로 마주 보고서 반대 방향으로 굉음을 내며 달려오는' 괴이한 현상을 선명하게 바라보고 있다.(이 열차의 이미지는 타이완 바둑의 신이라 불리는 우칭위안吳清源이 대국을 묘사하면서 쓴 유명한 표현이다.) 학리적으로 볼 때, 분류나 질서는 인위적인 문화가 지속된 완만한 경사의 궤적을 나타낸다. 따라서 그럴듯한 사유의 영역에서 이러한 문제는 '분류와 질서에 자연적인 요소가 도대체 얼마나 되는가?' 하는 질의로 축소되어버렸다. 예컨대 양자역학적 체계에 따른 원소 주기율표를 보면 확실히 자연적인 질서가 존재하는 것을 알 수 있고 생물학을 예로 들더라도 '계문강목과속종界門綱目科屬種'이라는 오래된 분류법이 존재함을 알 수 있다. 생물학자 스티븐 제이 굴드는 이러한 분류 체계에서 최하위층인 '종'은 확실히 생물을 구분하는 기초가 되며 유전자나 염색체, 생식 및 번식에까지 중요한 영향을 미친다고 주장한다. 하지만 그 위에 있는 '계문강목과속'은 대체로 인위적인 분류의 결과로서 유럽인들의 독특한 문화적 시각에 의해 우연히 결정된 것에 불과하다.(예컨대 레비스트로스의 저서에서도 부락에 따라 생물 분류법이 다르다는 것을 알 수 있다.) 그러나 현실 세계의 실용성이라는 측면에서 보면 이것과 완전히 반대되는 분류와 질서의 발전 궤도를 뚜렷이 목격할 수 있다. 분류와 질서는 사회적 부하의 지속적인 증가(인구 증가나 좀더 발전된 생활수준에 대한 요구 등)에 의해 발전한 것으로, 이러한 추세에 따라 사회 조직이 점차 고착화되면서 끊임없이 재분류가 진행되어 치밀하게 거의 '준자연'의 상태로 발전하게 된 것이다. 여기서 우리도 그 안에 속해(우리가 존재하기 전에 이미 존재했고 우리 사후에도 존재한다) 있을 뿐만 아니라 종종 그런 문제점을 찾아내지 못한 채 스쳐가고 만다. 아무리 경각심을 갖는다 해도 이 거대한 시스템에 저항할 경우 분류시스템은 엄격한 상벌 메커니즘을 가동시키게 된다. 우리가 자신을 그 질서 안에 편입시키지 않고 자기 몸의 '남아도는' 부분으로 하여금 의연하게 '유용한' 사람을 연기하게 한다면, 우리의 생존마저도 심각한 문제가 될 것이다. 그 정리되지 않은 방, 50세가 되기 전 자살로 생을 마감한 벤야민의 일생이 그 비극적인 사례라고 할 수 있다. 또 한편으로는 엄격하게 분류된 각각의 영역은 각자 깊이 있게 발전하여 하나의 폐쇄적인 세상이 되고 외부인은 이해하기 어려운 전문적인 게임의 법칙과 언어기호 그리고 경험의 디테일을 형성한다. 일본의 마지막 세계적인 수학자 오카 기요시岡潔(1901~1978)가 격앙된 목소리로 앞으로는 수학 원리의 재발견이 불가능하리라고 단언했던 것과 마찬가지다. '다리가 너무 멀리 떨어져 있기 때문에' 인류는 수천 년 동안 쌓아온 수학적 성과를 이해하고 그 언어기호를 숙련되게 장악하며, 나아가 그 변계를 분명하게 인식하는 데에만도 두 가지 요소가 반드시 필요하다. 첫째는 천재성이고 둘째는 장수하는 것이다. 오카 기요시는 운 좋게도 자신에게는 이 두 가지 요소가 갖춰져 있었지만 고작 여기까지밖에 오지 못했다며 한탄했다.

다시 말해서 분류와 질서에 자연의 기초가 깔려 있다면 더할 나위 없이 좋을 것이다. 더 아름답고 당당해질 수 있기 때문이다. 하지만 자연의 기초가 없다고 해도 크게 상처받을 것은 없다. 어차피 분류와 질서는 이미 거대한 '현실'이 되어 있을 뿐만 아니라 끊임없이 확장되고 있기 때문이다.

정말로 진실하고 성실한 영혼들은 이러한 분류와 질서의 시스템이 대항할 수 없는 것으로서, 뒤흔들거나 제거한다는 것은 더더욱 논란의 대상이 되지 못한다는 사실을 인정한다. 마르크스는 최후의 낙관론자였지만 형편없이 실패하고 말았다. 벤야민은 평생 분류되거나 어떤 질서에 편입되는 것을 거부했지만, 남들이 주장하는 것들에 대항할 수 있는 그의 능력은 아주 작은 '사적 공간'뿐이었다. 우리가 보유하고 있거나 보유할 기회가 있는 진지의 크기가 이 정도밖에 안 된다면 우리의 의지 또한 네 벽이 책으로 둘러싸인 이 좁은 공간 안에서만 유효할 것이다.

위대한 세계 혁명이 이 모양으로 위축되어버린 데 대해 어디서부터 이야기해야 할지 모르겠다. 하지만 벤야민은 의심의 여지 없이 우리 같은 범상한 사람들의 난처한 처지를 잘 이해할뿐더러 우리 능력의 한계를 동정하고 있으며, 우리가 목숨을 버리면서까지 억지로 할 수 없는 일을 추구하도록 강요하지 않는다. 그렇기 때문에 그의 말이 실천할 만하다는 것이다.

나뭇가지 모양의 독서 경로

세계 혁명은 일어나지 않았다. 결국 우리는 자신을 분할하고, 일정한 비율의 자신을 희생하여 질서라는 이 거대한 신의 비위를 맞춰야 한다. 역사 속 절대다수의 인물이 이렇게 했다. 미켈란젤로는 스스로 원해서 교회가 명령한 모든 벽화를 그려낸 것이 아니며, 모차르트도 자신의 의지와 상관없이 궁정 연회를 위한 무도곡을 준비해야 했다. 『백 년 동안의 고독』을 쓴 마르케스는 아주 오랫동안 부득이하게 자신이 원치 않는 자질구레한 일들을 해야 했다. 한동안은 전국 방방곡곡을 돌아다니며 백과사전 판촉활동을 벌이기도 했다. 그때 그는 자신이 남들보다 더 자유롭다고는 생각하지 않았다. 그럼에도 이런 인물들은 마비되어 있을 뿐 아니라 재미도 없는 것 같은 이 세상을 어느 정도 변화시켜놓았다. 인류의 역사는 이렇듯 완전한 절망의 타격과 완전한 희망이라는 도박이 아니라 타협과 결연한 의지 사이의 충돌 및 홍정을 통해 조금씩 발전하는 것이다.

우리가 매일 마주하는 거대한 세계는 분류와 분업이 효과적으로 조직된 사회로서 기본적으로 목적성을 지니고 있고, 심지어 공리성을 나타내기도 한다. 이 사회는 그 거대한 조직이 원하는 우리의 일부만을 인정하면서 우리가 '유용한' 사람의 역할을 해줄 것을 요구한다.(우리가 어려서 글짓기를 할 때면 결말 부분에 항상 "열심히 공부해서 앞으로 사회에 유용하게 쓰이는 사람이 되겠습니다"라고 썼던 것과 같다.) 그래서 우리는 아침 아홉 시부터 오후 다섯 시까지 유용함을 위해 힘들게 일한다. 그리고 우리가 아주 똑똑한 사람이라면 남는 시간에도 자신을 쓸모 없고(비도구화된) 편안하며 자유로운, 완전한 인간으로 환원시킬 필요는 없을 것이다. 인간 세상에는 아마도 무한하고 제한이 없는 절대적 자유가 존재하지 않을 것이다. 통상 우리에게 유효한 자유는 상대적으로 제한에 대해 깨닫고 장악할 수 있는 자유, 제한을 요리하여 쟁취하는 자유일 것이다. 일정 정도의 제한이 있을 때, 그 제한 바깥이 바로 자유인 것이다.

서와 책은 마구 움직인다. 우리는 자신이 원하지 않고 손길이 미치지 않는 책들에 대해서는 특별한 분류의 자리를 제공하지 않는다. 책들은 독서 행위를 통해서만 가장 편안하고 적당한 위치를 찾는다. 이렇게 배려를 받는 대상은 책이지만 실제로 진정으로 해방되는 것은 책을 읽는 사람 자신이다. 여기서 말하는 편안하고 적당한 자리는 필연적으로 복수의 형태를 갖고 줄곧 변화한다. 진정한 독서활동은 단선적이고 전문적인 학습(아침 아홉 시부터 오후 다섯 시까지의 활동의 연장이나 추가 근무, 혹은 적어도 유용한 사람을 연기하기 위한 적극적인 준비로 간주될 수 있다)과 다르다. 그런 까닭에 독서는 마르크스의 혁명 이후 분업 시장이 붕괴되고 천국이 강림하여 '오전에는 시를 쓰고 오후에는 낚시를 하는' 준유토피아식 서술과 같다고 할 수 있다. 자신에 대한 사회의 인정과 기대, 명령 등에 순종하지 않고 자신의 진정한 사적 기호의 인도에 따르는 것이다. 하지만 흥미와 호기심 그리고 다양한 형태로 각자 복사輻射되는 인간의 감관 능력은 하나의 위도를 갖지 않는다. 책이 단 한 권도 없는 가정의 모습도 상상해볼 수 있다. 실제로 나도 반평생을 살아오면서 이런 상황을 목격한 적이 있다. 예컨대 가끔씩 고향 이란宜蘭의 친구나 친척 집에 갔다가 이런 상황에 맞닥뜨리곤 한다. 하지만 솔직히 말해서 조금도 두렵지 않다. 그저 하루 혹은 며칠 동안 아직 수준에 이르지 못한 그 집안의 인지 능력과 교육의 문제를 진심으로 걱정하게 될 뿐이다. 내가 정말로 상상하기 어려운 것은 한 종류의 책만 꽂혀 있는 서재의 모습을 보았을 때의 상황이다. 마음속에 그런 서재의 주인이 사회적으로 위압당하고 훼멸된 모습이 떠오를 때면 이는 독자로서 이 세상에서 가장 무섭고 춥지 않은데도 몸을 떨게 되는 광경이 아닐 수 없다. 내 기억 속에도 이런 경험이 한 번 있다. 중국 대륙이 개방된 직후에 베이징 하이뎬海淀 구의 신화서국新華書局에서 본 광경이었다.

자신의 사적인 흥미나 기호에 이끌린 독서는 필연적으로 영역과 분류를 넘나든다. 오늘은 리카도의 오래된 자유주의 경제학을 읽다가 내일은 첸중수錢鍾書의 신랄하지만 덕성이 결여된 소설을 읽는 것이다. 이는 인간 생명의 자연스런 체현인 동시에 이러한 체현이 남기는 얼마 안 되는 실천의 장이다.

하지만 지금 읽고 있는 책과 다음에 접할 책, 오늘의 책과 내일의 책은 사실 단순히 영역의 유기성과 단절성을 뛰어넘는 것으로 그치지 않고, 그 사이에 어느 정도 연상관계가 존재한다. 이러한 연상관계는 책을 읽은 한 사람에게만 속할 수 있다. 거의 완전히 자유롭다고 할 수 있는 것이다. 몇 년 전에 나는 개인적으로 약간 민망하긴 하나 진실하고 선량한 독서활동을 위한 슬로건을 만든 적이 있다. "다음에 읽을 책은 어디에 있는가? 다음에 읽을 책은 지금 이 순간 당신이 읽고 있는 책 속에 숨겨져 있다"라는 명제였다. 단지 이 책이 어떻게 저 책을 불러올 것인가, 그 책들 사이에 어떻게 관계가 수립될 것인가 하는 문제에 대해 정확하고 분명한 견해를 제시할 수 없었을 뿐이다. 왜냐하면 독서는 고정된 사회 분류에 따르는 것이 아니라 책을 읽는 사람 각자의 서로 다른 심리 상태에 따르므로, 두 점 사이를 한정되지 않은 직선으로 연결하듯이 이론적으로 무한한 가능성의 유형이 나타날 수 있기 때문이다. 때로는 밀란 쿤데라가 말한 것처럼 독자가 한 가지 진실한 의문에 '사로잡혔을' 때 마음이 책 속의 세계에만 매달려 있다가는 갑자기 황천으로 떨어지기 십상이다. 실질적이고 진실한 문제, 진정으로 의미 있는 문제들은 책 한 권에서 완전하고 충분한 해답을 찾기 어렵다. 좀더 중요한 것은 진실한 문제들은 거의 항상 학문의 경계를 넘나든다는 사실이다.(예컨대 우리가 상하이에 가서 호기심 가득 찬 마음으로 깨어나고 있는 이 역사적인 유명 도시의 어제와 오늘을 추적하여 그 미래를 가늠한다고 가정해보자. 우리에게 필요한 지식은 상하이의 역사와 사회, 경제, 정치, 지리, 문화, 민속, 패션 등 거의 모든 영역으로 확대될 것이다. 심지어 장아이링張愛玲이나 왕안이王安憶의 소설을 다시 읽고 허우샤오셴侯孝賢의 영화 「해상화海上花」를 다시 봐야 할지도 모른다.) 게다가 질의자 본인만의 독특한 생각과 관점, 미묘한 온도 차가 있기 때문에 시간과 장소에 따라 새로운 색깔을 입히게 된다. 따라서 우리는 이렇게 말할 수 있을 것이다. 우리가 필요로 하는 독특한 답안은 항상 수십 권 내지 수백 권에 달하는 책 속에 흩어져 있다. 한 가지 생각과 의문을 책 속에 던져넣는다면 책은 곧 하나의 여정이 될 것이다. 전국戰國 시대의 굴원屈原처럼 평생을 쉬지 않고 해답을 찾는 데 몰두할 수도 있고 동진東晉 시대에 해질 무렵이면 목 놓아 울었던 시인 완적阮籍처럼 고함을 치면서 중단할 수도 있다. 책의 세계에서 우리는 프리맨, 자유인이다. 마지막 한마디는 우리 스스로 내뱉는 것이다. 우리가 불필요한 유혹을 금할 수만 있다면 별로 관심이 없는 답안도 그 다음 책에서 찾을 수 있을 것이다.

물론 대부분의 경우 문제는 그다지 심각하지 않다. 아마도 우리는 운명의 수레바퀴를 굴리며 복수를 꿈꾸는 사람처럼 책의 세계로 뛰어드는 것이 아니라 아무 생각 없이 편안하게 어떤 책을 뒤적일 것이다. 그런 다음 의문의 함정에 쉽게 빠져든다. 이는 백화점이나 명품 쇼핑몰을 돌아다니며 습관적으로 쇼핑하는 돈 많은 여자들과 마찬가지라고 할 수 있다. 들어갈 때는 부족하거나 필요한 것이 전혀 없는데도 나올 때는 양손 가득 쇼핑백을 들고 나온다. 책을 읽는 사람에게 있어서 그럴듯한 책들은 모두 책을 쓴 사람의 자문자답이 아니다. 모든 책은 필연적으로 하나의 세계를 제시한다. 책을 읽기 시작한 모든 독자에게 낯선 정도와 의문의 정도가 다른 새로운 세계가 펼쳐지는 것이다. 이 세계에는 도처에 틈새와 구멍이 존재한다. 시공의 틈새(우리가 읽는 책이 3000년 전 고대 그리스의 전설에 나오는 장대한 원정 이야기일 수도 있다)가 있는가 하면 시각의 틈새(우리는 분명 신경질적인 버지니아 울프와는 다른 사람이기 때문에 사물을 보는 방식 또한 틀림없이 다르다)도 있고 언어기호의 틈새(듀베리, 산딸기, 사프란, 로즈메리 같은 단어들은 아주 오랫동안 번역된 소설 속에서만 볼 수 있고 그 맛과 향기를 상상할 수 있다)와 지식의 틈새(흑체 복사가 도대체 무엇이고 중력의 축소는 또 무엇이란 말인가?), 경험의 틈새(시베리아에서 해가 지지 않는 백야에 잠을 자는 것은 이상한 일이 아닐까?) 등등 다양한 틈새가 우리로 하여금 신기한 기분에 빠지게 하고 호기심을 자극한다. 이런 것들을 추구하지 않아도 그만이다. 하지만 조금이라도 조심하지 않으면 이런 틈새를 통해 또 다른 책, 또 하나의 다른 세계를 보여주는 책 속으로 빠져들게 된다. 그렇다. 토끼를 쫓아 이상한 나라에 빠져 들어간 앨리스처럼 우리가 대항해야 하는 것도 그와 비슷한 세계일 것이다. 반세기 전에 레비스트로스도 이러한 낯선 세계로의 추락이 개성 없고 모든 사람의 일치를 추구하는 재미없는 세상을 피할 수 있는 효과적인 자구책이라고 생각했다.

의문은 독서 전에 생긴 것이든 독서 과정에서 생긴 것이든 모두 독서를 이끌어주는 동시에 종종 독서의 여정에서 유일한 지도 역할을 한다. 책의 세계에는 이로 인해 독특한 경로가 생겨나고 책 읽는 사람은 그 경로의 부분적인 모습만 펼치게 된다. 그리고 이 펼치는 모습은 기본적으로 나뭇가지 형태를 이룬다. 오늘날 고생물학자들이 생물의 진화사를 그림으로 묘사한 것도 바로 이런 형태다. 그들은 이를 '계통수phylogenetic tree'라고 부른다. 물론 나뭇가지를 따라 끊임없이 분화하다보면 갈림길에 들어서서 더 이상 발전하지 못한 채 멸절되는 부분도 적지 않다. 생물학자들이 이 계통수로 과거의 계단식 진화도를 대체한 뒤로 대항과 투쟁은 줄어들었지만 탐색과 시행착오는 더 많아졌다. 이는 비교적 올바른 양상이라고 할 수 있다. 생명의 질서는 단편적이거나 정연하지 않고, 완벽한 대칭을 이루지도 않기 때문이다. 진화의 계보에는 탐색 과정에서 남은 발버둥의 흔적과 실패한 후의 비참한 상황이 남아 있기 마련이다. 각양각색의 탐색과 시도, 실패에 대해 굴드는 "10억 년 동안 이루어진 생명의 진화 과정은 복잡하고 고되며 진지하다. 또한 상상력으로 충만하고 진실한 아름다움이 있어 보는 사람들에게 커다란 감동을 준다"고 말한 바 있다. 그래서 그는 자신의 책 제목을 『생명의 웅대함生命的壯闊』(이는 중국어판 제목이며 원서 제목은 *Full House*다. 국내에서는 『풀하우스』라는 제목으로 출간되었다—옮긴이)이라고 정했던 것이다.

독서는 생명의 활동이다. 따라서 독서가 가는 길도 당연히 이런 생명의 길이다.

세 가지 주제, 한 권의 토크빌

우리는 줄곧 분류에 대항해온 서재 안에서 또다시 '질서'라는 단어와 맞닥뜨린다. 그렇다. 질서는 유령과 같아서 없는 곳이 없다. 아무 때나 서재의 공기 속을 떠다니고 있다. 질서를 완전히 소멸시키는 것은 불가능하지만 우리가 제대로 하기만 하면 책이라는 바다에서 이를 길들일 수 있다. 일단 길들여지면 램프 안에 갇혀 있는 거대한 요정처럼 생김새는 무섭지만 친절한 어투로 "주인님, 뭘 도와드릴까요?"라고 말하게 될 것이다.

전 세계의 거의 모든 사람이 이런 램프의 요정을 꿈꿔봤을 것이다. 이 세계는 아직 우리의 유년 시절을 제압하지 못하고 있는 것이다.

분류와 질서를 없애버리기 쉽지 않은 것은 그것이 우리가 혼돈의 세계를 이해하려고 노력하는 방법이며 사유를 펼쳐나가는 경로이자 그 조직 방식이기 때문이다. 철저한 자유와 절대적인 무질서라는 것은 무척 끌리는 경지이긴 하나 그 실천에 있어서는 서재에 있는 어느 책에서도 문제를 찾지 못하게 될 뿐만 아니라 근본적으로 사유가 발생할 수도 없고, 발생하더라도 한 걸음도 앞으로 나아가지 못한다. 이와 관련하여 움베르토 에코는 『장미의 이름』에서 형태는 신학이지만 실제로는 기호학에 속하는 질문을 던진 바 있다.

"만일 신이 완전히 자유롭다고 한다면, 이는 곧 신은 존재하지 않는다는 말과 같지 않을까?"

따라서 서책이 어지럽게 널린 서재에도 질서는 존재한다. 질서는 존재할 뿐만 아니라 결코 존재하지 않을 수가 없다. 단지 한 가지 종류의 질서만 있어서 한번 다스려지면 다시는 어지러워지지 않는(이는 중국 고대로부터 가장 문제 많은 환상 가운데 하나였다) 것이 아니라 책을 읽는 사람에 따라 끝없는 질의와 의문으로 한 단계씩 수립되어나가는 것이다. 서로 다른 질문이 서로 다른 책의 무리를 형성하여 현재 눈앞에 펼쳐지고 있는 질서의 모습을 변화시킨다고 할 수 있다. 질문이 중단되면 실패는 잠시 수면 상태에 들어가며 책은 쓸모없고 완전한 자유가 보장되는 원래의 상태, 즉 벤야민적 상태로 돌아간다.

역사적 자료가 부족한 탓에 벤야민이 정말로 책을 정리하지 않은 상태로 영원히 방치했는지는 확인할 방법이 없다. 하지만 나는 개인적으로 늘 정리를 하는 편이다. 어느 정도 시간이 흐르면 한번씩 정리를 한다. 어쩌면 '옮긴다'는 말이 더 정확할지도 모르겠다. 최근 몇 년 동안 글을 한 편 쓸 때마다(지난 몇 년 동안 내가 질문을 던지는 가장 주요한 방식이다) 나는 먼저 그 글의 주제와 관련된 책들을 찾아본다. 주로 새로 산 책과 새로 읽은 책이 대부분이다. 이 과정에서 오래된 책을 다시 읽기도 한다. 하지만 이렇게 사전에 상상하고 준비한 책들의 목록은 항상 부족했다. 글쓰기의 진행과 질문의 전개에 따라 수시로 서가에서 더 많은 책을 바닥으로 내려야 했다. 일단 글이 완성되고 질문이 잠시 일단락되면(의문이 진정으로 해결된 적은 한 번도 없었다) 방바닥에 흩어진 책들이 산사태가 일어나기라도 한 양 놀라운 광경을 연출한다. 홉스가 말한 완전한 자유방임의 무서운 결과가 나타나는 것이다. 홉스는 이런 상황을 무척 두려워했기 때문에 고개를 돌려 삼엄한 질서의 괴물 국가를 껴안았던 것이다.

옛 글이 떠나가고 새 글이 오면서 방바닥의 책들은 이리저리 옮겨지고 교체된다. 사실 이는 무척 서글픈 순간이다. 한동안 나는 이 책들을 소중하게 대하면서 함께 지냈고 이 책들도 활짝 열린 채 인색하지 않게 더없이 아름다운 모습들을 내게 보여주었다. 그러나 이때가 되면 이 책들은 다시 닫혀야 한다. 다시는 입구를 찾을 수 없는 무릉도원처럼 지척에 있으면서도 내게서 아주 멀어지는 것이다. 물론 어느 날 새로운 의문들이 습격해오면 정확한 주문에 다시 열리는 금고의 문처럼 내 앞에 다시 나타날 수 있다는 것도 잘 알고 있다. 하지만 원래의 그 경로, 그 그림이 될 수는 없다. 일찍이 서로 잘 알았던 것 같지만 이미 다른 책, 다른 세계가 되어 있기 때문이다.

최근에 안톤 체호프와 이반 투르게네프의 소설에 관한 글을 완성하면서 그다음에 이어질 글의 주제가 신의 자취 같은 미국의 대법관 제도와 감동적인 200년의 역사에 관한 것임을 알게 되었다. 그리하여 원래 준비했던 『바흐친 전집』과 이사야 벌린의 『러시아 사상가들』, 알렉산드르 게르첸의 자서전 『나의 과거와 사상My Past and Thoughts』, 레비스트로스의 『슬픈 열대』 그리고 밀란 쿤데라와 보르헤스, 이탈로 칼비노 등의 주옥같은 문학이론과 트럭 한 대 분량의 옛 소설 및 러시아 소설가 전집 등이 『제퍼슨 전기』와 『기드온의 트럼펫Gideon's Trumpet』 『연방주의자 논고The Federalist Papers』 『침해하는 법을 만들지 않는다Make No Law』 『헌정과 권리Constitutionalism and Rights』 『제1신흥국가』 『법의 정신L'Esprit des lois』 『리바이어던』 같은 책들에 자리를 양보해야 했다. 이상하게도 틀림없이 쓸데가 있을 거라고 생각하여 최근에 급하게 읽어둔 책 한 권을 아무리 해도 찾을 수가 없었다.(이는 책들을 분류하지 않고 서재를 정리하지 않은 데 대한 필연적인 대가이지만 그런대로 견뎌낼 수 있다.) 다름 아니라 그 옛날 프랑스의 탁월한 정치이론가였던 토크빌의 『미국의 민주주의』 상·하 두 권이었다. 내가 가지고 있는 판본은 미국 투데이월드출판사의 초판본을 중역한 것으로 대학 시절 광화光華시장 중고서점에서 아주 싼값에 구입했다. 투데이월드출판사의 '위대한 미국' 관점을 견지한 것으로 나와 우리 세대 사람들에게 상당히 특별한 계몽의 의미를 갖는 이 책은 젊은 시절 내가 부족하나마 바깥세상을 내다볼 수 있는 훌륭한 창구 역할을 해줬다. 당시 이 책의 배후에는 미국이라는 막강한 힘이 버티고 있었기 때문에 언론 및 출판에 대해 신경질적인 관리를 해오던 타이완의 국민당 정부도 감히 손을 미치지 못했던 것이다. 덕분에 우리는 뚫린 그물 사이로 『미국의 민주주의』처럼 민주주의를 직접적으로 다룬 책이나 『월든』처럼 무정부주의를 주장하는 책, 『미국 노동조합 제도』 같은 좌파 성향의 책을 접할 수 있었다. 물론 『모비딕』이나 윌리엄 포크너, 헤밍웨이의 소설도 읽을 수 있었다.

결국 토크빌의 이 책을 방바닥에서 찾아냈다. 열여섯 권짜리 체호프 전집 맨 밑에 깔려 있었다. 책을 펼쳐보니 귀퉁이가 접힌 부분이 있었다. 상권 33쪽 열 번째 줄에는 빨간 줄까지 쳐져 있었다. "작가의 진실한 태도가 그의 말의 힘을 높인다"라는 구절이었다. 이는 원래 토크빌이 17세기 초에 막 시작된 청교도의 역사를 언급하면서 한 말이다. 친척이나 친구도 없고 고향도 없으며 오로지 신밖에 존재하지 않았던 신대륙의 끝없는 땅을 대하면서 당시의 역사학자 몰턴Moulton은 경건한 종교적 언어로 역사를 기억했고, 토크빌은 이에 대해 찬사를 보냈다.

알고 보니 이랬다. 내가 애당초 이 책에 애써 주석을 달기 위해 방바닥에 남겨둔 것은 마음속으로 체호프의 소박하지만 진실할 뿐 아니라 명철한 글을 생각하고 있었기 때문이다. 하지만 나중에 실제로 글을 쓰는 과정에서 사유가 우연히 다른 길로 접어들면서 토크빌의 이 말은 사용하지 않고 완전히 잊어버렸던 것이다.

이러한 기억을 다시 더듬다보니 내가 그 전에 로버트 올트먼의 영화 「고스포드 파크Gosford Park」를 소개하는 글에서 귀족과 하인 계층에 관해 논술하면서 토크빌의 이 책 가운데 다른 부분을 인용했던 것이 생각났다. 토크빌이 원래 북아메리카에 거주하고 있던 인디언들에 관해 언급하면서 했던 감동적인 말이었다. 그는 인디언들이 가난하고 무지하긴 하지만 결코 비겁하지 않다고 말했다. 그 이유는 그들이 평등하고 자유롭기 때문이다. 그러면서 토크빌은 가난하면서 무지한 사람이 비열하고 가련한 처지에 빠지는 것은 일반적으로 그들이 부유한 문명인들과 한데 어울렸기 때문이라고 지적했다. 마음속으로는 불만을 품지만 부득이하게 훨씬 더 높은 수준에 있는 그들에게 의지하여 비겁하게 생존을 유지하게 되며, 이것이 그들을 자기비하에 빠뜨리고 때로는 분노에 휩싸이게 만든다는 것이다. 그렇기 때문에 "인간은 귀족 국가에서 살 때 다른 곳에서보다 더 거칠고, 화려한 도시에서 살 때 시골 마을에서보다 더 거친 법이다".

나는 신이 나서 내친김에 토크빌의 책을 다시 한번 읽어보았다. 내가 체호프를 생각할 때 그가 내게 말을 걸었고 나와 대화를 나눴다. 내가 영국의 귀족계급 사회에 대해 이야기할 때는 계시와 증거를 제공해주기도 했다. 또한 지금은 미국 위헌 심사의 헌법 수호신인 대법관 제도에 대한 질문에 있어서도 여전히 참여와 지지 발언을 계속해주고 있다. 같은 책이 세 가지 전혀 다른 주제에 연이어 관여하고 있는 것이다. 축구장에서였다면 우리는 이처럼 신기한 현상을 '헤트트릭'이라고 불렀을 것이다.

불을 끄고 잠자리에 들자 이번에는 토크빌의 책이 알렉산더 해밀턴의 『연방주의자 논고』 위에 놓인다. 내일 아침 내가 손을 뻗으면 닿을 수 있는 위치다. 토크빌의 임무는 끝났지만 그는 여전히 '유용'하다. 그래서 잠시 서가로 돌아가지 못한다. 아직은 완전한 자유라는 원래 상태로 돌아가지 못하는 것이다.

1. 좋은 책은 갈수록 줄어드는 걸까?

독서의 지속 문제

그것은 장군에게 주어진 마지막 완전한 책이었다. 장군은 과묵하면서도 탐욕스러운 독자였다. 전쟁 중이든 휴식 중이든, 연애 중이든 항상 그랬다. 하지만 그의 독서에는 일정한 순서나 방법이 없었다. 장군은 한순간도 책을 손에서 떼지 않았다. 어떤 유형의 불빛 아래서도 책을 읽었다. 때로는 나무 아래를 거닐며 책을 읽었고 때로는 적도의 내리쬐는 태양 아래서 책을 읽었다. 마차를 타고 돌길을 지날 때도 그늘 아래서 책을 읽었고 해먹에 누워 편지를 받아 적도록 불러주면서도 해먹을 흔들며 책을 읽었다. 리마의 서적상 한 명이 장군의 어마어마한 장서의 양과 종류를 보고는 놀라움을 금치 못했다. 그의 장서에는 없는 책이 거의 없었다. 그리스 철학자의 저작에서부터 수상手相 전문 서적까지 없는 책이 없었다. 젊은 시절에는 스승 시몬 로드리게스의 영향을 받아 낭만파 작가들의 작품을 대거 읽었다. 지금까지도 그는 여전히 굶주린 듯이 이런 책들을 읽고 있다. 이상주의의 열정적인 성격 때문에 그는 이런 책을 읽는 것이 마치 자신이 쓴 작품을 읽는 것 같았다. 장군의 여생은 온통 열정적인 독서로 채워졌다. 결국 그는 주위의 모든 책을 다 읽었다. 특정 작가의 작품만 편애하지 않고 여러 시대 작가들의 책을 두루 좋아했다. 장군의 책장은 항상 빽빽하게 채워져 있었고 침실과 복도도 책으로 가득 차 지나다니는 통로가 몹시 좁았다. 어지럽게 널린 문서들이 나날이 늘어나 산처럼 쌓였고, 결국 서류철에 넣어 찾는 것으로 위안을 삼아야 했다. 장군은 자신의 장서와 문서들을 전부 다 읽은 적이 없었다. 한 도시를 떠날 때면 가장 신뢰하는 친구에게 장서 관리를 맡겼다. 끝내 책들의 행방을 알지 못하는 일이 있어도 그래야만 했다. 평생을 떠돌아다니는 군려생활로 인해 그는 볼리비아에서 베네수엘라까지 2000킬로미터에 달하는 길에 책과 문서의 궤적을 남겼다.

시력을 잃기 시작하기 전까지 때로는 서기관이 독서를 돕기도 했다. 결국 장군은 안경의 번거로움 때문에 서기관에게 전적으로 의존하게 되었다. 하지만 그와 동시에 독서에 대한 흥미가 점점 줄어들었다. 항상 그랬듯이 장군은 문제의 원인을 객관적인 것으로 돌렸다.

"좋은 책이 갈수록 줄어들고 있어."

그는 항상 이렇게 말하곤 했다.

이 글에는 장군의 이름이 나오지 않는다. 하지만 2000킬로미터나 되는 장거리 원정을 고려하면 여기서 말하는 독자가 과거 남미를 해방시킨 장군 시몬 볼리바르Simón Bolívar임을 알 수 있다. 그는 몇백 년 동안 볼리비아를 식민 지배했던 스페인을 남반구의 삼각형 대지에서 철저히 내쫓았다. 마침내 완전하고 거대한 통일 남미 국가를 세우려 했지만 너무나 광대하고 낭만적이었던 역사의 큰 꿈은 그의 생전에 산산이 부서지고 말았다. 확실히 볼리바르는 남미 대륙 전체를 장악한 적이 있었다.(물론 그의 이름을 받들어 자발적으로 행동하는 방식도 포함된다.) 이어서 그는 각지의 할거 세력에게 눈을 돌려 이들을 해체시키는 데 주력하면서 점차 많은 나라가 숲처럼 들어선 오늘날의 형태를 띠게 되었다. 이에 비하면 스페인은 상대하기가 아주 쉬웠다. 정말 힘들었던 것은 이 대륙에 통일에 대한 기억이 존재하지 않는다는 사실이었다. 무의 상태에 의지하여 존재한 적도 없고 실마리도 없는 상상을 창조해내 알아듣지 못하는 모든 사람을 설복시켜야 했던 것이다. 예컨대 책 말미에서 볼리바르는 이런 절망적인 말을 남기고 있다.

"남아메리카는 지배하거나 통치하기가 쉽지 않다. 혁명을 진행한다는 것은 바다 위를 경작하는 것과 같다. 이 나라는 약으로도 구제할 수 없을 만큼 오합지졸의 수중에 떨어질 것이고, 그런 다음에는 각양각색의 폭군에게 장악될 것이다."

볼리바르는 마흔일곱 해밖에 살지 못했다. 우리 '문자 공화국'이 배출한 두 명의 뛰어난 국민 체호프, 벤야민과 비슷한 나이에 세상을 떠난 것이다. 볼리바르의 마지막 망명여행은 콜롬비아의 수도이자 그가 대남미국의 수도로 삼고자 했던 도시 보고타에서 시작되었다. 그는 마그달레나 강을 따라 카리브 해의 온난한 해류와 해풍이 있는 산 페드로 알렉산드리아의 시골 별장에 이르렀다. 전해지는 바에 따르면 임종 전에 참회의 예를 지내면서 그가 남긴 마지막 말은 그다지 참회의 의미를 담고 있지 않았다고 한다.

"에이, 젠장! 내가 어떻게 하면 이 미궁에서 빠져나갈 수 있을까!"

콜롬비아 국적의 위대한 소설가 가르시아 마르케스가 쓴 소설 『미로 속의 장군』은 바로 이 한마디에서 제목을 취한 것이다. 그 내용 역시 마그달레나 강을 따라 이루어진 14일간의 마지막 죽음의 여정이었다. 하지만 우리처럼 남미 출신이 아닌 사람들에게는 조용한 소설 『미로 속의 장군』에서 적막하게 죽어간 볼리바르의 인생이 과거

볼리바르

에 한 시대를 풍미했던 볼리바르 본인보다 더 진실하고 감동적으로 다가올 것이다. 그리고 단언하건대, 공간의 전개와 시간의 흐름에 따라 이러한 경향은 더해질 것이다. 이것이 바로 책의 힘이다.

갖가지 고질병을 앓던 볼리바르는 소설 속에서 다시 한번 힘든 항해에 나선다. 당연히 이야기는 비극적일 수밖에 없다. 하지만 마르케스의 또 다른 단편소설 「안녕하세요, 대통령 각하」를 읽고서 끊임없이 유럽 대륙으로 망명하여 천천히 이국땅에서 부패해갔던 통치자들의 모습을 보면, 독자들은 대서양을 건너 런던으로 가지 못한 볼리바르에 대해 오히려 더 다행스럽다는 생각을 하게 될 것이다.

마르케스의 설명에 따르면 볼리바르는 젊은 시절에 탐욕스러운 독서가였지만 은퇴한 뒤로는 책을 거의 읽지 않았다. 이에 대해 그 스스로 찾은 이유는 "갈수록 좋은 책이 줄어든다"는 것이었다. 사실 이 말은 오늘날의 우리에게도 전혀 낯설지 않다. 이는 우리가 책을 읽지 않거나 더 이상 읽고 싶지 않을 때 남들에게, 그리고 자기 자신에게 곧잘 하는 말이다. 나는 이런 말의 실제적인 기능은 기분이 좋아지게 하는 것이라고 믿는다. 하지만 이 말이 진실일까?

볼리바르의 이 말로 이야기를 시작해보자.

좋은 책과 나쁜 책을 결정하는 요소

책의 세계는 바다와 같이 넓다. 우리는 누구나 개인의 운과 선택에 의존하여 국부적으로 책과 만날 수밖에 없다. 그러다보면 단정치 못한 사람을 만나는 것과 같은 불행한 일이 발생한다. 이러한 개인적인 특수 경험과 전체적인 진실의 세계 사이에서는 다양한 격차와 배반이 일어난다. 말하자면 끝이 없다. 내 생각에는 먼저 전체적으로, 거시적으로 따져보는 것이 비교적 정확하고 공평한 방식일 듯하다.

좋은 책은 정말로 점점 줄어들고 있을까? 아마도 그렇지는 않을 것이다. 여기에는 항구적인 구조적 이유가 있다. 물론 공급의 측면에서 볼 때, 책에는 글쓰기에서 제작, 출판에 이르기까지 확실히 불안정한 일면이 있어 완전히 고정적인 생산 작업 라인에 품질 관리라는 게 더해진 이런 산업 메커니즘으로는 통제가 불가능하다. 하지만 다행인 것은 책이 이런 작업 시스템에 완전히 수용되지 않고 항상 어느 정도 수공예의 특성을 지닌다는 점이다. 덕분에 책은 다른 모습을 갖게 되었고 자유로워졌다. 물론 여기에는 글쓰기의 자유와 그것을 기초로 파생된 독서의 자유도 포함된다. 억압이 점점 강해지고 개인의 독특성이 말살되는 산업 체제 하에서 이는 우리가 지켜야 할 얼마 남지 않은 소중한 자유 중 하나가 되었다.

바로 이런 불안정성이 곧 자유의 건강한 존재를 설명해준다. 따라서 거시적인 공급의 측면에서 볼 때, 좋은 책은 갈수록 줄어들고 있다고 할 수 있다. 좋은 책이 갈수록 많아진다는 것은 대체로 합당하다고 할 수 없다. 좋다는 것은 불안정하다는 것이고, 이를 곡선으로 그려낸다면 위로 계속 상승하거나 아래로 가라앉은 유연하고 아름다운 곡선이 아니라 마구 기복하고 흔들리는 불규칙적인 모양이 될 것이기 때문이다. 불안정성이란 게 어떤 것인지 좀더 알고 싶다면 한 걸음 더 나아가 책이 만들어지는 가장 근원적인 부분을 살펴보면 된다. 다름 아닌 인간의 영혼이다. 여기에는 인간의 사유와 이해, 상상력과 불만 등이 모두 포함된다. 역사의 시간 속에서 그 궤적은 균등하고 평평하게 미끄러지는 물 같은 진행이 아니라 긴장과 이완이 교체되는 맥동脈動식 리듬임을 쉽게 발견할 수 있다. 개별적인 영혼은 고독하게 독특한 사유를 마주하는 동시에, 때로는 드러나게 때로는 은밀하게 모든 동시간적 개별 사유와 연계되고, 과거로부터 축적된 사유의 성과 위에서 하나의 커다란 대화로 조합되거나 사유가 교체되는 마당이 되기 때문이다. 이런 보편적 대화 혹은 마당의 존재는 개별적 영혼에게 여전히 일종의 제약으로(우리가 흔히 말하는, 인간이 초월할 수 없고 심지어 의식하기도 쉽지 않은 이른바 '시대의 한계' 같은 것) 작용하지만, 동시에 끊임없이 사유의 재료와 계시를 제공하고 사유의 기본적인 시야와 초점을 제공하는 공급자가 되기도 한다. 따라서 한 사람의 갈망과 곤혹은 종종 그 시대 모든 사람의 갈망이자 곤혹으로서, 완전히 같지 않은 언어와 완전히 일치하지 않는 시도의 노선으로 돌파할 수 있다. 특별히 똑똑하거나 특별히 운이 좋거나 특별히 무모하고 편집광적인 사람이 돌파구를 뚫고 나아가기 전까지, 이 대화 혹은 마당은 한동안 정체된 듯한 일종의 침체와 초조의 상태가 되어 계속 압력을 쌓아갈 것이다. 그러나 일단 돌파구가 뚫리면 맑은 바람이 들어오고 완전히 새로운 시야가 사람들 앞에 펼쳐진다. 이처럼 압력솥 안에 갇혀 맴돌던 거대한 힘이 살길을 찾아 솥을 뚫고 분출하면 우리는 풍수의 계절을 맞게 될 것이다. 이에 따라 사유가 실제적인 성과의 호경기를 보이고 화려한 전성기를 누리게 된다.

예컨대 물리학을 공부한 사람이라면 누구나 아는 뛰어난 물리학자들의 행위를 살펴볼 때, 그들이 정말로 유행과 트렌드를 추구하고 잘나가는 가수나 밴드를 추앙하는 소년 소녀들과 다르지 않았다는 것을 발견할 수 있다. 그들은 한동안 일제히 소립자에 관해 언급하다가 갑자기 집단적으로 자기장 이론으로 몰려든다. 그러다가 금세 또 눈을 돌려 이구동성으로 현弦에 관해 이야기한다. 이렇듯 벌떼처럼 한가지 흐름을 향해 몰려다니는 모습은 우습기 짝이 없다. 물론 여기에는 조롱의 대상이 되기에 충분한 요소들도 없지 않지만, 사실은 깊이 있고 엄숙한 사유의 이유가 존재한다. 우리는 보통 이를 '사조思潮'라고 부른다. 이는 사유의 집체적인 양태로서 지속적으로 해안을 때리고 물러가는 조수처럼 기복했다가 평평하게 가라앉으면서 파도의 봉우리와 계곡을 형성한다.

책은 이러한 사유의 궤적을 기록한다. 동시에 사유의 축적된 성과를 보관하는 가장 주요한 저장 장치가 되기도 한다. 그런 까닭에 책의 공급은 필연적으로 파도가 기복하는 형상을 취한다. 어떤 때는 좋은 책들이 물밀듯이 쏟아져 나와 이를 다 쫓아가기 힘들어지다가 때로는 갑자기 비가 내리지 않는 것처럼 좋은 책이 나오지 않아 사람들의 마음을 초조하게 만든다.

물론 이러한 근원적 성격은 사유 자체의 불안정한 특성에 기인하기도 하지만 좋은 책과 나쁜 책을 결정하는 또 다른 핵심적 요소가 있다. 다름 아닌 시간과 장소가 조성하는 특수한 사회 조건이다. 날씨가 사계절 변화의 제약을 받고 우리가 살고 있는 특수한 지리적 위치나 지형 변화에 따라 생활이 제약을 받는 것과 마찬가지다. 이러한 사회적 조건의 영향은 비교적 안정적이라서 별로 힘들이지 않고도 쉽게 관찰하거나 예측할 수 있다. 예컨대 한 사회의 정보가 개방되고 유통되는 정도나 사유와 언론에 대한 관용도 등이 그렇다. 이처럼 특정한 사회의 특정한 작용으로 인해 책의 역사, 독서의 역사에 갖가지 괴로운 기억이 남는다. 책을 잘못 쓰면 치명적 결과가 따르고 책 한 권을 잘못 읽는 것으로 목숨을 잃을 수도 있다.

그다지 적절치 못한 일이지만 책을 동물에 비유한다면, 이 동물의 생명을 유지하는 데 필요한 가장 중요한 음식은 바로 '자유'다. 한 사회의 책의 품질과 분량, 넉넉함과 부족함 등은 기본적으로 그 사회의 자유(정치뿐만 아니라 경제와 문화적 전통, 종교 등 전체적인 조건을 따져야 한다)의 행보에 따라 결정된다. 따라서 한 사회의 서적과 관련된 전반적인 양상은 거꾸로 그 사회의 자유의 정도를 한눈에 알 수 있는 지표다. 한 사회의 서점을 한번 둘러보는 것이 그 사회의 정치 체제나 현황에 관해 연구하는 것보다 더 정확하고 전면적인 이해의 방법일 수 있다. 어차피 관제의 능력은 직접적인 정치 폭력의 운용을 감추지 못한다. 자유의 수많은 장애물은 은밀하게 감춰져 있지만 이러한 궤계들은 결국 책을 속이지 못하고, 진정으로 품격을 갖춘 독자들을 속여 넘기지도 못한다.

다음에 혹시 외국에 나갈 기회가 있으면 시간을 내서 현지의 대표적인 대형 서점을 구경해보라. 서가를 거시적으로 훑어보기만 해도 우리가 생각하지 못했던 그 나라의 진면목을 발견할 수 있을 것이다.

여기까지 말하고 보니 다소 독단적이긴 하지만 한마디 단언하고 싶은 것이 있다. 책을 좋아하는 사람이라면 독자의 신분이든 저자의 신분이든 모두 자유의 신봉자이자 옹호자라는 사실이다. 하지만 애석하게도 현실은 꼭 그렇지만도 않다. 인류 역사의 잔혹한 현실은 아주 당연하고 아름다운 이 명제를 지지하지 않는다. 너무나 많은 독재자가 다른 사람의 생각을 추호도 용납하지 않으면서 이들을 박해하고 살해하며 말살했던 것이다. 남몰래 희생된 사람들 중에는 훌륭한 저서의 저자나 독자인 사람도 적지 않았다. 우리는 그저 억지로나마 그 옛날 레닌이 남긴 명언을 인용할 수 있을 뿐이다.

"그들은 모두 자신의 출신을 배반했고, 저자이자 독자라는 신분을 저버렸다."

무관계無關係한 사람

책의 공급이라는 이 두 가지 효과적인 작용력으로 볼 때, 좋은 책이 갈수록 줄어들고 있다는 볼리바르의 말은 서적과 관련된 타이완의 상황 전반에는 적용되기 어렵다. 전체적으로 말해서 타이완의 자유는 비틀거리면서 한 걸음씩 전진하는 단계에 있다. 물론 절대치로 말하자면 타이완은 영국 런던의 고서점가 채링크로스Charing Cross가 지니고 있는 솔로몬 왕의 보물 같은 아름다움에 비하여 아직 멀었다고 할 수 있다. 확실히 채링크로스는 몸부림치면서 위로 올라가는 상향 곡선을 그리고 있다. 좋은 책이 끊임없이 쏟아져 독자들은 읽을 책이 없다는 한탄을 할 수가 없다.

게다가 좋은 책은 축적되기도 한다. 책은 일단 사회에 들어오면 쉽게 퇴출되지 않는다. 어쩌면 경제적 실리를 추구하는 연쇄점식 서점에서는 경제적으로 매력 없는 책들을 서가에서 빼버릴지도 모른다. 하지만 독자들은 그런 책을 소장한다. 자기 서가에 소장하고 기억 속에 소장하고 말과 글 속에 소장하는 것이다.

하지만 개별적 독자인 우리에게 정말로 볼리바르와 같은 현상이 수시로 나타나는 것은 왜일까? 우리는 왜 청핀誠品서점(타이완의 유명한 서점 체인) 같은, 천지를 책이 뒤덮고 있는 거대한 세계에서도 읽을 만한 책이 없다면서 낙담하는 것일까? 자신이 소장하고 있거나 이미 읽은 책이 그 책들의 10분의 1, 100분의 1도 되지 않는다는 사실을 분명히 알면서도 왜 그런 느낌을 갖는 것일까?

좀더 공정하게 따져보자. 책이 안 좋다는 것은 사실일 수도 있다. 책은 사회의 자유와 개방의 정도에 따라 전체적으로 진전하기 때문이다. 좋은 책이 증가한다는 것은 봐주기 힘들 정도로 불량한 책을 피할 수 없다는 것을 의미하기도 한다. 불량한 책들은 집필과 제작에 시간이 별로 소요되지 않기 때문에 항상 좋은 책보다 더 빨리 성장할 수밖에 없다. 게다가 통속적인 시장 메커니즘에 더 잘 적응한다. 그렇기 때문에 이런 책들은 길거리에 무리를 이루어 돌아다니는 불량 청소년들처럼 누구나 보지 않을 수 없는 눈에 가장 잘 띄는 자리에 포진하여 책 전체의 분위기를 황량하고 공포스럽게 만든다. 문제를 일으키고 싶지 않은 사람들은 옷깃을 단단히 여미고 재빨리 자리를 피해 집으로 돌아가야 한다.

하지만 훌륭한 독자라면 용감하고 강해질 필요가 있다. 순결하고 아름다운 부인 페넬로페를 만나기 위해 포기하지 않고 노력했던 오디세우스처럼 괴물들의 위세에 기죽지 말고 요정 세이렌의 유혹의 노래에 넘어가지도 말아야 한다. 소란스럽지 않고 울부짖지도 않으며 아양을 떨지도 않는 적막한 서가를 향해 가야 한다.

불량한 책이 많은 것은 사실이다. 하지만 이는 방대한 책의 바다를 구성하는 작은 일부분에 지나지 않는다. 솔직히 말해서 나머지는 우리가 '보고 싶지 않거나' '관심이 없거나' '이해하지 못하거나' '왜 읽어야 하는지 모르는' 그런 책들이다. 이처럼 다양한 언어 표현도 사실은 한가지 생각으로 묶을 수 있다. 우리는 광양자의 특성을 알고 싶지도 않고 소립자가 왜 파동인지를 연구하고 싶지도 않을지 모른다. 케인스학파와 신자유주의학파가 도대체 무엇 때문에 얼굴을 붉혀가면서 논쟁을 벌이는지 알고 싶지 않을지도 모른다. 또한 머나먼 사모아에 사는 사춘기 여자아이의 생각이나 생활 방식에 관해 눈곱만치도 관심이 없을지 모른다. 마테오리치가 어떤 경로로 이탈리아를 떠나 중국으로 갔는지 세세하게 알 필요성도 느끼지 못할 것이다. 19세기에 일찌감치 사할린으로 추방당해 이제는 시체조차 찾지 못하는 가련한 러시아인들의 역사를 왜 알아야 하는지도 모른다.

이 문제들에 대해 알고 싶어하는 독자들에게는 이런 내용을 다루는 좋은 책이 적지 않다고 말해줄 수 있다. 하이젠베르크나 아인슈타인, 프리먼 다이슨Freeman John Dyson, 밀턴 프리드먼, 폴 크루그먼, 마거릿 미드, 체호프 등의 책이 그것이다. 우리는 이러한 부분적인 세계가 우리에게 완전히 봉쇄되어 있고 이 세계로 연결되는 책들 또한 우리로부터 완전히 차단된다는 사실을 알고 싶어하지 않는다. 우리가 모든 일을 알고 싶어하지 않을 때, 우리에게는 이 세계 전체가 존재하지 않고 아무런 의미도 없는 것이 되고 만다. 결국 모든 책과 우리의 관계가 단절되며 우리는 더 이상 독자가 될 수 없다.

일본인들은 이런 현상에 대해 나름의 견해를 가져 이를 직접적으로 '무관계無關係'라고 표현한다. 이는 모종의 소박한 관계가 완전히 단절되어 결국 철저히 냉담해지고 철저히 잊히는 형태가 구현되는 것을 의미한다. 일본인들이 '무관계'라는 단어를 사용한 것은 원자화되어 섬처럼 살아가는 현대 대도시 사람들의 삶을 설명하기 위해서였다. 때로는 이 단어로 대국으로서의 책임감을 전혀 느끼지 않고 결국 아시아 동북쪽의 한 부유한 섬으로만 존재하는 일본을 비유하기도 한다. 여기서 내친김에 토크빌의 말을 인용해보자. 이는 200년 전, 유럽의 전제정치 체제 밑에서 살았던 백성의 어떤 실황을 묘사하기 위해 한 말이지만, 주변 세상과 완전히 단절되고 관계가 끊긴 '무관계'한 사람들의 초상을 상당히 생생하고 실감나게 그리고 있다.

"일부 국가의 국민은 스스로를 외부에서 온 이주민으로 간주하면서 그 땅에 사는 운명에 대해 아무런 관심도 보이지 않는다. 일부 커다란 변화도 그들의 찬성과 동의를 거친 적이 없다. 그런 변화들은 그들이 아는 일이 아니라(우연한 기회에 그들에게 통지하는 경우를 제외하고) 그저 그곳에서 일어난 일일 뿐이다. 아니, 그것으로 그치지 않는다. 마을의 상황이나 거리의 경찰, 마을 교회나 목사의 집을 수리하는 것 등도 전부 그들과 무관한 일이다. 그들은 이 모든 일을 자신과 무관한 것으로 간주하기 때문이다. 그들은 이런 일을 정부나 세력 있는 낯선 사람들의 소관이라고 생각한다. 그들은 이런 것에 대해 영구적인 소유권만 가질 뿐 소유주의 신분은 아니다. 따라서 이를 개선하려는 어떠한 의지도 갖고 있지 않다. 세상사에 대한 무관심이 이 지경에 이르렀다. 그런데도 본인이나 자녀의 안전이 위협을 받는다면 위험과 재난을 피하지 않고 오히려 두 팔 벌리고서 전 국민이 와서 도와주기를 기다릴 것이다. 이처럼 자신의 자유의지를 완전히 희생시킨 사람들은 다른 어떤 사람보다도 복종을 좋아할 것이다. 그렇다. 이런 사람은 가장 형편없는 관리 앞에서도 위축될 것이다. 하지만 그는 패전의 정신을 지니고 있기 때문에 자신보다 더 강한 적이나 세력이 나타나면 뒤로 물러나 법률은 안중에도 두지 않을 것이다. 그는 영원히 노예근성과 방종 사이에서 방황할 것이다."

그렇다. 우리는 언제 어디서든 토크빌이 말한 이런 유형의 사람들을 쉽게 찾아볼 수 있다. 지금 이 순간, 이곳, 우리가 발을 딛고 서 있는 자리가 우리의 불행한 국가인 것이다.

도적이 오면 도적을 맞고, 도적이 가면 관리를 맞는다는 말이 있다. 하지만 우리는 이렇게 무거운 말은 하지 않았다. 그저 이런 사람들은 책을 읽으려 할 리가 없다고 말할 뿐이다. 그들 앞에 읽을 만한 책이 없다면 그에게는 독서를 시작할 어떤 동기도 없다는 것을 의미한다. 그가 전에 책을 읽었다면 아주 빨리 독서의 어려움 속에서 자신을 발견하고는 뒷걸음질을 칠 것이다.

선한 생각으로서의 독서

여기서 가볍게 고개를 돌려 한 가지 문제를 던져보자. 어째서 우리는 처음부터 '왜 우리는 책을 읽지 않는가' 하는 문제에 관심을 갖지 않고 그다음 단계인 '왜 독서가 유지되지 않는가' 하는 문제에 관심을 갖는 것일까? 이에 대한 내 개인적인 대답은 아주 간단하다. 나는 시종 사람들이 책을 읽고 싶어한다고 믿는다. 독서가 부딪히는 가장 치명적인 어려움은 사람들이 독서를 하고 싶어하지 않는 것이 아니라 독서를 시작한 뒤에 계속 진행하지 못한다는 것이다.

안 좋은 소식이 끊이지 않고 전해진다. 예컨대 타이완의 사회가치는 점점 더 어지러워지고 파괴되어간다. 사람들은 나이를 먹을수록 토크빌이 염려했던 그런 유형의 사람들로 변해간다. 컴퓨터나 영상물에 빠진 젊은이와 어린아이들은 갈수록 책을 읽지 않는다. 능력 있는 성인들도 젊은이들의 비위를 맞추기 위해 혹은 물건을 팔아 돈을 벌기 위해 컴퓨터와 영상물이 책을 대신할 수 있다는 확신을 퍼뜨린다. 하지만 상황이 이처럼 갈수록 악화되고 있다 해도 독서는 길이길이 명맥을 이어나갈 것이다. 인류와 함께 1000년이 넘는 세월을 함께한 책은 철저하게 제거되거나 파괴되지 않을 것이다. 나는 개인적으로 이런 생각을 거의 신념으로 삼고 있다. 오늘날에도 독서는 좋은 일임에 틀림없다. 독서는 삶에 기운을 불어넣는 선한 생각이다. 천천히 세월을 보내는 우리 인생에서 책을 읽기 시작하려는 마음은 항상 반복될 것이고, 게다가 그 횟수는 욕정에 의해 갑자기 연애를 꿈꾸는 횟수보다 훨씬 더 많을 것이다.

때로는 선한 생각이 순식간에 사라져버리기도 한다. 우리는 진지하게 책을 읽고자 하는 마음을 실천으로 옮기지만, 이런 실천은 금세 화석이 되어 서가에만 그 증거물로 남게 되기도 한다. 처음 읽기 시작한 책이 두 쪽도 채 넘어가지 않아 전사한 병사의 시신처럼 먼지를 뒤집어쓰는 것이다. 말하자면 독서의 어려움은 시작에 있는 것이 아니라 지속에 있다. 마음먹고 책을 읽기 시작하는 것은 찰나의 일이라 그사이에 어떤 어려움이 깃들 여유가 없다. 하지만 책을 읽기 시작하면 처음 하루는 속도가 빠를지 모르지만 날이 갈수록 속도가 점점 느려지면서 귀찮음과 불편함, 회의, 낙담 등 갖가지 이상한 심리현상이 시간 속에 왕성한 번식의 여지를 갖게 된다.

생각은 불꽃과 같아서 항상 존재하며 완전히 소멸하지 않을 수도 있다. 하지만 활활 타오르는 불꽃을 유지하려면 한 권 한 권 책을 땔감으로 태워야 한다. 이는 독서가 정말로 정취 있게 진행되는 과정에는 수많은 어려움이 존재하기 마련이고, 이러한 어려움은 보편적인 인성의 경향과 유관하다는 것을 의미한다. 우리의 기본적인 인성을 배반하면 생각과 실천 사이에 커다란 괴리가 생긴다.

우선 볼리바르가 말한 좋은 책이 갈수록 줄어든다는 문제 외에 흔히 나타나는 어려움들로 어떤 것이 있는지 살펴보자. 우리는 누구나 한 번으로 끝나지 않았던 실패의 경험 속에서 그 어려움들을 찾아 나열할 수 있을 것이다. 몹시 바빠서 책 읽을 시간이 없었을 수도 있고, 어떤 책을 읽어야 할지 몰랐을 수도 있다. 책을 읽어도 이해가 되지 않는 경우도 있을 것이고 책을 살 돈이 없거나 책값이 부담이 된 적도 있다. 애당초 책을 읽어야 하는 이유를 몰랐을 수도 있을 것이다. 우리 일상에서 흔히 접하는 이 같은 다양한 어려움은 수수께끼일 수도 있고 거대한 진실일 수도 있다. 어쨌든 이런 어려움들이 지속적으로 골치를 썩이거나 또는 가뜩이나 연약한 독자들의 선한 생각을 순식간에 태워버리는 것만은 분명한 사실이다. 앞으로 이런 문제들에 대해 하나하나 정면으로 대응하는 것도 바람직할 터이다. 하지만 이렇게 생각해보는 것도 나쁘지 않겠다. 도대체 이 세상에 귀찮고 어렵지 않은 일이 어디 있단 말인가? 멀리 영화관까지 가 줄을 서서 표를 사고 팝콘 향기가 감도는 공기 속에서 영화가 시작되기를 기다리는 것도 힘든 일이지 않을까? 가격이 그렇게 비싼데도 끊임없이 신제품이 나오고 금방 구형이 되어버리는 컴퓨터를 사서 어렵사리 손에 익히고 그 복잡한 세계에 들어갔다가 때로는 중독되는 것도 괴로운 일이지 않을까? 나는 지난 1년 동안 집 근처에 있는 초등학교에 가 운동을 하면서 중고등학교 학생들이 신체 조건이 완전히 뒤떨어지는 선천적인 한계 속에서도 마이클 조던이나 코비 브라이언트 같은 유명 농구 선수들의 갖가지 기술을 따라 하는 모습을 지켜보곤 했다. 아이들은 다리 밑으로 공을 드리블하기도 하고 몸을 돌리면서 공을 받아 슛을 성공시키기도 했다. 아이들은 비 오듯 흐르는 땀으로 온몸을 적셔가며 저녁 내내 비슷한 동작들을 반복했다. 게다가 이런 반복은 몇 주일 혹은 몇 개월이나 지속되기도 했다. 학생들은 힘들까 힘들지 않을까? 객관적으로 보면 정말 힘든 일임에 틀림없다. 이런 정신과 의지로 책을 읽는다면 양자역학이나 자크 데리다의 글이 지나치게 어렵게 느껴질 리가 없을 것이다.

한때 대대적으로 유행했던 극한 운동 가운데 하나인 스케이트보드를 생각해보자. 비스듬한 경사지나 계단, 시멘트로 된 낮은 담장과 철제 난간 등에서 넘어져 몸과 얼굴에 상처를 입은 용감한 소년들의 고통은 더 말할 것도 없다.

따라서 어려움이란 구체적이고 독립적인 것인 동시에 상대적인 것이라고 말할 수 있다. 무엇이 상대적이란 말인가? 개인의 희망과 각자의 마음속에 떠오르는 찬란한 이미지가 상대적이다. 어떤 이미지가 어떤 이미지를 압도하느냐에 따라 어려움은 종종 고통을 동반하긴 하지만 충실한 존재감이 될 수도 있다. 이런 이미지가 점점 사라지면 어려움은 면역력의 저항이 없는 바이러스처럼 멋대로 증식하여 해를 끼친다.

다시 말해서, 우리같이 평범한 사람들이 독서를 지속하기 어려운 이유를 찾는다면, 구체적인 어려움을 분석하기 전에 먼저 처리할 것은 마음속의 이미지 문제일 가능성이 크다. 책을 일종의 매개물로 간주하여 사람과 그가 속한 세계의 관계를 따져봐야 하는 것이다. 본능에서 기원한 그의 호기심은 왜 사라진 것일까? 타자에 대한 그의 관심은 왜 좌절된 것일까? 아마도 한 번뿐일 자신의 생명에 대한 기대를 그는 왜 저버린 것일까? 그는 왜 풍부하여 사방으로 복사되는 감각기관을 폐쇄해버리고 스스로를 고독하며 '무관계'한 인간으로 만들어버린 것일까?

불만과 절망 사이에서의 독서

세계는 너무나 큰 데 반해 우리 한 개인의 몸은 너무나 작고 단명하다. 이러한 세계의 어떤 영역, 어떤 부분에 대해 인연이 없어 관계가 발생하지 않는 것은 얼마든지 이해하고 심지어 찬동할 수 있다. 유한한 정신력과 시간, 자원을 집중하여 독서 과정에서 가장 적절하고 가장 큰 힘을 발휘할 수 있는 영역에 떨칠 방법을 배워야 하기 때문이다. 여기서 진정한 독자들이 관심을 가질 만한 문제는 과거에 맺어졌던 관계가 왜 단절되었는가 하는 것이다. 전에는 있었던 관심이 또다시 사라진다는 것은 무슨 의미일까? 심지어 결국 세상 전체가 아무리 봐도 보이지 않게 형체를 감춰버리는 것은 또 어떻게 된 일일까?

볼리바르는 우리에게 적어도 두 가지 해답을 제시하고 있다. 첫째는 나이가 드는 것으로, 노쇠함이라고 하는 게 적당할 것이다.(당시 볼리바르는 겨우 47세에 불과했다.) 죽음이 다가올 때면 우리에겐 더 이상 아름다운 시간이 주어지지 않는다. 그리고 내가 죽는다 해도 나와 함께 죽지 않을 이 세계에 대해 관심을 기울일 만한 육체적인 기력과 지력이 더 이상 생겨나지 않는다. 둘째는 절망이다. 패배하고 그 패배를 인정하는 것, 아무리 생각하고 아무리 노력해도 자신보다 더 거대하고 냉담한 세계에 영향을 미칠 수 없다는 사실을 인정하는 것이다. 볼리바르의 경우 드라마틱하게도 이 두 가지가 동시에 종착지에 이르렀다. 마르케스의 이야기는 볼리바르가 벌거벗은 몸으로 두 눈을 부릅뜬 채 욕조에 시체처럼 누워 있는 장면으로부터 시작된다.

"그(그 후 장군의 하인으로 가장 오랫동안 있었던 호세 팔라시오스)는 볼리바르가 익사한 것이 틀림없다고 생각했다."

그러나 볼리바르가 나귀를 타고 남미의 도시 보고타를 떠날 때, 전송하기 위해 나온 육군과 해군의 장군들은 갑자기 그를 불러 세우며 떠나지 말고 남아주기를 부탁한다.

"조국을 구하기 위해 마지막 희생을 해주게."

하지만 볼리바르는 거절한다.

"그럴 수 없네, 에란. 내게는 더 이상 내 희생의 대상이 될 만한 조국이 없네."

일반적으로 사람들은 쇠약해지고 죽는 것을 두려워한다. 하지만 독서에 가장 치명적인 것은 절망이다. 게다가 절망은 한 가지 모습으로 다가오지도 않고 종결적 의미로 단 한 번 찾아오는 것으로 그치지도 않는다. 절망은 다양한 모습으로 변신하여 수시로 다가온다. 게다가 그 무게와 깊이의 정도도 일정치 않다. 물론 대부분의 경우 절망은 큰 방해가 되지 않는다. 절망이란 그저 우리가 외부 세계에 대해 갖는 불만과 황량한 느낌일 뿐이다. 이렇게 쓸쓸한 마음은 아침 안개처럼 잠시 독서의 시야를 흐릿하게 한 다음, 아무 일도 없었던 것처럼 이내 깨끗이 사라져버린다. 하지만 때로는 정말로 격렬하게 우리를 습격해 들어와 마음속에서 나가지 않고 극도의 피로감을 남기기도 한다. 사실 서점으로 가는 길은 끊어진 것이 아니라 우리 스스로 포기하고 가지 않는 것이다. 재미가 없거나 의미를 찾지 못할 때, 특히 외부 세계가 지속적으로 변할 때는 이런 절망이 임계점에 도달하기 쉽다.

오늘날 자본주의 사회는 우리에게 더더욱 방어하기 어렵고 심지어 느끼기도 어려운 방식의 절망들을 안겨준다. 이는 일종의 마비적인 절망으로서 단일 궤도만을 운행하고 현재에만 만족하는, 어쩌면 상당히 즐거운 절망이다. 우리는 스스로가 이 세계와 분리되어 있다고 생각하지 않을 것이다. 최전선에 나아가 분투하고 있다고 생각할 만한 확실한 이유가 있을 것이다. 또한 우리는 세상의 다양한 의견과 갖가지 모습의 사람들로 둘러싸여 있다. 이런 피상적인 이미지들에 대해 지나치게 많다고 생각할 뿐, 결코 부족하다고 느끼지는 않을 것이다. 이런 것들을 피하고 싶으면서도(잠을 자거나 쉬거나 전화로 수다를 떨거나 멍하니 앉아 있거나 텔레비전을 보면서) 무의식중에 깊이 파고들 수도 있을 것이다. 그리하여 피상적인 이미지들은 호기심을 대체하고, 더 나아가 공감을 대체한다. 결국 이렇게 거대한 세계에 몇 갈래 길과 집 몇 채 그리고 사람 몇 명만 남게 된다. 그리고 굳이 생각할 필요도 없이 자동적으로 문을 나섰다가 집으로 돌아갈 수 있는 고정적인 행로만 남는다. 위험천만한 오늘날의 이 세계가 안전하고 반복되는 풍경으로 바뀌는 것이다.

이렇게 생각하면 사람들에게 책 읽기를 지속하게 만드는 것은 아주 어려운 일인 것 같다. 통제할 수는 있지만 자유자재로 다룰 수 없는 우리의 의지에서 독서가 차지하는 비중은 생각처럼 그렇게 크지 않다. 독서를 향한 의지는 대체로 불만과 절망의 중간 지대에 존재한다. 절망은 볼리바르 같은 사람으로 하여금 다시는 책을 읽지 못하게 했다. 그러나 사실 기본적으로 세상에 만족하며 큰 불만이 없는 우리 같은 사람에게도 마음을 다잡고 책을 읽어가기가 힘든 것은 마찬가지다.

마음속에 고민을 갖고 있는 독자

그러나 모든 독서가 이처럼 격정적이고 혹독한 것일까? 좀더 즐겁고 편한 기분으로 책을 읽을 수는 없을까? 독서가 즐거운 일임은 틀림없는 사실이다. 예로부터 지금까지 사람들에게 책 읽기를 권하는 것은 항상 호의로 여겨졌다. 그러나 나는 개인적으로 사람들이 '기만을 당해' 책을 읽는 고독한 과정에서 처리할 힘이 없어지는 것은 책이 그들에게 가져다주는 즐거움이 아니라 이 여정에서 만나는 갖가지 어려움이라고 생각한다. 무척 즐겁고 수확이 풍부한데도 책을 읽지 않는 경우는 없지 않을까?

게다가 세계는 지속적으로 변화하고 있다. 우리는 독서에 포함된 즐거움의 성분이 세계의 변화에 따라 조금씩 소실되고 있다고 해야 할 것이다.

이렇게 말할 수도 있다. 아주 많은 사람이, 아주 쉽게 독서를 일종의 즐거움 혹은 사람들 앞에서 자기 체면을 세우는 도구로 여긴다. 인터넷을 통해 원조교제 상대를 물색하는 사람이나 삼류 영화의 배우들을 포함하여 누구나 자기소개를 할 때 취미를 말하는 것과 마찬가지다. 사람들은 자신이 가장 좋아하는 일을 꼽으라면 대개 '독서나 음악 감상, 등산, 수영 같은 자연친화적인' 것들을 거론한다.

이런 반응은 틀리지도 않았고 나쁜 것도 아니다. 단지 일부 사람에게서 의도적인 잘난 척이 아닌가 하는 의심을 불러일으킬 뿐이다. 물론 독서로 시간을 때울 수 있다. 확실히 독서에는 그런 기능이 있다. 하지만 단지 심심풀이로만 책을 이해한다면 이런 독서는 그 독특성을 잃어버리고 진정한 위치를 상실할 것이다. 그리하여 독서는 진지하게 대하지 않아도 되는 무수한 심심풀이 수단 가운데 하나로 전락할 것이고, 아주 쉽게 다른 것으로 대체될 수 있을 터이다. 결국 독서는 적당하지 않을 뿐만 아니라 가장 불리한 경쟁의 환경에 처하고 사람들은 책을 펼친 지 얼마 되지도 않아 독서의 첫 번째 어려움이 닥쳐오면 얼른 책을 내던진 채 자연친화적인 것들로 도피한다. 중국 삼국 시대에 관녕管寧과 화흠華歆이 함께 심심풀이로 책을 읽다가 징소리와 북소리가 울리자 마음이 들뜬 화흠이 곧바로 자리를 뜬 것과 마찬가지다.

상황이 이렇게 흘러갈수록 심심풀이로서의 독서의 의미는 더 험악해진다. 찰스 디킨스의 장편소설들은 오락도 없고 인터넷이나 영화, 텔레비전, 라디오도 없던 그 시대에 사실적이고 격정적이며 기복과 반전, 은혜와 원한이 가득한 스토리 덕분에 오늘날의 여덟 시 연속극과 다름없는 존재로 받아들여졌다. 당시 사람들은 하루 종일 바쁜 일을 마치면 기회가 닿는 대로 소설을 통해 감정을 표출하곤 했다. 작은 쪽배가 파도에 휩쓸려 표류하면서 바위에 부딪히는 것 같았다. 글을 아는 하녀들도 주인의 만찬 시중이 끝나면 주방 구석에 가서 소설을 읽었다. 심심풀이인 동시에 그들의 인생에서 유일하게 평등이 실현되는 시간이었다. 그렇게 사람들은 소설이 제공하는 환상 속에서 잠시나마 철저한 신분과 계급의 한계를 초월할 수 있었던 것이다. 하녀들이 소설을 읽기 시작한 사건은 소설의 발전과 서적 출판의 역사에 지대한 영향을 미치면서 현대 소설의 기틀을 마련했다. 또한 책의 장정에도 변화를 가져다주었고 책의 가격을 낮춰 귀족의 서재에서나 볼 수 있는 아름답고 값비싼 물건이라는 이미지를 탈피할 수 있게 해주었다. 오늘날 펭귄 사에서 출간된 페이퍼백을 구입해본 사람이라면 과거에 이런 소설을 읽었을 주방의 하녀들을 떠올릴 수 있을 것이다. 이는 일종의 존경의 마음으로(적어도 이런 책을 사면 적잖은 돈을 절약할 수 있기 때문이다) 이미 소설 읽기와 영원히 뗄 수 없는 부분이 되었다.

그러나 오늘날 독서는 사면초가의 형국에 빠져들었다. 유혹이 몹시 많고 요정 세이렌의 감미로운 노랫소리가 끊이지 않는다. 모두 재미있는 소일거리를 추구하는 마당에 굳이 목숨 걸고 이에 따르지 않을 이유가 어디 있단 말인가? 전화로 수다를 떨거나 영화관에 가고 쇼핑을 하며 술집에 놀러 가는 게 낫지 않겠는가? 책을 읽는다면 그 어떤 것과도 바꿀 수 없는 무언가를 발견해야 할 것이다. 가볍고 즐거운 심심풀이로는 만족할 수 없는 독특한 특성을 찾아야 한다. 그렇지 않다면 곧바로 책을 내던지고 유혹에 반응할 것이니, 이를 막기 위해서는 트로이 전쟁에서 귀항하는 오디세우스가 세이렌의 유혹으로부터 벗어나기 위해 귀를 밀랍으로 막고 자신의 몸을 고통스럽게 돛대에 묶었던 것처럼 자신을 괴롭혀야 할 것이다. 이처럼 스스로를 학대하는 이유는 오디세우스의 마음속에 중요한 것이 자리하고 있었기 때문이다. 그에게는 반드시 가야만 하는 곳이 있었다. 다름 아닌 그의 고향이자 낮에는 수를 놓았다가 밤에는 풀기를 반복하는, 이제는 나이가 들어버렸지만 그의 기억 속에는 여전히 아름다운 아내 페넬로페가 있는 곳이다.

따라서 독서가 순전히 심심풀이가 되는 시대는 이미 존재하지 않는다. 문을 닫아걸고 책을 읽는 과정에서 극복할 수는 있지만 영원히 없애버릴 수는 없는 어려움은 여전히 사람들을 기다리고 있다. 그리고 책을 읽는 문 밖에는 꽹과리 소리와 북소리가 하늘을 찌르며 사람들을 공격하는 괴로운 세계가 존재한다. 독서와 심심풀이가 서로를 배척하면서 용납하지 않고 있지만 독서를 지속할 수 있는 사람들은 마음속에 항상 없어서는 안 될 무언가를 간직하고 있다. 다름 아니라 일부 사람은 분명하게 묘사할 수 있지만 대개는 몹시 애매하여 표현하기 어려운 '생각'이다. 책을 읽는 이들은 세계와 눈앞에 있는 사람들을 향해 꺼지지 않는 호기심과 상상력을 지니고 있다. 이러한 호기심과 상상력은 지나치게 체계적인 것과 구체적인 것을 혐오한다. 다시 말해 그들과 이 세계 그리고 사람들 사이에는 어떤 소박한 연계, 그윽하고 미묘한 대화가 유지되고 있는 것이다. 그들은 인간이자 세계의 일부다. 책을 읽는 사람들은 인간과 세계에 대해 수시로 회의를 품지만 시종 손을 놓지 않는다. 완전히 결별하지 않는 것이다. 책을 읽는 사람들이 반드시 볼리바르가 되어야 하는 것은 아니지만 적어도 세계와 사람들을 바꾸려는 큰 꿈을 추구하면서 그 해답과 방법 그리고 역사적 결함을 찾아야 한다. 대부분의 경우 책을 읽는 사람들은 자신을 수천수만 년 이어온 방대하고 끝없는 대화의 그물인 책 속에 앉혀놓고 어떤 일들이 벌어지는지 지켜보게 된다. 이는 행동보다 더 중요하고 형성되는 의미보다 더 중요하다. 마치 시장을 돌아다니며 쇼핑을 하는 사람과 같아서 무엇을 살지 아직 결정하지 않았을 수도 있고 사고자 하는 물건을 정했지만 아직 찾지 못했을 수도 있다. 혹은 다 찾기 전에 눈앞의 모든 화려하고 아름다운 것에 묻혀

버릴 수도 있을 것이다. 최후의 구매 목록이 잠시 그 상태로 멈춰 있거나 최초의 가능성의 단계에 남아 있을지도 모른다. 게다가 이 구체적이며 현란한 가능성들에 뒤엉켜버릴 수도 있다.

가능성이지 해답은 아니다. 나는 개인적으로 이런 가능성이야말로 독서가 우리에게 주는 진정하고 가장 아름다운 선물이라고 굳게 믿는다. 책을 읽는 사람들이 일생의 노력을 경주한다 해도 마음속의 의문에 대한 해답을 찾지 못할 수도 있다. 하지만 하루 동안 열심히 책을 읽으면 하루만큼의 가능성이 사라지지 않을 것이다. 해답은 절망으로 향할 수 있지만 가능성은 절대로 그렇지 않다. 가능성이야말로 절망의 반의어다. 가능성은 영원히 사람들에게 무언가를 포착할 여지를 남겨준다.

이야기가 좀 애매하고 약간 엉뚱한 방향으로 흘러간 듯하지만 대체로 진실하고 믿을 만하다고 생각한다. 의미를 상실하여 절망하면 독서는 지속되지 못한다. 하지만 독서의 의의가 가장 풍부하게 자라는 곳은 바로 책의 세계다. 인간의 최초의 선의는 불꽃에 불과하기 때문에 차디찬 현실 세계의 공기에 의해 쉽게 꺼져버린다. 불꽃이 계속 타오르기 위해서는 땔감을 넣어야 하지만 메마르고 추운 세상에는 항상 자원이 부족하다. 그렇기 때문에 땔감인 독서가 지속되어야 한다. 세계가 진정으로 의지할 수 있는 것은 뒤를 돌아보지 않고 지속되는 독서다.

이는 하나의 전제이지 완성은 아니다. 한 가지 문제를 해결한다 해도 앞으로 실질적으로 독서가 전개되는 과정에서 일련의 문제와 계속 마주칠 것이다. 갖가지 어려움의 공격에 적절하게 대응할 수 있게 되기 전에 우리는 먼저 사기를 진작시키는 문제를 생각해봐야 한다.

신바람이 나서 돛을 올리는 해적들처럼 자신에게 사용 가능한 장비가 얼마나 되는지, 어떤 감동적인 전리품을 취할 수 있는지 살펴보아야 한다. 이것이 바로 독서세계의 전체적인 그림이다. 독서는 의미의 바다인 동시에 가능성의 세계인 것이다.

2. 의미의 바다, 가능성의 세계

독서의 전체적인 이미지

> 한낮에는, 날씨가 다시 견딜 수 없이 무덥고 뜨거워졌다. 긴꼬리원숭이와 각종 새도 더위를 이기지 못해 미칠 지경이었다. 하지만 밤은 적막하고 추웠다. 악어는 여전히 몇 시간째 강기슭에 올라와 꿈쩍도 하지 않고 입을 크게 벌려 나비를 잡고 있었다. 이 황량한 마을 근처에는 군데군데 펼쳐진 옥수수 밭이 있었다. 옥수수 밭 옆에서 장작개비처럼 비쩍 마른 개 한 마리가 강을 오가는 배를 향해 요란하게 짖어대고 있었다. 들판에는 맥(숲속 물가에서 서식하는 포유류과의 동물)을 사냥하기 위한 함정이 설치되어 있고 그물도 펼쳐져 있었다. 하지만 사람 그림자는 하나도 보이지 않았다.

이 글은 『미로 속의 장군』 중에서 마그달레나 강을 항행할 때 보이는 풍경을 묘사한 것으로 새와 짐승들이 울부짖는 황량한 모습을 볼 수 있다. 타이완의 소설 독자 중에는 특별히 기이한 인연이 있거나 성격이 특이한 사람들만이 볼리바르와 마르케스의 인생에서 빼놓을 수 없는 이 강을 직접 경험해보았을 것이다. 하지만 나는 개인적으로 마르케스의 소설을 읽어본 경험에 근거하여 마그달레나 강의 모습이 그레이엄 그린이 묘사한 실제 마그달레나 강의 모습과 똑같다고 감히 단언할 수 있다. 문학적 기법을 동원하여 볼리바르 장군의 죽음의 여행을 글로써 황폐하게 묘사한 것만은 아니라는 얘기다. 그럴 리도 없고 그럴 가능성도 없다. 마그달레나 강은 도구도 아니고 조연도 아니다. 황폐한 소설의 배경을 나타내기 위해 임의로 가공하거나 꾸민 것도 아니다. 여행 중 볼리바르가 절망에 빠진 것도 사실이고 마그달레나 강이 황량한 것도 분명한 사실이다. 마르케스에게 이 두 가지 진실은 똑같이 거대하고 중요했다.

하지만 이처럼 황폐한 풍경 속에 밝게 빛나는 글의 보석이 박혀 있다. 다름 아니라 입을 크게 벌린 채 나비를 잡고 있는 악어다. 믿을 만한 정보에 따르면 마르케스가 처음에 쓰고자 했던 것은 볼리바르라는 전기적이고 낭만적인 색채가 강한 키 작은 거인이 아니라 바로 이 강이었다고 한다. 글을 완성한 뒤 인터뷰에서도 그는 이렇게 털어놓았다.

"나는 볼리바르에 관한 책을 써야겠다고 생각해본 적이 없다. 내가 쓰고 싶었던 건 마그달레나 강이었다. 나는 이 강을 열한 차례나 여행했고 강가의 모든 마을과 나무 한 그루까지 매우 익숙했다. 이 강의 이야기를 쓰려고 했으나 뜻밖에도 결국은 볼리바르의 마지막 여행 이야기를 쓰게 되었다."

특히 나비를 잡으려고 입을 크게 벌리고 있는 커다란 악어들은 가르시아 마르케스가 가장 잊기 어려웠던 강가의 풍경이다. 나도 디스커버리 채널의 다큐멘터리 영상에서 거의 같은 수준의 기이한 광경을 본 적이 있다. 눈을 감은 채 입을 벌리고 꿈쩍도 하지 않는 악어를 향해 날갯짓을 하는 나비 떼의 모습이었다. 아마 이 프로그램의 카메라맨도 마르케스의 소설을 읽었을 것이다.

마르케스가 마그달레나 강 이야기를 여기서 처음 쓴 것은 아니다. 악어와 나비 이야기도 마찬가지다. 우리에게 가장 깊은 인상을 준 책 『콜레라 시대의 사랑』을 생각해볼 수 있다. 서로 열렬히 사랑하면서 53년 7개월하고도 열하루를 기다린 아리사와 페르미나는 결국 콜레라를 상징하는 노란색 깃발을 높이 내걸고 외부로부터 격리되어 영원히 강을 떠돌며 찬란히 빛나는 사랑의 여행을 하게 된다. 그들에 의해 시간이 멈춰버린 그 강이 바로 마그달레나 강이었다. 당시 아리사와 페르미나가 여행하던 마그달레나 강에도 나비를 잡는 악어가 있었고, 이제는 무분별한 포획으로 사라져버린 바다소manatee도 서식하고 있었다.

"어린 새끼에게 물릴 수 있는 커다란 젖이 달려 있어 강가에서 여인처럼 슬피 우는 바다소가 있었다."

마르케스는 자신의 소설이 항상 하나의 이미지 혹은 한 가지 진실이 담긴 화면에서 시작된다고 밝힌 바 있다. 예컨대 그가 스스로 최고의 단편소설로 꼽은 「화요일의 시에스타」에서는 작고 황량한 도시에서 상복을 입고 검은 양산을 든 여인이 상복을 입은 어린 아가씨를 데리고 작열하는 햇볕 아래서 뛰는 장면이 나온다. 또한 「낙엽」에서는 한 노인이 손자를 데리고 예배에 참석하는 장면이, 「아무도 대령에게 편지하지 않았다」에서는 어떤 사람이 바랑키야 부두에서 묵묵히, 하지만 간절하게 나룻배를 기다리는 장면이 나온다. 『백 년 동안의 고독』 역시 할아버지가 손자를 데리고 얼음을 찾아 나서는 장면으로 이야기가 시작된다.

소설을 읽은 다른 사람들은 어떻게 생각할지 모르겠지만 나는 개인적으로 나중에 알 수 없는 신기한 인연으로 마그달레나 강의 현장에 직접 가보게 된다 해도 감히 강 가까이 다가갈 용기가 없을 것 같다. 마그달레나 강의 정말로 황폐한 모습은 볼 수 있겠지만 마르케스가 보여준 찬란하고 빛나는 황폐함의 장면은 찾을 수 없을 것이다. 나는 직접 본 황폐함에 업데이트되고 싶지 않다. 단언컨대 두 가지 황폐함에는 하늘과 땅만큼의 차이가 있을 것이다. 마르케스의 작품에 나타난 마그달레나 강의 이미지는 각기 다른 시간과 연도, 계절, 빛과 그림자와 연결되는 것으로서 서로 다른 사람들의 감정과 시야, 전설, 추측, 기억 그리고 순식간에 사라지는 우연한 기회에서 기원하기 때문이다. 이것들은 '영원한 오늘'의 현실 세계에서는 사라질 수밖에 없다. 쉬지 않고 세차게 흘러가는 마그달레나 강도 이런 것들을 절대로 붙잡을 수 없는 것이다. 강가의 악어와 바다소를 붙잡아두는 것보다 더 불가능한 일이기 때문이다.

나는 차라리 소설을 읽고 책을 믿기로 한다.

우리가 마그달레나 강에 가서 배 위에서 울려 퍼지는 노랫소리를 찾을 수 있을까? 예를 들어보라고? 『콜레라 시대의 사랑』에는 오페라를 무지무지 사랑하고 입안 가득 틀니를 하고 있는 아리사의 작은 아버지이자 선주인 레온 12세가 등장한다.

"달이 휘영청 밝은 날 밤에 배가 가말라 항구에 도착한다. 그는 독일의 토지측량기사와 내기를 한다. 자신이 선장의 지휘대 난간에서 「나폴리 낭만곡」을 부르면 원시의 삼림 속에 사는 동물들을 잠에서 깨울 수 있다는 것이었다. 그는 하마터면 이 내기에서 이길 뻔했다. 배가 강을 따라 항행하는 동안 창망한 밤 풍경 속에 늪지에서 백로가 날갯짓하는 소리와 악어가 꼬리를 흔드는 소리, 물고기들이 뭍으로 뛰어오르는 이상한 소리를 들을 수 있었다. 하지만 가장 높은 음부의 구간을 노래할 즈음 열심히 부르던 이 사내는 혈관이 파열되지 나 않을까 걱정되어 결국 길게 한숨을 내쉬었다. 그 순간 입에서 틀니가 튀어나와 물속 깊이 빠져버리고 말았다."

이것으로 끝난 게 아니다.

"급히 틀니를 만들기 위해 증기선은 부득이하게 테네리페 항구에 사흘간 정박했다. 새 틀니는 완전무결했지만 되돌아가는 항해에서 작은아버지 레온 12세는 선장에게 전에 틀니를 어떻게 잃어버렸는지 설명하면서 원시 삼림의 후텁지근한 공기를 들이마시며 목청을 높여 노래를 부르기 시작했다. 고음부에 이르러 힘껏 음을 길게 늘어뜨리면서 눈도 깜빡하지 않았다. 햇볕을 쬐면서 그곳에서 증기선을 바라보고 있던 악어가 놀라 달아나려 했다. 그 순간 새로 한 틀니가 물속에 퐁당— 빠지고 말았다."

레온 12세의 우렁찬 목청에 비하면 『미로 속의 장군』에 나오는 아구스틴 이투르비데의 노랫소리는 사뭇 부드럽고 애잔한 편이지만 레온 12세의 한을 풀어주기에 부족함이 없었다.

"장군은 그에게 가까이 다가가 앉았다. 그가 부르는 노래의 내용을 알게 되자 그 가련한 목소리로 함께 노래했다. 장군은 이토록 깊은 사랑이 느껴지는 목소리를 들어본 적이 없었다. 이처럼 슬픈 노래를 기억해내지도 못했다. 하지만 지금은 진지하게 그의 곁에 앉아 노랫소리를 들으며 무한한 행복과 환희를 느끼고 있다. (…) 이투르비데와 장군은 거대한 숲속 동물들의 떠들썩한 환호 소리에 강가에서 자고 있던 악어가 놀라 강물로 뛰어들 때까지 함께 계속 노래를 불렀다. 강물은 지진을 만나기라도 한 양 심하게 출렁이며 요동쳤다. 장군은 모든 대자연의 무서운 소생력에 넋을 잃고 말았다. 저 멀리 지평

마그달레나 강

선에서 주홍색 띠가 나타나고 이어서 날이 밝을 때까지 그는 여전히 바닥에 앉아 있었다. 마침내 장군은 이투르비데의 어깨를 짚고 일어섰다. '고맙네, 대령.' 장군이 말했다. '자네처럼 노래를 잘하는 사람이 열 명만 더 있다면 우리는 세계를 구할 수 있을 걸세.' '네, 장군님.' 이투르비데는 한탄했다. '장군님께서 날 칭찬하는 모습을 어머니께 보여드렸어야 하는데!'"

마그달레나 강에 두 차례 울려 퍼진 이 노랫소리를 합치면 「북풍과 태양」보다 더 훌륭한 우화가 탄생할 것이다. 이 우화에는 소리가 있고 감정이 있어 누군가 낙담하거나 웃음을 짓게 된다. 그리고 구체적이며 감동적인 풍경이 있다.

여기서 우리는 세상을 구할 순 없지만 더 크고 두터운 세계에 관해 이야기할 수 있을 것이다. 다름 아닌 책의 세계, 우리가 앞서 이야기했던 의미의 바다, 한없는 가능성으로 구축된 세계다.

책의 유전자의 바다

바다에 관해 이야기하자면, 몇 년 전에 나도 바로 이 단어, 이 이미지를 이용하여 책의 세계가 보여주는 풍요로운 풍경을 묘사한 바 있음을 밝히고 싶다. 당시 나는 사람들에게 비교적 선하고 넉넉한 마음을 갖고 있었고, 기꺼이 도서 세일즈 직원 겸 독서 응원단 역할을 자처하고자 했다. 그런 까닭에 나쁜 내용은 빼고 좋은 내용만 말했으며, 말하는 방식과 내용 역시 즐겁고 흥미롭기만 했다.

우리는 생물의 진화라는 잔혹한 과정에서 '변이'가 매우 중요하다는 것을 잘 알고 있다. 또한 적자생존의 어려움이 우리가 온갖 방법과 수단을 동원하여 구축한 좋은 환경이 그대로 고정되지 않고 지속적으로 변화하며 이동하는 생존 기준을 추구하는 데 있다는 사실도 잘 알고 있다. 이런 면에서 볼 때, 무성생식에서 유성생식으로 진화한 생물은 상당히 똑똑한 반응을 한 것이라 할 수 있다. 새로운 세대의 염색체는 부체와 모체 양쪽의 교차 조합을 통해 생성되어 변이의 확률을 높인다. 단세포처럼 단순히 분열과 복제만 하는 것이 아니다.

하지만 우리가 원핵생물이나 진핵생물보다 짝짓기를 더 잘한다는 이유만으로 좀더 진보되고 높은 진화의 위치에 있다고 여긴다면 이는 지나친 자만이고 수치일 수 있다. 생물학자들은 사실 분열과 복제를 실행하는 단세포 생물의 세계가 우리보다 더 정확하고 더 효율이 높은 변이 방식을 가지고 있다고 말한다. 다름 아니라 직접 유전자 교환을 진행하는 것이다. 다시 말해서 단세포 생물의 세계 전체는 거대하고 공유되는 유전자의 바다와 같아서 유전자를 마음대로 취하고 서로 공유할 수 있다. 때문에 단세포 동물들은 환경의 새로운 변화와 적의에 대해 놀랄 만큼 빠른 적응력을 지니고 있다. 세균이 약물에 대해 빠르게 저항력을 갖추는 것을 그 예로 들 수 있다. 그리고 이러한 현상의 근본적인 오묘함은 바로 유전자 바다의 존재에 있다.

성애性愛가 가져다주는 삶의 즐거움에 있어서, 프로이트를 연상하지 않고, 종족 번식의 공리적 목적 이외의 갖가지 '부작용'을 고려하지 않더라도, 순수하고 재미없는 생존 진화의 시각에서 보면, 과연 우리 인간의 방식은 비교적 똑똑하고 진보된 것이라 할 수 있다.

이러한 관점에서 우리는 인류의 '낭비', 마음을 아프게 할 정도의 낭비에 관해 생각해볼 수 있다. 우리 인간이 평생 열심히 배우고 익힌 성과는 삶이 끝나는 순간, 무의 상태로 돌아간다. 칼비노처럼 똑똑하고 존 스튜어트 밀처럼 박식하며 칸트처럼 치밀한 사상을 지녔다 해도 예외가 될 수 없다. 인류가 영혼은 사라지지 않는다는 생각을 갖게 된 것도 이처럼 터무니없는 낭비에 대한 초조함 때문에 그렇게 되지 않기를 바라는 마음에서 비롯되었다. 어떻게 이처럼 간단하게 모든 것이 무로 돌아갈 수 있단 말인가. 이렇게 착실하고 힘들게 얻은 사유의 성과들은 어떤 초월적 메커니즘과 특별한 잔류의 방식을 갖기 마련이다. 그리고 최소한의 희미한 기억과 흔적이 남는다. 하지만 우리가 갓 태어난 아기들의 반짝이는 눈에서 보는 것들, 중국 소설가 아청阿城의 표현대로 하자면 '아주 깨끗하여 아무것도 없는' 것들은 전부 다시 새롭게 시작되어야 한다. 따라서 우리는 무력하게 이것이 조물주가 악의적으로 만들어놓은 계책이리라고 믿는 수밖에 없다. 우리는 항상 기억의 강 같은 구식 기억청소 장치를 통해서만 익숙한 인간의 세계로 돌아갈 수 있는 것이다.

그래서 프랑스의 생물학자 라마르크는 우리에게 한 가닥 희망을 선사했다. 후천적 학습의 성과와 후천적 성향도 유전을 통해 남겨진다고 주장한 것이다. 이 말은 소크라테스가 『파이드로스』에서 말한, 인간이 인식하고 체득하는 모든 것은 이전 세대의 기억으로서 단지 잊고 있었던 신비함을 상기하는 것뿐이라는 견해보다 나은 것으로 평가된다. 소크라테스가 이 말을 한 것은 죽음을 앞두고 가까운 벗과 제자들을 위로하기 위해서였고 또 한편으로는 라마르크의 말이 비교적 과학적이기 때문이었다. 단지 이 감동적인 라마르크의 주장 역시 사실이 아니다.

하지만 실제 역사 진화의 말단 성과로 보자면 인류는 결코 한 세대 한 세대가 쌓아온 후천 학습 성과를 전부 잃어버린 게 아니라는 주장이 더 맞다. 우리 모든 세대의 신생자들이 0에서 새로 시작해야 한다는 것도 틀린 말은 아니지만 완전히 처음부터 다시 시작하는 것은 아니다. 우리는 지구가 태양의 주위를 돈다는 사실을 아주 쉽게 배워 알고 있고 만물이 눈에 보이지 않는 미세한 소립자로 구성되어 있다는 사실도 배워서 알고 있다. 저 멀리 북쪽에 그린란드라는 얼음으로 둘러싸인 섬이 있다는 것도 배웠고 가격이 기본적으로 수요와 공급에 의해 결정된다는 사실도 배웠다. 우리는 새처럼 하늘을 날 수 있고 물고기처럼 바다 속을 잠행할 수도 있다(이건 좀 어려울 것이다. 정원이 극소수인 해군 잠수부대에 들어가거나 적어도 잠수 방법을 배워야 하기 때문이다.) 이 모든 것이 인류가 수천수만 년의 탐색을 통해 배운 극도로 어려운 일들이다.

이에 따라 인류는 유전자의 비밀이나 생식의 유전 내에서가 아닌데도 죽음에 의해 기억이 모두 사라지기 전에 자기 자신만의 유전자의 바다를 건설하는 데 성공했다. 특히 문자를 창조해내고 책을 발명한 이후로는 그 전까지 구술이나 음파에 의존하던 취약한 방식에서 벗어날 수 있었다. 시간의 침식력에 저항할 수 있었고 흰 종이와 검은 글자로 쉽게 복제하여 지킬 수 있게 된 것이다. 이에 따라 우리는 아인슈타인이나 칼비노가 먼저 죽는다 해도 아무 문제가 없었다. 그들에게 죽기 전에 자신들의 학문과 사유를 전부 기록하여 한 권, 한 권 책을 만들어 잘 보존하고 널리 전파할 수 있게 하면 되는 것이다. 행인들을 막고 물건을 빼앗거나 가짜 객잔을 차려놓고 여행자들의 재물을 깡그리 털던 도적들이나 양산박의 여걸 호삼랑扈三娘, 인육 만두를 만들어 팔던 손이랑孫二娘처럼 손쉽게 많은 것을 얻을 수 있게 된 것이다.

이것이 바로 과거 책에 대한 나의 총체적인 이미지였다. 인류에게는 다행스런 성분이 있어 각고의 노력으로 독특한 유전자의 바다를 만들어냈다. 덕분에 과학은 아주 빠르게 발전했고 불과 몇 년 만에 나는 단세포 생물 세계의 유전자 교환사용설이 아직도 성립되는지 감히 확신할 수 없을 지경이다. 하지만 나는 이 지혜롭고 찬란한 책의 총체적인 이미지만큼은 재고할 필요가 없다고 굳게 믿는다. 라마르크의 학설을 믿지 않는 고생물학자 굴드가 지적했듯이 인류의 생물적 진화는 다윈의 자연선택 메커니즘에 따른다. 하지만 인류 문화의 진화는 라마르크주의에 따른다. 게다가 "문화 진화의 속도는 다윈식 진화가 도저히 따라잡을 수 없다. 오늘날에도 다윈식 진화는 여전히 진행되고 있지만 그 속도는 이미 인류에 대해 어떠한 충격도 가하지 못할 정도로 느려져 있다." 이러한 말을 충성스러운 다윈주의자 굴드가 했다니 그 효력이 더더욱 크다.

더 좋은 세계들

이제 독서의 더 깊고 더 넓은 또 다른 바다에 관해 직접 이야기해 보고자 한다. 다름 아닌 의미의 바다, 가능성의 바다다.

앞서 언급했듯이 인간의 기본적인 독서의 위치는 눈앞에 실존하는 세계에 대한 불만과 절망 사이의 선형線形 지대에 뿌리를 내리고 있다. 이런 말은 분명한 의지를 담아 아주 완고하고 격정적인 어투로 내뱉을 수 있다. 예컨대 평생을 강직하게 투사처럼 살아온 대단한 지식인 찰스 라이트 밀스는 우리와 눈앞의 실존 세계 사이의 관계가 기본적으로 '대항'이라고 규정했다. 의미의 상실에 대해 대항하고, 특히 자신의 냉담하고 절망적인 경향에 대해 대항하며 세속적이고 틀에 박힌 인상에 대항하고, 사색할 필요 없이 아주 당연한 것들에 대해 대항하며 존재, 즉 진리의 실제 세계 이외의 모든 가능성의 상실에 대해 대항하는 것이다.(칼비노는 죽음 또는 죽음의 진정한 두려움의 소재는 바로 모든 가능성이 영원히 사라지는 것이라고 말했던 게 기억난다.)

나는 개인적으로 밀스를 극도로 존경하고 추앙한다. 하지만 '대항'이라는 단어가 어떤 사람들에게는 불쾌감을 줄 수 있다면, 몹시 살기등등하여 평안하게 책을 펴들고 조용히 독서에 심취한 모습에는 어울리지 않는다면, 게다가 성품이 온화하여 단 한 번도 법도를 위반해보지 않은 훌륭한 동료들을 놀라게 하지나 않을까 걱정된다면, 시험 삼아 다른 어감을 갖는 또 다른 단어로 교체해볼 수도 있다. 다름 아닌 '불만족'이다. 눈앞의 실존 세계 전체 혹은 일부분에 대해 만족하지 못한다는 것이다. 이 정도면 훨씬 낫지 않을까?

이렇게 말하면 문제를 일반인들의 보편적인 경험의 범주로 다시 가져오는 셈이 될 것이다. 우리는 누구나 천천히 인생을 살아가면서 요람에서 무덤까지 항상 만족하며 행복하게(혹은 이처럼 두렵게) 생활한다는 게 불가능할 것이다. 이르든 늦든 간에 언젠가는 의심하고 불만을 갖게 될 것이며, 이런 자문을 하게 될 것이다. 내 인생은 평생 이 모양인 걸까? 마누라는 이 여자 하나로 끝일까? 앞으로 수십 년을 이런 일만 반복하다가 죽는 걸까? 내 눈앞의 세상이 지금과 다른 모습으로 바뀔 수는 없는 걸까?

미국의 유명한 소설가 커트 보니것은 아주 재미있는 이야기를 한

적이 있다. 그의 동료인 유명 작가 한 명이 파티에서 술에 취해 사람들 앞에서 피아노 연주를 했다. 그러더니 갑자기 큰소리로 울면서 말했다.

"저는 평생 피아니스트가 되는 것이 꿈이었습니다. 지금 이 나이에 제 모습이 여러분 눈에는 어떻게 보이나요? 저는 빌어먹을 소설가밖에 되지 못했습니다."

소설가에 대해 아주 많은 사람이 사회의 실제 생활을 다시 쓰는 사람이라고 생각한다. 이는 소설가들이 이 세상을 향해 "모든 일이 당신들이 생각하는 것처럼 그렇게 간단하지 않습니다"라고 말하기 때문이다. 이는 곧 현실 세계의 어떤 일부분에 대한 불만을 묘사하거나 해석하는 하나의 방법일 것이다. 마르케스도 볼리바르의 이야기를 쓰면서 자기 입으로 직접 "이 책은 보복성을 띤 책이다. 제멋대로 볼리바르에 대해 쓴 사람들에게 보복하기 위해 쓴 책이다"라고 말했다. 이런 면에서 보자면 모든 글쓰기는 글을 쓰는 사람이 불만을 품고 있다는 것을 의미한다. 나는 생명의 기원이 사람들이 말하는 것과 같지 않다고 굳게 믿는다. 원자가 정말로 더 이상 분할될 수 없는 걸까? 나는 믿지 않는다. 약세에 처해 있는 노동조합은 영원히 검은 자본가들의 착취에 반격할 마음을 갖고 있을까? 성교할 때의 체위가 이런 몇 가지 자세밖에 없는 걸까? 오즈월드Oswald 말고 또 누가 케네디를 죽이려고 했을까? 사람은 죽으면 도대체 어디로 가는 것일까? 이외에도 의문은 끝이 없다. 모든 책은 이러한 반박과 질의, 서술, 해석, 상상을 거쳐 세계의 전체 혹은 일부에 대해 저자가 인정하는 모습이나 좀더 철저한 진상을 드러낸다. 모든 책이 하나의 가능성의 세계인 것이다.

이것이 바로 알렉산드르 I. 게르첸이 믿었던 개방적인 인류 역사의 풍경이다.

"역사는 동시에 수천수만 집의 문을 두드린다."

하지만 그 가운데 가장 먼저 문이 열리는 집만 사실이 되고 나머지 가능성은 전부 소멸되거나 숨어버려 사람들 각자의 사유 속에 존재하고 한 권, 한 권의 책 속에서 숙성되면서 조용히 때를 기다린다. 문이 열리는 것을 무엇이 결정하는가 하는 문제에 관해 자유주의자인 게르첸은 역사가 이치를 설명하기 어려운 우연의 기회가 결정한다고 말한다.(게르첸은 "인류 역사는 일부 미치광이의 자서전이다"라고 말했다.) 다시 말해서 유일하게 실현된 이런 유형의 세계는 최선의 세계일 수도 없고 가장 의미가 큰 세계도 아니다. 틀림없이 더 좋고 더 의미 있는 가능성들이 존재하지만 인류 역사의 거미줄 가득한 창고에 버려지고 만다. 이는 엄청난 낭비가 아닐 수 없다.

따라서 유일하게 실현된 세계에 대한 독자들의 '대항'이 마르크스처럼 폭력 혁명을 일으키지 않으면 안 되는 것은 아니다. 아마도 마르크스는 공부와 혁명의 부조화에 대해 분노했을 것이다. 하지만 단지 안타까움과 동정심으로 진지하게 더 나은 세계를 부르짖는 것으로 그쳤을 것이다. 보물을 찾는 사람의 흥미진진한 마음 혹은 구도하는 사람의 강인하고 평안한 마음으로 고독하게 종이로 된 세계 속에서 뭔가를 찾았을 가능성이 더 크다. 이처럼 책 읽는 사람의 차이에 따라 그 심리 상태도 달라진다. 똑같은 독자라 해도 서로 다른 시간과 단계의 상이한 심리 변화에 따라, 그리고 손에 들고 있는 책에 따라 고저의 기복을 반복하게 된다. 하지만 이 물보라 같기도 하고 파도나 소용돌이 같기도 한 갖가지 심리 상태의 밑바닥에는 조용하게 가라앉은 안정된 해류가 존재한다. 이는 일종의 이치를 이야기하는 대항이다. 독자들은 천성적으로 반골 기질을 갖고 태어나 눈앞의 세상을 견디지 못하는 것이 아니라 이 세상이 더 나아질 수 있다는 사실을 마음 깊이 잘 알고 있는 것이다. 게다가 이보다 더 나은 세계는 이미 완성되어 있어 손만 뻗으면 얼마든지 잡을 수 있다. 우리와는 실천이라는 아주 짧은 거리를 사이에 두고 있을 뿐이다.

한번 빠지면 돌아올 수 없는 아름다운 함정

사실 게르첸의 훌륭한 저서를(예컨대 엄청난 분량의 『과거와 사색Byloe i Dumy』은 게르첸의 자전으로서 이사야 벌린이 꼽은 19세기 최고의 자유주의 서적이다) 읽어본 사람이라면 틀림없이 게르첸이 실존세계를 역사의 우연한 기회가 결정한 것이라고 중성적으로 말한 게 이미 사람들로 하여금 너무 깊이 생각하지 않게 하려는 의도임을 깨달았을 것이다. 게르첸에 대한 내 개인적인 이해에 따르면, 그는 현실의 세계가 비교적 '안 좋은' 세계로서 책 속에 있는 더 공정하고 더 인성적이며 더 도덕적이고 더 자유롭고 더 행복한 수많은 가능성의 세계와 선명한 대조를 이룬다고 단언한다.

나는 이것이 비분이 섞인 저주에 가까운 말이 아니라 평화롭고 조화로운 마음에 견실하고 믿을 만한 경험이 더해진 증거라고 생각한다. 필경 오늘날의 실존 세계가 나타내는 갖가지 모습은 인류의 집체적인 산물이다. 이는 실존 세계가 여러 차례에 걸친 이상과 현실의 '타협'의 성과일 뿐만 아니라 그 근본적인 주조 과정이 필연적으로 각 세대 사람들의 평균치와 최대공약수의 제한을 받는다는 것을 의미한다. 따라서 실존 세계에는 아름다움보다는 어떤 의미에서의 '안전'의 느낌, 즉 집체적 무력감의 인정을 통해 체득된 합법적인 안전이 있을 뿐이다.

물론 이렇게 말하면 플라톤의 '이데아'와 '현실 세계' 사이의 대립이 갖는 포폄의 의미도 없지 않을 것이다. 하지만 여기서 내가 개인적으로 비교적 좋아하는 독서의 태도는 이 양자를 서로 대립시켜 그 중 하나를 다른 하나로 직접 대체시키는 것이 아니다. 사실 일의 마당과 생존 및 활동의 마당, 실천의 마당, 그리고 우리가 바라는 진실하고 감정이 있으며 사랑도 할 수 있고 고통도 느낄 수 있는 살아 있는 사람들의 활동의 마당은 여전히 우리가 이를 악물어야 하는 실존의 세계일 수밖에 없다. 아름다운 책의 세계에서 뭔가를 찾다보면 아주 쉽게 그 안의 세계를 좋아하게 된다. 하지만 우리의 원초적 마음을 잊지 말아야 한다. 우리는 바로 이 순간 눈앞에 있는 세계를 위해 앞으로 나아가고 있는 것이다.

왜 특별히 이런 이야기를 하는 걸까? 여기에는 또 다른 독서의 함정, 가장 견실하고 진지한 독자만이 빠져들 수 있는 가장 아름다운 함정이 감춰져 있기 때문이다.

"인간 속세의 말은 듣기 싫어하면서, 가을 무덤가에 귀신들이 읊조리는 시는 듣기 좋아하네料應厭做人間語, 愛聽秋墳鬼唱詩"(청나라 문인 왕사정王士禛이 포송령의 소설집 『요재지이』를 읽고 감탄하여 지은 시의 한 구절)라는 시구가 있듯이 사실 플라톤의 말도 틀리진 않았다. 아주 진지하고 열정적인 중간 수준의 독자들에게는 플라톤의 견해가 성립한다고 할 수 있다. 눈앞의 세계를 배반하는 이토록 많은 아름다운 세계가 손짓하며 부르고 있다. 이는 독서의 마지막 부드러운 불길함으로서 또 다른 형태, 또 다른 의미의 독서의 종결을 예고한다. 또는 좀더 정확히 말해서 두 발을 실존 세계에 딛고 있는 상태에서의 독서가 끝났음을 예고한다고 할 수 있다.

정말로 더 나은 어떤 세계에 대한 통찰과 탐구, 지속적인 체득과 심득은 항상 맨 처음에는 사람들로 하여금 흥분을 감추지 못하게 만든다. 통상 이때가 바로 책 읽는 사람들이 가장 용감하게 정진하는 가장 아름다운 시간이다. 천지에 보물이 널려 있어 다 줍지 못하는 상황이라 할 수 있다. 하지만 우리는 너무나 빨리 너무 멀리 왔다는 두려움을 느낀다. 게다가 동화 속 이야기처럼 어리석은 소년이 빵을 뿌려 자신이 걸어온 길을 표시하지만 고개를 돌려보면 새들이 이미 빵을 다 쪼아 먹어버려 가족들이 저녁 식사 준비를 끝내고 기다리는 집으로 돌아가지 못하게 된다.

독자들은 책 속의 세계에서 더 큰 유혹을 받을수록 상대적으로 눈앞의 현실 세계에서 더 멀어지고, 책 속의 갖가지 훌륭한 세계를 이해하면 할수록 눈앞 세계의 빈약함과 초라함, 무미함과 불의를 더 쉽게 알아차리며, 심지어 견디기 어려운 지경에 이른다. 더 자극적인 사실은, 독자들이 보고서 보물처럼 여기는 더 좋은 세계들은, 단도직입적으로 말해서 대개 하나하나 '패배당한' 세계라는 것이다. 역사의 우연에 패배하고 습관으로 굳어져버린 세상의 풍조에 패배하고, 사람들의 무성의함과 게으름, 도리를 중시하지 않는 안 좋은 품위의 정도에 패배한 것이다. 책 속의 세계가 더 훌륭하며 그 안에서 사는 것이 더 즐거울수록 혼탁하고 오염된 현실 세계의 공기 중에서는 살아가기가 더 힘들어진다. 결국 독자는 두 배의 속도로 눈앞의 세계에서 멀어지는 셈이다. 특히 이 과정에서 정의감과 감상력이 추진기 역할을 해 진지한 독자들을 서로 끊임없이 멀어지는 졸렌sollen(마땅히 그래야 하는 당위적 주장)의 세계와 자인sein(실제로 그런 실증적 존재)의 세계 사이의 난처한 위치에 처하게 만든다. 마치 독자들에게 돈과 목숨 사이에서 양자택일하도록 강요하는 것 같다.

또한 그렇다고 독자가 모두 닭살 돋는 싸구려 자기 비하나 자만에 빠지는 것은 아니다. 독자는 확실히 자연스럽게 어떤 고독감을 느끼고 좀더 깊은 곳으로 들어갈수록 더 선명하고 구체적인 것을 감지할 것이다. 그리고 결국에는 인간의 언어란 원래 이처럼 간단하고 초라하며 쓸모없는 것이었다는 사실을 깨닫는다. 현실 세계에 내놓아진 유한한 우리가 실제로 보는 풍요로운 세계를 우리는 아예 묘사할 수 없을 것이고, 설득하거나 변론하는 것은 더더욱 불가능할 것이다. 플라톤의 유명한 '동굴의 비유'에서는 운 좋게 이 풍요로운 세계에 들어간 철인들에게 안락함에 젖어 본분을 잊지 말 것을 경고하면서 아무리 원치 않더라도 현실 세계로 돌아와 자신들이 직접 본 아름다운 세계의 모습을 그가 '사슬에 묶여 동굴 속에 갇힌 채 진실을 등지고 암벽 위의 희미한 투영만 바라보고 있다'고 생각하는 불쌍한 사람들에게 들려줄 것을 요구하고 있다. 하지만 플라톤은 정말로 큰 문제는 이야기를 듣는 사람이 아니라 말하는 사람이라는 사실을 알지 못했다. 고개를 돌려 동굴의 현실 세계에 돌아가는 것은 아주 쉽다. 감정적으로 일을 처리할 수 있는 결연한 의지만 있으면 된다. 어떻게 말할 것인가야말로 대단히 중요한 큰 문제인 것이다.

이는 정말로 평형을 맞추기 어렵고 장시간 안정적으로 서 있을 수 없는 자리다. 확실히 독자는 누구보다도 쉽게 행복을 느낀다. 나는 이러한 행복이 남들은 듣지 못하는데 그는 듣고 있는 이상한 소리에서 온다고 생각한다. 누군가에게 특별히 보살핌을 받고 있는 듯한 황공한 행복인 것이다. 따라서 눈앞의 세계는 주문을 외우기라도 한 양 그 한 사람을 위해 열리고 그는 보통 사람들에게는 목격할 기회가 주어지지 않는 깊이와 신기한 변화를 보게 된다. 남들이 지금 이 순간의 '이 세계'만을 갖고 있을 때 그는 하나 또 하나 교차되고 호응하며 계속 파생되는 다른 세계를 갖게 되는 것이다. 이는 아주 깊고 무거운 풍요로움의 행복이지만 이렇게 많은 행복을 한 사람이 감당하는 것도 매우 힘든 일로서 상당한 인내력과 체력을 요구한다. 게다가 이처럼 많은 행복으로 충만한 마음과 몸을 남들에게 보여줄 수 없어 한밤중에 금의환향하는 것처럼 외롭고 고독하다.

이리하여 이렇듯 힘들고 고독한 일이 수시로 독자들 마음의 지혜와 인내심을 시험하고, 눈앞의 세계 및 사람들에 대한 독자들의 제한된 동정과 그리움을 느끼도록 시험한다. 그리고 마지막으로 과거의 볼리바르처럼 독자들의 계속해서 쇠락하고 썩어가는 육신을 시험한다. 독자는 자신의 익숙한 실존 세계에 서 있지만 자신을 이방인이라고 느끼게 된다. 언어마저도 이방의 언어다. 그는 용기를 내서 크게 소리치지만 그 목소리를 듣는 것은 후대 사람들이 대부분이다. 시간의 신이 몹시 바쁘기를 기대하는 수밖에 없다. 그의 육신이 존재하지 않게 되는 아주 먼 훗날이 되어서야 사람들은 조금씩 그의 말을 알아들을 것이다.

고향을 돌아보다

볼리바르는 자신이 단번에 해방시킨 땅에서 스스로를 쫓아내 마그달레나 강을 따라 흘러 내려갔다. 독서, 나는 이것을 여행의 과정으로 생각하곤 한다. 우리는 익숙한 실존의 세계에서 자신을 쫓아낸다. 여기서 우리는 로버트 프로스트가 했던 아주 훌륭한 한마디를 생각할 수 있다.

"독서는 나를 이주민으로 만든다."

한 차례 여행하면서 우리는 행운을 기대하며 말을 꺼리지만 여정에 항상 갖가지 위험이 따른다는 사실을 전혀 모르진 않는다. 일본 소설가 이노우에 야스시가 쓴 생애 최고의 역작 『덴표의 용마루 기와天平の甍』에서는 중국 당나라 때 불법을 제대로 배워 널리 전파하기 위해 배를 타고 중국 유학길에 오르는 네 명의 일본 승려의 이야기를 그리고 있다. 결국 용모는 가장 뛰어나지만 성격이 유약했던 겐로玄郎는 중국에서 환속하여 장안長安의 여자와 혼인하기에 이른다. 거칠고 난폭하면서 독특한 성격의 소유자였던 가이유戒融는 플라톤이 걱정했던 것처럼 처음에는 일본으로 돌아가지 않을 결심을 한다. 그는 이번 여행을 서쪽으로 더 확장하여 부처의 고향인 인도로 가려고 한다. 의지가 가장 강했고 가장 만형다운 모습을 보였던 요에이榮叡는 불행히도 병에 걸려 중국에서의 임무를 완수하지 못했다. 마지막으로 말수가 적고 모든 일을 거울 들여다보듯 꿰뚫어보는 능력을 지녔던 후쇼普照만이 홀로 여섯 차례의 위기를 무릅쓰고 바다를 건넌다.

가장 절망적이었던 위기는 폭풍우에 휩쓸려 해남도海南島에서 겨우 뭍으로 올라갈 수 있었던 일이다. 결국 그는 전쟁에 승리한 용사처럼 위풍당당하게 고국으로 돌아가는 데 성공하지만 오랫동안 바닷바람에 노출된 대화상 감진鑑眞은 두 눈의 시력을 잃고 만다. 오늘날 고도古都 나라의 한쪽 구석에 조용히 자리 잡고 있는 도쇼다이唐招提 사는 불가의 보르헤스라고 할 수 있는 감진이 자신의 기억을 구술함으로써 당나라 사묘의 양식을 모방하여 건축한 것이다. 이 소설에는 한 번의 여행에 네 가지 유형의 인생이 묘사되고 있지만 이국땅에 사원을 세우고 이국땅에서 생을 마감한 늙은 승려는 포함되어 있지 않다.

도쇼다이 사를 찾는 여행객은 그리 많지 않지만 나와 소설가인 아내 주톈신朱天心이 일본 여행에서 가장 즐겨 찾는 사원이 바로 도쇼다이 사다. 젊었을 때 쉽게 격동하곤 했던 주톈신은 특별히 이 절에 관한 글을 쓰기도 했다. 그녀는 이 글에서 이곳이야말로 정말로 '마음'으로 지은 사원이라고 말했다.(일본인들은 항상 교토의 료안龍安 사를 '마음'으로 지은 절이라고 말하곤 한다.) 한 가지 모든 사람에게 일깨워주고 싶은 사실은 사원 뒤에 있는 감진의 무덤은 아직 남아 있지만 속은 비어 있다는 것이다. 과거에 덩샤오핑은 일본을 방문했을 때 "늙은 중은 이제 집에 돌아가야 하지 않겠습니까?"라며 초혼에 가까운 말을 하기도 했다. 지금 감진의 유해는 그의 고향인 중국 양저우揚州의 명찰인 다밍大明 사에 잠들어 있다. 또한 도쇼다이 사의 부용꽃 연못에는 쑨원이 직접 심은 부용꽃이 살아 있어 아무도 돌보는 이 없어도 스스로 꽃을 피우고 있다.

여행 과정에는 처음에 상상하지 못한 어려움들이 있기 마련이고 돌아오지 못할 수도 있지만, 이는 필경 독자들이 맨 처음에 갖는 생각은 아닐 것이다. 비교적 형편없고 단순하며 빈약한 눈앞의 세계에 대한 사색과 불만이 바로 모든 것이 발생하는 기점이라고 할 수 있다. 그리고 독자들은 가능하다면 이 모든 것의 종점이기를 바랄 터다.

여행하는 사람들은 사람과 시간, 장소의 차이에 따라 목적지를 분명히 한다. 하지만 무의식중일지라도 이러한 의미는 분명히 존재하며 실질적으로 우리에게 큰 영향을 미친다. 마음의 지혜와 신체에까지 영향을 미치는 것이다. 우리가 타향에 도달하면, 이질적인 세계에 도달한다는 것은 더 이상 습관에 의지할 필요 없이 거짓된 사색이 없는 '준본능準本能'에 의지하여 살아갈 수 있다는 것을 의미한다. 고향은 눈을 감고도 전혀 막히는 것 없이 통행할 수 있고 매일 순조롭게 집을 나서서 순조롭게 집에 돌아갈 수 있는 곳이다. 반면 지금은 수시로 눈을 크게 떠야만 아무 일이 일어나지 않으며, 적어도 망신당하고 언짢은 일이 벌어지지 않는 그런 곳에 와 있는 셈이다. 여기서는 사람도 다르고 길을 건너는 방법도 다르다. 귀에 흘러 들어오는 말의 소리도 다르다. 상점 간판의 문자도 수수께끼처럼 다르고 전 세계에 보편적으로 통용되는 세븐일레븐 같은 편의점도 달라 놀라움을 금치 못하게 된다. 상품도 다르고 진열대에 배치하는 규격도 다르며 계산대 직원이 물건 값을 계산하고 거스름돈을 건네는 태도의 둔하거나 빠른 정도도 다르다. 우리가 지불한 돈과 거슬러 받은 잔돈 그리고 그 모양도 달라 재빨리 속으로 계산해봐야만 마음을 놓을 수 있다. 다름은 흥분과 경각심, 위험을 불러오고 피로를 누적시킨다. 여행길은 또한 평소에는 죽어도 떠오르지 않던 것들, 사실 귀신을 봐야만 감정을 갖게 되는 과거의 고향을 떠올리게 한다. 고향에 대한 그리움이란 처음에는 마음을 쓰지 않아도 되는 정신적 안전과 편안함으로 돌아가고자 하는 갈망이다. 이처럼 고향은 타향의 갖가지 현실이 만들어내는 것이다.

여행하는 사람은 심리적으로나 생리적으로 이런 느낌을 갖고 있다. 개인적으로 내게 가장 인상 깊었던 것은 중국 소설가 아청이 한 말이다. 그는 향수가 일종의 소화효소로서 스스로의 몸이 소화 흡수하는 데 익숙한 음식물에 의존하며 그리워하게 된다고 주장한다. 또 한 가지 인상 깊은 것은 미국의 빌 브라이슨이 생애 최초로 방문한 유럽의 작은 나라 룩셈부르크에서 신경질적인 반응을 보인 것이다.

"그 사람들은 전부 룩셈부르크 사람들이겠지요. 정말로 그들 모두 룩셈부르크 사람일 거예요. 이상하게도 룩셈부르크인이 아닌 사람은 하나도 없네요. 전 세계에 룩셈부르크 사람이 얼마 되지도 않는데 어째서 전부 여기에 모여 있는 건가요?"

사유와 반성의 심오한 절차를 거치지 않더라도 사람들의 가장 기본적인 의식은 이질적인 사물의 발생이나 침입에서 연유한다. 인간의 명명命名 행위 역시 가장 익숙한 사물에서부터 시작되는 것이 아니라 이질적인 사물을 인식하고 변별하여 적당한 자리에 배치함으로써 세계를 통제 가능한 안전한 상태로 돌려놓고자 하는 데서 시작되는 것이다. 이렇게 삼키고 소화하는 필수적인 과정에서 원래 우리에게 익숙하여 굳이 다시 생각할 필요가 없었던 세계 '전체'가 피할 수 없이 대비되어 드러나면서 주변부로 축소되기도 하고 밀려나 점차 변별과 사색이 가능한 대상이 되는 것이다. 이질적인 사물은 우리를 잠시 분별할 수 없는 세상 밖으로 이끌 것이고 그제야 우리는 비로소 '하나의' 고향을 발견한다. 그래서 에드워드 사이드도 사유의 위치는 위험의 주변부에 있으며, 위험이야말로 우리를 주변부로 내몬다고 반복해서 경고했던 것이다. 주변부에 있기 때문에 위험이 끊이지 않는다고 할 수 있다.

그러나 여행에는 항상 시간과 적지 않은 돈이 필요하다. 반면에 독서는 가장 값싸고 편리한 여행이 된다. 또한 독서는 이질적인 세계를 가장 효과적으로 불러내는 소환의 기술이자 세계를 가장 빨리 고향으로 바꾸는 방법이기도 하다. 동화적으로 말하면 책은 그야말로 여행하는 로봇 고양이 도라에몽의 임의의 문(열면 가고 싶은 장소로 바로 연결되는 마법의 문—옮긴이)이라고 할 수 있다. 여기에는 비자도 필요 없고 비행기 표를 예약할 필요도 없으며 두 시간 전에 공항의 세관을 통과할 필요도 없다. 편안히 책을 펼치기만 하면 순식간에 완전히 이질적인 세계 속으로 들어갈 수 있다. 이런 기적은 우리의 현실 인생에서는 그리 자주 일어나지 않는다.

신기한 것은 우리가 한 번 또 한 번 더 좋은 세계에 들어갈수록 이로 인해 그동안 보고도 못 본 척했던 실존 세계가 늘어난다는 것이다.

시간에 따라 죽어버리지 않는 세계

책 속의 세계는 공간적일 뿐만 아니라 시간적이기도 하다. 그곳은 현실 세계의 내가 아무리 돈과 시간을 많이 가졌다 해도 마음대로 갈 수 없는 곳이다. 따라서 좌파의 용속한 실천론과 다른 것은, 진정으로 식견이 높고 시야가 넓은 사람은 공간적으로 여기저기 많이 돌아다니는 선원도 아니고 스튜어디스도 아니며 전문 여행가도 아니라는 점이다. 진정으로 식견이 높은 사람은 조용하고 항상 호기심으로 가득 차 있어 폭넓게 책을 읽는 독서가다.

이와 관련하여 이집트를 여행하던 사람의 우스운 이야기가 떠오른다. 한 여행자가 투탕카멘의 두개골을 판다는 장사꾼을 만나 한 차례 흥정을 거쳐 구입하게 되었다. 다음 날 그는 똑같은 장사꾼과 만났다. 그런데 그가 이번에도 투탕카멘의 두개골을 판다고 하는 것이 아닌가. 화가 잔뜩 난 여행자가 장사꾼에게 따지자 그는 이렇게 말했다.

"아, 네. 이건 좀 작은 겁니다. 투탕카멘이 열한 살 때의 두개골이죠."

실존 세계는 흘러가는 시간의 제약을 받는 현재의 세계다. 따라서 우리는 고대 그리스의 어느 철학자가 말했던 것처럼 손을 뻗어 마음대로 똑같은 투탕카멘의 머리를 두 개나 가질 수 없다. 하지만 책의 세계는 이 부분에서 시간의 제한을 초월한다. 책의 세계에서는 열한 살의 투탕카멘 두개골도 가질 수 있고 숨구멍도 채 닫히지 않은 부드러운 신생아 시절의 투탕카멘 머리도 가질 수 있다.

칼비노는 사람들이 함수식으로 일대일로 단일하며 명확하게 문자의 풍부한 우언적 의미를 이해하는 것에 반대했다. 하지만 그럼에도 우리는 한번쯤 그의 명저 『보이지 않는 도시들』을 읽어볼 필요가 있다. 이 책에서 여행자 마르코폴로는 쿠빌라이 칸에게 55개의 다른 도시 이야기를 들려준다. 사실 마르코폴로는 열한 군데밖에 가보지 못했고, 열한 개 도시의 각기 다른 5가지 모습이 55가지 도시의 형태로 나타난 것이다. 결국 마르코폴로는 우리에게 터무니없이 이 55개의 도시가 뜻밖에도 자신의 고향 베네치아였다고 말한다.

가장 재미있는 또 다른 명작 소설 『나의 사랑 마르코발도』에서 칼비노는 신사실주의를 위해 조소해낸 어린 노동자 마르코발도의 불쌍한 가족들에 관한 시리즈 성격의 단편소설 12편을 소개하고 있다. 서로 다른 12가지 세계를 그리는데, 로마의 한 가정이 3년 동안 춘하추동 사계절에 따라 변화하는 12가지 양상이 펼쳐진다. 그래서 이 책의 부제는 '한 도시의 계절 속 모습'이다.

나는 이것이 바로 프로스트가 말한 '독서 이민'의 진정한 함의라고 믿는다. 독서가는 공간 속에서 이주민이 되어 실존 세계로부터 날아오르는 동시에 시간 속에서 자신을 방축하여 현재 세계를 표류하는 것이다.

최근 중국 대륙과 타이완의 유명 소설가들이 모여 대담을 나눈 바 있다. 주제는 소설과 고향의 관계였다. 타이완 대표는 나와 같은 이란宜蘭 출신 황춘밍黃春明이었다. 그는 자신과 자신의 고향, 그 작은 삼각형 모양의 충적지와의 관계를 '사랑'이라고 표현했다. 한편 중국 대표는 여우 귀신 전설로 유명한 산둥 가오미高密 출신이지만 지금은 베이징에 거주하는 모옌莫言이었다. 모옌은 복잡하고도 깊이 있는 말을 많이 했지만, 대체적인 뜻은 자신과 고향의 관계에는 사랑과 원한이 다 들어 있어 한마디로 정리하기 어렵다는 것이었다. 지금 그는 매년 고향의 옛집을 찾아가지만 심지어 그곳이 타향으로 느껴질 때도 있다고 했다. 기억 속에 반드시 있어야 할 것이 많이 사라졌다는 것이다.

그렇다. 사랑과 미움뿐만이 아닐 것이다. 한마디로 다 설명할 수도 없을 것이다. 한 글자, 한마디로 다 표현할 수 있다면 소설가들이 왜 한 권 또 한 권의 책을 써내려가면서 힘들고 고생스럽게 자신의 기억과 의문들을 상대로 악전고투를 벌이겠는가? 소설이 온갖 이야기를 다 쏟아내고 있고 대중의 목소리가 요란한 세계에서 이 죄 없는 '사랑'이란 단어보다 더 공허한 말이 또 있을까? 황춘밍이 말한 것은 관방의 언어로서 아무 일 없이 한가한 상태에서의 정치적인 표현일 뿐이다. 반면에 모옌이 한 말은 폐부에서 우러나오는 소설가의 언어이자 열심히 책을 읽고 사유하기를 게을리하지 않는 사람의 가슴에서 자연스럽게 우러나온 말이다. 독서세계의 국민이자 유서 깊은 문자공화국의 국민으로서, 이 흑백이 분명한 담론의 자리에서 우리는 하는 수 없이 모옌의 편에 설 수밖에 없다.

우리는 아예 프랑스의 시인 랭보의 편에 서는 것이 나을지도 모른다. 아주 맑고 큰 눈을 가졌던 이 자유롭고 민감한 시인은 스무 살이 되기 전에 차표 한 장 살 돈도 없이 여러 차례 고향을 떠났다. 심지어 이 때문에 감옥에 갇히기도 했다. 랭보는 평생 얕잡아보고 비꼬는 마음으로 자신이 자라온 무미건조한 작은 도시를 대했고, 그의 시 속에서 랭보의 고향은 늘 초라한 배역을 맡았다.

마르크스는 무산계급 혁명의 궁극적인 해방에 관해 이야기하면서 자산계급이 역사의 잿더미 속으로 사라지면 인류에게는 무산계급만 남는다고 지적했다. 다시 말해서 모두가 같은 모습을 갖는 것이다. 세상에 단 하나의 계급만 남는다 함은 더 이상 계급이 존재하지 않는다는 것을 의미한다. 마르크스의 아름답고 원대한 꿈은 실현되지 않았지만 논리는 틀리지 않았다. 마찬가지로 나와 눈앞의 세계에 단 하나의 관계만이 존재한다면 의의도 동시에 사라지고 말 것이다. 결국 우리는 실질적으로 이 세계와의 모든 관계가 끊어지는 것이다.

눈앞의 실존 세계만 남게 된다는 것은 이 유일한 세계가 우리 눈앞에서 사라진다는 뜻이다.

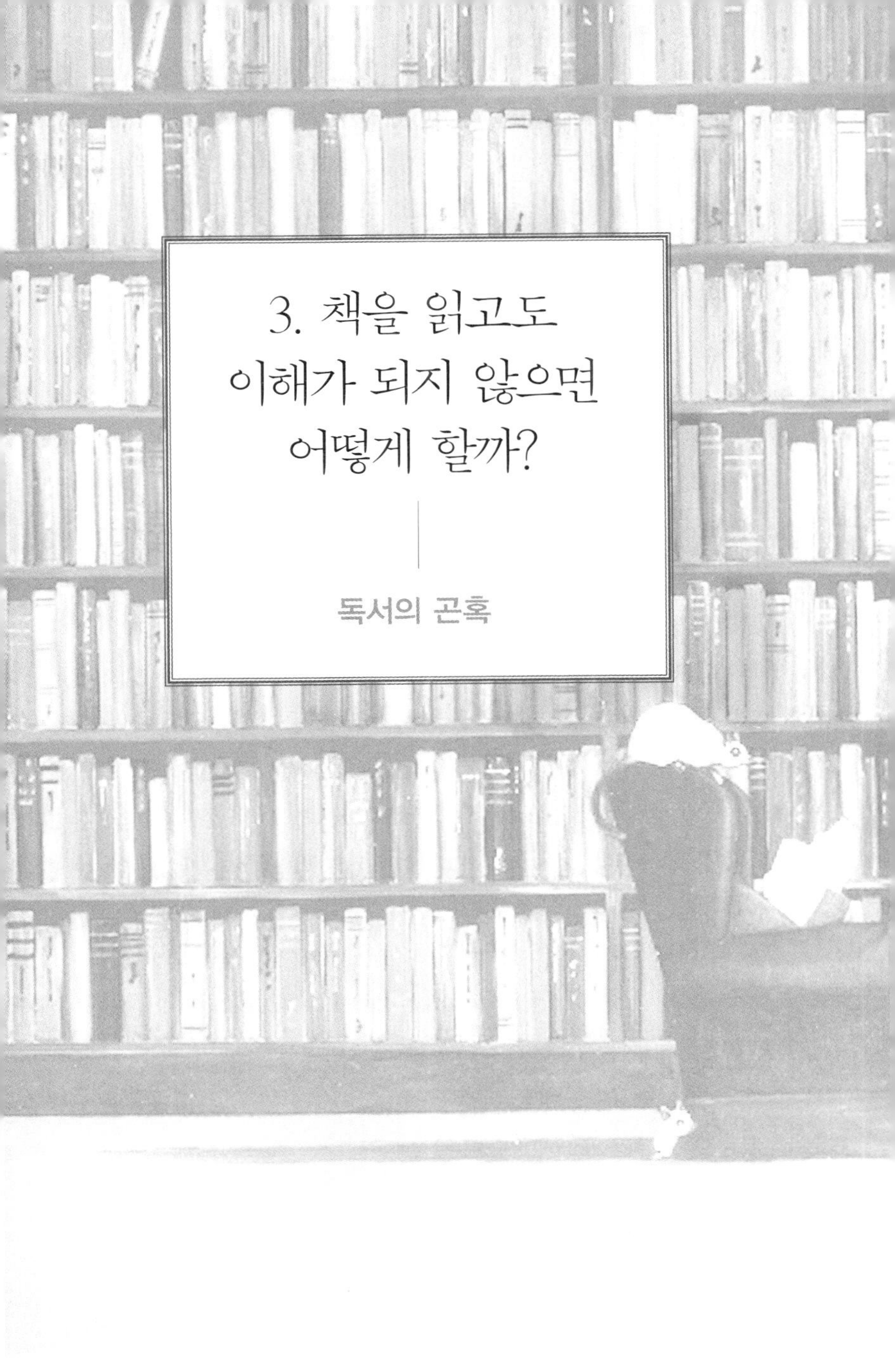

3. 책을 읽고도 이해가 되지 않으면 어떻게 할까?

독서의 곤혹

재난에 가까운 결과가 발생하는 것을 막기 위해 장군은 산타페로 돌아가면서 한 지대의 병력을 이끌고 갔다. 아울러 가는 도중에 더 많은 병력을 모을 수 있기를 기대했다. 다시 한번 통일을 위한 노력을 시작해볼 작정이었다. 당시 그는 그때가 자신의 일생에서 가장 중요한 시기라고 말했다. 베네수엘라로 달려가 그곳에서의 분리활동을 저지할 때와 마찬가지였다. 그가 조금이라도 반성적 사유를 할 수 있었더라면 지난 20여 년 동안 그의 인생에 결정적인 순간이 아니었던 때가 없었다는 점을 깨달았을 것이다.

"교회 전체와 군대 전체, 민족의 절대다수가 나를 지지했었다."

훗날 볼리바르는 그 시기를 회상하면서 이렇게 썼다. 이 모든 우세가 존재했지만 그는 이미 남쪽을 떠나 북쪽으로 가거나 북쪽을 떠나 남쪽으로 갈 때마다 그가 남겨놓은 지역이 그의 등 뒤에서 사라져버렸다는 것을 반복적으로 증명했다. 새로운 내전이 일어나 그가 떠난 땅을 폐허로 만들어버린 것이다. 이것이 바로 그의 운명이었다.

잠시 모든 어려움을 운명의 탓으로 돌리고 자신의 몰이해와 상처를 잘 치료할 수 있을 것이다. 하지만 『미로 속의 장군』이 분명하게 보여주듯이 볼리바르는 이로 인해 자신의 고통스러운 사유를 멈추지 않았다. 모든 것을 운명의 탓으로 돌린다 해도 종교적인 귀의 상태로 승화되거나 응결되지는 못했으며 "수고하고 무거운 짐 진 자들아 다 내게로 와서 짐을 내려놓으라"라는 말처럼 사유가 필요치 않은 안식을 얻지도 못했다. 볼리바르는 해답을 얻고 싶었다. 자신이 해방시킨 대 남미국이 어째서 눈 깜짝할 사이에 분열과 와해의 상태로 돌아갔는지 묻고 싶었다. 이처럼 미로 같은 곤혹 속에서의 포위망 돌파 행동은 죽음에 이르러 멈출 수 있었다. 어쩌면 죽어서도 멈추지 않았는지 모른다. 그의 마지막 절망적인 유언은 이런 것이었다. 그리고 이런 유언에 근거하여 붙인 책 제목 『미로 속의 장군』도 이런 상황을 잘 설명하고 있다.

마르케스의 소설가로서의 찬란한 생애에서 가장 만족스러운 작품으로 평가되는 이 작품에서 그가 말하고자 했던 것은 '곤혹'이 아니었을까? 이런 질의는 아주 쉽게 장아이링張愛玲의 소설 『앙가秧歌』의 서문에서 후스胡適가 했던 말로 이어질 수 있다. 사실 후스는 더 간결한 표현을 사용했다. 다름 아닌 '아餓'(굶주림)였다. 장아이링이 10만 자가 넘는 분량의 글을 쓴 것은 결국 '아'라는 한 글자를 표현하기 위한 것이었다는 주장이다. 이것이 사실을 에둘러 표현하는 소설가의 능력에 대한 존경과 추앙의 표시인지, 아니면 말이 많은 소설가들의 안 좋은 습성에 대한 비난이나 폄하인지는 알 수 없다.

어느 쪽이든 상관없다. 역사적으로 후스처럼 문학에 대해 질리지 않고 이야기하는 것을 즐기면서도 문학에 대해 아는 것이 그렇게 적었던 사람은 아주 드물기 때문이다. 확실히 여기서 우리는 '곤혹'이라는 문제에 관해 생각해보지 않으면 안 될 것이다. 좀더 알기 쉽고 구체적인 표현으로 하자면 책을 읽으면서 그 내용이 이해되지 않을 때는 어떻게 할까라는 문제라고 할 수 있다. 이에 대해 우리는 위로의 정도가 극히 제한적인 답안도 얻지 못할 가능성이 크다. 하지만 우리는 동시에 이것이 독서의 가장 큰 문제점이라는 사실을 잘 알고 있다. 선승이 가르칠 때 막대기로 학승의 머리를 때리며 소리를 지르듯이 처음 책을 읽기 시작하면 독서가 습관화되지 않은 데다 사유가 형성될 때까지 참고 기다릴 수 있는 충분한 인내력과 효과적인 방어력을 갖추지 못해 도끼 한 방에 넘어가는 나무처럼 금방 나가떨어지고 만다.

여기서 한 가지 이야기를 들어 이해의 배경, 더 나아가 심리적 위안을 위해 필요한 조치로 삼고자 한다. 이 이야기를 한 사람은 다름 아니라 마르케스와 같은 남미 출신으로 콜롬비아보다 더 남쪽에 위치한 아르헨티나의 작가 보르헤스다. 그는 위대한 작가이자 뛰어난 독자인 데다 정말로 똑똑한 인물이다. 보르헤스는 볼리바르처럼 평생 의문을 품고 죽을 때까지 쉬지 않았다. 이 말을 할 때의 보르헤스는 기쁘고 즐거워 보였으며 어투는 마치 음악처럼 통통 튀었다.

여기에 보르헤스가 1967년부터 1968년까지 하버드대에서 한 강의 가운데 '시의 수수께끼'라는 제목의 첫 강의에서 서두에 했던 말을 옮겨본다.

> 사실 저는 세상을 놀라게 할 만한 큰 발견을 내놓지는 못했습니다. 저는 인생의 대부분을 책을 읽고 분석하고 쓰는 데(혹은 글을 쓰는 시도라고도 할 수 있다) 소비하면서 즐겼지요. (…) 그렇기 때문에 앞에서도 말했듯이 저는 여러분에게 말할 수 있는 곤혹감만

보르헤스

가슴속에 가득 차 있습니다. 저는 벌써 나이가 일흔에 가깝지만 인생에서 가장 중요한 부분은 전부 문학에 바쳤습니다. 하지만 제가 여러분에게 말할 수 있는 것은 의혹뿐입니다.

위대한 영국의 작가이자 몽상가였던 토머스 드퀸시는 40여 권의 책을 써서 새로운 문제를 발견하는 방법과 오래된 문제를 해결하는 방법을 비교했다. 사실은 이 두 가지 모두 중요하다. 14권에 달하는 그의 대작은 한 권 분량이 수천 페이지에 달한다. 어쨌든 나는 사람들에게 문제 해결의 방법을 말해줄 수 없다. 그저 오랜 세월 이어져 온 곤혹감을 제공할 수 있을 뿐이다. 게다가 내게는 이를 걱정할 책임도 없다. 철학사란 도대체 무엇일까? 철학이란 인도인과 중국인, 그리스인, 스콜라학파, 조지 버클리, 데이비드 흄, 쇼펜하우어 등을 포함하여 모든 사람의 갖가지 곤혹의 역사를 기록한 것이다. 나는 그저 사람들과 함께 이 곤혹을 누릴 수 있을 뿐이다.

물론 보르헤스는 겸손했지만 나는 그럴수록 그의 진실함과 강개함을 더 확실하게 믿는다. 곤혹이 끝없는 사유의 왕국을 통치하기 때문이다. 이에 비해 명확한 해답은 여기저기 흩어져 있는 소수의 도시에만 존재한다. 그리고 이것만을 이야기하자면 주제가 지나치게 좁아진다.

"알고 보니 보르헤스 같은 뛰어난 두뇌의 소유자에게도 곤혹이 있었네!" 하는 인식 외에 우리를 더욱더 고무시키는 사실은 보르헤스의 넘쳐나는 흥미와 볼리바르의 절망적 탄식이 매우 선명한 대비를 이룬다는 것이다.(나는 기록자와 번역자들이 어기語基의 장악에 있어서 최선을 다한다고 굳게 믿는다.) 이런 사실은 곧 우리에게 인생의 현실에서 독서의 사유세계로 전이해 들어가는 과정 중 만나는 곤혹의 얼굴이 무척 선하고 자애롭다는 것을 말해준다. 나는 곤혹이 여전히 우리 심지의 수용능력을 시험하고 있긴 하지만 적어도 우리를 훼멸시키지 않는다는 사실을 굳게 믿어야 할 충분히 이유가 있다고 생각한다. 남미에 통일국가를 건설하겠다는 볼리바르의 거대한 꿈을 무너뜨리고 그가 정복한 땅을 한 덩이 한 덩이 빼앗아갔던 것처럼 우리에게서 뭔가를 빼앗아가지는 않을 것이기 때문이다. 우리는 잃을 것이 없다. 그저 단순한 몰이해와 불만족, 불쾌감, 불신, 시종 주저하면서 내려놓지 못한 마음만이 남아 있을 뿐이다.

곤혹의 유년 상태로서의 생소함

곤혹을 이야기하기 전에 먼저 생소함부터 말해보자. 생소함은 아주 작은 곤혹이자 곤혹의 유년 상태라고 할 수 있다. 생소함은 우리가 '책을 읽고도 이해하지 못하는 상황'의 첫 단계 모습이자 일단 독서의 세계에 발을 들여놓으면 반드시 뛰어넘어야 할 관문이다. 다행스럽게도 마음만 굳게 먹으면 생소함은 얼마든지 극복할 수 있다.

사실 독서세계에 진입했을 때에만 국한되는 일은 아니다. 우리가 어떤 새로운 세계, 새로운 영역에 들어설 때마다 가장 먼저 우리를 엄습하는 것은 이처럼 두려움과 몰이해, 부끄러움, 어지러움, 어찌 할 바 모름, 위험의 감지 등이 마구 뒤섞인 혼란스런 느낌일 것이다. 하지만 이와 동시에 흥분이라는 낯선 감각도 함께 따라올 것이다. 처음 학교에 입학하여 교실 가득 온통 낯선 친구들로 둘러싸여 있을 때의 느낌이나 처음 이사하여 새로운 동네의 동서남북도 제대로 분간할 수 없을 때의 느낌, 맨 처음 군에 입대했을 때 계급에 대한 의식이 전혀 없는 상태임에도 불구하고 모두들 나보다 높아 나를 초주검으로 만들어놓을 수 있는 나쁜 사람들이라는 사실을 체감했을 때의 느낌, 처음 회사에 출근한 날 사무실 사람들 모두 서로 잘 아는 듯이 웃으면서 이야기를 나눌 때 나 혼자만 화제의 내용을 이해하지 못해 난처해하던 느낌, 처음 여자친구의 고향에 인사를 드리러 갔을 때 동물원의 원숭이처럼 사람들에게 둘러싸여 구경거리가 되면서 서로 앞다투어 권하는 온갖 귀한 음식들을 먹어야 했을 때, 처음 외국에 나가 마침내 타향이 무엇이고 외국인이 무엇인지 확실히 알게 되었을 때의 느낌도 이와 다르지 않을 것이다.

물론 처음 침대에 올라 남녀관계를 갖는 인생의 장엄한 경험도 빼놓을 수 없을 것이다. 이 부분에 관해서는 타이완 소설가 뤄이쥔駱以軍의 글을 읽어보기 바란다. 그는 이런 주제에 관해 비교적 잘 쓸 뿐만 아니라 가장 과감하게 글을 쓴다.

이런 느낌을 언급하는 것은 사실 우리 모두가 평생 '생소함'에 대해 나름대로 충분한 경험을 갖고 있다는 것을 지적하기 위해서다. 생소함이란 결코 우리 인생에 전무후무하고 두려운 일이 아닌 것이다. 또한 우리 모두 생소함을 성공적으로 극복한 경험을 갖고 있다. 방법은 아주 간단하다. 심호흡을 하면서 함부로 날뛰지 않는 것이다. 얼굴에는 미소를 잃지 않고 사람을 만나면 친절하게 목례를 건네며 아무 일도 없는 듯 타이완을 모욕한 적이 있는 그 영국 위스키 광고의 캐치프레이즈 '킵 워킹Keep Walking'만 생각하면 된다. 시간이 생소함을 해결해줄 때까지 기다리면 된다. 시간이 가스 불처럼 생소한 것들을 푹 익혀줄 것이다.

또한 모든 생소함은 우리 인생이 좀더 확장됨을 의미한다는 사실도 기억할 필요가 있다.

그런데 왜 독서 영역에서의 생소한 느낌은 상대적으로 극복하기 힘든 것일까? 추측컨대 여기에는 두 가지 원인이 있다.

첫 번째 원인은 책의 본질에서 나온다. 앞서 말했듯이 모든 책은 서로 다른 세계, 이질적인 세계를 담고 있다. 시공과 언어, 시각, 사고방식에서 사물의 디테일까지 전부 다른 것이다. 책은 아주 밀집되어 있으면서도 광활한 생소함의 세계의 군집을 형성하여 주마등처럼 끊임없이 우리 눈앞을 스쳐 지나간다. 이로 인해 우리는 현기증을 일으키면서 방향감각을 잃어 자신들이 도대체 어디에 있는지 모르기 일쑤다. 그리고 부스러진 모든 인상의 조각이 전부 하나로 얽혀 마치 9일 만에 7개국을 돌아보는 초저가 해외여행에 참가하는 것처럼 어렴풋한 인식만 제공하게 되는 것이다.

또 다른 원인은 책임을 지지 않으려 하는 우리 자신에게 있다. 도망칠 수 있으면 어떻게든 도망치려 하는 회피 본능이 문제인 것이다. 어차피 생활 속에 엄습해오는 생소한 느낌은 공부에서 오는 것이든 이사나 입대, 출근, 친지 방문, 해외여행 등에서 오는 것이든 간에 한 번 가면 다시 돌아오지 않는다는 것을 잘 알고 있다. 그런 까닭에 자신에게 '인간 세계에는 도처에 푸른 산이 있는데 죽어서 굳이 고향 땅에 묻힐 필요가 있느냐' 하는 필사의 결심을 갖게 한다. 이에 비해 책을 덮는 동작은 매우 쉽다. 대가도 적고(책 한 권 사놓고 안 읽는다고 해도 아주 큰돈을 낭비하는 것은 아니다) 누가 지켜보는 것도 아니라 체면이 손상될 일도 없다.

바로 이런 이유에서 독서의 세계로 들어가는 데는 좀더 큰 강제력과 결심이 필요하다. 특히 맨 처음 책을 읽기 시작할 때는 '얻는 바가 없는 헛수고 독서'가 되어도 괜찮다는 희생정신도 필요하다. 이런 말을 하면서 부끄러움을 금할 수 없는 것은 젊은 시절 영역을 가리지 않는 독서로 경제학과 물리학에 발을 디뎠을 때의 경험 때문이다. 적어도 반년 이상의 시간을 그렇게 보냈다. 책을 한 권 한 권 읽어나가다가(어떤 책은 신이 나서 즐겁게 끝까지 읽었고 어떤 책은 도저히 읽어갈 방법이 없어서 중도에 포기했다) 처음으로 문자 부호의 신비함을 깊이 느꼈다. 이상한 점은 그 책에 담긴 모든 문자를 다 알겠지만 이것들이 왜 한데 모여 있는지를 모르겠다는 것이다. 이 문자들이 함께 모여서 내게 무얼 말하려는 것인지 몰라 의아해지는 것이다.

물론 우리는 이런 식으로 양자역학이나 케인스의 이론을 이해할 수는 없을 것이다. 사실 그렇게 산 채로 삼키듯이 읽은 책들은 나중에 다시 읽어도 처음 읽는 것처럼 느껴진다.(책 여기저기에 알 수 없는 빨간 줄이 잔뜩 그어져 있는 경우는 예외지만, 왜 줄을 그었는지는 잘 생각나지 않는다.) 하지만 확실히 우리는 부지불식간에 그 영역의 특수한 언어와 사유 방식, 논리의 맥락, 역사적 발전과 사실, 기본 원리 등에 대한 개념을 갖게 된다. 그리하여 마침내 독서의 길에 오를 수 있고 학생의 자격을 얻는 셈이다.

이런 경험은 그 이후의 독서에도 큰 의미를 갖는다. 살면서 어차피 낯선 곳에 가고 낯선 사람들과 관계를 맺어야 하듯이 독서의 세계에도 영원히 존재하지만 걸어보지 않은 새로운 영역이 있기 마련이다. 익숙한 영역이라 해도 새로운 책은 늘 존재하고 오래전에 읽어본 책 중에도 영원히 이해하지 못했던 부분이나 더 깊이 이해할 만한 공간이 남아 있기 마련이다. 하지만 그런 책들을 다시 읽으면 더 확실해지는 부분이 많을 것이고 생소했던 부분이 더 이상 생소하지 않게 느껴질 수도 있다. 이미 생소함에 대처하는 방법을 알았고, 적어도 생소함을 어떻게 이겨내야 하는지 알게 되었기 때문이다.

물론 우리가 현재 갖춘 능력에서 멀리 벗어나 있는 책은 읽지 않을 수도 있다. 하지만 이처럼 '소득 없는 헛수고 독서'를 감행하기 위해 생소한 책을 집으려는 장엄한 의지를 가진 사람들이 있다면 나는 개인적으로 이런 멍청한 짓을 격려할 뿐만 아니라 가능한 방법도 제시할 용의가 있다. 일본 최고의 소설가 오에 겐자부로는 배수의 진을 친 자세로 독서에 임하는 방법을 소개한 바 있다. 이는 그 자신의 실전 경험에서 나온 것으로 대단히 재미있다. 이 이야기를 오에 겐자부로는 「책 읽는 나무 집本を読む木の家」이라는 글로 쓰기도 했다. 어릴 적에 그는 큰 단풍나무 가지에 나무판자를 깔아 자기 혼자만 책을 읽을 수 있는 집을 만들었다. 그리고 그곳에서는 가장 읽기 어려운 책들만 읽었다.

"읽을 만한 책이 없어도 매일 꼭 한 번씩은 올라가 나무 위의 집을 살펴보았다. 책 한 권을 들고 나무 위에 올라가면 다른 책은 읽지 않았다. 이렇게 하다보니 나도 모르게 어려운 책을 읽을 수 있게 되었다."

어른이 된 오에 겐자부로는 고향 시코쿠四國와 전용 독서 공간을 떠났다. 하지만 '가장 읽기 힘든 책을 읽을 만한 장소를 찾는' 그의 노력은 이어졌다. 그는 어디든지 갈 수 있는 전차 안에서 책을 읽기 시작했다. 물론 단풍나무 집과 같은 풍취는 없었다. 하지만 오에 겐자부로는 그 효과가 같았다고 말한다.

이는 정말 따라 해볼 만한 방법이다.(봐라, 나는 독서의 방법에 반대하는 사람이 아니지 않은가!) 굳이 진짜 단풍나무를 찾거나 전차의 장거리 노선을 찾을 필요는 없다.(타이베이에서는 타이베이와 단수이淡水를 오가는 노선을 사용하는 수밖에 없을 것이다.) 중요한 것은 자신과의 약속이다. 또한 정신을 가다듬고 집중할 수 있는 특수한 독서 형식이나 의식을 부여해야 한다. 한동안 이것저것 따지지 않고 이런 자세로 밀어붙이면 탱크처럼 그 무엇에도 방해받지 않는 위세와 완강함으로 갖가지 장애물을 극복하는 큰 효과를 거둘 수 있을 것이다. 특히 오에 겐자부로의 방법은 일회성으로 그치는 것이 아니라 언제든지 사용할 수 있다. 그리하여 그의 독서 생애에는 영원히 생소하고 읽기 어려운 책에 대항할 만한 메커니즘이 형성되게 되었다. 그리고 죽음을 제외하고는 그 어떤 것도 이 메커니즘을 방해할 수 없었다.

무언가가 어떤 곳에 있다

자, 생소함은 독서 시간의 긴 흐름 속에서 점차 익숙해진다. 더 읽어내려갈 수 없었던 책도 약간의 결심, 심지어 특별한 조치와 설정으로 끝까지 읽을 수 있다. 이 모든 것이 그리 어려운 일도 아니다. 최소한 시간이 해결해주기를 기대할 수 있는 부분이 적지 않다. 정말로 골치 아픈 것은 독서에 그림자처럼 따라다니는 곤혹, 팽창하기만 할 뿐 영원히 사라지지 않는 곤혹이다.

독서세계에서의 곤혹은 보르헤스가 말했던바 철저하게 해결할 수 있는 방법이 없다. 독서의 곤혹은 어느 하나 혹은 몇 개가 한 조를 이루는 특별한 난제가 아니다. 사실 독서는 거대하고 복잡하며 인류의 총체적 세계를 향해 열려 있다. 독서의 세계가 직면할 수 있는 곤혹은 인류세계가 기록하고 있는 모든 난제의 총화라고 할 수 있다. 어쩌면 현실 세계에서 체감할 수 있는 모든 곤혹보다 훨씬 더 많고 심각하다고 하는 게 더 정확한 표현인지 모른다. 원인은 간단하다. 현실 생활의 중심적인 내용이 사유가 아니라 행동이기 때문이다. 아주 무거워 행동을 방해하는 일부 사유는 몸에 휴대하기가 적절치 않아 (예컨대 수시로 죽음의 문제를 생각하면서 살아갈 수는 없을 것이다) 반드시 잊어버리거나 최소한 잠시만이라도 거들떠보지 않는다든가 처리하지 말아야 한다. 하지만 책은 직접적인 사유의 산물이자 구체적인 탐색의 형식이기 때문에 불을 향해 달려드는 불나방처럼 미친 듯이 질문을 던진다.(갈등이론의 대가인 다렌도르프도 모든 책에는 '문제의식'이 존재한다는 생각을 견지한 바 있다. 물론 책의 처음부터 끝까지 문제가 존재하지 않는 경우도 있다.) 그리고 책을 읽고 책을 추구하는 모든 독자에게 가장 심오하고 가장 요원하며 가장 은밀하고 가장 비현실적인, 게다가 가장 날카롭고 가장 괴로운 질문을 던진다. 그것도 우리가 모르는 척할 필요도 없고 궁극적인 답안도 없는 그런 질문이다.

나는 알파요 오메가다.(성경 구절의 일부로 야훼가 자신을 지칭하는 의미이자 처음과 끝을 상징한다.—옮긴이) 독자들에게는 곤혹의 총체적인 모습이 대략 이와 같을 것이다. 곤혹은 우리보다 먼저 존재했고 우리가 먼지로 돌아가고 난 뒤에도 여전히 남아 있을 것이다.

물론 이렇게 말한다고 해서 레비나스가 "회귀 없는 출발이란 없고, 조건을 이미 알고 있는 순수한 물음표는 없다"고 말한 것처럼 우리를 곤혹스럽게 하는 모든 질문에 해답이 없다는 뜻은 아니다. 여기서 레비나스가 말한 것은 죽음이지 모든 독서에서 우리를 곤혹스럽게 만드는 난제들이 아니다.

안심하라. 1 더하기 1은 정말로 2이고, 빛의 진행 속도는 1초에 약 30만 킬로미터이며, 타이완 동북부에는 의심의 여지 없이 날생선을 좋아하는 일본이라 불리는 나라가 있다. 심지어 레비나스가 말한 '순수한 물음표'인 죽음에도 해답은 존재한다. 그것도 하나가 아니라 원하는 것을 전부 먹을 수 있는all you can eat 임의적인 선택이 가능하다.(그레이엄 그린은 교회가 모든 문제에 대한 해답을 갖고 있다고 말했다.) 독서라는 길고 지루한 여정에 끊임없이 곤혹이 맴돌면서 사라지지 않는 것은 그것이 개별적으로 죽는 것이 아니라 SF영화에서 자체적으로 급속도로 번식하는 외계 괴물처럼 계속 생겨나기 때문이다. 어렵사리 한 가지 오래된 곤혹이 우리를 즐겁게 만드는 영혼의 심득과 함께 이해되어 사라지지만 이와 동시에 더 많은 곤혹이 새로 탄생한다. 곤혹은 이해와 공생하면서 이해의 산물이자 선구자가 된다. 곤혹은 빛인 동시에 또 어둠이다. 곤혹은 명령한다고 해서 가지 않고 부른다고 해서 오지 않는다.(충분한 분량의 이해 없이는 충분한 분량의 곤혹을 만들어낼 수도 없다.) 곤혹은 때로 까닭 없이 즐겁게 하기도 하고 때로 알 수 없는 고통 속에 밀어넣기도 한다. 이렇게 말하는 것은 남을 위로하거나 스스로를 안위하기 위한 공허한 말이 아니라 믿음과 증거가 있는 진정한 느낌이다. 그래서 토머스 드퀸시는 새로운 문제를 발견하는 것이 오래된 문제를 해결하는 것만큼 가치 있는 일이라고 했다.(토머스 드퀸시뿐만 아니라 홍콩의 경제학자 스티븐 청Steven Ng Sheong Cheung을 포함한 많은 사람이 같은 말을 했다. 그 가운데 일부는 새로운 문제를 찾는 것이 더 가치 있다고 말하기도 했다. 새로운 문제는 시야를 넓혀줄 뿐만 아니라 그 해답이 항상 그것으로 인해 생겨난 합리적인 추론에서 나오기 때문이다.) 밀란 쿤데라는 "인간은 인식의 격정에 '사로잡혀 있다'"고 말했다. 새로운 인식이란 순수하고 억누를 수 없는 광적인 기쁨이라는 것이다. 한편 보르헤스는 곤혹을 '향수享受'라는 단어와 연결시키면 평온함과 심오함, 투명하고 지적인 빛 무리로 변한다고 말한다.

곤혹과 무지는 완전히 다른 것임에 틀림없다. 무지는 의문이 없는 존재이기 때문에 사유 또한 작동하지 않는 무지몽매한 상태에 정지해 있게 된다. 반면에 곤혹은 동적이고 앞으로 나아가고자 하는 의지를 갖고 있다. 곤혹은 사유가 단단히 포박당해 고함을 치고 일보후퇴와 전진을 거듭하는 상황이라고 할 수 있다. 따라서 곤혹에는 느낌이 있다. 그리고 이 느낌은 대단히 깊을 뿐만 아니라 심지어 떨쳐버릴 수도 없다. 또한 곤혹에는 일정한 실마리가 있다. 이 실마리는 종종 너무 많고 복잡하여 체계적인 조직이 불가능하고 방향성을 갖추고 있긴 하지만 전체적으로 분명함과 모호함의 정도가 일정치 않다. 심지어 우리가 이미 곤혹을 발견했을 수도 있다. 어쩌면 이미 손만 뻗으면 닿을 곳에 있지만 계속 우리 눈을 피해 숨어 있는 것뿐인지도 모른다.

오늘날 가치관이 무너져 흩어져버린 타이완의 거대한 허무의 분위기 속에서 나는 개인적으로 어떤 말들을 입에 담아야 할지 말아야 할지 몹시 망설이고 있다. 차가운 시선이나 비웃음의 대상이 될까 두려워서가 아니다. 이런 말들은 우리 모두가 경험했고 이미 항체도 생겼지만 근본적으로 아무런 의미가 없으리라고 회의할 뿐이다. 말에서 의미가 빠져버리면 남는 것이라곤 끊임없이 계속되는 멍청한 넋두리뿐일 것이다. 우리는 단지 자신이 어느 날 뜻하지 않게 이러한 덕성을 지닌 난처한 사람이 되는 것을 바라지 않을 따름이다. 하지만 어쩌면 아직은 모든 사람이 이런 생각을 갖고 있는 것은 아닐지도 모른다. 가끔씩 낙관과 자신감이 아주 중요할 때가 있다. 아무런 근거가 없다고 해도 그렇다.

자, 나는 개인적으로 '무언가가 어떤 곳에 있음을 알아차리는' 무서운 느낌을 좋아한다고 말한다. 이런 느낌은 눈앞의 이 평범하고 반복적이며 더 이상 아무 일도 일어나지 않을 것 같은 세상을 한순간에 달라지게 한다. 이 세상에 비밀이 있어 심오함과 어떤 의미를 부여하게 되는 것이다. 여기서 말하는 의미란 상상과 각종 지식 및 신화, 미래에 대한 의지로 세상과 계속 대화하는 것을 말한다. 그 옛날 황금빛 양털을 찾기 위해 먼 길을 떠났던 아르고호의 젊은 그리스인들처럼 정신적인 분발을 통해 이 세상을 위해 준비하는 의미인 것이다. 이것이 바로 곤혹의 가장 아름답고 유혹적인 모습이며, 이것 때문에 기다림과 고생이 가치가 있는 것이다. 또한 이는 줄곧 우리 사유를 구동시키는 가장 큰 힘이 되어왔다.

단지 비밀이나 세상의 심오한 느낌, 특히 의미에 대해 지금은 아무도 관심을 갖고 있지 않을 뿐이다.

완전히 망각했지만 아직도 '무언가가 반드시 어떤 곳에 있다'는 아름다운 느낌에 호기심을 느끼는 사람이라면 유년의 기억을 되돌아볼 것을 권해주고 싶다. 유년이야말로 가장 되찾기 쉬운 공간이기 때문이다. 일찍이 눈앞에 펼쳐진 세계는 거대한 수수께끼였고 도처에 의문이 널려 있었으며 곳곳에 구멍과 틈이 도사리고 있었다. 이런 데 빠지면 마음속에 두려움이 일곤 했지만(어린 시절에는 비교적 겁이 많기 때문에 귀신을 두려워한다. 너무 많은 미지의 사물이 우리를 둘러싸고 있기 때문이다) 특별히 고통스럽진 않았고 낙담하거나 심심해하는 일은 더더욱 없었다. 우연히 그 안에 담긴 어떤 비밀이 우리를 사로잡으면 그 가운데서 하늘만큼이나 큰 무언가를 훔쳐본 듯한 느낌이 들면서 당장 흥분할 것이다. 그 순간 자신의 몸이 크고 강해지는 것을 느낀다. 우리는 눈앞의 세계를 향해 한 걸음 크게 다가설 것이고, 이 세계 역시 우리의 갑작스러운 변화에 호응하여 꽃봉오리가 벌어지듯 활짝 열릴 것이다. 그렇다면 이때 발견하는 것은 무엇일까? 돌이켜보면 황당하고 우스운 것일 가능성이 크다. 우리는 왜 땅 밑에 황금이 묻혀 있을 거라고 혹은 땅을 파고 내려가면 지구 반대쪽 미국으로 건너갈 수 있을 거라고('지구는 둥글다'는 사실을 배운 뒤에 생긴 후유증으로, 이를 근거로 우리는 생애 처음으로 갖게 된 아메리칸 드림을 실천하게 된다) 굳게 믿었던 것인지 알 수 없다. 매일 우리 세계를 온통 에워싸고 있는 산들을 바라보면서 어느 날 갑자기 산 뒤편에는 어떤 세계가 있고, 우리와 다른 어떤 사람들이 살고 있는지 궁금해질 것이다. 또한 여러 해 동안 같은 반이라 구체적인 유추만 하고 있던 어떤 여학생이 어느 날 갑자기 사실은 공부도 잘하고 아무리 뛰어놀아도 땀 한 방울 흘리지 않는 아주 깔끔한 숙녀라는 사실을 발견하게 될 수도 있을 것이다. 여름방학에 함께 놀 친구가 없어 지붕 위에 누워 있다가 층층이 겹쳐 있어 수시로 모양이 변하는 구름을 몇 시간이나 바라보다가 머리가 어지러워진 적도 있을 것이고 밤중에 가장 빛나는 별자리가 오리온 자리라는 것을 알았는데 선생님은 그걸 궁수 자리라고 우긴 적도 있을 것이다. 저 멀리 제방 쪽에서 진동과 소리를 감지했을 때, 뱀 같기도 하고 별 같기도 한 야간열차가 지나가고 등불이 켜진 객차 안이 환히 들여다보이는 가운데 그 안에 타고 있는 사람들이 이상하게도 영화 속 주인공처럼 느껴진 적도 있을 것이다. 혹은 숙제를 다 마친 일요일 오후에 갑자기 차도 없어지고 사람도 없어져 세상이 완전히 텅 비고 시간마저 멈춰버려 아득히 하늘 끝으로 사라져버리는 듯한 느낌을 가진 적도 있을 것이고 아스팔트가 열기에 울퉁불퉁해져 우리가 집으로 돌아갈 때마다 밟던 그 회색 길이 아닌 듯 느껴진 때도 있을 것이다…….

경험하는 것들은 이처럼 무한하고 다양하다. 독특한 작품을 쓰는 것으로 잘 알려진 작가 스티븐 킹의 글에서 시신 한 구가 저 멀리 다리 쪽에 모습을 드러낸다. 이것이 바로 나중에 영화화된 「스탠 바이 미」의 발단이다. 심심풀이를 찾는 꼬마 네 명이 가출 반, 모험 반의 심정으로 시신을 찾아 나서고, 이는 이들의 인생에서 절대로 지울 수 없는 여정이 된다. 나는 나중에야 존 레논이 같은 제목의 아주 듣기 좋은 주제곡을 리메이크했다는 사실을 알게 되었다. 물론 이는 존 레논처럼 에고가 강하고 자부심 강한 사람에게는 대단히 예사롭지 않고 불가사의한 행동이었을 것이다. 내 추측으로 아마 그는 리버풀에서의 유년을 생각하면서 이 곡을 썼을 것이다.

일찍이 우리가 이 세계를 인식했던 것은 이렇게 하나하나 시작되고 하나하나 파도처럼 밀려왔던 것이다. 그리고 항상 곤혹과 한 무더기의 문제들이 수반되었다. 여기에는 모든 어른으로 하여금 골머리를 앓게 하는 문제도 있고, 어디서부터 묻고 어떻게 해답을 내려야 할지 아무도 모르는 문제도 많다. 아예 비밀로 간직하면서 사람들에게 알리고 싶지 않은 문제도 있다. 여러 해가 지나면서 일부 문제는 이해를 통해 해결되지만 일부 문제는 성립되지 않는다는 것을 알게 되어 자연스럽게 소멸된다. 또 일부 문제는 알고 보니 어른들이 제시했던 해답이 터무니없는 주장이었던 것으로 밝혀지기도 한다. 당시의 어른들이 그렇게 대충 처리했던 이유는 아마도 그 시대의 지식수준이 그 정도였기 때문일 것이다. 또한 상당 부분의 문제는 지금까지도 남아 있지만 왜 남아 있는지 모를 것이다. 어쩌면 애당초 해답이 존재하지 않았을 수도 있고 어쩌면 우리가 잊어버렸거나 더 이상 해답을 찾고자 하는 마음이 없는 것일 수도 있다. 다시 말해서 이 세계를 이해하는 것은 곤혹으로부터 시작되지만 해답에 의해 완성되지는 않는다. 일문일답의 기계적인 방식으로 인식이 이루어지는 게 아니라는 얘기다. 그렇다. 그때 우리는 더할 수 없이 진지하게 해답을 찾으려 노력했고 수수께끼를 풀고자 온 마음을 다했다. 하지만 그 문제들 속에 빠져서 건져낸 것은 일종의 시야였다. 겹겹이 새로운 시야가 열리면서 세계로 통하는 특수한 길을 발견한 것이다. 우리는 공부하는 한편, 사라지지 않는 이해의 공백과 틈을 메우기 위한 상상을 강요당한다. 인식이란 끊임없이 수정되는 구불구불한 길이라 이해와 곤혹의 틈새 사이를 깡충거리며 가고 있는 것이다.

멀리 내다보기

독서를 연속적인 여정으로 간주하면 한층 더 이해하기 쉬울 것이다. 원래 곤혹이란 멀리 내다보는 것에 다름 아니다. 곤혹은 반드시 어리석음과 완고함에서 오는 것이라고 할 수 없다. 곤혹은 호기심에서 올 때가 더 많다. 멀리 어느 지점에 있는 어떤 사물이 뚜렷하게 보이지 않는다. 우리가 있는 곳에서 지나치게 멀리 떨어져 있어 자신의 시력으로는 닿을 수 없기 때문이다.

사실 소설 쓰기에 관한 문제에 대응하기 위한 것이긴 하나 보르헤스도 이와 비슷한 말을 한 적이 있다.

콘래드를 예로 들어 내 신변에서 일어난 일을 설명할 수 있다. 콘래드는 자신이 항해사라 지평선을 하나의 까만 점으로 간주한다고 말했다. 그는 이 까만 점이 바로 아프리카라는 것을 알고 있었다. 다시 말해서 이 까만 점은 숲이 있고 강이 있으며 사람의 무리가 있고 신화와 야생동물이 있는 대륙이지만 실제로 그가 본 것은 한 점에 지나지 않는다는 것이다. 내 상황도 마찬가지다. 내게 어렴풋이 보이는 것은 작은 섬들 같은 것이지만 나는 그 양 끝을 볼 수 있을 뿐이다. 한 모서리와 또 하나의 모서리를 볼 수 있지만 그 중간에 무엇이 있는지는 알지 못한다. 나는 이야기도 시작과 끝만 어렴풋이 볼 수 있을 뿐이다. 하지만 이처럼 모호한 것을 보고서도 그것이 어느 나라, 어느 시대에 속하는지 알지 못한다. 끊임없이 이런 제재들에 대해 생각하고 끊임없이 글을 써내려감에 따라 그것들은 점차 내 앞에 모습을 드러낼 것이다. 내가 범하는 착오는 일반적으로 이 어둡고 빛이 없는 구간에서 벌어지는 것들이다.

두 소설가의 예

자, 아프리카를 좀더 확실히 보고 싶다면 더 가까이 항해해보면 된다. 가까이 다가가면 까만 점이 숲이요 강이며 사람과 짐승들이라는 것을 알게 된다. 하지만 신화는 어떻게 '볼' 수 있단 말인가? 보르헤스는 애써 이 점을 설명해주진 않는다. 스스로 생각해보는 수밖에 없다.

신화 내지 구체적 형상을 갖춘 사물의 배후에 있는 관계와 이치, 감정, 개념 등은 결코 시각의 대상이 되지 못한다. '마음의 눈'에 의지해야 이것들을 볼 수 있다. 여기에 바로 가장 큰 곤혹이 존재한다. 영혼의 눈으로는 이해한다 하더라도 시각을 이용한 것처럼 그렇게 직접적이고 명확하게 있는 것이 그대로 보이는 게 아닌 데다 의지에 의해 조종되기도 쉽다. 또한 시각이 소모되는 시간은 빛의 진행 속도에 의해 결정된다. 다행히도 빛은 우주에서 속도가 가장 빠르기 때문에 우리가 시각을 느끼는 데는 시간이 필요치 않다. 하지만 이해는 이와 다르다. 이해는 좀더 어렵고 은밀한 것들을 상대한다. 이해는 확실히 시간을 필요로 하고 왕왕 사람의 의지에 조종되지도 않는다. 바로 이런 이유로 이해가 드물고 진귀한 것이다. 그리고 항상 표면적이며 누구나 할 수 있는 직접적인 감관의 세계와는 확연히 구별되는 것이다.

시간을 필요로 하고 의지에 의해 조종되지 않는다는 이 두 가지 성질이 합쳐진다는 것은 무얼 의미할까? 다름 아니라 이해가 갖는 이상한 시간감각을 의미한다. 정말로 이해는 독서세계에서 시간관념이 가장 부족한 부분이라, 습관적으로 늦게 찾아온다. 게다가 예상한 시간에 찾아오는 것도 아니다. 특히 가장 필요로 할 때 와주는 경우는 거의 없다. 그러다가 포기하고 아예 생각조차 하고 있지 않을 때, 언제부터 그렇게 분명하게 모습을 드러내기 시작했는지 모르게 등불 환한 곳에 우뚝 서 있는 것을 발견하게 된다. 시험을 쳐본 사람이라면 누구나 이와 유사한 방식으로 우롱당한 뼈아픈 경험이 있을 것이다.

늦게야 찾아오는 이해의 이 이상한 본질에 관해 나는 개인적으로 두 편의 소설을 예로 들어 설명한 바 있다. 하나는 로런스 블록의 냉혹한 탐정 소설 『칼날의 끝Out on the cutting edge』이고 다른 하나는 그레이엄 그린의 『패자의 독식Loser Takes All』이었다.

『칼날의 끝』에서 주인공인 무등록 사설탐정 매슈 스커더는 수렁에 빠진다. 의뢰인으로부터 돈을 받고도 걱정거리를 제거해주지 못하는 참담한 상황에 처한 것이다. 공산당원이었던 여자친구 일레인은 그를 위로하며 이렇게 말한다.

"당신은 할 일을 한 거예요You've done your work."

스커더는 '워크work'라는 쌍관어(두 가지 뜻을 갖는 말)를 사용해 대답한다. 물리학에서 '워크'는 '일'로 해석된다. 일의 공식은 힘과 거리를 곱한 것이다. 예컨대 어떤 물체의 무게가 20파운드이고 누군가 이를 6피트가량 앞으로 밀었다면 120파운드피트의 '일'을 한 셈이다. 스커더는 자신이 한 일은 앞에 있는 벽을 민 것과 같았다고 말한다. 하루 종일 밀어도 벽은 한 치도 움직이지 않았다는 것이다. 결국 전력으로 최선을 다했지만 눈곱만큼도 일을 하지 못한 셈이다.

그레이엄 그린은 『패자의 독식』에서 다시 한번 비교할 상대가 없을 정도로 탁월한 스토리 구성 능력을 발휘했다. 이 소설 전체를 통틀어 가장 중요한 전환점은 그레이엄 그린의 흥미로운 발상에서 발원한다. 주인공은 카지노의 도시를 떠돌다가 절망적인 순간에 우연히 한 노인으로부터 필승의 비법을 전수받는다. 하지만 마지막 순간에 반드시 큰 승리를 가져다주는 이 도박의 비방은 대단히 이상하여 실행하기가 쉽지 않았다. 먼저 돈을 잃는 일정한 단계를 거쳐야 한다. 잃기만 하고 절대 따면 안 된다. 게다가 뻔히 잃을 걸 알면서도 돈을 아끼면 안 되었다. 그레이엄 그린의 팬인 주톈신 역시 특별히 이런 방식을 좋아했다. 새로운 작품을 집필하기에 앞서 짧게는 수일에서 길게는 몇 주 동안 한가로이 사색에 잠긴다.(소설의 소재나 내용에 대해 완전히 준비를 마친 상황에서다.) 틀림없이 빈손으로 돌아올 것임을 뻔히 알면서도 매일 책과 초고, 펜을 들고 카페에 출석한다. 그녀가 집을 나설 때 입버릇처럼 하는 말은 "돈 잃으러 가자"였다.

이 두 소설의 '실례'는 무척 재미있고 정확해서 나는 항상 이를 이해에 대한 은유로 삼고 있다. 이 두 소설은 우리에게 곤혹을 해결하는 과정의 단계성이 균일하지 않고 마음씨 좋은 사람이 말했던 것처럼 '뿌린 대로 거둘 수 있는' 것도 아니라는 일치된 견해를 말해준다. 누구나 마음을 쏟은 만큼 발전하는 게 아니라는 얘기다. 그렇게 좋은 일은 없다. 반대로 곤혹을 해결하는 과정에서 우리는 온몸과 마음이 송두리째 끝없는 곤경에 빠지는 듯한 느낌을 받곤 한다. 곤혹과 헛수고 외에는 아무것도 없다. 그런 다음, 어떤 예견할 수 없는 임계점을 뛰어넘은 것처럼 어느 날 갑자기 벽이 움직이기 시작하고 카지노의 회전판에 우리가 손에 들고 있는 숫자가 나오는 것이다.

두 가지 예의 다른 점은 그린이 비교적 마음씨 좋은 편이라는 것이다. 그는 그래도 기나긴 고난의 길 끝에 찾아오는 빛나는 종점을 보여준다. 돈을 충분히 잃고 나면 크게 딴다는 것이다. 반면에 로런스 블록은 무척이나 냉혹하다. 그는 지금 밀고 있는 벽이 전혀 움직일 리 없는 벽일 가능성이 대단히 크다는 엄연한 사실을 일깨워준다.

요컨대 이해는 습관적으로 늦게 찾아올 뿐만 아니라 아예 오지 않을 수도 있다.

일정 시간 기다리기

이처럼 절대적인 이해의 본질은 그리하여 뜻있는 독자들에게 마지막의 가장 날카롭고 치명적인 일격을 날리는 킬러 역할을 담당한다. 지연되거나 대가가 돌아오지 않는 것은 대단히 배반적이고 인간의 기본적 인성에 저촉되기 때문이다. 우리는 어떤 대가를 치를 수 있다. 하지만 항상 그에 대한 보답을 기대한다. 기꺼이 고생을 받아들이지만 항상 그에 대한 대가와 반응, 발전이 있다고 느낀다. 이처럼 소박한 기대는 지극히 평범하고 인간적이다. 노력에 대한 대가를 받는 순환적 위안이 결여되면 일은 한 방향으로 지속되기 힘들어진다. 그렇기 때문에 우리는 독서가 좋은 일인 줄은 알지만 지속적으로 실천하기 어렵다고 말한다. 인간의 항상성에 저촉되는 부분이 있다는 것이다.

경건한 종교 신앙이 있는 사람은 자비롭고 전지전능한 신이 우리를 이렇게 불완전한 존재로 만들었다고 말할 수도 있을 것이다. 무신론자인 보르헤스는 치통을 한번 앓고 나면 신의 존재를 부정하게 된다고 말했다. 이해의 본질과 본성 사이의 모순도 이와 다르지 않다. 적어도 그렇지 않을까 하는 질문은 던질 수 있을 것이다.

그래서 책으로 덮인 길에서 멀리 바라보면서 앞으로 나아가려면 우선 자신의 결심 일부를 인내심으로 바꾸고 결심의 날카로운 기운을 인내심의 둔한 힘으로 치환해 일정 시간을 기다려야 한다. 에이, 하지만 애석하게 약속하지도 않은 연인을 기다리듯이 바라는 것이 반드시 찾아오진 않는다.

보르헤스는 이런 사정을 솔직하게 이야기하면서 우리에게 적어도 자신과는 기한을 정할 것을 조언한다.

"얼마 전에 나는 나 자신에게 기한을 정해주었다. 마음속으로 '그래 60일만 더 기다려보자'라고 말한 것이다. 이 기간 내에 아무 일도 일어나지 않고 눈앞의 상황에 전혀 변화가 없다면 나는 자살을 택할 것이다. 물론 무슨 일이 생긴다면 그보다 더 좋을 것은 없을 터이다. 어쨌든 자살하려는 사람들은 스스로를 영웅으로 여기기 때문에 온몸에 힘이 넘치는 법이다."

인간의 도리와 사회적 책임에 근거하여 나는 비교적 오에 겐자부로의 견해와 방법을 추천하는 편이다. 오에 겐자부로가 다음 세대 아이들을 위해 따뜻한 마음으로 쓴 책 『나의 나무 아래서「自分の木」の下で』의 마지막 장인 '어느 정도 시간을 기다려보십시오'는 그의 간곡한 신신당부였다.

> 내가 말하고 싶은 것은 아이들에게 있어서 '기다리는 힘'은 매우 중요하다는 것입니다. 아이나 어른이나 생활 속에서 진정으로 어려운 문제에 맞닥뜨렸을 때 이를 잠시 괄호 안에 넣어놓고 '일정한 시간' 방치해두었다가 나중에 다시 꺼내 살펴볼 수 있다는 것이지요. 이렇게 한 다음에 다시 살아 있는 이 방대한 수식을 계산해보면 처음에 도망쳤던 문제와는 많이 달라져 있는 것을 느끼게 됩니다. 기다리는 동안 때로는 괄호 안의 문제가 저절로 해결되기도 하지요. (…) '일정한 시간'이 지나 괄호 안을 다시 살펴보았을 때, 문제가 그대로라면 이럴 때는 정면으로 부딪히는 수밖에 없습니다. 하지만 친애하는 어린이 여러분, 힘들게 '일정한 시간' 참고 견디는

과정에서 여러분은 자신이 더 많이 성장하고 건장해져 있음을 발견할 것입니다. (…) 저는 고등학교부터 대학을 졸업할 때까지의 시간을 이렇게 견뎌왔습니다. 그래서 지금도 이렇게 살아 있는 것이지요.

괄호 안에 넣어버린 곤혹

나는 개인적으로 '괄호 안에 넣는' 이런 발상을 특히 좋아한다. 곤혹을 묶어두면 초점이 생기고 휴대할 수 있게 된다. 집중해서 전체적으로 정리할 수 있을 뿐만 아니라, 더 좋은 점은 선박 설계에 있어서의 '격실 설비'처럼 문제를 국부화시켜 전체로 번지지 않게 할 수 있다. 크게 파괴된 곳으로 물이 들어와도 다른 부분의 운행에는 아무런 영향을 미치지 않는다. 말을 계속 뛰게 할 수 있고 춤도 계속 출 수 있으며 책도 계속 읽을 수 있는 것이다. 과거 타이타닉호가 침몰한 것도 바로 이런 격실 설비가 거대한 빙산과의 충돌을 이겨내지 못했기 때문이다. 유람선이 급히 빙산을 피하긴 했지만 우현 전체가 빙산에 긁히는 바람에 수천 명이 조난을 당하는 역사상 최악의 침몰 비극으로 남았던 것이다.

곤혹을 괄호 안에 넣어두면 단일한 곤혹이 마음대로 팽창하여 심지어 우리 정신과 마음이 혼란스러워져 자신의 지능과 정신 상태, 인생의 가치를 의심하는 지경에 이르는 것을 막을 수 있다. 이로써 정상적인 독서는 파괴되거나 막히지 않고 계속 진행된다. 특별히 강조하고 싶은 것은 정상적인 독서가 지속되기 때문에 우리가 '성장하고' 더 '건장해질' 수 있으며 문제도 '자동적으로 해결될' 수 있다는 점이다.

'문제가 자동적으로 해결되는' 것과 관련하여 우리는 모두 자신의 과거 경험을 진지하게 되돌아볼 수 있을 것이다. 이는 이해가 우리를 찾아오는 가장 기본적인 방식일 것이다. 인생을 살면서 천천히 배우는 모든 것의 절대다수가 이처럼 자신도 모르는 사이에 터득하고 깨우친 것이 아닐까? 이처럼 신비한 의미를 전혀 수반하지 않는 이해의 방식을 어떤 사람들은 아주 멋있게 영감靈感이라 부르고 또 어떤 사람들은 이러한 '돈오頓悟'를 얻기 위해 끊임없이 노력한다. 하지만 개인적으로 나는 이런 용어와 견해들을 좋아하지도 않고 절대로 마음을 놓지도 않는다. 물론 깨닫지 못한 상태에서 깨달음에 이르고 곤혹이 해결되어 눈앞이 확 트이는 일은 시간적인 사건이 아니라 '빛이 있으라 하니 빛이 생기는' 방식의 사건이다. 따라서 어떤 하늘의 계시 같은 것이 수반되며 신이 내린 감격스런 기쁨 같은 느낌도 준다. 따라서 우리로서는 겸손하게 감사의 마음을 갖는 것도 좋겠지만, 사실 이는 이해에 이르는 끝이 보이지 않는 머나먼 길의 말단에 있는 가장 달콤한 한순간에 지나지 않는다. 깨달음이란 절대로 근거가 없고 분해 가능한 독립 현상이 아니다. 힘들이지 않고 취할 수 있거나 사전의 힘든 과정을 거치지 않고 얻을 수 있는 게 아니라는 이야기다. 하늘 아래 공짜로 얻는 깨달음은 없다.

좀더 적극적으로 말하자면, 이해는 증명과 다르다. 이해를 위해 지불해야 할 대가는 남이 아닌 자신을 설득하는 것이다. 통상적으로 필요한 것은 직선적인 '증거'가 아니라 역전이 불가능한 우회에서 만나게 되는 다양한 지식을 통해 얻는 방증들이다. 역사학의 난제가 어떤 인류학 보고나 신화로부터 새로운 실마리를 얻기도 하고 물리학의 중요한 깨달음이 소설 한 권이나 시 한 편 혹은 전혀 관련 없는 책의 한 구절에서 비롯될 수도 있다. 문제를 괄호 안에 넣으면 정상적으로 독서를 지속할 수 있다. 독서를 꾸준히 하다보면 예견하지 못한 계시나 유추와 이해를 얻을 수 있기 때문에 나중에는 난제를 해결할 확률이 높아진다.

대체로 이것이 바로 우리가 파악한 이해의 이상한 본질이다. 우리는 이를 통제할 수도 없고 완전히 바꿀 수도 없다. 그런 까닭에 결국 조정되도록 남겨지는 것은 자신들뿐이다. 이는 어쩔 수 없는 일이다. 조정의 극치는 무엇일까? 다름 아니라 아예 이런 비교를 포기하고 독서 자체를 일종의 습관으로 만들어버리는 것이다. 아울러 가능한 한 독서를 보르헤스가 말한 '향수'의 경지에 놓고 신경질적으로 수확을 헤아리지 않는 것이다. 나태하게 그다지 믿을 만하지 못한 계시가 머리에 떠오르기를 기다리지도 말고, 수시로 투입과 산출의 손익 균형을 세세하게 계산하지도 말아야 한다. 그리하여 독서가 몰라도 행할 수 있는 일종의 의식이 되게 하는 것이다. 심지어 독서를 호흡처럼 자연스럽게 받아들이고 언제든 책을 몸에 지니고 다니면서 틈만 나면 펼쳐서 읽고 잠들기 전에도 펼쳐 갈수록 잠을 쉽게 이루지 못하는 현대인들의 수면제로 삼는 것이다. 가장 좋은 것은 매일 책을 읽지 않으면 샤워를 하지 않거나 양치질을 하지 않은 것 같은 불편함을 느끼게 되는 것이다.

오에 겐자부로의 말이 맞다. 이는 처음부터 난제를 피하는 것과는 완전히 다르다. 독서가 습관이 되면 우리는 곤혹을 회피하는 것이 아니라 곤혹과 장기간 함께할 수 있는 맑은 지혜의 방법을 터득하게 되고 스트레스를 낮출 수 있으며 불확실한 상실감에서 벗어날 수 있다. "우리는 여전히 곤혹을 몸에 지니고 다니면서 자신의 독특한 부담으로 삼는다"라는 칼비노의 말처럼 수시로 곤혹에 부딪히지만 이를 떨쳐버리지는 못한다. 독서에 정말로 양도할 수 없는 밑바탕이 있다면 그건 아마도 곤혹일 것이다. 곤혹이 사라지면 독서도 존재하지 않을 것이다.

같은 꿈을 꾸는 사람

오에 겐자부로가 말했듯이 일정한 시간을 기다려도 괄호 안의 문제가 해결되지 않으면 그때는 정면으로 부딪혀야 한다. 이는 오에 겐자부로의 스스로에 대한 엄격한 요구로 나는 감히 이런 주장을 하지 못한다. 어차피 앞서 이야기한 것처럼 책의 세계는 인간 세계에서 기록할 수 있는 모든 곤혹을 포함한다. 게다가 이처럼 무겁고 면밀하며 완전한 세계를 마주하여 우리는 단지 언어적으로, 분류적으로 제한된 범위 안에서 사유하면서 묻고 문을 두드릴 뿐이다. 세상의 모든 책을 읽을 수 있는 사람은 없다. 서로 다른 가설과 시각, 서로 다른 언어로 이루어진 사유의 영역을 뛰어넘고, 인류가 지금까지 쌓아놓은 모든 지식과 지혜의 성과를 철저히 파헤친다는 것은 불가능한 일이다. 광대하고 아득한 미지의 영역, 돌아오지 않는 궁극적이고 순수한 곤혹은 더 말할 것도 없다. 그래서 보르헤스는 이렇게 인정했던 것이다.

나는 부득이하게 극복할 수 없는 무지의 검은 동굴 속으로 몸을 숨겼다. 하지만 나는 자신이 무지한 사람이라는 것을 잘 안다. 나는 몇 가지 화학 지식을 이해하고 싶었고 물리를 배우고 싶은 적도 있었다. 자동차는 어떤 물건인지, 자전거는 무슨 원리로 작동하는지 알고 싶었지만 아무리 해도 분명하게 이해할 수 없었다. 얼마나 이상한 일인가? 때로는 그런 자신이 무척 답답하기도 했다. 마음속으로는 자전거가 대체 무슨 물건인지 모르지만 우주는 무엇인지, 시간은 무엇인지 안다고 생각했다. 때문에 나는 결국 내가 누구인지 혹은 나라는 존재는 무엇인지 알게 될 테지만 다른 사람들은 내가 영원히 배우지 못하는 것을 알게 될지도 모른다.

유한한 독자의 몸으로 무한한 독서의 바다를 상대하려면 결국 선택과 결정을 해야 한다. 그리고 고통스럽게 무언가를 포기해야 한다. 죽음이 모든 것을 방해할 때까지 기다릴 필요는 없다. 물론 이렇게 말하는 것이 위험할 수도 있다. 조금만 잘못해도 게으른 자의 핑계가 될 수 있기 때문이다. 하지만 독자가 자신을 성실하게 대해야 하는지의 여부는 주위 사람들이 개입하여 뭐라고 하기 어려운 부분이다. 우리는 기껏해야 선의에 기초하여 말로 깨우쳐줄 수 있을 뿐이다.

"그러나 나는 자신이 무지한 사람이라는 것을 잘 안다"고 말한 보르헤스의 분명한 자각은 고대 그리스의 소크라테스까지 거슬러 올라간다. 고대의 델포이 신전(신전 벽에는 소크라테스의 유명한 격언 '너 자신을 알라'라는 문구가 새겨져 있다고 한다—옮긴이)에서 내린 신의 계시에서 알 수 있듯이 이는 지혜의 계보이지 절대로 게으른 사람들의 족속이 아니다. 따라서 우리는 자신의 (부분적인) 무지를 알 수 있고 인정할 수 있다. 사실은 좀더 적극적일 수도 있다. 그 안에 담긴 가장 의미 있는 차이는 무지를 알라는 이 말이 곤혹스런 사유의 길 맨 끝에 있지 방금 책을 읽기 시작한 초급 독자의 입에서 나올 수 있는 말이 아니라는 것이다. 똑같은 말도 시간이나 마음속 상태에 따라 완전히 다른 의미로 다가올 수 있는 것이다.

때때로 우리는 어떤 영역의 견고한 성에 대한 정면 공격을 포기하기도 한다. 이는 자신의 정신력의 자원을 결집하여 더 중요하고 포기할 수 없는 꿈을 기대하기 위해서다. 우리는 화학 분자식을 읽지 않아도 되고 자동차 완구 잡지를 정기구독하지 않아도 된다. 우주와 시간의 거대함에 대한 수수께끼가 우리를 끌어당기고 있으며, 우리 일생의 의지의 지향이 그보다 더 강한 힘으로 스스로를 이끌기 때문이다. 보르헤스의 말을 잘못 이해해서도 안 되고 일부러 잘못 들어도 안 되며, 듣고 싶은 부분만 골라 들어서도 안 될 것이다.

두 마디 더 말하고 싶은 것이 있다. 첫째, 때로는 자신의 무지를 솔직히 말한다고 해서 반드시 포기라는 결론이 뒤따르진 않는다는 점이다. 이는 보르헤스보다는 소크라테스의 말을 통해 더 확실히 파악할 수 있다. 우리는 아주 많은 문제가 궁극적인 해답을 갖고 있지 않다는 것을 아주 잘 알고 있고 가슴으로도 체감하고 있지만, 또 이런 문제일수록 더 진실하여 수시로 우리를 유혹하며 고통으로 이끈다. 밀란 쿤데라가 말한 '인식의 격정'이 우리를 사로잡아 절반은 자유롭지 못하게 앞으로 나아가게 한다. 소크라테스는 하늘에 있는 신의 뜻으로 자신의 큰 의문을 지탱했지만 오늘날은 신념과 가치, 책임, 숙명 등 이성을 뛰어넘는 언어로 의지를 밝혀야 한다. 둘째, 궁극적인 해답을 얻기 위해 노력하는 것이 아니라는 점이다. 바로 이런 이유로 우리는 종종 해답이 있다고 굳게 믿는 것이고, 따라서 좌절하지 않는 사람들보다 더 강인하게 좌절에 저항하여 더 멀리 나아갈 수 있는 것이다. 필경 해답이 있다고 믿는 사람들은 일단 땅 밑에 황금이 묻혀 있지 않다는 것을 확인하거나 타산이 맞지 않는다는 판단이 서면 통상 곧바로 몸을 돌려 가버린다.

독자들은 최종적으로 어디에 이르게 될까? 이건 알지 못한다. 나는 개인적으로 책으로 뒤덮인 이 영원한 곤혹의 길을 홀로 쓸쓸히 걸어가겠지만 저 앞 눈길이 간신히 닿는 곳에 언제나 우리보다 앞서서 걷는 든든한 그림자가 보일 것이라는 사실은 확실히 알고 있다. 심지어 그 그림자가 누구인지도 알게 될 것이다. 그들은 전부 우리가 존경하는 사람들이다. 우리는 뜻밖에도 자신이 그들과 같은 길을 걷고 있음을 영광으로 여길 것이다. 수많은 사람 속에서 어느 날 아침 갑자기 뜻하지도 않게 이런 사람들과 같은 종족이 되어 같은 질문을 하며 같은 호기심에 이끌리고 있음을 느낄 것이다. 이러한 깨달음에서 위로를 느낄 뿐만 아니라 영광과 생명력을 얻는다. 브루스 자빈의 아름다운 말도 생각하게 될 것이다.

> 모든 토템의 시조가 온 나라를 주유할 때 길을 따라 가면서 말과 음표들을 뿌려 '꿈의 여정'을 직조해놓았다. 그가 이 노래의 길을 따라 간다면 반드시 그와 같은 꿈을 꾸는 사람들을 만나게 될 것이다.

4. 첫 번째 책은 어디에?

독서의 시작과 그 대가

내 일생의 모든 만남이 귀신의 인도에 따른 것 같네.

『미로 속의 장군』에 나오는 이 말은 마르케스가 생각해낸 것이 아니라 볼리바르 본인이 직접 쓴 글에서 발췌한 것으로, 1823년 8월 4일 그가 산탄데르에게 한 말이다. 소설에서 기억과 회상을 통해 볼리바르의 일생을 보는 게 종교적 계시를 통해 보는 것보다 훨씬 더 빛난다는 게 사실이긴 하지만 이 말은 소설에 나오지 않는다.(소설에는 볼리바르가 그와 하룻밤을 함께 보내지는 못했지만 자신을 암살에서 피하게 해준 영국 외교관의 아름다운 딸 미란다 린제이에게 원형 목걸이를 선물하면서 함께 건넨 쪽지에 "나는 희극과도 같은 삶을 살도록 운명으로 정해져 있습니다"라고 적혀 있다.) 마르케스는 이 말을 단독으로 장章마다 시작 부분에 배치함으로써 이야기의 서막을 열었다.

칼비노는 "생명은 하마터면 생명이 되지 못할 뻔했고, 우리는 하마터면 우리 자신이 되지 못할 뻔했다"고 말한 바 있다. 사실 누구나 자신의 일생을 돌이켜보면 정말로 아주 쉽게 귀신에 홀려 산 듯한 느낌이 들 것이다. 그토록 사소하고 많은 삶의 파편이 완전히 통제할 수도 없고 지각할 수도 없는 상태로 아주 우연스럽게 어느 쪽에도 기울어지지 않은 오늘날의 삶의 모습을 만드는 것이다. 이는 아예 일방통행로 같다고 할 수 있다. 하지만 우리는 동시에 이 모든 우연이 대체 가능하고 한순간에 다른 모습으로 바뀔 수도 있다는 사실을 잘 알고 있다. 갈림길에서 왼쪽이 아닌 오른쪽으로 방향을 바꿀 수도 있고, 이번 차를 놓치고서 2분 후에 오는 다음 차를 탈 수도 있다. 생명도 방향을 바꿀 수 있다. 자신과 결혼했던 여자가 오늘은 전혀 알지 못하는 여자가 될 수도 있고 어찌할 수 없이 일남일녀를 낳을 수도 있다. 인간의 일생은 칼비노의 말처럼 기억 속에서 특히 위험해진다. 현재 소유하고 있는 것들, 확고하게 뿌리를 내려 절대로 옮길 수 없는 것들 혹은 국가에서 법령이나 명문으로 보호하는 모든 것이 위험에 처할 수도 있다. 모든 것이 눈 깜짝할 사이에 증발하듯이 자취를 감출 수 있다. 그런 까닭에 우리는 종종 강박적으로 이 모든 것에 내재된 어떤 신비한 운명의 힘이 우리의 선택과 조치를 도와서 이토록 위태로운 생명의 우연한 전조에 대항하고, 삶을 꼭 지금의 모습이 되게 했다는 전환적 태도를 갖게 된다. 그렇지 않다면 어떻게 흐르는 모래 같은 생명의 토양 속에 감정을 깊이 심고 의미를 캐낼 수 있겠는가?

생명이 이처럼 귀신의 조종에 의한 것이라면 독서도 이와 같지 않으면 안 될 터이다. 어차피 독서가 포함하는 것도 생명의 일부분이므로 일종의 행위에 지나지 않는다. 특히 우리가 읽는 첫 번째 책은 귀신의 조종에 의한 것일 가능성이 크다. 왜냐하면 통상적으로 처음 책을 읽는 것은 대개 우리가 자기 자신뿐만 아니라 이 세계에 대해 거의 아는 바가 없어 막막한 유년기에 일어나기 때문이다. 동시에 이는 독서의 시작이자 가치 판단이라는 줄과 같은 긴 과정의 시작이다.

첫 번째 독서는 두 번째 책의 열독을 유발할 수 있지만 그 이전에는 첫 번째 독서를 유발하는 책이 없다. 따라서 첫 번째 독서는 자발적이고 임의적일 수밖에 없으면서도 운명에 의해 정해진 것처럼 느껴진다. 그렇기 때문에 소설가 그레이엄 그린은 우연성과 숙명성을 동시에 드러내는 아주 멋진 말을 남겼던 것이다.

"한 사람이 나중에 어떤 인물로 자라게 되는지는 그 아버지의 서가에 어떤 책들이 꽂혀 있는지에 의해 결정된다."

볼리바르의 편지를 받은 산탄데르는 누구인가? 이는 우리의 화제에 있어서는 그다지 중요하지 않지만, 그는 오늘날 볼 수 있는 커피와 비취, 마약, 마르케스를 생산한 나라 콜롬비아를 세운 사람이다.(그렇지 않은가? 커피와 비취, 마약, 신기하고 마술적인 소설들은 전부 사람의 마음을 자극하여 환상을 이끌어내는 물건들이다. 그러니 이 나라야말로 이상한 나라가 아닐 수 없다.) 물론 산탄데르는 원래 볼리바르의 위대한 해방군의 일원이지만 나중에 콜롬비아를 볼리바르의 거대한 남미국에서 분리시킨 주요 세력이 되었다. 1827년에 볼리바르는 정식으로 산탄데르와 완전히 결별한다. 낭만적인 볼리바르에 비해 산탄데르는 비교적 현실적인 사람이었다. 그러므로 두 사람의 갈등과 결말은 절대로 뜻밖의 일이 아니다. 낭만적인 볼리바르는 남미 전체를 해방시켰고, 그의 힘은 역사의 드넓은 무대 위에서 폭발했다. 반면에 현실적인 산탄데르는 제한적으로 변경의 콜롬비아만 통제했고 권력의 밀폐된 각축장에서 승리했다. 낭만적인 혁명가 레프 다비도비치와 현실적인 통치자 스탈린도 역사에서 이런 모습을 연출했던 것이 아닐까?

이전에 드러난 도서 목록을 통해 읽을 만한 책이 없었던 볼리바르가 낭만파 작가들의 작품을 특히 좋아했다는 사실을 알 수 있다. 이

웅성雄性의 사자자리 해방자는 준귀족의 호화롭고 부유한 가문 출신으로 당시 남미인들에게 없었던 초월적인 시야와 감상력을 지니고 있었다.(베니딕트 앤더슨은 『상상의 공동체』에서 "당시에는 지식 계층이라고 말할 만한 것이 없었다. 왜냐하면 '그 조용한 식민의 세월 동안 사람들의 고귀하고 신사의 품격이 묻어나는 생활의 운율이 독서로 인해 단절되지는 않았기' 때문이다. 우리가 앞에서 살펴본 바와 같이 스페인어로 된 첫 번째 남미 소설은 1816년에 이르러 독립전쟁의 포성이 멎은 지 한참 뒤에야 출간되었다"라고 지적한 바 있다.) 더 중요한 것은 실질적으로 방탕아 같고 호사스런 열정을 지니고 있었다는 점이다. 마르케스는 마그달레나 강 항행의 종착점에서 볼리바르가 젊은 시절 아직 혁명을 일으키지 않았을 때 유럽을 여행했던 일을 되돌아보았다. 그가 두 번째로 파리에 갔을 때의 일이다.

당시 그는 갓 스무 살이었고, 공제회 회원이었으며 경제적으로 부유했으나 배우자를 잃은 지 얼마 되지 않은 터였다. 그는 나폴레옹 보나파르트의 황제 등극과 대관식을 도무지 이해할 수 없었다. 그는 루소의 『에밀』과 『신엘로이즈』에 나오는 자신이 좋아하는 구절을 큰 소리로 암송했다. 이 두 권의 책은 지난 몇 년간 그가 머리맡에 두고 읽던 책이다. 스승의 보살핌 아래, 그는 배낭을 메고 유럽의 거의 전 지역을 유력했다. 한번은 어느 산 정상에서 발아래 펼쳐진 도시 로마를 내려다보면서 시몬 로드리고가 그에게 남미 각국의 운명에 대한 웅장한 예언을 들려주었다. 이 점에 대해 그는 더욱 분명하게 알 수 있었다.

"이 혐오스러운 스페인 사람들에게 반드시 해줘야 하는 일은 그들을 베네수엘라에서 쫓아내는 것이다."

그가 말했다. "스승님께 맹세합니다. 제가 반드시 그렇게 하겠습니다."

멀리 내다볼 수 있는 높은 곳이나 산 정상은 속세의 수많은 나라의 권력이 갖는 유연한 위치를 생각하기에 안성맞춤인 자리다. 그 옛날 젊은 예수는 이런 곳에서 무려 40일이나 주야로 배회했고 나중에 볼리바르도 지대가 높고 춥지만 저 아래를 내려다볼 수 있는 보고타를 남미 세계의 수도로 삼았다. 볼리바르를 좋아했던 마르케스는 이 고지대에 있는 도시를 좋아한 적이 없었고 '요원하며 혼탁하다'는 말로 이 도시를 설명했다. 게다가 그는 "처음 보고타에 왔을 때부터 나는 자신이 그 어떤 도시에서보다 더 이방인이라는 느낌을 받았다"고 말하기도 했다. 마르케스는 절대 권력 및 그 시스템과 인연이 있는 사람이 아니었기에 마그달레나 강 아래 카리브 해의 평탄하고 온화한 해안 지역을 좋아했을 것이다.

스무 살의 젊은 볼리바르가 했던 맹세를 어떻게 받아들여야 할까? 진실로 받아들일 수도 있고 그러지 않을 수도 있다. 모두들 젊고 비쩍 말랐던 시절이 있었을 것이다. 젊은 시기는 맹세의 시기다. 그때는 일시적인 자극과 감정으로 인해 하늘에 대고 굳은 맹세를 무수히 뱉어낸다. 이런저런 맹세를 한데 모으면 온갖 직업의 장면들이 한 폭에 그려진 백공도百工圖와 다르지 않을 것이다. 나는 스페인 통치자들을 몰아내고자 하는 남미인들이 볼리바르 한 명에 그치지 않고 수천 수만에 달했을 것이라고 믿어 의심치 않는다. 단지 해방에 성공하도록 귀신이 이끌어준 사람은 볼리바르 한 명이었던 것이다.

못 믿겠다면 소설의 뒷부분을 이어서 읽어보자. 웅지를 품은 볼리바르가 그 후에 어떤 세월을 보냈는지 알 수 있을 것이다.

> 그는 성년이 되어 마침내 유산을 지배할 수 있게 된 뒤로 당시의 열광적인 분위기와 자신의 성격적 특성에 적응하는 생활을 하기 시작했다. 석 달 동안 그는 15만 프랑을 썼다. 파리에서 가장 호화로운 호텔의 가장 비싼 방에 묵고 제복을 반듯하게 차려입은 하인 두 명을 부렸다. 외출할 때는 터키 마부가 끄는 말 네 필짜리 마차를 탔다. 또한 자리가 바뀔 때마다 다른 정부를 데리고 갔다. 자신이 좋아하는 르 프로코프 카페에 데려가기도 하고 함께 몽마르트에 가서 춤을 구경하기도 했다. 오페라 극장의 개인 특별석에서 함께 오페라를 감상하기도 했다. 자신을 믿는 모든 사람에게 아주 재수 없는 날 저녁에 룰렛으로 어떻게 단번에 3000페소를 잃었는지 말해주었다.

이는 정말로 사심 없고 절박한 해방자의 모습이라고 하기 어려울 것이다.

하지만 이것이야말로 볼리바르의 참모습이었다. 단지 해방자라는 단일한 차원의 완전한 볼리바르를 초월할 뿐이다. 나는 우상화를 위한 영화 「국부전國父傳」을 촬영하면서 유명 감독 에드워드 양楊德昌이 투덜거리는 걸 들은 적이 있다.

"저 국부(쑨원을 가리킴)는 자신이 커서 국부가 될 줄 알았던 모양이야. 대여섯 살짜리가 빌어먹을 눈빛으로 혁명의 동지들을 후리는 군. 어서 물러나야 돼!"

미안하지만 줄곧 소설의 원문을 소개해왔으니 계속 소설 원문을 살펴보기로 하자. 이 대목이 소설 전체를 통틀어 가장 뛰어난 부분이라고는 할 수 없다.(좋은 소설에는 이른바 가장 뛰어난 단락이나 구절이 존재하지 않는 법이다.) 하지만 이 대목은 마그달레나 강 항행의 종점으로서 곧바로 어린 시절의 추억과 현실의 쓰라린 좌절의 강가로 이어진다. 우리는 거센 강의 흐름이 눈 깜짝할 사이에 밝아지는 것을 볼 수 있다.

아무 소리도 들리지 않는 적막한 밤이었다. 리아노의 끝없는 모래밭에서처럼 두 사람이 조용히 밀담을 나누는 소리가 분명히 들릴 정도로 조용했다. 크리스토퍼 콜럼버스는 이런 경험을 한 적이 있다. 그는 일기에 이렇게 적었다.
"한밤 내내 하늘을 나는 새들의 소리를 들을 수 있었다."
69일간의 항행 끝에 마침내 육지에 도착할 날이 머지않았다. 장군도 새들의 소리를 들었다. 새들은 거의 여덟 시쯤에 날기 시작했다. 그때 카레뇨는 꿈속에 빠져 있었다. 한 시간 뒤 그의 머리 위를 나는 새들의 수가 많아 날갯짓으로 일으키는 바람이 불어오는 바람보다 더 거셌다. 잠시 후 수면 바닥에 반사된 별들로 인해 방향을 잃은 커다란 물고기 몇 마리가 배 밑바닥을 스쳐 지나갔다. 동북 방향에서 폐기물이 쏟아내는 악취도 여러 차례 밀려왔다. 곧 자유를 얻게 된다는 기묘한 느낌이 모든 사람의 마음속에 무정한 힘을 만들어주었다. 가서 확인할 필요도 없이 당장 인정할 수 있었다.
"세상에!"

장군이 긴 탄식을 내뱉었다.
"우리가 마침내 도착했군!"
확실히 바다가 그곳에 있었다. 바다 건너편이 바로 세상이었다.

잘못 산 첫 번째 책의 대가

곧 자유를 얻게 된다는 신기한 느낌이 모든 사람의 마음속에 생성시키는 무정한 힘은 굳이 그것을 확인하고 나서야 인정할 필요가 없다. 이 말을 잘 기억할 수 있을까?

우리가 인생에서 처음 읽게 된 책은 도대체 어떤 것이었을까? 어떤 사람들은 이를 뚜렷하게 기억하고 있겠지만 아마도 대부분의 사람은 책 내용은 물론, 제목까지 새까만 망각의 암흑세계에 빠뜨리고 말았을 것이다. 하지만 그 책이 좋은 책이었든 나쁜 책이었든 간에, 깊이 있는 계몽의 내용이었든 단순하여 아무런 기억도 남지 않았든 간에, 사실 큰 문제는 되지 않는다. 지금의 우리는 지금의 우리일 뿐, 기억의 여부로 인해 어떤 변화가 생기지는 않기 때문이다. 게다가 유년이 인생을 결정한다는 프로이트의 이론을 과하게 믿을 필요도 없다. 우리 인생에는 아주 많은 일이 일어나지만 그 어느 것도 단일한 사물에 의해 결정되지 않는다. 물론 책 한 권이 아무리 대단하다고 해도 우리 일생을 결정하진 못한다.

내 유년 시절의 계몽 서적은 영광스럽게도 베이징에서 자란 소설가 아청이 유년 시절에 읽은 것과 같은 책이다. 다름 아닌 헨드릭 반 룬의 『인류 이야기』다. 차이가 있다면 아청은 당시 온갖 보물로 가득한 베이징 유리창의 서가에서 이 책을 발견했고 나는 이란시 중산로中山路 삼거리 끝에 있는 문을 연 지 20년이 넘은 참고서 전문 서점인 진룽金隆서점에서 귀신의 힘에 끌려 구입했다는 것뿐이다.(책값은 우리 둘째 형의 친구가 내주었다.) 당시 아칭과 나는 이 책을 단숨에 읽어내려간 것도 아니고, 우리가 평생 읽거나 가졌던 첫 번째 책도 아니었다. 중요한 것은 계몽이었다. 시야와 마음의 눈이 열린 것이다. 신기하게도 그토록 이질적인 세계가 우리 앞에 펼쳐졌다. 그 책이 첫 번째 책인지, 두 번째 책 아니면 열 번째 책인지는 전혀 중요하지 않다. 어떻게 책을 읽을 때마다 그렇게 정확하게 기억할 수 있겠는가?

자, Let by gones be by gones, 이 말을 민난어閩南語(중국 푸젠 성 남부 지방의 방언으로 타이완에서도 보편적으로 사용되고 있다) 노래 가사에서는 "지나간 일에 연연하지 말고 그냥 꿈이었던 것처럼 생각하라"고 번역하고 있다. 여기에 우리가 '첫 번째 책'의 의미를 지금 이 순간으로 가져와 생각한다면, 다시 말해서 우리가 독서를 다시 시작하게 되었고, 이번에는 약간의 나이와 인생의 경험이 있는 상태라면, 더 이상 완전히 운에 의지하여 아버지의 서가에서 아무 책이나 한 권 뽑지 않아도 될 것이다. 우리는 이른바 독서에 대한 선한 생각과 돈을 가지고 서점을 찾아갈 수 있을 것이다. 예컨대 24시간 문을 여는 둔화남로敦化南路 청핀誠品서점이라는 작은 책의 바다를 찾아갈 수도 있다. 이럴 때는 어떤 책으로 독서를 시작하는 것이 좋을까?

"어떤 책부터 시작하든 상관없다. 눈에 가장 먼저 띄는 책부터 시작하면 된다"고 대답할 수는 없을 것이다. 그렇지 않은가? 사실 이것이 더없이 성실한 대답이라 해도 그렇다. 솔직한 말은 항상 사람의 마음을 다치게 한다. 그런 까닭에 구소련 정부에서는 과거에 어떤 책

청핀서점

을 금서로 정하면서 그 이유를 밝힌 적도 있다. 다름이 아니라 "이 책은 너무 진실하게 쓰였기 때문이다"라는 것이었다.

어쩌면 『미로 속의 장군』으로 시작할 수도 있을 것이다. 물론 이 책은 금서로 지정되지는 않았지만 서평가들은 "이는 적나라한 볼리바르다. 부탁컨대 그에게 옷을 좀 입혀주길 바란다"고 말하곤 한다.

한번 어투를 바꿔서 말해보자. 나는 개인적으로 그 정도까지 허무하지는 않고 위선을 달고 싶지도 않다.(그렇지 않은가? 위선이란 사실 담이 작은 귀신의 허무에 지나지 않는다.) 나는 독자들이 눈을 감고 책을 고르는 게 모두 옳다거나 책은 다 좋은 것이고 어떻게 읽느냐에 따라 달라진다고는 생각지 않는다. 이렇게 좋은 일은 절대로 없다. 반대로 책의 세계는 만신창이가 된 실존 세계와 연결되어 있기 때문에 일독의 가치도 없는 쓰레기 같은 책이 너무나도 많다. 그렇다고 그런 책들이 사라져야 한다거나 전부 스린士林에 있는 폐지 공장으로 보내져야 한다는 뜻은 아니다. 쓰레기 같은 책들도 나름대로 생존하여 유전될 권리를 가지고 있다. 언젠가는 가려지지 않는 질병의 증상으로서 진실을 드러내면서 우리가 이 세계를 얼마나 형편없는 모습으로 만들어놓았는지를 증명하는 증거물이 될 수 있다. 우리 실존세계에 쓰레기 같은 인간이 많듯이 이런 책들도 양도할 수 없는 생존의 권리를 지니고 있기 때문에 무조건 원래의 모습으로 환원시켜 흙먼지로 돌아가게 할 수는 없는 것이다.

나는 그런 쓰레기 같은 책들을 참아주고 싶다. 하지만 내가 그런 책들을 변호한다고 여긴다면 이는 큰 오해다. 절대로 그렇지 않다. 나는 나보다 마음씨 좋은 오랜 친구 잔훙즈詹宏志(타이완의 유명한 문화평론가)와는 완전히 다르다.

책의 바다는 너무나 광대해서 닭과 토끼가 같은 새장 안에 들어 있다. 하지만 이들을 구별할 수 없는 것은 아니다. 우리는 대체로 자신의 수준과 관심의 소재를 잘 파악하고 있으며, 생활 속에서 많든 적든 책에 관한 일정한 정보와 평가를 축적하고 있다. 서명과 저자 이름, 출판사 이름에서 시작하여 표지와 전체적인 이미지가 하나의 의미를 형성하게 되고, 이는 효과적인 독서의 참고 자료가 되어 독자들의 고민을 크게 덜어준다. 하지만 여전히 책을 '잘못' 살 가능성에서 철저하게 벗어나진 못한다. 예컨대 그 순간의 우리에게 너무 형편없거나 몹시 좋은 책(『보르헤스 전집』이나 벤야민의 『독일 비애극의 기원』 같은 책은 갓 독서를 시작한 사람에게 억지로 쥐여줄 필요가 없다)을 살 가능성이 있다. 나는 비교적 비관적 경향이 강한 사람이라 습관상 최악의 상황을 예상하곤 한다. 책을 잘못 선택한 결과는 어떨까? 책 한 권을 잘못 사면 책 한 권을 잘못 읽게 된다. 이러한 잘못의 대가를 우리가 충분히 치를 수 있을까?

이런 질문을 나는 일정한 시간이 지날 때마다 한번씩 스스로에게 던지곤 한다. 하지만 재미없게도 대답은 늘 변함없다. 300타이완달러(현재 물가로)의 물질적 대가와 길어야 하룻밤 정도의 시간, 그리고 심력心力의 소모가 고작이지 않을까? 이것 말고 내가 소홀이 하여 빠뜨린 것이 또 있을까?

대체로 이런 것은 절대다수의 사람이 절대다수의 경우 충분히 받아들일 수 있는 대가다. 생활 속에서 선택하지 않으면 안 되는 절대다수의 대가보다 더 가볍다. 냉장고를 사거나 할부로 대출을 받아 자동차 혹은 주택을 구입하는 일, 과감하게 한 나라를 골라서 해외여행을 하거나 구직을 위해 이력서를 쓰는 일, 한 여자를 쫓아다녀 아내로 맞아들이는 일 등은 무를 수도 없고 서가 한구석에 방치한 채 거들떠보지 않을 수도 없다. 요컨대 책을 잘못 사는 것에 대한 아주 미미한 대가는 곧 자유를 의미한다. 그리고 자유는 여러 번 시도해도 괜찮을 정도로 충분한 본전이 있다는 것을 의미한다. 따라서 이는 마음속에서 '한번 읽어볼까' 하는 소리가 들려오는 책을 어렵지 않게 찾을 수 있다는 것을 의미한다.

칼비노가 말하는 독서의 자세

미안하지만 이야기를 조금 가볍게 해보자. 사실 그러는 이유는 어느 정도는 흔히 반복되는 수수께끼 같은 생각에 대항하고 아주 쾌적하며 편안한 마음으로 독서를 진행하기 위해서이지 '첫 번째'라는 사실에 지나치게 집중하기 위해서가 아니다. 어떤 '첫 번째'는 아주 깊은 의미를 가질 수 있지만 또 다른 '첫 번째'는 그저 무의미한 '첫 번째'로 끝나버릴 수도 있다. 자신이 처음 독서를 시작한다는 사실의 신성함을 지나치게 의식하여 너무 신중하거나 비분에 빠질 때, 너무 서늘하고 냉철하게 대하면서 이 역사적 순간에 세계 전체가 숨죽이고 자신을 기다리고 있다고 생각할 때는, 가차 없이 찬물을 끼얹어줄 필요가 있다. 우리는 그저 책을 읽는 것뿐, 진시황 영정嬴政을 죽이러 가는 것이 아니다.

칼비노의 유명한 소설 『어느 겨울밤 한 여행자가』는 결코 읽기 쉬운 책이 아니고, 독서의 출발점으로 삼기에도 적절하지 않은 책이다. 하지만 이 소설은 일단 읽기 시작하면 아주 따스하고 부드러워 읽기 좋다는 느낌이 든다. 소설 읽기의 시작은 이렇게 전개된다.

> 지금 이탈로 칼비노의 소설 『어느 겨울밤 한 여행자가』를 읽기 시작한다면 마음을 편안히 갖고 정신을 집중시키기만 하면 된다. 어떤 생각도 하지 말고 주변 세계가 점점 사라지게 만들어야 한다. 가장 좋은 것은 문을 닫는 것이다. 옆방에서는 항상 텔레비전을 보고 있을 것이다. 이럴 때는 당장 소리를 질러야 한다.
> "난 텔레비전을 보고 싶지 않아요!"
> 좀 큰소리로 외쳐야 한다. 그러지 않으면 그들이 듣지 못할 수도 있다.
> "난 책을 읽고 있습니다. 제발 방해하지 말아주세요!"
> 그들은 무척 소란스럽기 때문에 어쩌면 듣지 못할 수도 있다. 그러면 더 큰소리로 외쳐야 한다.
> "나는 지금 이탈로 칼비노의 새 소설을 읽기 시작했다고요!"
> 혹은 아예 아무 말을 하지 않는 방법도 있다. 그들이 당신의 독서를 방해하지 않기를 바랄 뿐이다.

그러고 나면 칼비노는 우리에게 가장 편한 책 읽기 자세를 찾을 것을 요구한다. 안락의자나 소파, 흔들의자, 범포의자, 등나무 의자, 해먹 등 뭐든지 다 좋다. 마음대로 앉거나 누우면 된다. 옆으로 눕거나 기대어 눕는 것도 좋다. 심지어는 요가식으로 물구나무를 서도 좋다. 어쨌든 가장 편안한 자세면 된다. 다음에는 전등의 조도를 조절하고 담배와 재떨이를 손이 닿는 곳에 놓아둔다. 독서의 흐름을 깨지 않기 위해 먼저 화장실에 다녀오는 것도 나쁘지 않을 터이다…….

우리가 진실한 세계로 돌아가서 자신의 소설을 읽으려 할 때 이 대단한 소설가가 우리에게 던질 수 있는 건의나 요구가 이런 것뿐일까?

> 여러분이 이 책에서 특별한 무언가를 얻고자 하는 것은 아닐 것이다. 아마도 여러분은 어떤 일에 대해서도 기대를 갖지 않을 것이다. (…) 여러분은 자신이 기대할 수 있는 것이 기껏해야 최악의 사태가 발생하는 것을 피하는 것임을 잘 알고 있다. 이는 여러분이 개인적 생활이나 일반적인 사건들에서, 심지어 국제 정세를 통해 얻은 결론이다. 그렇다면 책은 어떨까? 다른 분야에서는 기대한 즐거움을 누릴 수 있다는 것을 부정했기 때문에 책처럼 신중하게 계획한 영역에서만큼은 젊은이들이 기대하는 그런 즐거움을 정정당당하게 기대할 수 있다고 믿게 된다. 운이 좋건 나쁘건 간에 적어도 여기서는 실망의 위험이 그다지 심각하지 않다.

우리가 이것이 첫 번째라고, 망망한 인생의 무수한 기로에서의 첫 번째 중대한 결정이라고 생각하면 독서에 일련의 무거운 의식성 행위들이 첨가되기 마련이다. 마치 주톈신의 단편소설 「티파니에서 아침을第凡內朝餐」에 나오는 신경질적이고 옷을 잘 갖춰 입어 큰돈을 번 사람처럼 보이지만 사실은 백화점에 가서 자신을 위해 다이아몬드 하나 박힌 티파니 반지를 사는 젊은 여성이 보는 이들이 쓴웃음을 지을 정도로 조심스런 태도를 보이는 것과 같다고 할 수 있다.(그녀는 아마도 수만 달러를 썼을 것이다. 이는 두 달 정도 먹지도 쓰지도 않고 월급을 모은 돈이다.) 이처럼 우리는 300타이완달러와 하룻밤의 시간이라는 한정된 위험 말고도 너무나 현명치 못하게 자신이 지불할 수 없는 또 다른 대가를 첨가한다. 다시 말해서 독서의 가장 감동적이고 뛰어난 부분은 취소해버리고, 선택의 여지 없이 실천이 가능한 편안함을 패할 수 없는 인생의 사치스런 도박으로 만들어버리는 것이다. 에고의 공허한 기념을 만족시키기 위해 우리는 신과 귀신을 의심하면서 간악한 사람들에게 당하지 않을까 걱정하는 피해망상에 빠지게 되고, 칼비노가 말한 편안한 독서의 자세는 슬픈 동경의 대상이 되고 만다.

독서가 고향을 멀리 떠나는 여행이라면 이런 장거리 여행에 나서는 사람이 기억해야 할 첫 번째 수칙은 배낭을 가볍게 하는 것이다. 특히 필요하지 않은 감정을 너무 많이 배낭에 담아서는 안 될 것이다.

한 번에 한 가지만 하기

'집중'이나 '전념'처럼 심각하지만 종종 다른 것을 의미하기도 하는 이런 단어들은 사용할 필요가 없다. 칼비노는 우리에게 주변 세계를 점점 사라지게 하여 방해받지 않을 것을 권하고 있다. 책은 읽지 않고 텔레비전만 보는 이웃들에게 방해받지 말고, 자기 자신에게 방해받지 말라는(화장실 가기나 담배 피우기, 실망의 위험 등) 것이다. 독서는 그저 독서일 뿐이기 때문이다. 가장 좋은 것은 한 번에 한 가지 일만 하는 것이다.

독서를 포함하여 한 가지 일만 하는 데도 우리 동기는 대단히 복잡다단하고 사후에 미치는 영향 또한 복잡다단하다. 하지만 가장 좋은 것은 독서를 시작할 때는 동기가 있다가 주변 세계를 따라 점차 사라지는 것이다. 사후의 작용에 대해서도 신경 쓸 필요가 없다. 동기는 부르든 부르지 않든 자발적으로 다시 찾아와 훌륭한 만찬을 즐겼을 때처럼 내장과 두골, 혈액, 복부, 면역 시스템, 두피 아래의 뇌와 두피에 붙어 있는 모발에까지 두루 영향을 미치게 된다. 하지만 신경 쓸 필요는 없다.

내가 개인적으로 꽤 신경질적인 태도를 보이는 것은 항장검무項莊劍舞(항장이 검무를 추면서 유방의 명령을 기다렸다는 고사에서 유래한 말로 겉으로는 우호적인 태도를 보이면서 내심 악의를 품고 있다는 의미)식 독서로서 책의 내용을 기록하는 것 말고도 그 안에 담긴 심오하고 원대한 뜻을 기다리는 방식이다. 일본으로 건너간 한국의 바둑 고수 조치훈은 인격적으로 한계가 있지만 바둑 실력은 대단히 탁월했다. 평생 그에게 필적할 만한 사람이 거의 없을 정도의 명사였다. 한번은 그가 열심히 서예를 연습하고 있는데 동료 기사 한 명이 농담으로 사인을 해달라고 했다. 조치훈이 화를 내며 말했다.

"내가 서예를 연마하는 건 정신을 통일하기 위해서지 남들에게 사인을 해주기 위해서가 아닐세."

동기도 선량하고 일리가 있는 말이지만 일을 이렇게 처리하는 것은 바람직하지 못하다. 서예는 말 그대로 서예다. 열심히 글씨를 쓰다 보면 진지하게 글씨를 씀과 동시에 정신의 집중력과 강인함이 자연스럽게 발전한다. 반대로 손으로는 글씨를 쓰면서 마음속으로 정신을 통일을 해야 한다고 끊임없이 중얼거리면 대단히 합리적으로 그 결과는 서예 훈련도 안 될 뿐만 아니라 마음도 산란해지는 것이다. 잠을 이루지 못하는 사람이 스스로에게 잠을 자야 한다고 밤새 재촉하다가 동창이 밝는 것과 마찬가지다.

사실 조치훈은 자신의 바둑 기량에 비하면 한참 모자라는 서예 솜씨로 "두 마리 토끼를 쫓으면 한 마리도 못 잡는다"라는 문구를 써서 벽에 붙이는 것이 바람직했다. 이는 한때 뛰어난 국수國手였던 우칭위안吳清源이 린하이펑林海峰을 제자로 데리고 있을 때 해줬던 말이다.

인간은 스스로를 더 고통스럽고 민감하게 함으로써 자기를 단련하는 수많은 방법을 가지고 있지만 이는 민족과 사람에 따라 제각기 다르다. 일본인들은 얼음장 같은 폭포수 아래 맨 몸으로 서 있기도 하고 인도인들은 눈 하나 깜빡하지 않고 정면을 주시하거나 평생을 한 발로 서 있기도 한다. 민족지民族誌, ethonography에는 도인이 선인장 가시로 온몸을 찌르거나 맨살로 무거운 물건을 끌기도 하는 내용도 나온다. 이런 행위들은 독서와 상치되지 않기 때문에 신체 조건이 허락한다면 얼마든지 시도해볼 수 있다. 하지만 동시에 두 가지를 진행하려는 탐심은 버려야 한다는 사실을 잊지 말아야 한다.

우칭위안은 불행한 교통사고를 당하기 전까지 혼자서 일본의 바둑 고수들을 전부 물리쳐 급수를 한 단계씩 끌어올렸다. 바둑세계에서 완전히 신과 같은 공적을 세운 것이다. 누군가 그에게 승리의 비결을 묻자 그는 정색을 하면서 대답했다.

"그냥 기예니까요."

인격의 수양도 도덕 수준도 아니고 정신과 영혼을 동원해야 하는 거창한 철리도 아닌 그저 바둑일 뿐이라는 것이다. 이처럼 깔끔한 대답에는 유명 기사의 겸손함과 진정한 집중력이 담겨 있다. 하지만 우리가 다 아는 바와 같이 우칭위안은 인격이 고결하고 품위가 있었다.

그는 자신의 바둑처럼 자유롭고 광활하며 승패를 초월하는 화려한 상상력을 지니고 있었던 것이다. 이제 나이 아흔을 넘겼는데도 그의 정신은 여전히 또렷하며 두 눈이 밝게 빛난다. 몇 시간 동안의 바둑 해설에도 지치는 법이 없다. 소설가 아청은 우칭위안의 바둑 인생을 정리하고 그의 생애를 그린 영화와 다큐멘터리의 각본을 쓰면서 그를 직접 몇 차례 만나기도 했다. 웬만한 일에는 꿈쩍도 하지 않는 아청은 우칭위안 이야기를 하면서 몹시 흥분했다.

"아주 멋진 노인이었어."

아청은 우칭위안의 원기왕성함과 장수 비법을 '암시에 걸려들지 않는 것'이라고 말했다. 세간에서 들려오는 마흔이 되면 몸이 어떻고, 일흔이 되면 몸 어느 부분이 어떻게 된다더라 하는 말이 우칭위안이 흑백의 바둑돌로 쌓은 광활한 인생에 침입한 적이 없었던 것이다. 그리하여 세속의 시간이 아무리 흘러가도 우칭위안에게는 전혀 작용하지 않았다. 아청은 "우칭위안 선생은 틀림없이 120세까지는 살 거야"라고 장담하기도 했다.

아청은 우칭위안이 『역경易經』을 읽을 계획이라는 사실도 폭로했다.

미완성의 책

가장 편안한 자세를 찾았다면 조용히 인생에서의 두 번째 '첫 책'을 읽어보라. 분명 무언가 소득이 있을 거라고 생각하는가?

그렇게 생각하지 않는 것이 좋다. 아직은 쓸데없는 생각이며 시기상조다. 이 질문을 반년이나 1년 후, 다섯 권에서 열 권 정도 더 읽은 후에 떠올려도 이르다는 생각이 들지 않을 것이다.

실제로 따져보고 싶은 조급한 마음이 들 것이다. 내 개인적 경험으로는 차라리 오늘은 50쪽을 읽고 내일은 30쪽을 읽는 식으로 직접적으로 수치화하는 것이 낫다. 이와 관련해서 중국 원나라 시기의 학자인 송렴宋濂을 떠올려봐도 나쁘지 않을 것이다. '하루에 읽는 책의 두께가 1촌에 이르렀다讀書日盈寸'는 송렴은 공부를 무척이나 좋아하는 사람이었다. 당시의 책은 지금보다 종이가 두껍고 글씨도 컸으며 행도 적었다. 그러니 우리는 송렴과 비교할 때 학문을 더 좋아하고 더 부지런한 사람이라고 자부할 수도 있을 것이다. 하지만 이런 만족감으로 충분할까?

질적 변화에 대해서는 마르크스를 믿어보는 것이 좋을 듯하다. 양적 변화는 어느 정도에 이르면 저절로 따라올 것이다.

반드시 마음속에 즉시 어떤 반응이 나타나기를 기대할 경우, 가장 정상적인 결과는 망연자실해지는 것이다. 뭐가 뭔지 알지 못할 뿐만 아니라 이해하지 못하는 부분이 이해를 통해 해소되는 곤혹보다 훨씬 더 커진다. 조금 겸손한 사람은 자신의 수준과 이해력을 의심할 것이고, 성질이 급한 사람은 자신의 무능에 괴로워할 것이다. 하지만 칼비노는 이런 우리를 따스하게 일깨워준다. 그는 공기 중에는 서로 같지 않은 것이 있기 마련이며 눈앞의 세계에 펼쳐지는 분명한 선조도 뒤틀리고 굽은 모습으로 나타나면서 확실하게 보이지 않기 시작하지만, 이것 역시 흥분되고 즐거운 일이라고 말한다.

"한번 잘 생각해보자. 사실 우리는 자신의 이런 모습을 발견하는 것을 좋아한다. 어떤 사물이나 현상에 대해 뭐가 뭔지 좀더 확실히 알아가는 느낌이 들기 때문이다."

"모든 책은 독특하고 완전한 존재다. 하나의 자유롭고 독립된 작은 우주라고 할 수 있다."

많은 사람이 이렇게 말하면서 흰 종이에 검은 글씨로 글을 쓴다. 솔직히 말해서 너무 감정적이고, 너무 여유 있는 말이라 자신의 책이 작은 우주인 만큼, 이렇게 써도 문제없다고 생각해달라고 당부하는 것 같다. 하지만 나는 다른 방향으로 생각하고 싶다. 개인적으로 모든 책의 개방성과 일시성, 그리고 불완전성에 더 무게를 두는 편이다. 심지어 조금 과장하자면 모든 책은 꿀벌이나 개미 같아서 혼자 남으면 더 이상 살아갈 수 없고 아무 의미도 없다. 모든 책은 우리 사유의 그물 안에서 단 한 번의 발언과 대답의 기회만 가질 뿐이다.

에릭 홉스봄이라는 영국의 유명한 좌파 역사가도 모든 네이션民族, nation, 모든 문화가 서로 화합할 수 없다는 분명한 사실과 한데 어우러져 무성하게 핀 꽃 같은 역사의 독특성과 자주성을 모르진 않았지만, 그럼에도 그는 어떤 조화의 가능성을 믿으면서 조심스럽게 "역사를 연구하는 목적은 결국 모종의 일반적인 법칙을 발견하기 위한 것이 아닐까요?"라는 질의를 던진 바 있다. 이처럼 다양한 의론이 복잡하게 펼쳐지면서 물과 불처럼 공존하지 못하고, 심지어 갖가지 담론이 서로 통하지 않을 수도 있겠지만, 그럼에도 모든 책은 여전히 '하나의 동일한 세계'를 향해 발언하고 있는 것이 아닐까? 위치가 다르고 시각이 다르며 사용하는 언어(사유와 서술을 포함하여)도 다르기 때문에 묘사의 방식이나 제시하는 문제, 그리고 이에 대한 답변도 다를 수밖에 없다. 하지만 궁극적으로는 전혀 무질서한 혼란이 아니다. 그렇지 않다면 책의 독특성이란 완전히 단절되고 말 것이다. 그리하여 외부 사람이나 사물은 절대로 침입할 수 없는 견고한 껍질이 만들어져 결국 이해할 수 없고 무의미한 책이 되어버릴 것이다.

무궁무진한 세계와 우리의 유한하여 반드시 끝나는 때가 있는 생명 사이에는 원래 선천적으로 건널 수 없는 황당무계한 틈이 있다. 자신의 힘으로 다 해낼 수 없는 것이 아주 많다는 사실을 솔직하게 인정해야 한다. 마찬가지로 모든 책도 앞뒤로 표지가 있고 그 사이의 내지도 페이지 수가 제한되어 있는 유한한 사물이다. 장자가 정확하게 지적했듯이 특정한 형태를 부여받은 언어적 용기容器('호언巵言: 음양의 변화에 따라 사물의 형태가 변함')라고 할 수 있다. 그 용기에 담을 수 있는 것은 무한한 세계의 아주 작은 '한 토막' 공간과 아주 짧은 '한마디'의 시간일 뿐이다. 게다가 형태가 있고 한계가 있는 이 '한 토막'과 '한마디'는 언어적 요소를 지니고 있다. 이는 그 안에 담긴 모든 디테일이 연속성과 덩굴처럼 퍼져나갈 수 있는 생장력을 지니고 있으며 선택을 통해 대부분의 디테일을 잠시 환원시키거나 고착시키고 초점의 대상이 되는 디테일들만 계속 운동하고 변화하며 확장할 수 있게 한다는 것을 의미한다. 열차가 조용한 풍경화 같은 들판을 지날 때 만물이 일시에 움직이면서 요란한 소리를 내는 듯한 세계에서 잠시 두 발을 멈추고 사고에 잠기는 것과 마찬가지다.

수천수만 년 전부터 무수한 철인이 아이처럼 그 넓은 간격 앞에 멈춰 서서 우리와 비슷한 피로감과 감상을 드러낸 바 있다. 여기서 비교적 가까운 시대의 몇 가지 사례를 들어보자. 첫째는 이들의 이름이 모두에게 익숙하고 그들의 책을 서점에서 쉽게 구해 울렁거리는 가슴으로 처음부터 읽어내려갈 수 있기 때문이고, 둘째는 그들의 언어 '촉감'과 이야기 방식, 분위기 등이 이 시대와 비슷해 낯설거나 거부감이 들지 않기 때문이다. 움베르트 에코는 일관되게 악마의 농담

같은 방식으로 한 가지 우언을 이야기함으로써 실제 세계와 크기가 같고 디테일까지 완전히 일치하는 지도를 그리는 것은 불가능하다는 사실을 말해주고 있다. 칼비노는 『미국 강의』(타이완판 제목은 『미래 천 년 문학의 비망록』)의 마지막 장인 '다양성'에서 귀스타브 플로베르가 기구한 운명의 마지막 10년 동안 연출해낸 백과사전식 소설 『부바르와 페퀴셰』를 예로 들면서 "이 책에 등장하는 부바르와 페퀴셰 두 사람은 19세기 과학주의의 돈키호테가 되어 드넓은 지식의 바다를 항해하고 있다. 그 항로가 사람들을 흥분시키면서 큰 공감을 얻기는 하지만 맨 마지막에 이르러서는 결국 해난 사고로 귀결되고 만다"고 설명하고 있다. 원래 이 두 사람은 과학적으로 모든 인류 지식의 디테일을 다 동원하여 완전한 세계의 '통일 마당 이론'을 만들고자 했지만 결국 '이 세계가 서로를 배척하거나, 아니면 적어도 서로 모순된다는' 사실을 깨달았다. 이에 두 사람은 전 세계를 이해하려는 야망을 버리고 운명에 순종하는 자세로 지식을 기록하기로 마음먹고 전 세계 도서관의 모든 책을 베끼는 데 주력하기로 한다. 이상한 생각을 하는 이 두 사내를 지지하기 위해 플로베르 자신이 강박적으로 독서에 미친 듯이 몰두한다. 이런 목적으로 그는 1873년에 194권의 책을 읽었고 1874년에는 그 숫자가 294권으로 늘었다. 1880년 1월, 플로베르는 지식의 감옥에 갇힌 수인이 절망의 벽에 흔적을 새기듯이 자신의 공책에 이렇게 적었다.

"내가 이 두 좋은 친구를 위해 얼마나 많은 책을 소화해야 했는지 아는가? 무려 1500권이 넘는다!"

1500권이나 되는 책을 다 읽었다고? 무서운 숫자가 아닐 수 없다. 하지만 오늘날 출판세계의 작은 변방에 불과한 타이완에서 1년에 새 책이 얼마나 탄생하는지 알고 있는가? 거의 3만5000종에 달한다!

플로베르는 이 소설에 '과학적인 방법의 결핍에 관하여'라는 부제를 달려고 했다. 또 그 전에는 어느 편지에서 "내가 정말로 쓰고 싶은 것은 허무에 관한 책입니다"라고 말하기도 했다. 칼비노는 이와 관련하여 더없이 날카로운 질문을 던진다.

"우리는 이제 결론을 내려야 하지 않을까요? 부바르와 페퀴셰의 경력에서 '박학'과 '허무'가 이미 하나로 섞여 있는 것은 아닌가 하는 결론 말입니다?"

따라서 레비스트로스의 말이 맞다고 해야 할 터이다. 이것이 바로 '작은 모형'의 개념이다. 물론 그의 이론은 책이 아니라 회화에서 시작되었다. 그가 설명에 이용한 실례는 프랑수아 클로에가 그린 어느 여인의 초상화였지만 원리는 완전히 일치한다. 그 그림과 화가는 초점을 그 여성의 레이스 형태의 가짜 옷깃에 두고서 대단히 핍진하며 진지하게 선조를 이용한 묘사를 하고 있다. 이런 방식을 통해 그림을 보는 사람들의 깊이 있는 미감 정서를 이끌어내는 것이다.

'작은 모형'이 가리키는 것은 크기의 축소(크기를 재는 것이 통상 축소이긴 하지만)가 아니라 실존의 묘사 대상에 대해 어떤 부분에서 '세부를 포기하는 것'이다.

"비율이 줄어들수록 사물은 실질적으로 간략해진 것처럼 보인다. 더 정확히 말할수록 양적 변화는 사물을 장악하는 우리 능력이 확대되고 훨씬 더 다양화된 것처럼 보이게 한다. 이러한 능력을 빌려 우리는 잠깐 동안 비슷한 사물을 파악하고 살피며 느끼는 것이다."

이와 마찬가지로 모든 책도 전부 하나하나의 작은 모형이라고 할 수 있다. 각기 다른 초점을 선으로 세밀하게 묘사하는 와중에 다른 부분의 디테일은 포기해야 한다. 이런 의미에서 볼 때, 모든 책이 그 시간, 그 지점에서의 응시라고 할 수 있다. 그런 탓에 모두 미완성이고 완전하지 않다. 이처럼 책들이 포기한 부분은 다른 책에서 찾아야 한다. 레비스트로스에게서 가장 확실하게 이해할 수 있는 것은 그가 사람들을 낙담시키는 극단의 해박함과 허무가 찾아오기 전에 '우리가 그럴듯한 사물을 장악하는 능력이 확대된다'는 점을 날카롭게 일깨워준다는 사실이다. 땅 밑을 흐르는 고요한 수맥이 각지의 토지와 삼림을 관통하고 있듯이 아주 미묘하여 우리가 항상 의심을 품게 되는 책들 사이의 호응과 소통의 소리를 믿을 수 있게 해주는 것이다.

해답은 막막한 수백 권의 책 속에

특히 마음속에 특정한 의문을 품고 독서를 진행하면서 먹는 것과 자는 것마저 힘들게 만드는 그 의문을 위해 완전무결한 해답을 찾고자 할 때, 대체로는 몹시 힘들고 고통스럽다. 세상은 넓고 책의 바다는 망망하지만 해답을 제공할 수 있는 책은 한 권도 없다. 우리와 완전히 일치하는 생각을 하는 사람도 없다. 독특함을 말하고자 한다면 이것이 바로 독특함이라고 할 수 있다. 그리고 이런 독특함과 필연적으로 병존하는 것이 외로움이다.

아주 뚜렷한 의견을 가지고 있지도 않고 특정한 목적을 품은 채 책을 읽지 않는다 해도(사실 이것이야말로 독서 행위의 주류 경향이다) 혹은 운이 좋아서 명제와 질문 방식이 자신에게 잘 맞는 책을 읽는

다 해도, 필연적으로는 그 사이의 간극을 발견할 것이다. 우리가 마음을 놓지 못하는 그 간극을 책 쓰는 사람들은 추호의 망설임도 없이 말 한마디로 불러낸다. 우리가 상식이라고 생각하는 부분에 대해 책 쓰는 사람들은 곤혹감을 감추지 못한 채 똑같은 문제에 대해 전혀 다른 색깔과 온도, 깊이와 방향을 나타낸다. 결국 우리는 더욱더 망연자실해지고 더 많은 의문을 품게 된다.

우리가 찾는 완전한 해답은 어디에 있는 것일까? 대개는 이를 악물고 계속 책 속을 뒤지다보면 결국에는 발견하게 된다. 희망을 갖고 마음 편해할 수 있는 해답들은 여기저기 수십 수백 권의 책 속에 흩어져 있다. 그래서 벤야민은 책을 찾고 소장하는 것의 극치는 결국 스스로 책을 한 권을 쓰는 것이라고 말했다. 그 한 권은 자신의 독특한 문제들에 대한 DIY의 해답이 될 것이다. 하지만 동시에 그 책은 일종의 수집이자 편찬이기도 할 것이다. 우리가 베낀 수십 수백 권의 책은 불경에서 말하는 '사방 천지의 꽃을 따다 술을 빚는' 것 같은 정리이자 수습이다. 우리가 독특함을 중시한다면 이 책이야말로 독특함의 완성이라고 할 수 있다.

그러니 서둘러 첫 번째 책을 찾고 첫 번째 책의 성과를 가늠해보라. 자신에게 너무나 미안하다는 생각이 들 것이다.

독특함의 역사 수수께끼

항상 그렇듯이 내가 개인적으로 좀더 재미있어하는 문제는 첫 번째 책이 아니라 두 번째 책이 어디에 있는가 하는 것이다. 첫 번째 책을 찾는 것은 의지의 실현에 불과하며 두 번째 책을 찾는 것이야말로 진정한 독서의 시작이다. 첫 번째 책은 임의적이지만 두 번째 책에는 일정한 실마리가 있기 마련이다.

두 번째 책, 다시 말해서 그다음 책은 어디에 있는 것일까?

앞에서도 이야기했지만 나는 개인적으로 이렇게 대답하고 싶다. "다음 책은 지금 이 순간 읽고 있는 책 속에 있다." 다소 불친절하고 틀에 박힌 대답일지 모르지만 내가 말하고자 하는 것은 책의 임시성과 미완성이라는 본질, 책과 책 사이의 연결과 상호 호응이다. 한 권의 책은 또 다른 책에 의지하여 뭔가를 설명한다. 이 책에서 포기한 디테일은 또 다른 책에서 분명한 선으로 하나씩 상세하게 묘사해주고, 이 책에서 정태靜態로 동결된 일부 풍경은 또 다른 책에서 아주 생생하게 살아난다. 또한 이 책에서 제시되지 않은 해답은 또 다른 책에서 완전한 해답이 모습을 바꾼 벌레와 같이 또 다른 퍼즐 조각을 발견할 수 있을 것이다.

이렇게 이리저리 돌고 돌다보면 14일간의 항행을 마친 볼리바르처럼 책이 모여 이루어진 바다, 그 가능성의 바다, 의미의 바다로 인도될 것이다.

이 책과 저 책을 연결하는 실마리는 복수다. 일방통행로가 아닌데다 우리의 독특한 존재와 독특함에 대한 요구 및 의문으로 인해 성립되어 변이되기도 한다. 두 번째 책은 실질적인 독서 행위 안에 있다. 두 번째 책은 같은 저자가 쓴 책일 수도 있다. 그 저자가 이미 우리의 흥미를 끌고 있고, 그가 이 책을 쓰기 전과 후에 어떤 생각을 하고 있었는지 궁금해지기 때문이다. 두 번째 책은 첫 번째 책과 같은 출판사에서 나온 책일 수도 있다. 우리는 이미 그 출판사의 책 선택과 편집 방식에 믿음을 갖고 있고 표지 디자인도 꽤나 마음에 들기 때문에 또다시 300타이완달러와 하룻밤의 시간을 지불할 용의가 있다. 또한 두 번째 책은 동일한 사유 영역에 속해 있고 첫 번째 책에서 끊임없이 언급된 중요한 저작일 수도 있다. 이는 한 영역을 계속 파고 들어가 어느 정도 이해한 뒤 필요한 지식의 틈을 메우기 위해서다. 두 번째 책은 첫 번째 책과 같은 주제, 예컨대 춘추전국 시대의 예양豫讓에서 케네디 대통령을 암살한 오스월드에 이르는 동서고금의 자객이나 킬러를 계속해서 다룰 수도 있다. 두 번째 책은 또 첫 번째 책에서 각주에 실려 있어 눈에 잘 띄지는 않지만 독자의 마음에 들었던 흥미로운 인명이나 서명일 수도 있다. 두 번째 책은 첫 번째 책과 동일한 흥미를 느끼는 아주 먼 나라에 관한 책일 수도 있다. 예컨대 마르케스의 라틴아메리카나 밀란 쿤데라의 체코와 동유럽, 체호프의 넓고 아득한 러시아, 세계 최대의 얼어붙은 평원 시베리아 벌판에 관한 책일 수 있다. 두 번째 책은 어떤 강이나 식물, 날짜, 삽화와 일러스트, 옮긴이 이름, 모호하며 확실히 말할 수는 없지만 어찌 된 일인지 잘 잊히지 않는 마음속 이미지나 머릿속에서 쫓아내버릴 수 없는 선율…… 같은 것일 수도 있다.

레비스트로스는 프랑수아 클로에가 그린 어느 여인의 초상에서 '작은 모형'을 언급하면서 한 가지 흥미로운 이야기를 한 바 있다.

> 한 가지 해결 방법을 선택하는 것은 다른 해결 방법이 원래 도출해낼 수 있었던 결과의 변화로 이어진다. 게다가 실질적으로 동시에 감상자에게 나타나는 것은 어떤 특수한 해결 방법이 제시하는 다양한 변화의 총체적인 이미지다. 따라서 감상자는 참여자의 요

소로 변화되지만, 그 자신은 이에 대해 전혀 알지 못한다. 단지 그림을 응시할 때가 되어서야 동일 작품이 나타낼 수 있는 또 다른 형식을 파악하게 되는 것이다. 그리고 자신이 창작자 본인보다 그 가능한 다른 형식들의 창작가가 될 권리가 더 크다고 어렴풋하게 느낄 것이다. 창작자 본인이 그 가능한 형식들을 포기하고 자신의 창작 영역에서 배제하기 때문이다. 이 다른 형식들이, 이미 실현된 작품이 가리고 있지만 재현될 가능성이 있는 수많은 다른 보충 이미지를 향해 나아가게 하는 요소가 된다. 다시 말해서, 한 폭의 작은 그림이 갖는 고유한 가치는 이해 가능한 한 가지 방향을 획득함으로써 포기됐지만 느낄 수 있는 또 다른 방향들을 보충한다는 데에 있는 것이다.

이제 막 첫 번째 책을 찾아낸 사람에게는 그리 쉽지 않은 일일 것이다. 하지만 상관없다. 인내심을 가지고 책을 읽다보면 적어도 한 가지 중요한 정보를 읽어낼 수 있다. 어느 한 부분의 디테일을 포기한다고 해도 그것이 '그림 전체'에 대한 지각을 제한하지도 않을뿐더러 가능성을 실현할 수 있는 다른 지각들을 축소하지도 않는다. 사실이 독특한 그림들은 오히려 지각을 활짝 열 수 있도록 도와준다. 이러한 지각은 뿌리 없이 무에서 발생되어 나올 수 있는 것이 아니라 '유사한 사물과의 접촉', 이미 실현된 구상의 '실물'과의 실감나는 접촉을 필요로 하기 때문이다. 그래야만 다른 사물로의 확장이 가능해진다. 다시 말해서 "그 자신은 이에 대해 전혀 알지 못하지만 단지 그림을 응시할 때가 되어서야 동일 작품이 나타낼 수 있는 또 다른 형식을 파악하는 것이다".

그림도 그렇지만 책도 마찬가지다. 사실은 책이 훨씬 더 구체적이다. 책들이 형성하는 대화의 망이 훨씬 더 촘촘하고 실현된 실제 화면보다 수량이 더 많고 빈틈이 없다. 어떤 책이 포기한 디테일들은 훨씬 더 많은 다른 책에서 선명한 묘사와 디테일한 처리의 초점 대상이 된다. 따라서 우리는 책 한 권을 읽으면 자신의 상상 속에서 모호하게나마 다른 가능성으로 옮겨가게 되고 다른 책 속에서 보게 되는 가능성들이 하나하나, 한 차례 한 차례 실현된다. 책은, 이처럼 끊임없이 동류同類를 불러낸다.

이런 식으로 우리는 오랜 기간 지속된 독서의 수수께끼에서 벗어나 300타이완달러의 돈과 하룻밤의 시간보다 더 위협적인 독자로서의 거짓 위험을 타파하게 된다. 이상하게도 우리는 항상 책에 의해 통제받는 것을 두려워하고, 마치 책이 악령이나 외계의 괴물이라도 되는 양 우리를 지배해 자아를 상실케 하여 자기 의지의 도구가 되게 하지나 않을까, 적어도 자아의 독특성을 상실하게 되지나 않을까 겁을 낸다.

이처럼 근거 없는 말과 생각이 아주 오래, 폭넓게 퍼져왔다. 그래서 시대마다 매우 신경질적이고 일을 그르치기 좋아하며 게을러서 책 읽기 싫어하는 사람들이 몇 마디 염가의 위협적 격언을 만들어내곤 했다. 물론 우리는 모두 독특하고 대체 불가능한 한 명 한 명의 개인들이다. 하지만 그 독특함이란 도대체 어디서 오는 것일까? 생물학적 유전자 코드에서 오는 아주 일부분을 제외하면, 마음대로 할 수도 없고 되돌릴 수 없는 우연들이 축적되어 만들어진 것 아닐까? 모두 스스로 관여할 겨를도 없이 부모들에 의해 세상에 태어났고, 그런 다음에는 어디에 던져지는지도 모르게 좁고 갑갑한 특정 시공간 속으로 보내진 다음, 귀신이 곡할 정도로 이상하게 무수한 배열과 조합의 가능성 속에서 지금의 이 다양한 인생을 실현하고 있다.(선택이라 하기엔 미흡한 면이 없지 않다.) 그리고 매 순간 세속적인 의견들 속에 둘러싸여 한순간도 끊어지지 않지만 중성미자(중성미자는 물질과 매우 미약하게 작용해 실험적으로 탐지하기 어렵다)식 습격처럼 이를 느끼지는 못한다. 물론 이는 독특한 것이다. 하지만 이 독특함 가운데 진정한 자유의 성분이 도대체 얼마나 된단 말인가? 그것이 자유이긴 한 것일까? 우리가 신경질적으로 지키려고 애쓰는 것은 도대체 무엇일까?

자유란, 독특한 개체가 자신의 독특함의 한계와 무게를 초월하는 것이다. 자유는 통상 사유의 작동에서 시작된다. 그리고 이를 바탕으로 자신을 반성하고 가능성을 상상하게 된다. 물론 독서가 사유를 작동시키는 유일한 통로는 아니다. 하지만 가장 효과적이고 지속적인 구동력이 보장되는 통로 가운데 하나다. 이것이 바로 레비스트로스의 말이 우리에게 던지는 계시다.

칼비노도 우리를 위해 이렇게 말하고 있다. 같은 말이라도 칼비노가 하면 항상 따뜻하고 사람들을 감동시키며 희망이 가득한 것처럼 느껴진다.

어떤 사람은 작품이 가능한 한 복잡성을 피할수록 독특함, 즉 이미 작자에게 푹 빠진 '자아'와 자신의 내면적 성실함, 자신의 진리에 대한 발견으로부터 더 멀어진다고 항의할지도 모른다. 하지만 나는 이렇게 대답해주고 싶다. 우리는 누구인가? 모든 개인이 경험과 정보, 자신이 읽었던 책, 상상해낸 사물의 조합 등으로 이루어진 존재가 아닐까? 이것이 아니라면 도대체 무엇이란 말인가? 모든 생명은 한 권의 백과사전이자 하나의 도서관, 한 장의 물품명세서, 일련의 문체다. 이 모든 것이 끊임없이 교체되고 바뀌면서 갖가지 상상에 의지하여 얻은 방식으로 재조합되는 것이다.

하지만 어쩌면 내 마음속 깊은 곳에는 또 다른 것이 있을지 모른다. 우리가 '자아' 밖의 구상으로 작품을 만든다고 가정해보자. 이러한 작품은 우리로 하여금 개체 자아의 유한한 시야에서 벗어날 수 있게 해주고, 우리가 자신과 유사한 자아로 들어갈 수 있을 뿐만 아니라 말을 하지 못하는 사물들에게 언어를 부여할 수 있게 해줄 것이다. 도랑 주변에 서식하는 새들과 봄날의 나무, 가을날의 나무, 돌과 시멘트, 플라스틱……에게 언어를 줄 수 있을 것이다.

꾸준히 읽는 독자의 영원한 첫 책

따라서 더 이상 터무니없는 생각의 위험과 대가는 없을 것이다. 300타이완달러의 돈과 하룻밤의 시간이면 충분하다. 이것이 우리가 첫 번째 책을 사서 읽는 데 대한 가장 감동적인 우세다. 이런 우세를 잘 이용하면 인생에서 실수를 범하고 돌이켜 후회하며 취소 버튼을 눌러 원래 상태로 돌아가는 일은 그리 많지 않을 것이다. 나이를 먹을수록 이런 사실을 점점 더 절실하게 깨달을 것이다.

두 마디만 더 하고 싶다. 1만 권의 책을 독파한 독자라도 여전히 이 첫 번째 책의 우세를 보유하고 있어 독서의 모든 단계와 순간에 잘 활용한다. 책의 세계는 이처럼 거대하다. 책의 세계는 영원히 다 탐험해보지 못하는 광대한 미지의 영역이다. 영원히 새로운 저자들이 존재하고 영원히 새로운 불만과 의문, 새로운 초점, 새로운 깊이와 방향이 존재하기 때문에 허무감을 느끼는 일은 없을 것이고 다시 젊은 시절로 돌아가듯 정신적으로 더욱 분발하게 될 것이다.

두 번째 책이라는 개념은 독서의 연속성을 나타내고 첫 번째 책이라는 개념은 도약, 재기, 미지와 놀라운 기쁨을 의미한다. 이를 통해 우리는 인과의 사슬에서 벗어나 위험한 자유로 대체한다. 그렇기 때문에 호탕한 정취를 느낄 수 있는 것이다.

벤야민은 글을 쓸 때 '모든 문장이 새로 시작하는 문장 같다'고 말한 바 있다. 이런 비연속적인 즐거움을 말한 것에 다름 아니다. 연결과 단절을 두려워할 필요가 없는 것이다. 『역경』「건괘乾卦」의 제4효에 "물속에서 뛰어오른다고 해도 허물은 없다或躍在淵, 無咎"라는 구절이 있다. 하늘로의 비상을 연습하는 용은 연못에서 이처럼 영용한 시도를 하다가 설사 성공하지 못한다 해도 원래 있던 자리에 떨어지는 것뿐이라는 뜻이다. 따라서 위험이 없다는 것이다. 책의 바다는 상상하는 것보다 훨씬 더 거대하고 튼튼하며 섬세하다. 그러므로 박차고 오르다가 떨어진다 해도 밖으로 나가떨어질 리는 없다. 그저 용감하게 자신의 여정을 더 멀리 하여 묵묵히 길을 가야 할 뿐이다.

5. 바빠서 책 읽을 시간이 없다면?

독서의 시간

임종을 맞이하기 직전 정신이 잠깐 맑아진 틈을 이용하여 그는 방을 둘러보았다. 처음으로 방 안의 모든 것이 분명하게 눈에 들어왔다. 마지막으로 빌려온 큰 침대와 낡고 남루한 화장대, 인내심을 가지고 얼굴을 흐릿하게 비춰본 거울을 둘러보았다. 그 뒤로 다시는 거울에 자신의 모습을 드러내지 않았다. 유약이 발린 물 항아리에는 물이 가득 차 있었고 옆에는 수건과 비누가 놓여 있었다. 다른 이들을 위해 준비해둔 것이었다. 무정한 팔각시계는 고삐 풀린 야생마처럼 내달렸고 거부할 틈도 없이 12월 17일이 쏜살같이 다가왔다. 아주 빠르게 장군 인생의 마지막 오후 1시 07분을 가리켰다. 그때 장군의 두 팔은 엑스 자로 교차된 상태로 가슴 위에 얹혀 있었다. 당즙을 짜는 노예들이 우렁찬 목소리로 새벽 여섯 시 성모송을 부르는 소리가 들려왔다. 창문을 통해 그는 하늘에서 번쩍하는 빛을 보았다. 한번 떠나면 돌아오지 않을 금성, 설산 정상의 만년설, 갓 자라난 덩굴식물을 보았다. 하지만 다음 주 토요일이 장례였다. 그는 대문이 굳게 닫힌 저택에서 종 모양의 작고 노란 꽃이 핀 것을 보지 못했다. 생명의 마지막 빛은 그 뒤로 얼마 동안 다시 나타나지 않을 것이었다.

이는 『미로 속의 장군』의 마지막 단락이다. 마르케스가 선택하여 써 내려간 것은 세계를 향한 볼리바르의 마지막 눈빛과 인상이다. 어쩌면 잠깐 동안의 시선이었는지도 모른다. 하지만 찰나의 시간도 사람들의 관심으로부터 떼어낼 수 없다. 혹은 길게 늘어뜨려 일종의 따뜻한 머무름을 형성할 수도 있다. 나는 소설을 쓴 경험이 아주 많은 친한 친구들에게 소설의 결말 부분을 어떻게 대하는지, 본인들이라면 어떤 형태의 끝맺음 방식을 선택할 것인지 묻고 싶었다. 그리고 이처럼 먼 길을 걸어온 소설이 어떻게 이로 인해 정감 가득한 소설이 되게 할 수 있는지, 그리고 거대한 역사의 생명에 어떻게 아쉬운 구두점을 찍을 수 있는지 묻고 싶었다.

나는 마르케스가 타자기 앞에 앉아 있는 모습을 상상해보았다. 그 전에 그는 『백 년 동안의 고독』에서 대령의 생명이 끝났을 때의 슬픔을 견딜 수 없었다고 밝힌 바 있다. 그의 말에 따르면 온몸이 부들부들 떨렸고 침실로 뛰어 들어가 통곡했다. 그의 아름답고 강한(감성적으로 의존적인 물고기자리의 마르케스와 결혼한 그녀는 강인하지 않을 수 없었다) 부인 메르세데스가 무슨 일이 벌어졌는지 알아챘지만 그녀는 "대령이 죽었나요?"라고 묻기만 했다.

위대한 해방자 볼리바르는 겨우 47세에 세상을 등졌다. 이 점은 소설 앞부분에서 그가 정권을 내려놓고 떠돌아다닐 때 한 영국 외교관이 정부에 올리는 정식 보고에서 "그에게 남은 시간이라고 해야 고작 자신의 무덤에 도착할 정도일 것입니다"라고 쓴 대목에 이미 암시되어 있다.

마르케스는 왜 '오로지' 이 영국 외교관만 볼리바르에게 벌어질 가능성이 있는 결말과 행방을 알고 있는지에 대해서는 설명하지 않았다. 하지만 나는 일반 독자도 충분히 추측할 수 있으리라 생각한다. 이 영국인만이 냉정한 태도를 견지했고 볼리바르의 일을 남의 일처럼 여겼으며 볼리바르의 '입장' 밖에서 완전히 객관적인 위치에 서 있었기 때문이다. 다른 남미 사람들은 적이건 친구건 간에 볼리바르와 엮이는 경우가 수없이 많았고 볼리바르가 장장 20년 동안 뿜어낸 거대한 빛과 층층이 쌓은 기적에 덮여 있었다. 볼리바르가 이미 그들의 공동 운명이자 생명의 배경이요, 그들 모두가 살아가는 세계 전체가 되어 있었던 것이다. 그런 까닭에 그들은 이 운명에 따라 부침하고 이 세계 속에서 몸을 묻고 함께 이동했다. 당시에 이미 볼리바르의 몸은 황폐화되어 곧 숨이 끊어질 듯한 상태였고 누구나 한눈에 그런 상황을 알아볼 수 있었지만 그들이 선 위치에서는 그런 운명의 방향과 종점이 보이지 않았다.

위인은 타인에게만 기적을 창조할 뿐, 스스로에게는 그럴 방법이 없다. 십자가에서 죽음을 맞이한 예수마저도 그랬다. 따라서 스스로 되돌아보면 가장 근본적인 생명 앞에서는 모두가 평등한 범인임을 알 수 있다.

이 맨 마지막 단계의 생명의 연계와 생명의 인상에는 어떤 사료적 근거가 있을 가능성이 희박하다. 기껏해야 볼리바르가 사망할 당시의 주위 실물에 대한 객관적인 기술과 (몇 시 몇 분에 혼수상태에 빠져 몇 시 몇 분에 숨이 끊어졌다는 등의) 의학적 기록이 전부일 것이다. 나머지는 전부 마르케스의 상상과 창조에서 나왔다. 마르케스는 볼리바르가 임종 직전에 잠깐 의식이 돌아온 그에게 마음속에 남아 있는 생각들을 돌아보도록 허락했다. 다름 아닌 사라짐과 침몰이었다. 거울에 비친 모습과 비누, 수건, 당즙 짜는 노예들이 부르는 성가, 금성,

Gabriel García Márquez

EL GENERAL
EN SU LABERINTO

Novela

Editorial Sudamericana

미로 속의 장군

설산과 덩굴식물, 그리고 바람에 흔들리는 종 모양의 작고 노란 꽃, 모든 종류와 형태의 소리, 모든 감각과 냄새까지…… 자신이 사용하던 모든 것을 더 이상 자신을 위해 사용할 수 없게 된 상황이었다.

따라서 유아론獨我論(자아 이외의 객관적인 세계는 존재하지 않고 모든 것은 자아의 내용에 지나지 않는다는 이론)은 횡포이자 착복이라 할 수 있다. 하지만 동시에 유아론은 천진무구함이기도 하다. 유아론은 전형적인 유년기의 사유 방식으로 자신과 세계 전체를 중첩시켜 완전히 동일시한다. 세계 전체가 '나'이고 나로 인해서 의미를 얻는 만큼, 전부 내가 사용하는 게 당연하다. 세계를 대하는 방식, 심지어 세계를 파괴하고 멸망시켜버리는 방식마저도 나의 자유로운 행동의 일부분일 뿐이다. 여기서 자주 나타나는 잔혹함과 약탈은 기본적으로는 '도덕 이전의' 것이다. 소모되고 상처받는 것은 세계의 일부분일 뿐, 피와 살과 의지를 가진 타자라고 생각하지 않기 때문이다. 젊은이들이 자기 머리를 고약하게 꾸미고 다니거나 피부에 문신을 하고 피어싱을 하듯이 자기를 해치고 자기를 약탈하는 것(이런 표현이 가능하다면)에 대해 우리는 기껏해야 무지의 소치이거나 제멋대로라고 말할 뿐, 부도덕하다고는 말하지 않는다.

사실 중국 전국 시대에 맹자와 순자가 제기한 성선설과 성악설로 판가름하듯이 유아론이 지배하는 유년기에서부터 도덕 논쟁을 진행한다면, 답을 구하기 어려울 것이다. 이런 논쟁에서의 해답은 유아론의 천진함과 파괴라는 양극단의 초점에서 각자를 응시하는 것이 될 가능성이 크다. '나'의 자기 동정과 자기 파괴의 두 가지 존재 상태를 향하게 되는 것이다. 도덕은 좀 늦게 따져도 무방하다. 도덕은 '분별'에서 나온다. 도덕은 '나'와 '타자'의 양립 및 그 경계선의 출현에서 나온다. '나'와 이 세계의 분리에 대한 인지로부터 시작되는 것이다. 그러므로 어질다는 것仁은 인간다움을 의미한다. 이는 나 외의 완전히 자주적인 타인이라는 존재가 있음을 인정하는 것이다. 여기서 좀 더 나아가면 도덕의 실천으로서의 이른바 '예禮'에 이른다. 예는 나와 타인 사이의 경계와 차이를 따지는 것이다. 이 부분에 있어서는 공자가 비교적 능수능란하면서 정교하고 치밀했다. 게다가 공자는 글자와 어휘 선택에서도 대단히 적절했다. 그는 '인仁' 자를 도덕 논술의 대표적인 용어로 선택했고, 문자 부호와 언어의 발음에도 '인人'이 들어가 있었다. 게다가 '깨달음'과 '감지'라는 이성적 요소가 포함되어 있어 도덕에 아주 단단하고 곧은 '인식'을 부여했다. 대단히 정확하고 멋진 계산이 아닐 수 없다. 그런 까닭에 공자는 맹자나 순자보다 훨씬 더 이성적이면서도 더 훌륭하고 폭넓은 문학가로 인정받는 것이다.

하지만 당연히 유치할 수밖에 없는 유아론이라는 패도는 확실히 커다란 힘을 지니고 있다. 유아론에 빠진 사람들은 다중 타자의 존재와 동정에 마음을 빼앗기지 않고 어떤 천명이 그렇듯이 만사와 만물을 지푸라기같이 하찮게 여겨 사람들을 놀라게 한다. 도덕의 굴레로 인해 주저함을 배제함으로써 그들의 행동은 자유를 얻고 더없이 강대하며 폭발력과 집중력을 발휘한다. 그리하여 우리는 역사의 한 구간을 창시한 위대한 인물들에게서 이런 특징을 발견하게 된다.(추리소설가 얼 스탠리 가드너의 견해에 따르면 이런 유형의 인물은 '위인과 어린 남자아이의 혼합체'다. 물론 이는 그가 쓴 소설에 등장하는 변호사 페리 메이슨을 묘사하기 위해 한 말이다.) 물론 볼리바르도 이런 유형에 속하는 인물이다. 그래서 마르케스는 그가 독재와 민주라는 양극단의 주장

속에서 도덕적 모순을 인식했다고는 생각하지 않았다.

"볼리바르는 라틴아메리카의 독립과 통일을 실현하기 위한 어떠한 방법도 취하지 않았다. 독재가 필요했다면 그는 독재자가 되었을 것이고 민주주의가 필요했다면 또 다른 민주주의의 통치자가 되었을 것이다."

그리고 우리는 임종을 눈앞에 둔 볼리바르에게서 이런 모습을 볼 수 있다.

> 장군은 의사의 교묘한 대답에 더 이상 관심을 기울이지 않았다. 그는 이미 자신의 병과 꿈 사이의 미친 듯한 질주가 곧 종점에 이른다는 것을 분명히 인식하고 있었기 때문이다. 이로 인해 그는 몸을 떨지도 않았다. 그 이후의 세계는 온통 암흑일 것이기 때문이다.

내 어린 시절 친구인 딩야민丁亞民은 천부적인 소설가의 재능을 지녔고 스무 살이 되기도 전인 어린 나이에 두각을 나타내기 시작했지만 나중에 영화로 노선을 바꾸고 말았다. 그는 과거 소설의 기억을 살려 영화 「장아이링전張愛玲傳」을 찍었다. 그는 어린 시절의 신경질적인 기이한 생각들을 글로 쓴 적도 있다. 사실은 아주 보편적이고 전형적인 유아론의 생각들이었다. 딩야민은 어린 시절에 자기 부모를 비롯하여 신변의 모든 사람이 연기자들로서, 자신이 잠들면 전부 정리하여 퇴근하는 것으로 믿었다고 말했다. 심지어 다른 집에 가서 계속 또 다른 부모나 친구로 연기하리라 믿었다는 것이다. 유아론자들은 자신이 없어도 여전히 이 세계가 존재하면서 의미를 갖는다는 사실을 믿지 못한다. 그렇기 때문에 그들에게는 성장이 영원히 어려운 일이다. 특히 타자와 세계의 현실적 존재를 믿게끔 자신을 설득해야 하고 스스로를 자유롭지 않은 의미에 몰아넣어야 하며 자신을 자기 의지대로 할 수 없는 복잡한 사회의 그물 속에 몰아넣음으로써 스스로를 고통스럽고 초조하게 해야 한다는 것이 문제다. 이러한 고통과 초조함이 시간의 흐름과 생명의 진실한 모습에 따라 끊임없이 증가하다가(소설가 레싱은 "성장이란 한 차례 또 한 차례 자신의 독특한 경험이, 알고 보니 보편적이고 인류 공통의 것이라는 사실을 깨달아가는 것이다"라고 말한 바 있다) 마침내 격렬하게 폭발하는 것이 바로 죽음이다. 그들에게 쓸모없이 저항할 마음이 생기지 않게 할 방법도 없고 태연하게 받아들이라고 설득하는 일은 더더욱 어렵다. 소심한 태도로 목숨을 보전하라고 말하는 것보다 차라리 죽음의 의미와 대가를 일러주는 게 나을 터이다. 어차피 우리에게 죽음이란 자신의 존재가 조용히 퇴장하는 것이요, 자신이 아꼈던 것들은 여전히 이 세상에 남아 있게 된다는 것을 믿고 불안해하지 않는 것이다. 하지만 유아론자들에게는 죽음이 세상 전체의 붕괴이자 세계의 종말로 받아들여진다. 어떠한 사물과 의미도 존재할 수 없는 완전한 절망이다. 그러므로 이런 사람들은 죽음에 대해 절대로 유머의 태도를 보이지 못한다. 괴테가 숨을 거두면서 "좀더 빛을!"이라고 말했던 것은 죽음에 대한 유머의 가장 생동감 있는 연출이라고 할 수 있다.

이렇게 생각하다보니 내 오랜 친구 딩야민이 소설을 쓰지 못한 것에 대해서는 사람들마다 다른 해석을 내릴 수 있을 듯하다. 소설을 쓰는 것이 미하일 바흐친이 말했듯이 잡다한 언어의 나열이라 자신의 영혼과 육체의 단일한 목소리에만 머물 수 없다면, 세상이 돌아가는 이치를 배우고 타자의 위치에 서서 한 명 한 명 서로 다른 사람들의 마음을 꿰뚫고 그들을 동정해야 할 것이다. 하지만 이는 매우 강력한 유아론자들에게는 쉽지 않은 일이다. 특히 공감과 동정은 더욱더 기대하기 어렵다. 시절이 좋을 때, 유아론자들은 볼리바르가 그랬듯이 가산을 다 날린 탕자처럼 호화롭고 사치스러운 모습을 보인다. 하지만 타인의 입장에서 모든 것을 바라보고, 심지어 타인의 감정과 시각으로 사물 및 현상을 바라보는 공감력은 그들이 가장 배우기 어려운 학습 과목이다.(체스터턴의 소설에 나오는 자비로운 명탐정 브라운 신부는 사건을 추리하여 해결하는 비결이란 그 자신이 흉악한 범인이 되는 것이라고 말한다. 자신을 범인의 입장에 서게 한다는 뜻이다.) 과거에 재능 넘쳤던 딩야민이 넘어서기 힘든 부분이 바로 이 점이었다. 아마 지금 재능은 넘치지만 자전적 세계와 자신의 정욕에 갇혀 있는 '비천한' 유아론자 뤄이쥔駱以軍도 몹시 힘들어하며 몸부림치고 있을 것이다.

상대적으로 하이네는 유머 감각이 뛰어난 사람이었다. 그는 숨을 거두기 전에 이런 유언을 남겼다고 한다. "하느님은 나를 용서해주실 거야. 그게 바로 하느님의 직업이니까." 명감독 루이스 브뉘엘도 마찬가지다. 그는 만년에 쓴 자서전의 마지막 장인 '백조의 노래'에서 죽음 이후에는 오로지 한 가지 기대만이 남을 것이라고 썼다. 다름 아니라 5년 혹은 10년에 한 번씩 무덤 밖으로 뛰쳐나와 그날의 신문을 읽고 세상이 변함없이 잘 돌아가고 있음을 확인하는 것이다. 그는 이것으로 만족할 수 있다고 말했다. 나는 개인적으로 칼비노의 말을 가장 좋아한다. 그는 "죽음이란 우리가 이 세상에 더해졌다가 다시 빠져나가는 것이다"라고 말했다. 이 세계는 우리가 더해짐으로써 모종의 광채와 온도를 얻는다.(이로 인해 커다란 변화가 생겼다고 주장하는 것은 지나친 자기 과장으로 칼비노가 말하는 겸손함과도 어울리지 않고 보통 사람들의 생각에도 부합하지 않는다.) 우리가 조용히 퇴장한 뒤에도 세계는 여전히 존재한다. 여기서 장자를 좋아했던 칼비노는 수학의 계산식 같은 언어로 깔끔하고 분명하게 장자와 나비의 꿈에 나타난 생명에 대한 의혹과 모호함에 관해 이야기한다.

서론을 너무 멀리 끌고 온 것 같다. 이번에 말하려는 문제는 시간, 즉 책을 읽는 사람들의 시간, 많은 사람이 충분하지 않기 때문에 독서라는 불요불급한 일에 할애할 수 없다고 여기는 시간이다. 하지만 나는 시간에 대한 조용한 여유에서부터 이야기를 시작하고자 한다.

우리는 정말로 그렇게 바쁜 것이 아니다

시간이 충분하지 않기 때문에 책을 읽을 수 없다. 자주 듣는 흔한 미스터리이자 편리한 변명이다. 특히 우리가 처한 오늘날의 세상, 생명이 치열한 경쟁, 심지어 달리기 경주로 묘사되는 이 자본주의 사회에서는 더더욱 그렇다. 하지만 이는 항상 자아모순적인 우리의 인성에 부합한다. 내가 종종 인용하는 타이완 윈천允晨출판사에서 출판된 『미로 속의 장군』 중국어판 '감사의 말'에서 마르케스가 지적했듯이 '작가가 가장 애착을 갖는 꿈', 다시 말해서 작가가 가장 쓰고 싶어하는 작품도 하루아침에 이루어지는 것이 아니다. 지지부진하게 진행되다가 '까맣게 잊히기도 한다'. 작가는 일반적으로 우선 손에 들려 있는 일시적이고 우발적이며 당장 해결할 수 있는 자질구레한 일부터 깔끔히 해결한 다음 청명하고 날씨 좋은 날을 골라 마음을 집중하여 전문적으로 자신이 하려는 일을 한다는 것이다. 그리하여 작가가 밤낮으로 꿈꾸었던 그 일, 그 책이 이처럼 하루아침에 복원된다.

책을 쓰는 사람도 그렇고 책을 읽는 사람도 그렇다. 책을 읽은 행위는 종종 이렇게 긴 시간 느리게 진행되지만 머릿속에는 계속 남아 있다. 그리하여 시간이 오래 지나다보면 점차 일종의 심리적 구속救贖, 종교에서 말하는 아름답지만 실현하기 어려운 천국의 모습, 혹은 어느 음식점에 20~30년째 줄곧 걸려 있는 "본 업소의 식음료가 내일은 전면 무료로 제공됩니다"라는 내용의 고시가 되고 만다. 시간은 기묘한 마음속 갈등을 이용하며 항상 갖가지 계략을 만들어내곤 한다. 이는 우리가 아주 잘 알고 있는 사실이다.

방금 장자에 대해 언급했지만, 여기서 장자가 했던 말로 이 빙글빙글 도는 계략에 대응해볼 수 있을 것 같다. 다름 아니라 물고기가 자유롭게 헤엄치는 것을 보고서 장자가 즐거운 마음으로 궤변을 늘어놓는 혜시惠施에게 대응한 방식인 '맨 처음으로 돌아가는 것請循其本'이다. 문제의 근본, 가장 깨끗하고 중요한 부분으로 돌아가 언어의 지저분하고 불편한 진창으로부터 벗어나면 눈앞의 풍경에서 한순간 구름이 걷히고 바람이 잦아들기 시작한다는 것이다. 우리는 정말 그렇게 바쁜 걸까? 정말 시간이 없는 걸까?

솔직히 말해서 절대다수의 사람은 자신이 정말로 그렇게 바쁘다는 가설을 인정하지 못한다. 그렇다고 모든 사람이 살면서 타인을 위해 부득이 해야 하는 것, 타인에 대한 책무를 무시하는 것은 아니다. 심지어 중국인들이 옛날부터 흔히 말해왔듯이 부모가 연로하여 봉양해야 할 때는 '이것저것 가리지 않고 일을 하는不擇官而仕' 마찰성 분

주함은 누구나 분명히 알고 있으며 합리적인 일로 받아들인다. 하지만 어쨌든 간에 시간의 부족이란 특정한 상황과 어떤 목적성을 전제로 하는 용어로서 어떤 일에 시간을 소비하고 어떤 일을 하다보니 어떤 일들이 배제되는 상황을 말할 때 쓴다. 따라서 시간의 절대적인 결핍을 의미하기보다 가치의 배열과 선택을 의미한다. 때문에 헨리 데이비드 소로가 '사람에게는 불가결한 필수품'이 있다고 굳게 믿는 농부와의 대화를 기술했던 것도, 약간 지나친 면이 있지만 의식이 지나치게 강경하거나 경직된 상태에 빠지진 않았기 때문에 참고할 만한 가치가 있다.

"한 농부가 말했다. '식물에만 의지해서 생명을 유지할 순 없어요. 식물은 뼈를 만드는 재료를 공급해줄 수 없거든요.' 그래서 그는 매일 진지하게 일부 시간을 소비하여 자신의 몸에 뼈를 만드는 성분을 공급했다. 농부는 이런 말을 하면서 소를 몰고 걸어갔다. 하지만 소는 몸 전체 근육과 뼈가 식물로부터 얻은 영양분으로 이루어졌지만 무거운 쟁기를 끄는 데 전혀 지장이 없었다."

소로의 결론은 이랬다.

"어떤 물건들은 무력하고 병에 걸려 있는 사람에게 필수품이 될 수 있다. 하지만 다른 사람에게는 사치품에 불과할 수 있고, 또 다른 사람에게는 전혀 듣도 보도 못한 것이 될 수 있다."

여기서 초보적인 합의에 이를 수 있지 않을까? 다름 아니라 우리는 결코 그렇게 바쁘지 않고, 정말로 아주 장시간, 평생 그렇게 바쁜 것은 아니라는 사실에 동의하는 것이다. 그저 필수품이 너무 많아 많은 시간을 투입하여 이를 지켜야 할 뿐이다. 책 읽을 시간이 없다고 공언하는 것은 사실 해야 할 이런저런 일들이 책 한 권 읽는 것보다 더 시급하고 중요하다는 의미다. 그래서 그 귀중한 시간을 책을 읽는 데 남겨줄 수 없는 것이다. 단지 그뿐이다.

이상한 나라의 앨리스에 나오는 토끼

소로는 절대 불가결하며 빼놓을 수 없고 손상시키거나 정지시킬 수 없으며, 그것 없이는 살아갈 수 없다는 필수품들에 관해 다시 한 번 생각해보게 한다. 그런 것이 정말로 꼭 필요한 걸까?

누구나 자신의 가치 순서에 따라 시간의 소비를 결정한다. 여기에는 이른바 '안배'라는 게 있어 효율과 연결된다. 그리고 시간에 관한 자잘한 기교와 전술의 여지가 생기고, 이것이 오래되면 하나의 예술 혹은 당당한 학문으로 자리 잡는다. 게다가 남모르게 시간 조절과 응용에서 한 걸음 더 나아가 독서 행위 자체에 침투하여 아주 불길한 일로 발전한다. 사람들이 어떻게 하면 가장 효율적으로 시간을 활용하여 어떻게 하면 가장 빨리, 효율을 극대화하여 책 한 권을 읽을 수 있는지, 서둘러 그 방법을 먼저 '배우려'고 덤비는 것이다. 먼저 이 문제를 확실히 해결하지 못하면 독서에 있어서 남들이 불공평한 우위를 누린다는 생각에 자신은 독서를 시작하지도 못한다.

예컨대 이미 많은 사람이 아주 위협적인 의미로 가득 찬 시간 계산 및 활용 방식에 대해 들어봤을 것이다. 다름 아니라 스스로 통계를 내보면 평생이 '기다림'으로 낭비되는 시간이 엄청나다는 것이다. 누구나 매일 만나기로 한 사람을 기다리고, 퇴근을 기다리며, 엘리베이터를 기다리고, 차를 기다리고, 신호등을 기다린다. 배우자의 귀가를 기다린 뒤에야 함께 저녁을 먹을 수 있고, 한참을 기다려야 원하는 텔레비전 프로그램을 볼 수 있다. 욕실에 들어갈 때도 순서를 기다리고, 온수가 나오기를 기다리고, 편안한 잠이 찾아오기를 기다리며, 사랑하는 사람이 꿈에 나타나기를 기다리고, 비가 내린 뒤에 다시 날이 개어 꽃이 피고 계절이 바뀌기를 기다린다. 이 모든 기다림이 이미 기다림의 수준을 넘어서 더 이상 기다림이 되지 못한다. 이렇게 모든 사람이 각자 기다림의 시간을 더해 그 수치를 확인해보면 대부분 놀라움을 금치 못할 것이다. 자신의 일생이 이렇게 많이 손상되었다는 사실이 놀랍기만 할 터이다. 이 흩어진 시간의 조각을 전부 모을 수 있다면 볼리바르의 삶도 달라지고 우리 삶도 달라질 것이다. 그렇지 않은가?

만약 그렇게 믿는다면 우주에 반드시 종말이 찾아오리라는 그 유명한 '열역학 제2법칙'을 읽어보지 못했다고 말할 수밖에 없다. 에너지는 역전될 수 없다는 발산의 본질을 알지 못하고 있기 때문이다. 수많은 유형의 에너지가 존재하지 않는 게 아니라 회수 불가능하거나, 좀더 정확히 말해서 회수할 가치가 없다. 이렇게 조각나 흩어져버린 에너지를 회수하려면 그보다 더 많은 에너지를 소모해야 한다. 또한 흩어져 사라진 시간을 회수할 수 있다고 생각하는 사람들은 가끔씩 멍하니 자신을 방치하는 상태의 미묘한 편안함과 그 필요성을 알지 못할 것이고, 사유와 이해가 우리 의식이 미치지 못하는 놀이의 시간에도 여전히 효과적으로 발효되고 소통되며, 심지어 확산된다는 재미있는 본질을 알지 못할 것이다. 아름다운 사물들이 시간을 무시하며 시간을 동결하려는 오랜 갈망을 알지 못할 것이고, 가끔씩 고개를 들어 하늘의 빛과 구름의 그림자를 바라보는 즐거움을 모를 것이며, 어깨를 스치고 지나가는 낯모르는 사람들의 얼굴을 쳐다보거나 거리 풍경과 쇼윈도를 구경하는 묘미를 알지 못할 것이고, 사람들의 마음이 때로는 들판에 방목되는 소나 양처럼 자유롭다는 것을 알지 못할 터이다. 다시 말해서, 어쩌면 효율성을 추구하는 사람도 큰 문제는 아니라고 말할 수 있을지 모른다. 예컨대 회계사들은 냉혈 대기업에서 불쌍한 직원들의 업무 시간을 1분 1초까지 짜내는 데 최적화되어 있다. 하지만 단언하건대, 회계사들은 결코 좋은 독자가 되지 못할 것이다.

여기서 스스로 똑똑하고 효율적이라고 생각하는 사람들을 물리친 재미있는 이야기를 하나 소개하고자 한다. 화자는 인류 역사상 가장 뛰어난 독자 가운데 한 명인 발터 벤야민이다. 그가 원래 여기에서 말하고자 했던 것은 민간 이야기의 구술과 청취다. 하지만 대부분의 경우 아주 훌륭한 이야기들은 발광체가 되기 때문에 다른 주제에 가져다놓아도 변함없이 빛난다.

> 한 가지 이야기를 기억 속에 보존하는 가장 좋은 방법 중 하나는 이처럼 심리 상태의 분석을 배제한 간단하고 소박한 방식이다. 이야기를 하는 사람이 세세한 심리적 묘사를 포기할수록 그의 이야기는 듣는 사람들의 기억 속에 더 깊이 박힌다. 그리고 이런 이야기는 듣는 사람 자신의 경험에 동화되어 나중에 타인에게 전달할 가능성이 높아진다. 이러한 동화의 과정은 우리 마음속 깊은 곳에서 진행되기 때문에 긴장 상태가 점점 더 완화될 필요가 있다. 수면이 신체 긴장 완화의 완성이라고 한다면 무료함은 심지心智의 긴장 완화의 정점이라고 할 수 있다. 무료함과 권태는 부화 경험이 있

는 알의 '꿈속의 새夢幻鳥'라고 할 수 있다. 그래서 무료함과 권태는 일상생활의 사소한 흔들림에도 놀라 달아나게 된다.

책의 풍요로운 바다에서 재빨리 무료함을 쫓아내려는 사람을 보면 누군가가 생각날 것이다. 다름 아니라 『이상한 나라의 앨리스』에서 수시로 손에 들린 회중시계를 보면서 항상 갈 길을 재촉하지만 언제나 때를 못 맞추는 토끼다. 앨리스는 토끼를 쫓아가다가 나무 동굴에 빠져 불가사의한 나라로 들어간다. 이 토끼는 무슨 짓을 한 걸까? 아무 일도 하지 않았다. 토끼는 줄곧 시간만 절약하고 있었을 뿐이다.

책을 읽는 행위가 1분이라는 짧은 시간도 놓치지 않을 수 있다는 사실에는 의심의 여지가 없다. 지하철이나 버스 안에서, 욕조에 들어가 목욕하면서, 잠들기 직전에, 심지어 식탁에 앉아 밥을 먹을 때도 예외 없이 책이나 잡지를 읽는 사람이 있을 것이다. 보행 중 위험을 무릅쓰고 책을 보는 사람도 있을 것이다.("이런 독자들은 특별히 엄격한 훈련을 받았거나 생명을 아까워하지 않는 사람이니, 따라 하지 마십시오"라는 별도의 경고문을 추가해야 할 듯하다.) 웬만한 독자라면 이 모든 일을 이미 한번씩 해봤을 것이다. 하지만 책을 읽는 행위는 결국 무언가에 쫓기면서 여유가 없는 신경질적인 세계에서는 진행되기 어렵다. 독서의 가장 본질적인 특징은 자유와 여유, 확장이기 때문이다.

명절이나 기념일의 시간

시간이 유한하고 소중하다는 것은 누구나 다 알고 있다.

"일력을 벽에 걸어놓고 하루에 한 장씩 뜯어낼 때마다 마음이 조급해지네."

우리는 죽음이라는 초월할 수 없는 시간의 마침표가 있다는 것을 잘 알고 있다. 심지어 시시때때로 죽음을 의식하는 사람이 아주 많고 죽음을 일깨우는 말과 메커니즘 및 기회도 너무 많다. 하지만 이처럼 지나가버리는 것이 아무리 아깝다 해도 시간은 어쩔 수 없는 것이다. 시간의 금고나 냉장고를 만들어낼 수도 없다. 앞으로 누군가 아주 똑똑한 사람이 나타나 시간을 저장해두었다가 나중에 사용하거나 자손에게 물려줄 방법을 발명해낼 수 있을지는 모르겠지만 지금으로서는 전혀 불가능하다.

어차피 시간은 다 써버려야 한다. 시간의 흐름과 리듬에 맞춰 다 써버려야 한다. 그렇다면 너그러워질 필요가 있다. 넉넉하고 호방하게, 때로는 가산을 탕진한 탕아처럼 자신을 위해 어떤 제축祭祀의 감정과 분위기를 만들어주는 것도 괜찮을 터이다. 이를 통해 야릇한 쾌감과 좋은 심정을 누릴 수 있을 것이다.

시간의 수전노와는 달리 우리는 명절이나 기념일의 개념을 들여다볼 필요가 있다. 명절이나 기념일은 특별한 날이요, 독립된 시간이다. 어떤 명분을 빌려 인생의 연속적인 흐름을 잠시 끊어버리고 '정상 행위'를 잠시 중지한 다음, 이 독립적이고 특수한 시간에 평소에는 조심스러워 감히 진행하지 못했던 언행과 사유를 시원하게 허락할 수 있을 것이다. 일부 규범이나 법률을 잠시 동결시키고 평소에 몹시 하고 싶었지만 할 수 없었던 일을 할 수도 있다. 자신의 시간과 재산, 감정과 신체를 낭비할 수도 있을 것이다. 기념일이란 항상 모종의 번화함과 광적인 환희를 나타내는 만큼, 이처럼 호화롭고 사치스런 낭비야말로 기념일에 더없이 특별한 즐거움을 가져다줌으로써 이런 시간들을 더 기억하고 소장하며 기념할 수 있게 해줄 것이다.

모든 민족, 모든 국가와 지역의 사람들은 고유의 기념일을 갖고 있다. 그 가운데는 종교적인 기념일도 있고 정치적 혹은 역사적인 기념일도 있으며 노동이나 계절에 관련된 기념일, 그리고 개인적인 기념일도 있을 것이다. 이처럼 공시共時적이고 보편적인 기념일들은 그 자체가 깊이 있는 인성의 요구이자 기초임을 의미한다. 중국에 예로부터 전해 내려오는 이야기가 한 가지 있다. 젊은 자공子貢이 세밑에 사람들이 납제臘祭(한 해 동안 지은 농사 형편을 비롯하여 여러 가지 일을 신에게 고하며 제사를 지내는 축제)를 지내면서 절제를 모르고 광적인 모습을 보이자 이들을 경멸하면서 청렴하고 고결한 말을 몇 마디 했다. 그러자 바로 옆에 있던 스승 공자가 그를 호되게 꾸짖었다. 이 이야기는 사람들이 위경僞經으로 간주하는 『공자가어孔子家語』에 나오는 것으로, 실제로 있었던 일이 아니라고 트집을 잡을 수도 있다. 하지만 사람이 한 해 동안 열심히 일을 했다면 잠시 여유를 가질 필요도 있다는 것이 공자의 대략적인 견해라는 데는 의심의 여지가 없다. 이는 기본적인 인지상정으로서 지식인이라고 해도 이를 이해하지 못하고 오만한 태도를 보여서는 안 된다.

내가 개인적으로 이런 기념일의 개념을 좋아하는 원인은 '긴장을 풀고' 크게 용기를 내어 온갖 나쁜 일을 행할 수 있는 데 있는 게 아니라 일종의 '벗어남'에 있다. 무엇으로부터 벗어난다는 말인가? 기본적인 생활의 궤도에서 벗어나는 것이다. 내게 아주 익숙하여 매일 반복되고 순환되며 결국 그 안에서 곯아떨어져 잠자리에 드는 단조로운 생활의 궤도에서 벗어나는 것이다.(사실 대부분의 사람이 정도는 다르겠지만 이처럼 단조로운 생활을 하고 있다. 매일 출근하여 일하고, 퇴근해서 집에 돌아와 잠자리에 들면서 거의 머리를 쓰지 않고도 매일 그렇게 살아간다.) 자신을 이처럼 터널 같은 단조로운 삶의 궤도에서 빼내야만 깊이 잠들어 있는 우리 사유가 되살아날 수 있을 것이다.

따라서 나는 가능하면 독자 자신이 자기의 문화 구조를 지나치게 높은 위치에 두지도 말고 더욱이 야근하듯이 선 같은 삶에 직접 선을 더 이어 붙일 것이 아니라 책 읽는 행위가 독자들의 생활 속에 기념일로 자리 잡을 수 있기를 기대한다. 다시 말해서 독서가 자질구레한 일상 행위에서 독립하여 선택 대상 밖의 번화함이 되게 하고, 직접적인 목적을 지닌 다른 행위와의 경쟁에서 벗어나 여유를 갖게 해주는 것이다. 독서가 독립적으로 존재하고 독립적으로 만족하며 일상생활의 사소한 충격으로 중단되는 일이 없어야 한다. 바로 이런 상태를 통해서 보르헤스가 말한 '향수享受'가 이루어질 수 있다.

한 가지 주요한 일

이러한 기념일이라는 시간의 개념은 그저 한바탕 즐거움을 찾는 것으로 그치지 않고 원래 독서의 본질에 부합하기 때문에 명백한 기능적 의미도 갖는다.

우리는 이해의 지연성이라는 본질에 대해 이야기한 바 있고, 독서활동과 이해 사이의 쫓고 쫓기는 흥미로운 관계에 대해서도 언급한 바 있다. 또한 독서의 최대 장애물이 독서에 대해 '투입과 산출'을 따지는 우리의 계산적 태도라는 점도 지적했다. 따라서 어떻게 하면 '경작'과 '수확'이라는 양단의 긴장관계에서 벗어나 독서 행위를 편안하게 하면서 마음 놓고 이해라는 푼돈이 차곡차곡 모여 큰돈으로 찾아올 날을 기다릴 수 있을까 하는 것이 독서 행위를 지속시킬 여부를 결정하는 관건이 된다. 기념일은, 어떤 일정한 구간의 시간을 잘라내 절대적인 시간이 되게 한다. 여기서 절대란 애당초 비교하지 않고 합리성에 일일이 얽매이지도 않으며 대체물도 존재하지 않는 상태를 의미한다. 독서의 절대 시간에는 독서라는 행위만 가능하다. 매우 투명하고 깨끗하여 일단 들어오면 다른 것들은 미칠 수 없는 것이 독서여야 한다.

경축일은, 가장 광적으로 즐기는 날이기도 하지만 정신을 가장 집중하여 전념하는 날이기도 하다. 가장 여유로운 날이기도 하지만 가장 소모가 크고 피곤한 날이기도 한 것이다.

『미로 속의 장군』은 볼리바르가 약초 물 위에 몸이 떠 있는 상태의 죽음의 이미지로 시작하여 이 라틴아메리카 해방자의 마지막 14일을 기록하고 있다. 그런 까닭에 냉정하다 못해 냉혹하기까지 한 마르케스의 역사 기록 혹은 보도문학에 가까운 문체에서 우리는 시간이 물방울처럼 똑똑 떨어지는 소리를 듣는 듯해 마음마저 몹시 무거워진다. 하지만 바로 여기에 시간에 대한 볼리바르의 편집광적인 인정이 담겨 있다. 급박하면서도 여유 있고, 시대가 내게 필요한 것을 주지 않는 게 분명하면서도 시간의 사슬의 소박을 무시한다. 우리는 이것이 바로 서사자인 마르케스 본인의 시간인 동시에 그와 볼리바르 두 사람이 공유하는 시간이라고 믿을 만한 충분한 이유를 갖게 된다. 서사자와 피서사자가 완전히 하나로 중첩되는 파고를 이루는 모습은 무척이나 감동적이다.

여기에 원문을 조금 옮겨본다. 사실 우리가 봐야 하는 것은 후반부뿐이지만 호흡을 잘 조절하면서 읽어보도록 하자.

> 안정된 주거환경도 그의 건강을 회복시키는 데는 아무런 도움이 되지 않았다. 첫날 밤에 한 번 의식을 잃었지만 그는 이것이 신체 쇠약의 새로운 조짐임을 인정하지 않았다. 프랑스의 의료 핸드북에 따라 그는 자신의 증상을 심각한 감기가 유발한 흑담즙병 악화와 장기간의 풍찬노숙이 가져온 류머티즘의 재발로 묘사했다. 증상에 대한 다방면의 진단 결과가 각기 다른 병을 치료하기 위해 동시에 몇 가지 서로 다른 종류의 약을 먹는 데 반대하는 그의 고집을 가중시켰다. 그는 어떤 병에 이로운 약이 다른 질병에는 해가 된다고 믿었다. 하지만 약을 먹지 않는 사람에게는 좋은 약이 없다는 사실도 그는 인정했다. 또한 그는 매일 훌륭한 의사가 없다고 불평하면서도 파견되어온 그 많은 의사가 자신을 진찰하는 것을 거부했다.
>
> 윌슨 대령은 그 무렵 자신의 아버지에게 쓴 편지에서 장군이 언제든 사망할 가능성이 있는데도 의사의 진찰을 거부하고 있다고 알렸다. 하지만 그가 진료를 거부하는 것은 결코 의사들에 대한 경멸의 소치가 아니라 자신의 뚜렷한 의식에서 나온 것이라는 설명도 잊지 않았다. 윌슨 대령은 사실 장군이 두려워하는 유일한 적

이 질병이고, 병과 상대하기를 거부하는 것은 일생에서 가장 거대한 사업에 투입해야 할 주의력을 흐트러뜨리지 않기 위해서라고 썼다.

"질병을 돌보는 것이 마치 배의 선원으로 고용된 것 같네."

장군은 일찍이 그에게 이렇게 말했다. 4년 전, 리마에 있을 때 오릴리가 그에게 볼리비아의 헌법을 준비하는 동안 철저한 치료를 받을 것을 건의한 바 있었다. 하지만 그는 단호하게 거절하면서 이렇게 대답했다.

"동시에 두 가지 일을 해서 성공한다는 것은 불가능한 일일세."

마르케스는 인터뷰에서 이렇게 말했다.

"많은 부분에서 나와 볼리바르가 일치한다는 느낌을 받았습니다. 예컨대 죽음을 위해 갖가지 장애물을 설치하지 않았지요. 죽음에 대해 지나치게 걱정하지 않아서 그럴 겁니다. 사람이 죽음에 대해 지나치게 조바심하면 주된 일에 정력을 집중할 수 없기 때문이지요. 사람의 일생에는 주요하게 해야 하는 일이 있습니다. 이것이 바로 볼리바르에 대한 저의 해석입니다. 그리고 이런 해석은 그의 서신과 행위를 통해 증명할 수 있습니다. 볼리바르는 의사들에게서 뭔가를 알려 하지 않았고 자기 질병의 어떤 증세에 대해서도 알려고 하지 않았습니다. 아마도 그는 자신이 이미 죽음의 언저리에 도달해 있다고 생각했고, 자신에게 이미 구제의 방법이 없다는 것을 분명히 알고 있었던 것 같습니다. (…) 질병은 한 가지 직업과 같아서 전심전력으로 돌봐야 합니다. 제 관념도 마찬가지입니다. 저는 죽음에 대한 생각이 지금 제가 하고 있는 일에 간섭하는 것을 원치 않습니다. 제게 남아 있는 일은 한 사람이 평생을 바쳐서 해야 하는 일이기 때문이지요."

사람의 일생에는 하지 않으면 안 되는 주요한 일이 있는 법이다. 이런 일은 결국 죽음도 초월할 수 있기 때문에 시간의 효율쯤은 문제도 되지 않는다. 단지 그 성과의 길흉과 순조로움의 여부가 문제일 뿐이다. 이런 사례를 이용해보자. 이런 극치의 담론을 이용하면 좀더 차분해질 수 있을 것이다. 좋아하지 않는 말을 공자의 온화한 말로 바꿔보는 것이다. 그래도 의미는 다르지 않을 터이다. 당시 공자가 이런 이야기를 할 때는 다소 유머를 곁들인 것이었고 심지어 자랑하려는 의도도 조금 담겨 있었다. 공자는 책을 읽기 시작하자 "늙어가는 걸 느끼지 못하는 사이에 노년이 찾아왔다不知老之將至"고 말했다. 책을 읽는 동안에는 잠시 삶의 압박감을 잊게 되고 평생 조급하게 세상을 구하려 힘쓰던 일도 한쪽으로 밀어두게 된다는 것이다. 진정한 즐거움이 아닐 수 없다.

다른 사람들은 어떻게 생각하는지 모르겠지만 오늘날 죽음을 두려워하면서 오래 살고 싶어하는 미국인들(특히 캘리포니아 주 사람들)이 하나같이 약을 먹고 헬스클럽에 다니는 등 필사적으로 양생에 매달리는 이상한 분위기에 휩쓸려 있는 것은 시의에 전혀 부합하지 않는 일이다. 하지만 나는 개인적으로 사람에게는 '하지 않으면 안 되는 한 가지 주요한 일'이 있고, 이를 통해 시간의 속박에서 벗어날 수 있다고 굳게 믿고 있다. 주요한 일이란 아주 행복한 일이다. 이로 인해 삶이 약간 고달프긴 하겠지만 무게와 내용으로 가득 찬 존재가 될 수 있다.

예전에 우리에게 『삼례三禮』를 가르쳐주신 선생님은 『서경書經』「홍범洪範·계의稽疑」에 나오는 점괘의 문제에 관해 설명하시면서 점을 쳐서 의문을 해결할 수는 있지만 의문이 생기지 않는 일은 굳이 점을 칠 필요가 없다고 말씀하셨다. 하루 세끼 밥 먹는 것이나 잠을 자고 옷을 입는 것처럼 당연히 해야 할 일로 신에게 계시를 구하는 것은 우스운 상태를 넘어 한심하기까지 한 일이라는 이야기다. 마찬가지로 시비에 기초한 것이든 신념에 속한 것이든, 아니면 자신의 의지와 염원에 따른 것이든 간에 어떤 일은 하지 않으면 안 되고, 점을 쳐보지 않으면 안 된다. 우리 선생님은 나보다 앞선 두 세대를 살아오신 분으로 역사의 격동을 거쳐왔고 일생을 좌절 속에서 떠돌아다녔으며 여러 차례 죽음의 위기를 넘기기도 하셨다. 하지만 그분은 평생 운명을 조정하는 법술에 의지하지 않았다. 선생님은 신에게 물어봐야 무슨 소용이 있겠냐고 반문하셨다. 해야 할 일은 반드시 해야 한다는 것이었다.

"내 운명은 내가 더 잘 알고 있네."

내 운명은 내가 더 잘 알고 있다. 나는 이 말을 25년째 잊지 않고 있다.

읽기와 쓰기의 맞지 않는 시간 대비

볼리바르에게는 하지 않으면 안 되는 일이 바로 라틴아메리카라는 커다란 꿈이었고 마르케스에게는 한 편 한 편 소설을 써나가는 것이었다. 만일 마음속에 응어리진 불만이 있다면 결국 이처럼 홀가분하게 한 권 한 권의 책 속에 시간을 던져버리고 수익을 따지지 않는 과감한 태도는 보이기 힘들 것이다. 여기서 우리는 계속 나아갈 수 있는 또 다른 길을 찾는 수밖에 없다.

앞에서도 이야기했지만 책 한 권을 소유하는 것은 아주 쉽고 돈도 별로 들지 않는다. 시간도 별로 들지 않는다. 서점에 들어가 200~300타이완달러를 지불한 다음 표지 안쪽에 멋지게 사인을 하면 그 책은 곧 내 것이 된다. 하지만 엄격히 말해서 이러한 소유는 재산권 차원에서의 소유이지 독서의 의미에서의 소유는 아니다. 그래서 보르헤스는 "도대체 책의 본질은 무엇인가? 책은 실체 세계 속에서의 실체다. 책은 경직된 부호의 조합으로서 딱 맞는 사람이 와서 그 책 속의 글 혹은 그 글 이면에 감춰진 시의詩意를 읽어줘야만 새로운 생명을 얻고 글도 새로운 생명을 얻는다. 글 자체는 부호에 불과하기 때문이다"라고 말했던 것이다. 보르헤스는 또 에머슨의 말을 인용하여 "도서관은 마법의 동굴로 그 안에는 죽은 사람이 가득하다. 우리가 그 안에 있는 책을 펼치는 순간, 죽었던 사람들은 다시 살아나 새로운 생명을 얻는다"고 말하기도 했다.

따라서 책 한 권을 사는 것은 손 한 번 움직이면 되는 아주 간단한 일이고, 책을 잘못 사서 읽고 싶지 않다는 생각을 확정하는 데도 하루저녁의 시간밖에 들지 않는다. 하지만 독서의 의미에서 소유를 완성하려면 다시 며칠 밤의 시간을 소비해야 한다. 어쩌면 일주일 혹은 보름이 걸릴지도 모른다. 책을 읽는 속도는 사람마다 다르지만 결국 한계가 있기 마련이다. 이는 수요 측면에서의 시간 소비 상황이다. 그렇다면 공급 측면에서는 어떨까?

공급 측면에서의 시간 소비를 대략적으로 이해하는 것은 아주 간단하다. 통계 수치만 조사해보면 된다. 완전한 자료가 아직 마련되어 있지 않다면 모든 책의 안쪽에 적힌 저자 소개나 책 뒤에 부록으로 첨부되어 있는 작가의 창작 연표를 뒤적이면서 직접 계산해보면 된다. 아니면 아예 인터넷 서점에 들어가 어느 작가의 이름을 입력한 다음, 그의 작품 목록 전체를 프린트하는 방법도 있다. 그러면 작가들이 평생 책을 쓴다 해도 몇 권 쓰지 못한다는 사실을 알게 된다. 재능 넘치고 학문과 교양이 풍부하여 장수하면서 쉬지 않고 글을 쓴다고 해도 마찬가지다.

먼저 마르케스의 경우를 살펴보자. 87세의 고령까지 왕성한 작품 활동을 한 소설의 마왕인 그는 유럽 대륙의 풍부한 소설 전통을 계승했으며 콜롬비아를 비롯하여 라틴아메리카 전체에서 끊이지 않고 벌어졌던 전란의 고난을 대가로 전란의 고통으로 쓰러진 무수한 시체 더미 위에서 글을 써왔다. 이런 그가 평생 쓴 책이 얼마나 될까? 『백 년 동안의 고독』과 『콜레라 시대의 사랑』 『미로 속의 장군』 『족장의 가을』 같은 장편소설 몇 편과 『아무도 대령에게 편지하지 않았다』 『예고된 죽음의 연대기』 등의 중편소설, 『이방의 순례자들』을 비롯한 일련의 문집, 그리고 몇 편의 단편소설이 전부이지 않은가? 물론 소설 외에 극본이나 르포 문학, 수필과 영화평론을 쓰기도 했다. 타이완에서 출간된 『칠레에 잠입한 미겔 리틴의 모험』 역시 소설 이외의 연출에 속한다고 할 수 있다.

그럼 보르헤스는 어떨까? 타이완 상무인서관에서 출간된 전집 네 권 외에 다른 책은 없는 것 같다.

칼비노는 어떨까? 타이완에는 수필집 『파리의 은둔자』와 강연록인 『미국 강의』, 그가 취재하고 정리한 『이탈리아 동화』 등 그의 작품이 거의 다 출판되어 있다. 그래도 10권 내외가 전부다.

톨스토이와 도스토옙스키, 투르게네프, 블라디미르 나보코프, 윌리엄 포크너, 콘래드 등 초일류 소설가들도 작품 수는 이 정도 수준을 크게 벗어나지 않는다. 장르소설까지 범주를 넘나드는 그레이엄 그린은 작품 수가 좀 많은 편이라 수십 권에 이른다. 하지만 이는 대단히 특별한 경우다. 또한 소설을 역사 기록물로 삼아 '인간 희극'이라는 타이틀로 인생의 백태를 그려낸 발자크도 작품 수가 많은 작가에 해당된다. 이외에 평생 가난했던 체호프는 글 쓰는 일로 자신과 가족들을 부양하면서 수백 편에서 1000편에 가까운 놀라운 분량의 글을 쓴 것으로 유명하지만 단편의 비율이 월등히 높다. 중국에서는 일찍이 그의 연작 소설과 단문, 수필, 여행기, 서신, 극본 등을 다 묶어 16권의 전집으로 출간한 바 있지만 원고의 분량은 우리가 상상하는 것만큼 그리 많지 않다.

소설이 이러하니 사상이나 이론을 다루는 작가들은 더욱 한계가 있을 수밖에 없다.

내가 꾸며낸 이야기가 아니다. 정말 실제 상황이 이렇다. 이 부분에 있어서 나는 개인적으로 일차적인 자료를 갖고 있다. 소설 작가들의 현장을 직접 목격해왔다고 할 수도 있다. 나는 개인적으로 생명의 기이한 인연으로 인해 신변에 일류 소설가들이 잔뜩 포진하고 있다. 가족 중에도 이런 소설가가 셋씩이나 있다. 그들과 무려 30년을 함께 지내왔기 때문에 그들이 글 쓰는 일에 얼마나 과감하게 시간을 투입하는지 잘 알고 있다. 때로는 책 한 권, 작품 한 편을 가지고 10년 넘게 씨름하기도 한다.

하지만 이런 책들을 우리 까다로운 독자들은 아주 까다롭게 고른다. 소수의 열성적인 독자나 어느 한 작가에 대해 특수한 정감 및 이해를 지닌 독자를 제외하고는 대부분 이 가운데 대표작 두세 권 읽는 것을 이미 대단한 일이라고 여긴다. 톨스토이처럼 거의 모든 사람에게 소설의 역사상 가장 뛰어난 거장으로 손꼽히는 작가의 3대 장편소설 『전쟁과 평화』 『안나 카레니나』 『부활』도 다 읽은 사람이 얼마 되지 않을 것이다.

작가의 길을 다시 밟다

읽기는 쓰기보다 속도가 빠르기 때문에 책을 만들어내는 글쓰기와 독서라는 두 영역에서의 시간 소모 역시 그 비율이 영원히 균형을 이루기는 불가능하다. 10년에 걸쳐 쓴 글을 사흘 만에 다 읽을 수 있으니 억울하고 원망스러운 일일 수밖에 없다.

책을 사는 것은 소유권 이전을 완성하는 것에 불과하기 때문에 그 내용에는 미치지 못한다. 내용의 전이는 오로지 독서를 통해서만 이루어진다. 그 책의 소유권이 법률적으로 본인에게 있지 않아도 상관없다. 빌린 책이든 훔친 책이든, 아니면 서점 안에서 떳떳하게 처음부터 끝까지 다 공짜로 읽은 책이든 문제될 것 없다.(소설가 아청은 많은 책을 이런 방식으로 '내용만 취득'했다. 당시에는 몹시 가난해서 책 살 돈이 없었기 때문이다.) 이미 죽어버린 부호를 하나하나 깨우고 그 시의詩意에 다시금 생명을 불어넣으려면 원저자가 걸었던 길을 반복하면서 그가 본 것을 보고, 그가 생각한 것을 생각하며, 그가 고민했던 것들을 고민해야 한다. 맨 처음에 올 때는 극도로 힘들고 극도로 시간을 소모해야 했던 길이 신기하게도 서적(문자라고 해야 더 옳은 표현일지도 모른다)이 발명되면서 아주 간편해지고 절대적 시간을 절약할 수 있는 길이 되었다. 하지만 이런 수고와 시간을 완전히 생략할 수는 없다. 도구와 저장 장치가 아무리 더 진보하고 눈부시게 발전한다 해도 더 이상은 능력을 발휘하지 못한다.(그렇다. 내가 말하려는 것이 바로 무수한 사람의 마음을 꿈으로 저장할 수 없는 컴퓨터다.) 책을 읽은 사람은 착실하게 작가들이 걸었던 길을 직접 다시 걸어가야 하는 것이다.

이미 고인이 된 생물학자 굴드가 배우고 생각했던 것은 그의 본업과 전공만이 아니었다. 그는 다양한 지식의 대단히 깊고 두터운 횡적 스펙트럼을 갖추고 있었다. 생명의 가치에 대한 굴드의 인식이 복잡하고 유연하면서도 '인간미'까지 갖추고 있어 과학주의적 독단에 빠져 있고 식견이 부족한 리처드 도킨스 같은 인물과는 전혀 다른 면모를 보였던 것도 다 이런 배경에서 비롯됐다. 「긴장하지 마, 정도가 다를 뿐이야」라는 제목의 글에서 굴드는 영국 극작가 존 드라이든의 희곡 「알렉산더의 향연」의 일부를 인용한다. 술을 많이 마신 알렉산더 대제가 흥분하여 자기가 과거에 이룩한 전승의 공적을 과시하는 대목이다.

국왕의 허영심이 커져
자신의 전투를 또다시 재연하네
적을 세 차례 호되게 무찌르면서
적이 죽으면 또 죽이고, 죽이면 또 죽는 일이 세 번이나 반복되네

그러나 책을 읽는 사람들은 이와 똑같은 일을 하면서 알렉산더 같은 허영심을 이용할 필요도 없고 주흥에 의지할 필요도 없다. 예컨대 나는 『미로 속의 장군』을 읽으면서 볼리바르를 1830년 12월 17일

오후 1시 7분의 사망으로부터 세 번 불러내는 데 그치지 않고 한 번 또 한 번 수없이 되풀이해서 마그달레나 강을 따라 여행하게 만들었다. 그럼에도 마르케스가 이 소설을 쓸 때 투입했던 시간에 비하면 내 노력과 시간은 전혀 비교가 되지 않는다는 점을 분명하게 인식하고 있다.

이쯤에서 문득 19세기 말 한동안 생물학계를 놀라게 했던 아름다운 학설인 '발생반복설Recapitulation'이 생각난다. 발생반복설의 요점은 '개체의 발생 과정이 종의 계통 전체 진화 과정의 반복'이라는 것이다. 다시 말해서 동물이 배태 시기와 출생 후의 성장발육 과정에서 실제로 그 선조들의 성년 단계를 한 차례 반복한다는 것이다. 물론 이 반복 과정은 틀림없이 축약되고 가속화되어 1억 년의 힘들고 긴 시간에 걸쳐 실현된 일이 며칠, 몇 달, 길어야 몇 년의 시간 안에 이루어진다. 예컨대 인간의 배태기에 나타날 수도 있다는 아가미의 파열에 관해 발생반복설 논자들은 이것이 우리 조상인 어류의 성년 시기의 특징으로서, 그 아득한 해양생활의 세월을 기억하는 것이라고 주장한다.

이처럼 아름답고 다정한 학설이 애석하게도 생물학에서는 진실로 통하지 않는다.(아마도 굴드는 이에 대해 '진실일 리가 없을 정도로 아름다운 이론'이라고 말했을 것이다. 생물의 생사와 진화라는 대사에는 이처럼 한가한 미학의 여유가 없기 때문이다.) 하지만 우리 독서의 세계에서는 발생반복설이 성립될 뿐 아니라 꼭 필요하기도 하다. 따라서 우리는 마르케스를 따라 마그달레나 강을 여행할 수 있고, 콘래드와 함께 암흑의 대륙 한가운데로 들어갈 수 있으며, 병든 몸을 이끌고 동쪽으로 향했던 체호프와 함께 봄이 없는 시베리아 대평원을 가로질러 혹한의 사할린에 도달할 수도 있다. 또한 마크 트웨인과 함께 미시시피 강의 수심을 측량할 수도 있고('수심이 2패텀'이라는 의미인 마크 트웨인은 필명이다. 그의 본명은 세뮤얼 클레멘스이지만 측량기사 시절의 별명을 필명으로 사용했다) 허먼 멜빌과 함께 흰 고래 모비딕을 쫓을 수 있으며 톨스토이와 함께 난쟁이 나폴레옹을 죽일 수도 있다. 러디어드 키플링과 함께 인도 반도를 여행하면서 인간의 죄악을 씻어주는 부처의 강을 찾아볼 수도 있고 헤로도토스와 함께 지중해 연안을 순방하면서 문명의 첫 번째 서광이 비추는 대지를 찾아갈 수도 있다…….

시간을 걱정할 필요는 없다. 시간은 어떻게 계산하든 간에 우리에게 유리한 쪽으로 기능할 것이다. 가능하다면 내가 정말로 하고 싶은 것은 기능적인 필요를 떠나 후대 독서가의 한 사람으로서 이처럼 위대한 저자들에게, 우리를 위해 그 힘든 고통의 시간들을 책으로 발견시켜준 용감한 저자들에게 충심의 존경과 감사의 뜻을 밝히는 것이다.

6. 외워야 할까?

독서의 기억

선대가 바다에 도달함에 따라 대자연에 대한 사람들의 갈망도 점점 더 강렬해졌다. 대부분의 장교가 미친 듯한 희열에 들뜨기 시작했다. 바삐 노를 젓는 사람이 있는가 하면 날카로운 칼로 악어를 잡아 죽이는 사람도 있었다. 심지어 간단한 일을 아주 복잡하게 만들거나 노 젓는 죄수들과의 수다로 남아도는 정력을 소모하는 사람들도 있었다. 반대로 호세 루룬시오 실바는 최대한 낮에 잠을 자고 밤에는 일을 했다. 그가 이렇게 하는 이유는 백내장으로 인해 실명하게 될 것이 두려웠기 때문이다. 실제로 그의 외할머니 집안의 몇몇 친척이 그렇게 실명하고 말았던 것이다. 그래서 그는 밤에 일어나 일을 함으로써 쓸모 있는 맹인이 되는 법을 배웠다. 전쟁터 병영의 그 난민들의 밤에 장군은 여러 차례 그가 손을 움직여 바삐 일하는 소리를 들었다. 그는 잘 깎아놓은 목판을 톱으로 잘라 이미 만들어놓은 부품과 조립하면서 깊은 꿈에 빠져 있는 사람들이 깨지 않도록 살살 못을 박았다. 다음 날 낮이 되면 이처럼 섬세한 목공일을 캄캄한 밤에 했다는 것을 믿기 힘들었다. 황실 항구에 묵었던 날 밤에 호세 루룬시오 실바가 암호에 즉각 대답하지 못하자 당직을 서던 초병은 그가 몰래 장군의 해먹에 접근하려는 줄 알고 하마터면 총을 쏠 뻔했다.

움베르토 에코의 소설 『장미의 이름』에 나오는 대형 도서관을 지키는 박학하고 편집광적인 맹인 승려 호르헤는 보르헤스의 이미지를 이용하여 쓴 것임에 틀림없다. 우리는 마르케스가 생각이 깊은 호세 루룬시오 실바라는 인물을 묘사하면서 보르헤스를 생각했는지의 여부는 알 수 없다. 하지만 나는 틀림없이 그랬으리라고 생각한다. 목공 기술을 훈련하긴 했지만 실바는 호르헤보다 훨씬 더 보르헤스와 닮았기 때문이다.

이런 느낌도 들 것이다. 이야기 속의 시종이나 노복들은 항상 주인보다 더 강인하고 지혜롭다. 특히 주인의 몸이 가장 힘들고 정신이 가장 붕괴되었을 때는 더더욱 그렇다. 이야기 속의 노복과 시종들은 종종 큰 산처럼 냉정하지만 믿음직스럽다. 물에 빠져도 가라앉지 않고 불이 붙어도 타지 않을 것만 같다.

그 원인을 한번 생각해보았다. 그 가운데 하나는 시종들이 대개 소설 속에서 E. M. 포스터가 말하는 개념적 인물이자 편형扁形 인물로서 실체가 아니기 때문이라는 것이다. 그런 까닭에 감정을 수용하지도 않고 상처를 받는 일도 없다. 두 번째 원인은 보르헤스가 맨켄H. L. Menken의 말을 인용하여 지적한바 소설의 핵심은 대부분 주요 인물의 파멸, 즉 주인공의 몰락에 있기 때문이다.(물론 "실패자에게서 드러나는 특별한 존엄이 있다"고 한 보르헤스 본인의 말이 더 훌륭하다. 예컨대 『일리아드』에서 전쟁에 패해 죽음을 맞는 트로이의 왕자 헥토르의 모습이 그렇다.) 물론 이러한 파멸과 타락은 주로 소설의 주인공에게 체현된다. 시종들은 가진 것이 아무것도 없기 때문에 잃을 것도 없다. 시종들에게는 주인의 재산과 명예, 사치와 꿈, 사랑을 함께 누릴 권리가 없는 것이다. 따라서 애당초 주인의 좌절과 슬픔도 함께 느낄 수 없다.

안나 카레니나의 경우와 같은 치명적인 비극에서도 그녀 혼자 모든 고통을 감내하면서 고독하게 죽어가야 한다. 시종이 함께 할 수 있는 것은 아무것도 없다.

사회 계급이 엄격하게 구별되는 시기에는 시종들이 세상에 참여할 방법이 없다는 게 분명한 사실이다. 그들에게는 고통만 있을 뿐, 비극은 없다. 그렇다 해도 우리가 실바를 볼리바르의 시종으로 보는 것은 조금 지나친 일이다. 소설에서는 그가 흑백 혼혈의 하층 계급 출신임에 틀림없다고 말한다. 대규모 해방전쟁이 가져다준 부분적인 계급 와해의 틈새에서 그가 전공戰功과 몸의 상처에 의지하여 사령관의 자리에 오르긴 하지만 하층 계급의 낙인은 결코 지워지지 않았다. 어쩌면 바로 이런 이유로 실바는 아주 쉽게 상층부의 권력 게임이 연기처럼 허무하다는 것을 간파하고 목공 기술의 연마에 매달렸는지도 모른다.

혁명이라는 거대한 사업에는 갖가지 대가가 따른다. 성공한 뒤 혁명의 진영에 있던 생산을 모르는 수많은 사람이 무기와 갑옷을 내던지고 고향의 밭으로 돌아가야 하는 번거로움도 그 가운데 하나다. 혁명이 지금의 우리와는 아주 동떨어진 일이지만 흔히 볼 수 있는 몰락한 정치 인물이나 정치의 각축에서 밀려난 사람들, '대통령' '도지사' '시장' '국회의원' 등의 선거에서 패배한 사람들만 해도 사회 전체가 인내심을 갖고 그 대가를 대신 치러줘야 하는 골칫거리의 제조자들이다. 우리도 '실바 운동'을 벌여 그들이 또다시 정국을 어지럽히면 기술이나 배워 트럭을 운전하거나 오토바이를 수리하게 해야 하지 않을까? 정치를 일종의 '직업'으로 간주하는 사람들은 그 정치적 생명의 유전자 속에 대부분 숙명적으로 실바의 백내장이 유전되고 있을 것이다. 우리가 이런 사실을 하루속히 일깨워줘야 한다.

이것이 바로 『미로 속의 장군』이 보통 소설과는 다르다는 것을 잘 말해주는 부분이다. 작가가 주요 묘사 대상으로 삼는 것은 볼리바르 같은 거대한 역사 인물이지만 시종들도 자신만의 운명과 의지를 지니고 있으며 자신만의 능력으로 독특한 골칫거리들을 처리해나간다. 한마디로 말해서 '주인공으로부터 벗어난 별개의 독립적인 존재'인 것이다. 실바는 냉정하게 자신의 시종생활의 후반부를 위한 준비를 한다. 볼리바르의 세기적 꿈이 성공하든 실패하든, 그 개인의 가족력에 따른 유전자에 의한 실명의 위협에는 아무런 도움도 되지 않는다. 또 한 명의 노련한 시종이 있었다. 다름 아닌 어려서부터 줄곧 장군을 돌봐온 호세 팔라시오스다. 그에게는 이런 계산이 부족했고, 따라서 상대적으로 만년이 처량했다. 볼리바르가 단호한 유언을 남겨 그에게 8000페소를 물려줬지만 "호세 팔라시오스는 재물을 제대로 경영할 줄 몰랐다. 멍청하기가 장군과 크게 다르지 않았던 것이다. 장군이 세상을 떠나자 그는 카르타헤나에 남아 공공시설에 의지하여 어렵게 세월을 보냈다. 술로 근심을 달래면서 몸과 마음이 다 망가질 때까지 방랑했다. 나이 여든여섯이 되어 무서운 진전성 섬망증(뇌 손상으로 인한 환각 증세)으로 고생하면서 더러운 진흙탕에서 뒹굴었다. 그리고 결국 어둡고 축축한 동굴 속에서 숨을 거두었다. 그곳은 '해방자'의 군대에서 퇴역하여 거지로 몰락한 사람들이 모여 사는 곳이었다". 실바와 달리 호세 팔라시오스의 만년은 충정을 지닌 사람이 자기 주체성을 상실하는 비극을 극명하게 보여준다. 그는 볼리바르의 가장 친밀하고 가장 유능하며 가장 강인한 시종이었지만 유능하고 강인한 호세 팔라시오스는 결코 아니었다. 그는 보수를

정한 적도 없고 새로운 국가와 사회에서 새로운 신분 및 지위를 보장받지도 못했다.

"그의 개인적인 수요는 항상 장군의 수요와 결합되어 있었다. 심지어 밥 먹고 옷 입는 방식마저도 장군과 완전히 일치했다."

단지 진짜 볼리바르가 아니었을 뿐, 볼리바르의 삶을 살면서 볼리바르의 운명을 받아들였다. 더 치명적인 것은 혼자 여든여섯의 고령까지 살아남았다는 것이다. 스스로 장군에게 "우리는 함께 죽는 것이 공정한 일이에요"라고 말했지만 실제로는 그렇게 되지 않았다.(이는 소설에서 그가 유일하게 자신의 생각을 드러낸 부분으로 대단히 감동적이다.)

다른 각도에서 볼 때, 호세 팔라시오스의 비극은 순수 경험론자들의 치명성과 단일 기억자들의 위험성을 말해주기도 한다.(기억의 단일성은 대개 그것이 경험이라는 단일한 근원에 의존하기 때문이다.) 특히 이 경험이 일찍이 대단히 성공적이고 찬란하게 빛났던 것이라면 이 단일 기억은 더욱 공고하게 하면서 다른 기억들을 배척하게 되고, 이로 인해 경험이 할 수 없는 유사한 사물과의 접촉을 통해 소통할 수 있는 융통성과 꼭 필요한 개념적 상승이 더욱더 확보되기 어려워진다. 따라서 이르든 늦든 외부 세계에서 일어날 변동을 막지 못하는 것이다. 그는 왜 과거에 가능했던 것이 지금은 불가능해졌는지, 과거에는 이렇게 하면 반드시 결과를 얻을 수 있었는데 왜 지금은 전혀 효과가 나타나지 않는지 영원히 이해할 수 없었다. 게다가 과거의 성공과 찬란했던 빛이 아주 완고하게 그의 생명에서의 가장 엄격한 가치 기준이 되고, 영원히 돌아오지 않는 잃어버린 낙원이 되고 만다. 과거에 좋은 열매가 있었다 해도 기억의 영광 속에서는 어두운 먼지로 변하고 만다. 행복한 시간은 일생에 단 한 번뿐인 것이다…….

그러니 책을 많이 읽어야 한다. 자기 경험에만 의지해서는 안 될 일이다.

이번에 우리가 이야기하고자 하는 것은 기억이다. 실바의 특이한 생각과 미래에 대한 자기 준비를 통해, 시기를 앞당긴 맹인의 생활과 목공 기술 연마를 통해 우리는 가슴에 깊은 인상을 갖게 된다. 또한 실명의 위험도 없었고 일찍이 아주 강인하고 유능했던 호세 팔라시오스의 거의 운명적인 비극에서도 우리는 깊은 인상을 얻는다. 두 사람의 대비되는 운명은 어쩌면 별빛이나 반딧불이처럼 내 길을 비춰줄 것이고, 독서세계의 기억 깊숙한 곳으로 멀리 이끌어줄 것이다.

독자와 인쇄기 역할을 동시에

독서의 시각에서 기억에 대해 이야기하려면 먼저 '기억'이라는 단어를 확실히 할 필요가 있다. 기억이라는 단어에 깨끗한 모습을 복원해주어야 하는 것이다. 기억, 특히 동사적 의미의 기억은 우리 세대의 사람들이 공부를 시작하고 철들기 전부터 이미 더러운 이름이 되고 마는 경향이 있었다. 지금 시대에는 더욱 그렇다. 이 동사적 의미의 기억이라는 단어를 우리는 대개 직접적으로 '암기'라고 부르면서 이를 이해와 대립시켜 양립 불가능한 것으로 만들곤 한다.

하지만 정말로 암기와 이해가 대립하는 것은 아니다. 암기와 이해는 서로 형제이지 원수가 아니다. 게다가 기억은 보통 이해보다 앞선다. 형님 위치에 있는 것이다.

암기는 일종의 강제적이고 사람들을 고심하게 만드는 기억의 방식으로서 책 읽는 이에게 심한 부담이 된다. 그 이유는 두 가지 일을 동시에 해야 하기 때문이다. 암기를 할 때 우리는 대개 독자의 역할을 할 뿐 아니라 서적의 인쇄자 혹은 출판인 역할을 동시에 하게 된다. 서적(심지어 문자라고 해야 할지도 모른다)이 발명된 뒤부터 대량 인쇄의 단계로 발전하기까지는 수천 년의 시간적 거리가 있다. 이러한 서적의 복제와 유전流傳, 보존이 쉽지 않은 상황에서 독자들은 선인들의 사유가 창조해낸 성과를 누리는 동시에 서적의 보존과 전승의 의무를 지닌다. 한 사람의 몸, 특히 대뇌의 기억 구간이 서적의 인쇄기가 되어 가능한 한 한 글자도 빠뜨리지 않고 책 한 권 전체를 암기해야 하는 것이다. 대부분의 경우 우리 사유의 이해가 필요로 하는 기억은 이처럼 격렬하고 철저한 수준을 요구하지 않는다. 사유의 이해를 초과하는 이 과도한 부분의 기억은 사실 독서활동이 아니라 출판활동에 귀속된다.

한 가지 일을 모두가 아무 생각 없이 수천 년 동안 계속하다보면 일종의 의식이 되어 원래 목적을 기억하기 어려워진다. 그리고 이로 인해 관성과 접착성이 생겨나서 모든 사람이 동시에 바꾸기로 마음먹는다 해도 바뀌지 않는다. 따라서 시간이 흘러 지나간 일이 되면 고치라고 해도 고칠 수 없다. 하지만 이제는 시대가 변해 옛날처럼 그럴 필요가 없어졌다.

바둑 기사의 사유와 기억

이해와 기억을 칼로 자르듯이 잘라내 한쪽을 선으로 규정하고 다른 한쪽을 악으로 규정한 다음, 양자가 교전을 벌이게 한다면 독서는 시작과 동시에 잘못된 방향으로 흐르게 된다. 좀더 과장하여 말하자면 처음부터 진행되지 못한다고 할 수도 있다.

먼저 바둑에 관해 이야기해보자. 바둑을 화제로 선택하는 이유는 바둑이 대단히 특수한 사유의 표현 형식을 지니고 있어 '사유'와 '이해'라고 하는 내면적이고 외부적 표현을 갖추지 못한 개인의 비밀활동을 형상화하며 유물화唯物化할 수 있기 때문이다. 물론 인간의 '사유' 및 '이해'활동이 격렬하게 진행될 때 스스로 이를 전혀 지각하지 못하는 것은 아니다. 예컨대 잠시 정신이 나갈 수도 있고 침묵할 수도 있다. 담배를 피우거나 성냥개비를 부러뜨리고 있을 수도 있다. 혹은 미간을 찌푸린 채 뭔가를 응시하는 등 가벼운 표정의 변화를 나타낼 수 있을 것이다.(다윈의 두 번째 명저 『인간과 동물의 감정 표현』을 참고할 수 있다.) 하지만 이런 표현은 빙산의 일각에 불과하고 10분의 9는 평온한 해수면 아래에 감춰져 있다. 사실 사유를 공개된 자리에 올려놓는 것은 대개 혐오감을 느끼게 하는 경향이 있어 대단히 무서운 일이다. 카페에서 장발을 풀어헤치고 손에 책을 한 권 든 채 꿈에 취한 듯한 모습을 하거나 산발한 머리를 두 손으로 움켜쥐고 고통스런 모습을 하는 것과 같다.("그는 정말로 머리를 박박 미는 게 생각을 맑게 하는 데 도움이 된다고 믿는 것일까?") 이처럼 직접적인 얼굴 표정으로 '나는 생각 중이다'라고 표현하는 방식은 통상 독서활동에 속하지 않는다. 풍부하고 훌륭한 퍼포먼스 행위로 취급하는 게 바람직하다.

하지만 바둑은 다르다. 특히 (일본의 '기성碁聖' '명인名人' '본인방本因坊'처럼) 이틀에 걸쳐 밤낮으로 벌어지는 타이틀전은 더더욱 그렇다. 결정적인 한 수에 심지어 두 시간 이상 장고長考가 이어지기도 한다. 두 정상급 기사가 매처럼 바둑판을 응시하면서 그 자리에 꼿꼿한 자세로 앉아 있는 것도 흔한 일이다. 나는 기회가 있다면(사실은 기회가 그리 많지 않다) 하루 이틀 정도 시간을 투자하여 한번쯤 바둑 경기를 관전할 필요가 있다고 생각한다. 이는 좀처럼 보기 힘든 사유활동의 정수이자 구체화된 모습이기 때문이다.

사유활동이 어떻게 중단되거나 표류하지 않고 이렇게 긴 시간 이어질 수 있는 걸까? 사유활동은 어떻게 이틀 내내 사람을 미동도 하지 않게 만들고, 손을 뻗어 차를 받아 마시며 입을 벌려 밥을 먹으면서도 체중이 4~5킬로그램이나 빠지게 할 수 있는 걸까? 한번 시험해볼 수 있지 않을까? 한 가지 일만 반시간 정도 정신을 집중하여 생각해보면 어떨까. 그렇게 잔혹할 필요도 없이 10분 정도만 해볼 수도 있을 것이다.

내게 바둑을 가르쳐주신 선생님은 두 시간 이상 장고를 지속케 하는 것은 인내심을 바탕으로 하는 게 아니며, 의지를 바탕으로 하는 것은 더더욱 아니라고 말씀하신 바 있다. 장고는 생각의 필요를 바탕으로 한다는 것이다. 다시 말해서 두 시간을 생각할 수 있는 능력을 따질 것이 아니라 머릿속에 두 시간 동안 생각해야 할 소재가 있는지, 두 시간의 사유를 유지하면서 생각의 줄이 끊어지지 않을 수 있는지 여부를 따져야 한다는 것이다. 바둑 실력이 이 정도 수준에 미치지 못하면 몇 걸음 못 가 머릿속이 백짓장이 되면서 멍하니 앉아 있거나 바늘방석에 앉아 있거나 둘 중 하나를 택하는 수밖에 없다.

사유에는 재료가 필요하다. 불을 땔 때 장작이 필요한 것과 마찬가지다.

불을 때는 데 장작이 필요하듯 생각에는 재료가 필요하다. 두 시간을 태울 수 있는 장작과 3분밖에 타지 못하는 성냥개비는 당연히 같지 않다. 그리고 사유의 재료를 공급하는 곳은 미리 저장해두었던 기억이다.

고단수 바둑 기사들의 장고가 어떻게 진행되는지 좀더 자세히 살펴보자. 단도직입적으로 말해서 그들은 아무것도 없는 무에서 시작하여 바둑판 위 총 361개의 착점着點을 전부 새롭게 개척하는 것이 결코 아니다. 이는 시간적으로도 불가능하고 인간의 사유 능력으로 그 부하를 견딜 수도 없다. 사실 기사들이 기본적으로 고려하는 것은 '그럴듯하게 보이는' 유한한 착점(물론 역시 그 수가 적지 않다. 게다가 가능한 착점들은 상대방의 가능한 대응을 인도하기 때문에 대체로 등비급수等比級數의 증가를 나타낸다. 이것이 바로 바둑에서 계산이 어려운 이유다)들이다. 그렇다면 초보 단계에서 선택된 가능한 착점들은 어떤 기준에 따라 우선적으로 선택되는 걸까? 기사들은 유사한 바둑 형세에 익숙해지면서 자연스럽게 민감성이 길러진다. 직감의 형태에 가까운 이 민감성은 사실 그다지 신비한 능력이라고 할 수 없다. 이른바 바둑 형세에 대한 익숙함이란 간단히 말해서 기본적인 정석定石의 변화에 대한 기억을 포함한 모든 기억이라고 할 수 있다.(이는 통상 완전한 암기에 의해 이루어진다.) 이미 숙달되어 도식화된 갖가지 기본적인 바둑 형세 및 이와 관련된 요점(이른바 '급소')들에 대한 기억(역시 암기와 반복되는 연습을 통해 이루어진다), 그리고 실전 경기에 대한 기억(기보와 실전을 모두 포함하며 유사한 경험이 반복적으로 발생하면서 뇌에 자연스럽게 각인된 것) 등이 모두 포함된다.

이 모든 게 다 기억이다. 서로 다른 형식으로 얻은 기억들에는 강제적인 암기와 자연스런 숙지를 통한 것도 포함되고, 서로 다른 기억의 내원에는 자신의 경험과 타자의 경험에서 전환된 것도 전부 포함된다.

따라서 바둑 기사들의 장고는 논리적인 추론보다는 기억을 뒤적이는 것에 더 가깝다. 바둑 기사들은 손에 촛불이나 손전등 같은 제한적인 광원을 들고 어두운 통로에서 앞으로 나아갈 길을 더듬는 것이 아니라, 오히려 빠른 속도로 서류를 뒤적이듯이 서둘러 선택하고 걸러내는 것에 더 가깝다. 이 과정은 정말 빨라서 시간이 거의 소요되지 않는다. 그렇기에 두 시간이 넘는 장고가 가능한 것이다. 또한 바둑이 중반에 이르면 정확하게 반 집 차이의 승패 결과를 읽어낼 수 있는 기사들은 30초 또는 10초로 한정된 텔레비전의 빠른 바둑에서도 똑같이 느긋한 태도로 대응할 뿐만 아니라, 통상 '첫 번째 느낌'에 따라 빠른 속도로 돌을 놓는 것이나 장고 끝에 신중하게 돌을 놓는 것이 완전히 똑같다. 이는 우리 같은 문외한이 보기에는 매우 이상한 현상이 아닐 수 없다. 우리가 바둑 기사들이 생각하는 방식과 내용을 조금만 이해할 수 있어도 모든 것이 더없이 합리적임을 알게 될 것이다.

그렇다면 그 긴 사유의 시간은 어디에 쓰이는 것일까? 정방향의 탐색에 사용되는 것이 아니라 역방향의 조심스런 검증에 사용된다. 선택한 착점에 잘못 계산한 부분은 없는지 혹시 맹점은 없는지 확인하는 것이다. 또한 일부 시간은 선택의 망설임과 고통을 극복하는 데 쓰이기도 한다. 한 수를 두었을 때 닥쳐올 돌이킬 수 없는 치열한 전투를 준비하는 데도 사용된다. 그래서 어떤 기사가 자신이 바둑을 한 수 놓는 데 그렇게 오래 장고할 필요가 없을 것 같다고 해명하는 고백이 감동을 주는 것이다.

"나는 전투를 위한 용기를 키우고 있을 뿐이다."

그래서 바둑세계에서는 "선택이 가장 어렵다"는 명언이 유행한다. 기사들을 정말 힘들게 하는 것은 어떻게 발견할 것인가가 아니라 어떻게 선택할 것인가다. 넓고 아득하기만 한 바둑판 위에서 기사들은 계산 가능한 수치와 대응한 몇 개의 착점을 찾아내지만 둘 수 있는 수는 하나뿐이다. 이 '잠시' 동안의 가치를 갖는 착점들은 각자 그 뒤에 펼쳐질 완전히 다른 바둑의 변화를 지향하게 된다. 따라서 새로운 착점을 찾아서 확정했다는 것은 통상 어려움의 즐거운 결말을 의미하지 않고(바둑에서는 단 한 수로 상대방을 때려눕히는 '승착勝着'이 아주 드물다. 하지만 거의 모든 대국에는 한 수로 인해 무너져 패배하는 '패착敗着'이 존재한다) 이 기로의 전개로 인해 더 복잡하고 불확실해지며, 일단 가면 다시는 돌아올 수 없는 낯선 세계가 시작됨을 뜻한다. 이 점에 있어서 바둑은 인생처럼 잔혹하다. 전국 시대의 철학자 양주楊朱는 이러한 기로에 절망하여 방성대곡한 바 있다. 따라서 착점을 선택하는 데 용기가 필요하다는 것은 틀린 말이 아니다.

설상가상인 점은 너무 많은 장고가 종종 사도邪道로 빠져 이해하기 어려운 악수를 유도하기도 한다는 것이다. 그래서 "장고가 많은 사람은 훌륭한 기사가 못 된다"는 말이 있다.

자, 다시 원래 이야기로 돌아가보자. 사유의 재료가 기억이라면 사유를 변별할 수 있는 주체 형태의 경향은 선택일 것이다. 우칭위안이나 후지사와 슈코藤澤秀行 같은 기사들은 항상 사람들의 감탄과 환호성 속에서 탁— 하고 불후의 수를 놓는다. 어떻게 이런 일이 가능할까? 그들은 어떻게 기억의 복제성과 접착성이라는 제약에서 벗어나 기억 명세서 속에 애당초 존재하지도 않았던 착점을 '선택'해내는 것일까?

나는 여기에 어느 정도 신비적 요소가 존재한다고 생각한다. 이는 각 개별적 창조자의 특별하고 독특한 심지心智 능력에 관한 문제일 뿐만 아니라 비연속적이고 비인과적인 감동의 창조에 관한 문제이기도 하다. 이것이 바로 우칭위안이 불세출의 천재가 되는 이유로서 '바둑의 신'인 후지사와 슈코가 '보기 드문 감각'이라고 표현한 요소다. 신비하지 않은 부분은 바둑 기사 같은 사람들의 지력을 끝없이 복잡하고 미묘한 세계로 귀납시킬 수 없다는 것이다.(물론 복잡함의 정도는 우리의 실제 세계와 크게 다르다.) 인간이 기존에 갖고 있는 기억의 총화, 다시 말해서 바둑의 역사에 기록되고 있는 모든 기국(공개적인 대국과 사적인 대국을 전부 포함하여)의 총화도 공백 없이 다 채워질 수는 없다. 기억은 계속 전개되고 있는 기록이자 이지已知의 인식과 미지의 세계 사이의 경계선이다. 기억은 우리에게 사유의 소모를 절약시켜주고 상상력이 순간적으로 어느 빈 간척지에 와 있는지 알려주는 한편, 하나하나 진행 중인, 모든 잠재력을 완성하지 못한 사유의 실마리로서(원래의 사유자만이 오랜 연륜과 역사적 조건, 갖가지 우연의 기회로 인해 그 지점에 멈춰 있는 것이다) 언제든 다시 거둬들여 사유를 이어나갈 수 있게 해준다.(예컨대 과거에 사람들은 요도정식妖刀定式이나 대사정식大斜定式과 더불어 가장 난해한 바둑의 정식으로 평가되는 대설붕정식大雪崩定式이 안쪽으로 꺾어야 하는 건지 바깥쪽으로 꺾어야 하는 건지 여러 해 동안 알지 못했다.) 후대의 기억 계승자들이 유리한 것은 체력이 강한 릴레이 주자처럼 멍청하게 처음부터 전력으로 질주할 필요가 없을 뿐만 아니라 앞으로 나아가기 위한 가능한 길을 누군가 알려주거나 암시해준다는 데 있다. 새로운 창조활동은 기존의 기억력에서 시작되고 이를 단단한 도약판으로 삼아 좀더 진일보된 전망과 도약이 가능해진다.

따라서 바둑의 새로운 수의 창조와 관련하여 말할 수 있는 것은 그것이 어쩌다 실수로 알아맞힌 것이 아니라 '불만족'에서 점차 발생되어 나온 것이라는 점이다. 그렇다면 무엇에 만족하지 못한단 말인가? 기억이 닿는 모든 것에 착점이 있어 전부 자신이 개척한 것이 아닌 길을 걷게 된다는 사실에 만족하지 못하는 것이다. 그런 까닭에 바둑의 새로운 수는 가장 위험하면서도 가장 시간을 많이 소모하게 된다. 위험한 것은 기억의 명세서에 직접적인 근거가 없기 때문이고, 시간이 소모되는 것은 통상적으로 모든 착점을 다 검토한 뒤에야 발견되기 때문이다. 따라서 장고가 꼭 좋은 수를 만들어내는 것은 아니지만 가치 있는 새 수는 대부분 장고의 산물이다. 바둑사에는 "시합을 위한 바둑인 쟁기爭棋에는 훌륭한 대국이 없다"라는 명구가 전해진다. 이 말의 의미는 시간을 정해놓고 승부를 벌이는 바둑에서는 안전한 길만 찾을 수밖에 없기 때문에 역사에 길이 남을 만한 명수名手가 없고 명국이 이뤄질 수 없다는 것이다.

이처럼 모든 것을 다시 시작할 필요 없이 기존 기억에서 선택하여 창조적 사유 방식을 향해 나아가면 된다. 그리하여 모든 사유 영역의 전문성과 쉽게 무시당하지 않는 존엄성을 수립할 수 있는 것이다. 적잖은 사람이 끊임없이 자질은 평범하지만 훈련으로 능력을 갖춘 기사와 처음 바둑에 입문했지만 상당한 논리 및 추리력을 갖춘 수리 천재가 맞붙으면 과연 누가 이길까 하는 문제에 호기심을 보인다. 해답은 열심히 그리고 철저하게 정석을 외우고 기보에 매진하며 실전에서 실력을 닦는 사람이 이긴다는 것이다.(이는 추측이 아니라 실제로 있었던 일이다.) 기억의 존재와 작용으로 인해 머리가 아주 뛰어난 수리 천재는 몹시 가련하게도 가장 불공평한 방식으로 사기 바둑 게임에 접근하게 된다. 그가 상대해야 하는 사람은 눈앞에 있는 이 애송이 하나에 그치는 것이 아니기 때문이다. 그는 혼자서 황룽스黃龍士와 도사쿠道策, 슈사쿠秀策, 슈에이秀榮, 우칭위안, 기타니 미노루木谷 實, 사카타 에이오坂田 榮男 등 위대한 바둑 천재들의 연합 전선과 상대해야 한다. 승리는 애거서 크리스티의 소설에 나오는 긴 수염의 벨기에 명탐정 푸아르가 자주 내뱉던 명언처럼 "당연히 대군 쪽에 있다".

이렇게 한 바퀴 빙 돌아 우리에게 매우 익숙한 세계로 돌아오게 된다. 이것이 바로 항상 말하는, 거인의 어깨 위에 서서 세계를 바라보는 방식이다. 이 어깨는 기억으로 한 점, 한 방울씩 쌓아가게 된다.

가장 원초적인 기억

기억에 대해 이야기하자면 플라톤을 말하지 않을 수 없다. 그는 인류 사유의 역사에서 가장 열광적이고 철저한 기억의 옹호자다. 하지만 여기서 이야기하려는 바는 그의 신비한 영혼불멸설도 아니고 우리가 이해하는 모든 것이 사실 태어날 때 세상에 가지고 온 기억이며 인간이 생각하는 모든 것이 원래 가지고 있었으나 이미 잊어버린 사물과 기억이라는 거대한 주장도 아니다. 여기서 인용하려는 것은 그의 또 다른 이야기다. 첫 번째 이야기는 그 스스로 꾸며낸 이집트의 우언으로서 『파이드로스』에 나온다.

이야기를 하는 사람은 이집트의 왕 타무스를 인용하고 있다. 그가 문자를 만든 신 테우스에게 불만을 표시하며 말했다.

"당신의 이번 발명(문자를 만든 것)은 배우고 익히는 사람들의 건망증을 유발할 뿐입니다. 이제 그들은 자신의 기억력에 의존하기보다는 외재적으로 기록된 문자만 믿고 스스로 기억하는 데는 시간을 들이지 않을 것입니다. 당신이 발명한 물건의 특성은 기억하는 데는 도움을 주지 못하고 기억을 돌이키는 데에만 도움이 될 뿐입니다. 당신이 제자들에게 준 것도 진리가 아니라 진리 같아 보이는 것입니다. 그들은 자신들이 아주 많은 것을 보고 들었다고 확신하겠지만 기억하지는 못할 것입니다. 장차 그들은 모르는 게 없는 듯 보일지 모르지만 사실은 아무것도 알지 못할 것입니다. 그들은 사람을 귀찮게 하는 벗이 되어 스스로 지혜가 가득한 사람처럼 행동하겠지만 사실은 빛 좋은 개살구에 불과할 것입니다."

이 말은 얼핏 보기에는 격렬하게 문자와 서적을 반대하는 것 같지만 사실은 대단히 깊은 의미를 지니고 있다. 이 이야기는 아주 부드럽게 기억의 가장 원초적인 순간과 가장 깨끗하고 친절한 모습으로 안내한다. 문자도 책도 없을 때는 기억이 생생하게 살아 우리와 함께 생명을 나누고 있었다. 당시에는 기억이 시간의 흐름과 만물의 변화에 함께 저항할 수 있는 유일한 동반자이자 생존을 지속할 수 있는 유일한 상담자였다. 기억이 생생히 살아 있다고 말하는 것은 기억의 대부분이 자기 자신 혹은 손만 뻗으면 닿을 수 있는 주변 사람들의 진실한 경험으로서 실제 사물과 환경, 사람에 연결되어 있고 통상 그 전후관계를 그대로 보존하고 있기 때문이다. 기억은 경험과 실천에서 비롯되며, 그 가운데 가장 귀중하고 놀랍고 슬프고 무서운 것들이 뼛속 깊이 새겨져 혼란스러운 전체로부터 분리되어 보존된다. 하지만 기억은 시각적 형상에 그치지 않고 소리와 냄새, 맛, 촉감, 환각과 꿈 등 모든 감각을 포함한다. 때문에 그 가운데 적잖은 미지의 부분이 조용히 마음속에 남아 미래의 체득과 해석을 기다리게 된다. 하지만 여기에는 격리되어 있거나 자신과 관련 없는 부분은 없다. 기억은 그림자처럼 충성스럽고 친밀하게 사람과 보조를 맞추는 것이다.

나는 문자에 대한 타무스 왕(혹은 소크라테스라 할 수도 있고 플라톤이라고 할 수도 있다)의 질문이 부분적으로 기억과 기억으로부터의 인간의 이탈에서 비롯됐다고 생각한다. 외부에서 차용하거나 여기저기 타인을 전전했던 기억은 아마도 수혈받은 혈액이나 이식받은 장기처럼 양자 간의 치명적인 수용과 배척의 문제를 조심스럽게 고려하지 않아도 될지 모르지만, 다시 이해하고 깨닫는 과정은 생략할 수 없을 것이다. 문자에 대한 의존을 타자의 경험을 받아들이고 이를 다시 전환하고 번역하는 데 필요한 수단으로 삼는다면, 여기에는 직접 경험한 것과 다른 이중의 장벽 및 분리가 존재할 것이다. 하지만 문자는 사람의 기억에 비해 힘이 훨씬 덜 들고 소멸될 염려도 없는 편리한 보존 방식이다. 심지어 문자는 지혜를 참여시킬 필요 없이 우리 신체 가운데 눈과 손 두 부분만 움직이면 된다. 문자는 시간과 정신력을 소모하지 않아도 되게 해줄 뿐만 아니라 어떤 사물을 가슴 깊이 새길 때 필요한 심지의 힘든 투쟁도 덜어준다. 사실 이처럼 힘이 드는 기억의 치열한 투쟁 과정은 동시에 정신을 집중하는 이해의 과정으로서 타자의 경험에 처음으로 충분히 젖어들게 된다. 타무스 왕이 잃게 될까 노심초사했던 것이 바로 여기에 있다.

도구는 총명한 인간의 발명품이지만(한동안 이것으로 인간이 정의되기도 했지만 나중에는 침팬지도 이것을 할 줄 안다는 사실을 발견하고는 슬

피해야 했다) 때때로 단일한 편리성의 함정을 초래하기도 한다. 내 스승 가운데 한 분은 카메라를 목에 건 관광객들의 이상한 모습을 희화화하여 "사람들은 '와 정말 멋있다. 여기 정말 멋있다. 빨리 찍어!' 하면서 일제히 미소를 지으며 포즈를 잡고서 사진을 한 장을 찍은 다음에는 뒤도 안 돌아보고 그 자리를 뜬다"고 지적한 바 있다. 방금 전만 해도 풍경이 멋있다고 크게 소리치던 사람들이 더 이상 그 풍경에 눈길도 주지 않는다는 것이다.

여기서 다시 다른 글을 읽어보자. 우리에게 풍경을 바라보는 방법을 가르쳐주는 글이다. 이 이야기 역시 문자가 없는 나라에서 왔다. 다름 아니라 미국 서남부 애리조나 주와 뉴멕시코 주에 걸친 최대 인디언 보호구역 나바호다. 나바호 사람들은 이 지역을 '네모난 땅'이라고 부른다. 그들의 신화에 나오는 네 개의 성스러운 산으로 둘러싸여 이루어진 땅이기 때문이다. 이야기를 하는 사람은 나카이 노인이다. 그는 나바호의 전통적인 방식으로 무술巫術을 통한 치료를 하거나 송가를 부르는 사람으로서 지혜로운 말과 아름다운 의식으로 부족민들을 치료하고 사람들을 '아름다움'으로 회귀시키는 역할을 한다. 나카이 노인은 전통 송가와 의식을 계승하고자 하는 경찰 조카 지미세에게 신성한 네 개의 산을 어떻게 대하라고 가르쳤을까?

"네 눈앞에 보이는 것들을 기억하고 눈길을 한곳에 멈춰 그 모습을 기억해라. 눈이 내릴 때의 산의 모습을 관찰하고, 푸른 풀이 돋아날 때의 모습을 관찰하고, 비가 내릴 때의 모습을 관찰해라. 가서 산을 느끼고 산의 냄새를 기억하며 여기저기 돌아다니면서 산속 바위의 촉감을 탐색해라. 이렇게 하면 이곳이 영원히 너를 따라다닐 것이다. 네가 아주 먼 타향으로 가더라도 이 산들을 불러낼 수 있을 것이며 네게 필요할 때면 언제든 이 산들이 네 마음속에 있을 것이다."

확실히 그렇다.

나도 직접 나카이 노인의 간곡한 가르침을 인증할 방법을 상상해보고 지속적으로 실천해보았다. 예컨대 일본 교토 여행이 그런 시도였다. 요즘 나는 음력설 연휴를 맞아 교토가 가장 쓸쓸할 시기에 맞춰 그곳을 찾아가곤 한다.(일본인들은 양력설을 지낸다.) 사람이 적어 비행기 좌석을 잡기도 수월하고 우리가 좋아하는 작은 비즈니스 여관에 묵을 수 있다. 게다가 이 시기를 택하면 차가운 비가 쉬지 않고 내리는 축축한 타이베이의 날씨를 피할 수 있다. 나는 벚꽃이 하늘을 온통 가릴 정도로 만발한 4월의 요시노吉野와 꽃그늘 아래서 자리를 깐 뒤 먹고 마시고 노래하면서 연회를 벌이던 교토의 풍경을 기억한다. 6월의 우기가 시작되면 매미 소리와 함께 신록이 짙어가던 교토의 모습을 기억하고, 입추 무렵 노랗게 물든 은행잎이 춤추듯 떨어지는 가운데 고약한 냄새를 풍기는 은행과 사람들의 마음을 쓸쓸하게 만드는 스산한 바람이 있던 교토를 기억한다. 우연히 한파가 몰아쳐 일본의 산봉우리들을 넘는데 함박눈이 펑펑 쏟아져 신사와 고목나무 가지 사이에 소복이 쌓인 눈이 수묵화 같았던 교토의 모습을 기억하고, 다이몬지레이大文字嶺에서 고개를 돌려 보았던 황혼의 고도古都를 기억하며, 철학의 길 입구에 엎드려 있던 고양이 한 마리를 기억한다. 물에 젖은 평평한 길에 깔린 응회암을 기억하고 니시키 시장錦市場 안의, 마네가 그린 그림 같던 절임음식 가게를 기억한다. 꽃등 아래 오솔길을 산책하던 게이샤의 백조처럼 둥그런 목덜미를 기억하고 이나리타이샤稻荷大社 길 앞에서 펼쳐졌던 불꽃놀이와 그 근처에서 먹었던 서민풍 장어덮밥을 기억한다. 네 개의 큰 다리 앞에 붉은

나바호 족, 1904년 촬영

글씨로 '방과 후 체험'이라고 적혀 있던 특이한 간판과 매머드 털이나 공룡의 배설물을 팔던 시간의 터널 같은 작은 화석 가게를 기억하고 밤에 가모가와鴨川 물가에 얼어 죽는 것도 두려워하지 않고 두 걸음마다 한 쌍씩 붙어 앉은 모습이 하늘 끝까지 이어졌던 연인들의 모습을 기억한다. 황혼녘 희미한 불빛 아래 군고구마를 팔던 장사의 맥없는 노랫소리까지…… 이 모든 것을 기억한다. 2월의 앙상한 나뭇가지에 마른 입새만 남아 있던 춥고 쓸쓸한 교토는 빈 캔버스나 선으로 대략적인 스케치만 하고 아직 색칠을 하지 않은 그림 같았다. 하지만 여기에 기억을 하나하나 얹어 올리면 찾는 사람이 많아 시끌벅적하던 시기의 교토보다 훨씬 더 아름답고 감동적인 모습이 펼쳐진다.

휴대용 도서관

따라서 우리가 순서를 복원하여 나중에 발명되어 나올 문자와 더 나중에 출현할 서적을 기억을 보조하거나 확장하기 위한 수단으로 간주하는 동시에 가치의 주관과 객관의 위치도 복원하여, 결국 가장 중요한 것이 얼마나 많은 책을 소유하고 있는가라는 점이 아니라 얼마나 많은 것이 마음속에 들어와 빠져나가지 않고 남아 자신의 일부가 되었는가 하는 점이 된다면, 아마도 기억에 관한 일부 상식적인 곤혹감은 당장 해소될 것이다.

우리는 앞에서 보르헤스와 에머슨의 말을 인용하여 도서관을 죽은 사람으로 가득한 마법의 동굴로 비유한 바 있다. '정확한 사람'이

와서 읽어주어야만 이 죽은 사람들은 비로소 부활하여 다시 생명을 얻을 수 있다는 것이다. 여기서 이 '정확한 사람', 다시 생명을 불러올 중요한 사자의 의미를 살펴보자.

내 생각에는 보르헤스가 '정확한 사람'을 강조한 것이 칼뱅의 숙명론처럼 사람들을 정확한 사람과 부정확한 사람의 두 부류로 나누려는 의도가 아니라 '정확한 시기'와 '정확한 준비'를 의미하는 것으로 이해하는 게 바람직할 듯하다. 앞에서 문자화된 타자의 경험 및 사유와 우리 자신 사이에는 이중의 장벽이 존재한다고 말한 바 있다. 또 이해의 비통제성과 그 지연 현상에 대해서도 이야기했다. 아무리 훈련이 잘되어 있고 소질이 있는 중량급 독자라 해도 갑자기 책을 펼쳐 읽으면서 처음부터 텍스트를 전체적으로 충분히 흡수하여 자기 것으로 만드는 일은 쉽지 않을 터이다. 따라서 어떤 책이 눈에 잘 들어오지 않아 그 책과 저자로 하여금 계속 말이 없는 죽음의 상태에 남아 있도록 내버려둘 생각이 아니라면 반드시 다시 읽는 행위가 필요하다. 다시 말해서 정확한 시간과 정확한 준비가 자신을 정확한 사람으로 만들어 다시 책을 대하게 해야 하는 것이다. 이것이 바로 보르헤스의 말에 담긴 진정한 함의일 터이다. 그는 일찍이 「책」이라는 제목의 또 다른 글에서 자신의 독서와 관련하여 "나는 늘 광범위하게 책을 읽는 것보다 몇 권의 책을 몇 번이고 다시 읽는 편이다. 나는 여러 권의 책을 폭넓게 읽는 것보다 몇 권의 책을 새롭게 다시 읽는 것이 중요하다고 생각한다. 물론 다시 읽기 위해서는 먼저 한 번을 읽어야 한다"고 말한 바 있다.

『채링크로스 84번지』의 저자 헬렌 한프는 더 열정적이다. 그녀는 자신이 읽은 적 없는 책은 절대로 사지 않는다고 한다. 읽어보지 않은 책을 사는 것은 입어보지 않고 옷을 사는 것과 마찬가지라는 얘기다.

다시 말해서 마법의 동굴 속에 있는 그 죽은 사람들이 하루아침에 부활한다는 것은 불가능하다. 그들은 천천히 중생하게 된다. 여기에는 아주 힘든 시간과 처리 방법을 만드는 과정이 필요하다.

책을 다시 읽는 가장 면밀하고 순수한 가장 극치의 형식이 바로 기억이다. 기억을 통해 독자는 책의 인력의 작용을 받아 종이의 딱딱한 부분을 도려내고 책을 가장 가벼운 휴대 형식으로 변환시킨다. 나카이 노인이 말했듯이 언제든 읽고 싶을 때면 책이 그 자리에 있어야 한다. 따라서 "나는 그 책을 몇 번 읽어봤어"가 아니라 아주 먼 타향에 가서 산 넘고 바다 건너, 낮이나 밤이나, 젊어서든 나이가 들어서든 계속 그 책을 읽고 있어야 한다. 전해지는 이야기에 따르면 아리스토텔레스의 가장 유명한 학생으로서 마케도니아에서 단숨에 인더스 강까지 쳐들어갔던 알렉산더 대제는 원정을 나갈 때도 항상 베개 밑에 검과 함께 『일리아드』를 한 권 휴대했다고 한다. 기억이 있는 한 우리는 원정할 때 알렉산더 대제보다 훨씬 더 많은 것을 휴대할 수 있을 것이다. 보르헤스 같은 사람은 베개 밑이 거의 도서관이었을 것이다.

나카이 노인은 "이 산들을 불러낼 수 있을 것이다"라고 했지만 나는 그보다 더 좋은 방법을 가르쳐줄 수 있다. 심지어는 부를 필요도 없으며 산이 알아서 찾아오게 할 수도 있다. 커트 보니것이 말한 착한 발바리처럼 다리 주변에서 코를 골고 자게 할 수도 있다. 이것이 바로 인간에게 있어 이해의 가장 신비로우면서도 흥미로운 현상으로서 많은 사람이 체감하고 있다. 이해는 사유에 집중할 때 활발하게 진행되지만 고도의 자각 속에서 사유하지 않을 때에도 자동적으로, 지속적으로 진행된다. 우리가 기억 속에 집어넣는 사유의 재료는 스스로 직접 젖어들고 비교하고 대조하고 분류하고 융통하는 것이다. 멍하니 앉아 있을 때나 밥을 먹을 때, 수다를 떨 때나 풍경을 볼 때, 물론 잠을 잘 때에도 꺼지지 않는 생명의 불꽃처럼 멈추지 않는다. 이는 유행가를 작곡하는 사람들도 다 아는 사실이다. 예컨대 영화 「졸업」의 삽입곡 「침묵의 소리」를 작곡한 폴 사이먼도 알고 있다. 이 감동적인 노래는 이렇게 시작된다.

"안녕 내 오랜 친구 어둠이여, 또다시 너와 이야기하러 찾아왔어. 조용히 들어온 환상이 내가 잠들어 있는 동안 씨앗을 남기고 갔거든. 그때부터 내 머릿속에 뿌리 내린 환상은 지금도 여전히 침묵의 소리 안에 남아 있어."

이처럼 감동적인 반응과 효과는 우리 몸 안의 기억에서만 발생할 수 있다. 몸 밖의 다른 기억 방식과는 절대로 호응하지 않는다. 다시 말해서 사람의 기억은 책이나 USB 같은 저장 공간으로 대체할 수 없다는 것이다. 우리가 선조들에 비해 좋은 운명을 갖고 태어났다는 것은 틀림없는 사실이지만 우리에겐 선조들처럼 그렇게 비옥한 기억의 밭이 결여되어 있다.

그렇다면 무모하고 어리석게, 억지로 외울 필요가 있을까? 물론 그렇게 하지 않아도 된다. 기억 가운데 가장 좋고 아름다운 부분은 진실한 체험 속에서 신비하게 떠오르든 아니면 책의 흰 종이와 검은 글자 사이에서 눈앞으로 튀어오르든 간에 모두 '자연스럽게' 기억된 것들이다. 어쩌면 당시에 그것을 좀더 선명하고 완전하게 보기 위해 눈길을 한두 번 더 주었는지도 모른다. 당시의 진실하고 절실한 '접촉'

이 그 부분을 '정확하게' 기억하고 있다는 사실을 설명해준다. 다른 부분들은 사소하고 상식적인 것이라서 물 흘러가듯이 그냥 스쳐 지나가게 내버려두었거나 아니면 너무나 심오하고 요원한 것이라서 도저히 파악할 수 없기 때문에 채워지기를 기다리는 공백처럼 다음 기회로 미뤄두었는지도 모른다. 물론 애써 암기한다 해도 누가 그래선 안 된다고 말할 수 있겠는가. 어쨌거나 전체가 아름답기 때문에 세밀한 부분조차 분리해버리기 아까운 글을 만날 때도 있을 것이다. 심지어 글의 문체와 소리까지도 모조리 아름다워 필요한 부분만 잘라내는 게 어려워 마치 목소리의 고저를 달리하여 소리 내어 읽어야만 사유의 보물이 들어 있는 동굴이 열리기라도 하는 양 직접 소리 내어 읽어본 경험도 있을 것이다. 이렇게 좋은 글은 대부분 시다. 당연히 시는 예로부터 독자들의 주요한 암송 대상이 되어왔다.

> 어휴! 아슬아슬하게도 높구나. 촉으로 가는 길은 하늘에 오르는 것보다 어렵네. 잠총蠶叢과 어부魚鳧가 나라를 세운 것이 얼마나 아득한 옛일인가? 그로부터 4만8000년이 지나도록 진秦의 중원과 촉나라 사이에는 사람의 왕래가 없었네. 중원의 서쪽 태백산 너머로 새가 날아다니는 길이 있을 뿐인데 어떻게 아미산 꼭대기를 가로질러 갈 수 있단 말인가. 땅이 꺼지고 산이 무너져 장사들이 죽었는데 그 뒤에야 하늘 사다리 바위 계단이 갈고리로 연결되었네.
>
> 이백李白, 「촉도난蜀道難」

이리하여 보르헤스는 감동적인 실제 경험을 고백한 바 있다. 그는 강연 중 존 키츠의 14행시 「처음으로 채프만의 호머를 보고」의 끝 부분을 암송했다. 보르헤스는 이 시가 부에노스아이레스의 기억을 불러일으킨다고 했다. 그는 처음으로 아버지가 큰 목소리로 이 시를 낭송하던 풍경을 떠올렸다.

"나는 이 시를 진정으로 이해할 수가 없었다. 하지만 속마음에 약간의 변화가 일어나는 것을 감지했다. 지식의 변화가 아닌 내 몸의 전체와 피와 살에 일어난 변화였다."

또한 반드시 기억해야 한다고 강조했던 "곧 자유를 얻게 된다는 기묘한 느낌이 모든 사람의 마음속에 무자비한 힘이 생기도록 했다. 보지 않고도 인정할 수 있는 힘이었다"라는 마르케스의 말도 잊지 말아야 한다.

거대한 기억 노인의 조각상

단테는 불후의 저작 『신곡』에서 거대한 시간 노인의 조각상을 묘사한 바 있다. 이 조각상은 바다 한가운데 있는 크레타라는 황량한 나라의 이다Ida라는 황폐하고 건조한 산에 세워져 있다. "그는 이집트 다미에타를 등지고 거울로 비추듯 로마를 향하고 있었다. 머리는 순금이며 손목과 가슴은 은으로, 배는 동으로 돼 있었다. 나머지는 철로 돼 있었지만 단 오른쪽 다리는 진흙으로 빚어져 있었다. 하지만 이 가장 약한 부위가 대부분의 무게를 지탱하고 있었다. 금으로 된 부분을 제외하고 거대한 조각상의 모든 부분에 금이 가 있고, 그 틈 사이로 눈물이 새어나왔다. 눈물은 산과 바위 틈새로 들어가 황천으로 모여들었다." 황천에 모인 시간 노인의 눈물은 결국 영혼의 전생의 기억을 씻어내는 망각의 강물이 되었다.

정말 좋은 말이 아닌가? 반대로 우리가 망각을 모르고 모든 것을 기억한다고 가정해보자. 그러면 신의 나라나 영혼의 세계도 없을 것이고 어떤 인위도 없는 자연 그대로의 세계도 존재하지 않으며 지금 이 순간의 현실 세계만 남을 것이다. 이 거대한 기억의 노인상을 발견한다면 그건 틀림없이 보르헤스일 것이다.

특히 만년에 시력을 잃고 오로지 기억과 소리, 사랑하는 책과 더불어 살았던 그 보르헤스일 것이다.

세상 사람들은 보르헤스가 시력을 잃은 뒤에야 그의 기억력과 기억 용량에 감탄을 금치 못했다. 특히 현장에서 그의 강연을 들어본 사람들은 더욱 놀라워했다. 하지만 보르헤스는 태어나자마자 시력을 상실한 것이 아님을 우리는 잘 알고 있다. 따라서 책에 대한 그의 놀라운 기억력은 선천적인 맹인과 같다고 할 수 없다. 그리고 그는 이처럼 순수하고 탐욕스러운 독서가였기 때문에 강연 중에 인용하는 시나 소설의 편단 혹은 철인의 거대한 논술에 있어서도 글자 하나 틀리지 않을 수 있었다. 이는 전부 그가 과거에 눈으로 책을 읽었을 때의 기억이 남긴 것으로 실바가 목공 기술을 기억하는 것과 다르지 않다.

『독서의 역사』라는 책을 쓴 캐나다인 알베르토 망구엘은 아르헨티나 부에노스아이레스에서 태어나 젊은 시절 보르헤스에게 2년 동안 책을 읽어주었다. 많은 이가 부러워할 만한 특별한 기억을 그는 이렇게 추억했다.

그 거실에서, 로마의 원형 폐허를 조각한 피라네시의 작품 아래서 나는 키플링과 로버트 루이스 스티븐슨, 헨리 제임스, 브로크하우스 독일어 백과사전의 몇몇 항목, 마리노와 앙리크 방크, 하이네의 시들을 낭독했다.(하지만 사실 보르헤스는 이 시인들의 작품을 다 외우고 있었기 때문에 내가 책을 낭독하기 시작하면 그가 머뭇거리는 듯한 목소리로 중얼거리다가 이내 따라 암송하기 시작했다. 보르헤스의 망설임은 오직 시의 운율에서만 나타날 뿐 시구 자체에는 막힘이 없었다. 그는 한 글자도 틀리지 않고 다 외웠다.) 이 작가들의 작품이 나로서는 많이 읽어보지 않은 것이었기 때문에 책을 낭독하는 의식은 몹시 특별하고 이상하게 느껴졌다. 내가 낭독에 의지하여 한 작품을 발굴해 내면 다른 독자들이 눈을 이용하듯이 보르헤스는 귀로 책에 담긴 모든 글자와 구절, 단락을 훑어가면서 자신의 기억이 맞는지 확인했다. 내가 책을 낭독할 때 보르헤스는 종종 어떤 대목에서 읽기를 중단시킨 다음 그 부분에 대해 논평을 가하곤 했다. 이는 아마도 (내 짐작으로는) 마음속에 깊이 새기기 위한 몸짓이었을 것이다.

우리는 어떤 방식으로 기억한 것들이 이처럼 폭넓고 완전하며 깊이 있게 각인될 수 있는지, 어떻게 하면 육체의 쇠약과 정신의 고갈로 인해 기억이 사라지는 것을 염려하지 않을 수 있는지 묻게 될 것이다. 망구엘은 보르헤스가 낭독을 중단시키고 논평을 가함으로써 그 부분을 마음 깊이 새겼다고 설명한다. 여기서 아주 훌륭한 실마리를 발견할 수 있다.

가장 좋은 기억은 단독적이고 고립무원한 점 혹은 원자가 아니라 단독적으로는 살아남을 수 없는 벌 혹은 개미와 같다.(기억이 때때로 고립적이고 불리한 상황에서 전개된다.) 가장 좋은 기억은 각고의 노력을 기울인 암기이든 자연스런 기억이든 상관없이 기억과 사람의 마음의 상호 공명을 통해 깊이 새겨진다. 기억은 늘 실마리와 내력, 심지어 (잠시이긴 하지만) 질서를 제공해준다. 우리는 이를 자신의 기억의 그 '옷장' 속에 잘 넣어두어야 한다는 사실을 알 필요가 있다. 그리고 대충 어디쯤 저장되어 있는지 알고 있다가 필요할 때 꺼내 사용할 수 있어야 한다. 통상적으로 이러한 접촉과 마음속의 아름다운 공명에 호응하여 몹시 놀랍고 두려운 그 순간에도 잠시 느긋하게 발걸음을 멈출 수 있는 것이다. 어쩌면 보르헤스처럼 논평을 함으로써 한편으로는 시간을 그 순간에 멈춰놓고 다른 한편으로는 문제를 응시하고 생각을 정리함으로써 자신이 보려는 것을 좀더 선명하게 볼 수도 있을 것이다. 벤야민의 예에서 보듯이 시선을 바위 위에 오래 고정하고 있으면 어떤 동물의 머리나 몸통의 모습이 떠오르는 것처럼 어지러운 책 속에서 빠져나와 기억 깊은 곳으로 들어오는 것이 있다.

이리하여 어떻게 더는 잊지 않고 기억을 단단히 붙들어 맬 수 있을지, 어떤 기억들(어떤 얼굴이나 형상, 멜로디, 냄새, 문자, 한 번의 사랑 등)이 떠나가지 않고 계속 자신을 휘감게 할 수 있을지 몰라 골치를 썩지 않아도 될 것이다.

엄격히 말하자면 이런 과정을 거쳐야만 기억은 완전히 '자신의 것'이 된다. 이는 기억일 뿐만 아니라 생명의 일부분이자 신체의 일부분으로, 추상적인 정보가 실체적인 뼈와 살 속에 들어가는 것이다.

따라서 암기를 포함하여 기억은 감정의 깊이를 필요로 한다. 기억은 대뇌의 능력이라기보다는 감정의 표현으로서 인간이 흐르는 물처럼 사라져버리는 어쩔 수 없는 거대한 전체의 흐름 속에서 두 손으로 최대한 뭔가를 붙잡으려고 발버둥치는 노력이다.

마르케스의 말로 이 장을 마무리하는 게 좋을 듯하다. 마르케스는 자신은 기록을 하지 않고, 신체 이외의 기억 보조 장치를 이용하지 않고 글을 썼다고 말한다. 또다시 문자에 의지해야만 기억할 수 있는 것들은 진정으로 자신의 사유와 긴밀히 연결된 것이 아니라 자신의 몸 안에 저장할 수 없다는 것을 잘 말해주기 때문이다. 그리하여 이는 엄격하지만 매우 의미 있는 여과의 과정이자 글을 쓰는 데 있어서의 선택 기준이 된다. 결국 진실한 글쓰기를 하는 작가는 자신이 믿고 기억하는 것 그리고 '자신의 것'만을 쓴다.

그래서 마르케스는 "잊어버릴 수 있는 것들은 글로 쓸 가치가 없다"고 말했던 것이다.

7. 어떻게 읽을 것인가?

독서의 방법과 자세

장군은 대표단 성원들에게 들여보내 접견하게 하라고 분부했다. 몬티야와 그 일행은 서로 얼굴만 쳐다보고 있었다. 보아하니 연기를 계속하는 수밖에 없는 듯했다. 부관들이 전날부터 계속 그곳에 와서 연주하고 있던 악사들을 불러왔다. 나이 든 남녀 몇몇은 내빈들을 위해 쿰비아 춤을 추었다. 카밀리에는 아프리카 민간에서 기원한 이 춤에 대해 찬탄을 금치 못했다. 그녀는 그 춤을 배우고 싶었다. 장군은 유명한 춤꾼이었다. 그와 함께 식사한 적이 있는 일부 사람은 그런 사실을 기억하고 있었다. 지난번에 투르바코에 갔을 때 그가 보여준 쿰비아 춤 솜씨는 정상급이었다. 하지만 카밀리에는 장군에게 함께 추자는 제안을 했다가 거절당했다.

"벌써 삼 년이나 춤을 추지 않았거든요."

그는 미소 띤 얼굴로 고개를 가볍게 숙이며 말했다. 장군이 거듭 거절하자 카밀리에는 혼자 춤을 추기 시작했다. 갑자기 음악이 잦아들었을 때 환호성과 함께 천지를 뒤흔들 정도로 요란한 폭발음과 총기 소리가 들려왔다. 카밀리에는 놀라서 심장이 멎을 지경이었다.

백작이 굳은 얼굴로 말했다.

"맙소사! 또 혁명이 일어났군!"

"우리에게는 정말로 혁명이 필요하지."

장군이 웃으며 말했다.

"하지만 아쉽게도 이건 그저 닭싸움에 불과하네."

한번 생각해보자. 고저의 기복이 심하고 도처에 깊은 강과 높은 산이 있는 남미 대륙 전체를 해방하는 데 볼리바르는 어느 정도의 시간을 들였을까? 1810년, 27세였던 그가 유배되었을 때부터 따져보자.(그해 4월 19일에 일어난 사건은 베네수엘라 혁명의 발단이 되었다.) 2년 후 볼리바르는 마그달레나 강 유역 전체를 깨끗이 정리하고 스페인 황제의 군대를 전부 축출했다. 다시 3년 후에는 정식으로 '해방자'라는 칭호를 얻었다. 그리고 14년 후인 1824년 말 볼리바르는 가장 신임하는 수크레를 보내 아야쿠초 전투에서 승리를 거두고 남미를 스페인 세력으로부터 완전히 해방시켰다. 15년도 채 되지 않는 세월은 마르케스의 소설 한 편이 탄생하는 시간보다 더 짧았다. 『백 년 동안의 고독』이나 『예고된 죽음의 연대기』 같은 작품이 탄생하는 데는 10~20년의 시간이 걸렸다.

혁명에서 한 지도자 혹은 한 '위인'은 얼마나 많은 결정적 요소를 지니고 있는지, 그가 혁명 전체를 통틀어 중요한 존재로 역할하는지 아니면 그저 대표적인 이름에 불과한지, 혁명의 조건을 장악한 인물인지 아니면 조건이 갖춰져 자연스럽게 역사의 수확을 한 사람인지는 쉽사리 판명되지 않는다. 마르케스도 소설 속에서 이 문제에 집착하는 헛수고를 하지는 않았다. 그저 독일의 위대한 자연학자인 알렉산더 폰 훔볼트 남작과 젊은 볼리바르와의 한 차례 만남 및 대담을 통해 둘 다 빠져선 안 되는 남미의 운명에 대해 예언을 했을 뿐이다.

그는 남작이 어떻게 그런 위험한 환경 속에서 살아남을 수 있었는지 상상하기 힘들었다. 그는 훔볼트 남작이 춘분 및 밤과 낮의 길이가 똑같아지는 경계선에 있는 나라들을 고찰하고 돌아왔을 때 파리에서 알게 되었다. 남작의 박학다식함과 잘생긴 외모에 그는 탄복하지 않을 수 없었다. 그는 남작의 외모가 여인들도 자책할 정도라고 생각했다. 하지만 아메리카 식민지의 독립 조건이 이미 성숙했다는 남작의 논지는 납득하기 힘들었다. 남작이 단호하게 이런 결론을 내렸을 때 심지어 장군은 이런 환상조차 품지 못했다.

"단 하나 부족한 것은 한 명의 위인입니다."

훔볼트 남작이 그에게 말했다.

하지만 어찌 됐든 인류 역사에서 가장 거대하고 성공적인 혁명은 이상할 정도로 빠르고, 이상할 정도로 순조로우며, 이상할 정도로 앞을 예측할 수 없게 흘러간다. 하룻밤에 혁명이 성공하면 평생 혁명을 위해 모든 것을 다 바치기로 결심한 사람들은 손가락을 깨물어 꿈인지 생시인지 확인하고 싶어질 것이다. 이는 기쁨이라기보다는 개그에 가깝다. 당사자들은 어찌할 바를 모를 난처함과 혁명을 위해 뭔가를 희생할 필요는 없었다는 상실감에 빠지게 된다. 혁명에 필요한 갖가지 비장함과 고독감, 목숨을 바치려는 강개함, 파죽지세의 성공적인 혁명은 오히려 닭싸움이 되고 만다. 경축일 다가올 때의 떠들썩한 분위기 속에서 총이나 대포 소리가 들린다면 정말 경축을 위한 폭죽이나 축포로 여겨질 것이다.

때문에 혁명의 중심에 있었던 역사적 위인들은 선견지명이 없고 머리가 나쁘지만 운이 좋았다는 어색한 그림자에 가려지기 쉽다. 예컨대 레닌은 러시아 혁명이 성공하기 전날, 격앙된 어조로 평생을 혁명에 바친 혁명가는 혁명의 아름다운 열매를 보지 못할 것이며, 심지어 부인과 함께 자살을 약속하게 된다고 말했다. 중국의 쑨원 또한 망명하여 미국 땅을 떠돌면서 우창武昌 봉기가 일종의 관계성 실패의 하나였다는 사실을 인식하지 못했다. 더 흥미로운 것은 프랑스 혁명의 역사에서 이정표로 손꼽히는 바스티유 감옥 함락 사건이 오늘날 우리가 잘 알고 있듯이 닭싸움보다 더 긴장감 없고 위험하지도 않지만 용감한 행동이었다는 사실이다. 당시 바스티유 감옥은 전장에서 부상을 당해 퇴역한 나이 든 사병 몇몇이 지키고 있었기 때문이다. 함락이라는 단어가 가져다주는 전투의 암시는 처음부터 끝까지 찾아볼 수 없었던 것이다.

여기서 눈길을 잠시 따뜻하고 아름다운 카리브 해에 머물게 하는 것도 나쁘지 않겠다. 이곳은 마르케스의 벗인 피델 카스트로의 쿠바다. 여기서는 혁명의 강령이나 사건과 전투에 대해 이야기하지 않고 음악과 영화에 대해 이야기하는 것도 좋을 것이다. 다름 아니라 유명 영화감독 빔 벤더스가 제작한 대단히 감동적인 다큐멘터리로 「부에나비스타 소셜 클럽」이다. 음악가 겸 음반 제작자로 활동하는 부자父子가 쿠바에 가서 현지의 음악 앨범을 제작하는 과정에서 만나는 뜻하지 않은 아름다운 에피소드들을 그리고 있다. 부자는 아바나에서 사람의 바다 속에 흩어진 뮤지션들을 찾아 나선다. 그 결과 마치 고구마 줄기처럼 한 뮤지션을 찾아내면 다른 뮤지션들이 줄줄이 따라나와 제법 큰 규모의 진용을 갖추지만 하나같이 나이가 많은 늙은이들이다. 이 늙은이들이 지금은 농부나 노동자 혹은 할머니(단 한 명의 가수만 여성이었다)처럼 보이지만 몇십 년 전에는 전부 시골의 클럽에서 공연을 하던 최고의 악사들이었다. 나중에 쿠바가 이들을 그다지 필요로 하지 않자(큰 병을 앓은 적이 있는 80세의 피아니스트 루벤은 쿠바 여자 체조선수 훈련장에서 음악을 연주했으니 사회주의 조국에 큰 공헌을 한 사람 중 한 명인 셈이다) 그들의 뛰어난 기예와 음악 인생은 수십 년 동안 역사의 잿더미 속에 묻혀 있었다.

이상하게도 그들은 모두 연주가 생소하지 않았고 잊어버린 게 거의 없었다. 악기가 손에 잡히고 소리가 울리자 수십 년 동안의 황폐한 세월이 한순간에 존재하지 않았던 듯 느껴졌다. 눈을 감고 귀로만 들으면 그 순간 그들의 얼굴과 깊이 팬 주름은 흔적도 없이 사라졌다. 그토록 신나고 자유롭고 유쾌하고 천진하고 감정이 풍부한 노랫소리와 기타 소리, 트럼펫과 피아노 소리가 뜻밖에도 그렇게 가난하고 늙은 노인들에게서 나왔다는 사실을 믿기 어려웠다. 그 음악은 틀림없이 기념일이나 경축일에 춤을 추는 젊은 남녀가 서로의 마음을 떠보는 음악이요, 별 볼일 없는 인물들의 범상하지만 실제적인 작은 꿈이었다. 달빛 아래 파도 소리 속에서 그 자리에서만 할 수 있는 하늘을 향한 맹세이자 소방대원들에게 마리아가 깜빡하고 촛불을 끄지 않은 채 잠들어 꿈꾸는 동안 그녀의 방에 불이 났으니 제발 호스를 더 많이 가져오는 것을 잊지 말라고 당부하는 낭만적 해학이며, 즐거움에 취한 마차꾼이 돈을 많이 벌어 마누라를 얻고 아이를 많이 낳겠다고 다짐하는 소박한 욕망이었다…….

빔 벤더스가 찍은 영화의 배경은 마르케스가 가장 아름다운 도시라 칭했고 그레이엄 그린의 소설에서 진공청소기 판매상 웜월드가 엉터리 정보를 조작해냈던 혁명의 수도 아바나다. 사람들이 가장 의아해하는 것은 이 도시의 고색창연한 분위기가 런던과 비슷하다는 점도 아니고 장엄하며 무겁게 가라앉은 분위기가 과거의 폐쇄된 동독의 베를린 같다는 점도 아니다. 정말 의아한 점은 이 도시의 기이한 화려함이다. 아바나 사람들은 자신의 집과 낡은 자동차를 생각하기도 어려운 갖가지 화려한 색깔, 예컨대 분홍색이나 밝은 녹색, 선명한 자주색으로 칠하는 것을 좋아한다. 세월의 부식에 많이 궁색해졌어도 여전히 상자에서 낡고 오래된 채색 무용복을 꺼내 입고 즐거움의 미소와 환호 소리가 터져나오는 것을 참지 못하는 것과 다르지 않았다.

이렇게 노래를 좋아하고, 사랑과 정을 이야기하길 좋아하며, 함께 어울려 떠들고 이야기하는 것을 좋아하고, 속되지만 아름다운 모든 것을 좋아하는 습속이 골수 깊이 젖어 있는 즐거운 사람들이 어떻게 마르크스주의 혁명을 진행했고 지금까지도 독자적으로 마르크스주의를 자랑스럽게 여기는 것일까?

볼리바르 본인을 예로 드는 게 좋을 듯하다. 우리는 아침에 저녁을 보장할 수 없고 에고가 강한 혁명가들에게 연인도 많고 낭만적인 일도 적지 않다는 것을 잘 알고 있다. 하지만 볼리바르처럼 혁명과 사랑이 교차하여 복잡하게 진행된 경우는 찾아보기 어렵다. 『미로 속의 장군』에서 그는 스스로 도합 서른다섯 명의 연인을 계산해 낸다.

"물론 여기에는 수시로 날아왔다가 날아가는 작은 새들은 포함되지 않았다."

그는 스스로 "거대한 에너지가 막을 수 없는 사랑에서 나온다"는 아주 우렁찬 격언을 남겼다. 하지만 이 말은 무고한 수크레 원수가 한 것으로 알려졌다. 그리고 그와 호세파 사그라리오라는 아름다운 여인과의 광적으로 열렬했던 사랑은 심지어 혁명의 성패와 개인의 명예 및 생명의 포기까지 유발했다. 믿을 만한 정보에 따르면 산탄데르는 그때 이미 수크레의 권력을 강탈하고 콜롬비아를 분리시킬 준비를 마친 상태였다. 하지만 그는 장장 열흘 밤을 기다렸다.

"그녀는 프란체스코 수도회의 수도복을 입고 얼굴을 반만 드러낸 채 호세 팔라시오스가 사전에 알려준 암호 '하느님의 땅'을 이용하여 연이어 일곱 군데나 되는 호위대의 초소를 통과했다. 그녀의 피부는 백옥처럼 하얘서 칠흑 같은 밤에 그 육체의 빛이 선명하게 드러났다. 그날 밤 기이한 장식물 하나가 그녀의 비할 데 없는 미모에 요염함을 더해주었다. 알고 보니 그녀는 외투 앞가슴과 뒷부분에 현지 은장식 공예가가 만든 정교한 금 호갑護甲을 달고 있었다. 호갑은 꽤나 무거워 그가 그녀를 안아서 침대로 데려가려고 했을 때 거의 움직일 수 없을 정도였다."

그래서 혁명인지 닭싸움인지는 솔직히 말해서 진지하고 분명하게 가려내지 않으면 안 된다. 너무 성급하게 판단하다보면 그 안에 담긴 흥미진진한 부분을 다 놓치고 희생과 고통만 남겨진다. 그리고 이로 인해 생기는 비장함과 그 뒤로 이를 떨쳐버리지 못하는 초라함만 남는다. 때로는 독서도 이와 다르지 않은 것 같다.

독서 방법과 속독 우승자

독서에 방법이 있을까? 나는 확실히 있다고 믿는다. 서점에 가보면 우리에게 독서의 방법을 가르쳐주는 책이 너무나 많다. 여기는 그들이 고른 세기의 고전 100권을 읽는 방법과 서양의 고전을 읽는 방법, 독서로 이름을 날린 수십 수백 명의 사람이 전하는 갖가지 독서의 비법 등이 포함된다. 솔직히 말해서 나는 개인적으로 거의 모든 책을 그냥 사서 미련하게 읽었다. 게다가 이 책을 준비하면서 모든 책을 다시 한번씩 꺼내 읽어보았지만 새롭게 내 눈길을 끌고 뭔가 새로운 인식으로 이끌어준 부분은 발견하지 못했다. 물론 일부 흥미로운 의문 혹은 실전 경험의 재료는 있었다. 이상한 점은 그때 읽은 모든 책의 실질적인 내용이 기억나지 않았다는 것이다. 물 위에 배가 지나간 흔적이 남지 않는 것과 마찬가지였다. 하지만 그렇다고 마음이 괴롭진 않았다. 이는 독서에 있어서 항상 나타나는 현상이기 때문이다. 읽고서 이해하긴 했지만 그 내용이 조금도 흡수되지 못하는 절연 현상은 대개 그 책의 내용이 '잠시' 자신의 수요에 맞지 않고 자신이 그 책에 대해 생각한 것이나 관심을 가진 것이 스스로의 생각과 철저하게 달라 아무런 상관이 없다는 것(자신의 생각에 위배되는 것이 아니라 수학에서 굴절 현상처럼 아무 상관이 없는 것이다. 위배는 종종 일종의 가장 격렬하고 불붙이기 좋은 긴장관계다)을 뜻함을 나는 경험을 통해 알게 됐다. 이런 의미에서 독서는 대단히 생물적이고 본능적이어서 체내에 어떤 영양이 부족하여 자신도 모르는 사이에 이를 담고 있는 음식물을 섭취하는 것과 같다. 또 개나 고양이를 기르는 사람들이 이런 동물이 밖에 나가 들판을 뛰어다니며 알아서 어떤 풀을 뜯어먹는지 잘 아는 것(토해내게 하거나 치료하는 것)과 같다고도 할 수 있다. 이는 한계 없이 무한히 확장되는 인터넷에 떠도는 말이 아니라 상당히 정확한 독서의 판단 기준이다.

물론 이런 판단 기준을 반드시 책의 좋고 나쁨, 가치 있고 없음을 판단하는 데 적용해야 하는 것은 아니다. 이 기준은 단지 독자와 몇 권의 책의 관계를 판정할 수 있을 뿐이다. 그 책이 당장의 독자 수준에 못 미칠 수도 있지만 반대로 그 책이 독자의 수준보다 훨씬 더 앞에 있어 그 가치가 보이지 않을 수도 있다.

나는 한 가지 일에 수백 가지 가능성이 있다는 말이 무슨 의미인지 생각하고 있다. 여기에는 두 가지 처리 방식이 있다. 하나는 영국의 윔블던 테니스 경기의 토너먼트처럼 승리하는 책만 골라서 읽는 것이다. 또 다른 처리 방식은 방법이 너무 많다고 치부하는 것이다. 너무 많다는 것은 가장 적절한 방법이 없다는 것을 의미한다. 따라서 아예 전부 무시해버리고 자기 좋은 대로 하면 된다. 나는 기본적으로 후자의 방식을 택하는 편이지만 여러분은 어떤지 잘 모르겠다.

이런 방식이 좋은 것인지 나쁜 것인지는 확정하기 어렵다. 하지만 방법은 목적의 산물이고 방법의 전제는 자신이 상대할 목표가 무엇인지 정해야 한다는 것이다. 또한 방법은 동시에 효율적인 착안의 산물이다. 사람은 누구나 자기가 투입한 자원(정신력, 시간, 금전 등)으로 극대화된 효과를 창출하기를 기대하는 법이다.

우승과 관련하여 여기서 마르케스의 짧은 글을 한 편 읽어보는 것도 나쁘지 않을 듯하다. 제목은 「속독 우승자와 미식가」다. 원문이 길지 않으니 아예 처음부터 끝까지 전부 읽어보기로 하자.

이미 세계에서 책을 가장 빨리 읽는 사람이 나타났다. 물론 미국에 나타났다. 그곳이 사람들이 어떻게 일을 가장 빨리 처리하는지에 관해 가장 많은 관심을 갖는 곳이기 때문이다. 대부분의 경우 그들은 남아도는 시간에 뭘 해야 하는지 알지 못한다.

세계에서 책을 가장 빨리 읽는 독자의 이름은 조지 머치다. 그는 대중 앞에서 자신의 재능을 증명했다. 1분에 8000자나 되는 글을 읽었다. 심지어 어떤 사람들은 그가 읽은 것을 전부 이해했다고 확실하게 말한다. 이론적으로 말해서 단지 기록을 깨기 위해서라면 그는 닷새 만에 『성경』을 완독할 수 있고 봄방학을 이용해 대영백과사전을 전부 읽을 수 있을 것이다.

매일 각양각색의 우승자가 탄생한다. 어쩌면 그다지 중요하지 않은 활동에서도 전혀 쓸모없는 결승 경기의 우승자가 나올 것이다. 중요한 점은 최단 시간 내에 최대 수량을 달성함으로써 아주 긴 시간을 점용하는 전통적인 방식의 소일거리의 매력에 대적하며, 서두르지 않고 차분하게 일하는 즐거움에 대적한다는 것이다. 예컨대 미식美食 우승자가 그렇다.

세계에서 가장 빠른 독자가 탄생했다는 소식과 함께 파리에 전해진 것은 파리의 미식 우승자에 관한 소식이었다. 이어서 뷔페 식당이 대거 등장하자 미식가들은 놀라움을 금치 못했다. 한 사람은 1분에 8000자를 읽었고 또 다른 사람은 목에 죽은 거위를 달고 앉아 로제 마르탱 뒤 가르의 저작을 읽었다. 거위가 썩어 부드러워지면 자연스럽게 앞에 있는 솥으로 떨어졌다. 이 두 사람의 놀라운 성격 차이에 사람들은 정말로 경의를 표했다. 이 두 사람이 사이좋게 지낼 가능성은 손톱만큼도 없는 듯했다.

그들이 파리에서 20분 만에 200명이 먹을 수 있는 풀세트 점심 식사를 준비했다는 소식에 미국인들이 경축하고 있을 때, 파리의 미식가들은 격한 반감을 나타냈다. 200분 동안 20명이 먹을 수 있는 허술한 점심 식사를 준비했다는 소식에 미국인들이 반감을 표하는 것과 다르지 않았다.
좋은 책을 읽고 싶어하는 사람들에게는 좋은 책을 읽는 것이 오랜 시간 천천히 즐거움을 누리는 것이라 할 수 있다. 읽는 시간이 길수록 즐거움도 많아진다. 1분에 8000자를 읽는 독자 앞에서도 똑같은 느낌을 가질 것이다. 이런 느낌은 파리의 미식가들이 뷔페식당이 대거 등장한 데 대해 반감을 나타낸 것과 다르지 않을 터이다.

어떤가? 마르케스의 이 글을 읽고 나니 독서의 방법에 대한 걱정과 갈구가 상당 부분 해결됨을 경험할 것이다.

최고의 독자들은 어떻게 책을 읽을까?

독서는 대단히 복잡한 행위다. 서로 다른 책, 서로 다른 사유와 어려운 문제들, 서로 다른 기대와 목적이 한데 뒤섞여 동시에 발생한다. 그 경계를 구분하는 것도 어렵고 그 책이 무엇인지 한 치의 오차도 없이 말하는 것도 불가능하다. 그러나 부정적으로 살펴보면 그 책이 단지 그 어떤 것만이 아니고 반드시 무엇이어야 하는 것도 아님을 알 수 있다. 시간과 효율이 독서의 평가 기준이 될 수 있을까? 그렇다. 때로는 그렇다. 그리고 일부 독서는 그렇다. 하지만 우리가 분명히 알아야 할 것은 그것이 독서 행위의 사소한 군더더기 규칙에 불과하다는 점이다. 독서의 본체와 진정한 관심은 여기에 있지 않다. 독서가 단일하고 명확한 목적만 남도록 분해될 수 있을까? 어떤 특수한 상황에서는 그럴 수 없다고 말하기 어려울 것이다. 하지만 절대다수의 경우 독서는 다양한 가능성을 열거하고 있기 때문에 심지어 우리는 희미하게 어떤 방향만을 알 수 있을 뿐, 목표는 떠오르지 않는다. 독서의 목표는 항상 복잡한 형식을 띠고 있으며, 결코 독서를 시작하기 전에 먼저 계획을 세우고 책 안에서 그 해답을 찾는 것이 아니기 때문이다. 독서에서 진정으로 가치 있는 목표는 독서가 상당 부분 전개된 뒤에야 발생한다.

나는 개인적으로 방법에 반대하지 않는다. 단지 한 가지 유일한 방법이 낳는 사유의 혼란을 걱정할 따름이다. 방법은 독서를 일종의 걱정으로 만들어버릴 위험이 있다. 원래는 즐거운 마음으로 책을 펴서 직접 읽는 자유로운 시간을 찾으려 했는데, 독서의 문밖에서 배회하면서 무언가를 찾는 데 시간을 허비한다. 또한 방법은 일종의 오만이 되기 쉽다. 독서를 일종의 '투입/산출'의 작업 라인에서의 생산으로 변질시키게 되는 것이다. 그리하여 독서가 우리에게 주는 가장 아름다운 선물, 그 의미로 가득한 바다, 무한한 가능성의 미묘한 세계가 영원히 사라지고 만다.

사실 우리에게 갖가지 독서 방법을 가르쳐주는 책들을 읽을 때면 나는 개인적으로 마음속에서 줄곧 어린아이 같은 질문을 억제하기 힘들다. 어째서 우리에게 갖가지 좋은 독서법을 가르쳐주는 마음씨 좋은 사람들이 결과적으로는 전부 '이류' 독자(절대 무례한 의미가 아니다. 그냥 마음 편하게 묘사한 것이다)가 되고 마는 걸까, 왜 그들의 효과적인 실천의 결과가 그다지 거론할 만한 것이 못 될까, 어째서 하나같이 마르케스의 글에 나오는 1분에 8000자를 읽고 전부 이해하는 미국인 조지 머치와 똑같은 것일까, 그는 누구일까, 어디서 이런 이름을 들은 것일까, 그는 이렇게 효과적으로 책을 읽은 결과 결국 어떤 감동적인 성과를 도출해냈는가 하는 것들이다.

그리하여 나는 인류 역사상 이미 정설로 굳어진 일류 독자들의 책을 찾아보기로 했다. 예컨대 박학다식함으로 유명한 프랑스의 작가 볼테르나 스무 살 이전에 인류 최고의 독서량과 성과를 냈다고 알려진 존 스튜어트 밀, 엄숙하고 고집스럽게 서재에 틀어박혀 평생을 보낸 칸트 같은 사람이다. 물론 20세기의 인물 가운데 내가 개인적으로 가장 신뢰하는 최고의 독서가인 벤야민과 보르헤스, 칼비노, 나보코프 등도 포함된다. 그들은 어떻게 독서를 진행했을까? 탁월한 성과를 낸 그들의 훌륭한 독서법은 어떤 것이었을까?

찾아본 결과는 대단히 유감스러웠다. 그들은 기꺼이 책 한 권 한 권의 제목을 알려주었고 진지하게 좋은 부분을 일러주었다. 책에 담긴 말들을 인용하고 심지어 모든 단락을 암기해 들려주었다. 독서가 그들의 삶에서 그 무엇과도 바꿀 수 없는 중요한 것으로서 더할 수 없는 즐거움을 가져다주었다는 사실도 알려주었다. 때로는 책 몇 권을 찾아 과장된 부분을 고쳐주기도 했다. 그들이 저서에서 한 말과 논문에서 한 말, 강연이나 인터뷰에서 한 말들에는 우리에게 독서의 방법에 대해 가르쳐주는 대목을 찾아볼 수 없었다. 책에 관한 크고 작은 화제와 전고典故, 소문, 우스갯소리 등은 있었지만 유독 책을 읽는 방법만은 전혀 찾아볼 수 없었다.

이들 모두가 탁월한 비법을 간직하면서 유명 음식점들이 직접 제조한 소스의 비밀을 공개하지 않는 것처럼 성공의 비밀을 며느리에게는 전수하되 딸에게는 전수하지 않는 태도를 취하는 것일까? 아마도 그렇지는 않을 것이다. 물이 마르면 돌이 드러나듯이, 굳이 사실을 밝히자면 논술에 전념하면서 자신의 개인적인 일들은 좀처럼 쓰지 않았던 밀이나 칸트에 관해 얘기해볼 수 있을 것이다. 하지만 소설 쓰는 것을 업으로 삼았던 사람들은 자기 영혼 속의 그윽하고 어두운 부분과 가장 비참했던 옛일도 거침없이 써낸다. 그들이 혼자 간직할 법한 비밀들을 서슴없이 털어놓는 데는 그럴듯한 이유나 논리가 없다.

따라서 내가 생각해낼 수 있는 가장 합리적인 해석은 그들이 보편적으로 책 읽는 방법에 독서의 중점이 있는 게 아니라고 생각했다는 것이다. 방법이 독서의 성패를 좌우하지 않을뿐더러 굳이 가르치지 않아도 물고기에게는 물고기의 길이 있고 새우에게는 새우의 길이 있듯이, 책을 읽는 사람 각자의 서로 다른 '성격'이 각자 적용할 수 있는 독특한 독서의 방법을 결정하게 되는 것이다. 어쩌면 소설가 아청이 말한바 애당초 독서의 방법은 가르칠 수 없는 것인지도 모른다. 독서의 방법은 독서 행위 자체에 따라 자연스럽게 생겨나는 터라 시기가 무르익지 않으면 말을 해도 느낄 수 없기 때문이다.

독자의 책

하지만 독서 행위 자체에는 어느 정도 공통된 법칙이 전혀 존재하지 않는 것일까? 나는 그렇지는 않으리라 생각한다. 내가 정말로 의아하게 생각하는 것은 책 읽는 방법을 가르치는 그 맘씨 좋은 사람들이 이상하게도 나는 충분히 이해할 수도 없고 공감할 수도 없는 독자들이라는 사실이다. 그들의 신분과 발언 위치 및 그 언사로 보면 책의 바다에 축 젖어 있고 각종 의문과 곤혹의 파도에 시달리는 독서의 동지가 아니라 항상 선생같이 느껴진다. 타이완의 유명 소설가 장다춘張大春도 이 문제에 관해 느낀 바가 있다. 그는 내가 줄곧 제목을 생각해내지 못한 책에 '독자 시대'라는 이름을 지어주면서 "우리가 대하고 있는 이 책의 세계에는 저자도 있고 평론가도 있지만 독자라는 역할만 결여되어 있는 것 같다"라는 거창한 해석도 곁들였다. 장다춘은 수준에 한계가 있는 나의 그 책을 빌려 독자 시대의 도래를 표시하거나 유도하려 했던 듯하다. 물론 대단히 감동적인 일이지만 지혜롭다고는 할 수 없을 것 같다. 나는 이 책 서문에서 장다춘에게 감사의 뜻을 밝히는 동시에 칼비노의 말을 인용함으로써 그의 생각에 대한 답을 했다.

"이런 경계선이 있다. 선 한쪽은 책을 만드는 사람들이고 다른 한쪽은 책을 읽는 사람들이다. 나는 책을 읽는 사람들 속에 있고 싶다. 그래서 항상 조심스럽게 경계선의 이쪽에 남는다. 그럴 수 없을 경우, 독서의 순수한 즐거움이 사라지거나 다른 어떤 것으로 변해버릴 것이다. 이는 내가 원하는 바가 아니다. 이 경계선은 일시적인 것인 데다 점차 조금씩 지워지는 추세에 있다. 전문적으로 책을 처리하는 사람들의 세계는 갈수록 비좁아지고 있으며 독자들의 세계와 하나로 합쳐지는 경향이 있다. 물론 독자의 숫자도 갈수록 증가하고 있다. 하지만 책을 이용하여 책을 만들어내는 사람의 숫자는 순수하게 책 읽는 것을 좋아하는 사람의 숫자보다 훨씬 더 빨리 증가한다. 우연히 한번 예외적으로 이 경계선을 넘었다가는 갈수록 높아지는 이 조류에 휩쓸려 들어갈 위험이 있다는 걸 나는 잘 알고 있다. 그런 이유로 나는 출판사에 들어가는 것을 거부한다. 잠시 동안만이라고 해도 그렇다."

칼비노의 이 말은 그의 작품 『어느 겨울밤 한 여행자가』에 등장하는 똑똑하고 지혜로운 여자 루드밀라가 한 것이다. 사실 자기 말에 따르면 칼비노는 장다춘처럼 경계선 밖에 있거나 심지어 양쪽 모두에 해당하는 신분을 가지고 있다. 그는 글을 쓰는 사람이면서 동시에 아주 오랫동안 출판사에서 문학작품 편집자로 일했다. 때문에 그의 이런 말은 훨씬 더 진지하고 깊이 있게 들린다. 적어도 우리는 그가 단순한 독자가 되는 것이 훨씬 더 행복하고, 단순한 독자에게는 '독서의 순수한 즐거움'이 있다고 생각한다는 점을 분명히 알고 있다.

『어느 겨울밤 한 여행자가』는 보편적으로 아주 읽기 어렵고 문학적 전문 기교가 극도로 발휘된 소설, 누구나 이를 악물고 힘들게 읽어야 하면서도 읽지 않으면 안 되는 명저(타이완에서 출판된 중국어본 말미에 특별히 추구이펀邱貴芬 교수의 해설이 붙어 있는 것을 보면 내 말의 의미를 이해할 수 있을 것이다)로 알려져 있다. 하지만 드넓은 책의 바다에서 가장 독자의 입장과 마음, 행위에 입각하여 쓴 책, 이른바 '독자의 책'을 찾으라고 한다면 나의 선택은 바로 이 책이 될 것이다.

『어느 겨울밤 한 여행자가』를 독자의 심리와 행위, 절차, 독서의 과정에서 만나는 갖가지 곤경을 보여주는 아주 재미있는 책이라고 간주한다면, 소설 속에 나오는 너무나 심오하고 이해할 수 없는 부분, 너무나 추상적이라 포착할 수 없는 부분, 심지어 허공에 걸린 우언처럼 과장된 부분들이 한순간에 전부 구상적이고 진실한 모습으로 다가올 수 있고, 심지어 직접적으로 매일 발생하는 분명하고 정확한 독서의 경험이 되어 우리를 놀라게 할 수 있다는 점을 말하고 싶은 것이다.

여기서 『어느 겨울밤 한 여행자가』의 첫 장에 나오는 칼비노 특유의 서적 분류법을 소개한다. 이는 내가 개인적으로 아는 서적 분류법 가운데 독자의 심리와 행위에 가장 가깝게 서 있는 분류법이라고 할 수 있다.

- 읽지 않은 책
- 읽을 필요가 없는 책
- 독서 이외의 목적으로 만들어진 책
- 책을 펼치기도 전에 이미 읽은 것이나 다름없는 책 - 쓰기 전에 이미 읽어본 유형에 속하는 책이기 때문이다.
- 목숨이 하나가 아니라면 반드시 읽어봐야 할 책(안타깝게도 우리가 살 수 있는 날은 정해져 있다)
- 읽을 생각은 있지만 우선 다른 책에 양보해야 하는 책
- 지금은 너무 비싸서 재고 정리 세일에 들어가면 사서 읽을 책
- 지금은 너무 비싸서 나중에 페이퍼백으로 나오면 사서 읽을 책
- 남에게 빌려보면 되는 책
- 모든 사람이 읽었기 때문에 나도 읽은 것 같은 책
- 몇 년째 읽으려고 계획만 하고 있는 책
- 몇 년째 찾았지만 구하지 못한 책
- 지금 진행하고 있는 일과 관련이 있는 책
- 갖고 싶고 필요하면 언제든 손에 넣을 수 있는 책
- 한쪽에 내버려두었다가 이번 여름에나 한번 읽어볼 책
- 갑자기 뜬금없이 호기심을 자극하지만 그 원인을 쉽게 설명할 수 없는 책

- 읽은 지 오래되어 이제 다시 읽어야 할 때가 된 책
- 항상 읽은 척했기 때문에 이제야말로 차분히 앉아 정말로 읽어야 할 책
- 저자나 주제가 마음을 끄는 새 책
- (나 혹은 일반 독자에게) 저자나 주제가 별로 새롭지 않은 새 책
- (적어도 나에게) 작자나 주제가 완전히 생소한 새 책

아내 주텐신에게 혹시 이 분류법에 빠진 것이 있는지 물어보았다. 주텐신은 생각에 잠겨 네 벽을 가득 채운 책들을 살펴보고는 고개를 가로저으며 없다고 대답했다.

실전된 그 부분

누군가가 똑똑하게도 책을 이렇게 분류해놓은 것을 보고 나는 가슴속이 천천히 따스해지면서 마음이 편안해지는 것을 느꼈다. 독자들(특히 초보 독자)은 항상 자신에게 부족한 것이 책을 읽는 방법이라고 생각하지만 정말로 필요한 것은 누군가가 자신과 같은 일을 하고 자신과 같은 것을 보며, 자신과 같은 생각을 하고 특히 자신이 목구멍 밖으로 내뱉지 못한 이야기를 한다는 사실을 아는 것이다. 그러면 적시에 고독한 책 읽기가 위안을 얻고 즐거움을 찾게 되며 시시때때로 밀려오는 적막과 고독을 피할 수 있을 것이고, 지금 이 순간 자신의 머릿속 깊은 곳에서 떠오르는 어떤 이미지나 생각이 환상이 아님을 분명히 알 수 있을 것이다. 자신이 미친 게 아니라 이 세상에 자신

과 같은 사람이 있어 계속 살아갈 뿐만 아니라 아주 즐겁고 안정되게 살고 있다는 것을 알게 될 터이다. 일반적으로 이 점만 확실히 하면 충분하다. 다른 것은 자신이 스스로 처리할 수 있을 것이다.

게다가, 자신이 직접 처리하지 않으면 안 될 가능성이 아주 크다.

아청이 말한 그 헤아릴 수 없는 것들이 바로 방법이 접촉할 수 없는 부분이다. 사실 요리 솜씨에 한계가 있는 장다춘(남이 만들어놓은 냉동 만두를 조리하는 정도에 불과하다)은 흰 종이에 검은 글씨로 쓰는 책에서 마치 유명한 요리사나 미식가라도 된 듯한 자세로 세상의 모든 미식, 특히 가장 뛰어나고 정교한 맛의 신비한 정수는 사실 전수할 방법이 없다고 주장한다. 요컨대 그의 말에 따르면 모든 요리 솜씨의 전승은 사실 동시에 '실전失傳'되고 있으며, 그 가운데는 일종의 단열이 영원히 존재하기 때문에 대대손손 이어지면서 새로운 창조가 이루어지고 있다는 것이다. 다시 말해서 이 가장 중요한 부분은 가르칠 수 없고 어떤 개념을 통해 정리되거나 미리 정해둔 순차적인 '방법'에 따라 신속히 전이될 수 없다. 그 부분은 실천 속에서 새롭게 장악된다.

따라서 요리사 양성에 있어서 가장 좋은 방식은 도제徒弟다. 도제 제도의 진정한 핵심은 일련의 방법에 있는 것이 아니라 강박적인 실천에 있다. 전문적이고 무서운 두 눈의 감독 아래서 오랜 세월 실천하는 것이다.

독서에 이른바 지도를 활용할 수 있다면, 그건 아마도 실천에 중점을 두는 도제 제도의 방식이 될 것이다.

가장 중요한 원인은 서적이 갖는 본질적인 결핍감에서 기원한다. 좀더 근본적으로 말하자면 문자언어의 본질적인 결핍감에서 기원한다고 할 수 있다. 우리 인간의 감수感受는 연속적이고 완전하지만 사유와 서술은 조리條理적이고 언어적일 수밖에 없다. 이것이 우리가 감수에서 사유와 서술로 전이하는 과정 중 빠지는 가장 곤란하고 골치 아픈 부분이다. 결국 하는 수 없이 이처럼 가장 들쑥날쑥하고 가장 미묘한 부분을 명확한 문자언어 바깥에 저장하게 된다. 완전히 통제할 수 없는 문자언어의 은유를 통해 억지로 느슨하게나마 이를 묶어두는 수밖에 없는 것이다. 하지만 또 한 차례 개념의 제련을 견뎌내지 못하고 계속 소실되는 것을 결코 막지 못한다. 칼비노는 문자언어와 완전한 세계, 완전한 감수의 연결관계를 심연 위에 위태롭게 매달려 있는 현수교에 비유한 바 있다. 그는 특별히 문자언어의 취약성과 임시성, 대체 가능성을 강조하면서 문자언어, 즉 서적이 갖는 본질적이고 필연적인 결핍감을 부각시키려 했던 것이다.

장다춘이 말한 가장 뛰어나고 정교한 부분은 문자언어의 틈에 빠져 '실전'되고 만다. '실전'은 존재하지 않음을 의미하는 게 아니라 다시 제련되고 전이되지 않으면 안 된다는 것을 의미한다. 가장 핵심적인 부분은 이미 완성된 창작물의 실체 속에 있다. 다시 말해서 한 권 한 권의 책 속에 들어 있어 말로 표현되지는 않지만 얼마든지 느끼고 알 수 있다. 직접 실체를 읽고 실체와 접촉함으로써 파악되는 것이다.

이러한 실체 자체로의 회귀, 한 권 한 권 실체를 탐독할 필요가 바로 독서의 가장 무딘 부분이다. 다시 말해서 독서 행위의 실천자 이미지는 한 곳에서 벗어나 다른 곳으로 가기를 싫어하면서 김을 매고 작물을 심는 농부나 공방에서 망치를 두드리며 칼로 깎는 노동자에 가깝다는 것이다. 이처럼 오래되고 고된 업종의 이미지는 현대의 상

이탈로 칼비노

공업사회에 사는 우리로 하여금 실제 생활에서 당혹감과 말로 표현할 수 없는 불안을 느끼게 한다. 책을 읽는 일이 오늘날 이 시대의 주체적 분위기와 미래의 가능한 방향에서 갈수록 더 멀어지는 듯한 느낌을 받는 것이다. 또한 서적이 더욱 널리 퍼지고 정보 공개가 확대되고 생활이 갈수록 윤택해지며(이론상으로는 전부 독서에 유리한 조건들이다), 더 총명해지고 더 효율성이 높아지는 사회 발전의 과정에서 가장 중요한 것들이 지속적으로 유실되고 있지는 않은지 의심하게 된다. 이 모든 것이 그저 독서를 좋아하는 사람들이 득실을 우려하는 것으로 크게 문제되지 않는 걱정에 불과하기를 바랄 뿐이다.

유용함의 위협과 함정

하지만 너무 총명한 방법만 찾고 효율만 중시하다가는 미련한 독서의 실천에 문제가 생기기 쉽다. 함정이 될 수도 있고 위협이 될 수도 있는 것이다.

방법이든 효율이든 간에 결국은 모두 공리적인 용어로 혼돈 상태인 한 덩어리를 중요한 것과 중요하지 않은 것으로 구분하고 유용한 것과 쓸모없는 것들을 스펙트럼을 통해 걸러내는 데 그 목적이 있다. 그리고 이를 바탕으로 취사선택을 진행하는 것이다. 이런 의도에 비춰볼 때, 속독은 가장 극단적이며 희극적인 형식이라고 할 수 있다. 과연 마르케스가 속독을 비난하고 조롱한 이유가 여기에 있는 것이다.

나는 개인적으로 속독을 배워본 적은 없지만 원리와 그 안에 담긴 기교는 대강 알고 있다. 조지 머치는 1분에 8000자를 읽었지만 그의 안구 구조에 기괴한 진화가 이루어졌거나 특이한 기능을 갖게 된 것은 아니다. 정확히 말하자면 그의 눈이 1분에 한 번씩 S자 형태로 '스캐닝'의 방식으로 8000자가 인쇄된 페이지를 훑고 지나가는 것이다. 속독에서는 눈으로 두드러진 키워드를 파악하는 방법을 가르친다. 어린아이가 반복적으로 계속 게임 화면을 보면 자연스럽게 한 폭의 그림이나 어떤 형태를 나타내는 축선이 형성되는 것과 마찬가지다. 이런 방식으로 책을 읽으면 그 부분이 그 책에서 가장 중요하고 유용하며 의미 있는 부분이자 그 책의 '요지'라고 생각하게 된다. 그 나머지 생략하고 읽지 않은 부분 가운데 축선에 따라 보충될 수 있는 것은 보충되고 보충되지 못하는 것은 무관하거나 무용하기 때문에 버릴 수 있다. 혹은 원고료를 속이기 위해 악의적으로 늘린 것으로 간주된다.

속독하는 사람들이 이런 생각을 갖고 있다는 판단이 맞는지 여부를 떠나서 이를 굳이 배울 필요가 있을까? 수십만 자를 500자로 농축하는 이 야만적 방식의 작업을 출판사에 몸담고 있는 나는 매일 하고 있다. 지루하지만, 하지 않으면 안 되는 이 작업의 성과는 책의 날개 부분이나 표지에 나타난다. 길을 걷다가 어느 서점에 들어가서 아무 책이나 집어들고서 최대한 빨리 대략적인 내용을 파악하고 싶다면 날개 부분이나 표지를 읽으면 된다. 돈 들일 필요도 없고 속독을 배우지 않아도 10분 만에 최소한 대여섯 권의 책을 '완독'할 수 있다. 심지어 조지 머치보다 더 효율성 높은 방법이다. 혹은 약간의 돈을 들여 고전 명작 100권을 소개하는 책을 구입하는 것도 나쁘지 않겠다. 그런 책의 저자들은 어떤 방법을 썼는지 모르지만 100자 정도로 작가에 관해 설명하고 300자 정도로 책의 내용을 소개하며 마지막 100자로 인생의 지혜와 교훈을 제시한다. 그것으로 끝이다.

독서가 이런 모습이 된다면 정말 슬픈 일이 아닐 수 없다. 독서는 그저 '읽는 것'으로 끝나지 않으며 사유하고 계시하고 이해하는 것이다. 독서는 우리 눈이 움직이는 속도에 의해 결정되는 것이 아니라 우리 심지의 속도와 깊이, 확장되는 폭(깊이와 폭이 더 중요하다)에 의해 결정된다. 글쓰기가 글씨를 쓰는 속도나 타이핑 속도에 의해 결정되지 않는 것과 마찬가지다. 그렇지 않다면 노벨문학상은 마르케스가 아닌 우리 출판사에서 놀라운 속도로 원고를 타이핑해주는 여직원에게 돌아갔을 것이다.

과도하게 방법과 효율에 집착하면 독서에 있어 함정을 만들게 된다. 그러나 사회의 대다수가 집단적으로 방법과 효율에 집착하고 있다. 그 결과 오히려 독서 자체가 위험해진다.

진정으로 사람들 마음의 지혜를 이끌고 구동시켜 용감하게 상상하고 모험에 뛰어들며, 미지의 영역에서 앞을 향해 나아가게 하는 것은 인간의 호기심이고 인식에 대한 열정이며 진실을 파헤치고 싶은 억제할 수 없는 마음이다. 이렇게 만개한 꽃처럼 풍성하고 화려한 시도와 성과 가운데 분명하게 관리할 수 있는 부분은 아주 작은 일부에 지나지 않고 '유용한' 부분은 가련할 정도로 빈약하다. 우주의 생성과 신비가 우리에게 유용할까? 시간의 본질과 의의를 가지고 우리가 무엇을 할 수 있을까? 도자기 화병에 아로새겨진 아름다운 꽃무늬와 빛깔이 물을 담는 기능을 향상시킬 수 있을까? 타이완 국립고궁박물관의, 사람의 혼을 쏙 빼놓을 만큼 아름다운 청동기는 옛날 이름 없는 장인이 가장 심혈을 기울여 주조했지만 이 청동기에서 실패하여 다시 주조하기 가장 쉬운 부분은 전혀 무가치하지만 매우 아름다운 장식 부분이 아니던가?

어떤 사람이, 특히 생사여탈권을 쥐고 있는 사람이 효율과 중요성, 유용성의 여부에 입각하여 압박을 가한다면, 종종 사람들의 자유로운 생각을 위축시키고 책에 전염성 재난을 유발할 수 있다. 플라톤은 만사만물이 제각기 기능을 갖추고 모든 과정이 긴밀히 연결되어 있는 스파르타식 이상 국가를 만들기 위해 쓸모없는(쓸모없음은 곧 해로움을 의미했다) 신화를 전부 없애버리고 시인들을 전부 추방해버렸다. 진시황은 유용한 책들만 남기고 싶어 점술과 천문, 농업 기술 등 전문 기술에 관한 책들만 둔 채 나머지는 전부 불태워버렸다. 한번 상상해보자. 타이완의 유명 서점 체인인 청핀서점이나 진스탕金石堂서점에 이런 몇 가지 종류의 책만 남아 있다면, 얼마나 황량하고 무서운 세계 종말의 풍경이 되겠는가?

물론 상황이 한순간에 이처럼 처참한 지경으로 역전되지는 않을 것이다. 하지만 이러한 경각심도 없어선 안 된다. 플라톤이나 진시황처럼 되지는 않는다 하더라도 타이완이 지척에 있는 싱가포르처럼 괴상한 모습이 될지도 모른다는 가능성을 수시로 일깨워줄 필요가 있다.

편안한 독서

따라서 공허하고 무의미한 독서의 방법을 따지는 것보다는 차라리 독서의 자세를 구체적으로 생각해보는 게 바람직할 것이다. 독서의 자세야말로 우리가 책을 펴는 순간 가장 먼저 맞닥뜨리게 되는 문제이기 때문이다.

알베르토 망구엘의 『독서의 역사』가 바로 이런 식이다. 책 전체가 망구엘이 찾아놓은 역사 자료와 사진으로 시작된다. 전부 책을 읽고 있는 사람들의 모습을 포착한 사진들이다. 아리스토텔레스가 다리를 꼰 채 의자 위에 앉아 있고 무릎에 책이 놓인 모습도 있으며 안경을 쓴 시인 베르길리우스가 붉은 잉크로 인쇄된 책을 읽는 모습도 있다. 성 도미니크가 턱을 괴고 계단에 앉아 있는 모습도 있고 파울로와 프란체스카가 나무 아래에 서로 등을 기대고 앉아 책을 읽는 모습도 있다. 이슬람 학생 둘이 걸음을 멈춘 채 손에 책을 들고 있는 모습과 어린 시절의 예수가 책의 왼쪽 페이지를 가리키며 장내의 중장년들에게 설명하는 모습, 아름다운 밀라노의 귀부인 발렌티나 발비아니가 작은 발바리와 함께 비스듬히 누워 책을 읽고 있는 모습, 사자들이 옆에서 경청하는 가운데 히에로니무스가 작은 신문 크기의 필사본을 읽고 있는 모습, 에라스무스와 그의 벗 길베르투스가 함께 책의 재미있는 구절을 읽는 모습, 17세기 인도의 한 시인이 협죽도 꽃 속에 파묻혀 무릎 꿇고서 시를 낭송하며 턱수염을 쓰다듬는 모습, 한국의 어느 스님이 팔만대장경 경판 하나를 뽑아 들고서 열심히 읽는 모습, 전라의 막달라 마리아가 바위 위에 옷을 깔아놓고 엎드려 책을 읽는 모습, 자신의 소설책 한 권을 들고 있는 찰스 디킨스의 모습, 다른 사람이 읽어주는 책을 눈이 먼 보르헤스가 정신을 집중하여 경청하고 있는 모습, 단풍으로 울긋불긋한 숲속의 이끼 낀 나무 둥치에 앉아 책을 읽고 있는 한 소년의 모습……도 있다.

망구엘은 "이 모든 사람이 하나같이 책을 읽고 있다. 그들의 자세와 기술, 그들이 독서를 통해 얻는 기쁨과 책임 그리고 힘은 내가 얻는 것과 다르지 않다. 그렇기 때문에 나는 결코 외롭지 않다"고 말한다.

이와 같은 각양각색의 독서 자세에서 가장 중요한 것은 무엇일까? 우리가 '독자의 책'으로 선택한 책 『어느 겨울밤 한 여행자가』의 도입부에 그 해답이 나와 있다. 다름 아닌 편안함이다. 얼마나 편안하고 얼마나 좋은가 하는 것이다.

우리는 모든 편안함을 한자리에 모아놓으면 얼마나 자유로운 풍경이 될지 상상하기 어려울 것이다.

> 가장 편안한 자세를 찾아 앉거나 누워도 된다. 몸을 웅크릴 수도 있고 쭉 펼 수도 있다. 위를 향해 누울 수도 있고 엎드릴 수도 있다. 안락의자나 소파, 흔들의자, 캔버스 의자, 무릎 방석 등에 앉을 수도 있다. 만일 해먹이 있다면 해먹에 누울 수도 있다. 물론 침대 머리맡에 기대거나 침대에 누워도 좋다. 심지어 요가 자세를 취하거나 물구나무를 서도 된다. 이럴 때면 책도 자연스레 거꾸로 놓아야 한다.

독서에는 특정한 한 가지 자세만 있다고 믿어서는 절대 안 된다. 이는 마음씨는 좋지만 독서를 전혀 이해하지 못하는 안과 의사의 견해에 불과하다. 이처럼 독서에는 정확하고 특정한 한 가지 방법만 존재한다고 믿어서는 안 된다. 특히 독서할 때 엄숙하고 단정하게 앉아야 한다고(가장 편한 자세를 제외하고) 믿는 것은 금물이다. 독서는 독서일 뿐, 다른 것에 너무 많은 신경을 써서는 안 된다. 책에는 주의력을 집중해야만 얻을 수 있는 즐거움이 있고 집중해야만 포착할 수 있는 민첩한 발견이 있으며 집중해야만 대응할 수 있는 귀찮고 골치 아픈 문제들이 있다. 더 중요한 사실은 독서는 긴 시간을 요하는 일이므로 편안한 자세를 갖춰야만 오래 지속할 수 있다는 것이다. 다시 한번 강조하지만 한 번에 두 가지 일을 하려는 욕심을 갖지 말아야 한다. 몸을 단련하여 겉모습을 멋지게 하고 싶다면 독서를 끝내고 헬스클럽에 가서 열심히 뛰고 아령을 들면 된다. 자신의 정신과 의지를 단련하고 싶다면 일본인들이 뭔가를 기원할 때 그러듯이 눈 내리는 겨울에 알몸으로 차디찬 폭포수를 머리에 맞으면 된다.

정말로 칼비노의 책 분류법이 마음에 차지 않아 애써 한 가지 유형을 더 생각해낸다면, 그건 아마도 '책을 읽고 있는 척하지만 사실은 신체를 단련하고 있는 그런 책'일 것이다.

8. 왜 이류의 책을 읽어야 하는가?

독서의 전문성

"훌륭한 프랑스인으로서 콩스탕 씨는 전제적인 이해의 광적인 고취자요."

장군이 말했다.

"반대로 이 논쟁과 관련하여 유일하게 명쾌한 것은 프라트의 말뿐이오. 그는 정치의 호오가 그것을 실행할 수 있는 시간과 장소에 의해 결정된다는 점을 지적했소. 죽음을 각오한 전쟁을 치르면서 나는 직접 라 과히라의 병원에 있는 환자들까지 포함해 단 하루 동안 800명의 에스파냐인 수감자들을 처형하라는 명령을 내리기도 했소. 오늘 그와 똑같은 환경에 처해 있다면 나는 조금도 떨리지 않는 목소리로 같은 명령을 내릴 것이오. 유럽 사람들에게는 나를 손가락질할 만한 어떤 권리도 없소. 일부 역사가 선혈과 불의, 비열함에 물들어 있다면 그것은 바로 유럽의 역사일 테니 말이오."

그는 마을 전체에 퍼져 있는 듯한 침묵 속에서 분석이 점점 깊어짐에 따라 분노가 더욱더 심해졌다. 반박당해 거칠게 숨을 몰아쉬던 프랑스인이 말을 막으려 했지만 그는 손을 한번 흔들어 상대방을 저지했다. 장군은 유럽 역사 가운데 분노가 치솟게 만드는 학살들을 떠올렸다. 성 바르톨로메오 축일 밤에 죽은 자의 수는 두 시간 동안 2000명에 달했다. 르네

상스의 전성기에는 황실 부대에 고용된 1만5000명의 용병이 로마 성을 불태우고 깡그리 약탈했다. 그리고 칼로 주민 8000명을 학살했다. 가장 멋진 결말은 러시아의 차르 황제 이반 4세였다. 그를 '무서운 사람'이라고 부른 것은 전혀 잘못된 일이 아니었다. 그는 모스크바와 노브그로드 사이에 있는 모든 도시의 주민을 모조리 학살했다. 또한 노브그로드에서는 누군가 자신에게 반대해 모반을 꾸미고 있는 것이 아닌가 하는 의심만으로 그곳을 습격하여 주민 2만 명을 죽이라는 명령을 내렸다.

"그러니 제발 우리에게 더 이상 무얼 해야 한다고 말하지 마시오."

장군이 말했다.

"우리에게 어떻게 처세해야 하는지 가르치려 들지 마시오. 우리를 당신과 똑같은 사람으로 생각하지 말란 말이오. 당신들이 2000년이라는 세월에도 하지 못한 일을 우리가 20년 만에 이뤄내기를 바라지 마시오."

그는 찬구들을 교차시켜 접시 위에 놓고 처음으로 분노에 찬 시선으로 프랑스인을 노려보았다.

"젠장, 제발 우리가 조용히 우리의 중세를 만들어가도록 내버려두시오."

그래서 철학자 한나 아렌트는 선의에 기초하여 아주 지혜롭게 '제3세계'라는 이 모욕적인 의미의 호칭에 반대하면서 이를 순수한 이데올로기적 명칭으로 규정했던 것이다. 이른바 제3세계는 확실히 하나하나가 독특한 네이션nation이자 문화 전통이고 개인이기 때문에 뭉뚱그려 판단해서는 안 된다. 하지만 이런 지역, 이런 시기에, 그것도 거만한 태도로 이렇게 해선 안 되고 저렇게 해서도 안 된다며 계속 지적해대는 제1세계 사람들 앞에서 우리는 오히려 강한 분노의 감정을 갖게 된다. 우리는 정말로 저 머나먼 라틴아메리카 사람들에게서 우리와 유사한 처지와 역사적 운명을 발견하게 된다.

『미로 속의 장군』에 나오는 이 돌발적인 식탁에서의 논쟁 장면은 순수하게 항행 도중에 만난 재난으로 인해 남미로 흘러가서는 마치 자신이 천국에서 내려온 양 허세를 부리면서 생각 없이 말하는 프랑스인으로 인해 유발되었다. 우리는 당시 볼리바르의 분노와 반응을 잘 알고 있으며, 말다툼 이후에 거의 웃음을 터뜨릴 뻔할 정도로 괴로워하는 볼리바르의 반응은 더욱더 잘 알고 있다.

"삼브라노를 지나자 열대우림도 그다지 조밀하지 않았다. 연안의 주민들은 분위기를 유쾌하게 하기 위해 더 화려하고 요염한 색깔을 사용했고 일부 지역의 골목에서는 '이유도 없이' 음악 소리가 흘러나왔다. 장군은 해먹에 누워 조용한 낮잠으로 프랑스인의 황당하고 거만한 언사를 소화하려 했다. 하지만 그렇게 하지 못했다. 그는 그 프랑스인을 생각하면서 호세 팔라시오스에게 불만을 표시하며 그가 제때 핵심적인 말과 반박이 불가능한 논거를 찾지 못한 것을 탓했다. 그리고 지금 그는 고독한 해먹에 누워 있고 상대방은 이미 사정거리 밖으로 멀리 사라진 상태이지만, 그 핵심적인 말과 논박이 불가능한 논거들이 그의 머릿속에 떠오르고 있었다. 하지만 저녁 무렵이 되자 기분이 조금 좋아졌다. 그는 카레뇨에게 지시하여 정부로 하여금 그 재수 없는 프랑스인의 처지를 개선시켜주도록 했다."

그렇다. 인생은 이처럼 원만하지 못하다. 어쩌면 우리의 기억력과 이해도 이처럼 원만하지 못할지 모른다. 우리가 말다툼을 가장 잘하는 때는 싸움이 끝나고 나서 혼자 그 과정을 돌이켜볼 때다. 그 말다툼의 대상이 길거리에서 지나가다 만난 낯선 사람이든 사무실의 동료든, 가까운 이웃이든, 자기 마누라든 간에, 늘 일이 지나고 나서야 상대방의 말문을 막히게 하거나 부끄러워서 고개를 들지 못하게 할 날카로운 한마디가 머릿속에 떠오르곤 한다. 사실 이런 시간차는 말다툼에서만 발생하는 것이 아니다. 내 개인적인 경험을 이야기하자면 마침내 간신히 야구의 정확한 타격 요령을 알게 된 것이 초등학교 야구부를 떠난 지 30여 년이 흐른 뒤였다. 마침내 손목을 사용하여 정확하게 공을 바스킷 안으로 던져넣는 비법을 터득한 것도 항상 몸이 땀범벅이던 중고등학교를 졸업하고 자그마치 25년이 지난 뒤의 일이었다. 이런 이유로 우리는 시간이 거꾸로 흐르거나 시간의 터널이 과거로 돌아갈 수 있기를 기대하는 것이다.

"당신들이 2000년의 시간을 들이고서도 그렇게 엉망으로 해놓은 일을 우리가 20년 만에 이루기를 바라진 마시오."

볼리바르의 이 말을 독서의 세계로 가져와 적용해보면 오늘날 타이완의 독자들이 매일 겪는 실제 상황이 될 것이다. '그들이 수백 년에 걸쳐 읽었던 책들을 우리는 20년 만에 읽어야 하는' 것이다. 분노가 사라지고 나면 부정이 긍정으로 변하겠지만, 물론 이는 무척 힘든 일이다.

순서에 따르지 않는 책 읽기

통상 독서 과정에 어지럽지 않고 일사불란한 질서가 있으리라는 이상적인 가설을 설정하곤 한다. 독서가 가벼운 책에서 깊이 있는 책으로, 일반적이고 기초적인 책에서 좀더 수준 높고 가장 좋은 책으로 단계적으로 발전한다고 생각하는 것이다. 영화를 볼 때 모든 연령

대가 시청 가능한 보편적인 영화에서 12세 미만은 시청 불가한 보도급 영화를 거쳐 성인물까지 단계적으로 올라가는 것과 마찬가지다. 이는 기본적으로 옳은 일이고 누구나 이렇게 하는 것이 바람직하다.

하지만 우리는 이상하긴 하지만 더없이 진실한 독서 현상을 아주 쉽사리 발견하게 된다. 사회 전체의 통념에 관계없이 우리 경험에 따르면 책은 항상 가장 좋은 것부터 읽는다는 것이다. 특히 제1세계 국가들에서 들여온 번역작품들이 주류를 이룬다. 출판사들이 공급하는 책은 항상 가장 훌륭한 일류이고 독자들이 사서 읽는 책들도 바로 이런 일류다. 나는 이처럼 '순서에 맞지 않는' 재미있는 현상이 그다지 적절하지 못한 이유를 몇몇 출판사 기획자가 우리의 독서 방향을 조종하고 있다는 사실로 돌려서는 안 된다고 생각한다. 그들에게는 그렇게 큰 야심과 인내심도 없고 패권도 없다. 이는 오히려 집단적이고 보편적인 심리와 의지에 의해 공동으로 결정된다.

이러한 집단적이고 보편적인 심리와 의지에는 갖가지 묘사 방식이 있겠지만 여기서는 '시간의 압축성'이라는 개념으로 문제를 살펴보자. 우리는 1년을 10년으로, 20년이라는 시간을 이용하여 남들의 200년을 읽어야 한다. 아주 짧은 시간에 남들이 아주 오랜 시간 사유하고 경험한 것을 자기 것으로 전환해야 하는 것이다. 물론 당연히 이렇게 할 수 있다. 우선 레비스트로스가 지적했듯이 어떤 부분의 디테일로 곧장 들어갈 게 아니라 먼저 전체적이고 기본적인 이미지를 파악할 수 있다. 이에 따라 종적인 탐색보다 횡적인 전개가 훨씬 더 큰 무게를 갖게 되고, 주마간산식으로 다양성을 확보하는 것이 한 부분에 전문적으로 집중하는 것보다 우선하게 된다. 이어서 횡적이고 다양함을 추구하는 기본 원칙 하에서 우리가 골라 읽는 책들은 당연히 '하나같이' 가장 좋고 가장 유명한 책이 될 것이다.(물론 가장 유명한 책과 가장 좋은 책을 동일시할 수는 없겠지만 그 중첩도는 낮지 않다.) 예컨대 겨우 열 권 정도 규모로 인류 소설 서사의 전체적인 성취를 빠르게 장악할 수도 있다. 영국의 소설가 서머싯 몸의 방법이 바로 자기 마음속에서 가장 위대한 소설가 열 명을 골라 그들의 대표작을 조합하는 것이었다. 이리하여 우리가 읽을 수 있는 작품들은 톨스토이의 『전쟁과 평화』를 비롯하여 도스토옙스키의 『카라마조프가의 형제들』, 발자크의 『고리오 영감』 등 가장 훌륭한 소설이라고 할 만한 것들이다. 과거에 타이완 은행에서 기금을 출연하여 모든 경제학 명저를 출간하려고 시도한 적이 있었다. 그 기본적인 구도는 애덤 스미스의 저서로부터 시작하여 리카도, 피구, 맬서스, 마셜, 케인스, 하이에크, 슘페터, 미제스 등 뛰어난 경제학자들의 저작을 망라하는 것이었다. 물론 당시의 정치적 금기 때문에 이러한 선택에서도 마르크스를 대표로 하는 절대다수의 공산주의 및 사회주의 경제학자들의 저서는 배제되었다. 게다가 타이완 은행이 예산에 맞춰 책을 내는 일만 생각했지 판매 방식에 대해서는 고려하지 않았기 때문에 대부분의 책은 증정 방식으로 소화됐고, 증정받은 사람들은 완전히 새것인 이 책들을 읽을 생각이 전혀 없어 결국 대부분 중고 서점들이 모여 있는 광화光華 시장으로 흘러들었다. 나도 개인적으로 이 책들을 모아 한 시리즈를 다 갖췄지만 대부분 10~20타이완달러를 주고 헌책 더미에서 구해온 것이었다. 표지가 완전히 흰색인 보급판이든 비닐 커버가 씌워진 녹색의 양장본이든 사정은 다르지 않았다.

이리하여 아주 오랜 시간(지금까지도) 우리 눈앞에 펼쳐진 책의 세계에는 위대한 '한 권의 작가'가 여럿 탄생하게 되었다. 예컨대 허먼 멜빌은 작품이 『모비딕』 하나뿐이고 샐린저의 작품은 『호밀밭의 파수꾼』, 마크 트웨인의 작품은 『톰 소여의 모험』, 키플링의 작품은 『정글북』 하나뿐인 것 같다. 성 아우구스티누스와 루소는 각각 『참회록』 한 권씩만을 남긴 것 같고 나보코프는 몇십 년에 걸친 찬란한 창작 인생을 『롤리타』 한 권에 다 바친 것 같다. 물론 이 작가들 모두 작품이 하나로 그치는 것은 절대 아니다.

이러한 서적 출판 방식과 독서 방식은 기본적으로 대단히 현명하고 유익하다. 이런 방식은 후발 주자에게 필연적인 우위를 가져다준다. 선택의 여지가 있기 때문에 불필요하거나 가치가 없는 것은 버리고 정수만 남김으로써 탐색에 드는 시간과 정신적 에너지의 소모를 줄일 수 있고, 실패로 인해 치러야 하는 대가를 피할 수도 있다. 하지만 글 쓰는 사람이 시시각각 자신에게 일깨워야 하는 것이 있다면, 그건 아마도 가장 유리하고 가장 현명하며 가장 약삭빠르고 가장 편리하여 힘이 가장 안 드는 순간에 대한 경계심일 것이다. 독서에는 본질적으로 스스로에게 질문을 던지고 고통을 감수하려는 경향이 있기 때문이다. 대부분의 경우 아주 중요한 것들은 곤경 속에서만 발생하고 잔존한다. 이를 일부만 조금 가져올 수 있는 방법은 없다.

두 가지 유형의 실패작

시간이 한정되어 있으니 가장 좋은 책만 고르는 것이 바람직한 일이 아닐까? 아니면 아예 도대체 왜 '이류' 책을 읽어야 하느냐고 물을 수도 있다. 유명한 작가의 작품이나 한 영역에서의 가장 대표적인 작품도 아니라는 점을 뻔히 알면서, 혹은 실패한 작품(예컨대 헤밍웨이의 『강을 건너 숲속으로』나 톨스토이의 『부활』 같은 작품)이라는 사실을 잘 알면서도 멍청하게 그런 책을 읽어야 하느냐고 물을 수도 있다.

여기서 우선 "전체는 영원히 부분의 총화보다 크다"라는 말을 생각해보자. 대단히 반反수학적인 이 말은 무엇을 의미할까? 남아도는 부분은 대체 어떻게 됐을까? 어디에 감춰져 있는 것일까? 내 개인적인 생각으로는 부분과 부분 사이, 한 권의 책과 또 다른 책 사이의 관계에서, 서로 간의 상호 작용 속에서 종횡으로 교차되는 연결망이 형성되고 모든 개별적 부분에는 포함되지 않으며 오로지 전체만이 갖출 수 있는 '구조'가 형성되는 것 같다. 그리고 바로 여기서 전체의 용량과 힘이 부분의 총화를 크게 능가하고, 순수하게 산술적인 1+1의 도식을 넘어서는 것이다.

우선 영역이라는 더 큰 범주로 확장하지 말고 한 작가의 작품 전체만 놓고 토론해보는 것도 바람직할 터이다. 이는 편의상 택한 조치다. 대개 한 작가의 실패작은 크게 두 가지 전혀 다른 실패의 방식으로 구분할 수 있다. 하나는 비교적 흔히 볼 수 있는 실패로서, 눈 뜨고 봐주기 힘들 정도의 참혹한 붕괴이자 와해다. 이런 실패의 원인은 무척 다양하다. 작가 자신의 노력 정도가 문제일 수 있고, 작품이 시장의 공리성에서 경쟁력을 발휘하지 못했을 수도 있다. 용기가 부족하여 바구니에 담긴 흰 쥐처럼 끊임없이 자신을 복제했기 때문일 수도 있다. 이러한 실패는 대단히 잔혹하여 보통 한 작가의 종말을 의미한다. 이미 소진되어 비어버린 '내재內在'를 다시 보충하기가 힘들기 때문이다. 하지만 뜻밖에도 이런 사실을 자각하지 못한 채 유사한 작품을 또 내놓을 수도 있다. 이를 자각하지 못한다면 반성이 불가능하다는 것을 의미하겠지만 스스로 깨닫는다면 이는 자신에 대한 요구가 해이해졌지만 더 이상의 관용이 용납되지 않음을 의미한다. 이렇듯 물처럼 부드럽게 지나가버리면 누구도 막을 수 없다. 아주 짧은 기간에 그보다 더 형편없는 작품이 등장할 것이다.

이러한 순수한 실패는 아주 많아 일일이 다 열거하기 어렵다. 우리는 재능을 맘껏 뽐내다가 갑자기 모든 마력을 상실한 작가들의 마지막 작품 한두 편을 본 적이 있다. 감정이 상하지 않고 계속 타이완에서 살아가기 위해 여기서는 우선 먼 이국의 잘 알려지지 않은 사례들을 살펴보자. 파트리크 쥐스킨트의 『깊이에의 강요』가 바로 그런 책으로 이 독특하고 괴상한 소설가의 글쓰기의 종점이 되고 말았다. 우리 독자는 이런 작품을 어떻게 대해야 할까? 나는 좀더 온화한 태도를 보여줄 것을 권하고 싶다. 책을 사는 데 든 약간의 돈과 며칠 밤의 시간 낭비에 분노하지 말자는 것이다. 사람은 죽으면 원한 따위는 기억하지 못할 뿐만 아니라 대체로 우리는 이미 지나가 다시 돌아올 수 없는 아름답고 좋은 시간들만 기억하면서 가슴아파하게 된다. 그렇다. 『향수』 같은 작품은 얼마나 훌륭한가! 귀신처럼 몸에서 전혀 체취가 나지 않고 '향수를 완벽한 캔버스로 삼은' 그르누이와 그가 제조해낸 향기, 일단 맡기만 하면 우리를 날아가게 할 것 같은 그 '형이상학적' 향수는 얼마나 훌륭한가. 『비둘기』는 또 얼마나 흥미로운가. 주톈신의 말처럼 한 사람이 미치는 게 절대로 논리가 없거나 무질서한 일이 아님을 잘 보여주는 소설이다. 작가는 눈앞의 세계에 대한 자신의 코드를 재편함으로써 우리 정상인들 것과는 완전히 다르고 왜곡되어 있으며 배반적인 놀라운 코드를 보여준다. 엄격하고 신중하게 미치고, 조리 있게 단계적인 진영을 형성해가면서 미치는 상황을 제시하는 것이다. 또한 『좀머 씨 이야기』는 앞당겨 죽음을 보고 나서 유년의 행복에 관해 깊이 생각하게 된다는 주제를 담고 있다. 『콘트라베이스』도 아주 훌륭하다. 이 작품을 읽으면 저자가 얼마나 신기한 사람인지 알게 될 것이다.

님을 멀리 보내고 나서 그가 갈 험난한 길을 걱정하듯이 저자의 대표작뿐만 아니라 실패작도 읽어보는 것이 독자에게는 의무에 가까운 예의라고 할 수 있다.

진정으로 토론할 것은 두 번째 유형의 실패작이다. 그레이엄 그린의 소설 『사건의 핵심』에는 이런 말이 나온다.

"절망은 자신을 대신하여 온갖 고생 끝에 도달할 다음 목표를 위해 지불하지 않으면 안 되는 대가를 정해준다. 어떤 사람은 이것이 사면될 수 없는 죄라고 말한다. 하지만 타락했거나 사악한 사람은 영원히 이런 죄를 범하지 않는다. 그는 늘 희망을 품고 있고 자신은 영원히 실패하고 낙담하여 절망의 빙점으로 떨어지는 일이 없을 거라고 생각한다. 마음이 선량한 사람만이 영원한 징벌의 무거운 짐을 질 힘을 지니게 된다."

그레이엄 그린의 말을 빌리자면 이런 작가는 꼭 필요한 실패작, 더 영광스런 실패작을 써낼 가능성이 아주 크다고 할 수 있다.

뛰어난 작가일수록 실패를 피하기 어렵다. 이것이 그가 자신을 대신하여 온갖 고생 끝에 도달할 다음 목표를 위해 지불하지 않으면 안 되는 대가를 정해주는 것이라고 말할 수 있다. 이류 작가만이 분명하고 아무런 어려움이나 위험도 없으며 진정한 의문도 없는 작은 세계 속에 머무르려 할 것이다. 이로써 글쓰기는 모든 것이 다 갖춰진 퍼포먼스에 지나지 않게 된다. 진정한 글쓰기는 동시에 인간의 가장 순수하고 집중적인 사유의 지속 과정이자 맨 밑바닥까지 캐묻는 가장 본질적인 질문이며, 글 쓰는 사람이 잘 풀리지 않는 자신의 고민을 상대로 벌이는 무수한 흥정이다. 솔직히 말하자면 이는 무조건 이기는 싸움이 아니다. 적 1만을 사살하면 아군도 3000 정도의 인명 손실을 입는다. 사실 성공은 정도와 비율의 문제일 뿐이다. 따라서 광활하고 끝이 없는 책의 바다에 송두리째 완전한 책은 존재하지 않는다는 사실을 누구나 잘 알고 있다.(인간 세계에 『쿠란』이나 『성경』만 남기고 다른 책들은 전부 불태워버려야 한다는 무슬림과 기독교도들의 주장은 지금 이야기하고자 하는 독서와 아무런 관계도 없다.) 아무리 좋은 책이라 하더라도 어딘가 덜 이루어지고 성공적이지 못한 결핍의 부분이 있기 마련이다. 게다가 아이러니하게도 이처럼 불완전한 부분이 있어야 그 책이 충분히 훌륭한 책이라는 증거가 된다. 이유는 더없이 간단하다. 이 부족한 부분이 있기 때문에 책을 읽는 우리는 충분히 요원하고 충분히 분량을 갖춘 목표를 보고 감지할 수 있는 것이다. 영화 「돈키호테」 주제곡의 가사처럼 불가능한 꿈을 꾸고, 닿지 않는 별을 향해 손을 뻗을 수 있는 것이다. 하지만 사유의 순수한 여정에서 희망을 취소하고 용기를 상실한다면 우리가 진정으로 계산하고 비교하는 것은 얼마나 남게 될까? 기껏해야 남이 실패라고 여기지 않을 정도에 불과할 것이고, 애당초 성공과는 거리가 멀 것이다. 사실 이런 작품은 더욱더 빨리 성공으로부터 멀어진다.

어쩌면 책의 세계에서 '성공'이라는 말은 적당하지 않을지도 모른다. '진전'이라는 표현을 쓰는 게 더 타당할 것이다.

나는 톨스토이의 작품 『부활』이 성공을 거두지 못한 것이 두 번째 유형의 실패에 속한다고 생각한다. '자신을 위해 온갖 고생 끝에 도

달하게 될 다음 목표를 쓴' 경건한 실패작인 것이다. 그는 인류를 위해 영혼의 궁극적인 해답을 찾으려 했다. 이를 위해 그는 한때 자신에게 거대한 명성을 가져다주었던 무기를 기꺼이 내려놓았다. 여기에는 '부식성'을 지닐 정도로 날카로웠던 그의 회의懷疑 능력도 포함된다. 이것이 바로 그가 『전쟁과 평화』에서 충분히 드러내 사람들을 놀라게 한 능력이었다. 또한 바흐친이 지적한바 『부활』에 나타난 낙엽이 다 떨어진 겨울의 풍경처럼 간단하고 서글픈 그의 필체의 전환도 실패의 원인이 될 수 있다. 그의 필체는 더 이상 『안나 카레니나』에서 보여주었던 화려하고 풍부하며 자유로운 거장의 기교를 회복하지 못했다. 요컨대 이사야 벌린의 유명한 비유를 이용하여 말하자면, 톨스토이는 온갖 기지가 다 발휘되었던 자신의 여우 본능과 능력을 다 포기하고 만사만물을 하나로 귀납시키는 어리석은 고슴도치로 변했던 것이다. 아울러 소설 창작이라는 능력의 극한 밖에 있는 불가능한 임무를 떠맡았던 것이다. 하지만 그렇다고 우리가 『부활』을 읽지 않을 수 있을까? 정말 위대한 소설을 읽고자 한다면 『전쟁과 평화』나 『안나 카레니나』 같은 작품은 의심의 여지가 없는 선택이 될 것이다. 하지만 톨스토이라는 영혼 전체를 이해하고 그의 꿈과 선택, 고뇌와 생명의 변화, 그가 평생 가장 하고 싶었던 일 등을 포함하여 인간 톨스토이의 완전하고 심오한 부분을 이해하고자 한다면 『부활』보다 더 많은 것을 말해줄 수 있는 작품은 없을 것이다.

헤밍웨이의 『강을 건너 숲속으로』는 비교적 애매한 실패작이라고 할 수 있다. 나는 개인적으로 이 소설에는 당시 전 세계 문학평론가들이 물에 빠진 개를 패듯이 이 작품이 노벨상 수상자의 창의력이 고갈된 상태에서 나온 결과라고 대대적으로 비난했던 것을 포함하여 두 가지 실패가 겹쳐 있다고 생각한다. 하지만 마르케스가 읽고 느꼈던바 이 작품은 글쓰기에 있어서 줄곧 단순한 목표를 설정하여 밝고 빛나는 글과 막힘없는 리듬, 생동감 있는 단편소설의 기교로 승리를 거둬왔던 헤밍웨이가 소설 인생의 만년에 퇴로가 없는 궁지에서 펼친 가장 어렵고 중요하며 용감했던 배수의 일전이었다고 할 수 있다. 때문에 마르케스는 문학사의 정설을 침범하면서까지 이 소설이 헤밍웨이의 가장 위대한 작품이라며 결연한 평가를 내놓았던 것이다.

> 하지만 그의 운명에 대한 일종의 조롱처럼 보일지 모르지만, 나는 여전히 『강을 건너 숲속으로』라는 가장 성공하지 못한 소설이 그의 가장 아름다운 작품이라고 생각한다. 그 스스로 밝혔던 것처럼 이 작품은 맨 처음에 단편소설로서 쓰였다가 나중에 장편소설의 범주에 잘못 들어서게 되었다. 헤밍웨이처럼 박학하고 기교가 뛰어난 작가의 작품에 그렇게 많은 구조상의 틈과 그렇게 많은 문화 구조상의 착오가 존재한다는 것이 잘 이해되지 않는다. 그는 문학사상 가장 뛰어나며 대화를 쓰는 데 능했던 장인 가운데 한 명이었다. 마찬가지로 그의 작품에 그렇게 교활하게 조작되고 심지어 허위적이기까지 한 대화가 존재한다는 것도 이해하기 어렵다. (…) 이 작품은 그의 뛰어난 장편소설일 뿐만 아니라 그의 개인적 특성이 가장 많이 반영된 장편소설이다. 이 작품은 손으로 만질 수도 없고 잡을 수도 없는 가을날의 여명 속에서 쓰였고, 당시 그는 지나간 세월에 대한 채울 수 없는 그리움과 자신의 얼마 남지 않은 생명의 세월에 대한 예감을 마음에 품고 있었기 때문이다. 그의

다른 어떤 작품에도 개인적인 것이 이렇게 많이 남아 있지 않을뿐더러, 그 어떤 작품도 이처럼 우아하고 친근한 표현으로 그의 작품과 삶에 대한 기본적인 감상을 드러내지 못했다. 성공은 아무런 가치도 없는 것이다. 자세히 살펴보면 이 작품 주인공의 죽음이 그렇게 조용하고, 그렇게 자연스러우며 신비하게 그 본인의 자살을 예시하고 있음을 알 수 있다.

나는 마르케스가 종이 위에 상처와 죽음의 잔해가 가득한 비참한 모습 속에서도 허풍쟁이인 데다 남성의 근육을 자랑하고 마초적 성향을 지니고 있으며, 전쟁을 찾아다니지만 총도 한 발 쏘지 못하고 영원히 안전거리 뒤에 숨어 있으며 총은 무방비의 동물에게만 사용하는 천박한 헤밍웨이의 모습을 정확히 간파해냈다고 생각한다. 헤밍웨이는 이 작품을 통해 처음으로 성실하게 자신과 마주했고, 평생 감히 처리하지 못했지만 결국은 마주해야 했던 난제들을 이 작품에서 고스란히 드러냈던 것이다. 한편으로는 그가 오래 지속된 허무한 낭비 뒤에 심신이 고갈되고 쇠락한 상태에서 이 가장 힘든 싸움에 뛰어들었기 때문에 이미 해결 방법이 없었지만, 또 한편으로는 가장 깊이 있고 아름다운 실패를 기록할 수 있었다. 전에 볼 수 없었던 헤밍웨이의 깊이와 정감, 실제적이고 진실한 고통과 이해할 수 없었던 부분들을 이 작품에서 볼 수 있기 때문이다.

『강을 건너 숲속으로』의 실패 덕분에 헤밍웨이의 혼잣말 같은 중편소설 『노인과 바다』가 탄생할 수 있었다. 이 작품의 주인공으로, 카리브 해에서 잡지 못하는 물고기가 없고 항상 마음속으로 멀리 있는 뉴욕 양키스 야구팀을 응원하면서 영웅 조 디마지오를 생각하는 쿠

청새치를 배경으로 한 헤밍웨이와 그의 가족

바의 늙은 어부 산티아고는 불운하게도 무려 84일 동안 고기 한 마리 잡지 못하다가 마침내 며칠 밤낮의 고생 끝에 어렵사리 길이 18피트나 되는 대형 청새치를 잡게 된다. 하지만 뭍으로 돌아오는 길에 청새치의 피가 상어를 유인하는 바람에 결국 뼈만 남은 청새치를 가지고 돌아온다. 헤밍웨이의 상징법은 늘 은유가 없이 평이하다. 이 커다란 물고기의 뼈가 바로 『강을 건너 숲속으로』이고, 청새치의 살을 다 뜯어먹은 사나운 상어는 다름 아닌 당시의 평론가들이다. 날씨가 온화한 쿠바의 아바나는 헤밍웨이가 죽기 전까지 20년간 머문 곳이다. 결국 그는 총으로 다 늙은 마지막 사자 한 마리를 쏘았다. 바로 그 자신이었다.

1954년의 노벨상은 거의 글을 쓰지 못하게 된 이 늙은 작가에게 돌아갔다. 그는 상을 받으러 스웨덴까지 갈 생각도 없었고 갈 힘도 없었다. 그의 수상 소감은 자기반성, 심지어 참회에 가까웠다.

"글을 쓴다는 것은 기껏해야 고독한 인생에 지나지 않습니다. (…) 진정한 작가에게는 모든 작품이 완전히 새로운 시작이지요. 가보지 못한 영역에 대한 또 한 번의 시도라고 할 수 있습니다. 작가는 항상 자신이 해보지 못했거나 다른 사람이 하다가 실패한 것들을 시도해야 합니다. 때로 운이 좋으면 성공할 수도 있겠지요."

전문가의 독서

따라서 나는 개인적으로 책을 읽는 사람들에게 가능하다면 동일한 작가(물론 충분히 훌륭한 작가여야 한다)의 작품을 한 권도 빼놓지 않고 다 읽는 완정한 독서를 강력하게 권하고 싶다. 문자의 기호적 결여와 은유적 본질 때문에 언어를 이용해 직접적으로 표현할 수 없는 게 너무 많기 때문이다. 아무런 손실도 없이 문자로 모든 것을 드러내는 일은 불가능하며 모든 것을 원래 형태 그대로 책 안에 넣을 수도 없기 때문에 좀더 많은 단서가 있어야만 정확한 의미를 포착할 수 있다. 따라서 단편적인 생각을 담고 있는 여러 권의 책을 다시 하나의 시간 축에 연결시켜 작가의 사유가 걸었던 길의 정확한 궤적을 따라가야 하고 책과 책 사이의 유기적인 연결망을 뒤적여야 한다. 이렇게 해야 책 밖에 존재하는 것들을 장악할 수 있다. 다시 말해서 꼼꼼히 살피고 비교하는 데 익숙해지는 게 좀더 치밀하고 효과적인 독서 방법이 된다. 한 작가의 작품을 한 권 더 읽을 때마다 독서의 진전은 1+1의 산술적인 증가로 그치지 않는다. 기하급수적으로 폭증한다고 하면 과장이겠지만 생각지도 못한 엄청난 추가 효과가 뒤따른다는 것만은 확실히 보장할 수 있다.

그렇다. 여기에는 작가의 실패한 작품도 포함된다. 실패한 작품도 똑같이 필요한 단서다. 이는 결코 격려를 위한 선의의 거짓말이 아니라 분명한 사실이다. 가장 좋은 책들은 때로는 너무 완벽하고 원만하기 때문에 그 접점의 틈을 찾을 수 없다. 마치 하나의 형체에 시간의 흔적이 존재하지 않고 원래 존재했던 하늘과 땅이나 마찬가지로 맨 처음부터 그 자리에 있었던 듯 느껴진다. 마르케스의 『백 년 동안의 고독』 같은 책은 아주 천천히 쓰였다. 작가가 글을 통한 인터뷰에서 분명히 밝혔듯이 그는 글 쓰는 속도가 대단히 느렸다. 심지어 하루에 한 구절밖에 쓰지 못한 적도 있다. 그는 또 항상 신경질적으로 수정을 반복했다. 그러다보니 단편소설 분량의 원고를 쓰는 데 무려

500장의 타자지가 소모되기도 했다. 하지만 이 두 가지 '사실'을 하나로 연결시키기는 쉽지 않을 것이다. 아마존 강의 분류처럼 부드럽고 아름답게 흐르는 소설을 단숨에 써내려간다는 것이 어떻게 가능하겠는가? 반대로 그다지 성공하지 못한 작품들은 곳곳에 틈이 있고 깊은 상처와 도끼 자국을 남기고 있다. 저자의 번뇌와 글 쓰는 과정이 그대로 드러나는 것이다. 내 기억이 틀리지 않다면 타이완의 소설가 장다춘은 원고지에 글을 쓸 당시에(최근에는 '진보'해서 컴퓨터로 쓴다) 수정액을 사용하면서 신경질적이고 직업적인 조바심을 느꼈다고 한다. 흰 수정액의 화학 성분이 시간에 저항하는 능력이 도대체 얼마나 되는가 하는 것이 문제였다. 잉크가 퇴색하거나 종이가 부패하기 전에 수정액이 먼저 떨어지는 것은 아닐까 하는 것이 그의 걱정거리였다. 정말 그렇다면 그 원고의 존류存留는 작가들의 머리털이 빠지게 만드는 위협이 아닐 수 없다. 남에게 보이고 싶지 않아 지워버린 실패와 남들에게 보여주고 싶지 않은 글과 생각들이 다시 모습을 드러낼 수 있다는 이야기 아닌가? 솔직히 말하자면 장다춘이 쓴 우울은 손으로 쓴 원고를 처리하는 에디터들이 아주 오랫동안 즐겨온 남들이 모르는 비밀을 엿보는 짜릿함이었다. 에디터인 나로서는 가장 흥미진진하고 일반 독자에 비해 한 가지 특권을 더 누릴 수 있는 일이 바로 작가들이 손으로 직접 쓴 원고에서 펜으로 그어 삭제한 부분들을 읽을 수 있다는 것이다. 아, 그랬구나. 원래는 이렇게 생각하고 이런 선택을 내렸구나. 이 부분은 원래 이랬고 하마터면 다른 방향으로 써내려갈 뻔했구나…….

바로 이렇게 실패한 부분들, 실패한 작품들은 보통 더 많은 실마리를 남긴다. 특히 아주 진귀하고 쉽사리 발견할 수 없는 사유의 과정과 글쓰기의 판단들이 남아 있게 된다. 우리는 아마도 가장 훌륭한 책을 읽는 것이 독자로서는 가장 아름다운 향수라고 말할 수 있을 것이다. 하지만 그렇게 훌륭하지 못한 책을 읽으면 상대적으로 덜 누리는 게 되고 심지어 모래를 씹는 듯한 불편함을 느낄 수도 있지만 대신 더욱 풍부한 사유의 실마리를 얻음으로써 보상받을 수 있다. 이러한 독서는 한 단계 한 단계 발전하고자 하는 독자, 어떤 일에 대해 생각하는 것이 습관이 된 야심만만한 독자들에게 아주 적합할 것이다.

여기서 내가 몇 년 동안 오래 걱정해온 부분에 대해 함께 논의해 보는 것도 좋을 듯하다. 나는 타이완도 '이류의 좋은 책'들을 대량으로 읽어야 할 때가 왔다고 생각한다. 극히 소수로 제한된 가장 훌륭한 책들만 읽는 것은 대표적인 여가생활형 독서의 상징이자 유년기 독서사회의 상징이기 때문이다. 다음 단계의 책들로 독서 범위를 크게 확대하는 것이 전문적인 독서의 구도이고, 개인들이 이를 실천해야만 사회 전체의 실천도 이와 같아질 수 있다.

전문적인 독서와 여가생활형 독서는 어떻게 다를까? 이 문제가 거론될 때마다 나는 내게 바둑을 가르쳐준 선생님이 들려줬던 이야기 하나가 생각난다. 다름 아니라 일본 여자 바둑 기사 오가와 도모코小川誠子가 여류 명인의 자리를 차지했을 때 했던 인터뷰 내용이다. 아마추어 바둑 기사인 남편을 상대로 부부가 바둑을 둘 때가 있느냐는 질문에 오가와는 고개를 가로저었다. 프로 기사와 아마추어 기사는 본질적으로 다르다는 것이 이유였다. 아마추어 기사들은 재미로 바둑을 두기 때문에 순수한 재미를 느낄 수 있지만 프로 기사들은 그럴 수 없다는 것이다. 프로 기사들은 때때로 몹시 고통스러우며 자주 곤혹감을 느낀다. 다음 수를 어떻게 두어야 할지 모를 때도 어떻게든 생각을 해서 두지 않으면 안 된다. 그렇다면 프로 기사들은 바둑을 두면서 전혀 즐거움을 느끼지 못한단 말인가요? 이런 질문에 젊은 오가와 도모코의 아름다운 얼굴에 억울하고 곤혹스런 기색이 역력했다. 그녀는 잠시 생각을 가다듬고 나서 재미가 있긴 하지만 사람들이 말하는 그런 재미는 아니라고 대답했다.

우리는 오가와 도모코가 한 "사람들이 말하는 그런 재미는 아니다"라는 말의 대략적인 의미를 상상할 수 있을 것이다. 나는 개인적으로 전문성이란 말이 인간보다 크고 인간 밖에 있는 감정이 없는 거대한 산업 시스템(그 외형이 조금이라도 방심하면 전혀 다른 한심한 결과를 낳을 수도 있는, 예컨대 문학의 전문성이 대학 학과의 시스템 안에 들어가면 모든 사람이 하나의 나사못, 즉 작은 부품이 되는 산업 시스템)으로 간주되는 것을 싫어한다. 전문성의 핵심은 문제, 그리고 문제에 직면하여 장기적으로 경험이 누적되고 검증되어 형성되는 효과적인 사유 방식에 있다고 생각한다. 전문성이란 거대하고 절실하며 보편적이지만 피할 수 없는 거대한 문제에 대한 인간의 집중적인 탐구와 추적에서 비롯된다. 이처럼 그 크기가 인류 공동의 처지에까지 연결되는 거대한 문제들은 고립적인 현상이나 개별적인 난제가 아니라 일종의 보편적인 관심과 집단적 의미를 갖는 사유의 전개라는 사실을 우리는 곧 깨닫게 될 것이다. 또 이런 문제들이 너무나 거대해서 '하나의 사유 대상'으로 설정하여 한 번 생각해보는 것으로 끝내는 것은 적합하지 않기 때문에 데카르트식으로 해체하여 모두가 나누어 함께 공격해야 한다는 사실도 곧 깨달을 것이다. 또 문제가 문제를 불러 환경과 시간에 따라 변화하는 것이지 한 세대 사람들이 깨끗하게 해결할 수 있는 게 결코 아니라는 사실을 더 빨리 깨닫게 될 것이다. 따라서 우리는 인내심과 겸손으로 자신을 이 집단적 사유의 범주 안에 진입시켜 이전 세대 사람들이 남긴 사유의 성과를 분명히 이해하고 이를 기초로 좀더 앞으로 나아갈 수 있어야 한다.

바로 이런 이유로 전문성은 모종의 필요에 의해 제약되기 때문에 자기 뜻대로 하고 싶은 부분을 포기함으로써 사유의 효과적인 진전을 유도해내게 된다. 전문적인 독서에는 부득이하게 강제적인 부분이 존재한다. 스스로 감지한 문제에 대해 자신만의 독특한 초점과 색깔이 있다고 해도, 이는 장시간 형성된 사유의 전통에 포함된다. 이런 사유의 전통이 그 문제에 모종의 견고함과 엄숙함을 부여하기 때문에 개인의 기분에 따라 마음대로 이를 없애버릴 수 없는 것이다. 전문적인 독서에는 또 상당히 무미건조한 부분이 있다. 전문적인 독서를 위해선 사유의 전통을 충분히 이해해야 하고 이 사유의 흐름 가운데 자신이 어디쯤 서 있는지, 남들은 또 어디쯤 서 있는지 파악해야 하기 때문이다. 따라서 긴 사유의 전통이 지니는 가설과 언어, 방법 및 역사의 연혁에 대해 어느 정도 개념을 가져야 하는데, 이는 그다지 재미있는 일이 아니다. 과거에 실패한 사례와 그 내용도 매우 중요하다. 과거의 실패가 우리에게 가져다준 것이 어떤 계시(예컨대 어떤 잠재력을 갖는 실패)이든 아니면 교훈(이 길은 통하지 않는다는 것을 알려줌으로써 또다시 뼈아픈 대가를 치르지 않게 해주는 것)이든 간에, 보통 이것은 그다지 즐겁지도 않고 재미도 없다. 그리고 지금 우리와 대등한 다른 사유자들이 무엇을 생각하고 무엇을 하고 있는지도 무시할 수 없는 부분이다. 그런 부분도 집착과 병적인 증상까지 포함하여 이 영역의 현상들을 구성하는 요소로서 우리의 이해에서 큰 의미를 갖기 때문이다. 따라서 졸작들도 이를 악물고 그대로 놓쳐버려선 안 된다.

타이완처럼 지름길만 밟아온 후발 주자 사회에서는 많은 사람이 사회에 전문성이 부족하다는 사실을 개탄한다. 특히 거대한 재난이 덮쳐 위기를 겪을 때(예컨대 9·21 대지진이나 '헌정憲政'의 위기, 사스 등)는 더욱 그렇다. 하지만 우리는 왕왕 전문성의 부족이 정상급의 훌륭한 책들을 충분히 읽지 않았기 때문도 아니고 새로운 지식의 결핍 때문도 아니라는 사실을 무시하곤 한다. 전문성의 부족은 사실 타이완 사회가 글로벌 첨단 정보에 대한 시차 없는 동보성同步性을 추구하다 보니 가장 굶주리고 목마르며 가장 병이 많은 상태에서도 다른 사회보다 앞서려는 태도 때문이다.(예컨대 일본은 구미에서 큰 화제가 되고 있는 새 책이나 할리우드 인기 영화의 수입 시기가 타이완보다 몇 주나 더 느리다.) 우리의 문제는 현재와 미래에 있는 것이 아니라 소설가 커트 보니것이 말했듯 180도 밖의 다른 곳에 있다. 우리가 해야 할 것은 뒤를 돌아보면서 '학점을 보충'하는 일, 너무나 황급히 서둘러 쫓아가느라 놓칠 수밖에 없었던 지식의 틈들을 견고하게 메우는 일, 과거에 다른 사람들(다른 사람들이라서 다행이다)이 처참하게 실패했던 경험을 주워 모아 가슴에 새기는 일이다. 이것이 바로 오늘날 타이완의 독서가 시작하지 않으면 안 되는 중요한 과제다. 어느 직업(즉, 전문적인) 구기 종목 스포츠의 뛰어난 스타가 던진 정문일침처럼 "프로 경기에서 처리해야 할 과제는 성공이 아니라 실패다. 정상급 농구 스타도 두 번 슛을 하면 그중 하나는 실패한다. 백만 달러의 연봉을 받은 야구의 타격왕도 경기장에 나서면 열 번 가운데 일곱 번을 실패한다. 우승을 차지한 위대한 농구팀도 1년에 스무 번 이상 패한다. 종합우승을 거둔 야구팀도 60게임 이상을 패한다. 따라서 진정한 프로 선수들의 가치는 어떻게 성공을 향유하느냐 하는 데 있는 게 아니라 어떻게 실패를 받아들이고 처리하면서 실패했을 때도 잘 살아가느냐 하는 데 있다."

한 번의 노력으로 영원히 편할 수 있는 궁극적인 답안이 존재하지 않는다는 전제 하에서 우리는 인류의 모든 성공이 사실은 부분적인 진전에 불과하다는 사실을 지적한 바 있다. 따라서 모든 성공에는 일시적이고 불안한 요소가 잠재되어 있다. 게다가 모든 문제의 성공적인 해답은 통상 하나로 그치지 않으며 복수로 존재한다. 이 두 가지 이상의 성공에서 어떻게 유일한 선택을 할 수 있겠는가? 증세인가 감세인가? 개발인가 환경보호인가? 최대 효율의 성장인가 아니면 사회정의 차원의 분배인가? 내각제나 대통령제인가 아니면 쌍수장제雙首長制(대통령제와 의회제의 특징을 결합한 공화제정체)나 다른 제도인가? 이러한 중요한 선택의 순간에 명세서의 맨 끝부분 같은 성공의 '개념'은 거의 도움이 되지 않는다. 성공을 시간의 흐름 속에 되돌려놓고 성공이 어떻게 구성되어 지금까지 발전해왔는지, 어떤 가설에 근거했고 대체 가능하거나 불가능한 어떤 시공의 조건들에 의지했는지, 그 안에 역전이 불가능한 역사적 기회들이 얼마나 첨가되어 있었는지, 과거 어떤 상황에서 와해되거나 이용당한 전력이 있는지 등을 확인해야 한다. 다시 말해서 그 일이 얼마나 성공적이고 위풍당당했는지를 아는 게 필요하기보다 성공의 우연성에서 벗어나 진정으로 그 한계와 약점을 이해하며 지불해야 할 대가를 계산하는 일이 필요한 것이다. 이런 일들은 대개 실패의 상황을 확실히 밝히는 데 집중된다.

헤밍웨이는 운이 좋으면 성공할 수 있을 거라고 말했다. 이는 실패가 매우 일상적이며 어디에나 존재한다는 사실을 의미한다. 성공은 오히려 아주 우연히 찾아오는 한 차례의 기적이라고 할 수 있다. 벤야민은 한 걸음 더 나아가 아무리 성공적인 소설이라 해도 실제로 그 내용에서 확인하는 것은 '인간의 실패나 성공의 이면에 깊이 깔린 의지의 침몰 및 소실 상태'라고 지적한 바 있다. 이제 우리는 이렇게 말할 수 있다. 성공에는 대개 기적에 가까운 요소, 특정 시간과 장소에만 국한된 특별한 요소가 담겨 있어 백 퍼센트의 전이나 복제가 불가능한 반면, 실패에는 이런 요소들이 비교적 적은 대신 불운의 요소가 많은 데다 구조적으로 인간 본성의 아픈 곳을 건드리고 인간의 기본적인 한계와 보편적인 곤경을 폭로하는 특성이 있다. 따라서 현대 소설에서 인간의 본성을 파헤치려 한다면 실패 쪽을 파고 들어가는 수밖에 없다. 바로 그곳에 역사의 기회와 우연성, 개별적인 독특성을 초월하는 공통된 인식이 있기 때문이다.

타이완 사회에 익숙한 실례를 들어보자. 예컨대 미국이 대통령제에 기초하여 실현한 오늘날의 민주 제도 성과에 대해 타이완 사회는 아무런 의심 없이 그것이 열심히 배우고 받아들여야 하는 것이라고 보편적으로 믿는다. 하지만 미국의 원로 정치이론가인 시모어 M. 립셋도 미국의 민주주의 성과는 그저 하느님이 자비를 베풀어 미국을 보우하신 결과일 뿐이라고 단언한 바 있다. 미국 민주주의에 관해 연구하면 할수록 신의 기적에 가까운 우연으로 점철된 역사의 과정을 보게 된다는 뜻이다. 그 가운데 하나는 미국의 민주주의는 운 좋게도 200년 동안 고립되어 있어 강적들의 간섭이나 침략을 받아본 적이 없고 상처의 흔적도 없으며, 대규모 소비가 가능한 인구를 보유하고 있고 사회발전 과정에서 필연적으로 종종 일어나는 갖가지 충돌이나 곤경, 지나치게 큰 꿈과 야심(인류사회의 가장 포악한 에너지 가운데 하나다)도 없는 서부 무인지대에서 탄생했다는 것이다. 게다가 지금은 존재하지 않는 순수한 신념과 이데올로기, 종교 신앙에 의지하여 200년의 세월 동안 수없는 '섬세한 조정'을 거쳐 탄생했다. 여기에는 과거 청교도들의 신앙과 도덕적 행위 규범도 포함되고 인류가 이성주의 시대에 남긴 갖가지 위험한 '진리'에 대한 진지한 믿음과 실천도 포함되며, 천부인권설 같은 다시는 되돌릴 수 없는 가설과 개념 등도 포함된다. 이처럼 정치 제도의 구도와 무관한 역사의 우연적 요소들이 복잡하고 불안정한 인간의 본성과 소통하거나 이를 억제하면서 한 차례 또 한 차례 이론상 필연적으로 폭발하게 될 시한폭탄의 뇌관(미국은 사회적 다원주의 시기의 야만적인 약탈적 자본주의의 전횡 하에서 충분한 분량의 좌익 역량을 키우지 못했다)을 제거했다. 이는 인간의 예지가 아니라 하느님의 동정임에 틀림이 없다. 혹은 공식적으로 이야기해서 역사의 보기 드문 관용이라고 할 수도 있다.

우리가 진정으로 미국식 민주주의의 제도적 진상과 그 힘을 이해하고 싶다면 시선을 조금 아래로 돌려 남쪽의 라틴아메리카에서 일어났던 비참한 실패의 경험들을 들여다봐야 한다. 아니면 대서양의 또 다른 끝인 드골의 프랑스로 가보면 된다. 이런 지역들의 민주주의야말로 미국식 민주주의가 비제도성 우연의 보호와 보편적인 인성을 잃어버린 좀더 확실하고 진실한 결과일 것이다.

오늘날 충분히 성실한 정치학자들은 미국식 민주주의의 갖가지 제도와 구도가 너무 오래되어 시대에 뒤처졌을 뿐만 아니라 거의 피할 수 없는 위험 요소가 무척 많다고 지적한다. 가장 심각한 것은 4년에 한 차례씩 집행되는 승자독식의 대통령 선거 방식이다.(이론상 새 대통령이 임기를 시작하면 1년 안에 2만 명 이상의 관리를 새로 임명하거나 교체할 수 있다. 이런 대통령직이라면 모든 수단을 동원하여 쟁취할 만한 가치가 있을 뿐만 아니라 암살의 가치도 충분하다.) 지나치게 큰 대통령의 합법적인 권력을 진정으로 절제시킴으로써 시스템을 갖추긴 했지만 사용하지 못하게 하는 방법은 몽테스키외나 로크, 제퍼슨, 해밀턴 등이 가설로 내세운 제도적 상호 견제가 아니라 역사의 특수한 조건(일찍이 독립가맹국처럼 강대해졌고 오늘날에는 일정한 대항 능력을 갖추고 있는 주 자치권 같은)과 헌정의 관례, 오랜 시간에 걸쳐 형성된 사람들의 두터운 민주적 소양 등과 같은 갖가지 성숙하고 강력한 사회적 역량이라고 할 수 있다.(편재된 독립 매체나 중간 단체 등을 예로 들 수 있다.)

가장 재미있으면서도 그 구상에 있어 가장 비합리적인 것으로 미국식 민주주의의 거대한 기적이라고 할 대법관 제도를 들 수 있다. 이 지고무상의 사법 권력은 아주 오래전 진리 시대의 산물로서 시공을 초월하여 상대적이고 타협적이며 허무한 정치권력의 현장에서 운행되어왔다. 그들은 진리의 이름으로 자원과 무력을 갖춘 모든 행정 역량을 초월하고 민의를 등에 업고 있는 의회의 입법 역량도 초월한다. 이는 대의제의 의회지상주의를 초월할 뿐만 아니라 절대 민권도 초월함을 의미한다. 이처럼 강력하고 궁극적인 권력을 장악하는 것은 대체 어떤 사람일까? 이는 '장엄한 민주주의 신전에서 편안하게 지내고 있는 아홉 마리의 늙은 딱정벌레(연방 대법관과 대법원장)'가 민의를 반영하지도 않고 무력의 보호도 없이, 몇몇 행정 보좌 인력의 지원 하에 사유와 언어를 통해 안정적으로 위대한 직권을 행사하고 있음을 의미한다.

게다가 이 아홉 명의 '헌법의 신'은 종신직으로서 대통령이 지명한 후에 국회를 통과하기만 하면 죽을 때까지 직위를 유지할 수 있다.

이처럼 누가 봐도 황당하고 균형을 잃은 구조가 어떻게 아무런 문제도 생기지 않고 일찌감치 와해되지 않은 것일까? 어떻게 실행 과정에서 직권 남용과 부패, 매수, 위협, 횡령, 모함, 암살 등 상상할 수 있는 모든 어둠의 사건을 배제할 수 있었던 것일까? 과거에는 문제가 많았다. 미국의 대법관은 19세기의 오랜 기간에 걸쳐 악명이 높았지만 기적적으로 버티면서 20세기에는 큰 영광을 누리기 시작했다. 200년 전에 제정된 불합리한 헌법 조항의 일부를 고치고 보충하여 오늘날에도 쓸 수 있도록 새롭게 만들었기 때문이다.

많은 나라가 이 제도를 배우려 하지만 진정으로 직접적인 이식에 성공한 사례는 없다. 성공의 비밀이 엉망진창 상처투성이인 제도와 운영 방법에 있는 것이 아니라 200년의 긴 실천에 있기 때문이다. 이것이 가장 어려운 부분이다. 이와 관련하여 나는 영국 윔블던 잔디 테니스 경기장 이야기가 떠오른다. 미국인들도 '전 세계에서 가장 아름다운 잔디'라는 명성을 누리면서 뿌리가 흔들리지 않고 지면은 새파란 녹색 융단 같은 테니스 경기장이 갖고 싶어 영국인들을 초청하여 그 비결을 물었다. 영국인들의 대답은 매우 간단했다.

"아주 쉽습니다. 우선 땅을 매입하여 잔디를 심으세요. 매일 시간에 맞춰 물을 줘야 한다는 걸 잊지 마세요. 이렇게 100년이 흐르면 아주 멋진 경기장을 갖게 될 겁니다."

누군가는 리바운드를 잡아야 한다

이와 관련하여 말할 수 있는 한 가지 좋은 소식은, 독서는 경기장

건설과 달라서 미련하게 똑같이 100년이라는 시간을 들일 필요가 없다는 것이다. 하지만 나쁜 소식도 있다. 100년이라는 시간 동안 물을 주고 돌봐야 하는 적막하고 지루한 작업을 빨리 해치울 수는 있지만 완전히 생략할 수는 없다는 것이다. 처음부터 다시 시작하지 않으면 안 된다는 얘기다.

프로 농구에는 줄곧 더티 워크Dirty Works라는 말이 있어왔다. 블루칼라 워크Blue Color Works라고 표현하기도 한다. 다름 아니라 바스켓을 공략하여 득점을 올리는 것과 별도로 전혀 스포트라이트를 받지 못하면서도 누군가는 해야 하는, 힘들며 다칠 수도 있고 얻는 바가 크지 않은 플레이를 말한다. 키나 덩치가 자신보다 더 크고 거친 상대방 선수에 비해 근육도 적을뿐더러 힘도 모자라지만 리바운드를 잡기 위해 몸을 날리는 선수들의 역할이 바로 이것이다. 독서의 영역에도 이처럼 노예노동 단계에 속하는 것이 있다. 이 단계는 비교적 늦게 나타난다. 대개 독서가 전문가 수준으로 격상할 때 갑자기 나타나 독자들을 힘들게 만든다. 농구와 다른 점이 있다면 분업에 의지하여 다른 선수에게 백보드를 맞춰 공을 바스켓에 넣게 할 수 없고 직접 슛을 해야 한다는 것이다. 다시 말해서 전문적인 독서의 코트에서는 득점을 하는 마이클 조던의 역할과 온몸에 문신을 새긴 리바운드의 왕 데니스 로드맨의 역할을 혼자 다 해야 한다는 것이다.

그렇다. 독서가 이런 수준에 이르면 갑자기 커다란 강이 나타나 앞을 가로막거나 심한 병목 현상이 나타날 것이다. 그리고 상당한 비율의 독자들은 여기서 걸음을 멈춘다.

집에 한창 성장하는 아이들이 있는 사람들은 쉽게 이런 경험을 할 것이다. 최근 타이완의 부모들은 좋은 엄마 아빠가 되기 위해 경쟁하듯이 갖가지 값비싼 책들을 사다가 눈 하나 깜빡하지 않는 자녀들에게 안기는 경향이 있다. 대개 몇 년의 시간이 지나면 아이들은 하늘에서 내려온 천사라도 되는 양 책을 보면서 점점 더 박학다식해지고 지리의 천재가 된다. 억만 광년 떨어진 곳에 있는 성운의 이름은 물론, 명명된 시기까지 줄줄이 늘어놓고 정식 학명을 사용해가면서 크고 작은 모든 공룡의 이름과 특징, 서식했던 지역까지 줄줄 외어댄다. 거리에 달리는 자동차들을 보면 어떤 차종의 어떤 모델인지 출시 연도와 함께 자세한 설명을 늘어놓기도 하고 심지어 군수물자를 거래하는 사업가라도 되는 양 모든 나라의 첨단 전투기와 탱크, 군함, 총포 등에 관한 지식을 정확한 수치를 곁들여가며 늘어놓는다. 이쯤 되면 부모들은 이렇게 많은 것을 알뿐더러 이렇게 다양한 영역에 관심을 갖고 있는 녀석을 어떤 분야로 훈련시켜야 조상들을 기쁘게 할 수 있을까 하는 행복한 고민에 빠진다.

하지만 이처럼 하늘에서 내려온 듯한 천사의 단계는 금방 끝을 맺는다. 첫째는 현실 생활에서 강요되는 엄청난 양의 교육 성과 때문이다. 물론 거론하지 않으면 안 되는 또 다른 이유도 있다. 생물학이란 공룡 화석 뼈나 아프리카 초원에서 촬영되어 이름까지 얻게 된 사자가 표범을 사냥하는 기술에 그치지 않으며 천문물리학의 영역도 거대하고 밝게 빛나는 아름다운 행성 몇 개가 전부인 게 아니라는 것이다. 인류의 고대 문명 역시 피라미드와 미라, 땅속 능묘 안에 묻혀 있는 황금과 보물에 그치는 것이 아니다. 디스커버리 채널이나 『뉴턴』 같은 잡지는 아름다운 지식의 매체로서 모든 학문이 다 담겨 있고 어떤 분야의 학문이든 크게 힘들이지 않고 즐길 수 있는 부분이 있다. 하지만 계속 공부하다보면 금세 아주 삼엄하고 무료하면서도 이해하기 어려운 부분에 부딪히게 된다. 긴 날개를 단 천사들이 작업복으로 갈아입고 땀 흘려 힘써 일해야 되는 때가 온 것이다.

물론 이 거대한 강을 건너고 싶지 않다면 개별 독자들은 그래도 무방할 것이다. 이는 어디까지나 개인의 선택 영역이다. 어떤 사람들은 유유자적하는 아마추어 독서세계에 머물면서 특별한 목적이 없는 순수한 독서의 즐거움을 누리는 쪽을 선택할 것이다. 이는 그들의 천부적인 권리일 뿐만 아니라 사람들의 부러움을 사기에 충분하다. 하지만 타이완 같은 사회 전체를 놓고 보자면 사회 집단 전체가 아마추어 독서의 즐거움에 멈춰 있어 이래저래 읽는 책들이 그 유명한 몇 권에 지나지 않는다면 이는 대단히 우려스러운 일이 아닐 수 없다. 언젠가는 궂은 날이 닥치기 마련이며 운이 좋건 나쁘건, 역사가 관대하건 잔인하건 상관없이 크고 작은 재난을 피할 수 없을 것이고, 결국 우리는 뜨거운 물에 빠진 닭의 신세를 면치 못할 것이다.

독서 인구 전체의 수가 그리 많지 않다 해도 항상 일부 사람은 굳세고 의연하게 계속 책을 읽어나가면서 모두를 위해 골 밑을 파고들어 리바운드를 잡아내야 할 것이며, 온몸이 땀범벅이 되고 상처투성이가 되더라도 원망하거나 후회하는 일도 없어야 할 것이다. 물론 이는 무척 고통스럽고 적막한 일이다. 젊은 여류 바둑 기사 오가와 도모코처럼 억울하지만 강인한 얼굴을 한 사람들을 생각하면 우리는 이런 이들을 향해 먼저 감격하게 되고 감사의 마음을 갖게 될 것이다.

9. 반딧불이 불빛 속을 홀로 걷다

유년의 독서

어느 비오는 밤, 그는 뱃사람들의 거처에서 잠을 잤다. 불안 속에 잠과 꿈에서 깨어나니 복음을 믿는 한 소녀가 침실 한구석에 앉아 있었다. 일반 종교 단체의 녹색 리넨 외투를 입고 있는 소녀의 머리는 반딧불이로 만든 고리 모양의 빛으로 장식되어 있었다. 식민지 시대 유럽의 여행객들은 토착민들이 병에 반딧불이를 넣어 밤길을 비추는 것을 보고 놀라움을 금치 못했었다. 훗날 공화국 시대에 반딧불이는 여성들 사이에 머리장식으로 유행했다. 그녀들은 모두 빛나는 고리 모양을 머리에 달았고 빛나는 머리띠 장식을 이마 부분에 쓰거나 빛나는 브로치를 가슴에 달았다. 그날 밤 그의 침실에 들어온 이 아가씨는 반딧불을 머리에 달고 있었다. 덕분에 환상 같은 빛 속에 휩싸여 있었기 때문에 나약하고 게으르며 권태로운 모습은 짐작할 수 없었다. 겨우 스무 살이었지만 흰머리가 적지 않았다. 하지만 장군은 곧 그녀에게서 여인으로서의 가장 자랑스러운 품성인 아직 갈고닦이지 않은 재능과 지혜를 발견했다. 유탄수의 주둔지에 들어가기 위해서라면 그녀는 어떠한 대가라도 치르겠다고 밝혔다. 근무를 서던 간부도 보기 드문 여자라고 생각했다. 그들은 그녀를 호세 팔라시오스에게 넘기면서 장군이 관심을 보이는지 알아보았다. 장군은 그녀를 자기 옆에 눕게 했다. 그녀를 품에 안아 침대 위에 눕힐 힘이 없다는 것을 느꼈기 때문이다. 아가씨는 머리띠를 풀고 반딧불이를 몸에 지니고 있던 빈 사탕수수 안에 넣고 나서 그의 곁에 누웠다.

『미로 속의 장군』에서 부하가 볼리바르에게 애인이 전부 몇 명이냐고 묻자 그는 머릿속으로 자세히 헤아려보고 나서 도합 서른다섯 명이라고 답한다.

"물론 여기에는 밤에 수시로 날아 들어오는 작은 새들은 포함하지 않았지."

이 소녀가 바로 날아 들어온 작은 새였다. 머리에 반딧불이를 단 작고 아름다운 새였다.

아주 오랫동안 혹은 수많은 사람의 마음속에서 위인이나 지위가 높고 큰 권력을 지닌 사람들은 신과 같거나 그와 유사한 존재로 인식되어왔다. 감정이 상할 수 있으니 타이완을 예로 들지 말고 왕정 시대 프랑스를 예로 들어보자. 당시 사람들은 보편적으로 국왕에게 신과 같은 기적을 일으킬 능력이 있어서 전염병에 감염된 사람도 국왕의 손이 닿기만 하면 약을 쓰지 않고도 나을 수 있다고 믿었다.(그렇다면 몸이 건강하지 못한 프랑스 국왕들이 어찌 그처럼 쉽게 자위라는 안 좋은 습관에 빠졌던 것일까?) 한편 마르케스가 묘사한 라틴아메리카는 비교적 낭만적임을 알 수 있다. 물론 『백 년 동안의 고독』에서 아우렐리아노 부엔디아 대령이 낳아 전부 아우렐리아노로 명명된 34명의 사생아는 야행성 낯선 새들이 낳아 기른 자식들이다.

하지만 이 작은 새들 가운데는 지나치게 늦게 찾아오는 바람에 몸이 이미 병으로 만신창이가 된 볼리바르와 잠자리를 할 수 없었던 아가씨는 특별히 돋보였다. 한밤중에 조용히 그곳을 떠날 때도 여전히 처녀였기 때문이 아니라 차가우면서도 밝은 반딧불이의 불빛을 밟고 온 듯한 이 소녀에게 마르케스가 극도로 절제하면서 말도 하지 않았지만 너무나 아름다운 모습이 당시 볼리바르의 끔찍한 육체(복부는 말라서 쪼그라들었고 갈비뼈는 밖으로 훤히 드러나 있으며 사지는 비쩍 말라 뼈밖에 남지 않았다. 몸 전체에 솜털도 거의 없어 죽은 사람처럼 창백하게 살과 뼈가 붙어 있었다. 또한 그의 머리는 바람에 날리고 햇볕에 그을려 마치 다른 사람의 머리 같았다)와 선명한 대비를 이루었기 때문이다. 그의 그런 모습을 보는 사람들은 그가 죽고 싶어한다고, 몹시 지쳐서 빨리 영원한 수면 상태로 들어가고 싶어한다고 생각하지 않을 수 없었다.

과연 책에서 곧이어 나타나는 것은 수크레 대령이 암살되었다는 불길한 소식이었다. 볼리바르가 인정한 후계자이자 마지막 희망을 걸었던 충성스러운 옛 전우의 죽음으로 인해 볼리바르는 완전히 죽음에 이를 수 있었다. 그와 그의 생명을 이어주고 있던 마지막 한 가닥 몸부림의 기운이 정식으로 종말을 고한 것이다.

여기서 가장 눈길을 끄는 것은 여전히 깜빡이면서 사방을 날아다니는 반딧불이들이었다. 마치 이런 소식을 전해주고서 어찌 할 바를 몰라 깜빡이는 불빛 같았다.

우리처럼 밤만 되면 반딧불이와 함께 어울려 놀며 자란 세대들은 반딧불이에 대해 줄곧 놀라움이 동반된 동경(여름날 밤이면 눈앞의 반딧불이를 보고서 손을 뻗어 잡고도 그 놀라움은 변하지 않았다)과 서글픔이 한데 어우러진 복잡한 마음을 갖고 있을 것이다. 이런 기억은 지금도 마음속에 선명하게 아픔으로 남아 있다. 한편으로는 작은 벌레가 진실한 모습으로 손바닥 안에 잡혀 있는 것이 사실 풀잎 사이를 미끄러지듯 날아다니는 작은 광점과는 너무나 어울리지 않는 데다 어떤 꿈의 파멸처럼 추하고 괴상하기 때문이기도 하고, 또 한편으로는 잡은 다음에 어떻게 해야 할지 몰랐기 때문이다. 잡고 나면 모든 것이 끝났다. 심지어 우리는 어떻게 해야 이 연약한 벌레가 계속 살 수 있는지도 알지 못했다. 당장 놔주지 않으면 반딧불이가 금방 어두워지는 것을 볼 수밖에 없었다. 그런 뒤에는 금세 죽어서 검은색 벌레의 시체가 되고 말았다.

모리스 메테를링크의 『파랑새』에 나오는 파랑새가 햇빛 속에서는 살아갈 수 없는 데다 잡으면 검은색으로 변해 죽는다는 이야기의 구상도 혹시 반딧불이에게서 착안한 것이 아닌지 모르겠다.

그런 까닭에 나는 개인적으로 『미로 속의 장군』의 이 부분을 읽으면서 여자가 머리띠를 벗고 '반딧불이를 몸에 지니고 있는 빈 사탕수수 안에 넣는' 따스한 행동에 큰 충격을 받았다. 마침내 누구도 알려주지 않은 놀라운 사실을 알게 된 것이다. 알고 보니 이런 방법이 있었다. 이렇게 했다면 반딧불이를 살릴 수 있었던 것이다.

생물학의 역사에서 반딧불이는 오늘날 우리가 천진하고 황당하기 그지없다고 느끼는 생물기원설의 '착오'를 유발한 주원인이기도 하다. 다름 아니라 가장 초기의 '자연발생설' 이론에서 사람들은 습하고 부패한 진흙 속에서 반딧불이를 탄생시킬 수 있다고 굳게 믿으면서 이를 실험으로 증명하려 애썼다. 물론 오늘날엔 이것이 신기한 생명의 창조가 아니라 반딧불이의 일반적인 생태라는 것을 잘 알고 있다. 반딧불이들이 부토에 알을 낳는 것은 다른 곤충들과 마찬가지다. 바로 이런 생태 때문에 반딧불이도 황폐한 늪지 근처에 편중되어 서식하는 것이다. 그리하여 여름밤이 되면 작은 불빛이 되어 집단적으로 날아다녔다. 당시 하늘 더 높은 곳에 가득했던 별무리만큼이나 일상적이고 자연스런 모습이었다. 하지만 천만년 동안이나 공급이 부족하지 않았던 이 생물이 어느 날 갑자기 값을 따질 수 없을 만큼 비싸지리라는 사실을 당시에 누가 상상할 수 있었겠는가? 이제 우리는 사방으로 아무리 눈길을 돌려보아도 물도 있고 풀도 있으면서 사람들이 사용하지 않은 황무지를 전혀 찾아볼 수 없다. 이리하여 오늘날의 타이베이에서는 같은 체적의 황금보다도 황무지를 더 찾기가 어려워졌고, 반딧불이는 보석보다 더 귀해졌다. 게다가 더 큰 문제는 물이 고여 방치된 땅에서 반딧불이만 생장하는 것이 아니라 뎅기열이나 일본뇌염, 말라리아 등을 전염시키는 모기도 같이 생장한다는 것이다. 따라서 황무지의 소실은 경제적 사안일 뿐만 아니라 무척 인도적인 현상이기도 하다.

이리하여 수많은 아름다운 사물과 그 가치가 그렇듯이, 무용하긴 하지만 전혀 무해하면서 아름다운 반딧불이의 소실을 누구도 마음에 두고 아쉬워하지 않는다. 사실 가능하기만 하다면 오늘날의 아이들도 반딧불이와 함께 어우러져 자라게 하여 무미건조한 어린 시절의 기억에 빛을 더해주는 일에 대해 누구도 반대하지 않을 것이다. 누구도 잘못하지 않았다. 단지 반딧불이 스스로 서식지와 방식을 잘못 선택하여 생존에 불리함을 초래했다고 말하는 수밖에 없다.

이렇게 반딧불이는 우리 손을 빠져나간 뒤로 줄곧 현대 생활 내지 현대 독서의 은유로 작용하고 있다. 특히 유년 시절의 계몽적 독서를 이야기할 때면 어김없이 반딧불이가 등장한다.

물론 나는 처음부터 끝까지 반딧불이가 독서와 관련된 중국의 전설에서 진리를 밝히는 작은 등불 역할을 하면서 가난하지만 공부를 좋아하는 아이가 밤중에도 힘들게 책을 읽었다는 웃을 수도 울 수도

사탕수수

없는 이야기를 남겼다는 사실을 잊지 않고 있다. 하지만 이는 너무 특별하고 너무 철이 들었으며 의지가 너무 분명한 경우로서, 유년 시절 독서의 보편적인 이미지 혹은 응당 있어야 할 내용이라고는 하기 어렵다. 이처럼 반딧불이 아래서 책을 읽는 이야기는 밤을 새워 시험을 준비할 때, 다시 말해서 오늘날 아이들이 거의 매일 강요에 못 이겨 어쩔 수 없이 하는 것처럼 밤을 새워 힘들게 시험공부를 할 때 더 적합하다고 할 수 있다. 그래서 우리는 지금까지도 이 이야기를 학습의 의지를 고취하는 교과서 안에 담아두고 있는 것이다. 예컨대 내가 다니던 초등학교 교가의 가사에도 '겨울에는 눈의 흰빛을 이용하여 책을 읽고 여름에는 반딧불이를 주머니에 담아 그 빛으로 책을 읽으면서' 열심히 노력하면 얼마든지 뜻을 이룰 수 있다는 대목이 있었다. 나는 줄곧 반딧불이를 담는다는 그 '주머니'가 도대체 무엇인지, 어떤 재료로 만드는지 궁금했다. 아직 석유화학공업의 산물인 투명 비닐이 없었던 시대에 도대체 어떤 재질을 사용했기에 그렇게 얇고 공기가 통할 수 있었으며(그렇지 않으면 반딧불이들이 전부 죽어버렸을 것이다) 빛을 투과시킬(반딧불이는 아주 미약하기 때문에 당시에는 아마도 지역에 따라 품종이 달랐을지 모른다) 수 있었던 것일까? 만일 그 시대에 그런 소재가 있었다면 틀림없이 상당히 희귀하고 비싼 물건이었을 것이다.

정말로 반딧불이와 유년 시절의 계몽적 독서를 연결시키고자 한다면 나는 차라리 대학시절에 있었던 영원히 잊을 수 없는 반딧불이에 대한 기억을 이용하고 싶다. 이는 내 인생에 단 한 번, 더 정확히 말하자면 한순간밖에 없었던 일이다. 또한 여태까지 본 것 가운데 가장 많은 반딧불이라 정말 놀라움을 금치 못했다.

사건은 타이완 동북 지역의 습하고 추운 산 정상에서 일어났다. 내 어린 시절 이웃이자 같은 반 급우였던 친구의 누나가 루이팡瑞芳의 탄광 부자인 리李 씨 집안으로 시집을 갔다. 덕분에 여름방학이면 나는 그를 따라 리 씨 집안의 사당에 가서 하룻밤을 보내곤 했다. 부잣집이라 그런지 사당은 조금 과장해서 말하자면 사람의 발길이 전혀 닿지 않는 산꼭대기 가장 높은 곳에 자리 잡고 있었다. 거대한 태평양을 마주하고 있는 사당 안의 전기는 완전히 기름에 의존하는 소형 발전기에서 생산되었다. 대단히 진귀한 물건이 아닐 수 없었다. 가장 인상 깊었던 점은 라디오에서 타이완이 아닌 다른 지역의 채널이 잡혔던 것이다. 날씨와 안테나 방향만 맞으면 소형 텔레비전에서 일본 NHK 방송의 프로그램도 아주 선명한 화면으로 볼 수 있었다. 대단히 폐쇄적이었던 그 시대에 정말 놀라운 일이 아닐 수 없었다.

동북 지역의 바다를 향한 산비탈은 강우량이 가장 많고 습한 곳이었다. 우리는 사당 앞에 있는 연못에서 오후 내내 새우를 100마리 넘게 잡아 삶아 먹었다. 해가 지고 어둠이 내리자 모두들 10명 이상 잘 수 있는 사당 곁채의 다다미 바닥에 누워 이야기꽃을 피우기 시작했다. 그때 갑자기 이상한 일이 일어났다. 이론상으로는 충분한 시간상의 과정이 있었겠지만 내 기억 속에서는 완전히 갑자기, 순간적으로 동시에 일어난 일이었다. 우리가 누워 있는 곳의 건너편 기둥으로부터 수백 마리의 반딧불이가 날아 들어온 것이다. 게다가 갈수록 그 양이 늘어나 하늘을 뒤덮을 정도가 되었다. 무수한 광점이 허공에 떠서 이리저리 돌아다니고 있었다. 내 인생을 통틀어 이런 경험은 처음이었다. 도대체 나 자신이 어디에 있는지 알 수가 없었다. 급기야는 내가 죽어서 저승에 와 있는 것이 아닌가 하고 생각할 수밖에 없었다.

광점이 아주 많았지만 주위의 어떤 사물도 제대로 비추지 못했다. 광점 하나하나가 아름답고 신비했다. 게다가 조도의 정도가 일정하여 어느 것이 어느 것인지 구별할 수 없었고, 그 가운데 하나를 집중해서 살펴볼 수도 없었다. 겨우 한 마리에 시선을 집중하면 이내 그 광점은 사라지고 다른 광점이 가까이 다가와 밝게 빛났다. 결국 하나의 광점을 주시하는 것은 명멸하는 다른 모든 광점을 포기하는 것이나 마찬가지였다. 로런스 블록의 선정적인 표현을 빌리자면 가슴이 찢어질 듯 아픈 일이었다.

최근에 타이완의 유명한 독서가인 난팡숴南方朔의 강연을 들었다. 그는 책 읽기를 좋아하는 사람에게는 일생의 시간도 충분하지 않다고 말한다. 절대적으로 맞는 말이다. 적어도 그날 밤하늘 가득 춤추는 반딧불이들이 내게 말해준 사실은 그랬다.

뜻밖에 얻은 한가한 유년 시절

밀란 쿤데라가 동유럽과 소련 세력의 해체와 망명생활의 종식에 따른 어색한 처지 등에 관해 쓴 소설 『무지』에는 언급할 만한 중요한 담론이 많이 담겨 있다. 그 가운데 한 부분이 바로 이런 대목이다.

"미래에 관해 모든 사람이 잘못을 저지르고 있다. 사람들이 지금 이 순간 주장하고 있는 것들이 확실하다고 단정할 수 있을까? 인간이 정말 이 순간을 정확하게 인식할 수 있을까? 정말로 현재를 제대로 인식할 수 있을까? 인간의 능력으로 현재를 진단하고 평가할 수 있을까? 물론 불가능하다. 미래가 어떤 것인지 모르는 인간이 어떻게 현재의 의미를 이해할 수 있단 말인가? 현재가 우리를 어떠한 미래로 이끌어가게 될지 알 수 없다면 우리가 어떻게 현재에 대해 이러쿵저러쿵 단정하여 말할 수 있단 말인가? 이 현재가 찬동할 만한 것인지 아니면 의심해야 하는 것인지 혹은 증오해야 하는 것인지 우리가 어떻게 알 수 있단 말인가?"

나는 이 대목을 무척 좋아한다. 글에서 느껴지는 분노마저도 마음에 든다.

이르든 늦든 간에 일정한 나이가 되면, 예컨대 마흔이 넘으면 사람들은 자주 슬픈 감정에 빠진다. 이는 한 마리의 반딧불이에게만 시선을 집중하기 때문이다. 우리가 실현할 수 있는 인생은 한 가지뿐이다. 그것이 얼마나 빛나고 아름답고 가장 큰 반딧불이 같은 삶이든 간에, 사실 우리는 대부분 자신의 삶에 만족하고 있다. 인생에 대한 갖가지 한탄은 머릿속에서 일시적으로 발생하는 작은 파장에 지나지 않는다. 이러한 파장들은 오히려 결혼과 가정, 직장, 사업 등이 안정적이고 안심할 수 있는 위치에 자리 잡을 수 있도록 적절한 충격을 가져다준다. 이와 관련하여 나는 미국 소설가 보니것의 이야기를 가장 좋아한다. 그의 친구 중에 아주 유명한 소설가 친구가 있었다. 그 친구는 여러 사람이 모인 술자리에서 술을 과하게 마시고는 피아노를 연주하다가 갑자기 대성통곡하면서 소리치기 시작했다.

"저는 평생 피아니스트가 되는 것이 꿈이었습니다. 지금 이 나이에 제 모습이 여러분 눈에는 어떻게 보이나요? 저는 빌어먹을 소설가밖에 되지 못했습니다!"

정말이지 황당하기 그지없는 말이다. 따라서 진심에서 우러나온

말임에 틀림없다.

그렇게 따지자면 마이클 조던은 야구를 해야 했다. 평생 빌어먹을 농구의 신밖에 되지 못했기 때문이다.

인생이 이처럼 한번 길을 가면 되돌릴 수 없는 일방통행로라 할 때 이른바 유년 시절의 가장 큰 행복은 아직 아무것도 실현하지 못하고 아무 일도 발생하지 않았다는 사실에 있을 것이다. 무지가 뒷받침해주는 비할 데 없는 자유, 생명의 근원이 되는 자유의 상태라고 할 수 있다. 거의 모든 생물학자가 인류의 '유아 상태가 지속되는' 것은 생물계에서 가장 장기적이고 기이한 현상이라고 말한다.(주의해야 할 것은 이것이 오늘날 생물학자들의 인식을 기초로 한 말이라는 점이다. 오늘날에는 아무리 성실하고 진지한 생물학자도 인간과 다른 생물 사이의 차이를 과장하려 하지 않는다. 특히 만물의 영장이라는 등의 자아도취적인 철학적 해석은 절대 내리지 않는다.) 이러한 현상은 교배와 생식이라는 진화의 첫 번째 중요한 일로 확장된다. 게다가 정말로 솔직하게 밝혀야 할 것은 인간의 영아들이 애당초 '앞당겨 태어난다'는 사실이다. 그 핵심적인 원인은 진화 과정에서 발전하고 있기 때문에 모체의 골반 크기와 맞지 않는 커다란 머리에 있다. 다시 말해서 모체는 배태 상태의 아기를 '배출'하게 되는 것이다. 다른 포유류 생물(포유류 이외의 다른 생물과는 비교할 필요가 없다)에 비해 인간의 영아는 상대적으로 가장 취약하고 발육이 가장 불완전하다. 소나 양이 태어나자마자 네발로 서서 걷다가 금세 뛰기 시작하는 것과는 사뭇 다른 양상을 보인다.

이렇듯 유년기의 뜻밖의 연장은 원래 인류의 생존과 종족 번식의 위기이자 큰 부담이었지만 결국에는 뜻밖의 선물이 되었다. 유년기의 연장으로 인해 인류는 생식과 번식의 진화 사슬에 곧장 효과적으로 진입하지 않고 길고 무료하면서도 신기한 시간을 더 가질 수 있게 되었다. 그리고 그 무료함이란 벤야민이 말한 것처럼 상상의 꿈을 부화하는 새들의 최적의 온상이다. 이런 의미에서 인류가 생물계에서 가장 복잡하고 화려한 존재로 사방으로 빛을 내뿜는 듯한 현상의 핵심은 순전히 이 뜻밖에 생겨난 유년의 세월, 반드시 해야 할 일을 특정하지 않아도 되는 완전한 휴가에 해당되는 세월에 있다고 할 수 있다.

생물의 진화사라는 면에서 보면 우리가 마땅히 지켜야 할 것들이 무엇인지 잘 알 수 있다. 아마 무엇보다도 무지함과 무료함을 기조로 하여 아무것도 할 필요가 없는 유년을 보호해야 할 것이다. 그리고 독서 또한 이처럼 큰 분위기 안에서 겸허하게 진행되어야 한다. 서둘러 현재와 태환하려 하지도 말고 서둘러 성과를 내려 하지도 말아야 한다. 지식을 구하는 것보다는 차라리 자유롭게 노니는 게 좋을 것이다. 신경질적으로 미래에는 반드시 이러저러하게 해야 한다고 지정하여 혼란을 야기하지도 말아야 한다. 벤야민이 섬세한 마음으로 일깨워준바 상상의 꿈을 부화하는 새는 겁이 많기 때문에 현실의 나뭇가지가 조금만 흔들려도 날아가버릴 수 있기 때문이다.

엉망진창인 유년의 도서 목록

이처럼 미래가 보이지 않고 현재가 어떤 의미를 갖는지도 모르는 상태에서 전개되는 유년의 독서에서는 비례로 따져볼 때 그다지 가치 있고 대단한 책은 많지 않을 것이다. 확실히 그렇다. 하지만 지금

이 나이가 되어 옛날 일을 돌이켜볼 때, 거친 어투로 약간의 비난을 할 자격을 갖추고 있어야 하지 않을까? 어떻게 그럴 수 있을까?

사실 30~40년 전 우리가 아이였을 당시에는 독서의 비례를 따질 기회조차 없었다. 일반 가정에는 애당초 책이 몇 권 없어 고르고 자시고 할 여지가 없었기 때문이다. 내 개인적인 사례를 봐도 유년 시절에는 위로 네 명의 형과 누나가 보는 교과서 및 참고서를 제외하면 헤밍웨이의 『노인과 바다』, 호손의 『주홍글씨』, 내가 읽다 말다 한 로맹 롤랑의 『장 크리스토프』, 영화로 제작된 이탈리아의 따뜻한 소설 『사랑의 세계』, 노준의盧浚義가 등장하는 대목 이후의 몇 페이지가 사라져버린 『수호전』, 역시 끝부분이 떨어져나간 충야오瓊瑤의 소설 『몇 번의 붉은 석양』, 홍콩 작가 이다依達의 『두실斗室』, 제목이 기억나지 않는 위치민禹其民의 연애소설 한 권, 『세설신어世說新語』 『소림광기笑林廣記』를 위주로 한 아주 두터운 『역대소화이천칙歷代笑話二千則』, 『학생작문범본學生作文範本』, 공군으로 복무하던 멋진 삼촌이 남긴 『정서대전情書大全』 등 내 기억 속의 책들은 이것이 전부다. 목록에서 빠뜨린 것이 있다 해도 한두 권밖에 되지 않을 것이다.

맞다, 둘째 형이 서랍 속에 감춰두고 남몰래 읽던 고전 연애소설도 한 권 있었다. 불을 끄면 완전히 상상에 의해 이야기가 펼쳐지던 『중국고대명인연애고사中國古代名人戀愛故事』였다.

이걸 어떻게 훌륭한 도서 목록이라고 할 수 있겠는가? 이런 책들이 어떻게 한창 성장하는 아이에게 좋은 읽을거리가 될 수 있었겠는가? 어쩌면 나는 이처럼 자신도 모르게 이런 책들로 인해 평생을 망쳐버린 것인지도 모른다. 이 가운데 내게 가장 큰 영향을 미친 책을 꼽으라고 한다면 내 친구들은 아마 수천 페이지에 달하는 그 유머집을 꼽을 것이다. 나 자신의 대답도 마찬가지다.

물론 고정적인 '장서' 외에 인생의 기이한 인연으로 인해 마치 세상 밖에서 내 인생 속으로 날아와 유년 시절의 빈약한 장서를 보충해준 책들도 있었다. 조국인 중국 대륙의 표현으로 하자면 '질량質量(품질)'이 월등한 책들로 주요 출처는 크게 셋으로 구분할 수 있다.

첫째는 초등학교 3학년 무렵에 우연히 접한 책들이다. 당시 우리 반에는 부모님이 쌀가게를 운영하면서 아들이 큰 인물이 되기를 원하는 성이 리李 가인 부반장이 있었다. 그 친구 덕분에 갑자기 지금도 구입할 수 있는 둥팡東方출판사의 소년 시리즈물 새 책 7~8권이 손에 들어왔다. 요약 부분에는 주음부호主音符號(타이완식 중국어 발음기호)까지 붙어 있는 『로빈슨 크루소』와 『15소년 표류기』 『사랑의 학교』 같은 책이었다. 나의 이 친구는 흔쾌히 이 모든 책을 내게 빌려주었다. 아마도 이 책들은 내가 그보다 더 철저하게 읽었을 것이다.

그 후 4학년이 시작될 무렵, 나중에는 평생 책을 읽지 않는(문제가 많은 중국 문화와 확실한 경계선을 긋겠다는 것이 핑계였다) 반反지성형 인물이 되어버린 큰형이 평생 처음으로 전쟁류 중국 평화平話소설과 제1, 2차 세계대전의 전쟁 비사에 푹 빠졌다. 설인귀薛仁貴(당 태종 때의 장군)와 설정산薛丁山(설인귀와 비슷한 계열의 소설 속 인물), 설강薛剛(설인귀의 손자), 나통羅通(명나라 명장), 적청狄青(송나라 명장), 악비岳飛(남송 시대의 충신) 등의 정벌 전쟁에 관한 이야기들(『홍루몽』 같은 책은 도저히 기대할 수 없었다)과 선명하지 않은 흑백 사진이 곁들여진 에르빈 로멜이나 야마모토 이소로쿠, 조지 S. 패튼, 더글러스 맥아더 같은 영웅들의 전쟁 이야기가 대부분이었다.

이어서 둘째 형이 대학시험을 치르던 2년의 비장한 세월(고3 1년과 재수 1년)에 형 친구 너덧 명이 우리 집에 함께 거주하면서 공부했고, 자연스럽게 다양한 책을 집에 가져오게 되었다. 그 가운데 청쿵成功대학교에 합격하여 훗날 이란宜蘭에서 민진당 주임위원을 지낸 형이 책을 가장 좋아했다. 그 형은 계속해서 내게 많은 책을 빌려주거나 선물했다. 그 형이 선물해준 책은 『몽테크리스토 백작』과 『인류 이야기』, 미원카이糜文開가 번역한 『타고르 선집』 등이었다. 빌려준 책은 더 많았다. 잭 런던의 동물류 소설과 『모비딕』이나 『월든』 『에머슨 문집』 『기드온의 트럼펫』 『잠 깨는 대지』 등 당시 진르스지에今日世界출판사에서 출판된 미국 저작물들도 있었고 칼릴 지브란의 『예언자』 같은 철학적인 시도 있었으며, 가장 인상 깊었던 것으로 오마르 하이얌의 『루바이야트』도 있었다. 이 책에는 삽화가 들어 있어 유난히 멋있었다.

빼놓을 수 없는 것은 우리 큰누나의 책이었다. 꿈꾸기 좋아하는 큰누나도 사춘기에 접어들면서 당시唐詩와 송사宋詞 책 몇 권을 수중에 가지고 다녔다. 이상은, 이후주, 이청조, 이백 등 이 씨 성을 가진 시인들을 위주로 섭렵한 뒤에는 안수晏殊와 주숙진朱淑眞 등의 작품을 읽었다. 이런 책들은 집집마다 있었던 청춘 열병의 가정상비약이었다.

내 인생에서 자신을 위해 직접 산 첫 번째 책은 스티븐슨의 『보물섬』이었다. 초등학교 6학년 때 배구 시합이 있던 전날 저녁 타이베이로 가면서 세 시간 반 동안 터널 안 희미한 공기 속을 천천히 달리는 기차 안에서 이 책을 다 읽었다. 솔직히 말해서 몹시 실망스러웠다. 해적선이 거친 바다 여기저기를 항해하면서 엄청나게 많은 금은보화를 만나는 상상 속의 장면은 거의 없었으며 스티븐슨의 무겁고 음울한 이야기 문체는 너무나 놀라웠다.

유년 시절의 독서 경력을 대략 말하자면 세상에서 가장 재미있는 책이라고 느낀 것으로 초등학교 3학년 때는 『15소년 표류기』가 있었고 4학년 때는 알렉상드르 뒤마의 『몽테크리스토 백작』이 있었다. 그 뒤로는 무척 마음에 들어 많은 시간을 들여 읽고 또 읽었던 책이 바로 반 룬의 『인류 이야기』였다. 지금도 나는 이 책이 진정으로 나를 일깨워준 책이라고 생각한다. 초등학교 6학년이 되어서는 인간세계의 지혜로 가득 차 있어 한 구절 한 구절 외우고 이해하면서 자신의 삶에 젖어들게 해야 한다고 생각하면서도 사춘기에 한 번 다 읽고 나서 다시는 읽지 않았던 『타고르 선집』이 가장 의미 있는 책이었다. 언젠가는 반드시 다시 한번 읽어봐야 할 책이다.

1971년의 가을이 가고 겨울이 다가올 무렵, 열세 살 나이에 중학교 2학년이 된 나는 이처럼 어지럽고 엉망진창인 독서의 성과를 몸에 지니고서 타이베이로 올라와 완전히 생소한 대도시와 마주하게 되었고, 자신이 아무것도 이해하지 못하고 있으며 아무것도 할 수 없다는 자괴감과 초조감에 사로잡히게 되었다.

이성의 극한 환멸의 진상

이처럼 대오가 흐트러진 게릴라식 도서 목록이 내 유년 시절 전체를 관통하고 있다. 이 가운데는 단숨에 읽은 책도 있고 매일 서너 쪽 가량 조금씩 읽어나간 책도 있으며 몇 년에 걸쳐 간신히 다 읽은 책도 있었다. 여러 번 시도했지만 결국 다 읽지 못한 책도 있고, 읽긴다 읽었지만 머릿속에 아무것도 들어오지 않은 책도 있었다. 이 모든 책의 공통점은 당시 나의 지적 능력, 지식수준에 전혀 맞지 않았다는 것이다. 그런 탓에 울퉁불퉁한 산업도로처럼 도처에 이해하지 못한 공백이 남아 있었다. 상상해보라. 어린아이가 어떻게 신의 족적 같은 미국 대법관 제도와 그 역사를 이해할 수 있었겠는가? 과거 뉴잉글랜드의 13개 주에서 눈 한번 깜빡하지 않고 사람을 태워 죽이거나 때려죽였던 청교도의 무서운 도덕을 어떻게 알겠는가?

칼비노는 페데리코 펠리니의 책 서문에서 자신이 어린 시절에 영화를 보았던 아주 특별한 경험을 이야기한 바 있다. 아버지에게 들키지 않기 위해 정해진 귀가 시간 전에 서둘러 집으로 돌아가느라 그는 거의 모든 영화를 끝까지 보지 못했다는 것이다. 또한 칼비노는 당시 신문에 게재됐던 네 컷짜리 미국 만화를 보면서도 언어능력 때문에 만화 속 인물들이 말풍선에서 무슨 말을 하는지 전혀 이해하지 못했다고 밝혔다. 따라서 영화의 결말이나 만화의 연결 부분은 전부 자기 마음대로 상상해 보충하는 수밖에 없었다. 칼비노의 이 두 경험의 디테일은 아주 특수한 듯 느껴질 수도 있지만 사실 그 내용은 상당히 보편적인 것이다. 나도 개인적으로 『수호전』이나 『석양이 몇 번이나 붉게 물들었던가幾度夕陽紅』와 같은 책을 읽으면서 이런 경험을 했다.(솔직히 말하자면 지금까지도 『석양이 몇 번이나 붉게 물들었던가』의 진정한 결말을 이해하지 못하고 있다.) 뿐만 아니라 모든 책이 이렇다. 모든 책에 갖가지 이유로 생긴 공백이 있어 내 마음대로 상상력을 동원해서 보충하는 수밖에 없었다.

하지만 지금도 나는 여전히 "정말 그렇다면 어떻게 하지?"라는 말로 되돌아가고 싶다.

돌이켜보면 이처럼 부족하고 불리한 유년 시절의 독서세계에서도 최소한 한 가지 귀중하고 이로운 부분을 찾을 수 있다. 다름 아닌 극도의 자유다. 아무런 방해도 받지 않는 완전한 자유다. 당시 우리 부모님은 자신들을 돌아볼 겨를도 없이 많은 아이를 낳아 키우는 데 여념없었기 때문에 우리가 두 분을 번거롭게 하지 않고 꿈을 부화시키는 두 분의 작은 새를 놀라게 하지 않는 것만으로도 운이 좋았던 셈이다. 또한 우리는 너무나 명확하고 가득 차 넘치는 지식에 제압당하지도 않았다. 우리에겐 지도해주는 선생님도 없었고 백과사전도 없었으며 쾌속으로 용해되는 답안도 없었다. 우리는 모든 의문과 몇 년 동안 함께 지내야 했다. 그리하여 무지가 상상력을 자극했고 우리의 상상력은 비약하지 않을 수 없었다.

이리하여 벤야민이 왜 신문의 출현과 보급이 사람들의 이야기 능력을 큰 폭으로 감소시켰다고 생각했는지 대략적으로나마 이해할 수 있게 되었다. 심지어 오늘날 신문의 출현과 보급이 소설 창작의 근간을 잠식하고 있는 정황을 분명히 볼 수 있게 되었다. 지식의 진전과 보급은 당연히 좋은 일이지만, 좋은 일이 찾아올 때는 그에 상응하는 좋은 습관을 기르는 것이 가장 바람직하다. 다름 아니라 기존의 것들을 완강하게 지킬 게 아니라 이런 일들에 대해 어떤 대가를 치러야 하는지 검토하도록 일깨우는 것이다. 그렇다고 북과 징을 두드리며 홍보에 열 올리는 세일즈맨이 될 필요도 없다. 깨어 있으면서도 자주적인 사람이 되는 게 가장 바람직할 터이다.

막스 베버의 말을 빌리자면 이성의 왕국에 속한 시비가 분명한 지식은 인류 역사의 가장 강대하고 지속적인 각성의 역량이다. 반면에 인간의 상상력은 밤의 세계의 기이한 비상(시인 괴테의 아름다운 비유를 빌리자면)이라고 할 수 있지만 동시에 어둠과 귀신의 왕국의 가장 아름답고 사랑스러운 딸이기도 하다. 그런 까닭에 상상력은 달과 별빛을 피해 희미한 숲속에 숨어 있는 수밖에 없다. 그러다가 이성의 커다란 태양이 떠오르면 풀잎에 맺혀 있던 이슬과 함께 증발하고 마는 것이다.

보편적인 지식의 발달과 영원히 일인칭에 속한 상상력 사이에서 우리는 아무런 망설임 없이 전자를 택한다. 생활의 수많은 어려움에 처한 절대다수의 사람들에게 있어서 상상력은 그저 있으면 좋고 없어도 그만인 사치스런 선물일 뿐이다. 하지만 이상하게도 개인은 상상력이 전혀 없이도 살아가는 데 아무런 문제가 없지만 사회 전체가 상상력을 상실해버리면 발전과 존속을 기대하기 어려워진다. 그래서 베버의 이성적 각성에 대한 예언은 그 자신에게 있어서도 처음부터 끝까지 유쾌하지 않은 선고였고, 심지어 거의 절망에 가까운 음울한 예고였다. 이는 추모적인 문인들의 사적인 감상이 아니라 인류의 희망이 한 점씩 끊임없이 사라지고 있음에 대한 냉정한 인식이다. 그는 『성경』에 등장하는 밤을 지키는 사람의 슬픔을 이용하여 "칠흑 같은 밤은 이미 지나갔지만 여명은 오지 않았다"고 대답한다.

여기서 간단히 원인을 설명하지 않을 수 없다. 누구였는지 기억은 잘 나지 않지만 유럽의 한 유명한 학자는 "인간의 모든 감각 및 지각 활동 가운데 이성은 항상 최소한으로만 사용된다"고 말했다. 유감스럽게도 우리는 인류의 이성에 대한 열애와 믿음을 지니고 있지만 실제로 이성의 능력과 그 통치 범위는 심각할 정도로 낮은 비율이고, 이성이 효과적으로 관리할 수 있는 왕국에는 도처에 힘이 미치지 않는 공백이 존재하며 왕국의 경계 밖에는 여전히 끝없는 어둠이 펼쳐져 있다는 것이다. 중요한 것은 그곳이 내일 가지 않으면 안 되는 곳이라는 사실이다. 지금 이 순간 그곳이 결코 존재하지 않는 양 가장하면서 편안하게 지내고 있지만 시간의 폭풍은 반드시 우리를 그곳으로 데려가고 말 것이다.

따라서 이렇게 말할 수 있다. 이성적 각성은 지식의 보편적인 발전이 모든 것의 시비가 분명해지고 털끝 하나까지 세세히 다 밝혀져 더 이상 어둡고 흐릿한 땅이 남지 않을 때까지 줄곧 파죽지세로, 심지어 등비급수의 속도와 효율로 진행되고 있음을 의미하진 않는다. 오히려 이성의 깨달음은 결국 어떤 완고한 종교적 집념으로 변화되어 더 이상 사유에 사용되지 않고 모든 것을 거부하며 오만하게 문제를 취소하는 데 전용되고 말 것이고, 인식과 사유의 중단 및 자체적인 제한을 초래할 것이다. 이는 마치 칸트를 읽고 이성을 열렬히 사랑하게 되어 "내게 있어서 이성이란 두 글자는 영원히 빠져들게 하는 마력이 있다"고 고백한 한 친구의 말과도 같다.

지식은 당연히 나날이 발전한다. 괄목상대할 만큼 놀라운 속도로 발전한다. 특별히 증거를 찾을 필요 없이 올해 나이 마흔일곱인 내가 17년 전의 나를 회상하기만 해도 자신 있게 이런 말을 할 수 있다. 하지만 그렇다고 해서 우리가 무지의 통치에서 벗어났다고 할 수 있을까? 그렇지 않다. 오히려 그 반대일지도 모른다. 끊임없이 무지의 거대함을 목격하면서도 흔들리지 않을 수 있는 것은 더 많은 사물의 명징한 일면을 볼 수 있기 때문이다. 동시에 상당히 절망적인 마음으로 무지가 원래 그토록 거대했다는 사실을 깨닫는 것이다. 여기서 우리는 다시 과거에 소크라테스가 '가장 지혜로운 자'라는 델피 신탁에 대해 스스로의 무지에 대한 반성으로 대응했던 일화를 되새길 필요가 있다. 물론 소크라테스의 태도는 분명히 당시 아테네나 그리스의 지식수준이 낮다는 사실을 성토하려는 게 아니라 인간의 자아 인식을 일깨우기 위해 목소리를 내려 함이었다. 인간의 인식과 무지는 상식 안에서 서로 교체되는 관계가 아니다. 양자는 불가사의하게도 손을 맞잡고 함께 움직이기 때문에 알면 알수록 더 무지해진다. 이는 겸손이나 어떤 도덕적 수양과는 전혀 관련이 없다. 그저 다른 가능성이 없는 확고한 법칙일 뿐이다.

야경꾼의 학교 교육과 교과서

물론 40년 이후의 오늘은 상황이 드라마틱하게 뒤바뀌었다. 사람들은 자녀에게 아낌없이 책을 사주진 않는다. 오히려 아이들에게 책 읽을 시간을 주지 않는다. 오늘날의 유년엔 너무 많은 일, 너무 많은 것으로 가득 차 있다.

때로 우리는 인류사에서 수천 년을 내려온 커다란 탄식을 그대로 답습하여 요즘 아이들은 갈수록 책을 읽는 것이 얼마나 행복한 일인지 모른다고 말한다. 확실히 오늘날에는 아이들을 유혹하고 방해하는 물건이 무척 많다. 가장 대표적인 것이 영상 매체들이다. 만화나 텔레비전이라는 통로를 이용하든 아니면 영화나 컴퓨터 같은 수단을 이용하든 간에 최종적으로 부인할 수 없는 사실은 오늘날 아이들에게는 유년이 일생에서 가장 깊이 있고 폭발적인 방식으로 가장 뚜렷한 목표를 가지고 앎을 추구하는 시기가 되어 있다는 것이다. 어깨에는 10킬로그램에 달하는 책가방을 메고 콩나물시루 같은 학교 교실이나 예능학원 강의실에서 초등학교 2, 3학년 아이들이 밤늦도록 공부하는 게 더 이상 진기한 일이 아니다. 최근에는 신주新竹과학단지에서 박사학위를 따가지고 돌아온 엄마의 "몇 살밖에 안 된 아이가 무슨 대단한 학문을 하겠다고 이런 식으로 공부를 하는 거지?"라는 놀라운 한마디가 자주 생각나곤 한다.

무슨 대단한 학문을 하겠다고 그리 중요하지도 않은 그 몇 권의 책을 반복해서 읽고 또 읽어야 하는 것일까? 몇 년 전에 나는 나 자신이 생각하기에도 아주 부도덕한 일을 한 가지 했다. 중학교 1학년 국어 교과서의 목록과 저자명을 베껴 적은 다음 이를 여러 출판사의 편집 주간과 출간 및 영업 담당자들에게 보내 이런 책들이 낼 만한 가치가 있는지, 낸다면 판매 부수는 얼마쯤으로 추산하는지 물은 것이다. 내가 일차적으로 얻은 실전 단계에서의 대답은 100퍼센트 출판의 가능성이 없으며, 출간되어 시장에 나온다 해도 300~400권 정도 팔리면 다행이라는 것이었다.

하지만 실제로는 이런 책들이 매년 3만 부 이상의 판매가 보장되고, 게다가 오랜 시간에 걸쳐 아주 세밀하게 읽히며 암기된다. 그런 책이 교과서라고 해도 출판 시장에 가져다 경쟁하게 하는 것은 완전히 공평한 일이라고 할 수 없을 것이다. 하지만 이렇게 큰 차이가 나는 것이 문제가 되지 않을 수 있단 말인가? 게다가 내가 시험을 치렀던 텍스트에는 시장 기제에 저항하는 사람들의 글도 있었고 돈과 권한이 있는 듯 오만하게 굴었던 편집 주간들의 글도 있었다. 10~20년 동안 아동들을 대상으로 하는 책을 다뤘던 편집 주간들의 글도 있었다. 이익만 추구하는 양심 없는 사람들만 그런 책의 제작에 참여한 게 아니었다.

나는 이런 식으로 아이들을 괴롭히는 주범이 바로 어른들이라고 생각한다. 우리는 사랑과 걱정, 모든 것이 아이들을 위한 것이라는 선의의 거짓말을 이용하여 대자연이 억만년 동안 아이들에게 준 가장 중요한 선물을 빼앗아버렸다. 어른들이 진정으로 신경 쓰는 것은 스스로에 대한 불만과 걱정(옛날에 열심히 공부하지 않았던 것과 자신이 원하던 인물이 되지 못한 것에 대한 불만)이다. 이런 불만으로 인한 터무니없는 생각과 행동이 특히 최근 몇 년 동안의 교육 개혁이라는 대형 코미디에서는 아주 공식적으로 최상의 위력을 발휘한 바 있다.

기본적으로 나는 재미없지만 꼭 필요한 것을 억지로 배워야 한다는 사실을 어느 정도는 인정한다. 아무리 좋은 것이라 해도 엄숙하고 재미없는 부분을 지니고 있다는 사실은 우리도 앞서 인정한 바 있다. 그래서 우리에게는 기본적으로 학교 교육과 교과서가 있는 것이고, 굳이 헌법으로 보장할 필요도 없이 이에 복종하며 실행하고 있는 것이다. 하지만 우리가 먼저 분명히 해야 할 것은 학교 교육과 교과서의 숙명적인 보수성 및 안전성에 대한 요구다. 교과서는 같은 학년이지만 사실은 심성과 흥미가 제각기 다른 아이들에게서 가장 기본적인 공통분모를 찾아야 한다. 이는 넘어설 수 없는 가장 근본적인 척도다. 이 척도는 원래 뛰어나고 독창적인 개성을 지니고 있으며 상상력이 풍부한 것들을 거의 모두 갖춰야 하기 때문에 불안정하고 쟁의의 소지가 있을뿐더러 심지어 '위험하기까지 한' 아름다운 모든 것을 배제한다. 솔직히 말해서 나는 진정으로 아름다운 것 가운데 쟁의의 소지가 없고 불꽃과 칼끝을 동반하지 않으며 수많은 사람에게 경각심을 불러일으키는 향기와 빛깔을 지니지 않은 것으로 어떤 게 있는지 상상하기 어렵다. 그래서 타이완의 국어 교과서에는 이류이긴 하지만 부작용을 수반하지 않은 주즈칭朱志清이나 쉬즈모徐志摩 같은 작가들의 작품이 실리는 반면 루쉰이나 쳰중수錢種書, 장아이링 같은 작가들의 작품은 실리지 못한다. 장쉰蔣勳의 글처럼 감정이 풍부하고 솜사탕처럼 부드럽지만 '무해'한 분위기의 작품은 수록되는 반면 진정으로 뛰어난 당대 작가들의 훌륭하고 폭발력 있는 글은 한 편도 실리지 못한다. 우허舞鶴의 작품이 타이완의 교과서에 실릴 수 있을까?

교과서의 기본적인 한계를 알고 나면 당치도 않은 한 무더기의 망상을 떨쳐버릴 수 있을 것이다. 물론 시차를 두고 수시로 업데이트할 수는 있을 것이다.(폭발적인 언론과 주장은 시간이 흐르면서 아주 평화롭게 안전한 상식으로 변할 수 있다.) 또한 우리는 재미없는 교과서의 기본이 되는 작은 범주들 안에서 최대한 활력 있으면서도 엄숙한 것들을 찾아야 한다. 다시 말해 교과서는 그 역할과 능력의 한계를 분명히 해야 하는 것이다. 억지로 무리해서 자유와 개성이 보장되는 진정한 독서의 영역으로 손을 뻗을 필요는 없다. 우리가 해야 할 일은 천하의 모든 사람을 위해 결정을 내려주는 것이 아니라 시간과 공간을 돌려주는 것이다. 이것이 바로 학교 교육과 교과서에 대한 '야경꾼'의 기본적 개념이다. 간섭을 최소화할수록 효과적인 관리의 기회가 더 많아지는 법이다.

유년 시절 독서의 지옥은 종종 선의의 학교 교육과 교과서의 보충으로 이루어진다.

내가 개인적으로 우려해 마지않는 것은 다음 세대가 갈수록 더 책 읽기를 원치 않고 갈수록 더 문자의 풍요로운 세계로 들어가는 것을 원치 않게 되는 점이다. 하지만 솔직히 말해서 강경한 어투로 얼굴을 붉히면서까지 이런 이야기를 하고 싶지는 않다. 누구든지 매일 억지로 재미없는 책과 장시간 씨름하면 그 이후에 30분 내지 한 시간 정도 자유 시간이 생겼을 때 기꺼이 다른 책을 읽고 싶은 생각이 들지는 않을 것이기 때문이다. 자유로운 시간에 『백 년 동안의 고독』이나 『모비딕』, 그레이엄의 그린의 『희극배우들』 같은 책을 읽을 사람이 있다면 손을 한번 들어보라. 날 쳐다보진 말기 바란다. 나는 그렇게 하지 않을 테니까 말이다. 나는 잠시 멍하니 있거나 잠을 자는 것을 택할 것이다. 아니면 3점 슛 넣기 농구 게임을 할 것이다.

나는 나그네들의 발길이 드문 길을 택한다

고개를 돌려 오늘날 학교 교육과 독서 실태를 살펴보면, 솔직히 말해서 어른들이 자유주의자가 된다는 것이 무척 힘든 일임을 실감하게 된다. 공허하게 늘어놓는 자유주의의 기본 신념은 사실 매우 빈약하여 의존하기가 쉽지 않다. 특히 취학 연령의 어린 자녀들을 둔 집의 부모는 이 세상에서 가장 연약한 생물이 되고 만다.

결혼하기 전 아이가 없었을 때는 나도 대단히 자유롭고 진보적이었으며 머릿속이 온갖 주장으로 가득 차 있었다. 게다가 아이가 생기면 반드시 진흙탕과 풀밭, 반딧불이를 친구로 삼게 해주겠다고 맹세하기도 했다. 하지만 지금은 이 모든 모습이 온데간데없고 딸아이가 납치당해 인질로 잡히는 바람에 우울증에 걸린 부모의 모습처럼 되고 말았다. 어린아이를 어디로 데려간 것일까? 아이들은 대체로 부모의 경제력 순서에 따라 부모가 초빙한 가정교사와 함께 집 안에 갇힌 채 공부하기도 하고, 다양한 학원에 가서 강의를 듣거나 밤 아홉 시가 되어서 집에 돌아오지 않고 불이 환히 켜진 학교 교실에서 야간 자율학습을 하기도 한다.

이제는 바람 소리와 학 울음소리에도 겁을 먹는 소심함이 어떤 위험 요소도 견디지 못하는 지경으로 나아갔다. 자유주의의 가장 기본적인 신념 중 하나는 위험을 직시하고 받아들이는 것이다. 위험의 존재가 바로 자유를 누리는 데 대한 필수적인 대가이기도 하므로 어떤 결정을 내리느냐에 따라 그에 상응하는 결과와 도덕적 책임을 받아들여야 한다. 이는 자유주의자들의 가치 서열에서 자유가 차지하는 위치가 어느 정도의 위험을 동반한 위협보다 훨씬 더 높기 때문이다. 게다가 우리는 다행스럽게도 인간의 생명이 미지의 상태, 기회와 행운은 적고 적의로 가득 찬 광활한 세계에 노출되면 위험을 완전히 제거할 수 없다는 사실을 분명하게 인식하고 있다. 우리는 종종 위험이 수반되는 자유의 세계와 완전히 격리되어 미리 절망하게 되는 '안전'이라는 환상 가운데 양자택일을 할 뿐이다. 혹은 이런 선택과 결정의 권리를 두 손에 받쳐 들고 헌납하면서 위에 있는 지혜롭고 잘못을 저지르지 않는 권력자들이 우리를 위해 모든 것을 대신 처리해 주리라 믿는 사람들이 인류의 20세기 100년의 진실한 역사에서 비극적인 결정을 내린 것은 아닐까?

자유주의의 큰 스승인 이사야 벌린은 자유주의는 강경한 종교이든 역사적 숙명론이든 혹은 비교적 유연하며 탄성을 지닌 각양각색의 역사의 필연적 운명과 그 노선이든 간에, 그 어떤 숙명론과도 공존할 수 없다고 말한 바 있다. 하지만 오늘날에는 이처럼 강경한 자유주의적 주장이 뒤로 물러나고 비교적 유연한 숙명론을 제시하는 미래학자들이 대거 등장하고 있다.

나는 개인적으로 인간이 미래를 엿보고 이에 대비하는 것에 대해 전혀 반대하지 않는다. 이러한 태도는 인성의 일부일 뿐만 아니라 탁월한 지혜이기도 하기 때문이다. 사실 인간의 모든 발견과 논술, 주장들이 어느 정도는 미래의 성분을 포함하고 있다고 믿는다. 하지만 이에 관해 어떻게 말해야 할까? 문학의 거장 두 분의 말을 빌려 이야기하고 싶다. 다름 아닌 보르헤스와 나보코프다. 보르헤스는 당연히 어떤 문학예술의 창조에도 반드시 '미'에 대한 인간의 인식과 추구가 포함되어 있다는 사실을 긍정한다. 하지만 '미학'이란 것은 아주 이상해서 '미'를 독립적으로 떼어놓고 학문이나 연구로 삼으면 사람들이 아주 불편해한다고 지적한다. 반면에 항상 직언을 서슴지 않는 나보코프는 이에 대해 참지 못하고 반문을 제기한다. 미래가 가리키는 것이 누구의 미래인가? 나의 미래인가? 아니면 당신이나 빌 게이츠, 마잉주의 미래인가? 나보코프는 앞에 대명사 소유격을 붙이지 않아도 되는, 각각의 개인에 속하지 않는 어떤 밝은 미래도 긍정하려 하지 않았던 것이다.

내 기본적인 생각은 보르헤스와 완전히 일치한다. 단지 현실에서 벗어난 '미래학'이 모든 '미학'보다 현실성이 더 많다는 억지스런 느낌만은 예외다. 미래학은 복잡하고 어지러운 삶의 그림들을 대략적으로 거칠게 축약할 뿐만 아니라, 우리 의지와 희망, 가능성에 침입하여 심지어 억압하기도 하기 때문이다. 이는 가장 안 좋은 형식의 신新유토피아 판본이자 위장된 과학 논리로서, 결국에는 십중팔구 특정한 정치 패권이나 다국적 기업의 세일즈맨 역할로 전락할 것이다. 미래의 이름으로 우리를 다국적 기업 상품에 의지해야만 살아갈 수 있는 생존 방식으로 밀어넣는 것이다. 이렇지 않은 미래학자가 어디에 있단 말인가? 예컨대 불과 몇 년 전에 컴퓨터와 인터넷으로 우리를 위협했던 사람들은 아직도 건재하지 않은가? 우리는 이로 인해 얼마나 많은 돈을 억울하게 썼는지 계산해보고 그들에게 따져야 하는 게 아닐까?

어떤 사기꾼이 되어야 가장 안전할까? 인류 역사에서 가장 경력 높은 미래학이라고 할 종교가 분명한 계시를 내려줄 것이다. 종교에서는 예언이 실현되기까지의 거리의 제곱이 안전과 정비례를 이룬다. 다시 말해서 미래에 대한 우리 예언이 한 시간 후에 실현될지 아니면 내일이나 다음 주 월요일쯤 실현될지 모르는 채 눈만 껌뻑이고 있다면 서둘러 방법을 찾아 나설 확률이 필연에 가깝다는 것이다. 반대로 실현될 날짜가 멀면 멀수록 도망칠 시간적 여유가 더 많을 뿐만 아니라, 도망칠 필요도 없이 시대의 흐름을 정확하게 파악하는 전문가나 미래학자가 될 큰 기회를 얻을 수도 있다. 시간은 자동적으로 공간으로 전환될 뿐만 아니라 기억 상실과 망각을 수반하여 사람들의 마음을 평안하게 해주기 때문이다. 우리 중 10년이나 20년 후에 지금을 돌이켜보면서 우리가 틀림없이 큰 부자가 될 것이라고 말했던 그 점쟁이를 찾아내 탁자를 뒤집어엎고 간판을 떼어낼 사람이 누가 있겠는가? 예언이 실현되는 시간이 『계시록』에 나오는 최후의 심판처럼 그렇게 무한히 멀다면 그것은 사기가 아닌 확실한 진실이 된다. 그런 예언을 하는 사람은 현자나 선구자가 되고, 까딱하다간 신이 되기 쉽다.

예언과 관련하여 또 하나의 안전 수칙이 있다. 작은 일을 예언하지 말고 큰일을 예언하며, 많은 사람의 일을 예언하고 개인의 일을 예언하지 않는 것이다. 예언의 대상이 되는 사람이 많을수록 안정성도 정비례하여 올라간다.

한 가지 예를 드는 것으로 충분할 터이다. 이매뉴얼 월러스틴은 세계적으로 유명한 미래학자다. 그의 저서 『자유주의 이후』가 몇 년 전에 롄징聯經출판사에서 중국어로 번역되어 출간되었다. 이 책의 가장 핵심적인 부분이자 책 전체를 관통하는 논술의 대전제요 기초가 되는 것은 21세기 초까지 전 지구적으로 미국과 유럽연합, 일본을 중심으로 하는 동아시아, 이 세 개의 경제 집단 역량이 형성되었다는 주장이다. 게다가 피할 수 없는 사실은 일본이 아주 쉽게 유럽과 미국을 뛰어넘어 진정한 패주가 된다는 것이다. 이 말이 잘 알려지기도 전에 일본은 이미 경제 불황의 늪에 빠진 지 10여 년이 되었다. 결국 월러스틴의 말은 악의적인 풍자로밖에 들리지 않는다.

나는 미래에 대한 사람들의 전망이 나타내는 가장 기본적인 그림이 『미로 속의 장군』에서 희미한 반딧불이를 이용하여 앞으로 나아갈 길을 비추는 식민 시대의 토착 원주민들과 같아서 눈앞에 볼 수 있는 것이라고는 단일하고 모호하게 빛나다가 사라지는 작은 광점들과 거대한 세계의 어렴풋한 윤곽뿐이라고 믿는다. 이러한 시야가 인간의 호기심과 기대가 되고, 반성과 깨우침이 되는 것이다. 결국 잊지 말아야 할 것은 미래가 아직 발생하지 않았을 뿐만 아니라 보르헤스의 말처럼 무엇이든 발생할 가능성이 있다는 사실이다. 아직 존재하지 않는 미래의 흔적을 찾을 수 있다면, 그것은 틀림없이 과거나 지금 이 순간의 어딘가에 감춰져 있을 것이다. 그리고 미래의 흔적을 찾는 일이 어떤 의미를 갖는다면 이는 틀림없이 우리가 과거와 지금 이 순간을 사유하는 것의 일부에 지나지 않는다는 것이다. 한 걸음 더 나아가 그 디테일과 보편적인 내용을 따져보자면 이는 우리 사유의 반딧불이 밖에, 칠흑 같은 미지의 어둠 속에 잠들어 있을 것이다.

인류 역사상 가장 의미 있는 '예언'과 가장 중요한 미래에 대한 전망은 한 번도 적중한 적이 없다. 심지어 적중하는 것을 두려워한다. 베버의 철저히 이성적인 예언에서 그랬고, 『멋진 신세계』나 『1984』에서도 그랬듯이, 미지와 명철함 사이에는 분명하고 엄숙한 경계가 있어 이를 경솔하게 넘어선 안 된다. 이는 예지와 기만의 경계선이자 진지하고 책임감 있는 사유 및 강호 술사들 사이의 경계선이다.

가장 중요한 것은 미래학자들이 어떻게 겁을 주든 간에, 어느 날 갑자기 세계의 종말이 찾아오지 않는 한, 복잡하고 혼란스러우며 다양한 개별적 의지와 선택을 다 받아들이는 기본적인 상태가 오늘처럼 지속되리라는 사실이다. 이것이 인류세계에 있어서 유일하게 가능한 존재 방식이기 때문이다.

보르헤스는 만년에 종교에서 말하는 천당과 지옥은 과장된 주장으로서, 사람들을 그저 편안하게 해줄 뿐임을 잘 알고 있다고 말한 바 있다.

가까운 미래에 컴퓨터 분야에 종사하는 사람들이 과잉 공급될 것이라고 확신할 수 있을까? 훌륭한 셰프와 목공 장인들이 다 굶어죽을 것이기 때문에 다음 인류 생활에서는 큰 인기를 끌리라고 확신할 수 있을까? 아이들에게 그 시대에는 타이완 대학 법학과가 타이완 대학 법상法商계열 학과들 가운데 합격 점수가 가장 낮은 학과였으며 '비실용적'인 경제학과와 사회학과가 법학과보다 점수가 높았다는 사실을 말해줄 수 있을까?

아이들에게 어떤 책을 읽게 해야 하는지 고심하기 전에 먼저 자유롭고 여유 있는 시간을 만들어줄 방법을 생각해야 할 것이다. 똑같이 부모인 나도 이것이 그리 쉽지 않으리라는 점을 잘 알고 있다. 하지만 이것이 대자연이 아이들에게 준 귀중한 선물임을 기억해야 한다. 마음이 흔들릴 때는 속으로 로버트 프로스트의 밝게 빛나는 시를 음송하라고 권하고 싶다. 최근 몇 년간 내게 그랬던 것처럼 이 시가 우리의 나아갈 길을 지탱해줄 것이다.

> 숲속에 두 갈래 길이 있다. 나는 인적이 비교적 드문 길을 선택한다. 이로 인해 미래의 모습은 완전히 달라질 것이다.

10. 인생의 반환점을 지나서

마흔 이후의 독서

"이것이 성 마태오 설탕공장의 냄새다."

갈라스로부터 132킬로미터 떨어진 데 위치한 성 마태오 설탕공장은 그의 오랜 향수의 한가운데 있는 곳이었다. 그곳에서 그는 세 살 때 아버지를 잃었고 아홉 살 때 어머니를 잃었으며 스무 살 때는 사랑하는 아내를 잃었다. 그는 스페인에서 아름다운 남미 아가씨를 맞아 부부가 되었다. 이 아가씨는 그의 친척이었다. 그녀와 결합한 이후의 그의 유일한 꿈은 성 마태오 공장의 공장장으로서 재산을 잘 관리하고 거액의 부를 잘 늘리며 둘 다 편안하게 살면서 백발이 될 때까지 해로하는 것이었다. 하지만 결혼하고 나서 겨우 여덟 달 만에 아내는 세상과 작별하고 말았다. 그의 아내가 악성 열병 때문에 죽은 것인지 아니면 집 안에서 우연한 사고 때문에 죽은 것인지는 줄곧 확실하게 규명되지 않았다. 그에게 있어서 아내의 죽음은 새로운 역사의 시작이었다. 베네수엘라에서 스페인 혈통의 토착 귀족 집안의 귀공자로 태어난 그는 하루 종일 방탕한 생활에 빠져 있었고 정치에는 전혀 관심이 없었기 때문이다. 애처를 잃은 뒤로 그는 위인이 되었고 죽을 때까지 그렇게 살았다. 그는 세상을 떠난 아내에 관해 이야기한 적도 없었고, 이야기하고 싶은 마음이 들었던 적도 없었다. 물론 후처를 맞을 생각도 없었다. 거의 일생을 통틀어 그는 매일 밤 성 마태오의 옛집에 관한 꿈을 꾸었다. 꿈에서 아버지와 형제들을 만났지만 아내를 만난 적은 한 번도 없었다. 아내는 깨끗이 잊은 상태였다. 마치 칼로 잘라낸 듯했다. 그녀 없이도 얼마든지 살아갈 수 있을 것 같았다. 유일하게 그를 자극하는 기억은 성 베드로 알레한드로의 공장에서 제당 작업을 마친 후에 바람을 따라 흩어지던 설탕의 향기였다. 설탕공장에는 표정이 차갑고 그를 향해 동정심 어린 눈길조차 던지지 않는 노예들 그리고 그들을 맞이하기 위해 방금 석회로 하얗게 칠한 건물과 그 주위의 하늘을 찌를 듯이 높은 나무들이 있었다. 이곳은 또 다른 설탕공장이었다. 바로 이곳에서, 벗어나기 힘든 액운이 그를 죽음의 심연으로 밀어넣었다.

"그녀의 이름은 마리아 테레사 로드리게즈 델토로 이 알라사이야."

장군은 두서없이 이야기를 시작했다.

꿈은, 정말로 인간의 삶에서 가장 신기한 것이다. 너무나 사적이고 은밀하며 친근하기 때문에 자기 자신에게도 제대로 드러내지 못할 것만 같다. 또한 너무나 요원하고 아련하여 자신과는 아무런 관련이 없는 것 같고, 낯선 사람이 만든 것처럼 느껴지기도 한다. 그래서 꿈은 문학작품에서 가장 쓰기 어렵고, 썼다가는 거의 실패하는 듯하다. 하지만 꿈은 책을 쓰는 거의 모든 사람이 글로 쓰고 싶은 유혹에 빠져 평생에 한두 번만 시도해보고 곧장 단념하는 것이기도 하다.

타이완의 유명 작가이자 내 아내인 주톈신은 한 작가가 꿈에 대해 쓰기 시작한다는 것은 창작의 생명이 다했다는 것을 의미한다고 말한 바 있다.

물론 꿈에 대한 프로이트의 그 천진난만한 해석도 별 쓸모가 없었다. 바흐친과 나보코프가 조소를 보냈던 그대로다. 여기서 마르케스는 볼리바르가 꿈에서 그의 유일한 아내를 본 적이 없고, 살아 있는 동안 단 한 번도 그녀를 그리워하지도 않았지만 마지막에는 성 마태오 설탕공장의 설탕 냄새 속에서 아내를 어두운 죽음의 심연으로부터 해방시켰다고 쓰고 있다. 그런 다음 볼리바르는 남미 사람 특유의 아주 긴 이름을 부른다. 어쩌면 볼리바르는 앞당겨 하늘나라로 간 사람들처럼 그곳에서 마침내 죽은 지 여러 해가 된 아내를 알아보았는지도 모른다. 이러한 신기함 때문에 나는 자신과 전혀 상관없는 보르헤스가 생각났다. 우리는 보르헤스가 아르헨티나의 독재자 페론 장군과는 물과 불처럼 공존할 수 없는 사이였다는 것을 잘 알고 있다. 페론은 정권을 잡자마자 보르헤스를 도서관 관장 자리에서 쫓아내고, 그 대신 시장의 가금류 조사원으로 일하게 했다. 고대 중국에서 대신을 파면하여 성문을 지키게 한 것과 다르지 않다. 물론 이것이 극도의 치욕이다보니 보르헤스의 머릿속에 떨쳐낼 수 없는 페론의 그림자가 생겼다. 하지만 보르헤스는 꿈속에서 한 번도 페론을 만난 적이 없다. "나의 꿈에도 품위가 있다. 내가 그의 꿈을 꾸다니, 어림도 없는 소리다."

그렇다면 꿈에 나온 사람은 누구였을까? 일찍이 잊어버려 어디에도 없는 고향의 마리아 테레사 로드리게스 델토로 이 알라사였을까? 아니면 가슴속에 단단히 새긴 페론 장군이었을까?

여기서 우리는 다시 한번 볼리바르의 나이를 상기할 필요가 있다. 당시 그의 나이는 마흔일곱이었다. 물론 지금까지 『미로 속의 장군』을 읽은 사람들은 볼리바르가 죽음으로부터 겨우 한 발짝 떨어져 있었을 뿐이라는 사실을 잘 알 것이다. 그것이 이 소설 외의 다른 자료를 통해 알게 된 사실이라 해도 상관없다. 결국 볼리바르는 마그달레나 강으로 가는 여행의 종점에서 쓰러지고 말기 때문이다. 어쩌면 우리는 소설의 진행 과정에서 이미 이러한 결말을 알아차리고 있었는지도 모른다. 사실 소설을 쓴 마르케스는 이 죽음에 대해 말하기를 주저하거나 피하지 않았다. 어차피 이 소설은 여러 가지 트릭이 내장된 추리소설이 아니기 때문이다. 심지어 우리는 이 소설에 근거하여 사유를 전개할 필요도 없다. 물리적인 접촉만으로도 가슴에 와닿을 것이다. 여기까지 읽은 독자라면 이 두꺼운 장편소설에 남은 페이지가 얼마 되지 않는다는 것을 발견할 테고, 궁금한 결말을 눈앞에서 분명하게 확인하고 싶을 것이다. 하지만 독자로서 죽음을 예측하는 이 모든 마음을 버리고 아주 단순하게 마르케스가 서술하는 이 대목을 읽어보자. 한때 남미 대륙 안데스 산맥의 역사에서 가장 높은 자리에 올랐던 사람이, 영광이 사라지고 온몸과 마음이 피폐해진 마흔일곱 살의 어느 순간에 갑자기 부드럽게 자신이 나고 자란 고장을 생각하며, 20여 년 동안 먼지더미 속에 묻혀 있던 아내의 성과 이름을 생각해낸다. 이 기억 자체가 바로 설탕의 달콤한 맛으로 가득한 죽음의 냄새인 것이다.

나는 줄곧 아주 늙어서가 아니라 마흔 살 전후의 시기가 바로 죽음에 대한 의식이 가장 맹렬하게 습격해오는 시기로서, 쫓아내도 도망치지 않는 죽음에 대한 감지가 마음과 생각에 가득 찬다고 생각해왔다. 정신이 맑게 깨어 있든 달콤한 꿈에 빠져 있든, 현실 생활에 정신없이 바삐 돌아치고 있든, 아니면 가끔씩 고독한 사색에 빠지든 상관없다. 기쁨과 흥분에 가득 차 있는지 아니면 걱정거리가 거의 없는지는 더더욱 문제되지 않는다. 어떠한 상황에서든지 그 안에서 죽음의 독특한 냄새를 맡을 수 있다. 죽음은 한구석에 조용히 앉아 있다. 우리가 고개를 돌리면 눈길이 잠시 머무는 그곳에 죽음이 앉아 있는 것이다.

그렇다. 물론 이 모든 상황에는 독서도 포함된다. 과거에는 감지하지 못했을지 모르지만 내 나이가 되면 모든 글의 자간과 행간에서 쉽게 죽음의 갖가지 흔적을 발견하게 된다.

나이가 들면 읽는 책의 행간에서 죽음의 발자취를 쉽사리 발견하게 된다.

떠오르기 시작한 몸

밀란 쿤데라의 『무지』는 내가 최근 몇 년 동안 읽은 소설들 가운데 가장 훌륭한 작품이다. 하지만 지금 타이완의 일부 젊은 소설가나 평론가는 이 작품에 대해 코웃음을 치면서 조롱하고 있다. 조금 나은 태도를 보이는 사람들은 이 대단한 소설가의 노화와 마모, 다시 회복할 수 없는 과거의 예리함과 복잡함, 빛나는 예술성에 대해 동정심 가득한 한탄을 보내고 있다. 나는 굳이 힘들여 쿤데라를 변호하고 싶은 생각은 없다. 나는 시간을 믿는다. 아직 인생의 반환점을 돌지 못해 더 높은 곳으로 올라가고자 하는 야심으로 가득 차 있는 젊은이들도 금세 지금의 내 나이가 될 것이고, 볼리바르가 성 베드로 알레한드로의 설탕 냄새를 어렴풋이 떠올리던 나이가 될 것이다. 그때까지도 그들이 성실하게 살아가고 있고 계속 정진하고 있다면 이 소설이 얼마나 잘 쓴 작품인지 이해할 수 있을 것이다.

『무지』에는 이런 대목이 있다.

흘러간 세월이 아득해질수록 돌아오라고 외치는 사람들의 목소리는 더 거부하기 힘들어진다. 이러한 주장은 일리가 있는 것처럼 들리지만 실제로는 진실이 아니다. 인간은 계속 늙어가고 생명의 끝이 가까워진다. 모든 순간이 갈수록 더 진귀해지고 아예 지나간 일에 낭비할 시간이 없어진다. 우리는 향수에 관한 이 수학적 패러독스를 이해해야 한다.

나는 대단히 날카로운 쿤데라의 이 말에 물질적 기초를 더해주고 싶다. 다름 아닌 자신의 몸이다. 먼저 설명해야 할 것은 나는 독서에 있어서 절대로 유물론자나 생물결정론자가 아니라는 점이다. 나는 그저 독서는 신체에서 완전히 벗어난 순수한 정신적 활동이라는 말에 기분 좋게 마음을 놓을 수 없을 뿐이다. 그렇게 좋은 일은 없다. 많든 적든 간에 인간은 신체의 중력에 의해 불편함을 느끼게 된다. 어쩌면 아름다운 독서의 세계로 빠져 들어가는 과정에서 이러한 불편을 잊을 수도 있다. 공자가 말한바 잠시 자신을 잊는 것도 엄연히 가능한 일이다. 하지만 이러한 망각이 결국 얼마나 짧은지는 논하지 말기로 하자. 사실 잊는다고 해서 그 작용 자체가 존재하지 않는 것은 아니다. 나이 혹은 나이가 가져다주는 신체 변화가 직접적으로 우리의 감수 방식과 내용을 변화시킨다. 신체의 변화가 부분적으로 독서의 전제가 되고 독서 준비의 중요한 요소가 되는 것이다.

하지만 왜 갈수록 죽음으로부터의 거리가 가까워지는 노년이 아니라 인생의 반환점이라 할 수 있는 마흔 몇 살의 시기에 이런 변화가 나타나는 것일까? 이른바 인생의 반환점이란 현실적인 언어로 말하자면 몸이 산꼭대기를 넘어 비탈길을 내려가는 시기라 할 수 있다. 이는 전혀 낯선 느낌이다. 처음 겪는 일이다보니 잠시 이에 대응할 적절한 경험의 재료를 찾지 못한다. 더 좋지 않은 사실은 이것이 정말로 새로운 일이 아닌 낯선 경험일 뿐이라는 것이다. 잠시도 떨어지지 않고 40년 넘게 함께해온 몸이 어떻게 갑자기 자신을 등지고 떠날 수 있겠는가? 결국 이는 놀라운 일일 뿐만 아니라 슬픈 일이기도 하다.

나는 인간에게는 인내심이 있고 이런 문제를 해결할 방법이 있다고 믿는다. 산이 변하는 것이 아니라 길이 변하는 것이다. 시간이 흐르면 우리는 또 끊임없이 쇠락하는 신체의 새로운 상황에 적응한다. 볼리바르처럼 빨리 죽지만 않는다면 노년 이후에도 뛰어난 소설가로 활약했던 나보코프와 같이 노화와 친하게 지낼 수 있는 방법을 찾을 것이다. 나보코프는 인생의 첫 19년을 러시아 상트페테르부르크에서 지냈고 중간의 19년을 유럽에서 지냈으며 그다음 19년을 미국에서 보낸 특이한 이력의 작가로서 결국에는 스위스로 망명하여 떠돌이 소설가가 되었다. 만년에 스위스에서 가졌던 한 인터뷰에서 그는 당시 가장 필요했던 것이 '안락의자'라고 대답했다. 늙고 살찐 몸을 편하게 둘 곳이 필요하다는 것이었다. 물론 최고의 모더니즘 작가인 나보코프가 거론한 '안락의자'는 일종의 비유였다. 이런 비유에 대해 그는 "안락의자는 다른 방에 있다. 다름 아닌 내 서재다. 이는 일종의 비유로서 여관 전체와 정원을 비롯한 모든 것이 안락의자 같다"고 설명하고 있다.

하지만 마흔이 넘어 막 인생의 반환점을 돌았을 때 우리는 아직

늙는다는 것에 익숙해지지 못한 상태이고, 이를 기꺼이 받아들이는 것은 더더욱 불가능하다. 아무리 피곤하고 아무리 큰 병에 걸려도, 아무리 밤새도록 술을 마시면서 수다를 떨어도, 하루 푹 자고 나면 모든 것이 회복되지 않았던가? 치아와 머리카락, 손발톱, 피부, 관절에서 각종 기관과 내장까지 전부 저절로 관리되지 않았던가? 도대체 언제부터 우리가 몸을 아끼고 보호하는 번거로운 일을 시작해야 했던 것일까?

맞다. 눈도 빼놓을 수 없다. 눈은 늙어가고 있는 모든 독자가 가장 큰 자극을 받는 부분이다. 어쩔 수 없이 글자 크기를 비교하게 되고 조명의 정도에도 신경을 써야 한다. 심지어 부유한 생활을 누리는 사람처럼 책을 읽는 장소의 편안함까지 따지게 된다. 이리하여 독서는 더 이상 어떤 어려움 속에서도 할 수 있는 일이 아니라 자세를 잡고 힘들게 해야 하는 일이 되고 만다. 순조롭게 책의 세계에 빠져들어 모든 것을 잊어버리기 전에 항상 의식과 같은 동작들을 먼저 완수하지 않으면 안 된다. 이는 몹시 고통스럽지만 어쩔 수 없는 일이다.

우환과 함께 온 것

사람이 서서히 늙어감과 관련하여 청춘에 대한 연모를 주체할 수 없었던 미시마 유키오는 소설 한 권으로 이에 대응하고 저항하는 것에 그치지 않고 정말로 죽는 한이 있어도 이에 굴복하지 않는 지경에 이르렀다.(45세의 젊은 나이에 할복자살.) 하지만 사람이 늙어가는 것에 대해 가장 정확하게 말한 사람은 마르케스이고, 그것도 단 한마디였다고 생각한다. 다름 아니라 그의 또 다른 소설 『콜레라 시대의 사랑』에서 늙어가는 의사 우르비노가 자기 내장의 위치와 형태를 완벽하게 알게 되었다고 한 말이다.

무신론자인 보르헤스는 한 차례의 치통만으로도 신의 존재를 부정할 수 있다고 말한 바 있다. 인자하고 모든 것을 미리 알 수 있으며 전지전능한 신이 치아를 이런 식으로 만들어 사람들에게 그런 고통을 당하게 할 리 없다는 것이다. 신이 정말로 인자하여 세상 사람들을 사랑했다면 그는 어리석고 무능한 창조자임에 틀림이 없다. 충분한 예지와 능력을 갖추고 있어 모든 것을 더 훌륭하게 만들 수 있으면서도 그렇게 하지 않았다면 그는 틀림없이 잔혹하고 악독한 존재일 것이기 때문이다. 요컨대 치통이 엄습하는 순간에 우리는 신과의 관계에 대해 우리가 갖고 있던 가장 기본적인 속성이 실제와 모순된다는 사실을 이해한다.

사실 사람의 몸과 관련된 모순은 서른 개 남짓 되는 치아에만 국한되지 않는다.

의사 우르비노가 자신의 모든 내장(이론적으로는 간장은 제외됨)을 느낄 수 있었던 것은 신경지각 계통이 예방적으로 설계되어 있어 나쁜 것은 알려주고 좋은 것에 대해선 알려주지 않기 때문이다. 일종의 비상벨과 같은 역할을 하기 때문에 파괴가 일어나거나 이물질이 침입했을 때에만 반응을 보이는 것이다. 그리고 각양각색의 정도가 다른 고통이 엄습하면 이를 직시하지 않을 수 없다. 다시 말해 몸에는 즐거움을 느끼는 물리적 설계가 갖춰져 있지 않기에 즐거움은 다분히 유심唯心적이고 불규칙적이며, 몸이 느낄 수 있는 것은 그저 아무 일도 없는 듯한 가벼움뿐이라는 것이다. 몸이 느낄 수 있는 가장 큰

쾌감은 몸의 존재를 전혀 느끼지 못하는 것이다. 그런 까닭에 노자는 사람의 고통과 우환은 우리의 이 몸이 우리를 잡아끄는 것이라고, 단지 그뿐이라고 말했던 것이다.

나는 일찍이 이를 해답으로 삼아 인류학자 마거릿 미드가 제시한, 어째서 인류의 모든 종교의 유토피아인 천국의 묘사는 이처럼 공허하고 전혀 실체감이 느껴지지 않는 반면, 지옥과 관련된 모든 상상은 생동감이 넘쳐 사람을 거의 초죽음 상태로 몰고 가는 것인가 하는 더없이 정확한 질문에 호응한 바 있다.

이처럼 '새로운' 몸으로 독서를 진행하다보면 그저 자신의 위장이 어디 있고, 기관지와 전립선은 어디 있는지에 신경을 쓰게 될 뿐만 아니라, 한때 투명했던 이런 기관들이 모습을 드러냄에 따라 책 내용 가운데 젊었을 때는 거의 주목하지 않고 지나쳤던 부분들, 전혀 의혹이 없었던 부분들이 하나하나 눈앞에 튀어오르게 된다. 때로는 이런 부분이 아주 많아 모든 책을 마치 처음 읽는 듯한 느낌이 들기도 한다. 몸의 고통이 책을 읽는 동안 대가를 가져다준다. 책에는 수많은 '내장'의 부분이 있어 똑같이 고통을 겪은 사람에게만 열린다. 그리고 이런 내장들은 대개 책의 비교적 깊고 견고한 부분에 자리하고 있다. 결국 책을 쓰는 사람도 불편하기 그지없는 몸을 가지고 있고, 그 고통을 통해 자기 존재의 극한과 그곳에서 기다리고 있는 종점을 의식하게 된다. 그리고 죽음은 밀란 쿤데라가 말한바, 젊었을 때는 개념적이고 문자적이고 다른 것을 의미하면서 감정을 기탁하는 상상이던 것이 갑자기 진실로 다가오는 것이다. 위급하고 심한 질병의 고통이 다가올 때, 사람들은 진정으로 죽음의 자리, 즉 생명의 자리 밖에 서서 생명 자체를 송두리째 돌아볼 기회를 얻는다. 이리하여 더 이상 생명 속에서 무의식적으로 당연하게 살아가는 것이 아니며 만사만물이 자신과 마찬가지로 멈추지 않고 존재함을 깨닫는 것이다.

여기서 독자와 글을 쓴 사람들은 같은 병이 만들어주는 연계로 인해, 그리고 문학의 유한한 부담 능력으로 인해 서로 소통하고 고통의 일부를 해소하며, 상당 정도 고독하고 고통스런 적막감을 위로받는다.

좀더 바람직한 가능성은 줄곧 투명하여 붙잡을 수 없던 시간이 갑자기 색깔이 입혀지기라도 한 듯 구체적인 모습으로 나타나는 것이다. 더없이 깊고 놀라운 기쁨이 아닐 수 없다. 흐르는 물처럼 쉴 새 없이 빠르게 흘러가는 시간은 무언가에 의해 단절될 때에만 진정으로 감지되면서 현재와 과거, 미래라는 푸짐한 차원을 드러낸다. 그리고 시간을 단절시킬 수 있는 가장 큰 능력을 가진 것은 항상 죽음이다. 반환점을 돌아서 점점 와해되기 시작한 몸에게 죽음은 더 이상 명사가 아니라 손에 잡히지 않는 개념일 뿐이다. 이때부터 죽음은 줄곧 감지할 수 있고 두려운 물질적 내용으로 가득 차며, 이에 대해 우리는 다소 신경질적인 반응을 보이게 된다. 심지어 우리는 죽음의 특이한 냄새(노인과 택시 같은 밀폐된 공간에 같이 있어본 경험이 있는가?)를 맡기 시작한다. 이 냄새는 향수나 방향제, 아로마 오일, 껌이나 각종 구강청결제, 입욕제로도 완전히 가려지지 않는다. 이는 부패가 진행되고 있는 냄새다. 『콜레라 시대의 사랑』의 늦게 찾아온 노년의 사랑에서 마르케스는 이를 '대머리독수리 냄새'라고 표현했다. 물론 죽음의 의미가 가득한 냄새, 대머리독수리가 먹이를 쪼아 먹을 때 나는 불쾌한 냄새다. 이 책에서 페르미나는 마그달레나 강을 항행하는 배에서 플로렌티노 아리사가 자신의 냄새를 맡지나 않을까 걱정한다.

우리 몸이 조금씩 죽어가고 부패함에 따라(레이먼드 챈들러는 자신의 명저 『기나긴 이별』에서 이별은 매번 조금씩 죽어가는 것이라고 말했다. 다시 말해서 죽음은 부분적이며 점층적인 것으로서, 심장이 박동을 멈춰 의학적, 법률적으로 선고를 내리기 전에 이미 몸의 일부가 죽어 있다는 뜻이다. 예컨대 성애와 생식을 관장하는 부분이 그렇게 죽어간다) 도처에 널려 있고 매 순간 발생하는 타자의 죽음의 상징에 쉽게 주의를 기울이게 된다. 낙엽과 계절, 곤충의 사체, 집 안의 애완동물, 잘 알거나 알지 못하는 사람들, 굴뚝에서 피어오르는 푸른 연기, 문을 닫은 가게, 거리, 어느 도시, 머리 위의 빛과 구름의 그림자, 영원히 깜빡거릴 것만 같은 아름다운 별에 이르기까지 무수한 죽음의 징후에 신경을 쓰는 것이다. 『백 년 동안의 고독』에서 호세 아르카디오 세군도는 3000여 명의 노동자가 죽은 기관총 소사에서 혼자 도망쳐 돌아온 후, 상교上校(대령과 중령 사이의 계급)의 고독한 방에 갇힌 채 멜키아데스의 혼귀를 만나 그때의 느낌을 말한다. "그는 시간 또한 발을 헛디뎌 예상치 못한 곳으로 흘러가고, 그로 인해 틈이 벌어져 방안에 남겨진 것은 영원의 편린들이라는 것을 깨달았다."

죽음이 점차 손을 뻗어올 때, 죽음이 예기할 수 있는 일이 되고, 인식할 수 있는 판결이 될 때, 우리는 이로 인해 환각처럼, 생사를 꿰뚫는 멜키아데스의 신비한 혼귀처럼, 시간의 형상과 내용을 엿볼 수 있다.

앙망에서 응시까지

마흔 살이 넘은 뒤의 독서에서는 자간과 행간에 숨겨져 있는 것을 더 많이 발견하게 된다. 때로는 발견이기도 하지만 때로는 폭로이자 타파이기도 하다.

보르헤스는 글쓰기 기술에 관해 이야기하면서 시간이 흐르면 많은 문학적 계략이 간파된다고 인정사정없이 지적했다. 그가 말하고자 한 것은 문학 역사의 아주 긴 시간적 효용이지만 독자들은 독서의 수량과 연령이 더해갈수록, 나이가 많아질수록 계략을 간파하는 능력도 늘어난다는 사실을 발견한다. 좀더 정확히 말하자면 이는 안목인 동시에 일종의 자격이기도 하다. 내가 말하는 자격의 의미는 아주 간단하다. 우리가, 대부분의 작가가 그 책을 썼을 때의 나이를 이미 넘어섰다는 사실을 발견한다는 것이다. 젊었을 때는 이런 작가들을 보면 천재이거나 괴물이라 생각했고, 뛰어난 능력의 소유자이거나 탁월한 지혜의 소유자, 범접할 수 없는 신 같은 인물로 간주했다. 그러던 그들이 문득 '정상적인' 사람으로 느껴지는 것이다. 심지어 그 가운데 일부는 우리보다 나이가 어리다. 나이로 따지자면 그들은 우리 동생이나 자녀 혹은 학생 또래밖에 되지 않는다. 어쩌면 카페 옆자리에 앉아 여자친구와 시끄럽게 수다를 떨어 듣는 이의 심기를 건드리는 애송이 녀석쯤 될지도 모른다.

니체는 예수가 만약 조금 더 오래 살아 자기가 이런 말을 했던 나이까지 생존했더라면 그 천진하고 고상하긴 하지만 엉성하기 그지없는 교의를 철회했을 것이라고 말했다. 대체로 그의 생각에 부합하는 말이다.

두 가지 익숙한 예를 들어보자. 마르크스와 엥겔스의 불후의 역사적 문헌인 『공산당 선언』, 이 말세의 계시록과도 같은 선언을 우리는 아주 오랫동안 경건한 태도로 우러러보았고, 이해되지 않는 부분에 대해서도 감히 어의가 분명하지 않다거나 저자 자신도 뭔가 뭔지 잘 모르고 있다고는 생각지 못했다. 그저 자신의 수준이 낮아 이해하지 못하는 것이라 여겼고, 타당하지 못한 부분을 발견해도 감히 그가 잘못 말한 것이라고 믿지 못했다. 그런 부분에 대해서는 당연히 자신의 생각이 잘못되었다고 생각했다. 그러나 어느 날 갑자기 『공산당 선언』을 쓴 마르크스가 애당초 우리 머릿속 깊이 각인되어 있는 것처럼 수염과 머리를 휘날리며 노기등등한 모습으로 방금 런던 도서관의 책의 바다에서 나온 듯한 나이 든 마르크스가 아니고, 엥겔스도 만년의 학자 분위기에 미간에 주름 잡힌 예지로 가득한 멋진 모습이 아니라는 사실이 생각나게 된다. 1848년, 『공산당 선언』을 발표했을 때 엥겔스의 나이는 겨우 스물여덟이었고 마르크스는 서른이었다. 현재 타이완에서 유행하는 연령분류학으로 말하자면 이 두 사람은 지금 타이베이 거리에서 흔히 볼 수 있는 민국 60년대에 출생한 애송이들과 다르지 않은 것이다. 우리는 어떤 것들은 천부적인 능력을 타고나야 얻을 수 있고 어떤 것들은 한 발짝만 앞으로 나아가도 얻을 수 있지만, 또 어떤 것은 긴 시간을 들이지 않으면 안 된다는 것을 잘 알고 있다. 그 젊은 마르크스와 엥겔스는 아마도 알렉산드르 푸시킨처럼 훌륭한 시를 썼을 수도 있고, 복잡하지 않을뿐더러 시대에 대해 타협적이지도 않으면서 재기가 넘치고 사람들의 이목을 집중시킬 만한 잠재력 풍부한 소설을 썼을 수도 있으며, 천하무적의 농구 선수가 되거나 시속 160킬로미터의 강속구를 던지는 야구 투수가 되었을 수도 있다. 하지만 그들은 결국 인류의 모든 사유의 성과와 복잡다단한 행위를 종합하고, 여기서 역사 발전의 법칙을 찾아내며 이에 근거하여 미래에 아직 태어나지 않은 사람들이 어떻게 생각하고 어떻게 행동하며 어떻게 나아갈지를 단정했다. 우리가 재삼 찬탄해 마지않는 것은 이 두 애송이가 더없이 용감하여 그렇게 얕은 지식에 근거한 이야기를 그처럼 거대하고 절대적인 단계로 확장했다는 점이다.

또 다른 실례로 장아이링의 소설을 들 수 있다. 극도로 고풍스런 가정과 극도로 현대적인(당시로서는) 조계지가 겹치는 공간에서 태어나고 자란 천재 소설가인 그녀는 어려서부터 노인네들에게 실제로 있었던 온갖 이야기와 소문을 동화처럼 들으면서 자랐고, 그런 이유로 줄곧 모든 인지상정과 세상 물정에 누구보다도 정통한 소설가로 간주되었다. 장아이링의 소설은 이런 점에서 확실히 놀랍다고 할 수 있다. 그녀가 글을 쓸 때의 젊은 나이만 봐도 그렇다. 하지만 우리가 마흔이 넘어 어쩔 수 없이 인심의 갖가지 복잡한 내용을 알게 된 뒤 다시 장아이링의 소설을 읽어보면 『원녀怨女』든 『금쇄기金鎖記』든, 아니면 주옥같은 단편소설들이든 간에, 대단히 '문학적'이었다는 사실을 깨닫게 될 것이다. 소설 속 수많은 사람의 반응 그리고 인성의 복잡하고 깊은 구석을 자극하는 부분에 있어서 장아이링은 종종 힘이 미치지 못했다. 그녀는 단지 자신의 탁월한 총명함에 의지하여 이를 유추하고 상상하고 재단하는 동시에 자신의 아름답고 민첩하며 분위기를 만드는 능력이 대단히 풍부한 필력에 의지하여 이런 결점을 가렸다. 그녀는 정말로 힘들게 고생하는 아이였던 것이다.

한마디 덧붙이자면, 샤즈칭夏志清이나 왕더웨이王德威처럼 학문과 교양을 동시에 갖추고 장아이링의 작품을 열심히 읽은 전문 문학평론가들은 왜 우리에게 이런 이야기를 해주지 않는 것인지 묻고 싶다. 나는 이것이 그들이 훌륭한 학문과 교양을 두루 갖춘 원인을 잘 설명해준다고 생각한다. 그들이 대학 서재라는 예지의 세계에 전념한 대가는 사회라는 대학의 인지상정과 세상 물정에서 상대적으로 단순하고 천진하여 아름다운 연기와 같은 장아이링의 '계략'을 간파하지 못한 것이다.

그렇다면 『공산당 선언』과 장아이링의 소설은 우리에게 적잖은 위험을 감수할 것을 요구한다고 할 수 있다. 하지만 독자가 한눈에 모든 것을 통찰할 수 있는 나이에 이르는 것은 지극히 자연스런 일로, 악의적으로 남의 단점을 들추는 것도 아니고 맹목적이며 허무한 풍자나 조롱도 아니다. 이른바 '남의 실패는 나의 행복'이 되는 것이다.(악으로 가득 찬 이 말은 아주 불쌍한 얼굴을 한 장애자의 입에서 나왔다.) 이런 이유로 마르크스와 엥겔스, 장아이링에 대한 우리의 존경심이 사라지는 것은 아니다. 단지 표피층에 끼어 있는 신성함의 거품을 걷어내는 것뿐이다. 결국 오늘날 사방을 아무리 둘러봐도 이렇게 총명하고, 이렇게 시야가 넓으며, 기본적으로 자신의 나이를 초월하여 탁월한 능력을 발휘하는 젊은이가 없다는 사실을 진심으로 인정하지 않을 수 없는 것이다. 또한 우리는 자신이 그 나이였을 때 어땠는지 한번 돌아보지 않을 수 없다.

진정으로 독서를 사랑하지만 이제 막 늙어가기 시작한 사람들이 이처럼 나이의 계략을 폭로하고 순수하게 인생의 득실을 마음으로 깨닫는다면, 그 효과는 각성에 그칠 것이고 대부분은 사색의 대상이

der

Kommunistischen Partei.

Veröffentlicht im Februar 1848.

Proletarier aller Länder vereinigt euch.

London.

Gedruckt in der Office der „Bildungs-Gesellschaft für Arbeiter"
von J. E. Burghard.
46, Liverpool Street, Bishopsgate.

『공산당 선언』

되지 못한다. 사람들이 흔히 말하는 바람 속의 먼지가 되고 마는 것이다. 마치 가을날 세차게 내리던 비가 멎은 후 깨끗해진 풍경 속에 따스한 햇볕이 내리쬐고, 조금 쌀쌀하긴 하지만 금속성 냄새가 나는 바람이 불어오며 공기 중의 미세분자가 아무런 방해 없이 직접 사람의 피부에 스며드는 것과 같다. 선종禪宗에서는 이런 상쾌하고 신선한 각성을 '체로금풍體露金風(가을바람에 온몸을 드러내다)'이라고 부른다. 얼마나 아름다운 표현인가.

이것이 마흔 이후 독서의 가장 편안한 점이다. 일종의 평등한 상태에 이르는 것이라 할 수도 있다. 책을 앙망하는 각도가 시간 속에서 천천히 조정되어 이제는 정면으로 응시할 수 있게 된 것이다. 목을 아프게 꺾지 않아도 되는 인성의 각도가 확보됨에 따라 독서도 아래에서 위를 향하는 학습 단계에서 대등한 사람들의 대화의 단계로 전환된다.

대화라는 것은 글자만 봐도 공부보다 강제적인 요소가 적고, 학습의 면밀함과도 거리가 멀다는 것을 알 수 있다. 그리고 독자가 자유롭게 사유하고 운신할 수 있는 공간도 훨씬 더 넓다. 학습을 위주로 하는 독서는 통상 절대적인 주의력이 책의 주축선에 심각하게 집중된다. 심지어 책에서 가장 분명하고 교훈도 가장 뚜렷하여 손에 빨간 펜을 쥐고 밑줄을 그어가며 기필코 숙지하고 암기해야 할 것 같은 그런 부분에 집중된다. 그러다보면 책 전체를 파악할 시간적 여유도 없어지고 그럴 만한 능력도 부족하다. 저자가 중시하지 않은 듯한 부분은 대충 넘어갈 수밖에 없다. 하지만 사실 한 권의 완전한 책 안에는 드러나지 않은 부분들이 있다. 글이 시작되기 전에 그 글을 쓰게 된 계기와 의도, 방해가 되는 의문들, 사유를 전개할 때 근거로 삼은 전제와 가설, 잠시 보류할 수밖에 없었던 사유의 틈, 책을 마무리하고 떠오른 다른 단계의 전망 등이 전부 이 부분에 포함된다. 간단히 말해서 대화가 주체가 되는 독서에서는 책을 쓴 사람이 더 이상 전지전능한 스승이 되는 것이 아니라 대체로 우리보다 더 진지하고 주도면밀하며, 우리보다 전문적인 학문에 더 정통하여 화제를 우리보다 한 걸음 앞서 이끌어나가는 사유자가 되는 것이다. 독자인 우리도 더 이상 고분고분하게 저자의 말을 받아들이며 정신없이 받아 적고 암기하는 학생이 아니라 저자와 대등한 사유자가 된다. 독자와 저자가 평등하고 동일한 신분을 누리면서 쌍방향적인 관계를 수립하면, 그 사이에 존재하는 양적으로 한계가 있고 수용 능력에도 한계가 있는 글이 풍요로워지고 깊어지기 시작한다. 또한 은유와 연상, 문체와 목소리, 촉감, 심지어 가벼운 굴절과 정지까지 활용하면 그 직접적인 표현보다 훨씬 더 많은 것을 말할 수 있다. 그렇다. 사실 우리는 이 모든 것을 경험한 적이 있다. 대화에 직접 참여하는 사람으로서 상대방이 하는 말을 듣는 것만으로 만족할 수 없다. 반드시 말로 설명한 것 배후에 있는 진정한 생각과 고뇌를 찾아내야 할 것이다. 책 밖의 현실 세계에서 우리는 이렇게 하는 것이야말로 진정으로 한 사람을 이해한 것이라고 생각한다. 마찬가지로 독서의 세계에서도 이렇게 하는 것만이 책 한 권을 진정으로 이해하는 방식이라고 생각한다. 혹은 그 책의 배후에 있는 고독하지만 진지하고 아름다운 영혼을 이해하는 방식이라고도 할 수 있다.

따라서 마흔 이후의 독서의 리듬에는 느슨한 변화가 발생하여 좀 더 다양해지고 생동감이 넘쳐난다. 더 이상 젊었을 때처럼 한 가지 속도만을 끝까지 관철시키지도 않고 균등한 리듬을 유지하는 견정한 행진곡의 음악 소리에 따르지도 않는 것이다. 변화가 없는 리듬은 자장가가 되기 십상이다. 마흔 이후의 독서에서는 어떤 책들은 꽃을 밟고 돌아가는踏花歸去馬蹄香(송 휘종의 화제畵題로 '꽃을 밟고 돌아가니 말발굽에서 향기가 난다'는 뜻) 것처럼 대강 읽고 지나가면 된다. 하지만 어떤 책들은 한 자 한 자 빠짐없이 천천히 시간을 들여 무릎을 맞대고 오랫동안 대화하듯이 읽어야 한다. 어찌 해야 좋을지 모를 막연한 고독감 속에서 졸졸 시간이 흐르는 소리를 들으면서 동이 터오는 것이 두려워져야 한다. 나는 항상 아무 이유 없이 어렸을 때 외웠던 당나라 시인 사공서司空曙의 시가 떠오르곤 한다. 제목은 잊어버렸지만 시구는 또렷이 기억하고 있다.

> 벗과 산해에서 이별하고, 몇 년이나 산천에 막혔던가
> 갑자기 만나니 오히려 꿈인 듯, 서로 슬퍼하며 몇 년간의 일을 묻네
> 외로운 등잔불은 차갑게 내리는 비를 비추고, 깊은 대숲은 피어나는 안개에 어두워지네
> 내일 아침 또다시 이별의 슬픔이 있으리니, 잔을 들어 아쉬움을 전하네
> 故人江海別, 幾度隔山川. 乍見翻疑夢, 相悲各問年.
> 孤燈寒照雨, 深竹暗浮煙. 更有明朝恨, 離杯惜共傳.
>
> _사공서, 「운양관에서 한신과 이별하다雲陽館與韓紳宿別」

선택하기

마흔이 넘은 독서에서는 한가하고 여유 있는 시간을 누릴 수 있는 일면이 있는 동시에 더없이 촉박하고 쫓기는 일면도 있다. 인생에는 항상 이렇게 어쩔 수 없는 부분들이 존재한다. 인생이 우리에게 주는 것이 있다면 빼앗아가는 것도 있는 법이다. 무조건 좋기만 한 것은 없다. 먼저 그레이엄 그린의 말로 운을 떼어보자. 『조용한 미국인』이라는 소설에 이런 말이 나온다.

"당신은 언젠가는 한쪽을 선택해서 서야 한다. 개인이 되고 싶다면 말이다."

『조용한 미국인』이 설정한 역사 현장은 프랑스의 세력이 아직 완전히 물러가지 않고 마지막 몸부림을 치고 있는 데다 미국이 갑자기 검은 손을 뻗어오고 있어, 두 개의 세력이 교차하던 시기의 베트남이다. 소설 속에서 사는 게 그다지 즐겁지도 않고 처세도 시큰둥한 영국 국적의 기자 폴러는 모든 사람의 죄악을 꿰뚫고 있지만 중립을 지키면서 자신의 삶을 살아간다. 당시의 어지러운 상황에서 어느 쪽과도 애써 일정한 거리를 지키는 것이다. 하지만 아름다운 베트남 처녀 푸옹의 몸으로 위안을 얻고 자욱한 아편 냄새 속에서 긴장을 푼 채 세계에서 벌어지는 살육의 광경을 바라보며 양심을 지키려 하는 그는 결국 단순히 퇴폐적이며 의기소침한 사람이자 철두철미하게 허무한 인간으로서 냉혈한에 다름 아니다. 폴러는 자신이 정말로 이런 사람이 되게 내버려둘 수 없었다. 그는 줄곧 자신의 혈기와 열정, 가치관과 신념, 인생에 대한 소박한 동정에 저항한다. 결국 아이들까지 포함한 무고한 사람들에게 상처를 입히는 폭파 음모에서 그는 선택을 할 수밖에 없게 된다. 이 선택은 결코 유쾌한 발견이나 귀의가 아니라 자신의 일부를 잃고 포기할 수밖에 없는 극도로 부득이한 것이다. 그런 까닭에 공산당원 헹의 입에서 나온 한마디가 이것이 그토록 어쩔 수 없고 달갑지 않은 선택이었음을 여실히 보여준다.

"당신이 사람이 되고 싶다면 말이야."

마흔 이후의 독서에서 우리는 폴러의 난처하고 어색한 처지를 실감하며, 자신과 남 모두에게 좋은 화목하고 중립적인 위치는 모래로 이루어진 땅과 같다는 사실을 발견하기 시작한다. 사실 비교적 민감하고 성실하여 어떤 영역에서 아주 멀리 나아고자 하는 독자들에게는 그 이전인 대략 서른 살 전후의 시절에 이미 이런 징후가 나타났을 것이다. 단지 아직 시간적 여유가 있다고 생각하여 마흔 살까지 미룬 것뿐이다. 이때가 되면 더 이상 문제를 피해 숨어들 공간이 없어지고 고통스런 선택을 내려야 한다. 일부 책을 포기하고 일부 간절한 희망을 버려야 하는 것이다. 이처럼 고개를 똑바로 세우고 씩씩하게 앞으로 나아가던 강인한 모습에 대해서는 눈으로 작별을 고하고 생명이 원만하기만 할 수 없을뿐더러 완벽할 수도 없다는 자명한 결론을 다시 한번 확인하게 된다.

이는 단지 시간 분배와 그로 인한 상실에 그치지 않는다. 10년 이상 모사해온 한漢나라 때의 예서隸書와 위魏의 비문碑文을 포기하고 아름답고 값이 상당히 비싼 일본 니겐샤二玄社의 서첩이 서가에서 먼지가 가득 뒤집어쓰게 하거나 무수한 밤을 잠 못 이루게 했던 우칭위안의 실전 기보를 어딘가 걷어두는 듯한 단순한 포기로 그치는 것이 아니다. 마흔 이후 독서에서의 선택은 이처럼 단순히 슬픈 이별에 그치는 것이 아니라 독서의 내용과 노선 충돌의 문제도 포함한다. 더 깊이 몰입하고 추구할 생각이 없다면, 독서가 이때부터 소비와 향락의 표면적인 수준에 머물게 할 생각이라면, 결국 어느 한 지점을 선택하는 수밖에 없다. 따라서 마흔 이후의 독서는 인생의 위치에 대한 확인이자 자신이 어떤 사람이 될 것인가를 선택하는 행위가 된다. 이는 대단히 격렬한 결정이 될 것이다.

우리는 인간의 사유세계에 궁극적인 해답이 존재하지 않고 통일된 단일 언어를 찾는 것도 불가능하다는 것을 일찌감치 알고 있었다. 그리고 지금은 인간의 사유가 서로 연결되지 않는 가설에서 시작되어 각자의 독특한 언어와 사유 방식에 의지하여 앞으로 뻗어나간다는 사실을 더욱 분명히 알고 있다. 앞으로 나아갈수록 더 분리되고 결국에는 서로 대치하는 국면을 보이면서 논리적으로 융화하지 못하는 이데올로기의 상호 억압의 경관을 이룬다. 예컨대 자유주의와 사회주의, 유물적인 것과 유심적인 것, 과학과 인문, 집단과 개인 등의 이원 구조를 구성한다. 하지만 대화가 전혀 불가능한 철저한 단열의 단계에 이른 것은 아니다. 그런 까닭에 다시 한번 사람들에게 시간을 속여 감동적인 희망을 제공한다. 하지만 이런 희망은 적어도 예측이 가능한 미래까지만 유효하다. 양쪽을 조화시키려는 모든 시도와 양쪽의 결과를 다 취하려는 장기적인 꿈 그리고 스타들의 대오처럼 요란한 노력은 전부 통하지 않을 것 같다.

미국 프로 야구의 세계에서 어떤 대도시는 동시에 두 개의 팀을 보유하기도 하는 것으로 알고 있다. 뉴욕 양키스와 메츠, 시카고 컵스와 화이트삭스가 그 예다. 재미있는 것은 멀리 떨어진 원수가 가까이 있는 사악한 이웃만 못하다는 것이다. 같은 도시에 거주하면서 서로 다른 팀을 응원하는 팬들은 어떤 집단보다도 더 견원지간이다. 그래서 시카고에서는 야구팬들 사이에 "누군가가 자신이 컵스의 팬인 동시에 화이트삭스의 팬이라고 주장한다면 그는 틀림없이 사기꾼이다. 시카고에서는 절대 불가능한 일이다"라는 명언이 유전되고 있다.

마찬가지로 누군가가 자신이 자유주의자인 동시에 확고한 사회주의 신봉자라고 주장한다면 그는 두 개의 사유 영역에 몸을 담그긴 했지만 그 시간도 짧을뿐더러 깊이도 아주 얕음에 틀림없을 것이다. 정말로 사기꾼이 아니라면 그저 표면적인 이해에 그치는 것이 분명하다. 대략 1960년대에 이른바 '조화론' 사유가 잠시 유행했던 적이 있다. 그 이름에서 알 수 있듯이 두 바다 사이를 이어주는 교량 역할을 하는 사유다. 예컨대 『불확실성의 시대』라는 책을 써서 타이완에서도 약간 명성을 누렸던 존 K. 갤브레이스가 그 대표적인 인물이라 할 수 있다. 이들 마음씨 좋은 조화론자는 아주 빨리 자신이 표층적인 현상에서 방향을 바꾸는 수밖에 없다는 것을 증명했다. 그런 탓에 아주 신속하게 실패를 인정하고 소리없이 종적을 감췄다. 1980년대에 소련의 와해로 냉전이 종식되자 이데올로기의 종언에 관한 이야기가 다시 부상하기 시작했다. 하지만 이번에도 유명 경제학자 폴 크루그먼이 지적한 것처럼 대대적으로 떠들어대는 매체 현상에 지나지 않았고(고든 G. 창의 『중국의 몰락』 같은 책은 유명세를 통해 이익을 얻으려는 천박한 행위의 가장 전형적인 사례였다), 좀더 진지한 사유라고 할 만한 것들은 더 이상 나타나지 않았다. 사유의 갈등과 단절은 현실 정치 역량의 대치로 나타날 수 있지만 그 근원지는 엄숙하고 끝까지 다하는 사유 논증의 힘에 있는 것이지, 결코 인간의 우매함과 완고함, 경솔한 양자택일에 있는 것이 아니다. 따라서 그 반대도 성립한다. 현상을 파생시키는 우연의 해소가 그 근원지의 갈등이 함께 해소되었음을 의미하진 않는다. 절대로 그렇게 단순하게 등치화할 수 없는 것이다. 어쩌면 문제가 더 악화되어 그중 한쪽이 사유의 깊이와 진실성에서 승리를 얻지 못하고 그저 단순히 모든 것을 주재하는 현실 압도의 역량을 갖게 되는 것이다. 이처럼 내외가 균형을 잃은 결과, 모종의 압제와 폭동으로 흐른다. 1990년대 이후 미국에서 갈수록 더 터무니없고 주제에서 빗나간 돌연변이 언론과 행동이 발생했던 것도 그 사례다. 특히 조지 부시라는 멍청이가 등장한 뒤로 이루어졌던 전 지구적으로 유일한 제국식 언론과 사방으로 병력을 파견했던 침략 행위도 어느 정도는 그 영향에서 비롯된 결과라고 할 수 있다.

이제 다시 조용히 책을 읽는 마흔 이후의 개인에게로 돌아가보자.

이처럼 양립할 수 없는 현상이 한 사람에게서 갈등을 조성하고 단열을 나타내면 어떻게 될까? 불편함에서 고통에 이르기까지 다양한 반응이 일어날 것이다. 하지만 사실 이는 더없이 정상적인 독서의 사유 현상으로서 최소한의 깊이에 이르기까지 독서를 지속하는 사람들에게 흔히 나타나는 일이다. 내 개인적인 경험이 교훈으로 삼기에 충분하진 못하겠지만, 최소한 가장 진실하고 발생 가능한 병증의 실례로서 기꺼이 해부 실습용으로 기증할 용의가 있다. 자유자본주의와 사회주의의 갈등을 놓고 말하자면, 나는 이성과 신념이 거의 철저하게 상호 배반적인 무력한 상황을 더없이 분명하게 실감한 적이 있다. 나는 시장 기능의 운용 원리와 그 상황에 대해 대체적으로 알고 있고, 가격과 임금이 어떻게 결정되는지도 대강은 알고 있다. 또한 나는 사회가 조직되면서 분업이 필요하다는 데에도 동의한다. 이른바 착취와 노동자의 소외, 물화reification 등은 결과일 뿐 의도한 바가 아니라는 것도 알고 있다. 또한 나는 기본적으로는 인간 본성의 항상성과 타성을 믿는다. 인간의 본성은 금이나 은처럼 탄성계수가 크지 않아 두드리거나 늘여서 반죽을 만들 수 없다고 생각한다. 그렇기에 이기심이 인간 행위의 근본적인 구심력이 되며, 다른 어떤 고상한 동력으로 이를 대체할 수 없는 것이다. 다시 말해서 나는 경제학이라는 거대한 범주 가운데 자본주의에 관한 광범위한 논술 및 서적을 읽는 데 비교적 많은 시간과 심력을 기울였고, 그 기본적인 가설과 여기에 이어지는 관찰 및 추론들이 대체로 합리적이고 큰 문제가 없다고 받아들인 것이다. 하지만 우리가 직접적으로 그 맨 마지막의 현실적인 결과로 나타나는 소박한 모습을 본다면 막막함과 실망, 슬픔, 분노를 느끼게 하는 것이 너무나 많다는 것을 실감하게 된다. 예컨대 한 젊은 흑인이 세숫대야만 한 고무공을 밑이 뚫린 바구니에 넣는 것밖에 할 줄 모르는데도 높은 연봉은 말할 것도 없고, 텔레비전에 나와 사이다 한잔 마셔주는 대가로 타이베이 시에서 매일 새벽 일찍부터 거리에 나와 깨끗이 청소하면서 술에 취한 사람이 모는 차에 치여 죽을 수도 있는 위험을 감수하는 청소부들의 1년 치 임금보다 더 많은 돈을 받아도 되는 것일까? 정말로 이래도 되는 것일까? 또 예컨대 전 세계 인구의 4분의 1이 기아와 장기적인 영양 부족에 시달리고 있고 각종 병균과 바이러스에 노출되어 있을 때, 같은 시각 지구의 다른 한쪽에서는 똑똑한 사람들이 가장 많은 자원을 다이어트 약, 강장제, 발모제, 남성용 데오드란트에 허비하고 있고, 한술 더 떠서 걸핏하면 과잉 생산된 식량을 태워버리거나 강물에 쏟아버리고 있다. 마르케스도 펜을 들어(어느 짧은 글에서) 인류가 대규모로 생산하고 구매하는 각종 살인 무기를 계산해본 적이 있다. 미사일 한 기와 스텔스 폭격기 한 대, 신형 탱크 한 대, 혹은 얼마 전까지 타이완 동해안의 돌고래 생태를 방해했던 어뢰 한 기만으로도 열악한 위생 조건을 개선하고 아동 교육의 비용을 해결하며 아이들에게 영양가 있는 점심 식사를 제공할 수 있다. 이처럼 이상한 현실을 보고도 이상하지 않다고 말하며 행동을 취하지 않는 현상이 합리적일까? 합리적이다. 자본주의 경제학을 따라 추론하다보면 대단한 경제학자가 아니더라도 누구나 어째서 그렇게 되는지 충분히 설명할 수 있다. 심지어 그럴 수밖에 없을 것 같다는 생각을 하게 된다.

대부분의 경우 일단 이런 가설과 논리를 받아들이면 결론은 거의 결정된 것이나 다름없다. 따라서 우리는 이것이 꼭 필요한 대가라고 말하는 수밖에 없다. 이상적이지 못한 결과를 참고 받아들이거나 아니면 아예 경제학의 범주에서 내몰면서 그것이 경제학이 아니라 정치학이나 사회학 혹은 도덕이 부담하여 처리해야 할 문제이자 경제학의 가치 중립과는 무관하다고 주장하면서 이러쿵저러쿵 말도 안 되는 소리로 둘러댈 것이다.

우리가 이런 쪽에 끼어야 할까? 발모제, 강장제, 다이어트 약(맞다. 확실히 마흔을 넘긴 사람들에게 필요한 것이다)과 각종 살상 무기 쪽에서서 온갖 이론으로 이들을 변호해야 할까? 다시 과거로 돌아가 이런 유형의 인간이 되고 싶을까?

아직 20년의 시간이 남아 있다

따라서 마흔 이후의 우리는 점점 더 유한해지는 생명의 시간을 장악하여 자신이 가장 원하는 영역에 집중해야 한다. 하지만 모든 영역이 독특한 성격과 지향을 갖기 때문에 깊이 파고든다는 것은 동시에 더 멀리 감에 따라 가장 원초적이고 소박하며, 자신이 절대로 잃고 싶어하지 않는 또 다른 생명의 신념으로부터 갈수록 멀어진다는 것을 의미한다.

하지만 이런 이유로 그대로 멈출 수 있을까? 물론 여기에도 선택과 결정이 존재한다. 하지만 멈춘다는 것은 양쪽 모두를 잃는다는 것이 아닐까? 고대 그리스에서 똑같은 거리에 똑같은 건초더미가 있었는데도 불구하고 어떤 것을 먹을까 고민하다 굶어 죽은 지나치게 이성적인 당나귀는 오히려 멍청했던 것이 아닐까?

따라서 가능하다면 마흔이 되어 자신의 인생을 돌아보았던 공자에게 한번 물어볼 필요가 있다. 나는 그의 자기반성이 틀림없이 성실하고 진지했으리라 믿는다. 하지만 마흔 이후에는 의혹이 없어야 한다는 것이 무슨 뜻일까? 의문을 풀었거나 혹은 선택이 끝났다는 의미일까? 둘 중 어느 쪽이든 어떻게 그런 경지에 이를 수 있는 것일까?

공자는 이어서 쉰 이후에는 더없이 분명하고 명징하게 광활한 세계에서 자신이 편안하고 즐거울 수 있는 생명의 위치를 찾았고, 예순 이후에는 무슨 이야기를 들어도 다 맞고 그럴듯했으며 주파수를 다른 데로 돌려도 정보들이 자신의 생명 사이로 함부로 들어오지 않았다. 이어서 일흔이 되면 진정한 생명의 궁극적 자유가 찾아왔다. 이런 일련의 변화야말로 절대적으로 아름다운 독자들의 모습이자 독서세계의 유토피아 판본이라고 할 수 있다.

나는 마흔이 넘어 쉰을 향해 주저하지 않고 나아가고 있는 독자로서 지금까지도 마음속에 의혹이 가득한 것을 보면 많이 낙후되어 있음이 분명하다. 하지만 적어도 나는 20년이라는 시간을 책 읽는 일에 몰두할 수 있었다. 우리 세대의 사람들에게 이런 계산은 그다지 낙관적이지 못할 것이다. 나는 쉰, 예순을 지나 고희라는 피곤한 나이에 이르면 어떤 독서의 양상과 어떤 내용, 어떤 느낌을 갖게 될지 알 수도 없고 이야기할 자격도 없다. 하지만 추측건대 내게는 아직 책을 읽을 여유가 남아 있을 것 같다. 어쩌면 지금 이해하지 못하는 일들도 신축적으로 변화할 여지가 있을지 모른다.

어쩌면 마흔 몇 살의 이런 선택도 우리 인생에서 되돌릴 수 없는 한 번의 선택이 될 것이고, 어쩌면 마침내 좀더 타당하고 고집스럽게 집착하고 있는 자기 이성과 신념을 편안하게 안정시킬 방법을 찾게 될지도 모른다. 보르헤스는 미래에는 무엇이든지 발생할 가능성이 있다고 말했다. 이는 책 읽는 사람들의 낙관론으로서 나도 절대 잊지 않는다. 내가 믿는 독서는 원래 무궁무진한 가능성과 절망에 대한 영원한 저항을 담고 있다.

11. 독서하는 자의 무정부 우주

독서의 한계와 꿈

장군은 이투르비데에게 우르다네타의 또 다른 편지를 가져오게 했다. 우르다네타에게 그가 이전부터 지금까지 보낸 모든 편지를 태워버리게 함으로써 정서적으로 우울했던 흔적을 없애려는 것이었다. 우르다네타는 그를 만족시키지 못했다. 5년 전, 장군은 산탄데르 장군에게도 비슷한 부탁을 했었다.

"내가 살아 있을 때든 죽은 뒤든 간에 내 편지를 절대 공개하지 말게. 이 편지들은 너무나 제멋대로이고 난잡하니까 말일세."

산탄데르도 그의 요구를 들어주지 않았다. 산탄데르가 그에게 보낸 편지는 형식과 내용 면에서 모두 완전무결했으며 한눈에 알아볼 수 있었다. 그는 이 편지들을 쓰면서 나중에는 결국 역사적 글이 되리라고 의식하고 있었다.

베라크루스에게 쓴 편지에서부터 그가 세상을 떠나기 엿새 전에 한 말을 옮겨 적은 최후의 편지에 이르기까지 장군은 최소한 1만 통의 편지를 썼다. 그 가운데 일부는 직접 쓴 것이고 일부는 그가 하는 말을 기록원이 받아 적은 것이다. 나머지 일부는 기록원이 그의 지시에 따라 선택적으로 쓴 것이다. 보존된 편지는 3000여 통이고 그의 사인이 첨부된 문건은 8000여 건에 이르렀다. 때로 기록원들은 장군 때문에 갈팡질팡

하기도 했고 때로는 장군과 손발이 잘 맞기도 했다. 몇 번인가 받아 적게 한 편지가 장군의 마음에 들지 않았다. 이럴 때면 장군은 다시 불러주면서 받아 적게 하지 않고 이미 받아 적은 편지에 직접 "자네도 눈치챘겠지만 오늘 마티올리는 그 어느 때보다 더 멍청하다네"라고 글을 덧붙였다. 1817년, 대륙 해방 사업을 위해 앙고스투라를 떠나기 전날 밤, 정부의 사무를 제때 완벽하게 처리하기 위해 그는 같은 날 한꺼번에 열네 건의 문건을 구술로 처리했다. 어쩌면 이때부터 그가 말을 하면 동시에 몇 명의 기록원이 각기 다른 문건을 작성하는 영원히 밝혀내지 못할 전통이 만들어졌는지도 모른다.

위대한 남미의 해방자 볼리바르와 콜롬비아의 진정한 창건자 산탄데르 중에서 마르케스가 볼리바르를 더 좋아했다는 데는 이론의 여지가 없다. 일생의 언행을 놓고 보자면 콜롬비아 사람들은 '국가를 위해 공전의 명예를 가져다준'(이 말은 마르케스 자신이 종이에 글로 쓴 내용이다. 그는 자신의 모든 행위와 그 가치 및 무게를 잘 알고 있었다) 이 위대한 소설가를 사랑했다. 마르케스 또한 이에 상응하여 자기 자신에게 극도로 엄격한 모범을 보였다. 사실 문제가 적지 않았던 이 나라에서 마르케스는 자신에게 절대로 해외에 나가지 않고, 심지어 외국의 매체들과 접촉하여 자국을 비판하긴 하더라도 스스로 국내에서만 말할 것을 요구했다. 인내력이 없고 자기 계발 능력이 부족한 물고기자리 사람으로서 이러한 실천은 아주 오랫동안 그의 기력을 소진시키는 원인이 되었을 것이다.

그러나 콜롬비아 경내에서도 마르케스는 누가 뭐라 하든 카리브해 사람이다. 물고기들이 여유롭게 노니는 온화하고 햇살이 풍부한 아름다운 바다 사람인 것이다. 수도 보고타로 대표되는 습하고 추운 안데스 산맥 고지대의 거주민인 그는 그곳에 대해 좋은 말을 할 수가 없었다. 그는 열세 살 때 집을 떠나 처음으로 마그달레나 강을 거슬러 올라갔다.(볼리바르의 마지막 여행과 정반대 방향이었다. 이번 여정은 추방의 여정이자 죽음의 여정이었으니 절망적인 문체로 쓰인 것이 어쩌면 당연할 지 모른다. 우리는 그의 글 속에서 귀향이나 다시 자유를 찾는 듯한 모종의 기괴한 즐거움도 느낄 수 있다.) 그는 보고타에서 고등학교를 나왔다. "그 학교는 징벌과도 같았다. 그 얼음처럼 차가운 도시는 일종의 불공평이었다." 그는 또 보고타의 인상에 대해 언급하기도 했다.

"요원하고 처량한 도시, 그곳에는 16세기부터 장맛비가 그치지 않았다. 음침한 도시에서 가장 먼저 내 눈길을 끈 것은 거리를 바쁘게 오가는 많은 남자였다. 그들은 모두 나처럼 검은 옷을 입고 예모를 쓰고 있었다. 하지만 거리에 여자들은 보이지 않았다. 또 내 눈길을 사로잡은 것은 비를 맞으며 맥주 마차를 끄는 커다란 말과 전차가 빗속에서 모퉁이를 돌 때 불꽃이 튀는 모습이었다. 그리고 끊이지 않는 장례 인파와 그로 인해 발생한 교통 체증도 있었다. 정말 가장 비장한 장례였다. 사륜마차가 제단을 끌고 있고 커다란 흑마는 검정 벨벳 망토를 걸치고 있었다. 마차를 모는 사람은 검정 깃털 장식이 달린 투구를 쓰고 있었다. 한 구 한 구 적지 않은 시신도 있었다. 부잣집 사람들은 자신들이 장례를 아주 멋지고 훌륭하게 치르고 있다고 생각했다."

그런 탓에 콜롬비아의 수도 보고타는 전 세계에서 파리와 빈을 넘어, 낯설고 먼 그 어느 지역보다도 더 이상한 땅이 되었다.

가장 신랄하고 악독한 표현은 아마도 『백 년 동안의 고독』에 나오는 말일 것이다. 이 소설을 쓸 당시만 해도 그는 아직 노벨문학상 수상자가 아니었기 때문에 거리낄 것이 없었다. 이 책에서 가장 특별하고 재미있는 인물은 페르난도 델 카르피오다. 그는 보고타에서 온 세 번째 아내를 맞아들인다. 콜롬비아 해안 지대에서 오로지 그녀만이 금으로 된 요강을 사용했다.

"요강은 순금으로 만들어졌고 표면에는 귀족의 문장이 새겨져 있었다. 하지만 안에는 똥이 들어 있었다. 다른 사람들의 똥보다 더 더럽고 자부심이 강한 고지대의 똥이었다."

콜롬비아 외에 마르케스는 남미 전체의 집단적인 운명에도 큰 관심이 있었다. 특히 카리브 해 연안 사람들의 인성은 원래 아주 쾌활하지만 네이션國族의 운명은 몹시 비참한 국가들 가운데 그는 멕시코에서 오랜 기간 머물렀다. 쿠바 혁명에 공감하면서 수염을 길게 기른 피델 카스트로와 좋은 친구가 되기도 했다. 카리브 해의 파도가 닿는 국가들 가운데 그가 유일하게 싫어한 나라는 미국이었다. 『미로 속의 장군』에서 볼리바르는 이렇게 말한다.

"가족들을 데리고 미국에는 가지 마. 그곳은 아무것도 할 수 없는 아주 무서운 나라거든. 자유에 대한 그들의 신화가 우리를 가난으로 몰아넣었으니까 말이야."

가르시아는 이 말을 100퍼센트 진실이라고 믿었다.

여기서 네이션이란 무엇일까? 고향이란 무엇일까? 그 범위는 어떻게 될까? 작게는 사람들의 피부가 서로 닿을 듯한 아주 작고 좁은 카리브의 작은 시골과 마을들이라 할 수 있고, 크게는 생물학적으로 같은 기초를 갖는 인류 집단의 생명 귀속의 겹겹이 확장되는 동심원 형태의 스펙트럼이라고 할 수 있다. 어째서 배타적이면서도 전체 스펙트럼에서 그다지 크지도 작지도 않은 국가라는 원이어야 하는 것일까? 물론 국가는 추상적인 개념이나 환각에 그치지 않는다. 국가는 현실적인 것으로 권력의 점유와 행사를 통해 굳건히 실체가 된다. 국가가 상당 정도 우리 운명을 통제하고 결정하는 것은 사실이지만, 바로 이런 이유로 우리는 수시로 경각심을 느끼면서 그 한계를 초월하고자 노력하는 것이 아닐까? 어떤 것이 우리의 진실한 감정이고 어떤 것이 남들의(특히 권력을 가진 자들) 최면에 지나지 않는 것인지 다시 한번 생각해봐야 하지 않을까?

본인이 열심히 노력해서 쟁취하든 아니면 극도로 불편하게 남들에 의해 획정되든 간에, 모든 사람이 한 가지 신분, 한 가지 분류의 귀속만을 갖는 것은 아니다. 마르케스의 경우 '카리브인 전보배달원의 아들 가보(마르케스의 애칭)'에서 인류 전체가 공유하는 뛰어난 소설의 보고가 되기까지 우리가 그에게서 가장 귀중하다고 생각하는 것은 무엇일까? 나는 절대로 그가 콜롬비아 사람이기 때문에 그런 것은 아니라고 믿는다. 전 세계에 그렇게 많은 콜롬비아인이 커피를 심는 일에서부터 시작하여 바나나 재배와 '할머니 비취' 채광, 축구와 마약 밀매까지 다양한 일에 종사하고 있는데 우리는 왜 마르케스 한 사람만 아는 것일까?

마르케스는 프랑스 미테랑 대통령과도 문학에 관해 이야기를 나누는 좋은 친구 사이였다. 1981년 12월, 미테랑은 그에게 기사 훈장을 내리는 자리에서 연설하는 와중에 "당신은 내가 사랑하는 그 세계에 속해 있습니다"라고 말했다. 내 눈에도 '뜨거운 눈물이 가득 차오를' 정도로 멋진 말이었다.

그렇다. 우리가 마르케스를 소중히 생각하는 것은, 우리가 사랑하긴 하지만 줄곧 현실로 실현하지 못하는 그런 세계에 그가 속해 있기 때문이다. 그 세계는 지금도 독서의 세계에만 존재한다.

심각한 낭패의 흔적을 남겨두라

따라서 콜롬비아인지 콜롬비아가 아닌지는 최종적인 판단 기준이 될 수 없다. 마르케스는 볼리바르를 좋아했다. 아마도 남미 대국을 향한 볼리바르의 큰 꿈이 인간의 심리와 지혜에 있어서 드넓은 상상력 및 가능성을 제시했고, 이것이 그의 눈에 뜨거운 눈물이 가득 차오르게 할 수 있는 아름다운 세계와 연결되었기 때문일 것이다. 마르케스는 잘게 부서진 사료들을 종합하여 전체적인 판단을 내렸다. 하지만 『미로 속의 장군』에 나오는 서신에 대한 서로 다른 태도만 보면 볼리바르는 산탄데르보다 '소양과 기질'이 더 훌륭했던 사람임을 알 수 있다.

마르케스가 자신이 역사적으로 콜롬비아에 국제적인 명성을 가장 많이 안겨준 사람임을 알았던 것처럼, 볼리바르 또한 생전에 자신이 역사적인 인물이라는 사실을 몰랐을 리 없다. 그의 일거수일투족과 말 한마디 한마디는 물론, 그가 입었던 옷과 모든 일상용품까지도 후대인들의 수집과 연구 대상이 되었다. 이러한 자각은 사람이 살아 있는 동안에는 극도로 무거운 부담이 될 수밖에 없다. 『백 년 동안의 고독』 이후의 마르케스가 처한 상황이 바로 그랬다. 우리가 아는 바와 같이 노벨문학상은 노벨의 다른 상보다 비교적 강한 공중성을 띠고 있다. 그런 까닭에 노벨문학상 수상자들은 대개 상을 받기 전보다 더 중요하고 성공적인 작품을 써내기가 쉽지 않다. 노벨문학상은 살아 있을 때의 문학적 명예의 최고봉이기 때문에 자칫 잘못하다간 글쓰기 생명의 거대한 마침표가 될 수도 있는 것이다.

하지만 노벨문학상을 받은 다음에 마르케스가 어떤 글을 썼는지 돌이켜 생각해보자. 기묘하면서도 아름다운 사랑 이야기 『콜레라 시대의 사랑』이 아니었던가. 이것이 그의 용감함의 결과라고 말해야 할지 모르겠다. 혹은 글쓰기에 전념한 결과라고 해야 할까? 아니면 그는 이런 판단에 전혀 개의치 않았다고 말할 수도 있다. 전 세계 사람들의 불합리한 걱정과 기대 섞인 시선 속에서 마르케스는 뜻밖에도 '사랑'이라는 아주 작고 오래된 소재를 택했다. 게다가 처음부터 끝까지 자신이 한동안 전 세계 독자들을 사로잡았던 마술적 리얼리즘 기법도 쓰지 않았다. 그는 아무 일도 없었다는 듯이 전통적인 서사 전략으로 돌아와 인내심 있게, 그리고 아주 흥미진진하게 70년 넘게 이어지는 두 남녀의 연애 이야기를 써내려갔다. 소설이 거의 끝나기 직전의 마지막 두세 페이지에서 페르미나와 아리사를 태우고 느릿느릿 항행해온 사랑의 증기선은 마그달레나 강의 영생 항로에 이르러서야 정식으로 '날아오른다'. 이리하여 우리는 또 사람들로 하여금 놀라서 소리 지르게 만드는 마르케스의 마술적 리얼리즘을 보게 되는 것이다.

다시 말해서 볼리바르가 산탄데르와 달리 역사적인 명성을 의식하지 않았다기보다는 가르시아가 당장 해야 할 일에 더 신경 쓰고 몰입했다고 할 수 있다. 양자택일에서 그는 실패와 후회를 택해 기꺼이 실패와 후회의 위험을 안고 인간들을 대표하여 반듯하게 살아가면서 생명의 무한한 가능성을 맞아들이려 했다. 역사에 남을 이름에 연연

마르케스

하는 사람들처럼 일찌감치 문은 닫고 뒷일을 도모하려 하지 않았던 것이다. 『미로 속의 장군』의 또 다른 부분에서 마르케스는 이렇게 말했다.

"진실이든 거짓이든 간에 자신에 관한 외계의 모든 소문에 대해 그는 몹시 민감한 태도를 보였다. 진실이 아닌 이야기를 듣게 되면 밤새 불안하여 잠을 이루지 못했다. 그는 죽을 때까지 거짓말을 밝혀내기 위해 투쟁했다. 하지만 거짓말의 발생을 피하는 일에 대해서는 거의 신경을 쓰지 않았다."

당시 아주 짧은 시간에 사람들을 곤혹스럽게 만든 것은 보통 형태가 없는 문자, 입과 귀로 전해지는 풍문이었다. 하지만 가장 무서운 것은 역시 문자였다. 문자는 시간에 저항하여 역사에 깊이 새겨지는 형식이었다. 바람도 언젠가는 멈추고 먼지도 가라앉기 마련이지만 문자는, 특히 흰 종이 위에 검은 글자로 쓰여 책이 된 경우라면 기껏해야 누런 종이 위의 검정 글씨로 변할 뿐이다. 페르시아의 시인 오마르 하이얌은 "세상의 그 어떤 눈물로도 책 속의 글 한 줄을 지울 수 없다"고 말한 바 있다.

공자는 사람이 가장 마음에 두어야 할 것은 자기 사후에 후세에 어떤 흔적도 남기지 못하는 것이라고 말했다. 대단히 날카로운 지적이 아닐 수 없다. 이는 나쁘지 않은 일이다. 이를 통해 자신의 시야와 규격을 높일 수 있기 때문이다. 하지만 볼리바르처럼 생전에 자신이 반드시 역사에 유명한 인물로 남을 것임을 알았던 사람들은 어떤 흔적을 남겨야 할지 신경을 곤두세우게 된다. 단지 '거짓말을 드러내고 이에 대항하는' 것으로 그치는 게 아니다. 더 힘든 것은 진실을 위해 싸워야 하는 것이다. 결국 사람의 기나긴 일생의 생존 흔적은 무지와 계몽, 시도, 성숙에서 노쇠와 혼용으로 전환하는 과정, 끊임없이 실수와 착오를 상대로 대화해야 하는 지난한 과정이라 낭패의 흔적을 남길 수밖에 없다. 그리고 그 흔적은 돌이켜 회상할 때마다 등골이 오싹해지고 머리가 어지러워지는 언행의 기록일 수밖에 없다. 얼마 전 세상을 떠난 고생물학자 굴드는 대자연에서 오로지 무기체만이 대칭적인 완벽한 형식을 지니고 있다고 말한 바 있다. 생명을 지닌 생물체에게는 완벽한 형식이 절대로 불가능하다는 것이다. 생존과 번식 과정에서 맞닥뜨리는 하늘의 선택은 엄정하고 냉혹하여 요행을 기대할 수 없고, 살아남기 위해서는 매우 고통스러운 과정을 견뎌야 하며, 심지어 땅바닥을 기어다니는 각종 파충류처럼 보기에 거북한 자세도 취해야 하기 때문에 그렇게 완전한 형식의 미학적 여유가 없는 것이다. 마르케스도 볼리바르의 이처럼 우스꽝스런 모습을 묘사한 적이 있다.

"삶이 그로 하여금 어떤 실패도 마지막이 아니라는 사실을 인식하게 해주었다. 불과 2년 전 그곳으로부터 아주 가까운 지역에서 볼리바르의 군대는 대패했다. 오리노코 강가의 열대우림에서 사병들 사이에 서로를 잡아먹는 사태가 발생하는 것을 피하기 위해 그는 하는 수 없이 말을 잡아먹으라는 명령을 내려야 했다. 브리튼 군단의 한 장교의 증언에 따르면 당시 그의 우스꽝스런 모습이 마치 게릴라 대원 같았다고 한다. 그는 러시아 용이 그려진 투구를 쓰고 있었으며 나귀를 모는 사람들이 신는 짚신을 신고 있었다. 남색 군복에는 붉은색 술과 금색 단추가 달려 있었다. 해적처럼 작은 검은색 깃발을 평원의 주민들이 쓰는 장총에 꽂고 있었다. 작은 깃발에는 해골과 교차된 정강이뼈 그림이 그려져 있었고 그 밑에는 피로 '자유가 아니면 죽음을 달라'고 쓰여 있었다."

물론 패배는 이곳에서만 있었던 것이 아니다. 사실상 상식적인 위인의 이미지로 볼 때 『미로 속의 장군』 전체를 관통하는 볼리바르의 모습은 원고를 직접 읽었던 역사학자가 "이건 적나라한 볼리바르의 모습입니다. 제발 그에게 옷을 좀 입혀주세요"라고 말했던 그대로였다.

이러한 역사 인물들의 숙명적인 부담을 우리 같은 보통 사람은 웃으면서 여유 있게 우스갯소리로 말하곤 한다. 여러 해 전에 나는 개인적으로 악마 같은 심정으로 단편소설집을 한 권 엮으려 했었다. 대상은 당시 타이완 최고의 소설가들의 첫 번째 작품들, 특히 십대의 어린 나이에 글을 쓰기 시작한 작가들의 작품이었다. 예컨대 장다춘이 고등학교 3학년 때 학교 간행물에 발표한 청춘의 아름다운 역작(장다춘의 빛나는 이름을 생각하여 그 긴 소설의 제목과 내용은 밝히지 않기로 한다)이나 주톈신이 베이이北一여고 1학년 때 쓴 「량샤오치의 하루梁小琪的一天」, 주톈원이 중산中山여고 2학년 때 쓴 「억지로 말한 근심強說的愁」 같은 작품들이다. 사실 나는 "이 책을 소설가가 되고 싶어하는 모든 사람에게 바칩니다. 보세요. 모두가 소설가가 되기 전에는 이런 수준이었습니다. 그런데 뭘 또 두려워하십니까?"라고 그 책 띠지에 실을 카피 문구까지 생각해두었다.

마르케스도 마찬가지로 젊었을 때 쓴 첫 번째 시와 첫 번째 단편소설은 지금만 못했다. 앞에서도 말한 바 있지만 그는 백지 차용증에 서명한 적도 있었다. 젊은 시절 몹시 곤궁했을 때 외지에서 방값이 많이 밀리자 이를 꼭 갚겠다는 증거로 여관 주인에게 써준 것이었다. 결국 갚을 능력이 없었던 그는 줄행랑을 쳤고, 그가 노벨상을 수상하자 여관 주인은 복수의 의미로 3년 동안이나 그 문서를 공개했다. 게다가 천금을 준다 해도 바꾸지 않고 대대손손 영원히 물려주기로 결정했다.

유구한 반反서적 담론

흰 종이에 검은 글자, 특히 제본되어 책의 형태를 갖춘 글들은 대단히 무섭고 위협적이다. 아주 이상하면서도 재미있는 일이 아닐 수 없다. 대단히 똑똑한 사람들은 책이 탄생한 지 얼마 지나지 않은 서광의 시기에 이미 신경질적으로 이런 위협과 두려움을 예견했다. 어느 정도 고통과 시련을 겪은 뒤에 경험을 바탕으로 내린 결론이 아니다.

이와 관련하여 나는 농구 역사에서 아주 유명한 명언 한 구절이 생각난다. 우리가 다 아는 바와 같이 미국의 프로 농구는 1970년대에 두 개의 연맹으로 분열되었다. 30년의 전통을 지니고 있고 비교적 점잖은 NBA와 새로 창설되어 빨강, 파랑, 하양의 공을 사용하는 ABA가 그것이다. 후발 주자인 ABA는 시장을 장악하기 위해 열심히 적잖은 코트의 볼거리를 발명해냈다(3점 슛이나 덩크슛 경기 등). 아울러 거칠고 열정적인 경기 스타일을 강조하면서 특히 선수들에게 경기 중에 덩크슛을 많이 넣도록 격려했다. 그리하여 미국 농구계에는 "NBA 선수들이 덩크슛을 잘 넣지 않는 것은 상대 선수 앞에서 덩크슛을 넣는 것이 무례한 행동이라고 생각하기 때문이고 ABA 선수들이 필사적으로 덩크슛을 넣는 것도 상대방 선수 앞에서 덩크슛을 넣는 게 예의 없는 행동이라고 여기기 때문이다"라는 명언이 유행하게 되었다.

책에 대한 인류의 긍정적인 견해와 부정적인 견해 또한 마찬가지다. 오늘날 사람들이 책의 발명에 대해 찬탄하는 것은 책이 시간에 저항하여 오래 유지될 수 있다고 믿기 때문이고, 옛사람들이 책의 발명에 대해 질문을 던졌던 것도 역시 책이 시간에 저항하여 오래도록 유전될 수 있다고 믿었기 때문이다.

일부 사람은 세상이 혼란에 빠지지 않을 것을 두려워한 것 같다. 보르헤스는 책과 관련된 주제에 관해 이야기할 때면 거의 항상 참지 못하고 먼저 이야기하는 것이 있었다. 여기서는 그의 글 「책의 미신에 관하여」의 일부만 예로 들어보기로 한다.

"모두가 잘 아는 바와 같이 피타고라스는 책을 쓴 적이 없다. 일찍이 검퍼스John Gumperz는 피타고라스를 변호하면서 그가 글을 쓰지 않았던 것은 구술이 전달에 유리하다고 생각했기 때문이라고 말했다. 플라톤은 확실히 대화를 의심하지 않았고 피타고라스의 순수한 명상과 침묵보다는 확실히 더 역량이 있었다. 그는 『티마이오스』에서 이렇게 말했다. '이 우주의 창조자이자 선조인 존재를 발견하는 것은 어려운 일이다. 발견했다고 해도 사람들에게 선포할 수 없었을 것이다.' 『파이드로스』에서는 이집트 우화를 통해 책에 반대했다.(책이 사람들로 하여금 기억을 상실하여 기호에 의존하도록 만든다는 것이었다.) 또한 그는 책이 그림으로 그려낸 형상과 같다고 말하면서 '겉모양은 살아 있는 것처럼 생생하지만 그 어떤 문제에도 답하지 못한다'고 지적했다. 이러한 결함을 완화시키거나 해소하기 위해 그는 철학적 대화를 상상했다. 선생님은 학생을 고를 수 있지만 책은 독자를 고를 수 없다. 그런 탓에 아주 어리석거나 악랄한 사람을 독자로 만날 수 있다. 이러한 플라톤식 우려는 비기독교 문화의 큰 인물이었던 알렉산드리누스 클레멘스의 말 속에도 잘 드러나 있다. '더 신중하고 성실한 방법은 글을 쓰는 것이 아니라 생생한 목소리로 배우고 가르치는 것이다. 글로 쓴 것은 세상에 널리 퍼질 수 있기 때문이다.' 그는 또한 이렇게 말했다. '모든 것을 책으로 쓰는 것은 마치 아이의 손에 검을 쥐여주는 것과 같다.' 이런 말들은 복음서에서도 찾아볼 수 있다. '성스럽고 정결한 물건을 개에게 주지 말고 돼지 무리 앞에 진주를 뿌려놓지 말라. 개와 돼지들은 그것들을 짓밟아 너희를 모욕할 것이기 때문이다.' 이는 연설의 대가였던 예수의 격언이다. 그가 평생 쓴 글은 땅바닥에 적은 몇 글자에 불과하다. 게다가 그것을 본 사람은 아무도 없다."

보르헤스가 우리를 위해 이처럼 박학다식한 정리를 해준 것에 감사해야겠지만, 더더욱 감사할 대상은 이처럼 지혜롭게 자신에 대해 반대 입장을 보였던 담론들을 고스란히 남겨준 책이다.

이처럼 책과 글을 신뢰하지 않는 목소리 속에서는 볼리바르처럼 자신의 역사적 명성을 깨끗이 씻어내고 보호하려는 사람만 있는 것이 아니라는 사실을 발견하게 된다. 그들은 더욱 크고 자신과 상관없는 걱정을 안고 있다. 이러한 걱정의 가장 근본적인 발원지는 "똑같은 강물에 두 번 발을 담글 수 없다"라는 헤라클레이토스식의 날카로운 경고다. 만사만물이 흐르는 물처럼 순간적이고 끊임없이 변화한다면, 어떻게 고정적이고 유한한 기호로 끊임없이 살아 움직이는 생생한 사물을 포착할 수 있겠는가? 다른 특별한 방법이 없다면 '잠시나마' 언어 혹은 문자로 표현해놓아야 했을 것이다. 또 이처럼 임시적이고 사용한 뒤에는 버려야 하는 서술을 어떻게 응결시켜 보존할 수 있었을까? 나바호 족 사람들의 종교 의식에 쓰이는 모래그림처럼 끝나면 곧바로 지워버려야 했던 것일까? 필시 연속적이고 변화하는 만사만물에서 당시의 구두 언어로 그리고 다시 단단하게 다져진 문자를 거쳐 마지막으로 묘비명처럼 비바람에도 끄떡없는 책이 되는 과정을 차례로 거쳤을 것이다. 이는 '각주구검刻舟求劍(칼을 강물에 빠뜨리고 그 지점을 뱃전에 표시함)'에서 얻는 교훈처럼 시간에 따라 진실한 모습이 사라질수록 더 멀어지는 어리석은 짓이 아닐까?

확실히 그랬다. 이 모든 우려는 전부 진실로서 수천 년이 지났는데도 사람들의 마음을 긴장시키는 일이 아닐 수 없다. 그렇지 않았다면 보르헤스처럼 총명한 사람이 이를 또다시 들려줄 필요가 없었을 것이다.

더 이상 자연을 직접 마주하지 않는다

하지만 어떻게 해야 할까? 아무래도 방법이 없는 것 같다. 내 말뜻은 문자와 책에 이처럼 분명한 결함과 위험이 있다는 사실을 이해한다고 해서 우리가 병에 맞는 약을 처방하듯이 적절하고 타당한 해결책을 찾을 수 있는 것이 아니라는 얘기다. 생명에는 이런 일들이 너무나 많다. 인생에는 반드시 죽음이 있고 이를 받아들이는 수밖에 없는 것과 같다. 정도에 맞게 문제에 대응하다가 결국에는 선택해야 한다.

어떤 선택이 있을까? 가장 격렬한 것으로 '선인 여동빈呂洞賓식 선택'이 있다. 중국 민간의 우화로, 여동빈이 신선이 되기 전 다른 신선에게 도술을 배우고 도를 닦았다는 이야기다. 돌을 금으로 만드는 도술을 배웠을 때 여동빈은 이것이 물리적 변화인지 화학적 변화인지, 황금이 다시 돌로 돌아갈 수 없는지 물었다. 스승은 금으로 바뀐 돌은 500년이 지나도 다시 돌로 환원될 수 있다고 솔직하게 말해주었다. 24K 순금을 만들 수 있는 절대 경지에 오르고 싶었던 여동빈은 스승에게 공손하게 사절하고 더 이상 배우지 않았다. "불경을 구하러 가는 길은 멀기만 하고, 보물은 다시 돌이 되었네." 현장법사의 구법 여정을 기록한 『대당서역기』에는 이처럼 싸늘한 구절이 나온다. 아마도 여동빈의 일화에서 나온 구절일 것으로 추측된다. 현장법사가 여행 중 폐허가 된 도시를 지나면서 옛사람들의 힘든 수고와 경영이 다시 자연의 모래바람에 침식되어 원래 모습으로 돌아간 것을 보고 탄식하여 말한 것이다.

그렇다. 우리도 여동빈처럼 선택할 수 있다. 문자를 거부하면서 평생 책을 쓰지 않고, 심지어 일기나 편지도 쓰지 않을뿐더러 책도 읽지 않으면서 피타고라스를 추종해도 된다. 롤랑 바르트가 두려워했던 기호와 정보로 가득한 속세의 소란함 속에서 귀를 깨끗이 씻고 옛사람이 되어 오늘을 살아가는 것이다.

하지만 이러한 선택은 이 '타락'한 시대에 떨어진다 해도 여전히 또 다른 위험을 맞는다. 게다가 어려움을 피할 수 없는 확률이 더 높아진다. 도쿄 우에노 공원에서 파란 비닐 천막을 쳐놓은 잔디밭에서 눈과 바람을 막으며 힘들게 살아가는 노숙자들을 본 적이 있는가? 교토 시조가와라마치 거리에서 유흥 주점과 가라오케의 광고판을 들고 서 있다가 다른 사람과 교대하자마자 청주를 털어넣는 부랑자들을 본 적이 있는가? 은자가 없는 이 야박한 시대에는 피타고라스 같은 인물도 자칫하면 이런 부류로 전락할 수 있다.

이는 인간이 직접 자연과 마주하는 시대는 이미 지나갔다는 발터 벤야민의 말과 일치한다. 또한 소박한 시의 시대는 영원히 사라졌다는 시인 프리드리히 실러의 말과도 맞아떨어진다. 7월에 대화인 심성이 흘러 내려가면 9월에 옷을 지어준다七月流火, 九月授衣.(『시경』「빈풍」에 나오는 구절로 음력 7월이면 대화大火가 서쪽의 심성心星 쪽으로 가고 곧 서늘해지기 시작하니 새 옷을 지어준다는 뜻이다.) 물론 우리는 정정당당하게 자신이 이처럼 전혀 즐겁지 않은 시간 속에 던져진 것을 비통해할 수 있다. 태평성대인 당나라에 살았던 이백이 평생 시를 쓰고도 다 쏟아내지 못했던 감정과 마찬가지다. 하지만 감정을 다 쏟아내면 우리는 그 순간 당면한 과제들과 마주해야 할 것이다.

낭랑한 목소리를 잃은 지혜

일찍이 책과 문자가 처음 생겨나 희소하고 진귀했던 그 시대에 책은 지혜의 담지체였고 권력과 재력을 지닌 계층의 부분적인 지혜밖에 담을 수 없었다. 민간의 소박한 지혜는 이런 사치품을 사용할 수 없어 그저 입과 귀를 오가는 언어의 공기 속에 남는 수밖에 없었다. 그런 까닭에 부유한 지혜와 가난한 지혜 사이에 은근한 긴장관계가 생겨났다. 오늘날 우리는 책에 대한 질문들 속에서 역주행이 가능한 두 가지 불안의 분위기를 읽어낼 수 있다. 첫 번째 불안은 완벽하고 연속적이며, 변화하는 세계를 직접 대면한 민간에서 오는 것이다. 또 다른 불안은 책의 지혜를 점유한 자들로부터 온다. 그들이 두려워하는 건 멀리 전파되는 책의 능력으로, 심지어 여기에는 책의 가격이 갈수록 저렴해지고 갈수록 더 대중화되는 되돌릴 수 없는 추세도 포함된다. 이러한 경향은 현실 세계 사람들을 안정시키고 질서를 세워줄 뿐만 아니라 지혜의 형태를 바꾸어놓기도 한다. 그들의 걱정은 반드시 독점자의 이기심에서만 발원하는 게 아니라 질서가 무너진 뒤의 세계가 어떻게 변할지 모른다는 합리적인 우려에 기인하기도 한다.

문자는 확실히 인류 역사상 '귀신이 밤새 통곡할' 만한 거대한 발명이었고 책의 탄생은 문자의 형식적인 완성이라고 할 수 있다. 이로써 전에도 없었고 아마 이후에도 없을 심원한 혁명, 한 차례 조용한 혁명이 이루어졌다. 천 년이 넘도록 빗물이 바위를 뚫듯 막는 이가 전혀 없는 부드러운 방식으로 이 혁명은 완성되었다. 오늘날, 한 때 무지한 어린아이로 비유되고 성자들에 의해 품격이 현저히 떨어지는 개돼지로 형용되던 보통 사람이 이제는 약간의 돈만 내면 직접 위대한 지혜의 성과를 살 수 있으니, 사정이 완전히 역전됐다. 물리적 시공간의 제한을 받는 구전 방식이 오히려 비싸지기 시작했다. 100가지 정선된 음식의 조리법을 가르쳐주는 책은 몇백 타이완달러면 구입할 수 있지만 유명 셰프에게 직접 요리를 배우려면 음식 한 가지에만 50만 타이완달러가 넘는 돈을 내야 한다. 아이들을 예체능 학원이나 이중 언어 교육을 제공하는 유치원에 보내느라 의식주 비용을 줄이면서 허리띠를 바짝 졸라매야 한다.

역사의 변화는 항상 인간의 예상을 벗어난다. 경제학에는 이른바 공공재라는 분류 개념이 있다. 이 가운데 책을 쓰는 경제학자들이 가장 흔히 예로 드는 것은 햇빛과 공기, 물 세 가지로서 가장 가치가 있으면서도 가격이 없는 특수한 물질들이다. 하지만 오늘날의 경제학자들은 이 세 가지를 실례로 들 때면 불안한 마음에 부가적인 설명을 하려 들 것이다. 세상이 정말로 크게 변해서 이 세 가지 공공재가 점차 희소해지는 바람에 일정한 대가를 치러야만 얻을 수 있는 것이 되었기 때문이다. 마찬가지로 햇빛 아래나 우물가, 공기 중에 떠다니며 구술에 의지하여 지식을 전하던 분자들이 하나하나 문자로 응고되어 떨어져내려 책 속으로 들어갔다. 일단 이러한 반응이 가동되면 즉시 피드백 모델의 순환 구조를 형성하게 되고, 지혜를 가진 사람들은 다시 서재로 돌아가 문자 형식으로 자신을 표현하게 되며, 지혜를 찾는 사람들도 더 이상 과거의 소크라테스처럼 골목과 마을을 배회하지 않는다. 한동안 지혜의 집산지였던 골목과 거리에는 오늘날 우리가 보고 듣는 것처럼 통속적이고 경박한 소문들만 남게 된다. 지혜라는 이 업종은 소리를 잃고 침묵하기 시작한다. 당연히 고독해질 수밖에 없다.

지혜가 소리를 잃은 것에 대해 성 아우구스티누스의 『참회록』에는 의도되지 않은 상태의 생동감 넘치는 기록이 남아 있다. 그가 밀라노의 주교 암브로시우스를 만나러 갔을 때 발견한 점이다. "책을 읽을 때 그의 눈은 그 페이지에 기록된 내용을 훑고 있었지만 마음은 분주하게 의미를 찾고 있었다. 하지만 그는 소리를 내지 않았고 혀도 전혀 움직이지 않았다. 누구든 자유롭게 그에게 접근할 수 있었고 방문객들도 대개 사전에 통보할 필요가 없었다. 그래서 우리도 그를 방문할 때면 그렇게 묵묵히 책을 읽고 있는 모습을 볼 수 있었던 것이다. 그는 책을 소리 내어 읽지 않았기 때문이다."

이것이 바로 그 시절 성 아우구스티누스의 신기한 독서 방식이었다. 오늘날 거의 모든 독자가 매일 사용하지만 깨닫지 못하는 것과 같다고 할 수 있다. 이는 사실인 동시에 일종의 은유이기도 하다.

무료하고 재미없는 만 리 길

물론 역사적으로 볼 때 실질적인 인과 사이에 원인이 하나밖에 없는 경우는 극도로 드물다. 하지만 벤야민이 지적했듯이 인간 경험의 공동화空洞化와 저가화 그리고 후세에도 이어진 끊임없는 가격 하락에는 책의 발명과 전파가 중요한 역할을 한 것이 분명하다. 인간은 고독하고 조용한 사유로 플라톤의 『대화』나 공자의 『논어』에 나오는 반복적이고 열정적인 집단의 쟁론을 대신했지만, 또 한편으로는 공기의 저항력에 대항하고 시각을 이용하여 더 많은 사람이 참여하는 대화의 네트워크를 개통해놓았다. 덕분에 더 먼 곳까지 통하게 되었고, 심지어 훨씬 더 오래된 진귀한 소식도 접하게 되었다. 이로 인해 물리적 법칙에 갇힌 인간의 개별 경험은 상대적으로 초라해졌고 사람들을 놀라게 하던 마력을 잃어버리고 말았다.

움베르토 에코는 원하든 원치 않든 오늘날에는 확실히 문자를 주체로 해야만 이 세계를 인식할 수 있다고 여러 차례 지적한 바 있다. 눈으로 보는 것을 믿는 것만으로는 기본적인 삶의 수요를 채우지 못할 뿐만 아니라 내면적 지혜의 개척에 반드시 필요한 사유의 재료는 더더욱 제공할 수 없다는 것이다. 만사만물이 전부 직접 현장에 달려가서 파악할 것을 요구한다면, 에코의 말을 내 개인적 경험으로 전환할 수도 있을 것이다. 그러면 나는 이 지구상에 정말로 호주라는 땅이 있는지, 정말로 미국이라는 나라가 있는지 단정하지 못할 것이다. 심지어 지구는 무엇일까 하는 의심을 갖게 될 것이다. 이런 것들은 아마도 미국과 소련 두 나라의 몇몇 우주인(우주인은 정말로 존재할까?)만이 확인했을 것이다. 게다가 에코나 마르케스, 칼비노처럼 내 생명에 지대한 영향을 미친 철인들도 전부 허구의 인물일 수 있다. 사실 나는 우리 할아버지가 정말로 존재했었는지 아니면 전부가 사기인지조차 파악할 수 없다. 그렇다면 나는 도대체 어디서 온 것일까? 내 생명은 이러한 회의를 거친 다음 어떤 것들을 남길 수 있을까? 내 얼굴이 단지 거울에 비친 왜곡된 환상이 아닌가 하는 생각을 시작해야 하지 않을까?

나는 오늘날 아직 남아 있어 과도하게 실천을 강조하고, 이로 인해 문자와 책의 세계를 적대시하는 일부 강경 좌파에 대해서는 확실히 알지 못한다. 사람들이 경험의 평가절하에 대한 벤야민의 판결을 어떻게 대할지 모르겠다. 아마도 대부분은 과거에 마르크스주의자가 아니었던 그를 마르크스주의의 이단으로 간주했던 전철을 그대로 밟을 것이다. 하지만 사태의 급박한 발전이 반세기 전 벤야민의 이 '예언'을 반복적으로 실증할 뿐만 아니라 심지어 벤야민의 논술의 폭을 크게 초월하고 있다. 벤야민은 과거 유럽 대륙의 저니먼journeyman 제도(도제로서의 일정한 실습 기간이 지나야 비로소 자유로운 장인으로 활동할 수 있게 한 제도)를 대표로 삼아 먼 외유에서 돌아온 사람들을 이야기꾼의 전통적인 전형의 한 가지로 간주했다. 물론 여기에는 뱃사람과 행상, 모험가, 원정을 나갔다 돌아온 병사, 신의 부름을 받았던 선교사 등도 포함된다. 이들은 아주 먼 지역의 희귀한 이야기들을 가져오는 임무를 담당한다. 꽃가루를 실어 나르는 벌이나 나비처럼 두

지역의 정보를 교환하는 것이다. 하지만 오늘날에는 사정이 다르다. 수시로 원양 컨테이너선을 타고 이역만리를 돌아다니는 선원인 내 친구의 말에 따르면 이 세상에서 자신들보다 더 단조롭고 무료하며 폐쇄적인 업종은 찾기 어려울 것이라고 한다. 대부분의 시간을 그들은 '둥그런 하늘이 바다를 덮고 있고 검은 물이 홀로 외로운 배를 끄는' 변함없는 풍경 속에서 컴퓨터 게임을 하거나 탁구를 치거나 만화책과 무협소설을 읽거나 푼돈을 걸고 노름을 하거나 멍하니 앉아서 시간을 보낸다. 게다가 너무나 안전하여 환상을 가질 수도 없고 항로를 잃을 염려도 없으며 폭풍우도 없고 항구에 정박하기도 쉽다. 친구는 전 세계 컨테이너 부두의 길이가 똑같은 데다 컨테이너 부두의 화물 하역 속도가 대단히 빠르다고 말한다. 속도가 바로 원가이기 때문에 반나절이나 하루 정도의 시간이면 배가 상당한 거리를 이동할 수 있다는 것이다. 이국의 작은 술집에서 술에 취하고 고향을 그리워하며 철학적인 생각을 하고 돈을 쓰면서 시시덕거리는 모습은 이미 사라진 지 오래라고 한다. 작은 항구의 좁은 골목에서 느낄 수 있었던 낭만적인 분위기마저 전부 사라져버렸다는 것이다.

내 고향 이란 남부의 아오위澳漁 항도 가다랑어를 잡든 가물치를 잡든, 아니면 낚시로 잉어를 잡든 간에 외로운 사람 혼자가 아니라는 사실만 제외하면 전부 『노인과 바다』 속에 묘사된 모습 그대로였다.

무정부적 독서의 꿈

나는 오늘날까지도 책에 반대하는 담론을 생산하는 사람을 크게 두 부류로 나눌 수 있다고 생각한다. 하나는 독서에 지쳐 염증을 느끼거나 허무감에 빠져 책과 이별하고 휴식을 취하든가 혹은 다른 일을 하려는 사람들이다. 책 읽는 사람들의 이직성명서라고 할 수 있다. 또 다른 유형은 비교적 깊이 있게 책을 읽던 사람들이다. 이들에게는 다른 업종으로 전환하고자 하는 마음은 없다. 책과 독서에 대한 이들의 회의는 필연적으로 발생하는 일종의 반성 내지 자각이다. 정말로 처음부터 끝까지 제대로 책을 읽지 않은 사람들은 이런 회의를 갖지 않는다. 첫째는 책을 읽기보다는 직접 경험하기 때문이고, 둘째는 아직 책의 이러한 치명적인 본질을 발견하지 못했기 때문이다. 보르헤스는 두 번째 부류다. 그는 독서를 멈출 생각이 없었고 시력을 잃은 뒤로도 독서를 중단하지 않았다. 글이 빛날 수 있다는 것을 나는 보르헤스에게서 알았다.

내가 독서에 대한 회의가 필연적으로 발생하는 일종의 반성이라고 말한 것은 이성적 통찰과 지각에 그친다는 뜻이 아니다. 독서가 어느 수준까지 축적되면 책의 한계를 본다는 것도 사실이다. 하지만 가장 깊은 의미에서 말하자면 정말로 훌륭한 독서가는 본인이 자각하든 못 하든 일종의 무정부주의적인 깨끗한 영혼을 지니고 있다. 설사 현실 정치적 주장에 있어서 그의 이성이 또 다른 귀착지를 갖는다 해도 마찬가지다.

이러한 무정부주의적 영혼이 없다면 독서는 아주 쉽게 완성할 수 있다. 3년이나 5년, 길어야 10년이면 실현할 수 있다. 평생 머리가 희어질 때까지 실천해야 하는 일이 아니다.

물론 나는 흰 종이에 검은 글씨라는 표현이 부적절한 오해를 몰고 올 수 있다고 생각한다.(보라, 내가 있는 곳도 볼리바르화되고 있지 않은

가?) 특히 오늘날처럼 나태하고 허무한 포퓰리즘의 분위기에서는 더더욱 그렇다. 포퓰리즘은 더 이상 대뇌를 사용하지 않는, 영원히 파시즘에 대항하는 무정부주의의 타락한 형식이다. 포퓰리즘은 그 자체가 어리석고 게으르기 때문에 그 어떤 아름답고 훌륭한 것도 추구하려 하지 않고 아름답고 훌륭한 사람들과 어깨를 나란히 하여 모이려 하지 않는다. 게다가 마음속에 질투심으로 가득 차 아름답고 훌륭한 것들을 파괴하고 훌륭한 사람들을 끌어내려 짓밟으면서 그렇게 해야 모두가 평등해진다고 생각한다. 하지만 물론 이는 반지성적일 뿐 아니라 희망이 없는 평등으로 차갑고 잔인한 미소를 동반한다. 포퓰리즘은 자유의 이름으로 행동하고 허위적인 민주주의의 형식을 차용하지만 나아가는 길은 오히려 파시즘적 집권일 뿐이다. 따라서 포퓰리즘은 독서의 지성적이고 자유로운 본질에 영원히 배치된다. 만일 독서에 영구적인 적이 있다면 포퓰리즘만 한 게 없을 것이다. 포퓰리즘이 독서에 끼치는 해악은 인류 역사에 이미 알려진 그 어떤 논술과 현실의 압박 형식도 뛰어넘는다.

독서의 세계에서는 민주주의의 게임이 통용되지 않는다. 독서의 세계에 회의와 갈등이 없을 순 없겠지만 이는 기꺼이 이치를 따지는 회의와 갈등이자 극도의 인내심을 갖춘 회의와 갈등이다. 표결로 나타난 사람 수를 세는 방식으로 쟁의를 해결하는 민주주의의 방식과는 달리 여기서는 찬동하는 사람과 반대하는 사람의 숫자가 아무런 의미도 갖지 못한다. 현실 세계에서는 뛰어난 엘리트들이 수천수만의 반대에도 불구하고 용감하고 강인하게 자신의 주장을 펼치는 일이 소수에 그치지만 독서의 세계에서는 흔히 있는 일이고, 제대로 된 독자라면 매일 행하는 일이다. 물론 이는 독서가 우리에게 부여한 신기한 능력이 아니라 저절로 생겨나 한 치의 타협과 양보도 허락하지 않는 견정한 판단 기준이다. 조금 과장하자면, 마르케스가 좋다고 말하는 책 한 권이 내게는 보통 사람 100만 명이 인터넷으로 투표한 결과를 훨씬 더 능가한다. 물론 반드시 마르케스일 필요도 없고 마르케스만이어서도 안 될 것이다. 이 이름을 아인슈타인이나 벤야민, 하이네, 지드, 볼테르, 아청 등으로 바꿀 수도 있다. 독서가들은 권력의 집중을 증오하지만 시비를 가릴 수는 있다고 믿는다. 시비의 판단이 잠시 혼돈에 빠져 결정하지 못하는 갈등을 보일 수는 있더라도 이로 인해 또 다른 극단의 상대주의로 빠지지는 않을 것이다. 따라서 민주주의 표결은 이렇다 할 의미를 갖지 못하고 그 어떤 진실하고 구체적인 회의와 갈등도 해결하지 못한다.

독서가들은 시비를 마음에 새겨, 잊지 않고 뛰어난 인물들을 마음속으로 믿는다. 하지만 한 가지 주의할 점은 이처럼 뛰어난 인물들이 영원히 복수의 형태로 존재하며 독자 자신의 독서의 축적과 필연적인 변화를 거치면서 이 이름들도 다른 이름으로 대체될 수 있다는 것이다. 예컨대 나는 사춘기에 잠시 시인 타고르와 칼릴 지브란이 그 가운데 가장 빛나는 인물들이라고 믿었었다. 나는 종종 이처럼 복수이고, 반짝반짝 빛나는 존경과 추구의 대상이 내 실제 경험의 기억 속에서는 어떤 모습이었는지 생각하곤 한다. 그것은 별이 가득한 하늘에 가장 가깝다고 생각한다. 이성적으로 보면 별은 거대하고 가까이서 볼 수 없으며 거리상으로는 억만 광년이나 떨어져 있다. 하지만 개인에게 있어서 별과 같은 그들은 '지혜로우면서도 감정이 있는'(불가에서 말하는 보살처럼) 존재다. 나 한 사람을 위해 존재하면서 내 머리 위 손을 뻗으면 닿을 수 있는 자리에서 항상 부드러우면서도 압박감이 없는 방식으로 이야기를 나눠준다. 게다가 모두가 독립적으로 반짝이고 있지만 이들을 선으로 연결하여 매번 다른 그림을 그릴 수 있다.

"별자리 아래 파도 소리 속에서는 지나간 영광이 전부 꿈만 같다."

예로부터 별 하늘 아래는 사람들의 상상의 공간이었다. 심지어 인간은 이 공간에서 신을 만들어내기도 했다. 또한 이 공간은 자신을 돌아보는 반성의 자리로서 인간은 이곳에서 자신의 역사와 존재를 찾았다. 세속의 권력과 계략, 억압은 잠시 잠들고, 하늘과 땅 사이에 광활한 자유의 무정부 상태가 회복되었다. 이러한 광활한 자유 때문에 서로 억압하지 않는 모든 것을 포용할 수 있는 것이다. 여기에는 만물의 미세하지만 평등하고 견실한 존재, 쉽게 보이지 않는 모든 생각, 회의, 갈등이 포함된다. 이렇게 아득하고 광활한 자유 및 관용을 제외하면 회의와 갈등이 몸을 숨기고 서식할 수 있는 곳이 어디 있겠는가?

별 하늘 아래서 사람들은 바닥이 보이지 않을 정도로 심오한 비밀, 완전한 자유의 심정 하에서 반드시 생겨나는 불확실성의 느낌을 감지하고 영원히 고독한 회의를 갖는다. 자신을 포함하여 견실한 존재인 만사만물은 동시에 모든 경계가 삼투되고 모호해지면서 빛 무리를 이루고, 이것은 다시 꿈으로 전환된다. 보르헤스와 칼비노는 모두 장자의 "장주인가 아니면 나비인가?"라는 꿈같은 구절을 인용하기도 하고 아주 생동감 넘치게 서술하기도 했다. 나는 다른 사람들도 읽긴 했지만 말을 하지 않았거나 불행히도 아직 읽지 않았을 뿐, 정말로 대단한 독자라면 인류의 아름다운 이 우언을 사랑하지 않을 수 없으리라고 믿는다. 이 우언은 무정부주의자가 갖는 자유의 마지막

고민을 가장 잘 표현하고 있다.

현실은 불완전하다. 그렇기에 책의 풍요로운 세계 속으로 들어가고자 하는 것이다. 또한 책은 한계가 있고 완전하지 않다. 그래서 상상과 꿈, 이 모든 것과 결별할 가능성을 남겨두는 것이다. 미안하게도 잠시나마 나는 독서가들의 궁극적인 무정부적 본질을 좀더 명백하게 정리하지 못한다. 어쩌면 나중에 더 발전하여 좀더 분명하게 설명할 수 있을지 모르겠다. 하지만 지금은 이 정도에 불과하지만 그래도 이 불완전한 대담은 성립될 수 있다고 믿는다. 언어와 문자가 완전하지 않다고 해서 우리 모두의 공통된 희망과 고민을 발견하고 불러내는 것을 막진 못할 것이다. 그렇지 않은가?

12. 7882개의 별을 헤아린 사람

소설 읽기

장군의 시중을 드는 인원 가운데 호세 마리아 카레뇨는 장애를 입은 팔로 인한 불편함 때문에 모두에게 놀림거리가 되었다. 손의 움직임과 손가락의 촉감을 그는 모두 느낄 수 있었다. 팔에 뼈가 없는데도 흐린 날이면 뼈의 통증마저 느껴졌다. 그는 여전히 스스로를 풍자하는 유머 감각을 지니고 있었다. 반대로 그를 걱정하게 만든 것은 꿈속에서 다른 사람들의 질문에 대답하는 습관이었다. 꿈속에서 그는 남들과 어떤 분야에서의 대화도 다 나눌 수 있었지만 일단 꿈에서 깨면 통제할 능력이 없었다. 깨어 있을 때는 입을 굳게 닫고 생각만 하다가 좌절했다. 언젠가 한번은 어떤 사람이 아무 근거도 없이 그가 군사 정보를 누설했다고 고발했다. 함대가 바다를 항해하는 마지막 날 밤, 장군의 해먹을 지키던 호세 팔라시오스는 뱃머리에서 잠을 자는 카레뇨가 말하는 소리를 들었다.

"7882개."

"무슨 말을 하는 거야?"

호세 팔라시오스가 물었다.

"별을 세고 있었습니다."

카레뇨가 대답했다.

장군은 눈을 떴다. 카레뇨가 잠꼬대를 하는 것이라고 확신했다. 그는 몸을 일으켜 창문을 통해 밤하늘을 바라보았다. 밤은 아득하고 넓었다. 그리고 찬란했다. 반짝반짝 빛나는 별이 하늘을 가득 메우고 있었다.

"그보다 거의 열 배는 더 많을 걸세."

장군이 말했다.

"제가 말씀드리려 했던 것이 바로 그 정도 숫자입니다."

카레뇨가 말했다.

"거기에 두 개를 더하려는 순간 유성이 휙 하고 지나갔지요."

이때 장군은 해먹에서 내려와 그가 뱃머리에서 자고 있는 모습을 보았다. 벗은 몸에 잔뜩 나 있는 흉터가 그 어느 때보다 더 뚜렷하게 눈에 들어왔다. 그는 장애를 입은 팔로 별을 세고 있었다. 베네수엘라 화이트힐에서의 전투가 끝난 뒤 그를 찾았을 때는 온몸이 난자당해 피투성이였다. 사람들은 모두 그가 죽은 줄 알고 늪지 바닥에 내려놓았다. 몸에는 군도에 베인 상처가 40여 군데나 있었고, 그 가운데 몇 개로 인해 팔을 잃게 되었다. 훗날 그는 다른 전투에서 또 다른 상처를 입었다. 하지만 그의 정신은 조금도 무너지지 않았다. 왼팔은 지독한 훈련의 결과 아주 민첩해져서 총칼을 잘 다루기로 명성이 자자했다. 그는 정교한 글씨체로도 이름을 날렸다.

"별들도 죽음을 피할 수는 없는 모양이에요. 18년 전보다 숫자가 적어졌네요."

카레뇨가 말했다.

"자네 미쳤군."

장군이 말했다.

"아닙니다."

카레뇨가 대답했다.

"제가 늙긴 했지만 이것이 사실이라고 믿고 싶진 않습니다."

"내가 자네보다 여덟 살이나 위일세."

"제 상처 하나에 두 살이 붙습니다."

카레뇨가 말을 받았다.

"이렇게 따지면 제가 우리 중년들 가운데서 가장 나이가 많은 사람이지요."

나는 개인적으로 『미로 속의 장군』 가운데 이 대목을 아주 좋아한다. 이 대목을 인용하여 내가 좋아하는 비교적 은밀한 이야기를 해 보고자 한다. 우리는 왜 소설을 읽어야 할까. 뱃머리에서 잠이 든 채 생각은 몸을 빠져나가 별을 헤아리고 있는 카레뇨가 나오는 대목에서 나는 고대 그리스에서 황금빛 털을 가진 양을 찾아 나선 아르고호와 대부분의 사람과 업무가 달라 자신만의 독특한 꿈을 꾸는 한 선원이 생각났다. 다름 아닌 아르페우스다. 그의 임무는 원정을 나가는 배 위에서 하프를 연주하며 노래를 부르는 것이었다. 하지만 그의 하프 연주와 노랫소리는 이 젊고 야심만만한 배가 무역을 위한 원양 컨테이너선에 그치지 않게 해주었다.

아무리 처량하고 절망적이라 해도 마그달레나 강으로의 이 마지막 항행에 어떻게 시인이 수행하지 않을 수 있겠는가? 어쩌면 생명이 이미 그 정도로 피폐해진 상태이고, 그토록 참중한 대가를 치렀다면 어떻게 문학가나 소설가가 나서서 그의 시신을 거두지 않을 수 있느냐고 물을 수도 있을 것이다. 수습하여 돌아올 물건이 얼마나 많았고, 보호해야 할 것이 얼마나 많았든 간에 『미로 속의 장군』을 통틀어 선두에 누워 별을 세는 카레뇨야말로 소설가에 가장 근접한 사람이라는 생각이 든다.(별을 세는 이 낭만적 행위는 그를 시인에 가깝게 해주었지만 현실로 돌아와 별이 18년 전보다 많이 줄었다고 말할 때는 소설가에 가까웠다.) 그의 진짜 신분은 용감한 해방 전사였지만 소설가의 특별한 영혼을 지니고 있었다.

하지만 대단히 생동감 넘치는 묘사가 아닐 수 없다. 그렇지 않은가? 마르케스가 하는 말은 모든 구절이 은유에서 오는 것 같다. 예컨대 팔을 잃은 카레뇨의 신기한 감각이나 꿈속에서 사람들과 이야기를 나눌 수 있는 능력, 항상 통제력을 잃고 마음속 고민과 번뇌를 쏟아내는 행위 등이 그렇다. 하지만 가장 재미있는 것은 그가 굳세게 별을 헤아린 구체적인 숫자 7882, 그리고 나이를 계산하는 방식에 대한 고집스런 주장이다. 그는 몸에 상처가 하나 있을 때마다 나이를 두 살 더해야 한다고 주장한다. 몸의 상처가 사람을 그만큼 빨리 늙게 한다고 믿는 것이다. 프로 격투기 선수들이 주먹을 맞는 것이 휘두르는 것보다 더 많은 체력을 소모시킨다는 사실을 아는 것과 마찬가지다.

7882개라는 별들의 정확한 숫자와 관련하여 문득 보르헤스가 「은유」라는 제목의 강연에서 했던 말이 떠오른다.

"내 기억에 의하면 이 비유는 『함대의 가장자리』라는, 사람들에게 별로 잘 알려지지 않은 키플링의 책에서 인용한 것이다. '장미처럼 화려하고 아름다운 도시는 이미 시간의 절반만큼 아득하다.' 이런 말은 아마도 아무 의미 없이 한 것 같다. 하지만 '시간의 절반만큼 아득하다'는 표현은 우리에게 마술 같은 정확도를 제공한다. 이 한마디는 이상하지만 자주 눈에 띄지 않는 '나는 영원히 너를 사랑하고 하루 더 사랑할 거야'라는 영어 표현과 똑같이 마술 같은 정확성을 지니고 있다. '영원'은 이미 '일반적으로 아주 긴 시간'을 의미하지만, 사실 이런 표현법은 지나치게 추상적이어서 모든 사람의 상상력의 공간을 증폭시켜주기에는 충분치 못하다."

한마디 더 덧붙이자면, 보르헤스에 관한 이야기를 쓰고 있을 때, 내가 매일 출근하여 글을 쓰는 카페에서는 때마침 비틀즈의 옛 사랑 노래「일주일에 8일」이 흘러나오고 있었다. 일주일에 나는 8일을 당신을 사랑할 거야. 이는 사랑에 대한 네 명의 리버풀 청년의 가장 구체적이지만 가장 미치광이 같은 방식의 인정이라고 할 수 있다.

그런 다음 보르헤스는『천일야화』의 숫자 1001과 셰익스피어의 시「40번째 겨울이 당신의 얼굴을 찾아오면」의 숫자 40을 예로 들었다. 모두 카레뇨의 7882처럼 구체적이고 독단적인 숫자다. 사실 이 숫자들은 모두 '많음', 심지어 무한함을 상징한다. 하지만 그러면서도 문학적 계산에 의해 생성된 풍부한 내용과 느낌을 갖는, 감정을 통해 확실한 초점을 찾을 수 있는 그런 '많음'이 된다.

타이완의 시인 정치우위鄭秋予의 시에도 "나는 바다에서 / 항해하는 스물두 개의 별을 가져왔지 / 네가 항해에 관해 물었을 때 / 나는 고개를 들어 하늘을 바라보며 웃었지"라는 구절이 있는 것을 보면 그도 이런 기교를 알고 있었던 것 같다.

그레이엄 그린은 이런 이치를 가르쳐주고자 시도한 바 있다. 그는 신은 '무한'한데 인간은 신을 사랑하면서 어째서 '무無'인 신을 사랑하는 건지 모르겠다고 말했다. 사랑에는 대상과 초점이 있어야 한다. 음파가 어떤 실체에 부딪혀 돌아와야 그에 대한 반응으로 소리를 듣는 것과 마찬가지다. 따라서 이치대로 하자면 우리는 신의 이름을 지을 수도 없고 신의 조각상은 더더욱 만들어서는 안 된다. 하지만 인간을 위하여, 유한한 존재인 자신을 위하여 우리는 신에게 이름을 부여하고 형상화하여 그를 사랑하는 것이다.

무한함은 인간의 인지 대상이 될 수 없다. 하지만 문학은 기묘하게 구상을 통해 이를 처리하고, 지칭하고, 상당 정도 길들이기까지 한다. 문학은 유한한 초점과 실체로 우리 자신의 유한한 존재와 소통하고 연결하면서 우리 감각을 일깨우는 것이다. 문학은 또 이 구상적인 부분을 빛을 내뿜는 성체星體와 같은 핵심으로 삼아, 그 빛처럼 천천히 방사되는 은유로 상상력에 불을 붙이고 우리가 자신의 한계에서 벗어나 무궁무진한 세계를 탐험할 수 있게 해준다.

여기서 칼비노의 명저 『보이지 않는 도시들』의 일부를 소개해본다.

> 쿠빌라이 칸은 체스에 주의력을 집중시키려 노력했다. 하지만 이제는 오히려 체스를 하는 목적에 대해 곤혹감을 느꼈다. 모든 대결의 결과는 승리 아니면 패배다. 그렇다면 이기고 지는 게 무엇을 의미하는 것일까? 진정한 도박의 대상은 무엇일까? 상대방은 장군이다. 승리자의 손은 국왕을 한쪽으로 밀어낼 것이고, 허무만 남을 것이다. 검은색 사각형이 아니면 흰색 사각형만 남을 것이다. 쿠빌라이는 자신이 정복한 것을 산산조각 내고 본질적인 것으로 환원하기 위해 가장 극단적인 길을 갔다. 명확한 정복과 제국의 다양한 보물도 허황된 포장에 지나지 않았다. 이 모든 것이 평평하게 깎아놓은 네모난 나무판 위의 사각형 칸에 지나지 않았다.
>
> 마르코폴로가 말을 받았다.
>
> "폐하의 체스 판은 두 가지 종류의 원목으로 만들어졌습니다. 흑

단과 단풍나무로 되어 있지요. 폐하의 지혜로운 시선이 집중된 사각형은 가뭄에 자라난 나무줄기의 나이테를 오려낸 것입니다. 나무의 섬유 조직이 어떻게 배열되어 있는지 보셨습니까? 여기 어렴풋하게 남아 있는 뒤틀린 모습을 볼 수 있습니다. 이는 일찍이 봄을 맞아 새싹이 발아하긴 했지만 밤의 차가운 이슬에 시들어버린 흔적입니다."

그때 쿠빌라이 칸은 이 외국인이 어떻게 현지 언어로 자신의 의사를 유창하게 표현하는지 알게 되었다. 하지만 칸을 정말로 놀라게 한 것은 그의 유창한 표현이었다.

"여기에 아주 가는 구멍들이 있습니다. 어쩌면 유충 단계 곤충들의 보금자리였는지도 모르지요. 하지만 나무좀벌레는 아닙니다. 나무좀벌레는 태어나자마자 곧바로 나무를 갉아먹거든요. 송충이는 나뭇잎을 먹어 나뭇가지가 떨어져나가게 하는 원흉이 되지요……. 여기는 조각가가 반원 형태로 박아넣은 부분입니다. 다음 사각형과 잘 결합하여 돌출될 수 있게 하기 위해서지요……."

평평하고 매끄럽지만 속이 텅 비어 있는 나무는 수많은 이치를 깨달을 수 있었다. 쿠빌라이 칸은 감탄을 금치 못했다. 마르코폴로는 이미 흑단 숲에 관해 이야기하고 있었다. 나무를 싣고 강을 따라가는 뗏목과 부두, 창문에 기대어 서 있는 부녀자들에 관해 이야기했다…….

실체를 가지고 사색하다

한쪽은 쿠빌라이 칸식의 개념 사유로서 아주 날카롭고 깊이가 있다. 과거 몽골의 철기병들이 거침없이 세상을 정복하면서 빠른 속도로 세계의 끝에 도달했던 것과 같다. 플라톤은 일찍이 '길이 시작되는 끝'이 가장 선한 것이고 모든 것을 통일하는 진리라고 생각했던 적이 있다. 하지만 쿠빌라이 칸이 찾은 것은 체스 판의 사각형들이 그려낸 세계 제국이었다. 이는 다름 아닌 허무였다. 하이데거나 자크 데리다가 찾았던 것과 같은 허무였다. 이것이 인류가 수천 년 동안 걸어온 사유의 길이다.

또 한쪽은 마르코폴로식 실체 사유로서 대단히 집중적이고 흥미진진하다. 시선을 눈앞에 있는 이 작은 나무 조각에 집중하면 거기서 꽃 한 송이가 점차 피어나는 것 같은 모양이라고 할 수 있다. 새싹에서 시작하여 곤충의 보금자리, 나무 한 그루, 숲, 벌목공, 큰 강, 부두의 무역용 선착장, 왁자지껄한 사람들의 목소리 속에서 홀로 조용히 누군가를 기다리는 여인에 이르기까지 모든 사람이 진실이고 모든 사물도 진실이다. 이렇게 끝없이 흘러가면서 포기하지 않고 그냥 보내지 않다보면 우리는 그것이 새로운 인식인지 기억인지, 실제 경험인지 아니면 일시적인 꿈속에서의 풍경인지 분명하게 구별하지 못하게 된다. 이것이 바로 문학의 독특한 사유 방식이다. 특히 소설의 사유 방식이 이렇다.

칼비노는 『미국 강의』에서 자신의 그 놀랍고 사람들의 마음을 울리기에 충분한 글을 인용하여(칼비노처럼 겸손하고 자신을 사랑하지 않

사냥하는 쿠빌라이 칸

는 사람에게는 이 심상치 않은 행동이 대단히 심오한 의미를 지닌다. 적어도 그 글이 그에게 얼마나 중요한지 알 수 있다. 다른 작가에게서는 이를 대체할 만한 유사한 글을 찾아볼 수 없다) 자기 자신과 인류 전체의 두 가지 서로 다른 사유 방식, 세계를 인식하는 두 가지 서로 다른 방법을 보여주었다. 그 연설을 할 당시만 해도 칼비노는 우열을 가리거나 어느 한쪽을 편애하는 판단을 하지도 않았고, 할 생각도 없었다. 사실 그는 자신을 대단히 바쁜 사유자로 묘사하면서 항상 두 극단 사이를 오갔고, 필사적으로 이 두 서로 다른 사유 방식 사이에서 균형을 잡고자 노력했다.

하지만 칼비노처럼 (가벼움과 무거움, 빠름과 느림, 간단함과 복잡함 등) 다양한 유형의 두 가지 극단 사이에서 대화와 연계를 추구하는 사람은 극도로 희소하다. 그런 까닭에 칼비노는 '순수한' 소설가들과는 달리 『나의 사랑 마르코발도』 같은 마르코폴로식의 감동적인 소설과 『팔로마』처럼 거의 수학과 천문물리학을 이용한 듯한 쿠빌라이칸식의 독특한 소설을 써낼 수 있었던 것이다. 이는 칼비노 개인의 독특한 야망이 반영된 소설로서 정말로 소설의 모험이라 할 수 있는 작품이다. 타이완에서는 평생 거울과 미궁만을 생각한 것으로 오해된 보르헤스도 포함하여(보르헤스의 상상력은 종종 거울과 미궁, 백과사전으로 비유되곤 한다) 절대다수의 훌륭한 소설가들은 절대로 이렇지 않다. 그들은 차라리 마르코폴로식 실체의 세계에 집중하는 경향을 보인다. 보르헤스는 아주 직설적으로 분명하게, 여러 차례에 걸쳐서 자신이 실체적인 사유를 하는 사람이라고 밝힌 바 있다. 사실 그의 말뜻은 그렇게밖에 할 수 없다는 것이었다. 그는 애당초 개념적 사유를 할 수 없었던 것이다.("나는 형상을 중시하는 것이 개념을 중시하는 것보다 훨씬 더 중요하다고 생각한다. 나는 그리스인이나 히브리인들이 그랬던 것처럼 추상적 사유에 익숙하지 못하다. 나는 이성적 방식으로 문제를 사유하는 것보다는 우언이나 은유의 방식에 치중하는 편이다. 이것이 바로 관찰 전문가로서의 나의 뛰어난 능력이라 할 수 있다. 물론 나도 때로는 어쩔 수 없이 엉성한 추론을 하기도 한다. 하지만 나는 꿈을 꾸는 데 치중하고 형상을 편애한다.")

한편 『미국 강의』라는 제목의 또 다른 강연에서 우리는 칼비노가 이처럼 무거운 말을 남겼던 것을 발견할 수 있다.

"하지만 어쩌면 실체를 결여한 현상은 이미지와 언어 속에만 존재할 뿐 아니라 이 세계 자체에도 존재할지 모른다. 이러한 전염병은 사람들의 삶과 네이션의 역사를 침략하여 모든 역사가 형체를 잃어 느슨해지고 혼란스러워지며 시작도 없고 끝도 없게 만든다. 나의 불안은 내 생명 속에서 형상의 상실을 감지하는 데서 온다. 그리고 내가 생각할 수 있는 저항 무기는 바로 문학 관념이다."

이 연설에서 칼비노는 '전염병'이라는 단어를 이용하여 우리에게 오늘날의 현실 세계에서 일어나고 있는 일들과 그 긴박성을 말해주고 있다. 수천 년의 노력을 통해 개념적인 추상 사유는 이미 보편적인 폭정이 되어 형상도 없고 실체도 없는 공허한 표류의 세계를 성공적으로 형성하고 있다. 예컨대 시장은 이제 더 이상 진귀한 상품으로 가득하고, 일정한 시간이 되면 모든 사람이 찾아와 왁자지껄 떠들면서 물건을 고르고, 흥정하고, 웃고 떠들며 다투고, 이런저런 소문과 수다를 옮기는 시끌벅적한 운집과 해산의 장소가 아니다. 시장은 더 이상 어떤 지점에 있는 것이 아니다. 눈에 보이지도 않고 찾을 수도 없다. 만지거나 느끼는 것은 더더욱 불가능하다. 시장은 공급과 수요일뿐이다. 마찬가지로 세계와 국가, 사회, 인민, 군중, 도시, 정부…… 등 추상이 아닌 것, 개념이 아닌 것이 없다. 이러한 현실에 상응하여 칼비노가 제시한 문학은 더욱 절박하고 중요하며 거대한 구원의 의미를 지닌다. 문학은 과학 분류의 한 종류이자 수많은 책의 분류 가운데 하나일 뿐만 아니라 생명을 상대하고 주변의 사물들을 만나 하나로 어우러지는 일종의 태도이기도 하다. 또한 잃어버린 지 오래된 실체를 불러내는 초혼술이자 전혀 다르지만 꼭 필요한 사유 방식으로서, 특유의 실체적 사유를 통해 다시금 허무한 세계 전체에 풍요롭고 느낄 수 있는 내용을 가득 채워준다.

지금 이 순간 소설 읽기를 강조하는 이유를 간단히 말하자면 바로 이것이라 할 수 있다.

응시의 능력

칼비노의 우려는 절대로 과장이 아니었다. 오늘날 추상 개념이 통치하는 공허한 세계에서 실체는 반대로 '진실'하지 않은 것이 되고 말았다. 부서진 파편이 되었고 귀신의 영역이 되었으며 벤야민이 말한 것처럼 '모퉁이를 돌면 바로 끊어져버리는 실마리' 같은 존재가 되고 말았다. 어쩌면 통치적 지위에 있는 추상 개념의 요구에 상응하여 모든 실체가 해체되고 분해되어 자신을 한 겹의 얇은 추상 개념으로 만들어야만 협소한 질서 속에 들어가 살아남을 수 있는 것이라고 말해야 할지도 모른다. 완벽한 구상적 인간을 알아보기가 아무리 힘들어졌다 해도, 그가 어떤 노동력이자 어떤 통계 숫자의 끝에 붙은 소수점 자리, 어떤 번호, 어떤 단체의 안내 멘트 혹은 캐릭터(우리는 누구나 각종 언어 서비스를 제공하는 사람들의 비인간적인 목소리를 들어보았을 것이다), 어떤 직업 신분에 지나지 않는다 해도 혹은 몇 마디로 회사의 이름과 직함, 이름, 전화, 휴대전화, 팩스, 이메일을 전부 말해줄 수 있는 명함에 불과하다 해도, 마찬가지로 우리는 이처럼 잘 부합하는 사회적 자문을 스스로 손을 움직여 '정리해야' 한다. 사회는 이미 인내력을 잃었고 미세하고 복잡하여 실체적 내용을 담고 있는 대답에 귀를 기울일 능력을 갖추고 있지 않기 때문이다. 그렇기에 18년을 함께 산 딸도 '사춘기'나 '모 여고 3학년' '제1지망 수험생' 등의 추상적인 신분만으로 모든 형식의 내용과 상상으로(사실은 상상의 공간이 전혀 없다고 해야 옳을 터이다) 연결될 수 있고, 이는 대체로 정서가 불안하고, 쉽게 울거나 화를 내며, 수면 시간이 심각하게 부족하고, 허약한 어깨가 무거운 책가방에 짓눌려 있으며, 장차 대학을 졸업해도 직업을 구하지 못한 비참한 여학생의 모습으로 요약될 것이다. 성숙하고 사랑스러운 '그' 딸의 모습이 사라지거나 갑자기 거리를 걷는 수천수만의 사람보다 더 낯선 딸을 만나게 될 것이다. 물론 우리는 이것이 진실이 아니라고 확신할 것이다. 하지만 어떤가? 우리는 그저 완전히 독립된 개인으로서의 딸에게서 억울함과 미안함만 느낄 뿐이다.

모든 구체적인 사람과 사물이 부서져 작은 파편이 되고 허무한 존재가 되어 더 이상 자체적인 독특성을 갖지 못할 때, 그들이 도대체 소멸과 무슨 차이가 있단 말인가? 심지어 우리가 세대를 이어가며 인류의 각 위대한 선언문에 정중하게 쓰여, 박탈되어서도 안 되고 침범당하거나 양도되어 생명의 의미를 잃어서도 안 된다고 믿는 것들이 더 이상 엄숙하지도 않고 진지하게 지켜야 하는 궁극적인 명령도 아닌 것이 되고 말았다. 물론 개념은 대체 가능하다. 기계의 부품을 교체하는 것보다 힘도 들지 않고 더 안정적이다.(부품을 교체할 때는 적어도 아깝고 괴로운 마음이 들 것이다.) 때문에 그레이엄 그린은 『희극배우』라는 소설 제목으로 자신을 조롱했던 것이다. 한때는 적어도 죽음이 하나의 비극이었고, 벤야민의 말처럼 가장 공공연하게 드러낼 의미가 있는 중요한 일이었지만, 지금 우리는 그저 교체되고 지워지고 말소될 뿐이다.

아마도 스탈린은 역사상 말을 가장 솔직하게 한 인물일 것이다. 그는 세상이 다 아는 두 마디 명언을 남겼다.

"한 사람의 죽음은 비극이지만 100만 명의 죽음은 그저 통계 숫자일 뿐이다."

문학, 특히 소설은 100만 명, 심지어 1000만 명의 죽음을 어떻게 처리할까? 우리는 에리히 레마르크의 소설을 예로 들어 살펴볼 수 있다. 『서부 전선 이상 없다』건 『사랑할 때와 죽을 때』건, 모든 소설에서 그는 오직 한 사람 혹은 두 연인, 한 소대 혹은 한 가정, 구체적이고 독특하며 전후 맥락을 갖춘 대상들만을 다룬다. 물론 우리는 제1차 세계대전이 수백만 명의 사람을 쓰러뜨렸고 제2차 세계대전에서는 군인과 민간인 가릴 것 없이 1억 명 이상이 목숨을 잃었다는 사실을 잘 알고 있다. 하지만 문학은 단일한 죽음에만 집중하여 우리 감정과 동정을 가동시킴으로써 원래의 비극으로 환원한다.

개념화의 빠른 기총소사는 이미 습관이 되었고 우리가 서로를 대하는 방식이 되었다. 우리는 응시의 능력, 수많은 사람 속에서 그를 찾아내고 온갖 시끌벅적한 소리 가운데서 어떤 사람이나 사물을 구별해내는 감동을 잃었다. 벤야민이 말한 것처럼 눈길을 바위 위의 어떤 정점에 오래 고정시키면 사람 또는 동물의 형상이 천천히 떠오른다. 혹은 어린 시절에 아주 많은 사람이 호세 마리아 카레뇨가 그랬듯이 밤하늘을 바라보며 별을 헤아려보았을 것이다. 이럴 경우 맨 처음 눈에 들어오는 것은 이름을 잘 아는 일등성이나 이등성 몇 개에 불과하다. 그러다가 인내심을 가지고 동공을 천천히 별빛에 적응시키면 그제야 비로소 우주의 가장 깊은 곳에 빼곡히 자리 잡고 있는 작은 별들이 미약한 빛을 우리 망막 위로 뿌린다. 나는 개인적으로 몇 년 전에 별을 관찰하는 문화 공익광고에 "오래 바라봐야 선명하게 보입니다"라고 약간 악의적인 슬로건을 쓴 적도 있다.

군중 앞에서 강연하면서 보르헤스도 이런 말을 한 적이 있다. 당시 그의 나이는 이미 여든이 훨씬 넘었고 시력도 상실한 상태였다.

"나는 그들에게 말하고 있는 것이 아니라 여러분 한 사람 한 사람에게 말하고 있는 것입니다. 솔직히 말해서 군중은 하나의 환각입니다. 군중은 존재하지 않지요. 나는 당신과 개별적으로 이야기를 나누고 있습니다. 월터 휘트먼은 이런 말을 했지요. '이런 것이 아닐까요. 우리가 여기에 고독하게 모여 있는 것이 아닐까요?' 우리는 고독한 혼자입니다. 당신과 나죠. '당신'은 개인을 의미하지 군중을 의미하지 않습니다. 군중은 존재하지 않습니다."

아주 확실한 경험

보르헤스가 휘트먼의 '고독한 모임'을 인용하여 너와 나라는 구체적이고 완전한 존재를 확인한 것은 너라는 실체의 그 순간의 진실한 존재를 이용해야만 나라는 진실한 존재를 획득하거나 기억할 수 있고, 그동안 얼마나 지독하고 말할 수 없는 고독이 있었는지 생각할 수 있기 때문이다. 이는 전적으로 이 순간의 만남을 위해 준비된 것이 아닐까? 현대의 '고독화된' 세계에서 이런 만남은 아득한 감동, 심지어 전율을 가져다준다. 이는 이미 극도로 희소하지만 누구나 한때 가졌던 아름다운 경험이라 시간은 정지해 있지만 한순간처럼 어렴풋하게 느껴진다. 그런 까닭에 즐거움 속에 믿기 어려운 회의감과 우울함이 섞여 있는 것이다. 이를 남의 불행을 즐기는 듯한 냉혹하고 방관자적인 벤야민의 표현으로 말하자면 '특별히 쉽게 느낄 수 있는 아름다움'이라고 할 수 있다. 벤야민의 말을 좀더 완전하게 살펴보자면 이렇다. "하지만 이는 아주 오랜 시간에 걸쳐 발생한 과정이다. 우리가 이런 아름다움을 '몰락한 시대의 징조', 심지어 '현대성의 몰락'의 징조로 여긴다면, 이는 큰 실수를 범하는 일이 될 것이다. 이는 차라리 수 세기의 역사를 지닌 힘이 만들어낸 현상이라 여기는 게 더 나을 것이다. 이 힘은 이야기를 하는 사람들에게 조금씩 아주 생생한 담론의 세계로 나아가게 하고, 결국에는 문학에 국한되게 한다. 동시에 이 현상은 아주 멀리 사라진 유형의 글에 특별히 쉽게 느껴지는 아름다움을 갖게 한다." 이 말은 현대인의 단절된 상황이 아주 오래된 것임을 의미한다. 이런 단절 상태는 갑자기 나타난 징벌이나 좀더 커다란 재난의 징조가 아니다. 이는 이미 확실한 현실이다. 동시에 벤야민이 말하고자 하는 의미도 사람과 사람이 이렇게 만나 실체적이고 완전하며 생생하게 말하는 것이 천 년에 한 번 나타나는 순간이 아니라 항시적인 상태라는 것이다. 인간이 한때는 이런 세계 속에 '정착'했었기 때문에 특별히 찾아갈 필요가 없었다. 여로를 거슬러 여행하는 과정에서 예기치 않게 만날 것이 아니라 소중하게 여기고 칭찬하며 서로 선물을 주고받을 필요가 있는 것이다.

내 스승님의 시 한 수가 생각난다. 여로를 거슬러 여행하는 과정에서 쓴 시로 마지막 두 구절은 이렇다. "나의 맹세에 바다와 산이 놀랄까 걱정이라, 그저 근심과 기쁨을 나누어 옷과 양식으로 삼네." 서로 분담한 걱정과 기쁨을 실물로 전환하여 사용 가능하고 손바닥에 쥘 수 있으며, 나중에 각자 피난길에 혹은 목숨을 구할 수 있는 의복이나 양식이 되게 하는 것이다. 그리하여 이런 맹세는 무게와 내용을 갖게 된다.

실존하는 인간, 실존하는 사물, 실존의 만남은 더 이상 우리가 정주한 곳에 존재하지 않기 때문에 몸을 움직여 찾아다녀야 한다. 이로 인해 현대인의 생명 깊숙한 곳에는 항상 여로를 거슬러 여행을 떠나고 싶은 마음이 상존하고, 어디선가 자신을 부르는 듯한 소리를 듣고 싶어한다. 나는 이런 마음이 바로 우리가 연애를 얼마나 필요로 하는지를 잘 설명해준다고 생각한다. 눈앞에 사람 한 명 없이 혼자 있는 시간이라 하더라도 생물적으로 생생한 진화의 명령만 있는 것이 아니라 우리가 진정한 인간, 완전하고 구체적인 인간이 눈앞에, 손을 뻗으면 닿을 수 있는 곳에 나타나 어렴풋한 자신을 확인할 수 있기를 갈망하는 경우가 더 많은 것이다.

확실히 벤야민의 조소는 틀리지 않았다. 현대의 소설 독자들은 확실히 고독감 속에서 살아가고 있고 다른 장르의 책을 읽는 독자들보다 더 고독하다. 이런 현상은 아주 훌륭한 소설, 자신이 할 수 없는 말들을 전부 써낸 듯한 작품을 읽을 때 더 뚜렷해진다. 누구나 어렴풋이 같은 연애를 경험한 듯한 느낌을 갖게 되는 것이다. 하지만 우리는 그 생생한 시대, 니콜라스 레스코프가 말한 인간과 자연이 공명하는 시대, 실러가 말한 소박한 시의 시대가 이미 끝났고 다시는 돌아오지 않는다면, 고독은 항상 순수한 단절보다 더 강렬하고 고독에는 감각이 존재하며 자신의 독특한 개체로서의 존재를 의식할 수 있다고 생각해야 할지도 모른다. 예컨대 뉴욕에 거주하는 작가 장베이하이張北海는 1960년대에 댜오위다오 보호운동에 참여했다가 인생의 절반 이상을 쓸쓸한 망명생활로 보냈지만, 그것을 후회하지 않았으며 연애의 실패는 항상 연애하지 않는 것보다 더 강렬하다고 말했다. 나는 이런 말을 하던 장베이하이의 표정을 아직도 생생하게 기억하고 있다.

보르헤스는 정색하면서 이렇게 말한 적이 있다. "독서는 일종의 경험이다. 굳이 예를 들자면 한 여자를 만나는 것, 사랑의 그물에 떨어지는 것, 거리를 뚫고 지나가는 것과 같다고 할 수 있다. 독서는 일종의 경험이다. 대단히 진실하고 확실한 경험이다." 물론 이 말은 문학작품을 읽는 경우를 의미한다. 여러 유형의 독서 가운데 아마도 문학 읽기만이 '아주 진실하고 확실한' 독서로 남을 것이다. 우리가 거리에서 진실한 사람과 마주친 뒤부터 그 무엇으로도 대체할 수 없는 인생의 경험이 펼쳐지는 것과 같다고 할 수 있다. 개념 사유를 통한 글쓰기로 이루어진 다른 책들은 이렇게 되기 어렵다. 『자본론』이나 『순수이성비판』과 같은 거작들도 마찬가지다. 바로 이런 이유로 우리는 현대인의 이러한 단절, 모든 개인이 하나의 섬이 되어버린 상황에 직면하여, 일반 서적에서 도움을 구하고 해답의 방법을 찾아 나설 수 있겠지만, 대개 실망을 안고 돌아오기 십상이다. 한 무더기의 확실한,

심지어 심리학의 임상 증거와 사회학의 통계 수치가 뒷받침해주는 답안을 구하겠지만 모든 답안이 희미하게 우리 몸을 스치고 지나가 버림을 느끼게 될 것이고, 기꺼이 이러한 답안의 조합을 받아들인다 해도 경험과 맞물려 있지 않아 전혀 실천할 수 없다. 그래서 벤야민은 날카롭게 이러한 곤경의 핵심을 지적했던 것이다.

"사실 이른바 권고라는 것은 어떤 문제에 초점을 맞춘 해답을 내놓는 것이 아니라 (한창 발전하고 있는) 어떤 이야기에 초점을 맞춰 어떻게 계속할 것인지를 건의할 뿐이다. 우리가 누군가에게 권고를 요구하려면 우리는 먼저 우리 자신의 이야기를 해야 한다. 게다가 가장 기본적인 것은 유익한 권고를 얻기 위해서는 적절한 언어를 찾아 자신의 처지를 말해야 한다는 점이다……. 실제 생활 체험 속에서의 권고를 잘 짜깁기하면 이것이 바로 지혜가 된다."

그렇다. '하나'의 답안이 철두철미하게 하나의 인생과 바꿔지는 것은 아니다. 누구든지 이렇게 할 수 있다거나 혹은 정말로 이렇게 할 생각이어야 하는 것은 없다. 지금 이 순간 자신의 인생이 어떻게 이어질 수 있는지가 문제인 것이다. 어려움은 해답이 없다는 데 있지 않다. 우리가 종종 이렇게 놓쳐버리긴 하지만 먼저 자신의 상황을 분명히 말하는 데에 어려움이 있는 것이다. 인간의 생명에는 개념적으로 제련해내거나 단순하고 깔끔한 문제 형식으로 만들기 어려운 난제가 너무나 많다. 이러한 문제들은 연속적이고 완전한 구체적 경험 속에서 희미하게 명멸하듯 나타나고 수용되는 것이다.

이 문제를 좀더 철저히 파고들 경우 우리는 그노시즘Gnosticism(헬레니즘 시대에 유행한 종파로 기독교에 여러 지역의 교리가 혼합되었다)에서 말하듯이 신을 원망하는 수밖에 없을 것이다. 우리에게는 불행히도 상당히 멍청한 신이 있기 때문이다. 그는 세상을 창조할 때 자신의 직분을 다하지 않았다. 예컨대 우리 마음과 두뇌, 입을 순조롭게 하나로 연결하지 않았다. 때문에 우리가 느낄 수 있는 것은 우리가 사유할 수 있는 것을 월등히 초월하고 말할 수 있는 것도 크게 넘어선다.

느낄 수 있는 세계는 인지할 수 있는 세계를 훨씬 초과하며, 그 차이는 무척 크다. 개념 사유는 인지할 수 있는 세계에서만 이루어지고, 개념적 질문 역시 인지 가능한 세계에서만 나올 수 있다. 바로 이런 이유로 곧잘 문제가 답안보다 중요하다고 말하는 것이다. 제대로 된 질문에는 해답이 자연스럽게 튀어나온다. 원인은 문제에서부터 해답 사이의 거리에 있다. 인지할 수 있는 세계에서는 연역 추리만이 탄탄대로를 걸을 수 있고 도망치려 해도 도망칠 수 없다. 그래서 대강 들으면 황당하고 신비하게 들릴 수 있는 플라톤의 인식론 주장이 아주 잘 통할 수 있는 것이다. 플라톤은 인간의 모든 지식이 기억일 뿐이므로 죽음과 동시에 이 세상을 떠나면 전부 사라지고 만다고 생각했다. 그런 다음 또 다른 사람들이 자신의 생명 속에서 다시 새롭게 생각해내야 하고, 이렇게 기억을 되살리는 방법은 논리와 변증법 같은 것들이라는 것이다.

그렇다면 협소한 인지의 세계 밖에 존재하는 광대하고 복잡한 세계는 어떻게 할까? 생명의 시간이 흘러가는 가운데 새롭고 우연적이며 지속적으로 우리 치부에 부딪혀 감각기관 속으로 침투해 들어오는 것들은 어떻게 해야 할까? 이러한 것들은 명징하게 인식하여 언어를 통해 직접적으로 표현할 수 없는 데다 대단히 독특하기 때문에 개념을 통해 추상적으로 파악할 방법도 없다. 따라서 명제를 세울 수도 없고 연역이나 변증도 불가능하며 기존 '기억/망각'의 폐쇄적인 모델로 포장할 수도 없다. 이처럼 이질적인 것들에 대한 플라톤의 생각은 아주 간단했다. 물론 조금 억지스러운 면이 없지 않지만 플라톤은 이질적인 것들을 전부 추방해버렸다. 이런 것들은 전부 저열하고 자질구레하며 중요하지 않을뿐더러 집중하여 진리를 추구하는 데 방해가 된다고 했다. 또 한편으로 우리는 플라톤이 일부 도구적이고 시비가 분명한 가짜들만 '인심에 이롭다'며 남겨두고 시인과 문학가들을 전부 공화국에서 추방하려 했다는 사실을 잘 알고 있다. 플라톤의 인생에서 가장 중요했던 이 두 가지 추방 작업은 절대로 우연에 의해 이루어진 것이 아니다. 이 두 작업은 동일한 사건으로서 동일한 것을 구축하기 위한 것이었다. 다름 아니라 플라톤의 개념적이고 폐쇄적인 인식 체계이자 그의 이데아였다.

플라톤은 일종의 방추형 사유 모델을 설정했다. 사람들을 골치 아프게 만드는 복잡한 것들이 전부 깨끗이 정리된 다음에는 각종 개념적 학문들이 제각기 다른 방식으로 각자 노력을 하는 듯 보였지만 결국은 동일하게 좋은 것을 지향했다. 어쩌면 이성을 속이는 분위기가 진리로 여겨졌을지도 모르고, 좀더 광범위하게 도덕이나 신념, 가치 등이 전부 최고의 선善이라고 명명된 추상적 가치에 수용되었을지도 모른다. 얼마 후에는 여기에 종교적 신성함이 더해져 이를 극한으로 추앙함으로써 지극히 커서 밖이 없고 지극히 작아서 안이 없는 신 혹은 하느님을 만들어내게 되었다. 물론 이를 통속적이고 쉽게 이해할 수 있도록 '로마'라고 칭할 수도 있었다. 다름 아닌 "모든 길은 로마로 통한다"고 할 때의 바로 그 '로마'다. 당시만 해도 우리는 이것이 정말로 대단히 감동적인 사유의 유토피아 판본이라고 생각했다. 시인들이 지평선이 비상하는 기러기 떼를 유혹한다고 말하듯이 이것이 멀지 않아 보이는 종점에서 우리를 유혹했다. 그리하여 사유가 초기 사람들의 소박한 시공간에서의 경험세계를 떠나 빠르고 날카롭게, 그리고 야심만만하게 각자 일정한 방향으로 나아가면서 깊은 곳으로 발전한다고 말했다. 이리하여 하나하나 서로 다른 학문의 영역이 주조되어 나온 것이다. 각각의 학문 영역은 각자의 추상적이고 전문적인 개념 언어로 그물의 구멍 크기에 맞게 감춰진 진리를 포착했다. 당시 인류의 사유는 과학자들이 상상하는 우주 생성의 대폭발과 흡사했다. 완전히 분할되지 않는 하나의 총체적 경험의 핵심이 폭발하여 그 파편이 사방팔방으로 빠르게 날아가면서 하나하나의 독립된 행성계를 형성한 것이다. 오늘날 규모에 관계없이 어느 서점에든 들어가 고개를 들면 이 행성계의 간략한 구도를 볼 수 있다. 각 분야의 행성계 명칭이 붙어 있는 서가들이 제각기 자리를 차지하고 있어 책을 찾거나 고르면서 과거를 떠올리게 해준다.

하지만 생명 전체를 놓고 보자면 플라톤의 이러한 방추형 사유 모델, 모두가 안심하고 아주 빨리 도로의 맨 끝에 도달해 융합하게 된다는 예언은 매우 철저하게 물거품이 되었다고 할 수 있다. 무한하고 개방적인 세계는 천문물리학의 적색편이red shift 현상(천체의 스펙트럼이 파장이 약간 긴 쪽으로 치우쳐 나타나는 현상)이 드러내는 것처럼 모든 학문의 영역이 전진할수록 서로 더 멀어지도록 만들기 때문이다. 한편 시간과 공간의 지속적인 확대와 단절은 또다시 언어의 분화 발전을 조성하여 갈수록 더 대화가 불가능하게 만든다. 심지어 서로의 사유 성과를 공유하는 것마저 더없이 어려워진다. 또 다른 한편으로 인지 가능한 세계는 너무 좁아지고 사유가 스스로를 그 안에 제한하기 때문에 극한으로 달려가 진화의 '오른쪽 벽'에 부딪히기 십상이다. 이처럼 인류가 고개를 똑바로 쳐들고 달려온 사유의 역사의 진상은 18세기의 데카르트나 스피노자에 이르러 최고의 전성기를 맞이해 갖가지 벽에 부딪히는 불길한 소리들이 널리 울려 퍼지기 시작했다.(예컨대 라이프니츠가 말한 독특하고 분할 불가능하며 축약도 불가능한 단자나 데이비드 흄의 대회의론大懷疑論 및 이에 따른 감각기관과 경험 전체에 대한 검증, 심지어 완고하고 폐쇄적인 종교에도 칼뱅주의에서 '최종 변신론辯神論'이라고 불렀던 불가지론과 예정설이 있었다. 손가락으로 댐의 구멍을 막았던 네덜란드의 어린 소년처럼 이들이 만신창이가 된 신학의 수많은 구멍을 막고 신의 자유와 무한함을 회복시켜준 것이다.) 그 뒤로 거의 모든 학문 영역이 자기의 극한 문제와 위치 설정에 관해 계속 사색했지만 자신에게 제한된 문패만 부여하면서 방어적인 요새를 축조했다. 예컨대 경제학자들은 가치 중립을 선언하면서 과학이 인간의 감정과 신념을 처리할 수 없다고 단언했다. 심지어 사물의 원인을 추적하는 것도 포기했다. 법률은 외부 행위만 보고 속마음은 판단하지 않았다. 그들은 심지어 전문 영역을 지키는 것을 '고귀한 의무'(우리가 전쟁에서 패배하여 철수하는 것을 '우회전진轉進'이라고 부르는 것과 마찬가지다)라고 부르면서 잘 모르는 것에 대해서는 침묵을 지켰다.

동시에, 우리는 사유 방법에 있어서 한때 가장 중심적인 지위를 차지하고 있던 논리학과 삼단논법이 지금 어떻게 되었는지 어렵지 않게 확인해볼 수 있다. 귀납법에 자리를 내준 연역법은 이제 거의 받아들일 수 없는 아인슈타인의 통계와 확률(하느님은 우리를 상대로 주사위를 던진 적이 한 번도 없지 않은가?)에 자리를 내주었다. 수학은 일찍이 가장 고귀하고 순수한 개념적 학문이었지만 지금은 지위가 급격히 추락했다.(어쩌면 우리도 수학 자체가 아주 초기에는 등호를 위주로 한 가장 주체적이며 가장 엄격한 인과관계를 다루었다가 숫자 간의 관계를 인식하고 개념 간의 각종 느슨하고 복잡하며 우연한 관계를 밝히는 방향으로 발전했다는 것을 눈치 채고 있는지도 모른다. 예컨대 크기, 성질, 규칙, 대응, 유사類似, 연상 등에 초점이 맞춰진 것이다.) 이렇게 모든 것이 한 방향으로 변화하면서 우리에게 똑같은 정보만을 전달해주었다.

개념 사유가 조수처럼 빠르게 물러가고 나자 너무 많은 공백이 남았다. 개념 사유는 우리가 처리하지 않는다고 해서 소실되는 것이 아니다. 좀더 엄격하게 말해서, 우리가 지각할 수 없다고, 당장 그 답안을 알 수 없다고 선언했다 하여 우리를 괴롭히는 일을 당장 멈추지는 않는다. 반대로 개념 사유는 우리가 속수무책이기 때문에 더욱 절박하고 맹렬해진다. 죽음 같은 것이 대표적인 사례라 할 수 있다. 개념 사유는 한 번도 죽음을 적절하게 처리한 적이 없다. 죽음은 언어 외적인 부분으로 인식할 수 있으며 영원히 순수한 질문이자 생명 바깥에 있는 어둠의 길로 통하는 것이다. 하지만 우리의 진실한 인생에서 죽음은 항상 머리 위에 높게 매달려 우리 눈과 빛의 잔영이 남는 곳에서 조용히 기다리고 있다. 그림자가 실체를 따라다니듯이 우리 발자국을 따라다니다가 방어할 힘이 없는 꿈속에서 갑작스럽게 찾아온다. 아주 오래전에 사람들은 제임스 프레이저가 말한 것처럼 신화로 죽음을 다스리고 길들였다.(플라톤도 소크라테스의 사형 판결을 받는 상황의 대화를 기록하면서 소크라테스가 죽음에 저항한 방법 역시 신화였다고 밝힌 바 있다.) 반면에 오늘날 우리는 약물과 헬스클럽, 러닝머신에 의지하여 죽음을 뒤로 미루고 있다. 지금이 인류 역사상 죽음을 가장 두려워하는 시대다. 너무나 좋은 삶을 살고 있고, 지켜야 할 것이 너무 많기에 죽기 싫은 것이 아니라 죽음의 두려움을 처리할 힘이 없기 때문이다. 그렇지 않다면 자살률이 가장 높고 삶에 대해 아무런 미련도 없는 것 같은 서글픈 시대에 살고 있지는 않을 것이다.

요컨대 이러한 개념 사유가 던져놓은 공백은 환각이 아니고 비싼 밥 배불리 먹고 불필요하게 너무 많은 생각을 하는 것도 아니다. 개념 사유는 확실하게 어떤 경지에 도달해 있다. 수시로 우리를 습격해 온다. 아예 우리 생명의 기본적인 환경이라고도 할 수 있다.(그래서 밀란 쿤데라는 이를 개괄하여 인간 '존재'의 문제이자 소설의 독특한 자문이며 몸을 움직이는 모험이라고 말했다.) 신도 없고 보편적인 진리도 없으며 대단한 논술들이 제각기 성립하여 서로 충돌하고, 사람들은 자신과 뜻을 같이하는 소수의 사람만이 알아들을 법한 편단적인 담론을 내세우고 있는 이 암울한 역사 시대에 모두가 자신과는 무관하다고 외치는 그 공백을 누가 책임질 것인가? 모두가 알아들을 수 있고 모두가 말할 수 있는 공동의 언어는 누가 가서 찾아올 것인가? 누가 인류가 참지 못하고 계속 만들어내는 꿈과 대화하며 이를 표현하고 위로할 것인가?

쿤데라와 칼비노의 말도 이와 다르지 않다.

"지나치게 야망적인 구상은 수많은 영역에서 반대에 부딪히지만 문학은 그렇지 않다. 예측할 수 없는 목표를 세우고 현실을 넘어서는 희망을 품는 것은 문학에서만 계속 존재할 수 있는 일이다. 오로지 시인과 작가만이 다른 사람들이 상상하기 어려운 임무를 맡을 수 있고, 문학만이 지속적으로 기능을 발휘할 수 있을 것이다. 과학은 이미 일반적인 설명 및 경험하지 못한 영역과 충분히 전문적이지 못한 해답을 믿지 않기 시작했지만, 문학의 중대한 도전은 갖가지 유형의 지식 및 각종 비밀번호와 한데 엮여 다원적이고 다방면적인 세계의 풍경을 조성하는 것이기 때문이다."

작가의 무한한 꿈

드넓은 별 하늘 아래
무덤을 파서 나를 잠들게 하라
즐겁게 살다가 즐겁게 죽음을 맞으니
나의 죽음은 자원에 의한 것이라

이 네 구절의 시는 로버트 L. 스티븐슨의 사행시 「진혼곡」의 일부다. 이렇게 간단하지만 아주 확실한 행복감이 드러나 있다. 그가 말하는 것은 죽음과 인간 삶의 어려움이긴 하지만 우리가 매일 마주하는 곤혹과 번뇌, 두려움과 크게 다르지 않다.

결국 나는 플라톤이 틀렸다고 생각한다. 최소한 적절치 않은 부분이 있다. 생명을 끝까지 규명하기 어려운 것은 역시 칼비노가 말한 것과 다르지 않다. 인간에게는 반드시 신나는 야심과 목표가 있어야 한다. 하지만 이와 동시에 생활 속에는 매 순간 거부할 수 없는 느낌이 있다. 플라톤이 믿는 것처럼 별도의 분리되고 독립적인 '하나의' 목표이기 어렵다. 게다가 그렇게 정결하고 깔끔할 수도 없다. 진실한 것들은 대개 이런 모습이 아니다. 수정(칼비노는 쿠빌라이식 개념 사유 방식을 수정으로 비유했다) 같은 광석은 가능할지도 모른다. 하지만 생명을 지니고 있는 진실한 사물들은 대부분 그렇지 못하다. 진실한 사물들은 토머스 드 퀸시의 말처럼 "중심을 향해 응집하는 것이 아니라 모퉁이와 각, 균열된 무늬와 같은 진실이 있기" 때문이다. 따라서 진실한 사물들은 길 끝에 존재하지만 동시에 지척처럼 가깝다. 몰약의 향기 같기도 하고, 선선한 바람이 부는 날 돛대 밑 같기도 하고, 부용꽃의 달콤한 향기 같기도 하고, 술 취한 뒤 강가에 앉아 있는 것 같기도 하고, 비가 지나간 뒤에 맑게 갠 날씨 같기도 하고, 누군가 자신이 소홀히 하던 물건을 발견한 것 같기도 하고, 여러 해 감금되어 있는 사람이 가족을 그리워하는 것 같기도 하다……. 이러한 죽음의 노래를 부르면서 죽음의 모습이 눈앞에 있는 것처럼 구상적이었다고 말하는 이집트인의 말이 플라톤보다 훨씬 더 설득력 있을 것이다.

수수께끼는 어디에 있을까? 명료한 개념 언어 위에 있지는 않을 것이다. 개념 언어가 되는 순간 이미 아는 것이 되어버리기 때문이다. 여기에 부족한 것은 한 차례의 고통, 심지어 육체노동까지 필요한 연역추리뿐이다. 진정한 수수께끼는 영원히 실물 안에 감춰져 있다. 두께가 있고 내용이 있으며 삼차원의 서로 다른 면과 방향을 가진 실물만이 충분히 수수께끼를 감출 수 있다. 무한한 수량의 실물 존재는 우리 세계 전체, 인생 전체를 보르헤스가 우리에게 묘사했던 것처럼 거대하고 아름다운 수수께끼로 만든다. 아름다움은 바로 수수께끼의 풀리지 않는 본성에 있다. 하지만 이는 '약간의 시간이 흐른 뒤에야' 사람들이 수수께끼에 대해 갖게 되는 생각이다. 곤혹과 혼란, 불행이야말로 수수께끼가 우리에게 주는 첫 번째 느낌이요 수수께끼의 진정한 본질이다. 하지만 "시인에게는 만사만물이 시로 전환되어 나타난다. 때문에 불행은 진정한 불행이 아니다. 불행은 우리에게 부여되는 일종의 도구로서, 칼이나 공구와 마찬가지다. 모든 경험은 시로 전환되어야 하고, 우리가 정말로 시인이라면, 내가 정말로 시인이라면, 나는 생명의 모든 순간이 아름답다고 여길 것이다. 심지어 그다지 아름다운 것 같지 않은 순간에도 나는 모든 생명이 아름답다고 느낄 것이다. 하지만 결국 망각이 모든 것을 아름답게 변화시킨다. 우리의 임무와 우리의 책임은 감정과 기억, 심지어 비극적인 옛일에 대한 기억마저도 아름다움으로 전환시키는 것이다. 이것이 바로 우리의 임무다. 그리고 이러한 임무의 큰 장점은 우리가 이를 한 번도 완성한 적이 없다는 데에 있다. 우리는 항상 이러한 임무를 완수하는 과정에 있는 것이다."

불행은 진실한 데다 우리의 생명과 하나로 묶여 있어 분리되어 소멸할 수 없다.('나고 사라짐이 사라져야 비로소 고요함을 즐거움으로 삼을 수 있다生滅滅矣 寂滅爲樂'는 불교의 개념적 해결 방식은 생명을 소멸시키는 것으로 자살과 다를 바 없다. 이는 거대한 짐을 떠맡아 고통스러운 사람들만이 할 수 있는 주장으로서 보통 사람들에게는 적용할 수 없다.) 하지만 문학은 불행을 녹여냄으로써 소화한다. 여기서 내가 유독 소설에 애정을 갖는 것은 오늘날의 시들이 벤야민이 말한 것처럼 그저 '생명 속에서 비교할 수 없는 사물'에 대해서만 쓰기 때문이다. 소설은 그나마 낫다. 소설은 문학에서 가장 겸손하고 기특한 장르다. 소설은 우리의 보편적인 생명의 현장에서 가장 가깝고, 생명의 실물 소재의 상태를 가장 많이 보유하고 있어 그 느낌을 교환할 수 있게 해준다. 또한 소설이 사용하는 언어는 바흐친이 말한 '잡어雜語'로서 우리가 참여 가능한 언어의 조밀한 지대로 진입할 수 있다. 그래서 소설은 어떤 서술을 전달할 수 있고 어떤 사실을 지적할 수 있는 것이다. 예컨대 우리는 오늘날 카페에서 보통 사람들이 『율리시스』나 『참을 수 없는 존재의 가벼움』 같은 소설에 대해 이러쿵저러쿵 떠드는 것을 들을 수 있지만 『순수이성비판』이나 『고용 이자 및 화폐에 관한 일반이론』에 대해 감히 이야기하는 사람들은 찾아보기 쉽지 않다. 이는 소설이 자신의 이야기를 말하고 처지를 표현할 수 있는 수단으로서 실제 생활의 체험 속에 '권고'를 함께 짜넣음으로써 독서가 더없이 진실하고 확실한 경험이 되게 한다는 것을 의미한다.

이쯤 되면 우리는 마침내 존 업다이크의 아름다운 말에 대해 이야기할 수 있다. 솔직히 말해서 이 글을 쓰기 전과 쓰는 도중에 나는 줄곧 한 가지 일을 생각했다. 심지어 마음을 졸이고 있었다고 해야 옳을 것이다. 이렇게 나는 시간에 대해 손을 내미는 사람을 찾고 싶었다. 독자들이 이 글을 위해 먼저 길을 열어주고 적당한 분위기를 숙성시켜주기를 기대했다. 그리하여 이 글의 힘이 손상 입지 않고 적절한 강도로 타오르면서 빛을 낼 수 있기를 기대했다.

존 업다이크는 "보르헤스와 마르케스, 칼비노 등은 모두 인류를 위해 무한한 꿈을 만들었다. (…) 그 가운데 칼비노가 가장 따스하고 밝았으며 인류의 진실에 대해 가장 다양하고 인자한 호기심을 갖고 있다"고 말한 바 있다.

여기서 우리 모두가 살펴봐야 하는 부분은 물론 "인류를 위해 무한한 꿈을 만들었다"라는 문구다. 바로 뒤에 언급된 칭찬은 전혀 중요하지 않다. 사실 나는 이 말이 아주 날카롭고 공평하다고 생각한다. 하지만 중요한 말은 아니다. 세 사람 가운데 마르케스가 좀더 관심의 대상이 되는 뛰어난 소설가이고 보르헤스는 가장 자유분방하며 본질적인 작가라 할 수 있다. 그렇기에 그는 아무런 장애도 없이 홀로 인간의 가장 그윽하고 심오한 곳까지 들어가 인간의 생명에서 가장 희미하고 문자와 언어로 가장 파악하기 어려운 것들을 포착해낼 수 있었다. 따라서 그의 창작에는 이해하기 힘든 부분이 적지 않다. 그가 개척한 세계는 일반인들이 아니라 그의 뒤를 잇는 후세의 소설가들에게 더 적합할 것이다. 그래서 소설가 에르네스토 사바토는 그를 '작가들의 작가'라고 칭했다. 이러한 정황으로 볼 때 그는 우리 같은 보통 사람들에 대해 가장 잘 공감하는 작가로서 독자의 마음을 얻기 위해 가장 많은 것을 하는 작가라고 할 수 있다. 그는 탐험가인 동시에 부드러운 해설자이기도 하다. 또한 가장 훌륭한 친구로서 정말로 따스하고 빛나는 존재가 아닐 수 없다.

물론 성실한 독자라면 누구나 독서를 통해 종이를 '무한한 꿈'으로 만든 세 명의 이름에 이어 자신이 좋아하는 더 많은 이름을 열거할 수 있을 것이다. 예컨대 나보코프나 콘래드, 마르셀 프루스트, 체호프, 그레이엄 그린, 톨스토이, 헤밍웨이, 마크 트웨인, 키플링, 쿤데라 같은 작가들을 거명할 수 있다. 또한 보르헤스가 줄곧 포기하지 않았던 것처럼 악몽도 인류의 무한한 꿈 가운데 중요한 일부다. 이와 관련하여 반드시 도스토옙스키와 포크너, 에드거 앨런 포 같은 작가들을 거론해야 할 것이고, 또한 단테와 괴테, 셰익스피어 등을 끌어낼 수 있다. 더 이전으로 거슬러 올라가 호메로스와 그의 휘황찬란한 서사시, 신화를 찾아볼 수도 있다. 물론 페데리코 펠리니처럼 직접적으로 큰 꿈을 만드는 데 영향을 준 사람도 언급 가능하다. 펠리니를 여기에 포함시키면 거명할 수 있는 인물은 끝없이 이어진다…….

이는 고구마 줄기처럼 하나가 또 다른 하나를 끌고 나오는 식이라 계속 다음 작가의 이름을 채워나갈 수 있다. 이리하여 우리는 원래 업다이크가 특별한 의미를 두었던 작은 부분, 그리고 이 시대, 이 순간의 중요한 의미가 있는 작은 부분을 손상시키게 된다. 하지만 우리는 정신을 진작시켜 이를 보충할 수 있다. 원래 이 세계에는 우리가 생각하는 것 같은 그런 황량함은 없었다. 별을 헤아리는 카레뇨와 마찬가지다. 그는 아주 멀리 떨어져 있는 그 별들의 본체가 이미 폭발했거나 꺼져버렸는지, 영원히 잠들었는지 굳이 마음 써가며 생각하지 않는다. 그에게는 반짝이다가 지나가버린 두 개의 유성을 포함하여 7882개의 별이 이 순간 선명하게 반짝이고 있는 빛일 뿐이다.

학문의 각 학과는 분명하게 구별되어 있고 '바벨탑 현상'(인간들은 높은 탑을 쌓아 하늘에 닿으려 했고 분노한 신이 본래 하나였던 언어를 여럿으로 분리하는 저주를 내렸다 그로부터 인간들은 서로 말이 통하지 않게 되었다)이 이미 모든 사람이 떠들어대는 염가의 감정이 되어버린 지금, 유독 문학의 세계에서만 우리는 여전히 "나는 개인적으로, 모든 작가가 한 번 또 한 번 동일한 책을 쓰고 있다고 생각한다. 동일한 한 세대의 작가들이 쓰는 작품과 또 다른 세대의 작가들이 쓴 작품도 서로 약간만 다를 뿐이다"라는 보르헤스의 조금도 기죽지 않는 말을 들을 수 있을 뿐이다.

그렇다면 이 모든 것을 보르헤스의 시 「바다」의 14행에서 끝내도록 하자. 그 낭랑한 목소리가 널리 울려 퍼지기를 기대하면서.

우리 인류의 꿈(혹은 공포)에서 시작하여
신화와 기원의 전설, 사랑을 짜내기 전부터
시간이 견실한 세월을 주조해내기 전부터
바다, 그 영원한 바다는 줄곧 존재해왔다.
바다는 누구인가? 그 미친 듯이 자유분방한 생명은 누구인가?
누구이기에 미친 듯이 자유분방하여 아주 오래도록 지구의 기

초를
갉아먹고 있는가? 그것은 유일하고 겹겹이 이어진 바다,
반짝이는 심연이요, 우연이요, 바람이다
바다를 바라보는 사람들은 마음속으로 감탄을 금치 못한다
처음 바라보았을 때도 그랬고, 매번 바라보았을 때도 그랬다
그는 자연의 모든 것에 경탄하듯이, 아름다운 밤에
경탄하고, 달빛과 캠프파이어에 경탄한다
바다는 누구인가? 나는 또 누구인가? 내 마지막 몸부림을 뒤쫓는
세월이
답을 줄 것이다

13. 독자로서의 생각

선대가 닻을 올리고 몽포크스를 떠나기 전에 그는 자신의 오랜 전우였던 로렌소 카르카모를 찾아가 특별한 예의를 갖춰 사죄했다. 그제야 그는 비로소 카르카모의 병세가 위중하다는 것을 알게 되었다. 전날 오후 그가 침대에서 몸을 일으킨 것은 오로지 장군의 안부를 묻기 위해서였다. 병세가 이미 심각하게 그의 건강에 해를 가하고 있었지만 그는 억지로 정신을 차리고 몸을 꼿꼿이 세운 채 목구멍을 크게 벌리고서 말했다. 동시에 그는 자신의 정신 상태와는 전혀 상관없이 흘러나온 눈물을 베개로 연신 훔쳐댔다.

두 사람은 함께 자신의 불행을 탄식했다. 사람들의 조삼모사朝三暮四식 간계와 승리를 거둔 후의 배은망덕에 가슴이 아팠다. 함께 산탄데르에 대한 격분을 토로하기도 했다. 이는 두 사람이 만났을 때 반드시 거론하는 주제였다. 장군이 이처럼 기탄없이 직언하는 경우는 무척 드물었다. 1831년의 전투에서 로렌소 카르카모는 장군과 산탄데르가 격렬한 말다툼을 벌이는 것을 직접 목격한 적이 있었다. 당시 산탄데르는 경계를 넘어 두 번째로 베네수엘라를 해방시키라는 명령을 거부하고 복종하지 않았다. 카르카모는 여전히 그 사건이 장군의 마음속 고통의 기원이라고 생각했다. 역사의 발전은 그런 상황을 더 악화시킬 뿐이라는 것이 그의 생각이었다.

(…)

로렌소 카르카모는 왠지 좀 슬프고 적에 대항할 만한 힘도 없어 보이는 장군을 보고서 몸을 일으켰다. 그는 장군도 자신과 마찬가지로 지나간 일의 기억과 나이가 큰 부담이 되었을 것이라고 생각했다. 로렌소 카르카모가 그의 손을 자신의 두 손에 꼭 쥐는 순간 두 사람 모두 몸에 열이 난다는 사실을 알게 되었다.

『미로 속의 장군』에서 오랜 친구인 카르카모는 이 장면에만 나타난다. 어차피 죽음이 지척에 와 있어 시간이 촉박한 상황이었다. 마그달레나 강은 속절없이 바다를 향해 흘러가고 있었다. 두 사람은 이렇게 마지막으로 한 번 만날 수 있었다.

자세히 살피지 않는 사이에 사랑은 영원히 문학의 중요한 주제로 묘사되고 있지만, 이를 우정과 비교하는 사람은 아주 드물다. 아마도 이는 무엇보다도 통속적인 인상일 것이다. 혹은 책을 읽는 사람들의 통속적인 요구의 투영이라 할 수도 있다. 우리는 사랑이라는 색안경을 끼고 책을 읽으면서 그 안에서 사랑의 흔적을 찾으려 노력한다. 그리하여 줄곧 찾고자 하는 것을 찾아왔다. 예컨대 『일리아드』의 10년 전쟁 이야기에서 파리스 왕자와 헬레나의 파멸적인 사랑은 책 전체에 펼쳐지는 이야기의 전제에 불과하다. 사실 책 전체를 놓고 보면 분노에 찬 자폐 영웅 아킬레우스와 그의 갑옷을 훔쳐 입고 그의 이름으로 전쟁에 나섰다가 숨을 거둔 파트로클로스 두 사람 사이의 우정의 분량이 파리스와 헬레나의 사랑 이야기보다 더 중요하다.

오늘날 영화를 한 걸음 더 나아간 통속화로 간주한다면(확실히 그렇다), 사정은 더 분명해진다. 영화에서의 파트로클로스는 촬영이 끝나면 곧바로 출연료를 받고서 자리를 뜨는 조연일 뿐이다. 문학에서는 이미 불후의 상징이 되었지만 애석하게도 사랑을 거절한 고독한 여인 카산드라 역시 있어도 그만, 없어도 그만인 인물이다. 하지만 절세미인 헬레나는 캐스팅됐을 때부터 전 세계의 주목을 받았고 심지어 화제의 초점으로 부각되었다. 그녀는 틀림없는 여주인공이었다. 대부분의 경우 여주인공의 가장 중요한 업무는 연애를 하는 것이다. 톈안먼 사태 전날 밤, 공산당 해방군의 암호도 '연애를 하자'였다.

『돈키호테』에서는 사정이 더 분명해진다. 물론 우리는 라만차의 수심 가득한 얼굴을 한 이 기사의 이야기를 돈키호테와 그의 하인 산초 판사의 우정 이야기로 간주한다. 하지만 어렸을 때 봤던 영화 「돈키호테」에서는 둘시네 공주가 가볍게 산초를 뛰어넘었다. 당시 가장 아름다운 여배우였던 엘리자베스 테일러는 둘시네 공주로 분하면서 헝클어진 머리에 지저분한 얼굴로도 망가지지 않는 미모를 자랑했었다. 그녀는 별처럼 반짝이는 매력적인 눈빛뿐 아니라, 지금까지 누구에게서도 볼 수 없었던 가장 아름다운 곡선의 이마를 가지고 있었다.

한 걸음 더 나아가자면, 통속성의 요구는 항상 어린아이들이 누가 좋은 사람이고 나쁜 사람인지 묻는 것처럼 유치하고 거친 맛을 수반하게 된다. 이는 사랑이 문학에서는 드라마틱한 성격이 가장 강하며 모호하지 않고 분명하게 묘사되는 평범하지 않은 사건임을 극명하게 보여준다. 때문에 현대 소설에서 일반성과 비극성의 경향이 강할수록 사랑은 더욱 소설의 중요한 주제가 되지 못하고 갈수록 그렇게 될 가능성도 줄어든다.(중요한 현대 소설 가운데 사랑을 다룬 것이 얼마나 되

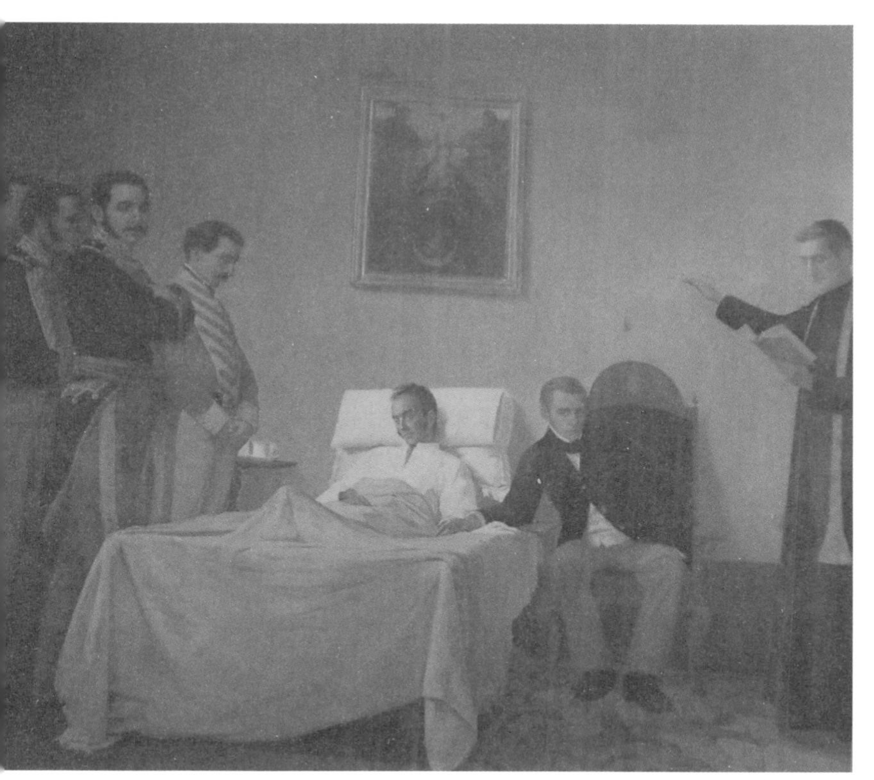

볼리바르 장군의 죽음

는지 헤아려보자. 시간을 거슬러 올라가면서 70년 동안의 사랑 이야기를 다룬 마르케스의 소설 『콜레라 시대의 사랑』을 빼면 어떤 작품이 있을까?) 사랑은 세도가 집 앞에서 노닐던 제비처럼 통속 문학에 기꺼이 흡수되었거나 아니면 시 속으로 숨어들었다. 시의 유아唯我적 성격과 격정에는 사춘기의 또렷한 징후가 나타나기 때문에 연애에 적합하고, 우리가 정상적일 때는 차마 말하지 못하는 연애의 언어를 말하기에 적합하다. 그래서 그토록 많은 젊은이가 연애를 할 때면 시를 쓰는 것이다. 더없이 중요한 소설가들이 나중에는 언급하거나 회상하기를 거부하는 당시 상황에 대한 한 무더기의 기억도 이런 일시적 열정에 포함된다.

보르헤스는 우정을 많이 생각하라고 요구하는 작가다. 그는 이렇게 말한다.

"어쩌면 우리 우정은 생활의 기본적인 사실일지도 모른다. 예컨대 아돌포 B. 카사레스가 내게 말했던 것처럼 우정에는 애정보다 우월한 부분이 있기 때문에 우정은 그 어떤 증거도 필요로 하지 않는다. 사랑의 문제에 있어서 우리는 늘 사랑을 얻기 위해 전전긍긍하면서 비애와 초조의 상태에 처해 있지 않은가? 하지만 우정은 그럴 필요가 없다. 우리는 친구와 1년 넘게 만나지 않을 수도 있다. 어쩌면 친구가 나에게 소홀한 것일 수도 있고 내 의도를 일부러 피하는 것일 수도 있다. 하지만 내가 그의 친구라면 그 또한 나의 친구라는 것을 알기 때문에 우정으로 인해 마음 졸일 필요는 없다. 우정은 일단 맺어지면 아무런 요구도 없이 발전해나갈 수 있다. 우정에는 모종의 마력魔力, 주술 같은 마력이 있다. 내가 말하려는 것은 나의 그 가장 불행한 국가에도 한 가지 미덕이 존재한다는 것이다. 다름 아닌 우정의

미덕이다……. 실제로 시인 에두아르도 마예아가 『아르헨티나의 열정사』라는 훌륭한 책을 써냈을 때, 나는 먼저 그 책에서 다루고 있는 것이 우정이라고 생각했다. 우정이야말로 우리가 갖고 있는 가장 진정한 열정이기 때문이다. 하지만 나중에 이 책을 읽어내려가면서 우정이 아닌 사랑에 대한 책이라는 것을 알게 되어 크게 실망했다."

시로 말하자면 이백 또한 사랑보다 우정에 관해 훨씬 더 많은 작품을 쓴 인물이다. 그는 대단히 낭만적이고 열정적인 사람이었지만 사랑에 대해서는 거의 관심을 기울이지 않았고, 여성들에게 허물없이 대하지 못했다. 가끔 규방에서의 사랑에 관해 쓰기도 했지만 역시 흥미진진하게 구경하는 방관자의 입장에서 쓴 것이었다. 그의 감정은 아주 깨끗했고 시간의 단위는 항상 크고 길었다. 동물적인 본능에 있어서는 일시적인 욕념을 아는 것이 전부였고 아무런 암시도 작품에 반영하지 못했다. 그가 걱정한 것은 유구한 시간이었다. 이에 비해 감정에 대해 의문을 품은 적은 거의 없었다. 보르헤스의 말처럼 우정은 그에게 주술 같은 마력이 있었던 것이다.

마르케스 또한 우정에 집착했었다. 물고기자리인 그는 생활 속에서 사랑을 했고 아름다웠을 뿐 아니라 자신에게 시집온 뒤로 더욱더 이성적으로 강경해질 수밖에 없었던 아내 메르세데스에게 과도하게 의존했다. 하지만 그는 휴가를 내서 친구와 함께 시간을 보낼 줄 아는 그런 사람이었다. 노벨상을 수상한 뒤에 대중으로부터 숨어야 했고, 북쪽 멕시코로 거처를 옮겨야 했을 때도 그는 그곳에서 하루의 가장 많은 시간을 장거리 전화를 하는 데 할애했다.

"나 가보인데 말이야……."

가보는 친구들이 그를 부르는 애칭으로서 콜롬비아 카리브 지역에서 가브리엘을 줄여 부르는 말이었다. 오늘날 콜롬비아인들 모두 그를 '우리의 가보'라고 부르는 것을 보면 전 국민이 그의 친구를 자처하는 듯하다.

볼리바르 장군과 카르카모의 만남에 대해 마르케스는 항상 함께 지난 일들을 회상하는 것은 절대적으로 옳은 일이라고 말했다. 구체적인 화제는 아마도 '함께 자신의 불행에 대해 한탄하고 사람들이 간계와 승리를 거둔 뒤에 은혜를 잊어버리는 배은망덕에 대해 분노하며 함께 산탄데르에 대해 격분하는 것'이었을 터이다. 하지만 사실 회상에 불과했을 뿐, 무슨 국가적인 일이나 역사에 대한 반성적 성찰 따위와는 거리가 멀었다. 이것이 우정의 또 다른 기이한 특징이다. 우정이란 벤야민이 새로운 천사는 늘 과거를 향해 있으며 항상 옛일을 추억한다고 말한 것 그대로다. 회상은 특정한 과거의 일에 대해 영원히 질리지 않고 말하며 또 말하는 것으로 따분한 의식처럼(특히 몇 번이나 같은 이야기를 들으면서 차가운 눈빛의 방관자가 된 마누라 각하에게는 더욱 그렇다) 의식으로서의 목적과 증명이 결여되어 있다. 더 이상한 것은 사람들의 지난 일 가운데는 항상 끝까지 다 말할 수 없는 것, 떠올리면 등골이 서늘해지고 온몸이 땀으로 젖는 것도 있고, 혼자 있을 때는 기억해내기 어렵고 친구와 함께 있을 때에만 서로 이야기를 주고받는 가운데 자연스럽게 떠올리는 일도 있다는 것이다. 그리고 이런 일들을 떠올리게 해주는 주술 같은 마력에는 일종의 신기한 관용이 내포되어 있다. 친구에 대해 너그러워질 뿐만 아니라 거울을 비추듯 스스로에게도 너그러워진다. 따라서 우정은 우리를 세상의 풍파와 창상創傷으로부터 보호해준다. 친구 사이, 특히 어린 시절의 친구 사이는 인생의 길이 다시 만나지 못하고, 심지어 감정과 지식의 수준 차이가 10년 내지 20년 정도로 크게 벌어지며, 삶의 태도와 방식이 하늘과 땅처럼 달라지더라도 어린 시절에 함께했던 일들에 대한 기억이 고스란히 남아 있기 때문에 서로 만나면 여전히 술잔을 기울이면서 수많은 화제로 이야기를 나눌 수 있다.

공자와 그 무례하기 그지없는 인물 원양原壤의 관계도 아마 이랬을 것이다. 두 사람은 어린 시절의 친구였던 것이다. 세상에 우정처럼 그렇게 쉽게 망가지거나 닳지 않는 것은 없으리라.

마지막으로 이 주제와 관련하여 나는 우정이라는 개념으로 사람과 책의 관계를 따져보고 싶다. 나는 독서라는 감정의 방식이 가장 친근하다고 생각한다. 독자로서 우리와 책의 관계는 우정이라고 할 수 있다. 책과의 사랑에 빠지는 게 결코 아니라는 이야기다.

우정으로 책을 대하라

『장미의 이름』에서 에코는 보르헤스에게 그다지 고명하지 못한 농담을 하고 있다. 맹인인 동시에 도서관장이라는 그의 이중 신분을 차용하여 소설 속에서 그의 직업을 일종의 열병으로 묘사한 것이다. 성스러운 물건을 수호하듯이 책의 비밀을 수호하면서 살인도 불사하는 늙은 승려 호르헤의 원형이 바로 보르헤스다. 이는 조금도 마음을 이해하지 못하고 마음에 와닿지도 못하는 농담으로서, 보르헤스에게 적어도 무언가가 있다면 그것은 필시 물신숭배적인 천박한 격정이라고 말하고 싶은 것이다. 그는 더없이 자유로운 무신론자였고 책 또한 그에게는 신이 될 수 없었다.

우정은 생활의 기본적인 사실로서 스스로 존재하기 때문에 증명할 필요가 없다. 따라서 우정이 만나게 되는 가장 어색한 상황은 일부 사람, 특히 자부심이 너무 강하거나 자기 비하가 매우 심한 사람들, 그리고 지나친 자기비하로 인해 자신을 오히려 더 대단한 사람으로 만드는 사람들이 지혜롭지 못하게도 우정을 사랑의 방식으로 추측하고, 심지어 처리하는 경우다. 이리하여 우정은 드라마틱해지고 불평등해지며 하나하나 다 계산하게 되고 수시로 걱정하거나 두려워하게 된다. 그리고 이로 인해 걸핏하면 헤어지는 사람의 안 좋은 습관을 끌어들이게 된다.

또한 더욱더 불행해진 이 사회에서 우리의 허무적인 경향이 홍수가 제방 위로 넘치듯이 생활의 기본적인 사실들 위로 넘치면서 원래 스스로 존재했기 때문에 따로 증명할 필요가 없던 모든 것을 전부 신경질적인 의심의 대상으로 만들어버린다. 따라서 보르헤스의 나라 아르헨티나에 비해 우리는 우정의 미덕마저도 갖고 있지 못한 것 같다. 지금은 단순하고 깨끗한 우정은 반드시 동성同性적(특히 남성)이고 파벌적이며 걸핏하면 생사를 걸고 서로를 지켜줘야 하는 특수한 분위기와 맛을 지닌 도료로 칠해야 안심하거나 편안한 마음을 가질 수 있다. 이리하여 우정은 공모共謀에 의지하여 비이성적이고, 심지어 비도덕적인 악행을 저질러야 확인할 수 있는 것이 되고 만다. 최근 샤주지우夏鑄九 교수는 내게 민남어의 '팅挺'이라는 동사의 의미를 알려주었다. 다름 아닌 '맹목적인 지지를 보내다'라는 뜻이었다. 아주 좋은 말이다. 이러한 감정 방식의 유행은 '맹목적'이라는 특징이 카페에서 자주 들을 수 있는 옛 노래 「그대 눈에 비친 우수Smoke gets in your eyes」처럼 우리 사회에서도 불처럼 번지고 있다는 것을 설명해준다.

'사랑'만을 이야기하고 다른 감정의 방식은 이해하지도 못하며 인정하지도 못하는 이 괴상한 사회에 살면서, 매일 현실 생활 속에 있다는 것 자체가 사람을 피곤하게 만든다. 만일 책의 아름다운 세계에서도 색정에 미친 사람처럼 이런저런 사랑만 한다면 사람들은 도피할 수 없는 그 세계에 대해 지독한 상실감을 느낄 것이다.

독서에서의 이러한 상실감 문제는 동시에 미학의 문제이기도 하다. 책을 좋아하고 실제로 수시로 책을 펼쳐 읽는 사람들은 이처럼 엉망진창인 품격과 조악한 글쓰기 능력을 갖고 있을 리 없다. 만일 그렇다면 독자로서 불합격임을 스스로 증명하거나 폭로하는 셈이다. 나는 충분히 훌륭한 책이나 꼭 필요한 시기에 적시에 나타난 책은 보르헤스가 "때로 로제티와 예이츠, 워즈워스 같은 사람들의 작품을 읽으면 '아, 정말 아름답다'고 감탄한다. 나는 자신이 손에 들린 이 시를 읽을 자격이 없다는 생각이 든다. 하지만 동시에 두려움이 느껴지기도 한다"라고 말했던 것처럼 사람들에게 잠시 잃어버린 열정을 이끌어낼 수 있게 해준다고 믿는다. 이 말에 나도 자신을 돌아보고 수긍하게 되었다. 우리는 젊은 시절 좋아했던 책을 10년, 20년이 지나도록 서가에 꽂아둔 채 한 번도 다시 꺼내 읽지 않아 먼지만 가득 쌓이게 한다. 이런 상태가 어쩌면 그 책들을 포기하는 것처럼 보일 수도 있겠지만, 그 책들을 증오하는 것은 결코 아니다. 단지 회상을 통해 굳이 또다시 창피해지고 싶지 않을 뿐이다. 수준이 형편없었던 과거의 자신을 마주하고 싶지 않은 것이다. 하지만 이는 책과는 무관한 일이다. 책 자체는 여전히 따스하다. 사람들의 열정은 대개 동이 터 닭 울음소리가 날 때까지 버티지 못한다. 강렬한 사랑이나 원한, 증오는 아주 극소수의 책에만 적용할 수 있다. 이렇게 적어도 10년을 시간 단위로 하고 100권을 수량 단위로 하는 독서의 노정에서 이러한 것은 전부 독자의 '기본적인 생활 사실'에 해당되지 않는다.

이 점과 관련해서는 아마도 『미로 속의 장군』이 우리에게 더 많은 계시를 제공해줄 수 있을 듯하다. 이 소설은 근대 남아메리카에서 가장 큰 영향력을 미친 한 '위인'(가장 상식적인 정의에서의 위인)에 관해 긍정적으로 쓰고 있다. 이는 러시아인이 레닌에 관해 쓰고 타이완 사람들이 쑨원에 관해 쓰는 것과 같은 이치다. 이렇게 해야 모든 일이 얼마나 힘들었는지 알 수 있다.(그렇다면 소설을 써냄으로써 일찍이 영국의 E. M 포스터에게 흥미와 탄식으로 러시아를 바라보게 했던 것처럼 누군가 레닌을 소설로 쓸 수 있지 않을까?) 지나치게 옹색한 역사 사실과 감정 아래 소설가는 필요한 상상력을 직조해낼 공간을 갖기 힘들 뿐만 아니라, 필요한 평형을 찾기도 어렵다. 따라서 통상적으로 찾는 글쓰기 전략과 서사의 방향은 항상 측면적이고 한구석에 치우칠 수밖에 없다. 가장 흔히 볼 수 있는 것은 수다에 가까운 위인의 사생활, 특히 욕정의 일면에 집착하는 부분이다. 그러다보니 충격적이고 놀랄 만한 이야기들이 반대로 평등과 균형에 대항하는 자세를 취한다. 예컨대 타이완의 소설가 핑루平路가 쑹칭링宋慶齡(쑨원의 부인)의 이야기를 소설로 쓴 『걸어서 하늘 끝까지行道天涯』도 그렇다. 쑹칭링이 걸핏하면 젊은 남자 비서와 애정 문제로 갈등을 빚었다는 데 초점이 맞춰진다. 책의 부제를 '쑹칭링의 욕정의 세계에 관하여'로 정하는 게 바람직할 듯하다.

나도 직접 베이징 스차하이什刹海에 남아 있는 쑹칭링의 옛집을 찾아가본 적이 있다. 나는 합법적인 파파라치가 되어 그녀의 거실과 침실에 침입해보았다. 그리고 책장과 타자기, 서양식 주방 도구와 낡은 냉장고를 보았다. 그녀의 집 정원에는 오리를 가둬 키우는 커다란 새장도 하나 있었다. 또한 사방이 탁 트인 창문으로는 시종 권력 투쟁으로 들끓었던 중난하이中南海(자금성 가까이에 있는 두 개의 호수가 있는 지역으로 중국 정부 고위 인사들의 주거지)가 멀리 시야에 들어왔다. 요란한 혁명의 함성이 쉽게 창문을 타고 전해졌을 듯하다. 이처럼 고독하고, 일찍이 좌파 행동에 대한 신앙과 소년적인 습관을 가졌지만 더 이상 할 일이 없었던 노인이 그토록 긴 세월 무엇을 생각하고, 무엇을 했으며 무엇을 기억하고 희망했을까? 나는 쑹칭링이 분명 그녀만의 독특한 '기본 생활 사실'을 갖고 있었다는 것을 잘 안다. 그녀는 공허한 '국모'가 아니었지만 그렇다고 다시 우리와 같은 평범한 사람이 될 수도 없었다. 양극단 모두 부족하고 부실하다. 그녀는 쑹칭링이었다. 그녀는 독특한 인생과 독특한 역사적 위치에 서 있었다. 어쩌면 독특한 역사적 위치가 그녀를 독특한 인물로 만든 것인지도 모른다. 그녀는 우리와 마찬가지로 밥을 먹고 잠을 자지만 역사적 운명에서 자신을 분리해내지 못했다. 쑹칭링이 과연 우리와 똑같이 밥을 먹고 잠을 자는 존재인지 누군가가 말해줄 필요가 있을 것이다.

베이징에 주재원으로 가 있는 친구는 쑹칭링이 살던 집 유적에서 쑹칭링이 재혼을 하려 하자 저우언라이가 "그러면 우리는 국모를 잃습니다"라며 반대했다고 말해주었다. 이에 대해 나는 농반진반으로 국모를 잃는 것이 아니라 국부가 하나 더 늘어나는 것이라고 말했다.

『미로 속의 장군』에서도 볼리바르의 성생활에 관한 이야기가 나온다. 하지만 소설에서 묘사하고 있는 것은 욕정을 위한 욕정이 아니고 프로이트식 탐색이나 은유도 아니다. 그저 볼리바르의 기본적인 생활의 사실일 뿐이다. 물론 그 가운데 가장 훌륭한 부분은 강인하고 원망을 드러낼 줄 모르는 마누엘라 사엔스에 관한 내용이다. 8년 동안 그녀는 볼리바르의 가장 뜨거운 섹스 파트너였다. 하지만 35명의 공식적인 정부와 아무 때나 날아오는 수많은 야행성 작은 새를 거느렸던 볼리바르의 삶에서 마누엘라는 좀더 안정적으로 일상생활을 함께하는, 우정에 가까운 여인이었다. 소설 전체를 통틀어 마누엘라가 불평불만을 토로하는 부분은 한 군데도 나오지 않는다. 오히려 아마존의 여전사처럼 말에 채찍질을 하며 싸움터로 나아가는 모습만 독자들의 눈을 빛나게 한다.

> 마누엘라는 장군의 충고를 잊어버렸다. 그녀에게 확실히 무슨 일이 생긴 듯싶었다. 심지어는 해야 할 일을 잊은 것 같기도 했다. 그녀는 전국 최초의 볼리바르주의자 역할을 담당하면서 홀로 정부를 상대로 문자 선전전을 전개했다. 모스케라 대통령은 감히 그녀를 기소하지 못했지만 장관들이 그렇게 하는 것을 저지하지도 못했다. 정부 측 신문의 인신공격에 대해 그녀는 비방으로 대응했고 전단을 인쇄하여 여종의 호위 하에 말을 타고 다니면서 황실의 대로에 뿌렸다. 그녀는 손에 긴 창을 들고 교외의 자갈길을 따라 펼쳐진 골목을 돌아다니며 장군을 공격하는 내용의 전단을 뿌리는 사람들을 추격했다. 매일 아침 담장 위에 나타나는 장군에 대한 모욕적인 구호들을 그녀는 더욱 격렬한 모욕으로 덮어버렸다.
> 결국 정부 조직의 선전전은 그녀의 성과 이름을 지명하는 공격으로 이어졌지만 그녀는 조금도 위축되지 않았다. 정부 기관에서 일하는 친한 친구 하나가 국경절 기간의 어느 날 대광장에 봉화대가 설치되어 우스꽝스런 모습의 국왕 복장을 한 장군의 만화상을 불

태우게 될 것이라고 알려주었다. 마누엘라와 그녀의 여종들은 경비대의 저지에도 아랑곳하지 않고 말을 타고 달려가 봉화대를 박살내버렸다. 그리하여 시장이 직접 소규모 병력을 이끌고 가서 잠자고 있는 그녀를 체포하려 시도했지만 그녀는 손에 총 두 자루를 들고 당당한 자세로 그들을 기다리고 있었다.

충성스럽고 조용한 하인 호세 팔라시우스는 또 다른 형태로도 우정을 표현했다. 책 전체를 통틀어 그가 마누엘라나 장군을 수행하는 다른 원로 전우들처럼 허물어져가는 남미 해방의 거대한 꿈을 회복시키기 위해 완강하게 저항하거나 슬퍼하는 모습을 보이는 곳은 한 군데도 없다. 심지어 그는 어떤 토론이나 큰 행사에도 참여하지 않았다. 독자들은 도대체 그가 볼리바르를 따르는 사람이 맞는지, 해방이라는 큰일에 대한 의지를 품고 있는 건지, 아니면 그저 볼리바르의 뜬구름 잡는 듯한 모험적 습성을 참아내면서 영원히 남몰래 그를 위해 재산을 정리해주고 사후 뒤처리를 해주는 좋은 친구일 뿐인지 알 수 없을 정도였다.

이어서 우리가 인용한 장군과 카르카모가 마지막 악수를 나누는 장면이 펼쳐진다. 두 환자는 "두 사람 모두 몸에 열이 난다는 사실을 알게 되었다."

좀더 정교한 감정

"두 사람 모두 몸에 열이 난다는 사실을 알게 되었다."

여기서 말하고자 하는 것은 독서의 정교한 부분이다. 이는 아주 놓치기 쉽고, 특히 가장 아쉬운 부분이기도 하다. 책이 독자를 찾아간 게 분명하지만, 독자에게 모종의 의심과 모종의 두려움이 많고 부적절하며 드라마틱하지만 속된 상상이 가득하기 때문에 유실과 허무의 상태로 돌아가고 마는 것이다.

연애 중인 사람은 절대적으로 이미 괴롭힘의 정도에 도달한 번거로움을 갖게 된다. 다름 아니라 항상 어떤 요구를 받는 동시에 어리석게도 상대방에게 말할 것을 요구한다는 것이다. 연애는 어떤 의미에서 지나친 의심과 완전히 호환 가능한 동의어다. 연애는 영원히 느낄 수 있는 것은 믿지 않고 들은 것만을 믿는다. 마치 사람의 몸에 대상을 포착할 수 있는 더 정교한 감각기관이 갖춰져 있지 않은 것 같다. 이는 정말로 큰 문제가 아닐 수 없다. 그런 까닭에 나는 항상 연애라는 것이 디스커버리 채널에 나오는 열대 야생토끼 같은 큰 귀를 가진 작은 동물이 아닐까 생각한다. 연애는 극도의 불안감과 신경질적인 모습으로 언제든 도망갈 준비를 갖추고 있는 작은 동물이라, 자신이 들은 것만 믿는다. 심지어 증명되는 것만 믿도록 변해간다. 바로 이런 이유로 연애는 오늘날의 방대한 산업 체제에서 큰 역할을 발휘하며 경기의 번영과 취업을 크게 자극시켜준다. 이런 사실이 믿어지지 않는다면 1년에 단 이틀 찾아오는 중국식 및 서양식 밸런타인데이가 얼마나 큰 비즈니스 기회를 가져오는지를 보면 확연하게 알 수 있다. 이런 사실이 증명하듯이 갈구는 영원히 연애에 한 겹 허영의 색깔을 입힌다. 아주 오래전부터 그랬다. 너무 많은 문학작품, 특히 시는 이렇게 가슴 아픈 고발을 해왔다. 더욱이 가슴에 사랑이 가득하지만 충분한 재력을 갖추지 못해 사랑을 증명하지 못하는 사람들에게는 더욱 그렇다.

또한 이런 이유로 연애라는 단어와 그 독특한 감정의 방식은 비유되거나 오용되지 않는 것이 가장 바람직하다. 조심하지 않으면 재난을 초래할 수 있기 때문이다. 연애는 특정 연령의 남녀 몫으로만 남겨두는 것이 가장 바람직하다. 연애를 생물의 진화 과정에서 유전자를 퍼뜨리고 종족을 보존하는 막중한 임무를 지닌 사람들의 몫으로만 남겨두는 것이다. 5월 말 부처가 열반한 날의 납세와 만 18세 이상 남성의 병역처럼 모든 사람이 일생의 불행한 의무를 이행하지 않으면 안 된다. 이런 불행한 의무들을 제외하면 우리는 완전히 자유롭다. 그렇지 않은가? 모든 생물학자가 인간의 세계가 이처럼 다양하고 정교하며 창조력으로 충만한 것은 생물성의 핵심으로 볼 때, 유년기와 노년기의 연장 때문이라고 말한다. 이는 생명의 기나긴 진화의 여정에 나타난 뜻밖의 아름다운 사건으로서 사람들로 하여금 무겁고 우중충한 진화의 사슬에서 벗어나, 고개를 들어 다른 것들을 보고 사유하며 꿈꿀 수 있게 해주었다.

종교에서는 인간이 연애라는 단어를 독차지하는 것이 불가능하다. 종교에서는 신이 우리를 사랑한다고 말한다. 성경의 「아가雅歌서」와 같은 편장에서는 남녀의 연애를 신과 인간의 왕래로 비유하기도 한다. 그리하여 인간은 재수 없게도 수천 년 동안 매일, 매 순간 신에 대한 사랑을 증명해야 했다. 그래서 아브라함은 만년에 얻은 독생자 이삭을 장작더미 위에 묶어놓고 불에 태워 고기 잔치를 벌이려 했던 것이다. 정치에서도 사람들은 연애라는 단어의 독점적인 특성을 차용하여 우리에게 국가와 민족을 상대로 연애할 것을 강요한다.(이는 형이상학적으로 마치 가구나 가위, 망치와 연애를 하는 것과 같은 저속함을 느끼게 한다.) 경각심을 가진 사람들은 그 비참함을 알지만 곧이어 깨닫는 것은 강도들이 길을 막고 기습하듯이 국가가 우리에게 돈이나 목숨을 요구하게 된다는 것이다. 문제는 이처럼 강도 같은 국가들이 기본적으로 우리가 우는 얼굴을 보이거나 심지어 일이 일어난 뒤에 그들을 저주하고 경찰에 신고하는 것을 허용한다는 사실이다. 국가와 민족을 사랑하면서 애써 웃는 표정을 짓는 것은 우리의 자발적인 바람에서 비롯된다는 게 그들의 해명이다.

나는 최근에 그 자리에서 웃음이 터지는 한 가지 제안을 들었다. 케임브리지 대학에서 공부하고 돌아온 젊은 친구가 한 이야기다. 다름 아니라 매번 '나라 사랑'을 외칠 때마다 300타이완달러의 벌금을 물리는 법을 제정해야 한다는 것이다.

따라서 똑같은 잘못을 반복해서 저지르지 말아야 한다. 책과 연애를 해선 안 된다. 책은 지식과 지혜의 담지체이든, 아니면 물리적으로 종이와 접착제, 잉크, 코팅, 유선제본 등의 결합체이든 간에, 연애 대상으로 적합하지 않다. 연애는 이를 독점해야 하는 늙은 마누라나 여자친구에게 남겨주는 것이 마땅하다. 그래야만 두 사람 다 만족할 수 있고 자신의 삶이 비교적 편안할 수 있다.

책과는 우정의 관계를 유지하는 것만으로 충분하다. 많은 이가 믿지 않을지 모르지만 우정은 정말로 연애보다 훨씬 더 폭넓고 정교한 감정이다. 우정이라는 감정의 넓은 폭과 정교함은 서로 연동하여 사용될 수 있다. 벤야민이 우정은 기본적으로 심리와 지력의 상태가 느슨해졌을 때 진행되는 것이라고 전제하면서 대부분의 경우 지나치게 강렬한 감정은 동시에 긴장과 편집적이고 배타적인 성격을 갖게 된다고 말한 것도 바로 이런 이유에서다. 색깔로 치자면 새빨간 색이나 새파란 색으로 흘러 간단히 구별 가능하다고 할 수 있다. 이처럼 사랑의 목표는 항상 '지나치게 크고' 자신이 잘 알고 있는 것이다. 그래서 사랑은 뭔가를 찾는다기보다는 사실 뭔가를 증명하려 한다고 말하는 편이 더 정확할 것이다. 사랑은 사물의 디테일한 변화 내지 좀 더 미묘한 삼투滲透에 대해 관심을 갖지 않는다. 사실 디테일은 사랑을 더 견디지 못하게 만들고 부서진 돌조각이나 어지럽게 흩어진 풀처럼 길을 가는 사람들의 다급한 발걸음을 붙잡을 뿐이다. 사랑은 또한 뜻밖의 일들을 싫어하면서 뜻밖의 일들이 놀랍고 기쁜 일, 예기치 못한 좋은 일을 가져올 것이라고는 생각지 않는다. 사람에게 뜻밖의 사건이란 곤혹과 혼돈, 액운과 미로를 의미할 뿐이다.

물론 독서가 이렇게 되어서는 안 된다. 책을 읽는 사람 자신이 이렇게 명철해야 하고 책의 또 다른 끝에 있는 세계에 대해서는 어두워져야 한다. 책 읽는 사람의 몸이 이처럼 거대한데 또 어떻게 사물의 세밀한 틈 사이로 들어가 여유를 가질 수 있겠는가? 책을 읽는 사람은 특정한 한 가지 얼굴을 찾고, 특정한 한 가지 소리를 들으면 그것으로 만족해야 한다. 책 읽은 사람의 귀는 자동적으로 다른 모든 소리를 걸러내고, 의미가 있든 없든 다른 모든 얼굴을 눈앞에서 지나쳐버린다. 오늘날엔 세계가 너무 거칠게 변해가는 것을 개탄하곤 한다. 하지만 추상적인 사물에서 눈으로 볼 수 있는 구체적인 건물이나 기명器皿에 이르기까지 이런 개탄이 완전히 사실인 것은 아니다. 수많은 것이 사실은 원래 그대로의 모습을 지니고 있다. 달은 여전히 정확한 시간에 뜨고 대나무도 그 옛날 소동파가 봤던 모습과 크게 다르지 않다. 심지어 생물학자들은 인간의 신체 구조가 조금도 변하지 않았고 감각기관들의 기능도 3000년 내지 10만 년 전과 똑같다고 주먹으로 가슴을 치면서 강변한다. 정말로 형편없는 변화는 우리 의지와 감정에서 일어났을 가능성이 매우 크다.

칼비노가 우리를 위해 인용한 이탈리아의 시인 자코모 레오파르디의 『지발도네Zibaldone di pensieri』에 나오는 다음 글을 읽으면서 '빛'이라는 것이 여전히 아인슈타인이 믿었던 것처럼 고대로부터 지금까지 저절로 존재한 것인지 살펴보고, 빛이 어떻게 서로 다른 물체들의 서로 다른 틈 속에서 정교하게 비치고 투과하고 반사하는지 살펴보며, 그 미묘하고 생동적인 모습을 살펴보자.

> 해나 달을 볼 수 없고 광원을 인식할 수 없었을 때, 눈에 보이는 햇빛이나 달빛, 이러한 빛의 반사, 거기에서 발생되는 각종 물질 효과는 이러한 빛이 어떤 곳을 통과한 뒤에는 방해를 받아 명확하지 않게 되고, 식별하기 쉽지 않다. 대나무 숲을 지났을 때나 숲속에 있을 때, 혹은 반쯤 열린 백엽창을 통과했을 때처럼 똑같은 빛이라 해도 빛이 들어오지 않는 곳이나 혹은 직접 조사된 물체 위에서의 효과는 다를 수밖에 없다. 빛이 직접 조사된 곳과 물체에서 반사되어 나온 빛은 안에서 볼 때와 밖에서 볼 때, 길이나 회랑처럼 빛과 그림자가 뒤섞인 지점, 복도와, 현관과 천장이 높은 회랑, 암석과 산골짜기 사이, 계곡, 가려진 산중턱에서 볼 때, 각기 다르게 보이는 것과 같다. 예컨대 스테인드글라스의 빛이 물체에 반사된 뒤 다시 스테인드글라스에 투영되는 것과 같다고 할 수 있다. 간단히 말해서 각기 다른 물질과 미세한 상황을 거쳐서 우리 시각과 청각 등에 들어오는 물체는 불안정하고 분명치 못하고 불완전하며 완미完美하지 못한 미완성 상태의 평범하지 않은 방식으로 존

재하게 된다.

물론 빛이라는 영원히 변치 않는 현상만이 이처럼 미묘하고 정교한 것은 아니다. 사실 내가 더 인용하고 싶었던 것은 나보코프의 『롤리타』나 프루스트의 『잃어버린 시간을 찾아서』 같은 작품이다. 타이완 작가의 작품으로는 주텐신의 『만유자漫遊者』를 예로 들고 싶다. 이런 작품들이 보여주는 것은 인심, 즉 인간의 감정과 기억, 그리고 공기 중의 진동 같은 모든 감각기관의 섬세한 상태다. 한 가지 애석한 것은 원문이 너무 길어 기술적으로 구성하기 어렵다는 점이다.

이어서 모파상이 일출의 빛깔을 묘사하려다가 고민에 빠지게 된 글을 살펴보자.

> 아침놀은 분홍색이었다. 짙은 장미색에 가까웠다. 이것을 어떻게 표현해야 할까? 나는 아침놀의 색조가 조금만 밝으면 연어 뱃살의 붉은색 같을 것이라고 말했다. 우리가 모든 색조의 스펙트럼을 대할 때, 그리고 두 눈이 한 가지 색조에서 또 다른 색조로 이동을 시도할 때, 난 정말 어휘력이 부족하다는 것을 확실하게 느낀다. 어쩌면 우리 눈은 확실히 말해 근대의 눈이라서 무한하고 미세한 차이를 보이는 색조의 계열을 간파할 수 있는 것인지도 모른다. 이런 눈은 색깔 속의 모든 미세한 차이 사이의 연결 부분을 구별할 수 있었고 이러한 미세한 차이 속에 나타나는 각 색조 등급의 감소 정도를 구별할 수 있었으며 모든 가까운 색조의 등급과 광선, 그림자, 서로 다른 시각時刻의 영향으로 인해 생성되는 미세한 변화를 구별할 수 있었다.

여기서 모파상은 다시 한번 모든 성실한 독자, 특히 문학작품의 독자들을 이야기한다. 전부 과거에도 말한 적이 있고 참을 수 없어 두세 번씩 말했던 진실한 이야기들로서, 실제로 우리가 애인을 대하는 것 같은 지나친 방식으로 책을 대해서는 안 된다는 점을 입증한다. 사람이 보고 느끼는 것은 영원히 말로 표현할 수 있는 것보다 훨씬 더 많고, 훨씬 더 정교하다. 이를 억지로 입 밖으로 내뱉어 세어보는 것도 한 가지 방법이 될 수 있다. 이 가운데 언어로 표현해낼 수 있는 부분만 믿는다면 놓치는 게 엄청나게 많을 것이다. 사물의 정교함은 완전히 구체적인 형상으로 나타난 상황에서만 드러나는 반면 언어의 표현은 그렇지 않다. 그런 탓에 언어에는 사물의 정교함을 재현할 능력이 없다. 언어는 그저 사물을 가리키거나 제시하거나 우리 마음속에 최대한 구체적이고 완전한 모양으로 재현되도록 환기시킬 수 있을 뿐이다. 그래서 장 자크 루소는 『언어 기원에 관한 시론』에서 "눈에다 말하는 것이 귀에다 말하는 것보다 더 효과적이다"라고 했으리라. 모든 언어 문자가 일종의 은유라고 말하는 것도 이 때문이다. 더욱이 이런 이유로 우리는 항상 특정 사물이나 사람에 대해 더 잘 알고 더 정밀하게 파악할수록 이를 말로 표현하기가 더 어려워지는 것이다. 말하지 말아야 하는 게 아니라 어떻게 말하든 간에 누락되는 부분이 말로 표현해내는 부분보다 많다는 점을 의식하게 되기 때문이다. 많은 이가 이처럼 기이한 현상에 대해 언급했지만, 여기서는 마르케스의 이야기로 돌아가보도록 하자. 『구아바 향기』라는 대담집에서 마르케스는 100여 가지 질문에 대답을 했다. 그 가운데 단 하나, 즉 그의 아내 메르세데스에 관한 질문에 대해 그는 이렇게 대답했다.

"나는 메르세데스에 대해 정말 잘 알고 있습니다. 현실 생활에서의 그녀의 모습이 어떤지 모를 정도로 잘 알고 있지요."

마르케스가 메르세데스를 처음 만났을 때 그녀의 나이는 겨우 열 세 살이었다. 『백 년 동안의 고독』에서 아우렐리노 대령이 아내를 처음 만났던 나이와 같다. 그로부터 10여 년이 흐른 뒤 두 사람은 결혼했다. 이 인터뷰는 이미 결혼하고 25년이 지난 시점에 이뤄진 것이다. 재미있는 사실은 당연히 마르케스와 마찬가지로 메르세데스에 대해 잘 알고 있던 인터뷰어 멘도사도 아무런 곤혹감 없이 메르세데스에 대해 이렇게 표현했다는 것이다.

"확실히 메르세데스는 갖가지 재난을 경험했다. 특별히 그녀가 대단하고 존경스럽다고 느끼는 것은 삶의 여정에서 어려운 고비를 맞을 때마다 늘 차분하고 침착했으며 화강암처럼 굳센 모습을 보였다는 점 때문이다. 그녀는 모든 것을 날카롭고 냉정하게 관찰했다. 이집트 조상(부계 쪽)이 유유히 흘러가는 나일 강의 모습을 주시했던 것처럼 그녀는 모든 것을 주시했다. 물론 그녀도 카리브 해 지역의 부녀자들과 조금도 다르지 않았다. 마르케스의 작품 속에서 카리브 해 여인들은 항상 기지가 넘치고 현실을 장악하는 능력이 뛰어나며 권력의 배후에서 진정한 권위를 형성하는 능력을 지닌 여인들로 묘사된다."

이를 읽는 독자들은 그가 아주 정확하게, 소개하고 싶은 그대로 소개하고 있다는 느낌을 받는다.

화제를 원점으로 되돌려보자. 나는 개인적으로 『미로 속의 장군』에서 정말로 마음을 뒤흔들고 혼을 빼면서 감정을 그대로 드러내는 부분은 책 전체를 통해 몇 군데밖에 나오지 않는 짜릿한 사랑의 장면이 아니라 볼리바르와 카르카모가 손을 잡는 장면이라고 생각한다.

"로렌소 카르카모가 그의 손을 자신의 두 손에 꼭 쥐는 순간 두 사람 모두 몸에 열이 난다는 사실을 알게 되었다."

소리, 리듬, 색깔, 상징

이런 면에서 볼 때, 작가들이 왜 항상 서로 비슷한 이야기들만 하는지 좀더 깊이 있게 알 수 있을 것 같다. 예컨대 보르헤스는 늘 자신이 독자이며, 독자가 된 다음에야 뭔가를 쓰려고 시도한다고 말했다. 또한 칼비노는 뜻밖에도 경계선을 그어 책 읽는 사람들과 책 만드는 사람들을 완전히 분리해놓고 우리에게 부주의하여 이 경계선을 넘는 일이 없도록 할 것을 권고했다. 심지어 출판사에는 한 걸음도 발을 들여놓지 말 것을 강조했다. 순수한 독서의 즐거움을 잃을 수 있기 때문이라는 것이었다.

나는 이것이 책을 제조하는 게 고역(글쓰기에서 편집과 인쇄, 그리고 그 이후의 영업활동까지 모두 포함함)이고 책 읽은 사람들은 편하고 한가로운 가운데 이런저런 제안을 할 수 있기 때문이 아니라는 것을 누구나 이해하리라 생각한다. 좀더 엄숙한 차이는 책을 제조하는 사람들은 언어와 문자의 상대적으로 협소한 범위 안에서 일한다는 데에 있다. 유일하게 독자들만이 책과의 우정을 유지하면서 말로 표현하고 글로 써낸 것들을 누릴 수 있으며, 또한 말로 표현하지 못하고 글로 써내지 못한 것도 누릴 수 있다. 독자들은 마음과 지력智力의 상태를 통해 책을 읽을 수도 있고 느낌을 통해 책을 읽을 수도 있다. 아무도 그에게 뭔가 말로 표현할 것을 강요하지 않는다. 뭔가를 증명하라고 강요하는 일은 더더욱 없다. 책을 읽는 사람들은 뭔가를 포기할 필요도 없고 뭔가를 한쪽으로 치워둘 필요도 없으며, 곰곰이 생각하고 이치를 따지는 과정에서 자신의 감수感受 능력을 의심할 필요도 없다. 책 읽는 사람은 그 책의 전부를 소유할 수 있다. 더 좋은 일은 그 책의 전부를 보유할 수 있다는 것이다.

사실 우리는 좋은 것들이 전부 이른바 '의미'로 전환되는 게 아니라는 사실을 잘 알고 있다. 생활 속의 즐거움과 슬픔에 더 자체적이고 더 세세하며, 생각할수록 더 신비한 요소들이 있는 것과 마찬가지다. 인생의 어떤 전환점이나 곤경 속의 희망은 사실 늘 피부에 붙어 있지만 우리는 그것이 항상 근거 없이 다가온다고 말한다. 사실은 근거가 없는 게 아니라 그 이치를 분명히 밝힐 수 없을 뿐이다. 게다가 그것을 확인하려는 의도와는 관계없이 의미가 정반대로 꼬이고 만다. 책에서, 특히 문학에서는 이처럼 의미를 파악할 수도 없고, 어떤 의미를 통해 포착할 수도 없는 좋은 것을 얼마든지 주울 수 있다. 때문에 벤야민은 풍자적인 의미로 이 점을 지적하여 이렇게 말했다.

"드넓은 전설에서부터 폐쇄적인 현대 소설에 이르기까지 '의미 사색'이라는 정형화된 패턴 속으로 빠져드는 것들이 있기 때문에, 하늘도 말하지 않고 땅도 말하지 않았는데도 우리는 어디에나 다 있는 소리가 점차 들리지 않게 되는 상황에서도 이미 우리 마음속에서 딩당딩당 울렸던 소리들을 밖으로 분출하게 되는 것이다."

여기서 우리는 시를 예로 드는 수밖에 없을 것이다. 첫째, 통상 소설과 산문은 너무 길어서 인용하기 쉽지 않기 때문이다. 둘째, 사람들은 흔히 '시의詩意'라는 단어를 이용하여 어떤 의미 밖에 있는 아름다움을 표현하곤 한다. 심지어 우리는 '시의'로 일부 소설이나 산문의 특정한 일부를 설명하곤 한다. 문자 사이를 뛰어넘어 듣기 좋은 소리나 아름다운 상징이 눈과 귀를 사로잡는 것이라고 할 수 있다. 말로 표현할 수 없지만 누군가에게 전달해야 할 것들이 있다면 '손을 뻗어 가리키는' 수밖에 없다. 예컨대 중국 역사에서 오언절구 시를 가장 잘 썼다는 왕유王維는 이런 시를 지었다.

홀로 그윽한 대숲에 앉아, 금琴을 뜯다가 긴 휘파람을 불어보네
깊은 숲이라 아는 이 없어도, 밝은 달빛이 찾아와 비춰주네
獨坐幽篁里, 彈琴復長嘯. 深林人不知, 明月來相照.

또 이런 시도 있다.

텅 빈 산에 사람은 보이지 않는데, 말소리만 도란도란 들려오네
깊은 숲속으로 햇빛 반사되어 들어오더니, 다시 푸른 이끼 위를 비추고 있네
空山不見人, 但聞人語響. 返景入深林, 復照青苔上.

이 시들이 어떤 의미를 말하고 있다고 생각하는가? (후대의 몇몇 멍청한 사람이 제시한 선학禪學의 해설을 제외하면) 소리와 색깔, 상징이 오히려 유형화된 어떤 의미보다 앞선다고 말하는 게 옳을 터이다. 이백이 정말로 뛰어나다고 하는 것도 바로 이런 이유에서다. 이백은 두보처럼 멈춰서 힘들게 의미를 생각하지 않았다. 그저 말처럼 달렸을 뿐이다. 칼비노가 좋아하는 표현으로 비유하자면, 빠르고 경쾌하게 질주하다가 갑자기 날개가 생겨 날아가는 것이라 할 수 있다.(그래서인

지 중국인들은 질주하는 말을 하늘로 올라가 비바람 속을 날아다니는 용으로 묘사하곤 한다.) 이백 같은 소리와 리듬에 있어서는 확실히 중국이 가장 뛰어나다. 아무도 이백을 흉내내지 못할 것이다. 이백의 소리와 리듬은 창장 강이 곧장 흘러내리는 것 같다. 비로 여기에 그는 특이하게도 시간을 붙잡아놓았다. 시간에 색깔과 함께 졸졸 흐르는, 귀로 들을 수 있는 소리를 부여했다. 그리하여 이백은 중국에서 예로부터 지금까지 시간을 글로 가장 잘 표현하는 작가가 되었다. 그의 시에는 영원히 아득하고 끝이 없는 시간이 배경으로 자리하고 있다.

> 근심에 술 이천 석을 마시면, 꺼진 불이 다시 피고 봄이 다시 온 듯하네
> 위공 그대는 술에 취해서도 말을 잘 타니, 풍류를 즐길 줄 아는 어진 사람일세
> 두타의 구름과 달은 승려의 기운으로 가득 찼으니, 산수에 언제 사람의 뜻이 있었던가
> 차라리 호가를 불고 북을 두드리며 푸른 강을 유람하며
> 강남의 여자아이들을 모아 뱃노래나 불러야지
> 내가 그대를 위해 황학루를 부술 터이니, 그대도 나를 위해 앵무주를 뒤집으시오
> 적벽에서 자웅을 다투던 영웅들의 모습 꿈만 같으니, 가무에 몸을 맡겨 이별의 고통을 덜어야겠네
> 愁來飮酒二千石, 寒灰重暖生陽春. 山公醉後能騎馬, 別是風流賢主人.
> 頭陀雲月多僧氣, 山水何曾稱人意. 不然鳴笳按鼓戲滄流, 呼取江南

女兒歌棹謳.

我且爲君搥碎黃鶴樓, 君亦爲吾倒卻鸚鵡洲. 赤壁爭雄如夢裏, 且須歌舞寬離憂.

이백의 시를 읽다보면 자신도 모르게 따라 읊조리게 된다. 그 의미는 우리와 아무 상관도 없는 것 같다.

우리는 항상 의미를 읽는 것이 아니다. 보르헤스가 했던 아름다운 말처럼 "그것들을 발견한다는 것은 항상 방울을 울리는 것과 같다". 그래서 보르헤스는 대단히 아름답지만 아무런 의미도 없는 그런 시를 쓰고 싶었다고 말한다. 이 시의 제목은 「달LA LUNA」이다. 젊었을 때는 지기였고 만년에는 눈이 되어준 마리아 고다가에게 바친 시다.

그 황금 속에는 많은 고독이 있다
수많은 밤, 그 달은 시조 아담이 보았던
그 달이 아니었다. 기나긴 세월 속에서
밤을 지키는 사람들은 옛날의 슬픔으로
그녀를 가득 채운다. 그녀를 보라, 그녀가 너의 맑은 거울이다

애석하게도 여기서 우리는 원문으로 이 시를 읽고 들을 수 없다. 너무나 많은 원래의 소리와 리듬, 색깔과 상징을 놓치는 셈이다. 하지만 이대로도 충분히 좋지 않은가?

책 읽는 사람의 글쓰기

그렇다면 행복한 독자들은 왜 항상 동시에 불행한 저자가 되는 걸까? 더 이상 보르헤스를 말할 것도 없고, 더 이상 칼비노를 말할 것도 없이, 먼저 이 책을 쓰고 있는 나 탕누어를 살펴보자. 왜 나는 끊임없이 재잘거리고 있는 것일까?

절대다수의 저자들에게 책 읽기와 글쓰기는 서로 다른(하지만 절대로 서로 무관하지 않은) 두 가지 일로 분리될 수 있다. 글쓰기에는 책 읽기와 다른 충동 혹은 축출의 힘이 있다. 이는 어떤 사람들만의 특별한 기술이다. 예컨대 레비스트로스가 말하는 바는 거대한 세계와 기나긴 생명 속에 두 발을 딛고 서 있을 위치가 필요하다는 것이었다. 조금 더 불행하게 이야기하자면 그것은 그의 인생에 있어서 피할 수 없는 일종의 고행의 형식이자 신비한 '운명'이다. 좋았던 시절에는 글쓰기가 똑똑 문을 두드리며 그를 불렀지만 위급하고 힘든 시련의 시간에도 글을 쓰는 것 말고 그가 할 수 있는 것이 또 뭐가 있었을까?

분리되는 부분은 대체로 이렇다. 그렇다면 연결되는 부분은 어떨까?

나는 개인적으로 이렇게 생각했고 최근 몇 년 동안의 실제 경험도 그랬다. 글쓰기, 특히 책을 읽고 있을 때의 글쓰기는 책을 읽은 여흥으로 쓰는 것이다. 책 읽기에 대해 내가 잘 알지 못하는 게 있다면 한 가지 적극적인 의미일 것이다. 다름 아닌 사유다. 일상과 다르고 생활 속에서 쉽게 실천할 수도 없는 가장 깊이 있고 순수한 의미의 사유다. 물론 책을 읽는 과정에서도 수많은 것을 생각하게 된다. 하지만 독서에는 흐르는 물처럼 자신만의 리듬과 진행 경로가 있다. 때때로 잘 풀리지 않으면 소리를 지르면서 잠시 멈추면 된다.(갑자기 누가 한 말인지 생각이 났다. 농담을 잘하는 커트 보니것이 아니었던가? 그는 강도가 "돈을 내놓을래 아니면 목숨 내놓을래?"라고 위협하자 어떤 사람이 "아, 그거 아주 중요한 문제로군요. 진지하게 생각해봐야겠어요"라고 대답했다고 말한 바 있다.) 특히 서로 다른 책에서 동일한 문제가 교차될 때 더욱 그렇다. 이럴 경우 글쓰기는 독서를 잠시 멈추는 공간이 되어 이 초점을 확대하여 정신 못 차릴 정도로 생각에 집중하게 된다. 한편 글쓰기는, 써본 사람은 다 알겠지만, 일종의 신비성을 갖는 대단히 특별한 사유 방식이다. 나는 이것이 인간에게만 있는 고도의 집중력이고, 심지어 자신이 곤경을 만났을 때 소환할 수 있는 특별한 힘이라고 믿는다. 이러한 사유가 할 수 있는 것은 우리가 이미 알고 있는 존재 의식 차원의 무성하고 어지러운 것들을 하나의 질서로 정리해주는 데 불과하지 않다. 이러한 사유는 전혀 예상하지 못한 새로운 발견(운에 가까운 요소가 많지만), 혹은 원래는 의식의 밑바닥을 배회하고 있던 것들을 끌어내준다. 수위가 낮아지면 바위가 드러나듯이 의식 위로 떠올라 '모르던' 것을 '아는' 것으로 바꾼다.

나는 자신의 이런 생각이 보르헤스의 말을 통해 실증될 수 있다고 생각한다. 보르헤스는 마세도니오 페르난데스라는 작가에 대한 질문을 받았을 때 "마세도니오 페르난데스는 천재입니다. 이 천재는 작품 속에 사상을 구체적으로 드러내지 않고 항상 거의 소리가 없는 대화 속에 순간적으로 드러내지요. 머리가 없는 사람들은 마세도니오와 대화를 나눌 수 없을 겁니다. (…) 마세도니오는 특유의 조용함으로 저에게 많은 이로움을 주고 심지어 저는 그 덕분에 수많은 기지를 발휘하게 됩니다. 그는 말할 때의 목소리가 아주 작지만 한순간도 사유를 멈추지 않습니다. 그는 글을 쓰지만 출판을 고려하진 않습니다. 우리는 그의 의지와 관계없이 그의 작품을 출판했지요. 그는 글쓰기를 단지 일종의 사유 방식으로 간주하고 있습니다."

책 읽기와 직접적으로 연결된 글쓰기의 또 다른 이유로 일종의 사회의 공익적 심리(물론 하이에크가 말한바 수많은 공해公害가 진지한 공익적 심리에서 출발하기도 한다. 이 점을 각별히 조심해야 한다)를 들 수 있다. 이는 문자 공화국의 국민으로서 마땅히 담당해야 할 의무다. 플라톤은 『국가』에서 유명한 '동굴의 비유'를 통해 이러한 의무를 제시한 바 있다. 운이 좋아 훌륭하고 진실한 것을 본 사람들은 다른 사람이 원하든 원치 않든 고개를 돌려 그들에게도 알려주어야 한다는 것이다. 중국의 소설가 아청은 이를 직접적으로 '보은'이라고 칭하면서 이러한 의무노동에 '남에게서 받은 한 방울의 은혜는 샘물로 보답해야 한다'는 도덕적 이유와 방대한 이윤 계산을 제시했다.

아청의 상황은 이렇다. 틀림없이 이상하다고 생각하는 사람이 있겠지만 아청은 마세도니오 같은 작가다. 그는 개인적으로 글쓰기를 멈추지 않지만 출판한 책은 아주 드물다. 게다가 글쓰기의 필체도 갈수록 간결해진다. 문장 속에 부사나 형용사가 북방의 늦가을 나뭇가지처럼 앙상하게 비어 있고 명사와 동사만 풍부하다. 예컨대 『편지풍류遍地風流』 같은 책이 그렇다. 하지만 재미있는 것은 『상식과 통식常識與通識』 같은 책은 정반대의 지향을 보인다는 사실이다. 어조가 무척 따스하고 부드러우며, 상세하고, 호흡이 길다. 또한 사건들을 처음부터 끝까지 세밀하게 묘사한다. 나는 『상식과 통식』 타이완 정자체본의 편집자로서 아청을 직접 만나 그런 이유를 물어보았다. 아청은 계몽사가인 헨드릭 빌렘 반 룬과 그의 『인류 이야기』에 대해 언급했다. 당시 반 룬은 이렇게 그와 이야기를 나눴고, 그의 독서세계를 활짝 열어주었다고 했다. 지금은 그 역시 반 룬의 어조와 목소리로 이야기함으로써 그 옛날 자신의 다음 세대인 젊은이들에게 들려주고 있다. 이것이 바로 과거 반 룬에게서 받은 은혜에 대한 보은이다.

따라서 『상식과 통식』의 글쓰기는 개인의 창작이 아니며, 심지어 책에 저자의 이름을 밝혀야 할지 말아야 할지, 소유권을 주장할 수 있을지도 알 수 없다. 저자가 펜을 움직이긴 했지만 창작했다기보다는 기존의 주장들을 서술한 것일 뿐이기 때문이다. 마치 불경 아난阿難의 '여시아문如是我聞(나는 이와 같이 들었다는 뜻으로 부처의 가르침을 그대로 믿고 따르며 기록한다는 의미)'과 같다. 나는 이렇게 들었으니 독서의 세계에서 취한 것을 독서의 세계에 돌려준다는 뜻이라 할 수 있다.

여기서 우리는 기술할 뿐 새로 짓지 않는 글과 관련하여 흔히 나타나는 의심에 해답을 내릴 수 있다. 예컨대 아주 훌륭한 소설을 쓰는 내 친구 소설가 우지원吳繼文은 좋은 마음으로 내게 권고하거나 설명한 적이 한두 번이 아니었다. 다름 아니라 언젠가는 내 글에서 주렁주렁 달린 타자들의 말을 깨끗이 지워버린 모습을 보고 싶다는 것이었다. 그리하여 마르케스도 없고 보르헤스도 없고 칼비노도 없는 '자기 말을 하는' 글을 보고 싶다는 것이다. 나는 웃으면서 그의 가르침을 받아들였지만 아직도 내 뜻을 바꾸지 못했다. 사리에 어둡고 완고하여 도움을 받지 못하는 성격인 것 같다.

나도 알고 있다. 하지만 나는 시종 자신만의 '창의적인 견해'를 가져야 한다는 발상이 이상하다고 생각한다. 단독적으로, 독립적으로 '창의적 견해'를 인생의 목표로 삼는다는 것은 쉬운 일이 아니다. 나는 인간의 사유는 한가하고 임의적이며 땀 한 방울 흐르지 않고 대단히 자유로운 것일뿐더러 힘으로 억누를 수 없는 것이어야 한다고 생각한다. 하지만 사실 사유의 가장 근본적인 특징은 진지하고 엄숙해야 하며, 현실의 긴박함과 격렬함에 연결되어 있어야 하고, 어떤 진실한 곤혹에 의해 이끌리거나 내쫓기는 것이어야 한다. 백일몽의 헛되고 어지러운 생각도 마찬가지다. 따라서 의미 있는 목표는 자신이 옳다고 생각하는지, 좋다고 생각하는지, 깊이가 있다고 생각하는지, 정확하다고 생각하는지, 상상력이 있다고 생각하는지 혹은 또 다른 가능성은 있다고 생각하는지의 여부에 달려 있지 미국의 시각으로 독창적인지, 처음 말하는 것인지, 옛사람들에게서 전혀 찾아볼 수 없는 것인지를 검사하는 데 달려 있지 않다.

여기에 다시 독자의 신분, 독자의 보은하고자 하는 마음, 독자로서 자기 글의 소유권에 대한 불확정성을 더한다면, 그나마 남아 있던 의심은 그 자리에서 깨끗이 사라질 것이다. 보르헤스가 우리보다 이야기를 더 잘하고 이처럼 더 훌륭하다면 왜 그는 '자신의 말'로 이야기하는 것을 견지하지 않았던 것일까? 나는 인용에는 미학적인 고려 외에 또 하나의 의미 있는 기능적 착안점이 있다고 생각한다. 그것은 내가 독자로서 알게 된 것이다. 나 개인의 경험, 그것도 절대적으로 나만이 갖고 있는 독특한 경험은 반드시 보편적인 것이라는 점이다. 통상 우리는 어떤 사람이 쓴 어떤 책을 펼쳐 읽기 전에 항상 두세 번 그 저자의 이름과 서명을 듣고, 그 책과 관련된 자잘한 정보를 축적하게 된다. 특히 다른 책이나 글에서 그 책의 어느 구절이나 신기하고 재미있는 평가를 읽게 되면 더 아름다운 유혹을 형성하게 된다. 예컨대 내게는 레비스트로스의 책이 바로 그랬다. 내가 그를 알게 된 것과 그의 책을 읽은 것 사이에는 6년의 시차가 존재한다. 이러한 '독서 전'의 필요한 과정과 기본적인 심리를 이해해야만 우리는 그다음에 무얼 어떻게 해야 하는지 알게 된다. 나는 내가 의식적으로 인용을 많이 하고, 그것이 종종 지나칠 정도에 이른다는 것을 인정한다. 심지어 글의 자연스런 리듬을 파괴할 정도라는 것도 안다. 하지만 나는 훌륭한 작가의 이름과 명구가 끊임없이 눈에 띄기를, 아주 많은 사람이 내게 그랬던 것처럼 딸랑딸랑 아름다운 소리가 누군가의 기억 한구석에 자연스럽게 놓이기를 갈망한다. 나는 자신의 글쓰기가 아주 많은 가능성의 갈림길과 레비스트로스가 말한 동굴이 많아서, 이상한 나라의 앨리스 같은 사람들이 얼마든지 들어가 내가 제공할 수 없는 더 아름답고 대단한 세계를 발견하고 놀라기를 기대한다.

이것이 그 어떤 '창의적 견해'보다 사람들을 훨씬 더 즐겁게 해주는 일일 것이다.

정말 그렇다. 때때로 글쓰기는 사람들로 하여금 자신을 과대평가하고 유아독존의 상태에 빠지게 하지만 독서는 영원히 사람을 겸손하게 만든다. 극기복례의 도덕적 겸허함을 갖추게 하지 않으면 자연의 거대함에 스스로 숙연해지게 만든다. 따라서 독서와 글쓰기의 최종적인 관계는 이렇다. 책 읽는 사람은 글쓰기의 필요를 느끼지 않고 좀더 즐겁고 자유로운 독서에 전념하지만 글 쓰는 사람은 책을 읽지 않을 수 없다. 책을 읽어야만 자신을 구할 수 있기 때문이다.

"우리는 누구인가? 모든 개인이 경험과 정보, 자신이 읽었던 책, 상상해낸 사물의 조합 등으로 이루어진 존재가 아닐까? 이것이 아니라면 무엇이란 말인가? 모든 생명은 한 권의 백과사전이자 하나의 도서관, 한 장의 물품 명세서, 일련의 문체다. 이 모든 것이 끊임없이 서로 교체되고 바뀌면서 갖가지 상상에 의지하여 얻은 방식으로 재조합되는 것이다." 이는 앞서 인용한 바 있는 칼비노의 『미국 강의』 맨 마지막 강의에 나오는 말로, 칼비노가 우리와 다음 지복천년至福千年을 누릴 사람들에게 하는 간곡한 부탁이다.

그렇다면 자신의 말이란 무엇일까? 우리는 누구일까?

결국 나는 이 끝없는 주제를 잠시 어떤 아름다운 이름, 아름다운 글, 특히 아름다운 소리 속에서 멈추게 하고 싶다. 그리하여 나는 여전히 보르헤스의 시, 그가 「책 한 권」이라고 제목을 단 시를 골라 써먹고자 한다. 이 시에서 그가 대표로 고른 책은 셰익스피어의 『맥베스』다. 여기서 우리는 또 다른 아름다운 갈림길을 발견할 수 있지 않을까?

사물 안에 무수한 사물이 있지만, 한 가지를 어렵게 얻어
무기로 삼는다. 이 책은 1604년에
잉글랜드에서 탄생했다
사람들은 이 책에 꿈의 무게를 부여했다. 이 책에는
요란함과 소동, 밤과 선홍의 빛깔이 내장되어 있었다
내 손바닥은 이 책의 무게를 느낀다. 누가 말할 수 있을까
이 책 안에 지옥도 들어 있다고. 수염이 긴
무당은 천명을 대표하고, 비수를 대표한다
번뜩이는 어둔 그림자의 율법과
옛 성의 자욱한 공기가

장차 너의 죽음을 목도할 것이고, 우아한 손은
거대한 바다의 핏빛 조수,
전쟁 중인 도검과 포효를 좌우할 것이다

고요한 책장 위의, 그 조용한 분노의 포효는
수많은 책 가운데 어느 한 권 안에 깊이 잠들 것이다
그 책은 잠들어 있기 때문에, 기대할 바가 있다

수렵에서 농경까지

나의 간략한 독서 진화사

책을 찾는 것은 사냥과도 같지 않을까? 아마 굉장히 흡사할 것이다. 느낌에 있어서 특히 가장 흥분되고 실망스러운 순간들이 그렇다. 내가 그렇게 확실하게 단정하지 못하는 것은 책을 찾아보지 않았기 때문이 아니라 사냥을 해보지 않았기 때문이다. 지금까지 살아오면서 창피하게도 사냥에 가장 근접한 경험은 초등학교 때 고향 이란의 하천에서 낚시를 했던 일이다. 어쩌면 정말로 찾아가 물어봐야 할 사람은 헤밍웨이 같은 인물인지도 모른다.

내가 말하는 독서 행위에서 가장 흥분되던 순간은 책을 찾기로 마음먹었지만 아직 정식으로 행동에 옮기지 않았을 때다. 누구나 영화 「람보」를 봤거나 알고 있을 것이다. 상영되는 내내 한시도 멈추지 않고 사람들을 살육하는 정신병 같은 영화에서 가장 조용하면서도 관객들로 하여금 숨죽이게 만드는 장면은 람보가 홀로 적을 상대로 총을 쏘기 전에 공격을 준비하는 그 순간이 아닐까? 람보는 머리띠를 두르고 어깨에는 양쪽으로 탄띠를 교차시켜 맨다. 허리춤에는 톱니가 달린 커다란 칼을 찬다. 나중에 그의 이름을 따서 '람보 칼'이라고 불리게 된 칼이다. 손에는 닥치는 대로 집은 무거운 기관총이 들려 있다. 이어서 대형 사건이 터지면서 천지가 바람과 천둥으로 가득 찬다는 것을 우리는 잘 알고 있다. 나중에는 더 멋진 홍콩 영화가 등장했다. 왕자웨이王家衛 감독의 「아페이 정전阿飛正傳」에서는 영화의 시작과 끝에 이와 유사한 장면들이 나온다. 아페이 형型의 젊은 녀석은 거울 앞에서 머리를 빗으며 자신의 모습을 자세히 들여다본다. 사냥을 준비하는 모습도 다르고 사냥의 대상도 다르지만 이들 홍콩의 심심한 젊은이가 잡고 싶어하는 것은 하늘을 나는 새나 땅 위를 달리는 짐승이 아니라 하늘을 나는 새나 땅 위를 달리는 짐승 같은 어떤 여자, 그리고 이 때문에 분골쇄신하게 되는 한밤의 무모한 모험이다.

책을 찾는 것, 물론 이를 위한 전제는 당연히 마음속에 어떤 일이 있어야 하고 기대와 질문이 있어야 한다는 것이다. 모든 행동이 아직 발생하지 않았기 때문에 상상만 할 수 있다. 아직 상상의 단계에 머물러 있기에 무슨 일이든 다 발생할 수 있다. 잠시 동안은 현실의 냉혹함을 유도할 필요도 없다. 꺾지 말고 마모시키지 말고 좌절시키지 말아야 한다. 사자獅子들은 전부 소리에 맞춰 땅에 엎드려야 하고 여자아이들은 모두 소리를 듣고 달려와야 하지만, 모든 책은 가물가물 꺼져가는 등불이 있는 곳에서 우리가 손을 뻗기만을 기다리면 된다. 게다가 깨끗한 책장마다 우리가 원하는 해답이 적혀 있어, 이를 통해 우리는 완전히 새로운 인생을 시작할 수 있다. 이 모든 가능성이 100퍼센트 실현되면 짧게 사라지는 순간들이 연장되고 반짝반짝 빛나게 된다.

정말로 아무런 행동도 필요 없이 책을 찾기만 하면 되는 것이라면 독서는 아주 아름답고 쉬운 일일 것이다. 내가 말하고자 하는 것은 오늘날 세상에 아무리 독서와 관련하여 좋지 않은 소식들이 속속 들려온다 하더라도, 우리에게 심각하게 결여된 것은 이따금씩 책을 찾아 읽고자 하는 착한 마음이 아니라는 것이다. 우리는 그저 한 차례 또 한 차례씩 실전에서의 갖가지 어려움에 부딪혀 전사할 뿐이다. 나는 이 양자 사이에 구별이 있다고, 사유의 불꽃은 항상 존재한다고 낙관적으로 생각한다. 그리하여 상대해야 할 적은 절반만 남게 된다. 설사 불행히도 이 절반이 비교적 거대한 적이라 쉽사리 흔들리지 않고 우리 의지에 따라 냉엄한 현실로 전환되기 어렵다 해도, 적이 줄어든다는 것은 분명한 사실이다.

현실로 돌아오면 실망의 순간이 찾아오기 마련이다.

냉정하게 스스로 고개를 돌려 물어보자. 사냥이 그토록 매력적이고 그토록 용감하고 호방한 일이라면, 어째서 사람들은 인류 역사의 무대에서 아쉬움 없이 이를 퇴장시켜버린 것일까? 왜 사냥을 주역에서 조연으로 몰아낸 것일까? 어째서 사람들은 자신을 노예처럼 땅 위에 단단히 묶어놓고 고개 한번 들지 못한 채 힘들게 경작하게 했던 것일까? 왜 사람들은 『성경』에 나오는 야훼의 저주처럼 스스로 힘들게 땀 흘려 일하면서 하늘을 날아다니며 사냥하는 독수리 같은 자유를 기꺼이 포기한 것일까?

이는 원래 특별히 해답을 내릴 필요가 없는 문제다. 수렵과 채집의 단계에서 농경으로 발전한 것은 인류 역사에서 돌이킬 수 없는 보편적인 사실이기 때문이다. 하지만 여기서 다시 한번 인류학자 레비스트로스의 보고를 들어보자. 이는 그가 『슬픈 열대』에서 브라질 내륙에 사는 남비콰라 족 사회에서 직접 경험한 것이다.

"한 가정의 음식물은 주로 부녀자들의 채집활동을 통해 공급되었다. 나는 종종 그들과 함께 목구멍으로 넘기기 어려운 거칠고 형편없는 음식들을 먹었다. 남비콰라 족은 1년 중 절반을 이런 음식에 의지하여 살아간다. 매번 남자들이 잔뜩 풀이 죽어 고개를 숙인 채 영지로 돌아와 실망과 피로에 젖어 제대로 사용해보지 못한 활과 화살을 던져놓을 때, 여자들은 바구니에서 자잘한 음식물들을 꺼내놓음으로써 남자들을 감동시킨다. 주황색 푸리티 열매를 몇 개 꺼내고 살이 통통한 독거미 두 마리, 작은 도마뱀 몇 마리, 박쥐 한 마리, 종려나무 열매, 그리고 메뚜기 한 마리를 꺼내놓는다. 그런 다음 한 가족이 둘러앉아 백인 한 사람의 배도 채우지 못할 음식을 즐겁게 먹는다."

다시 말해서, 사냥은 극도로 불안정한 식량 공급 방식이다. 순수하게 사냥에만 의지하여 생활을 유지하려 했다가는 많은 시간 기아 상태에 처하게 된다. 체호프 소설 속의 경작할 토지가 없는 불쌍한 사냥꾼들이나 아프리카 초원의 사자들이나 사냥에 성공하지 못하면 굶는 수밖에 없는 것은 마찬가지다. 독서도 이런 것이 아닐까? 아주 불행히도 현실은 각양각색의 방법으로 우리에게 아낌없이 찬물을 끼얹는다. 우리가 찾는 책이 읽는 사람이 너무 적어 서점에 입고되지 않았을 수도 있고 일찌감치 절판되거나(마르케스의 대담록인 『구아바 향기』 같은 책을 예로 들 수 있다) 아예 번역되지 않아 미출간 상태일 수도 있다. 또한 책을 찾긴 했지만 원래 생각했던 것과 다를 수도 있고, 찾고자 했던 해답이 없을 수도 있으며(이런 경우는 매우 많아서 일일이 열거하기도 어렵다) 책 속에 분명히 해답이 있지만 우리가 이런 천서天書의 내용(예컨대 양자역학 같은 것)을 이해하지 못하는 수도 있을 것이다.

이것으로 그치지 않는다. 시간차의 문제도 있다. 내가 말하려는 바는 독서를 향한 의지의 불꽃이 언제 타오를지 정해져 있지 않고, 대부분의 경우 꿈처럼 야심한 밤 깊은 잠에 빠진 고독한 시간에 찾아온다는 것이다. 하지만 이런 열정이 이튿날, 동이 환히 터올 때까지 연장되는 경우는 거의 없다. 그렇다면 이 귀중한 불씨를 꺼지지 않게 보호해야 하지 않을까? 당장 잘 타는 책으로 쉬지 않고 불을 붙여 불길이 활활 타오르게 해야 할 것이다. 그렇게 하지 않으면 다시 서점에 가서 문을 열고 활을 쏜다 해도 아무 소용이 없을 것이다.

이것으로도 다가 아니다. 사냥의 목표가 정확하지 못한 문제도 있다. 다시 내 경험을 들어 얘기하자면, 읽고 싶은 책을 찾고 싶지만 대개 대단히 특수한 상황에서만 특정할 수 있는 유일무이한, 바로 그 책이 내가 찾는 책이 된다. 정상적인 상황에서는 자신의 마음속에 있는 의문에 따라 찾으려고 하는 이상적인 책은, 현실 세계의 서가에 서로 다른 수십 수백 권이 쌓여 있다. 게다가 찾고자 하는 중요한 구절이나 편장은 이 책에 몇 줄, 저 책에 몇 단락씩 분산되어 있다. 총을 조준하여 발사하는 데는 세 가지 원칙이 있다. '눈에 잘 보이지 않는 것은 쏘지 않고 정확히 맞출 수 없는 것도 쏘지 않으며 조준이 정확하지 않은 것도 쏘지 않는' 것이다. 따라서 아무리 활 솜씨가 신기에 가까워도 해를 쏴서 맞춘 후예後羿(중국 신화에서 해가 너무 많아 사람들이 타 죽을 위기에 처하자 활로 해를 쏘아 하나만 남기고 다 떨어뜨렸다는 인물)가 되기는 어려울 것이다. 차라리 우리는 낭패에 빠진 굴원에 가깝다고 할 수 있다. 그처럼 하늘에 오르고 땅을 파고 들어가 자신의 초췌한 모습을 찾는 것이다.

이런 여러 가지 문제가 있다. 인류 역사는 어쩔 수 없이 재미없는 농경 시대로 진입한 것이다. 우리의 독서도 마찬가지다.

농경 시대에 이르러 사람들은 더 이상 주린 배를 움켜쥐고 힘들게 사슴이 잡혀 사흘 내내 사슴고기만 먹게 되기를 기다리지 않아도 되었다. 독서의 농경 시대 역시 마찬가지다. 우리는 탐욕스럽게 농작물을 재배하고 수확한다. 자신의 음식물이 될 만한 책은 기회를 놓치지 않고 곧바로 구입하는 것이다. 오늘은 다른 일이 있어서 책을 읽을 생각이 없어도 기어코 사고야 만다. 하지만 다음 주나 다음 달 혹은 내년이 되어야 그 책을 읽게 될지도 모른다. 도대체 언제쯤 문득 읽고 싶어질지 누가 알 수 있단 말인가? 그렇더라도 배고픔은 언제든지 찾아올 수 있기 때문에 미리 대비해두지 않으면 안 된다.

그래서 책을 읽는 사람들은 자신의 서가를 무성한 숲처럼 꾸며놓는다. 우리에게 익숙한 창고의 모습이 되기도 한다. 나뿐만이 아니라 내가 아는 대부분의 독서가는 다 읽지도 않은 책을 전부 소장하고 있다. 독서 기계로 불렸던 발터 벤야민도 마찬가지다. 책을 미련할 정도로 사랑한 벤야민은 어느 누가 집에 모셔둔 귀중한 도자기를 매일 다 꺼내서 만져보냐고 반문하기도 했다. 어수선하고 먼지가 쌓인 곳곳에 잔뜩 흐트러진, 마치 폭풍우가 휩쓸고 지나간 듯한 광경을 둘러보면 그 안의 책이 전부 소중한 보물이라고 말하기는 어려울 것 같다. 하지만 그 안에는 레비스트로스가 말했듯이 푸리티 열매와 살찐 거미, 작은 도마뱀, 박쥐, 종려나무 열매, 메뚜기 같은 것이 들어 있다.

한 번 읽고서 다시 읽는 책도 있을 것이고, 반쯤 읽다가 어떤 이유에서인지 중단하는 책도 있을 것이다. 몇 페이지만 들춰보다가 내려놓는 책도 있고 아예 거들떠보지 않는 책, 평생 손길이 닿지 않는 책도 있다. 다시 말해 몇 번이고 반복적으로 책을 사들이다보면 '잘못 샀다'고 생각될 만한 책도 적지 않다. 이런 책들은 어딘가에 방치하여 썩어가게 내버려두는 수밖에 없다.

책을 잘못 사는 것은 괴로운 일일까? 이상하게도 거의 그렇지 않다. 첫째는 책의 가격이 상대적으로 저렴한 편이라 잘못 샀다고 해서 큰 문제가 발생하지 않기 때문이다.(컴퓨터나 자동차, 집, 배우자를 잘못 선택했을 경우를 한번 생각해보라.) 둘째, 일찍이 나 스스로 자신에게 분명히 말한 바 있지만, 책이란 완전히 이해하는 것이 쉽지 않기 때문이다. 물론 책을 읽기 전의 갖가지 정보도 어느 정도 의미를 갖지만 제대로 이해하려면 면밀히 파헤치는 작업이 필요하다. 따라서 책을 사는 행위는 확률의 문제라고 할 수 있다. 한 가지 이론으로는 모든 것을 완전히 해결할 수 없는 것이다. 다시 말해서 주사위를 던지는 것과 마찬가지다.

혹은 이렇게 얘기할 수도 있다. 누구나 야구 경기를 본 적이 있을 것이다. 나는 미국 야구에 관한 『역사상 가장 형편없는 열 개의 야구팀』이라는 책을 좋아한다. 이 책의 도입부에서는 야구가 실패와 함께하는 게임이라고 단언한다. 우승을 거둔 팀은 1년에 60~70경기를 패하게 되어 있다. 연봉이 1000만 달러가 넘는 데다 야구의 명예의 전당에 진입한 위대한 타자들은 열 번 배트를 휘두를 때마다 6~7번 실패한다. 야구의 가장 냉혹한 의미는 승리가 아닌 실패에 있다. 실패를 어떻게 대하고 받아들이고 이해하며 대처하는지, 그리고 어떻게 실패와 어울려 살아가는지가 관건이다.

실패는 똑똑한 사람들에게 반성의 기회를 갖게 한다. 하지만 나는 여기서 이것을 말하려는 게 아니다. 책을 잘못 사는 경우(이로 인해 반성을 하는지와는 별도로)는 분명히 책을 찾는 전제가 된다는 것이 내가 하고 싶은 말이다. 확실치 않은 경우 섣불리 덤비지 않는 사람은 성공했다고 말할 수 있을지 모른다. 하지만 독서의 영역에서 진정한 주체는 불확실한 상황에서 발견하는 여러 가능성이지 유일하고 확실한 답이 아니다. 실패를 거부하는 것은 성공을 철저히 없애는 것이기도 하다. 나는 평생 책을 읽으면서 아예 책을 잘못 구입할 경우에 대비해 별도의 예산을 책정한다. 은행이나 기업체의 보험과 같은 의미라고 할 수 있다. 1000권 정도의 실패를 위한 여유 공간을 남겨두고 이를 50년의 시간으로 나누면 1년에 10~12권이 된다. 책 한 권의 가격을 300타이완달러로 잡으면 평생 책을 잘못 사는 데 대한 예산 총액은 15~30만 타이완달러가 된다. 다른 사람들은 이 정도 금액을 어떻게 생각할지 모르겠지만 나로서는 생각보다 그리 많지 않은 돈이다. 자동차 한 대를 잘못 구입했을 때에 비하면 한참 적다. 이렇게 생각하고 나면 더욱 분발하게 되고 문득 자신이 아주 부유하고 여유롭게 느껴진다. 결국 이 세상에는 구입을 포기할 만한 책이 더 이상 없는 것이다.

이리하여 나는 행복한 농부가 되었다.

깊은 밤에 갑자기 어린 시절 자유롭게 사냥하던 날들을 꿈에서 볼 수 있을까? 당연히 그럴 것이다. 그렇다면 다시 사냥에 나설 날도 올까? 역시 그럴 것이다. 다른 점이 있다면 투르게네프의 작품에 나오는 사냥꾼과 체호프의 작품에 나오는 사냥꾼의 차이 정도라고 할 수 있다. 투르게네프의 사냥꾼은 배불리 먹을 수 있고 여유가 있으며, 넓은 토지와 장원莊園, 농노, 하인을 소유한 귀족 노인이었다. 사냥은 일종의 취미이고 거친 즐거움을 찾는 행위일 뿐 온 가족이 긴 시간을 기다렸다가 게걸스럽게 먹는 음식이 아니었던 것이다.

게다가 타이완의 서점은 규모나 형태에 있어서 중형 체인점이 많기 때문에 서점 면적당 매출액에 크게 신경을 쓰는 편이다. 따라서 전국 어디를 가도 한 매장에서 볼 수 있는 책이 다른 매장에서도 발견된다. 결국 책을 사냥하는 사냥꾼들에게는 잡기 힘들고 흥분되는 희귀한 사냥감이 존재하지 않는 환경인 셈이다.

귀족 노인들의 새로운 사냥터는 어디에 있을까? 대양주의 아름답고 작은 섬이 있는 해역에서 돛새치를 잡거나 아프리카로 사파리 여행을 떠날 수도 있을 것이다. 오늘날의 책 사냥터에도 이처럼 부유층의 분위기가 풍기는 곳이 있다. 다름 아닌 영국 채링크로스 가다. 좀 더 가깝게는 상하이나 베이징의 대형 서점을 찾을 수도 있고 인터넷에 들어가 아마존 서점을 찾을 수도 있다. 정보화 시대의 혜택 덕분에 마우스를 몇 번 클릭하기만 하면 순식간에 온갖 정보가 쏟아져 나온다. 사냥도 클릭 전쟁이라는 불공평한 시대로 돌입한 것 같다.

가능하다면 나는 아마존 서점 같은 사냥터는 피하는 편이다. 책에 관한 내용 이외에 참고할 만한 다른 정보가 담겨 있다고 해도 마찬가지다. 나는 옛 시대를 걸어온 책 사냥꾼으로서 오프라인 서점을 좋아한다. 책을 직접 만져볼 수 있고 무게도 가늠할 수 있으며 서점을 나서면 곧바로 책을 펼쳐 읽을 수 있다.

방금 지나간 건조하고 상쾌한 가을날에 베이징과 상하이로의 책 사냥여행을 무사히 마쳤다. 무려 가방 여섯 개가 책으로 꽉 찼다. 물론 가장 보고 싶은 책들은 여행 트렁크 안에 넣어두었다. 칼비노의 말을 빌리자면, 책을 휴대하고, 그것을 자신만의 독특한 부담으로 여기면, 여행이 다 끝나기 전에, 심지어 아주 만족스럽게 다 읽을 수 있다고 한다.

책의 거리, 나의 무정부주의 서점 형식

나와 서점의 관계가 나중에는 아주 골치 아프게 변했다는 생각이 든다. 동시에 압박자와 피압박자(얼핏 들으면 꼭 도스토옙스키의 소설 제목 같다)라는 건전지의 플러스와 마이너스 양극 같은 신분을 갖게 되었다.

이럴 때 우리는 인류 가운데 대뇌 구조가 가장 복잡하고 주름도 가장 많은 사람(그를 해부했던 의사의 말)이라 불렸던 칼비노가 정말로 그렇게 탁월한 예지를 지니고 있었는지 다시 한번 검증해볼 필요가 있다. 『어느 겨울밤 한 여행자가』에서 그는 스스로 반성하는 의미로 우리에게 굳이 경계선을 넘어 책 만드는 일과 관련된 사람이 되지 말고 순수한 독자로서의 즐거운 세계에 그대로 남아 있을 것을 조언했다. 칼비노는 심지어 신경질적으로 우리에게 출판사에는 발을 한 발짝도 들여놓지 말라고, 아주 사소한 위험도 감수하지 말아야 한다고 권고한다.

서점 입장에서 보자면 나는 책을 사는 독자다. 물론 이는 돈을 쓰는 아주 편안한 신분이다. 하지만 동시에 나는 출판 업계에 종사하는 사람이고 책도 몇 권 쓴 바 있다. 그렇다보니 그 자리에서는 위축되어 서점에 실례가 될 만한 일은 감히 저지르지 못한다. 몇 년 전 청핀서점에서 내게 강연을 부탁했을 때, 나는 두말 않고 곧장 현장으로 달려갔다. 그다지 신뢰가 가지 않는 자신의 어투와 공개강연을 절대 수락하지 않겠다던 스스로와의 약속을 고려하지 않은 행동이었다. 그날 나는 청핀서점 둔화남로 점 지하 2층의 침울한 공기 속에서 대학 시절에 가장 좋아했던 위진남북조의 역사 이야기가 갑자기 머릿속에 떠올랐다. 마침내 나는 석륵石勒(후조後趙의 초대 황제)과 석호石虎(후조의 세 번째 황제)의 이야기로 그날의 강연을 시작했다. 그 시대에 한 은자가 있었다. 그는 석륵이 살아 있을 적에는 끝내 세상에 나타나지 않다가 석호가 등극하자 곧바로 세상에 모습을 드러냈다. 석호가 그 이유를 묻자 은자는 석륵은 지식인들을 존경했기 때문에 자신이 아무리 모른 체해도 미움을 사지 않았지만 석호는 그와 다르기 때문이라고 대답했다. 부름에 응하지 않았다가는 그 자리에서 석호에 의해 목이 달아날 게 분명한데 어떻게 모습을 드러내지 않을 수 있겠냐는 것이었다.

우리는 먼저 한 가지 가설을 세울 필요가 있다. 청핀서점이나 진스탕金石堂서점(타이완의 서점 체인)의 사장님들이 전부 석호가 아니라 석륵이라는 가설이다. 그래야만 서점과 관련된 주제가 한 걸음 더 앞으로 나아갈 수 있다. 사실 내가 진정으로 말하고 싶은 것은, 가능하다면 이 세상에 체인점 형태의 서점을 없애야 한다는 것이다. 나는 철저한 서적 무정부주의자다. 이런 얘기를 하자니 마음이 불안해지는 것은 이것이 가장 진실한 말이기 때문이다.

온도가 있는 책 판매 공간

서적 무정부주의자에 가장 가까운 책 판매 풍경은 모든 것을 독차지하고 모든 것을 통치하며, 바로 옆에 다른 서점이 들어서는 것을 용납하지 못하는 초대형 서점, 괴물처럼 사막에 우뚝 서 있는(어쩌면 주위 사방의 모든 것을 집어삼키고 평정하는 바람에 그곳이 사막이 된 것인지도 모른다) 그런 서점의 모습이 아니라 크기와 취급하는 서적의 종류가 각양각색인 서점들이 죽 늘어서 하나의 거리를 형성하는, 타이베이 사람들의 기억 속에 폐허가 되기 전의 충칭남로나 일본 도쿄의 간다진보초神田神保町 혹은 세계 제일의 서점 거리인 런던의 채링크로스 같은 곳일 것이다.

서점가에는 왕이 없기 때문에 모든 사람이 자유롭게 다닐 수 있다.

나는 많은 사람이 몰 형식의 대형 서점보다 서점가를 더 좋아한다는(내가 이렇게 상서롭지 못한 단어를 회상하면서 사용해야 할까?) 사실을 잘 알고 있다. 낭만적인 성분이 더 진하기 때문일 것이다. 물론 나는 지나치게 감성적이고, 명청明清 시기에 독서 기록을 쓰기 좋아하던 문인들(『사서독서락四書讀書樂』을 쓴 옹삼翁森이나 『유몽영幽夢影』을 쓴 장호張潮 같은 인물)처럼 지나치게 술 취한 늙은이 같은 모습을 보이는 것은 오히려 사람들에게 혐오감을 주기 쉽다는 점도 인정한다. 하지만 사람과 책의 관계, 사람과 서점의 관계는 대단히 복잡하다. 책을 사는 것은 단순히 금전이 오가는 경제활동이나 구매 행위로 그친 적이 한 번도 없었다. 나처럼 재미없고 성격이 급하며 아무 때나 감상에 빠지는 사람일지라도 책을 사는 행위에는 경제 행위 이외의 의미가 있는 법이다.

에머슨은 서점(원래 그가 말하고자 한 것은 도서관이다)이 마법의 동굴이고 그 안에는 죽은 사람이 가득하다고 말한 바 있다. 우리가 그 안에 들어가야 책들은 비로소 단잠에서 깨어나기 때문이다. 나는 이 말에 내포된 시간감과 풍성함, 물 흐르는 듯한 움직임, 다층적인 중첩과 충돌을 좋아한다. 하지만 결국 모든 것은 고집스레 우리가 살고 있는 지금 이 순간으로 돌아와야 한다. 책을 구입하는 것과, 그다음에 이어지는 독서는 반드시 즉각적이어야 한다. 죽은 자의 부활 역시 지금 당장 이루어질 수밖에 없다.

책을 찾고 구입하고 읽는 형식에 있어서 서점가보다 더 정확하게 이런 시간의 느낌을 체험할 수 있는 곳은 더 이상 없을 것이다. 예컨대 채링크로스 가에서 사람들은 한 마법의 동굴에 들어갔다가 나와 또 다른 마법의 동굴로 들어갈 수 있다……. 끊임없이 서로 다른 시간 속을 통과하는 것이다. 하지만 결국에는 하늘빛과 그림자가 있는 지금의 살아 있는 사람들의 세계로 돌아오게 된다. 우리는 시간 속에서 길을 잃을 리 없을 뿐만 아니라 매끄러운 자갈처럼 시간의 흐름 속에서 부딪히고 깨지고 다듬어질 것이다. 진정으로 책을 펼치기 전에 우리의 독서는 이미 시작되는 셈이다. 그런 다음 기분 문제나 자신이 정복한 땅에 깃발을 꽂고 사진을 찍어 증명하려는 생각 때문이 아니라, 정말로 다리가 서서히 저려오면서 주저앉게 될 것이다. 이때가 되면 카페의 역할은 아주 중요해진다. 마법의 동굴 속에 햇빛이 드는 카페가 없기 때문이 아니라 카페야말로 진정하고 독립적인 공간이기 때문이다. 공기가 흐르고 날씨가 좋은 날에는 햇볕이 내리쬐며, 가을 겨울에는 추워서 정신이 바짝 드는 카페에서 마시는 커피는 산만하고 약간 팽창된 머리를 안정시키는 치료 효과를 발휘한다. 카페에 앉아 있는 동안, 사온 책과 사지 못한 책을 확인하고 몇 쪽 넘겨보기도 하면서 정리를 한다. 하나하나 서로 다른 시간들이 잠시나마 질서를 갖고 휴대하기 편한 모습이 되는 것 같다. 이런 카페들은 대개 서점가 중간에 자리 잡고 있기 때문에 앞으로 가야 할 길은 아직 절반이나 남아 있게 된다.

시간은 정확히 헤아릴 수 없고 분명히 분할할 수 없는 단계와 차원을 지니고 있다. 하지만 오직 지금 이 순간에는 현재의 따스함이 있다. 서점가는 이렇게 따스하게 책이 전시되고 판매되는 곳이다.

미치광이들이 잠시 머물 수 있는 곳

무정부주의의 핵심은 자유다. 24K 순도의 자유를 견지하는 것이다. 따라서 단일하고 모든 것을 통일하는 예지가 있다는 것은 믿지 않는다. 하지만 여기서 모든 것을 포용하는 정연한 질서가 구축된다. 유기체의 생명 형식은 결코 대칭적이지 않다. 무정부주의자들은 생물학자들의 이런 직관적 발견에 부응한다.

서적에 대한 서점의 이해와 관련하여 통상적인 문제가 있다. 대형 체인 서점은 규모와 자본 덕분에 전문성을 갖추고 있고, 이 때문에 서점가의 수많은 소형 서점보다 책에 대한 이해가 좀더 높다. 물론 이는 잘못된 일이다.

체인 서점은 확실히 전문성에 대한 요구와 수준을 갖추고 있지만 그 목적은 책의 내용이 아니라 판매 행위다. 이 두 가지 서로 다른 전문성을 하나로 뒤섞어서 생각하면 안 된다. 좀더 자세히 얘기하자면, 책 판매 행위에 대한 이해의 요구는 처음부터 반드시 책의 내용에 대한 이해에 의지하지만, 그런 이해가 지나칠 필요는 없다. 아주 빨리 어느 정도에 이르면 책의 내용에 대한 좀더 깊은 이해는 불필요하고 '타산이 맞지 않는' 일이 되고 만다. 양자는 처음부터 서로 상반되기 때문에 갈수록 전문적으로 책 판매 기술을 장악하게 되고, 갈수록 더 책의 내용에 대한 진정한 이해를 방해하게 된다. 그 반대의 경우도 마찬가지다.

이처럼 기이하고 역설적인 현상이 발생하는 것은 그 안에서 냉혹한 원리가 작용하기 때문이다. 다름 아닌 경제학자들이 말하는 '한계효용체감의 법칙(소비 단위가 커지면 재화로부터 얻게 되는 만족이 점점 감소하는 현상)'이라는 것이다. 이 짜증나는 법칙에서는 책 판매를 순수한 경제활동으로 보기 때문에 이익의 극대화를 중시한다. 원가와 산출의 두 곡선이 서로 만나는 가장 적절한 지점을 중시하는 것이다. 이는 경제학 교과서에 수백 년 동안 서술된 가장 기본적인 원리다. 이를 우리처럼 책의 세계에 있는 사람들의 말로 번역하자면, 책의 내용에 대한 서점의 이해가 원가라는 측면에 속하게 된다고 해석할 수 있다. 책 마니아들이 몰두하고 파고들듯이 사람들이 모든 것에 대해 다 아는 것을 허락하지 않는 것이다. 한계효용체감의 법칙이 곧바로 저지하기 때문이다. 우리가 이전보다 더 많이 알려고 할수록 소모되는 원가는 급속도로 늘어날 것이고 책의 내용을 100퍼센트 이해하고자 하면 원가는 무한대로 늘어나게 된다.

도구적 합리성이 통치하는 순수 경제활동에 있어서 한계효용체감의 법칙의 존재를 무시하는 것은 미치광이들이나 할 수 있는 일이다.

체인 서점은 서점의 고도 자본주의 형식이기 때문에 미치광이들을 고용할 리가 없다. 책을 파는 것으로 생계를 유지하려는 미치광이들은 직접 서점을 열어 주인이 되는 수밖에 없다.

서점가라는 무정부주의의 국가만이 미치광이 주인들이 잠시 머무를 수 있는 곳이 되어 서로 의지하며 살아가고 있다.

가능성의 비축 및 그 상실

나는 일전에 일본 교토의 여러 장인의 기술에 관해 쓴 글에서 결국 그들의 궁극의 기술이 오늘날 시장경제 세계에서 갖는 취약성을 지적한 바 있다. 장인들이 만든 물건이 한계효용의 법칙으로부터 제한을 받는 데다, 더 심각한 문제는 일반 대중의 인식이다. 일례로 궁극의 맛을 자랑하는 메밀국수와 체인점에서 판매하는 중상급 정도의 맛을 내는 메밀국수가 있다면 나처럼 감각이 둔한 사람은 둘 사이의 차이를 크게 느끼지 못할 것이다. 궁극의 기술을 기대하는 사람은 극소수에 지나지 않는다. 때문에 질이 뛰어난 제품을 판매하는 점포는 늘 적을 수밖에 없다. 일반 대중이 감별 능력을 지닌 체인점 수의 증가를 인정함에 따라 장인들이 온갖 유형의 대재앙으로 몰리는 것이다. 고개를 들어보면 곳곳에 체인점들이 위용을 드러내고 있다. 이제는 사라져버린 작고 아름다운 가게들을 위해 마음속으로 묵념이라도 해야 할 듯하다.

저항하고 싶은 생각이 들기도 할 것이다. 사마귀가 수레 앞을 가로막듯이 한번쯤 저항을 시도할 필요가 있다.

이처럼 술을 마셨기 때문에, 혹은 가을이 왔기 때문에 마음이 서글퍼지는 일과도 무관하고, 무책임하게 잘못을 남에게 덮어씌우는 일과도 무관한 이른바 귀족 엘리트들의 심리 태도에는 대단히 엄숙하고 진지한 이유가 있다고 생각한다. 나는 보르헤스가 아무런 두려움 없이 낙관적으로 제시했던 "미래에는 어떤 일도 일어날 수 있다"라는 선언을 무척 좋아한다. 책을 읽을 때면 꽃이 피듯이 이 말이 떠오르곤 한다. 이 말은 책의 세계라는 토양에서만 튼튼한 의미를 얻을 수 있다. 나는 '희망'이라는 불완전하고 흔들거리는 말을 사용하지 않는다. 내가 즐겨 말하는 것은 '가능성'이다. 이미 거의 완성되어 현실적으로 손만 뻗으면 희망에 닿을 수 있는 것이다. 책이란 인간 세상에서 가능성이 가장 큰 창고이자 가장 중요한 집산지라고 할 수 있다. 책은 날렵함(무게가 300~400그램 정도밖에 안 된다)과 저렴함(200~300타이완달러면 살 수 있다) 그리고 친숙한 형식으로 수천 년에 이르는 인류의 사유와 모든 가능성을 거의 빈틈없이 보존하며 완전한 가능성을 보유하고 있다. 보르헤스의 낙관적인 태도는 망망한 미래를 눈앞에 대하고 있는 우리에게 더없는 정신의 활력을 제공한다.

하지만 최근 생물학자들은 무서운 경고를 던지고 있다. 치명적인 병충해의 습격으로 2009년이 되면 카카오나무가 멸종되어 맛있는 초콜릿도 세상에서 사라지게 된다는 것이다. 재난은 수시로 발생할 가능성이 있다. 가능성의 치명적인 바이러스 가운데 하나는 단일한 분류와 단일한 질서, 단일성의 규격화와 효율 추구다. 이 바이러스는 오래전에 이미 존재했고 끝없이 확대되고 있으며 엄청난 인내심을 가지고 우리 곁에 잠복해 있다. 체인 서점은 이러한 바이러스의 성공적인 통치 형태를 복제하고 단일한 관점과 질서로 책을 정돈하며 엄격하게 골라내 책을 도태시키는 강력한 신무기를 갖추고 있다. 그리고 이를 통해 다양한 유형의 서점 주인들과 서로 다른 가치 신념 및 독특한 방식으로 다양한 가능성을 모색하는 서점가의 귀중한 소형 서점들을 점령해버린다.

이런 상태가 오래 지속되면 어떤 좋은 소식도 들려오지 않게 된다. 충칭남로는 이미 함락되어버렸고 두 달 전에 찾아간 간다진보초도 숨이 간당간당하다. 오래간만에 찾은 채링크로스 가도 점차 퇴보하고 있었다.

앞장서서 함락되는 서점가

좋지 않은 소식은 한순간도 끊이지 않는다. 최근 1년 동안 들은 가장 나쁜 소식은 이른바 '문화산업'이라는 것이다. 여기서 말하는 문화는 일종의 분류에 불과하다. 거대한 상품 목록 안에서 별로 눈길을 끌지 못하는 부분으로 산업이 주체가 되고 모든 규칙의 제정자가 되며 최고 결정권자가 된다. 게다가 가장 듣기 싫은 말은 이러한 논리에 따라 발생되는 오만하고 도발적인 언론으로서 정말 들어주기 힘들다.

"문화인들이여, 준비되었는가?"

뭘 준비하란 말인가? 스스로 자신을 절단하고, 직접적으로 경제적 이익을 가져다주지 않는 모든 것을 없애 시장의 질서와 요구에 적응하고 기쁘게 맞이할 준비를 말하는 것인가?

이런 말을 한 사람은 원래 우리 쪽에 속했던 사람이다. 다름 아닌 내 오랜 친구인 잔홍즈詹宏志다. 일찍이 누구보다도 채링크로스 가를 사랑하고 지금까지도 '독서화원주의閱讀花園主義'라는 무정부주의적 주장을 입에 달고 다니는 훌륭한 독서가다.

하지만 도대체 누구를 겁주려는 것인가? 사람은 죽으면 다시 죽을 수 없다. 과거의 구링牯嶺 가는 이제 광화光華 쇼핑센터의 야동 DVD를 파는 장소가 되어버렸고 충칭남로는 재건을 기다리는 폐허가 되었으니 어찌 죽음을 두려워하겠는가?

지리 교과서에는 잔잔해서 아무런 변화도 없는 것 같은 호수도 사실은 일시적인 지리 현상일 뿐이라고 기술되어 있다. 서점가도 마찬가지다. 이른바 서적 유통 판매의 교과서가 있다면 우리도 이와 똑같은 내용의 구절을 읽을 수 있을 것이다.

인류 사유의 역사에서 무정주의는 줄곧 천진하고 그다지 실질적이지 않으며 심지어 미련한 주장으로 간주되어왔다. 하지만 몇백 년의 천진난만한 세월을 보내고 또한 몇백 년을 참패했으니 역사적인 경험은 충분할 터이다. 오늘날 무정부주의는 이미 현실 세계의 각축 현장에서 물러나 더 이상 세상을 향한 긍정적인 주장이 되지 못하고 있다. 무정부주의는 그저 하나의 몽상이거나 어떤 경지, 아름다운 자유의 이미지로 저 높은 곳에 걸려 있어 기껏해야 반대쪽 이미지를 부각시켜 평가절하되어야 마땅할 현실의 유력한 주장들을 비춰주고 채찍질해줄 뿐, 일시적인 승리에 취해 스스로 깊이 잠든 뒤로는 인류의 사유와 반성을 지속시키지 못하고 있다.

오늘날 나는 개인적으로 무정부주의가 진정으로 생존할 수 있는 토양은 문화적 영역이라고 생각한다. 문화는 궁극적으로 자유에서 비롯되기 때문이다. 자유 속에서 노닐다 백화제방에 이르든 아니면 자유를 억압당한 상황에서 포위망을 뚫든 간에, 문화는 절대적으로 자유의 산물이다. 나는 심지어 문화에 뜻을 가진 사람은 자각하든 자각하지 못하든 간에 반드시 무정부적인 영혼을 지니고 있다고 감히 단언하고 싶다. 이는 어떤 경우에도 양도할 수 없는 가장 본질적인 것이다.

지난 수백 년 동안 정치적으로 무정부주의를 억압했던 주장들은 무정부주의와 점점 화해하는 추세에 있다. 이러한 주장들은 그 폭력을 현실 권력 영역으로 제한하는 경향을 보여 문화의 세계에 섣불리 침입하기가 쉽지 않다. 오늘날 진정한 위협은 오히려 과거 짧은 기간 맺었던 불확실한 동맹에서 온다. 똑같이 저항 정치의 메커니즘으로 불리며 100퍼센트의 자유를 요구했던 시장경제가 그 대표라고 할 수 있다.

문화활동의 영역에서 우리 서점가는 시장경제에 가장 불리한 위치, 문화와 경제의 교차 지점에 접근해 있다. 그런 탓에 가장 먼저 함락을 선포하게 되는 것도 피할 수 없는 일이리라.

나는 한탄의 눈물을 흘리고 싶지 않다. 그럴 정도로 한가하지도 않다. 나는 문화활동을 좀더 큰 대역사의 폭풍으로서 곧 우리를 습격할 것이라는 위험신호로 받아들이고 있다.

세상 전체보다
더 큰 길이 있다

이 책의 원고를 대강 훑어보면서 나는 열심히 회상했다. 채링크로스 84호의 이 작은 서점은 도대체 어떤 모습일까?(이 책을 쓴 헬렌 한프가 마음대로 꾸며낸 것은 아니라고 굳게 믿는다. 현실 세계에 반드시 이처럼 '견실'하게 존재하는 서점이 있을 것이다.) 나는 틀림없이 여러 번 이 서점 입구를 지나쳤을 것이고, 심지어 안에도 들어가보았을 것이다. 서가에서 책을 꺼내 훑어보기도 했을 것이다. 『채링크로스 84호』에서 1951년 9월 10일 헬렌 한프의 친구인 맥신이 서점을 방문하고 나서 보낸 편지를 통해 우리는 이 서점이 '디킨스의 책에서 막 튀어나온 듯한 고색창연한 멋진 서점'임을 알 수 있다. 서점 문 입구에는 몇 개의 서가에 책들이 진열되어 있고(틀림없이 비교적 저렴한 책들일 것이다) 서점 안쪽은 바닥에서 천정까지 아주 오래된 참나무로 된 책장들이 펼쳐져 있으며 오래된 책들이 풍기는 서향이 코를 자극할 것이다. 그 냄새는 '곰팡이 냄새와 오랜 세월 쌓인 먼지의 냄새, 그리고 벽과 바닥에 퍼지는 나무 향기가 섞인' 냄새다. 물론 쉰 살이 넘은 나이에 영국식 말투를 쓰면서 예의 바르게 담담한 인사를 건네는 남자도 있다.(점원이라고 부르기에는 좀 부적절하고 예의가 없는 것 같다.)

하지만 이것이 바로 반세기가 지난 오늘날 채링크로스 가에 있는 수많은 서점의 여전한 모습이 아니던가? 이런 생각으로 나는 다시 한번 용기가 났고 먼 길을 떠나고자 하는 뜻을 품게 되었다. 다시 한 번 채링크로스 가를 찾아가 자세히 살펴보고 싶은 마음이 든 것이다. 담배를 피우는 습관이 있는 데다 가벼운 폐쇄공포증이 있는 나에게 거의 20시간에 달하는 비행기 여행은 커다란 충동과 용기를 필요로 하는 일이 아닐 수 없었다.

하지만 정말로 채링크로스 84호의 서점에 끌린 것만은 아니었다. 내가 정말로 말하고 싶은 것은, 출판 업무에 종사하는 사람들이나 그저 책을 좋아하고 독서를 즐기는 사람들에게 성지가 있다면, 무슬림들에게 메카가 있듯이 일생에 한번은 어떤 방법으로든 꼭 찾아가 봐야 하는 성지가 있다면, 그곳이 바로 채링크로스 가라는 것이다. 전 세계 독서의 지도에서 가장 밝게 빛나는 곳이 있다면 당연히 영국 런던의 채링크로스 가일 것이다.

적어도 『채링크로스 84호』의 타이완판 역자인 천젠밍陣建銘은 내 생각에 동의할 것이다. 나는 개인적으로 천젠밍이 독서세계의 중개자라고 생각한다. 일반적으로 그의 대단치 않은 신분에 대한 사회의 허술한 인식은 그가 우아하고 아름다울 뿐만 아니라 영국풍의 전아한 풍격을 지니고 있긴 하지만 내성적이고 가격 흥정에 미숙한, 대단히 훌륭한 출판 디자이너라는 것이다. 하지만 『채링크로스 84호』는 그의 원래 모습을 충분히 폭로하고 있다. 그는 이 책을 골라서 번역했다. 게다가 그 어느 출판사도 판권을 사들이기 위한 접촉을 시도한 적이 없는 상황에서 이 책 전부를 번역하기로 마음먹은 것이다.(따라서 사실 천젠밍은 이 책의 선택자라고 할 수 있다.) 출판 작업의 여러 절차와 과정에 대한 그의 이해로 봐서는 그가 계약도 하지 않고 무턱

대고 번역했다가는 심혈을 기울인 작업이 일거에 헛수고로 돌아간다는 사실을 모를 리가 없다. 하지만 차분하고 이치가 분명한 천젠밍도 갑자기 채링크로스 가에 열광했기 때문에 이 일을 추진할 수 있었던 것이다.

이는 나도 아주 익숙하고 좋아하며 곧잘 감격해 마지않는 열광의 상태다. 책과 독서의 세계에서 이런 사람의 수는 많지 않지만 세대마다 반드시 존재한다. 이런 사람들의 지속적인 존재와 그들이 계속하는 '카자크인식 작은 게릴라전(알렉산드르 게르첸의 표현을 빌리자면)'이야말로 완벽에 가까울 정도로 강력한 시장 법칙이 전체 통치를 지속하면서 시종 마음을 놓지 못하게 만드는 견제의 기제가 된다. 그로 인해 책과 독서의 세계는, 한나 아렌트가 벤야민에 관해 논하면서 말했던바 항상 가장 가장자리에 있는 이질적인 사람에게서만 자신의 가장 명징한 기억을 얻을 수 있게 된다.

존재하지 않는 서점가

『채링크로스 84호』라는 아름다운 책은 1949년부터 1969년까지 20년 동안 미국 뉴욕과 영국의 작은 서점을 오간 편지들로 구성되어 있다. 뉴욕에 사는 여성 극작가가 책을 구입하고 '마르크스와 코헨 서점'의 지배인 프랭크 도엘은 책을 찾고 보내는 일을 맡는다. 원래는 아주 재미없고 무미건조한 상업적 행위의 왕래에 불과하지만 책이 그 상업성을 매우 빠르게 무너뜨린다. 반 룬이 "말구유 하나가 제국을 무너뜨렸다"고 말했던 것처럼(물론 책이 잔뜩 쌓여 있는 것을 기초로 맨 처음 헬렌 한프는 앞뒤를 가리지 않는 양자리 특유의 불같은 열정으로 돌파구를 열었다. 특히 그녀는 당시 전쟁으로 물자가 부족했던 영국에서 배급표와 암시장에 의지하여 살아가던 불쌍한 사람들에게 계란이나 햄 등 다양한 식품을 보내주기도 했다) 사람의 감정과 생각 그리고 먼 거리를 가깝게 여기는 우정이 자유롭게 흐르고 넘치기 시작했다. 채링크로스 84호에는 전체 직원이 계속 늘어났고(총 6명), 이어서 프랭크 도엘 자신의 가족(아내 노라와 두 딸), 이웃집의 수를 놓는 마리 볼튼 할머니도 함께하게 되었다. 뉴욕 쪽에서는 연극배우 맥신, 그녀의 친구인 지니와 에이드가 헬렌 한프를 대신하여 '그녀의 서점'을 방문했다. 안타까우면서도 드라마틱한 점은 헬렌 한프 본인이 이 이야기의 막이 내리기 전까지 영국 땅을 밟아보지 못했고, 몹시 그리워하면서 잊지 못했던 채링크로스로의 여행을 실천하지 못했다는 것이다. 이 책은 1969년 10월 프랭크 도엘의 큰딸이 아버지를 대신하여 편지를 보내는 것으로 끝을 맺는다. 프랭크 도엘은 이미 1968년에 복막염으로 세상을 떠났기 때문이다.

마찬가지로 영국의 위대한 소설가 그레이엄 그린은 『하바나 특파원』에서 이렇게 말한다.

"인구 연구에 관한 보고는 각종 통계 수치를 산출해낼 수 있다. 도시 인구를 산출해내면 이를 통해 도시를 묘사해낼 수 있다. 하지만 그 도시 안에 사는 모든 사람에게 있어서 그 도시는 몇 개의 골목, 집 몇 채, 몇 사람의 조합일 뿐이다. 이런 것이 없다면 도시는 운석처럼 슬픔만 남게 될 것이다."

그렇다. 1969년 이후의 헬렌 한프에게는 이 서점과 서점가가 더 이상 이전과 같은 곳일 수 없었다. 운석이나 마찬가지였다. '내게 좋은 책을 팔던 좋은 사람이 이미 몇 개월 전에 세상을 떠났고 서점 주인 마르크스 씨 역시 이 세상에 없었기' 때문이다. 그런 까닭에 『채링 크로스 84호』는 슬픈 내용이자 20년 동안 책을 매개로 이어진 인연을 기념하는 책이 되었다.

하지만 헬렌 한프는 이 모든 것을 책으로 써냈다. 덕분에 이 모든 것이 사라지지 않았고, 심지어 이를 통해 자신의 생명에서 시간의 침식에 맞설 수 있는 더욱 강한 힘을 갖게 되었다. 인류가 문자를 발명하고 글쓰기와 인쇄를 통해 책 만드는 방법을 터득하면서 우리는 더 이상 속수무책으로 시간의 통제에 놓이지 않을 수 있게 되었다. 심지어 우리는 국부적이긴 하나 의미 있게 시간을 무너뜨릴 수 있게 되었다.

책은 확실히 인류가 기억을 보존하는 가장 성공적인 형식이다. 이때부터 기억은 우리 신체 밖에 놓여 우리의 신체와 함께 썩지 않을 수 있게 되었다.

따라서 책이 한 권 한 권 정성껏 진열된 채링크로스에서 사람의 인연이 갑자기 끊어진다고 해서 서점이 함께 소실되는 것은 아니다. 사실 그곳에는 헬렌 한프의 더 많은 아름다운 기억이 들어 있고, 거기에 빛과 색채가 더해지고 있다. 그 서점이 끊임없이 모든 사유자와 기념자, 관찰자, 몽상가의 글을 받아들인 것과 마찬가지라고 할 수 있다. 따라서 슬픔에 빠진 헬렌 한프는 스스로의 용기를 북돋우며 이렇게 말한다.

"하지만 마르크스 서점은 아직 거기에 있습니다. 혹시 채링크로스 84호를 지나치시게 되거든, 제 대신 입맞춤을 보내주겠어요? 제가 정말 큰 신세를 졌거든요……."

틀림없는 말이다. 오늘날 나를 포함하여 많은 사람이 이를 증명할 수 있다. 채링크로스는 아직도 그곳에 있다. 나는 그로부터 10여 년이 지난 1980년대와 1990년대에 영국을 방문했다. 84호의 '마르크스와 코헨 서점'은 아쉽게도 남아 있지 않고 '코번트가든 음반 가게'로 변해 있었다. 하지만 채링크로스는 확실히 그곳에 있었다.

시간의 강

채링크로스는 십자형 도로(사거리)를 뜻하는 것이 아니라 십자가의 의미를 담고 있다. 사실 이곳은 1킬로미터쯤 되는 구불구불한 시가지 도로로, 남단은 템스 강과 이어져 있고, 여기에 가장 아름다운 채링크로스 역이 자리하고 있다. 북쪽에는 국립미술관이 있고, 그곳을 지나면 소호 차이나타운이 나온다. 그 옆으로는 코번트가든과 옥스퍼드 스트리트가 펼쳐진다. 더 아래로 내려가면 토튼햄코트 로드가 나오고, 곧 유명한 영국박물관(영국박물관 일대 또한 서점 거리로 유명한데 이곳은 고급 대형 미술 서적을 위주로 취급하는 곳이 되었다)을 만날 수 있다.

오래된 도시 런던 곳곳에는 훌륭한 것이 아주 많다. 이는 오랫동안 찬란하게 빛났던 제국의 영광이 쌓인 것이라 할 수 있다. 이와 관련하여 이 책에서 헬렌 한프는 이렇게 말한다.(이와 유사한 말을 여러 차례 했다.)

"아주 오래전에 한 친구가 말했어요. 사람들은 누구나 영국에 가면 자신이 보고 싶어하던 것을 보게 된다고 말이에요. 저는 가서 영국 문학의 자취를 더듬고 싶다고 했지요. 그랬더니 그 친구는 '그럼 영국에 가봐!'라고 하는 게 아니겠어요."

하지만 영국의 영광이 남아 있는 다른 곳들과 달리 채링크로스가는 유적지가 아니고 관광객들이 사진을 찍어 기념할 만한 곳이 아니다. 채링크로스는 오랜 세월 유전되어 내려오면서도 여전히 활력 넘치고 현재적이며 현역이다. 우리가 지금 이런 얘기를 나누는 동안에도 열심히 노동이 이루어지고 있다. 사람들은 채링크로스를 추억하는 동시에 그곳을 사용하고 있다. 과거부터 지금까지의 역사와 지금 이 순간이 공존하고 있는 것이다. 이리하여 아주 특이한 시간이 완벽하게 향수된다. 자세히 생각해보면, 인류의 가장 훌륭한 발명품인 책의 본질이 바로 이런 게 아닐까 하는 느낌이 든다. 우리가 이러한 느낌을 상실했다는 것은 우리가 계속 내쫓아버린 현실 세계가 이미 시간을 내쫓는 데 성공하여 과거와 미래를 단절시킴으로써 순식간에 지나가버리고 남지 않은 이른바 '영원한 지금'을 살게 되었기 때문일 것이다. 한 생물학자는 인류 외의 다른 동물들과 시간의 관계가 이와 다르지 않다고 말한 바 있다. '영원한 지금'밖에 없기 때문에 기억은 사라지고 희미한 귀신의 그림자만 남아 미래를 향한 의식의 전망을 생산해내지 못하고 머리카락 하나도 들어가기 힘든 시간의 틈만 남겨진다는 것이다. 그리하여 인간 고유의 사유를 지속하고 정교하며 세밀한 감정을 느낄 수 있는 시스템을 갖추지 못해 시간을 점유하지 못한 채 본능적인 반사만 그나마 효과적으로 운용된다. 사실 이는 과거 조상의 단계로 돌아가는 것이나 마찬가지다.

좀더 정확히 말하자면 채링크로스는 시간의 풍경이라 할 수 있다. 이는 채링크로스의 경험과 출신 및 존재했던 긴 세월만을 말하는 것이 아니다. 더 중요한 것은 우리가 채링크로스의 역사와 과거의 영광을 모른다고 해도 아주 짧은 시간 그곳을 바라보는 것만으로도 그 풍경, 채링크로스의 숲처럼 가득 들어선 서점들과 각 서점이 갖춘 장서의 자연스런 구성을 정확하게 파악할 수 있다는 점이다. 채링크로스의 서점들은 거의 집집마다 크기와 진열 방식, 판매하는 책의 종류, 가격이 다르고 서점 전체의 분위기 및 거기서 뿜어져 나오는 은유적인 감상력, 미학과 사유도 제각기 다르다. 물론 이곳의 서점들은 대체로 신간을 판매하는 곳과 중고 서적을 취급하는 곳으로 나뉘어 시간의 폭을 확대한다. 하지만 신간을 판매하는 일반 서점들도 서로 간의 차이가 매우 크다. 각자 출판 시일이 다른 각양각색의 책을 수용함으로써 풍부하고 섬세한 시간적 층차를 나타내고 있다.

과장하지 않고 말해서 채링크로스는 시간의 강과 가장 유사한 거리를 이루며 인류 지식과 사유의 완전한 화석이 되고 있다. 채링크로스에 가면 서점들을 하나하나 다 들어갔다 나오되 매장이 아니라 진열실을 구경하듯이 해야 한다.

상대적으로 타이완에서는 '서점 산책'이 실행할 수 없는, 그저 스스로 좋은 감정만 느낄 수 있는 미사여구가 되고 말았다. 또한 서점들을 하나하나 들어가 구경하는 것이 벤야민식의 자유롭고 한가한 의미의 '구경'이 아니라 철저한 상업 행위의 '구매'가 되고 말았다. 어떤 책을 이 가게에서 사지 못하면 다른 가게에서 살 생각을 하지 말아야 한다. 또한 '구경'이라는 것은 원래 목표를 사전에 불완전하게 설정하는 것으로, 발견이 놀라움과 뜻밖에 만나는 공간을 기대할 수 있어야 하는 것이다. 하지만 타이완에는 중고서점이 별로 없고 일반 서점의 책 입출고가 매우 적극적으로 이루어진다. 불과 2~3개월 전에 출간된 책이 2000~3000년 전에 출토된 문물처럼 찾기 힘들다.

서점과 그 도서의 풍경조차도 '영원한 지금'이다. 내가 있는 타이완에서는 그렇다.

영원한 지금의 재난

헬렌 한프는 책에서 자신의 독서와 책 구입의 원칙을 이야기하고 있다. 그 가운데 하나는 낯설다기보다는 아주 놀랍게 느껴진다. 헬렌 한프는 프랭크 도엘에게 정색하면서 읽어보지 않은 책은 절대 사지 않는다고 말한다. 옷을 사는 것처럼 입어보지 않고서 어떻게 모험을 할 수 있느냐는 것이다. 물론 우리는 이 존경스러운 양자리 여인처럼 격렬할 필요가 없다. 하지만 이는 대단히 의미 있는 말로, 헌책(넓은 의미의 헌책으로 귀하고 값비싼 장서만을 의미하는 것이 아니다)의 구매와 보관, 다시 읽기를 설명하고 있다. 이는 단순히 희소 가치가 있는 물건들을 사들여 다른 사람의 눈길을 끄는 행위나 겉치레 때문에 문화를 중시하는 역겨운 행위가 아니다. 책을 이해하는 것이 쉽지 않고 항상적이며 확정적인 본질을 장악하기가 쉽지 않다는 것이 근본적인 원인이다. 특히 훌륭하고 내용이 풍부하며 창조적인 책은 당시의 기초적인 지식과 도덕관념, 감정을 크게 뛰어넘는다. 그런 까닭에 길든 짧든 간에 얼마간 한 공간에서 그 책과 함께 어울려 지내는 과정이 필요하다. 이는 진정한 사랑이 한눈에 반해 이루어질 수도 있지만 어쩌다 이별을 해도 다시 만나게 되는 것과 같다. 손을 잡고 함께 늙어가려면 서로를 이해하고 동정해야 할 뿐만 아니라 오랜 세월을 함께해야 하는 것이다.

따라서 독서의 수요 측면에서 말하자면 한 권의 책을 다시 읽는 것은 가능할 뿐만 아니라 필요한 일이기도 하다. 한 번에 책을 관통하여 장악할 수 있기를 기대해선 안 된다. 또한 열다섯 살에 읽었을 때와 스무 살에 읽었을 때, 마흔 살에 읽었을 때와 쉰 살에 읽었을 때, 각각 그 연령에 맞는 의문과 관심사, 고민 등으로 인해 책이 우리에게 주는 것들은 크게 달라진다. 솔직히 말해서 나는 자주 지나간 일들을 회상하려 노력하지만 자신이 정말로 좋아했던 책들 가운데 다시 읽지 않은 책이 없으며 다시 읽을 필요가 없었던 책을 찾아볼 수 없다.(사람들은 심지어 이런 책의 일부를 확실히 기억하고 있고 그 의미는 기억 속에서 계속 반복된다.) 또한 책을 취득하게 되는 공급의 측면에서 말하자면 우리는 좀더 총명하게 책에 더 많은 시간을 할애해야 하고 스스로에게 더 많은 기회를 주어야 한다. 역사적 경험이 우리에게 누차 말해주듯이 창의력이 뛰어나고 의미가 깊은 책들은 당시 사회에서는 한눈에 알아보기 어렵다. 이런 말을 믿기 힘든 사람들은 유명한 『뉴욕타임스』의 역대 서평을 살펴보면 된다. 몇백 년 이후에 고전으로 자리 잡은 작품의 경우, 당시에는 놓친 것들이 포착한 것보다 열 배 내지 백배는 더 많을 것이다. 게다가 포착된 소수의 책 가운데는 제롬 데이비드 셀린저의 『호밀밭의 파수꾼』이나 레이먼드 챈들러의 『깊은 잠』처럼 대폭 수정된 것들이 있다.(이유는 거친 표현이 많다는 것 등이었다.) 한 사회에서 2주 내지 한 달 이내에 어떤 책이 좋은지 안 좋은지를 판별하고, 책들의 장단을 따져 토너먼트 선발전을 치르게 한다면, 이런 사회는 스스로 우매해질 뿐만 아니라 비극적으로 점점 더 재난을 향해 가까이 다가가게 될 것이다.

영원한 지금만 남는 비극적인 재난을 맞게 될 것이다.

부분이 전체보다 훨씬 더 크다

영원한 지금이라는 재난의 계시는 우리로 하여금 책과 독서의 세계에서 아주 오래된 수학 원리를 전복시키게 만든다. 다름 아니라 플라톤이 자주 인용하는 전체가 영원히 부분보다 크다는 법칙이다. 하지만 사실은 꼭 그렇지만도 않다는 것을 알 필요가 있다. 아주 짧은 채링크로스 가는 확실히 우리가 사는 세계의 아주 작은 일부분에 지나지 않다. 하지만 우리는 항상 채링크로스 가가 세계 전체보다 더 크다고 느낀다. 그것도 훨씬 더 크다고 느낀다.

우리가 이런 이상한 느낌을 가장 많이 체험할 때는 언제일까? 특별히 우리 마음속이 해결할 수 없는 곤혹감으로 가득할 때일 것이다. 우리는 한 권 한 권 책을 읽을 때마다 반복해서 놀라움을 느끼게 된다. 알고 보니 우리가 살고 있는 이 현실 세계가 기존 책의 세계에 비해 이해할 수 있는 일이 너무나 적고, 바라볼 수 있는 시야도 너무나 좁으며, 사유의 속항續航 능력도 너무나 형편없고 인심은 또 너무나 폐쇄적이며, 공공 영역과 사적 영역을 다 포함하여 우리를 지속적으로 괴롭히고 곤혹스럽게 만드는 어려운 문제가 너무나 많기 때문이다. 이런 문제들은 누군가가 이미 경험했고, 이로 인해 고통을 받았으며, 이에 대해 사유한 적이 있을 뿐만 아니라 심지어 경험과 지혜가 세세하게 담긴 해답들이 책 속에 잘 보존되어 있다.

형태상으로 볼 때, 우리 눈앞의 세계는 종종 지금의 얇은 하나의 층차에 불과하다. 이에 비해 채링크로스 가가 책을 통해 제시한 세계의 이미지는 시간의 무한한 층차의 중첩으로 구성되어 있다고 할 수 있다. 여기에는 우리가 기억을 잃는 바람에 유실되었거나 애당초 있는지조차 몰랐던 무한한 과거, 그리고 우리가 무력하게 무의식적으로 바라보고 있는 무한한 미래도 포함된다.

존 스튜어트 밀의 『자유론』과 『대의정치에 대한 고찰』을 살펴보자. 이 책들은 무려 150년 전에 출간되었다. 오늘날 자유사회와 민주정치의 건립 및 좌절, 또다시 빠진 함정, 그리고 스스로는 똑똑한 줄 알고 저지르는 악의적인 일들에 대한 우리의 생각이 전부 이 책에 쓰여 있지 않은가?

이어서 리카도의 『정치경제학과 과세의 원리에 관하여』를 살펴보자. 이 책은 200년 전에 쓰인 책으로 경제학의 가장 기본적인 원리와 경고를 분명하게 천명하고 있다. 오늘날 우리, 특히 재무와 경제를 손에 쥐고 있는 정책 결정자들은 날마다 같은 범죄를 지속하고 있지 않은가?

혹은 벤야민의 『보들레르의 몇 가지 모티브에 관하여』(타이완판의 제목은 『발달한 자본주의 사회의 서정시인』)를 살펴보자. 이 책은 반세기 이전에 출간되었다. 이에 비해 우리가 사는 타이베이 시에서는 이제 막 횡단보도를 새로 만들고 도시에서 길을 걷는 법을 배우며, 도시에 대해 이해하기 시작하지 않았던가?

아니면 헌법의 문제(내각제와 대통령제, 이원집정부제, 그리고 신기한 세 네갈식 제도)를 제기해야 하지 않을까? 민족주의와 포퓰리즘에 관해 물어야 하지 않을까? 생태환경보호인지 혹은 그저 지룽基隆 강의 정비 문제인지를 물어야 하지 않을까? 남녀평등 문제와 노동, 실업의 문제를 제기해야 하지 않을까? 선거제도와 선거구의 획정에 관해 물어야 하지 않을까? 매체의 역할과 그것이 자율인지 타율인지의 문제를 제기해야 하지 않을까? 아니면 좀더 크게 교육 전체와 사회 가치, 도덕적 위기 등의 문제를 제기해야 하지 않을까?

그렇다. 헬렌 한프가 말한 것처럼 서점은 아직 그곳에 존재한다.

전 세계에서 가장 싼 물건

채링크로스 가는 눈앞의 세계보다 더 클 뿐만 아니라 사실은 더 원만하게 돌아간다. 채링크로스 가는 풍부한 시간의 층차를 보유할 뿐만 아니라 구체적인 공간 분할을 드러내고 있다. 채링크로스는 강물이 쉬지 않고 흐르는 것 같은 시간의 거리이자 하나하나의 서점들과 간격, 단일 서적으로 구성되는 자유로운 세계로서, 그 안을 한가하게 거니는 사람들은 버드나무가 우거지고 꽃이 활짝 핀 아름다운 경치를 누릴 수 있다.

나는 그 부분적 원인이 역사의 우연한 개입에 있다고 추측한다. 예컨대 100년이 넘은 고색창연한 런던의 건물들과 그 탄탄한 석벽이 비바람이 몰아쳐도 끄떡없는 방호벽을 형성하여 상업 영역의 유동적이고도 모든 것을 부수며 철거하는 침략적 성격이 침범하기 어렵게 했던 것이다. 덕분에 소형 서점들이 자발적으로 번창하게 되었고, 대형 종합서점들도 내부를 나누어 구불구불하고 복잡하게 구성됨으로써 각 영역이 서로 폐쇄되고 단절되어 다른 세상을 형성하게 되었다. 덕분에 이곳의 서점들은 책을 판매하는 공간이라기보다는 책이 층층이 쌓여 있는 독서의 공간에 가깝다고 할 수 있다. 게다가 미국이 패권을 이어받은 뒤로 몰락한 영국의 제국주의와 달리 영어는 여전히 '준세계어準世界語'로 통하고 있어 보편적인 책 출판활동의 원천이 되고 있다. 때문에 우리가 채링크로스에게 살짝 몸을 돌려보면 두 발짝 옆에 계속 발버둥치고 있는 동유럽 세계가 보이고 이내 괴상한 철자가 눈에 들어온다. 하지만 이는 인류의 가장 멀고 오랜 고향인 아프리카의 어두운 세계일 가능성이 아주 크다. 에코의 『장미의 이름』에 펼쳐지는 가장 긴박한 클라이맥스, 일곱째 날에 수사 윌리엄과 견습생 수사 아드소가 결국 커다란 미궁 같은 도서관에서 모든 비밀이 묻혀 있는 아프리카의 끝을 발견하는 장면과 같다고 할 수 있다.

끝없이 펼쳐지는 지식의 세계는 뜻밖에도 하나하나의 작은 동굴들로 구성된다.

나는 특히 채링크로스 가의 이런 작은 동굴들을 좋아한다. 첫째는 이 동굴들이 바로 인류의 영원한 기억의 저장소이자 일종의 향수이기 때문이다. 모든 세대의 어린아이들이 동굴을 찾거나 동굴에 들어가 살고 싶어하는 충동을 가진 것도 이와 일맥상통하는 현상이다. 동굴에 들어가면 아늑하고 안전한 느낌을 받게 되기 때문이다. 독서도 마찬가지다. 책을 읽고 사유하고 몰입하기까지 가장 기본이 되는 것은 동굴에 들어가는 것과 다르지 않은 고독한 활동이다. 둘째, 레비스트로스가 말한 것처럼 저절로 생겨난 세계 같은 동굴의 존재는 우리에게 도피의 기회를 제공해준다. 어떤 압박으로부터 도피하는 것일까? 레비스트로스가 말한 대중화 현상, 갈수록 동질화되고 무미건조하며 몰개성적인 보편성의 압박(바로 사회의 '영원한 지금'의 모습)으로부터 도피하는 것이다. 그리고 이처럼 감동적인 동굴은 『이상한 나라의 앨리스』의 숲속 동굴과 같아서, 그곳을 통과하면 완전히 이질적이고 예상치 못한 세계로 들어서게 된다.

그리하여 나는 시시때때로 헬렌 한프가 자신의 채링크로스를 잃어버린 것처럼 우리도 결국 우리 세대의 채링크로스를 잃어버리게 되지나 않을까 우려하게 되었다. 우리의 기우는 첫째, 현실에서 끊임없이 들려오는 불리한 소식에 기인한다.(예컨대 상업세계의 부식성을 완화시킬 수는 있지만 완전히 소멸시킬 수는 없다.) 둘째, 우리의 기우는 사람들이 충분히 아름다운 사물을 대했을 때의 대단히 자연스러운 신경질적 반응에 기인한다. 우리는 만사만물이 끊임없이 변하기 때문에 아침 안개와 봄날의 꽃, 사랑처럼 자신이 몹시 아끼고 소중히 여기는 것들이 영원히 잔존할 수 없다는 것을 잘 알고 있다.

하지만 우리는 채링크로스를 살 수 있다. 물론 채링크로스 전체가 아니라 진정으로 의지와 의미를 지닌 책을 사는 것이다. 도시의 거리는 시간의 침식을 효과적으로 막아본 적이 없다. 하지만 책은 가능하다. 헬렌 한프도 이렇게 말한다.

"어쩌면 그럴 것이다. 거기에 없다고 해도(영국과 채링크로스 가를 말함) 내 주위를 살펴보면(채링크로스 가에서 구입한 책을 뜻함) (…) 나는 아주 독실해지고 그 책들이 이미 내 주위에 발길을 멈추지요."

출판업에 종사한 지 반평생이 넘은 나는 개인적으로 아직도 만족스런 해답을 얻지 못한 문제가 있다. 나는 사람들이 왜 책을 안 읽는지 시종 진정으로 이해하지 못하고 있다. 책은 세계에서 가장 값이 싼 물건이 아닐까? 인류 전체 가운데 가장 똑똑하고 진지하며 상상력이 풍부하고 위대한 영혼을, 별로 마음에 들지 않는 옷 한 벌 구입할 수 있는 돈 3000타이완달러면 평생 소유할 수 있는 것이 아닌가?(한 작가가 평생을 바쳐 쓴 10권의 책을 한 권에 대략 300타이완달러로 구입할 수 있고, 게다가 대개는 할인을 받을 수 있다.) 점심 한 끼 먹는 가격으로 아름다운 동굴과 그에 연결된 완전한 세계를 얻을 수 있는 것이 아닌가?

헬렌 한프는 나와 같은 나라 사람임에 틀림이 없다. 그녀도 돈을 지불하고 책을 샀다. 그녀는 돈 대신 음식물이나 친구의 스타킹을 부치기도 했지만 여전이 자신이 득을 보고 있다고 생각했다. 1952년 12월 12일, 그녀는 이런 말을 했다.

"저는 마음속으로 이것이 정말 타산이 맞지 않는 크리스마스 선물 교환이라고 생각합니다. 제가 여러분에게 보낸 것은 기껏해야 일주일 먹으면 사라지는 것들이라 이것으로 명절을 보낼 수도 없지요. 하지만 여러분이 제게 보내준 선물은 저와 아침저녁을 함께할 수 있고 죽을 때까지도 함께할 수 있어요. 게다가 책을 남편에게 유품으로 물려주고 웃으면서 삶을 마칠 수도 있죠."

1969년 4월 11일의 마지막 결산에서 그녀는 여전히 '자신이 큰 손해를 입혔다'는 결론을 내렸다.

미국 최고의 탐정소설가로 뉴욕에 거주하는 로런스 블록의 생각도 이와 다르지 않았다. 그는 『호밀밭의 파수꾼』에서 소설 속 의협심 있는 도둑의 입을 통해 한 유명한 소설가(샐린저 같은)에게 이렇게 말한다.

"이 사람은 이 책을 써서 우리 세대를 바꾸었다. 나는 늘 그에게 뭔가를 빚진 기분이 든다."

그러니 사라. 내가 말하는 것은 책이다. 책을 사서 잘 읽어라. 책을 읽는 세월 속에서 질정한 돈을 저축하게 되면 기회를 봐서 채링크로스로 떠나라. 아직 그곳이 존재할 때 가보라. 순조롭게 그곳에 도착했다면 나를 대신해서 그 거리에 입맞춤을 보내주길 바란다. 우리는 그곳에 정말 많은 신세를 졌으니까.

책 읽는 방법을 가르치지 않다

망고 빙수와 딩타이펑鼎泰豐 음식점으로 잘 알려져 종일 한국과 일본의 관광객들이 몰리는 타이베이 용캉제永康街 입구에 들어서면 바로 오른쪽에 2층 카페가 하나 있다. 이 책의 저자 탕누어가 자신의 아내이자 타이완에서 최고의 명성을 누리고 있는 소설가 주톈신과 함께 매일 출근하는 공간이다. 탕누어가 카페에서 일하는 건 맞지만 카페 직원은 아니다. 좁은 집에서 온 가족이 다 작가인 여섯 식구가 함께 살다보니 두 사람에게는 고정된 책상이 없어, 대신 이런 공간을 작업실 삼아 주 5일 아침 열 시부터 오후 다섯 시까지 '출근'하여 일을 하는 것이다. 그가 주로 하는 일은 책 읽기다. 직업이 독자이기 때문이다. 애당초 명함도 없지만 누군가가 직업이 뭐냐고 물으면 그는 서슴없이 '전문 독자professional reader'라고 대답한다. 책을 읽고 이를 바탕으로 사유하는 것, 그 사유를 바탕으로 꼭 써야 하는 글을 쓰는 것이 그의 일이다. 이른바 '학자'가 할 일이 바로 이런 것이 아닐까? 학자는 한 사회의 모든 사물과 현상에 대한 사유의 결과물인 책을 읽고, 이에 관해 다시 사유하여 지식을 재생산하고, 재생산된 지식을 실천 내지 행동으로 증명하는 사람들일 것이다. 어떤 학자들은 자신이 재생산한 지식의 실천을 특별히 중시하여 '행동하는 지식인'의 모습을 보이기도 한다. 그러다보니 행동하는 지식인은 대부분 학자이지 교수들이 아니다. 교수는 직업의 일종일 뿐이다. 우리 사회는 모든 분야에서 '사회적 상태'로서의 학자는 아주 희소한 반면 '사회적 발언권' 내지 '지식권력' '고급 직업'으로서의 이른바 '교수'들만 넘쳐나고 있다. 진정한 학자는 드물고 '교수의 대중화'만 실현된 나라에서는 어떤 방식으로 지식이 생산되고 유통되어 소비되고 실천되며 재생산될 수 있는 것일까?

탕누어의 책 읽기와 사유, 실천의 무대는 대중이라 공간의 제한이 없다. 책 읽기와 사유는 다분히 개인적인 행위이지만 이런 개인적 행위는 사회적으로 소통될 때만 의미를 갖는다. 지식과 사유의 담지체인 책이 갖는 의미와 다르지 않다. 요컨대 지식과 사유는 시공의 제한이 없어야 한다. 지식과 사유는 흐르는 물과 같아서 어딘가에 갇히고 고이면 썩기 시작한다. 썩어서 쓸모없는 지식과 사유가 지배하는 사회는 어떤 곳일까? 지금 우리가 살고 있는 사회와 비슷하지 않을까? 탕누어가 책을 쓰는 이유가 바로 여기에 있다. 그는 대학의 울타리 안에 갇혀 아주 좁은 범주 안에서 '지식을 위한 지식'을 복제하고 그다음 단계는 전혀 생각하지 못하는 직업 교수들과 달리 대중을 향해 완전하게 열린 지식과 사유의 소통을 지향한다. 그럼에도 그는 타이완을 비롯한 중화권 전체를 통틀어 가장 뛰어난 공공 지식인의 한 명으로 평가되고 있다. 국제적인 문학상과 영화제의 심사위원석에서 종종 그를 만날 수 있는 이유다.

이 책에서 마르케스의 소설 『미로 속의 장군』을 줄거리로 하여 진행되는 책과 책 읽기에 관한 탕누어의 모든 사유 및 이야기는 상상의 산물이 아니라 오랜 시간에 걸친 실천의 결과라고 할 수 있다. 아주 특별하고 재미있지만 다소 뇌를 지치게 만들 수도 있는 이 책은 독자들에게 뭔가 책 읽기의 비법을 가르치고 전수하려는 시도가 아니라 곧 이순耳順의 나이에 이르는 저자가 반세기에 걸친 집중적인 책 읽기로부터 얻은 지혜와 소회, 질의와 한탄, 유머 그리고 그 밖의 모든 것을 옛날이야기 하듯 들려주는 일종의 토로다. 그래서인지 원서의 제목도 '열독 이야기閱讀的故事'다.

탕누어의 책을 번역하는 일은 고형苦刑이다. 개인적으로 이 책이 지금까지 번역한 100권 남짓 되는 책들 가운데 가장 작업하기 힘들었지만 다른 어떤 책보다 더 황홀하고 아름다우며 배울 것이 많았다고 단언한다. 배우려는 사람은 갈수록 줄어들고 가르치려는 사람만 많아지는 이 이상한 사회에 꼭 필요한 책이라 생각한다. 책 읽는 방법을 가르치겠다고 쓴 책은 아주 많다. 하지만 이 책은 그런 부류가 아니다. 책을 읽는 것은 기술의 영역이 아니라 심지心智의 영역이다. 기계적인 학습이나 성취의 영역이 아니라 자유로운 상상과 사유의 영역이다. 이 책에 담긴 탕누어의 이야기와 질문, 한탄과 유머가 독자들 마음에 깊은 무늬로 새겨지길 기대한다.

2017년 1월

김태성

마르케스의 서재에서

1판 1쇄 2017년 2월 13일
1판 4쇄 2019년 3월 26일

지은이 탕누어
옮긴이 김태성 김영화
펴낸이 강성민
기획 노승현
편집장 이은혜
마케팅 정민호 정현민 김도윤
홍보 김희숙 김상만 이천희

펴낸곳 (주)글항아리 | **출판등록** 2009년 1월 19일 제406-2009-000002호

주소 10881 경기도 파주시 회동길 210
전자우편 bookpot@hanmail.net
전화번호 031-955-8891(마케팅) 031-955-1934(편집부)
팩스 031-955-2557

ISBN 978-89-6735-411-4 03800

이 도서의 국립중앙도서관 출판예정도서목록(CIP)은 서지정보유통지원시스템 홈페이지(http://seoji.nl.go.kr)와 국가자료공동목록시스템(http://www.nl.go.kr/kolisnet)에서 이용하실 수 있습니다. (CIP제어번호 : CIP 2017002120)